Sara
et le lieutenant français

En un temps apparemment innocent — 1867, l'année qui vit paraître le tome premier du *Capital* et où l'on parle volontiers de Malthus ou de Darwin — et dans une Angleterre qui se sait immobile — celle de Victoria —, les falaises herbeuses qui entourent la petite cité de Lyme Regis, face à la mer, vont être le théâtre d'une rencontre bouleversante : celle de Sarah Woodruff, jeune préceptrice qui se déclare déshonorée par un lieutenant français et dont il est dit qu' « aucun homme soucieux de sa réputation ne voudrait qu'on le voit en compagnie de cette femme marquée au rouge », avec Charles Smithson, rentier et collectionneur de fossiles marins, par ailleurs fiancé à Ernestina Freeman, « délicate aphrodite de sucre filé ».

L'affrontement sera partout : dans les salons de la tyrannique Mrs. Poulteney, dans le cabinet de travail du Dr Grogan, dans les cuisines, sur la lande inculte où l'on ne se croise jamais impunément. Le scandale effondrera ce petit monde tranquille, à l'image de la mer fouillant les éboulis crayeux non loin de l'endroit où Sarah se fera entendre, presque de force, par Charles. Mais, comme le dit John Fowles, « les gens de l'époque victorienne momifiaient leurs sentiments dans d'étranges bandelettes », et Charles en fin de compte — serait-ce une autre *Education sentimentale ?* — se retrouvera face à une ultime image de son amour dont on pourrait dire qu'elle est à la fois ambiguë et dévastatrice.

Un très grand roman d'amour dans l'Angleterre victorienne qui sous le titre, *la Maîtresse du lieutenant français,* vient d'être porté à l'écran, par Karel Reisz, avec un scénario de Harold Pinter.

John Fowles, né en 1926, près de Londres. A fait ses études à Oxford en littérature française. A beaucoup voyagé en Europe, particulièrement en France et en Grèce. Se croit plus influencé par les écrivains français (il parle volontiers de Flaubert) que par ceux de son propre pays. S'intéresse à l'art, l'architecture et l'histoire naturelle.

Sarah et le Lieutenant français *est son troisième roman après* l'Amateur (*porté à l'écran par Wyler, sous le titre* l'Obsédé), le Mage *et un recueil d'essais,* The Aristos. *Il a, depuis lors, publié un recueil de nouvelles,* la Tour d'ébène *ainsi qu'un roman,* Daniel Martin.

John Fowles vit à Lyme Regis, petite ville portuaire du Dorset qui sert aussi de cadre au présent roman.

John Fowles

Sarah et le lieutenant français

roman

TRADUIT DE L'ANGLAIS
PAR GUY DURAND

Éditions du Seuil

TEXTE INTÉGRAL.

EN COUVERTURE : Détail de l'affiche américaine du film *la Maîtresse du lieutenant français*. Photo Maureen Lambray. © Artistes associés. Tous droits réservés.

ISBN 2-02-005932-0.
(ISBN 1re publication : 2-02-001583-8.)

Titre original : *The French Lieutenant's Woman*.

L'émancipation c'est toujours le retour de l'homme lui-même à un monde humain et à un système de relations humaines.

Marx, *Zur Judenfrage (1884).*

1

Yeux fixés vers l'Ouest
Au-delà des mers,
Tempête ou bon vent,
Sans cesse elle est là
En expectative;
Et seul aux lointains
Son regard repose;
En nul autre lieu
Ce charme à jamais...

HARDY, *L'Enigme.*

LE vent d'est est le plus désagréable des vents qui viennent souffler sur Lyme Bay — Lyme Bay, la plus large des échancrures à la partie inférieure du grand bras de terre que la côte anglaise allonge dans la direction sud-ouest — et de ce fait un curieux n'aurait pas manqué de faire quelques suppositions solidement fondées à propos d'un couple qui venait de s'avancer sur la jetée près de Lyme Regis — petite ville ancienne qui avait donné son nom à l'échancrure — certain matin de la fin mars 1867, où ce vent soufflait en courtes rafales, mordantes et sèches.

Depuis au moins sept cents ans les habitants de la région avaient eu le temps de se familiariser avec cette jetée du Cobb, et, à Lyme, les vrais autochtones ne voyaient là qu'une robuste patte de vieille roche grise qui se tend recourbée contre la mer. En fait, depuis que ce Pirée minuscule d'une microscopique Athènes s'allonge, isolé nettement de l'agglomération principale, tous les habitants semblent presque lui tourner le dos. Certes, au fil des siècles, les réparations leur ont coûté assez cher pour qu'un certain ressentiment en paraisse justifié. Mais, aux yeux de quiconque n'aura pas eu à en payer le prix, ou qui sera mieux à même de voir les choses de sang-froid, il s'agit tout simplement du plus bel ouvrage de protection de toute la côte sud de l'Angleterre. Et non seulement du fait qu'il est encore chargé des effluves de sept siècles de l'histoire anglaise, comme on peut le lire dans le guide touristique, qu'une flotte en est partie à la poursuite de l'Armada, que Monmouth vint y accoster... mais parce qu'il constitue finalement un magnifique exemple d'un art fruste caractéristique de ce coin de terre.

Ouvrage primitif et pourtant complexe, lourd mais délicat; aussi riche de volumes et de courbes subtiles qu'une sculpture d'Henry Moore ou de Michel-Ange, et pur, constamment lavé de sel, modèle d'équilibre des masses. J'exagère ? C'est possible, mais on pourra vérifier car, depuis le temps où se situe cette histoire, le Cobb a très peu changé; mais il n'en est pas de même de la petite ville de Lyme; et si l'on se tourne du côté des terres rien ne semblera plus à sa juste place.

Néanmoins, si nous nous étions tourné vers le Nord et vers l'intérieur des terres, comme cet homme qui nous apparaît en ce jour de l'année 1867, la perspective nous aurait paru fort harmonieuse. Un pittoresque entassement de quelques douzaines d'habitations et un étroit bassin portuaire où apparaît, bombant le torse sur ses cales, la coque d'un lougre, tapi dans le recreux où la jetée rejoint la terre. A un demi-mille vers l'Est, derrière des ondulations de terrains herbeux, se dessinent les toits d'ardoise et de chaume de la petite cité de Lyme, qui connut au Moyen Age ses plus beaux jours et n'a cessé depuis d'aller vers son déclin. Du côté ouest, des falaises gris foncé, connues dans la région sous le nom de Ware Cleeves, dominent les galets de la plage où vint stupidement accoster Monmouth. Par gradins en surplomb se succèdent d'autres hauteurs, couvertes de feuillages épais. C'est surtout dans ce cadre que le Cobb revêt cet aspect de rempart avancé de la côte ouest, dressé contre les sauvages assauts des vagues et de l'érosion. Là encore, il est possible de vérifier : aucune habitation n'était visible dans cette direction ou ne l'est encore de nos jours, si l'on excepte quelques misérables cahutes sur la plage.

Un espion — il existait bien en réalité — observant les faits et gestes de ce couple étranger, pouvait en déduire qu'il s'agissait là de personnes ayant suffisamment de goût pour apprécier ce paysage et qui n'entendaient pas se laisser priver de leur plaisir par la méchante humeur des vents. D'autre part, en mettant bien au point sa lorgnette télescopique, il aurait pu soupçonner que la solitude à deux les intéressait plus encore peut-être que l'architecture maritime, et il n'aurait pas manqué de remarquer qu'il devait s'agir de personnes du meilleur goût, à en juger par leur seul aspect.

La jeune dame était vêtue à la dernière mode, car en 1867 avait commencé de souffler un air de renouveau : le début de la révolte contre les crinolines et les chapeaux à bride. Le regard aurait pu saisir dans la lorgnette les contours d'un fourreau magenta, d'une étroitesse fort audacieuse et d'un raccourci osé, puisque l'on apercevait deux blanches chevilles entre la retombée du lourd tissu vert et les chaussures noires qui trottinaient allégrement sur le dallage de la jetée; et au sommet du chignon natté, un de ces impertinents chapeaux « tartine », piqué sur le côté d'une délicate aigrette surplombante — chef-d'œuvre du dernier cri, que les élégances locales n'oseraient pas arborer avant au moins une année; cependant que l'homme qui l'accompagnait, grand et mince, impeccablement vêtu de gris clair, tenant de sa main libre un chapeau haut de forme, avait réduit de façon impitoyable la longueur des favoris qu'un an ou deux auparavant les arbitres les mieux écoutés de la mode anglaise avaient proclamés un tantinet vulgaires — c'est-à-dire faisant trop aisément la joie des regards étrangers. Les couleurs des vêtements de la jeune personne auraient paru assez criardes à nos regards d'aujourd'hui; mais le monde se trouvait encore sous le coup de l'enthousiasme qu'avait soulevé la découverte récente des colorants à l'aniline. Et ce que les femmes demandaient à la couleur, en compensation d'un certain effacement que par ailleurs on attendait d'elles, c'était l'éclat et non pas la discrétion.

Mais ce qui aurait pu surprendre et dérouter, même notre observateur à la lorgnette, c'était l'aspect d'une autre silhouette sur cette courbure sombre de la jetée. Elle se tenait droite à l'extrême avancée du môle, penchée apparemment sur l'affût d'une ancienne couleuvrine. Elle était vêtue de noir. Les vêtements flottaient dans le vent, mais la silhouette demeurait immobile : les regards fixés au loin sur la ligne d'horizon, comme un vivant mémorial aux marins péris en mer, une figure de légende plutôt qu'un simple et banal fragment de cette réalité provinciale.

2

En cette année (1851) la population de Grande-Bretagne comptait quelque 8 155 000 personnes du sexe féminin ayant dépassé les dix ans d'âge, en regard de 7 600 000 personnes du sexe masculin. Il apparaissait déjà évident que si chaque jeune fille de l'époque victorienne aspirait à devenir épouse et mère, les partenaires du sexe opposé ne seraient pas en nombre suffisant. E. ROYSTON PIKE,
Données sociologiques sur l'âge d'or victorien.

Voile d'argent je hisserai pour aller droit au soleil,
Voile d'argent je hisserai pour aller droit au soleil,
Pleurera mon trompeur amour, pleurera mon amour trompeur,
Pleurera pour moi, pleurera lorsque je l'aurai quitté.

Chanson du folklore anglais de la région ouest, *Lorsque passait Sylvie.*

« MA chère Tina, nous avons rendu hommage à Neptune. Il nous pardonnera maintenant si nous lui tournons le dos.

— Vous mar.quez de galanterie.

— Qu'entendez-vous par là ?

— Je pensais que cette occasion de prendre mon bras ne vous aurait pas déplu, sans que cela paraisse déplacé.

— Quel respect soudain pour les conventions !

— Voyons, nous ne sommes plus à Londres.

— Nous serions plutôt au pôle Nord.

— Pousserons-nous jusqu'à la pointe ? »

Avec un coup d'œil attristé vers la terre, comme si ce regard devait être le dernier, le jeune homme se retourna et le couple reprit sa marche vers l'extrémité de la jetée.

« Je voudrais bien savoir ce qui s'est passé entre père et vous, jeudi dernier.

— Votre tante m'a déjà fait préciser dans ses moindres détails le déroulement de cette plaisante soirée. »

La jeune fille s'arrêta pour le regarder bien en face.

« Charles ! Vous pouvez vous montrer avec qui vous voudrez aussi laconique qu'il vous plaira. Mais avec moi j'aimerais que vous soyez plus bavard.

— Pourtant il me suffira de dire « oui » pour que nous soyons l'un et l'autre empêtrés dans les liens sacrés du mariage !

— J'aimerais aussi vous voir réserver aux membres de votre club vos pitoyables pointes d'humour. »

L'air vexé, elle l'entraîna un peu plus loin.

« J'ai reçu une lettre.

— C'est bien ce que je craignais. Votre mère ?

— Je sais qu'il s'est passé quelque chose... oui, après le porto. »

Ils firent encore quelques pas avant qu'il se décidât à répondre. Un instant le sérieux avait paru l'emporter; mais Charles avait changé d'avis.

« J'avoue avoir eu un léger différend avec votre digne père.

— Voilà qui est très vilain de votre part.

— Je crois que j'avais surtout voulu faire preuve de trop de franchise.

— Et quel était le sujet de cette conversation ?

— Votre père estimait que Mr. Darwin devait être mis en cage et présenté aux visiteurs du Parc zoologique de Londres. Dans la cage aux singes. J'ai essayé de faire état de quelques arguments scientifiques sur lesquels se fonde le darwinisme. Cela ne m'a pas réussi. Voilà tout.

— Vous ! vous qui connaissez les opinions de père !

— Je me suis montré très respectueux.

— En le contredisant avec votre air de dédaigneuse malice !

— Il m'a assuré que jamais il n'accorderait la main de sa fille à un homme qui prétend avoir eu un singe pour arrière-grand-père. Mais je pense qu'à la réflexion il se souviendra que, dans mon cas, ce singe avait de la branche. »

Elle le regarda tandis qu'ils poursuivaient leur route et détourna la tête d'un curieux mouvement de côté — un geste caractéristique qu'elle avait pour témoigner de l'inquiétude. Dans ce cas, il s'agissait de ce qui, à son avis, avait représenté le plus sérieux obstacle à leurs fiançailles. Son père à elle était un homme fort riche, mais le grand-père avait été marchand de drap, tandis que celui de Charles était baronet. Il sourit et pressa la main gantée qui reposait légère sur son bras droit.

« Chérie, tout cela a été convenu entre nous. Il est bien naturel que vous redoutiez ce que peut penser votre père. Mais ce n'est pas lui que je vais épouser. Oubliez-vous que j'ai la prétention d'être un homme de science, que j'ai même rédigé une monographie ? Alors, il faut que je continue; et si cela vous paraît ridicule, je consacrerai tout mon temps à mes fossiles, et il n'en restera plus pour vous.

— Je ne serai pas jalouse des fossiles... (elle marqua un temps) puisque vous les piétinez depuis au moins une minute, sans leur accorder la moindre attention. »

Il jeta un coup d'œil vers le sol et s'accroupit tout aussitôt. Certaines parties de la jetée sont pavées de roches à fossiles.

« Par exemple ! Regardez ça. *Certhidium portlandicum.* Cette roche doit provenir des carrières d'oolithe du Portland.

— Et nous vous condamnerons aux travaux forcés à perpétuité dans lesdites carrières, si vous ne vous relevez pas tout de suite. »

Il obéit en souriant.

« Et osez dire que je n'ai pas bien fait de vous conduire jusqu'ici ! Et regardez encore ! »

Elle le conduisit vers un bord du mur de la jetée, où une succession de dalles plates, fixées à partir du plan intérieur du mur, servaient de marches grossières pour la descente à un niveau inférieur.

« Voici les marches d'où Louisa Musgrove est tombée, comme Jane Austen l'avait voulu, dans *Persuasion.*

— Comme tout cela est romantique !

— Les hommes de bonne compagnie étaient romantiques en ce temps-là.

— Et ce sont des scientifiques à présent. Tenterons-nous cette périlleuse descente ?

— Au retour, si vous voulez. »

Une fois encore, ils repartirent. A cet instant seulement, il remarqua, ou découvrit à quel sexe appartenait cette silhouette à la pointe de la jetée.

« N'est-ce pas une femme ? Et moi qui avais cru qu'il s'agissait d'un pêcheur ! »

Ernestina s'arrêta. Ses yeux, de jolis yeux noisette, étaient un peu myopes, et elle ne distinguait rien qu'une forme sombre.

« Est-elle jeune ?
— De loin, on ne peut pas dire.
— Mais je devine qui c'est. Ce doit être cette pauvre Tragédie.
— Tragédie ?
— Un surnom. Un de ses surnoms.
— Et quels sont les autres ?
— Les pêcheurs lui ont donné un nom un peu grossier...
— Allons, dites, ma chère Tina.
— Ils l'appellent, la... maîtresse du lieutenant français.
— Vraiment ! Et se sent-elle à ce point au ban de la société qu'elle n'ait plus qu'à passer ici toutes ses journées !
— Elle est... un peu folle. Retournons. Je ne tiens pas à l'approcher. »
Ils s'arrêtèrent. Il regardait la silhouette sombre.
« Vous m'intriguez. Ce lieutenant français, qui est-ce ?
— Quelqu'un qu'elle aurait...
— Aimé ?
— Pis que cela...
— Et il l'a abandonnée ? Avec un enfant ?
— Non. Je ne pense pas. Ce ne sont guère que des potins.
— Mais que fait-elle ici ?
— Ils disent qu'elle attend son retour.
— Mais... Personne ne s'intéresse à elle ?
— Elle est employée chez la vieille Mrs. Poulteney. On ne la voit jamais quand on y va en visite. Mais elle habite là. Retournons, voulez-vous. Moi, je ne l'ai pas vue. »
Il sourit.
« Si elle vous attaque, j'aurai ce grand plaisir de vous défendre et de vous prouver que je tiens à vous. Venez. »

Ils s'approchèrent de la silhouette, près de l'affût de la couleuvrine. Elle avait retiré sa coiffe qu'elle tenait à la main. Ses cheveux, lissés en arrière, disparaissaient sous le col du corsage, ce qui lui donnait un air bizarre, un peu comme si elle portait une redingote de cocher plutôt qu'un quelconque vêtement féminin à la mode au cours des quarante dernières années. Elle aussi ignorait la crinoline; mais il était évident que ce n'était pas parce qu'elle était informée des raffinements de la dernière mode. Charles fit à voix haute une remarque banale pour l'avertir de leur présence. Mais elle ne se retourna pas. Ils s'avancèrent jusqu'à un point où ils pouvaient la voir de profil tandis que son regard immobile suivait la ligne de mire du plus lointain horizon. Vint un coup de vent plus fort qui contraignit Charles de soutenir Ernestina d'un bras passé autour de la taille, cependant que l'autre jeune femme s'accrochait plus fortement au fût de la couleuvrine. Sans trop savoir pourquoi, peut-être pour montrer à Ernestina qu'il savait ce qu'il fallait faire en pareil cas, Charles s'avança dès que la retombée du vent le permit.

« Ma brave fille nous ne pouvons pas vous voir demeurer ici sans craindre qu'une rafale plus forte... »

Elle se retourna pour le regarder. Ou plutôt Charles eut l'impression que ce regard passait à travers lui sans le voir. Ce qu'il devait retenir de cette première rencontre, ce n'était pas positivement l'aspect de ce visage, mais ce en quoi il différait de ce qu'il avait pu attendre, en un temps où la réserve et la timide soumission étaient ce que l'on prisait le plus sur un visage féminin. Charles eut immédiatement l'impression d'avoir commis le plus regrettable impair, comme si la jetée du Cobb, au lieu d'appartenir à l'ancienne commune de Lyme, était la propriété personnelle de celle qui tournait vers lui ce visage. Ce n'était nullement un charmant visage, comme celui d'Ernestina.

Ce n'était certainement pas un très beau visage, selon le goût ou la norme d'une époque quelconque. Mais c'était un visage qui ne se laisse pas oublier, et un visage tragique. La tristesse en émanait d'une façon aussi pure, aussi continue et naturelle que l'eau s'écoulant d'une source de la forêt. Il n'y avait pas là d'artifice, ni hypocrisie, ni masque, ni hystérie, et surtout pas le moindre signe de démence. Il n'y avait que la folie de la mer déserte, de l'horizon vide, d'une tristesse apparemment sans raison; comme il est normal que coule l'eau d'une fontaine, mais anormal de la voir jaillir d'un désert.

Maintes et maintes fois par la suite Charles devait songer à la pointe aiguë de ce regard. Et cette impression provenait beaucoup moins de ce regard lui-même que de l'effet qu'il avait pu produire. C'était comme si, en ce bref instant, il avait été lui-même l'ennemi odieux que la pointe traverse, avec l'impression d'être ainsi à la fois atteint et injustement rabaissé.

La jeune femme ne prononça pas une parole. Elle le regarda deux à trois secondes tout au plus, avant que ses yeux ne se fixent à nouveau vers l'horizon du Sud. Ernestina prit le bras de Charles, et il se retourna vers elle avec un sourire et un haussement d'épaules. Quand ils se furent rapprochés de la côte :

« J'aurais préféré, dit-il, que vous ne m'ayez pas parlé de la basse réalité. Voilà bien l'inconvénient de la vie provinciale : on sait toujours tout de tout un chacun. Ainsi, il n'y a plus de mystère et il est impossible de romancer. »

Sur ce, elle le taquina :

« J'avais cru que les hommes de science ne pouvaient que mépriser le roman. »

3

Mais il faut attribuer une importance encore plus grande au fait que la plus grande partie de l'organisation propre à tout être vivant provienne de son hérédité; et en conséquence, bien que tout être soit assurément apte à tenir la place qu'il occupe dans la nature, de nombreuses structures n'ont plus à notre époque de rapports étroits et directs avec les habitudes de la vie présente.

DARWIN,
De l'Origine des espèces (1859).

Parmi les nombreuses décennies de notre histoire, un homme avisé aurait dû, de préférence, choisir celle des années 1850 pour y vivre sa jeunesse.
G. M. YOUNG, *Portrait d'une époque.*

DE retour dans son appartement de White Lion, après avoir déjeuné, Charles se regarda longuement dans une glace. La confusion de ses pensées était beaucoup trop grande pour qu'il nous soit possible de la décrire. Mais de mystérieux éléments venaient s'y confondre : un sentiment obscur de frustration et de défaite, qui n'avait aucun rapport avec l'incident à la pointe de la jetée mais qui se rattachait à certaines banalités qui lui avaient échappé au cours du déjeuner chez la tante Tranter; à certains faux-fuyants caractéristiques; au doute que l'intérêt qu'il portait à la paléontologie puisse suffire à la pleine satisfaction de ses dons naturels; au doute qu'Ernestina puisse jamais parvenir à le comprendre aussi bien qu'il la comprenait lui-même; une impression générale de désarroi, qui pouvait provenir tout simplement, finissait-il par conclure, de la perspective d'un très long après-midi pluvieux. Après tout, ce n'était que le début de l'année 1867, où il venait d'avoir trente-deux ans. Et il avait toujours eu cette habitude de se poser dans l'existence de trop nombreuses questions.

Charles, qui se targuait d'avoir l'esprit scientifique, n'aurait peut-être pas été trop surpris si quelqu'un était venu lui parler des futures inventions de l'aéroplane, des fusées, de la télévision, du radar : mais il aurait été sans doute stupéfait qu'on lui parlât d'une nouvelle notion du temps. Le manque de temps passe pour être la plus grande calamité de notre siècle, et nous consacrons la plus grande partie des ressources et de l'intelligence de nos communautés à rechercher des façons de faire les choses plus vite. Si nous avons ainsi l'impression que le temps nous fait défaut, ce n'est pas l'effet d'un goût désintéressé pour la science, et certainement pas celui d'une poursuite obstinée de la sagesse — comme si le but final de l'humanité n'était pas de se rapprocher de la perfection d'un type humain, mais bien de celle de l'éclair sur un ciel d'orage. Pour Charles cependant, et pour la plupart de ses contemporains et des hommes de son milieu, le rythme du temps de l'existence devait être celui d'un adagio. Le problème n'était pas de parvenir à faire tout ce dont on pouvait avoir envie, mais de bien achever ce que l'on faisait, afin de meubler de la façon la plus convenable les vastes appartements du loisir. De nos jours, une sorte de névropathie destructive est un des symptômes les plus fréquents chez ceux qui sont affectés d'une trop grande aisance; à l'époque de Charles, il s'agissait plutôt d'un tranquille ennui. Il est vrai que la vague des mouvements révolutionnaires de 1848 et les idées avancées des Chartistes, dont s'est aboli jusqu'au souvenir, avaient jeté sur cette période quelques ombres menaçantes. Mais pour Charles, comme pour beaucoup d'autres, ce qu'il y avait de plus significatif dans ces ébranlements lointains, c'était leur indiscutable échec. Les années 1860 avaient été en toute certitude une période de prospérité. L'artisanat s'était développé de telle façon que, tout au moins en Grande-Bretagne, la perspective d'une révolution se trouvait rejetée presque hors des limites du concevable. Inutile de dire que Charles ignorait tout d'un certain juif allemand barbu qui, sans doute dans ce même après-midi, poursuivait tranquillement sa tâche dans une salle de la bibliothèque du British Museum, et dont les travaux, accomplis entre ces murs sombres, porteraient des fruits d'un rouge sanglant. Il est à peu près certain que Charles se serait refusé à croire quiconque aurait tenté de lui dépeindre ces conséquences futures; et cependant le premier volume du *Capital* devait paraître à Hambourg un semestre après ce mois de mars 1867.

Il y avait certes de multiples raisons personnelles pour que Charles fût lui-même tout à fait inapte à tenir ce rôle agréable du pessimiste annonceur de catastrophes. Parmi les deux catégories de « squires » : les chasseurs de renard, buveurs et gourmets, et les savants qui collectionnaient tous les objets que l'on trouve sous le soleil, son grand-père avait fait partie de la seconde. Il avait surtout collectionné les livres, mais au cours de ses dernières années, il avait dépensé une partie de sa fortune et une part encore plus importante du capital de patience de son entourage familial à effectuer des fouilles dans tous les monticules de terre qui se pouvaient rencontrer sur les trois mille acres de ses propriétés du Wiltshire. Cromlechs et menhirs, outils de silex et tombes néolithiques furent alors traqués avec acharnement; et son fils aîné déploya un acharnement égal à bannir de la maison tous les trophées transportables lorsqu'il fut mis en possession de son héritage. Mais le ciel devait veiller à la punition de ce fils, ou à sa sauvegarde, en lui épargnant le mariage. C'est ainsi que le fils cadet, le père de Charles, ne fut dépourvu ni de terres, ni d'argent. Il ne devait connaître dans son existence qu'un seul événement tragique : la perte de sa jeune femme et de l'enfant qu'elle portait, celle qui aurait dû être la sœur de Charles, âgé alors d'un an. Mais le père surmonta son chagrin, et à défaut de prodiguer à Charles affection et tendresse, il le pourvut de toute une série de pédagogues et précepteurs, chargés de veiller à l'éducation d'un fils qu'il aimait à peine un peu moins que lui-même. Il vendit sa part de terres, fit d'habiles placements dans les Chemins de fer et fréquenta plus malencontreusement les tables de jeu; bref, il vécut comme si, au lieu d'être né en 1802, il était venu au monde un siècle plus tôt ; vivant très largement pour son seul plaisir, il finit par en mourir en 1856. Charles devint ainsi l'unique héritier, et non seulement il héritait de la fortune diminuée de son père (le baccara en fin de compte avait pris l'avantage sur le boom des Chemins de fer) mais il était aussi dans l'attente de celle, fort considérable, de son oncle. Il est vrai qu'en 1867, en dépit d'un retour très compréhensible de son penchant pour les meilleurs crus, l'oncle ne paraissait en aucune façon disposé à quitter ce monde.

Charles aimait bien son oncle et son oncle l'aimait bien. Mais cela n'apparaissait pas avec évidence dans leurs rapports habituels. Bien que Charles, quand on l'en priait, consentît assez volontiers à tirer quelque perdrix ou quelque faisan, il se refusait obstinément à participer à une chasse au renard. Le fait que ce gibier ne se consomme pas, Charles s'en souciait assez peu, mais il haïssait le mutisme borné des chasseurs. Il y avait pis : une anormale préférence pour la marche à pied au détriment des sorties à cheval; et la marche à pied n'est en aucune façon un passe-temps de gentleman, sauf quand elle est pratiquée sur les versants neigeux de l'Alpe suisse. Charles ne nourrissait pas à l'encontre du cheval un grief particulier, mais, comme tout bon naturaliste, il détestait de ne pouvoir observer les choses de près et à loisir. Néanmoins, la chance s'était mise de son côté. Un certain jour d'automne, il y avait de cela quelques années, il avait tiré un fort étrange oiseau qui courait en bordure d'un champ de blé du domaine de son oncle. Il eut plutôt honte de ce coup de fusil en découvrant quel rare spécimen il avait abattu, car il s'agissait bien d'une des dernières grandes outardes que l'on ait pu tirer dans la plaine de Salisbury. Son oncle cependant fut ravi. On empailla l'oiseau, qui depuis ne cesse pas de fixer de ses yeux de verre, comme un dindon bâtard immobile dans sa vitrine, tous ceux qui ont l'occasion d'entrer dans la salle de réception de Winsyatt.

Son oncle ne cessait pas de rebattre les oreilles des hobereaux voisins du récit de cet exploit; et chaque fois qu'il éprouvait l'envie de dénigrer celui qu'il soupçonnait d'être fort capable de faire tomber le domaine en quenouille, il lui suffisait de contempler cet immortel trophée de l'outarde de Charles pour sentir se réveiller, à l'égard de celui-ci, toute sa tendresse. Charles en effet avait bien des défauts. Il n'écrivait pas régulièrement chaque semaine; et, quand il se trouvait à Winsyatt, il avait cette détestable manie de passer des après-midi entiers dans la bibliothèque, une pièce où son oncle n'avait guère coutume de s'attarder s'il venait à y entrer.

Charles cependant avait commis des fautes plus graves. A Cambridge, après avoir digéré sagement ses classiques et s'être plié aux trente-neuf articles de fidélité à l'Eglise d'Angleterre, il avait, à la différence de la plupart des jeunes gens de son époque, commencé d'apprendre vraiment quelque chose. Toutefois, au cours de sa deuxième année, il avait connu une mauvaise période, et cela s'était terminé, dans une nuit d'épais brouillard londonien, par la possession charnelle d'une danseuse nue. Il avait alors quitté les bras douillets de la fille pour se précipiter dans ceux de l'Eglise, faisant, quelques jours plus tard, suffoquer son père d'indignation et de dégoût en lui annonçant qu'il voulait entrer dans les ordres. Devant une crise aussi sérieuse, il n'y avait pas deux façons d'agir. Le mauvais sujet fut envoyé à Paris. Une virginité ternie devait bientôt y devenir tout à fait méconnaissable, mais d'autre part, et c'est bien ce que le père avait espéré, il ne devait plus être question de mariage avec l'Eglise. Derrière les appels pleins de séduction du catholicisme à l'anglicane, Charles avait vu se profiler le domaine particulier du catholicisme romain. Il refusa de troquer sa contestatrice mais confortable âme anglaise — une part d'ironie pour une part de convention — contre l'infaillibilité et les vapeurs d'encens. De retour à Londres, il eut tôt fait d'écrémer la substance d'une bonne douzaine de théories religieuses en vogue, avant de clairement se retrouver (*voyant trop pour nier et trop peu pour s'assurer* [1]) dans la peau d'un agnostique [2].

1. En français dans le texte.
2. Un qualificatif que Charles n'aurait certainement pas utilisé, pour la simple raison que le mot ne fut forgé (par Huxley) qu'après 1870 — alors que le besoin s'en faisait fortement sentir.

Pour le peu de pouvoir divin qui lui parut nécessaire à l'existence, il se référa à la Nature et non plus à la Bible. Un siècle auparavant il aurait sans doute été qualifié de *déiste*, ou peut-être de *panthéiste*. Il lui arrivait, quand il était en compagnie, d'assister à l'office du dimanche, mais il s'y rendait rarement de son propre mouvement.

Il était revenu en 1856 de son séjour de six mois dans la ville du péché; et son père mourut trois mois plus tard. La grande demeure de Belgravia fut mise en location, et Charles s'installa dans un appartement plus petit du quartier de Kensington qui devait mieux convenir à un jeune célibataire. Il avait là à son service deux femmes de chambre, un cuisinier et un valet, personnel vraiment réduit pour un homme de sa condition qui n'était pas privé de ressources. Mais ainsi il se trouvait fort heureux, et passait d'autre part une bonne partie de son temps à voyager. Il publia quelques impressions de voyage dans d'obscures colonnes de magazines de bon ton. Un éditeur entreprenant, apprenant qu'il avait passé neuf mois au Portugal, le sollicita même d'écrire un livre à ce propos, mais Charles avait un peu l'impression de pouvoir viser plus haut, et décidément cela aurait exigé trop de travail et de concentration soutenue. L'idée l'amusa quelque temps, mais il n'y donna pas suite. En fait, jouer avec des idées devait être la principale occupation de la troisième décennie de son existence.

Néanmoins, porté par ce rythme tranquille de la période victorienne, Charles n'était pas, à proprement parler, un jeune homme frivole. Au hasard d'une rencontre avec quelqu'un qui connaissait la manie passionnée de son grand-père, il avait compris que seule la famille du vieil homme considérait encore comme une mauvaise plaisanterie les interminables journées qu'il avait passées à faire retourner ses terres par des équipes de paysans désorientés. D'autres voyaient encore en Sir Charles Smithson le pionnier de l'archéologie britannique dans sa période préromaine; et le British Museum avait accepté avec gratitude des objets provenant de sa collection méprisée. Charles se rendait compte peu à peu que, par tempérament, il avait lui-même plus d'affinités avec son grand-père qu'avec l'un ou l'autre des deux fils de ce dernier. Au cours des trois dernières années, il s'était intéressé de plus en plus vivement à la paléontologie : ce serait là, avait-il décidé, le domaine de ses activités futures. Il commença de suivre régulièrement les *conversazioni* de la société de géologie. L'oncle vit d'un œil réprobateur Charles parcourir les alentours de Winsyatt, porteur d'un havresac et d'une trousse de petits marteaux : à son avis, les seuls objets dont un gentleman pouvait décemment s'encombrer dans ses sorties à la campagne étaient le fusil de chasse ou la cravache; néanmoins ces courses étaient sans doute préférables aux maudits livres de cette satanée bibliothèque.

Mais ce qui paraissait encore le plus déplaisant à l'oncle de Charles, c'était l'indifférence marquée de celui-ci dans un autre domaine. Tout Winsyatt avait en abomination les jonquilles et les rubans jaunes, emblèmes du parti libéral; en parfait accord avec ses intérêts, le vieil homme était un tory de la nuance la plus virulente. Mais Charles se refusait poliment à poser sa candidature pour un siège au Parlement. Il prétendait ne pas avoir de convictions politiques. Secrètement il était plutôt un admirateur de Gladstone; mais il ne pouvait être question à Winsyatt de mentionner le nom de cet architraître. Ainsi, le respect des convictions familiales et une certaine répugnance paresseuse à aborder les problèmes sociaux lui interdisaient une voie où il aurait pu très normalement faire carrière.

La nonchalance paresseuse, c'était, je le crains, un des traits distinctifs du caractère de Charles. Ainsi qu'un grand nombre de ses contemporains, il se rendait bien compte que l'esprit de responsabilité de l'époque faisait une place de plus en plus grande à l'affectation des importants, et que de plus en plus en Grande-Bretagne, au désir de faire le bien parce qu'il est le bien se substituait le désir de paraître respectable. Il savait qu'il n'était pas lui-même décidé à se contenter de peu. Mais comment se ferait-on un nom dans l'histoire avec, si proche encore, la grande silhouette de Macaulay ? Comment aborder la poésie ou la fiction parmi la plus brillante pléiade de talents qu'ait jamais connue jusqu'alors la littérature anglaise ? Comment pouvait-on marquer la science de son empreinte, du vivant encore de Lyell et de Darwin ? Devenir un homme d'Etat, alors que Gladstone et Disraeli s'illustraient dans ce domaine de façon si convaincante ?

Sans doute aura-t-on compris que Charles avait d'assez hautes visées. Mais n'est-ce pas presque toujours le cas chez ces oisifs intelligents qui, afin de justifier leur oisiveté aux regards de leur intelligence, se parent d'un ennui byronien, sans en avoir les deux portes de sortie : le génie et l'adultère.

Mais, comme le savent parfaitement les mères soucieuses de jeunes personnes à marier, si la mort peut être longtemps retardée, elle finit un jour par venir. Et Charles aurait été un parti intéressant, même s'il n'y avait pas eu la perspective brillante de la fortune à venir. Cependant, les voyages à l'étranger avaient eu le regrettable résultat de gommer une bonne partie de ce vernis sans humour que les Victoriens qualifiaient de sérieux, de moralité, de probité et de nombreux autres qualificatifs aussi faux et aussi flatteurs, et que l'on exigeait du vrai gentleman britannique de l'époque. Il était impossible de s'y tromper, il y avait en lui une pointe de détachement cynique, irréfutable symptôme du déclin de la moralité. Charles néanmoins ne pouvait entrer dans un groupe sans que les mères aussitôt se montrent tout miel et sourire, sans que des pères ne lui donnent dans le dos des tapes familières, et sans que les jeunes filles ne se mettent à minauder. Charles ne détestait pas la compagnie de jolies filles et il ne coupait pas court à leur empressement ni à la sollicitude de parents ambitieux. Ainsi s'était-il acquis une solide réputation de bizarrerie et de froideur, qui n'était nullement injustifiée, à voir la façon dont, ayant maintenant atteint ses trente-deux ans, il savait, avec le flair d'un vieux renard, éventer l'appât, et tirer à temps ses grègues devant les dangereuses trappes matrimoniales, disposées sur le passage à son intention.

Il arrivait fréquemment que son oncle l'entreprenne à ce propos, mais comme Charles ne manquait pas à l'occasion de le lui rappeler, ses arguments en la matière ne pouvaient que faire long feu. Le vieil homme grommelait alors :

« Moi, je n'ai jamais pu trouver la femme qui me convenait.

— Tu te trompes, tu ne l'as jamais cherchée.

— Bien sûr que si. Quand j'avais ton âge...

— Alors il n'y avait qu'une chose qui comptait : tes chiens et la saison des perdrix. »

Le vieil homme finit tristement son verre. Il ne regrettait pas vraiment de n'avoir pas eu de femme. Ce qui le peinait, par contre, c'était de ne pas avoir de fils, auquel il aurait pu acheter des poneys et des fusils de chasse. Ainsi le chemin qu'il avait suivi pendant toute son existence allait-il se perdre sans laisser de traces.

« J'ai été inconscient, aveugle...

— Console-toi, mon cher oncle. Moi j'ai de très bons yeux. Je l'ai bien cherchée la fille qu'il me faut, et je ne l'ai pas encore trouvée. »

4

Rien n'est fait que ce qui demeure !
Heureux donc ceux
Pour qui les fruits vivants de leur amour
Porteront témoignage après la mort venue :
La vie qui les quitta ne fut pas sans raison.

MME NORTON,
La Dame de La Garaye (1863).

La plupart des familles britanniques de la classe moyenne et supérieure habitaient au-dessus de leur fosse à ordures...

E. ROYSTON PIKE,
Données sociologiques sur l'âge d'or victorien.

DANS la grande demeure régence de Mrs. Poulteney, dressée dans son avantageuse position sur une des hauteurs dominant Lyme Bay, en clair et élégant témoignage de la condition sociale de sa propriétaire, la cuisine en sous-sol, avec toutes ses imperfections fonctionnelles, aurait semblé de nos jours quasi intolérable. Or, si les résidents de diverses conditions auraient pu en 1867 montrer du doigt, sans la moindre hésitation, le tyran qui régnait sur leurs existences, au regard des gens de notre époque le monstre qui aurait pu paraître avoir le plus de réalité c'était sans aucun doute l'énorme fourneau allongé qui occupait tout le fond de la pièce immense et sombre. Il comportait trois foyers qu'il fallait deux fois par jour regarnir et deux fois par jour débarrasser de leurs cendres; et comme tout le train de vie régulier de la maison dépendait de lui, il ne devait jamais s'éteindre. Peu importait qu'il fit au-dehors une étouffante journée d'été, ou que le monstre crache, quand soufflait le vent du sud-ouest, des fumées noires et étouffantes — il fallait alimenter sa fournaise. Et quant à la couleur des murs, on y aurait cherché en vain une tonalité plus légère, un soupçon de blancheur. Ce n'était que vert plombé et bilieux, une teinte riche en arsenic, bien que les occupants d'alors ne s'en doutassent pas; non plus, pour être juste, que le tyran des étages supérieurs. Peut-être était-ce une chance que la pièce fut fort humide et que le monstre y répandit autant de vapeurs grasses : la poussière mortelle demeurait ainsi plaquée au sol.

Ce domaine stygien avait pour majordome une Mrs. Fairley, petite et maigre personne, toujours vêtue de noir, mais moins en conséquence de son veuvage que de son humeur. La vue d'un défilé sans fin et interchangeable de mortels de moindre importance qui ne cessaient de traverser sa cuisine était peut-être à l'origine de cette sombre mélancolie. Sommeliers, valets, jardiniers, garçons d'écurie, femmes de ménage et femmes de chambre des étages supérieurs, tous et toutes avaient à peine le temps de s'habituer à l'air et aux façons imposées par Mrs. Poulteney avant de recevoir ou de demander leur congé. C'était certes là un piètre et méprisable comportement; mais quand il faut être debout à six heures, travailler de six heures trente à onze heures, reprendre à onze heures trente jusqu'à seize heures trente, et finalement de dix-sept heures jusqu'à vingt-deux heures, et chaque jour ainsi pendant une semaine de cent heures, les réserves d'amabilité et de courage peuvent ne pas durer très longtemps.

Les sentiments de la domesticité s'étaient exprimés de façon mémorable par la bouche d'un maître d'hôtel, et quatre autres lui avaient déjà succédé depuis lors. « Madame, j'aimerais mieux passer le reste de ma vie à l'asile que de rester une semaine de plus sous ce toit. » Certains pouvaient bien se demander s'il se trouverait encore quelqu'un pour oser parler en ces termes à la terrifiante lady. Mais le sentiment qui les avait inspirés avait été parfaitement compris par tous quand on avait vu l'homme descendre son bagage à la main en proclamant qu'il en avait pardessus les oreilles.

C'était pour tous un sujet d'étonnement que Mrs. Fairley [1], la mal nommée, ait pu si longtemps supporter sa maîtresse. C'est très probablement du fait que, si l'existence le lui avait permis, elle aurait parfaitement pu être une Mrs. Poulteney pour son propre compte. L'envie qu'elle en ressentait la retenait en ce lieu, mais aussi le noir plaisir qu'elle pouvait éprouver à voir aussi fréquemment retomber sur la maison des catastrophes domestiques. En bref, il existait dans les rapports entre les deux femmes, un soupçon de sadisme, et elles trouvaient quelque avantage à se supporter réciproquement.

Mrs. Poulteney était obsédée par deux choses, ou plutôt il s'agissait d'une même obsession sous un double aspect. Le premier aspect était celui de la malpropreté, bien que la cuisine fît en quelque sorte exception étant donné que seuls les domestiques la

1. *Madame Jolydame* pourrait, en français, nous donner une homonymie approximative de Mrs. Fairley. (N. d. T.)

fréquentaient — le second c'était l'immoralité. Dans l'un et l'autre domaine rien ne pouvait échapper à ses regards perçants.

Semblable à un puissant vautour, tournant sans cesse pendant ses longues heures de loisirs, elle était douée d'une sorte de merveilleux sixième sens qui lui permettait de déceler à distance grains de poussière, empreintes de doigts, linge insuffisamment amidonné, odeurs, taches, bris d'objets, et tous les mille maux dont peut souffrir normalement le train d'une maison. On renvoyait un jardinier qui s'était permis d'entrer dans la maison avec les mains souillées de terre, un sommelier pour avoir laissé une tache de vin sur son plastron, une femme de chambre qui supportait des traces de poussière sous son lit.

Mais le pis c'est qu'en dehors même de sa maison elle ne connaissait aucune limite à son autorité. Le fait de n'avoir pas été vu à l'église, à matines ou à vêpres le dimanche, passait pour une preuve convaincante de la pire immoralité. Quant à la jeune servante aperçue en compagnie d'un jeune homme lors d'un de ses très rares après-midi de liberté — un par mois était la règle commune — que le Ciel lui vienne en aide ! Et qu'il aide également le jeune homme assez enflammé d'amour pour aller à un rendez-vous près de Marlborough House. Car les jardins étaient littéralement truffés de pièges à loups *humanisés* — le terme *humanisés* indiquant que les mâchoires étaient dépourvues de dents, bien qu'elles fussent assez puissantes pour casser la jambe d'un homme. Ai-je besoin d'ajouter que ces serviteurs d'acier étaient particulièrement chers au cœur de Mrs. Poulteney. Ils n'étaient, quant à eux, jamais congédiés.

Notre lady aurait sans aucun doute pu trouver une place de choix parmi les services de la Gestapo. Elle avait une façon à elle de procéder à un interrogatoire qui, en quelques minutes, amenait à fondre en larmes la fille la plus résolue.

Elle représentait à sa manière une sorte d'épitomé des caractéristiques les plus stupidement arrogantes dont s'est accompagné le développement ascensionnel de l'Empire britannique. Elle se faisait une idée très simple de la justice, celle de croire fermement qu'elle était toujours dans son bon droit; et elle ne concevait l'art de gouverner que comme la perpétuelle admonestation coléreuse d'une impertinente populace.

Elle était cependant, parmi les gens de sa classe — petit cercle fort étroit — renommée pour sa charité. Et pour peu que quelqu'un s'avisât de douter que cette réputation était méritée, on ne manquait pas de lui en donner la preuve irréfutable : n'était-ce pas cette excellente Mrs. Poulteney qui avait pris à sa charge la maîtresse du lieutenant français ? Dois-je préciser qu'à ce moment-là la bonne chère dame n'avait eu connaissance que de l'autre surnom, plus évocateur de l'antiquité grecque.

Ce remarquable événement avait eu lieu au cours du printemps 1866, un an exactement avant la période où débute ce récit; et il avait été en rapport avec le grand secret de l'existence de Mrs. Poulteney. Le secret était fort simple : Mrs. Poulteney était persuadée de l'existence de l'enfer.

Le curé de la paroisse de Lyme était à cette époque un homme qui, sur le plan théologique, avait des idées relativement larges, mais qui savait parfaitement de quel côté s'orienter pour la bonne marche de son ministère paroissial. A Lyme, paroisse dont les fidèles appartenaient à la Low Church anglicane, il avait parfaitement pris le vent. Il savait agrémenter ses sermons de quelques éclats d'éloquence passionnée, et l'on ne pouvait trouver aux murs de son église, ni crucifix, ni saintes images, ni ornements, ni marques quelconques de ces proliférations cancéreuses caractéristiques de l'Eglise romaine. Il se gardait bien de discuter lorsque Mrs. Poulteney lui faisait part de ses conceptions sur une existence future, car le bénéficiaire d'un assez maigre revenu paroissial ne saurait se permettre de polémiquer avec les plus riches de ses paroissiens. Mrs. Poulteney se montrait aussi large et généreuse à ses appels qu'elle savait demeurer avare et rebelle à toute augmentation des gages de ses domestiques. Au cours de l'hiver de cette précédente année (qui fut également celui de la quatrième offensive du choléra contre l'Angleterre victorienne) Mrs. Poulteney avait été légèrement malade, et les visites du curé avaient été aussi fréquentes que celles du médecin, qui devait à chaque fois lui réaffirmer qu'elle ne souffrait que d'un trivial embarras gastrique et en aucune façon des symptômes de la mortelle maladie orientale.

Mrs. Poulteney n'était nullement une femme stupide. Elle avait un esprit pratique fort aiguisé; et, comme tout ce qui pouvait intéresser son confort, son sort futur dans l'au-delà était une matière hautement digne d'être prise en considération sur un plan pratique. Pour se représenter Dieu, elle pensait volontiers au visage du duc de Wellington; quant au caractère il devait être assez proche de celui d'un habile homme de loi, corporation que Mrs. Poulteney tenait en très haute estime. Allongée sur son lit, elle réfléchissait longuement à cet affreux doute mathématique qui de plus en plus la hantait : le Seigneur juge-t-il de la charité selon le montant de ce qui a été donné ou selon celui de ce que l'on aurait pu donner. Sur ce point, elle était mieux à même que le prêtre de juger de la situation. Elle avait donné à l'Eglise des sommes considérables, mais elle savait mieux que personne qu'elle se trouvait encore fort loin du *dixième* réclamé — bonne moyenne requise de tout candidat sérieux à une part du Paradis. Assurément elle avait veillé dans son testament à ce que la balance des comptes fût très largement en règle après sa mort; mais Dieu n'honorerait peut-être pas de sa présence la lecture de ce document. Il arriva d'autre part que, pendant sa maladie, Mrs. Fairley qui venait les après-midi lui lire des passages de la Bible, choisit la parabole de l'aumône de la veuve. Cette parabole avait toujours paru gravement injuste à Mrs. Poulteney; maintenant elle en ressentait sur elle-même la menace, plus désagréablement précise que celle des bacilles de l'entérite sur ses intestins. Un jour, lorsqu'elle fut convalescente, elle profita d'une des visites empressées du prêtre pour faire avec précaution son examen de conscience.

Son interlocuteur était tout à fait disposé à dissiper ses appréhensions d'ordre spirituel :

« Ma très chère dame, vous n'êtes pas ici sur un terrain mouvant. Fiez-vous à votre créateur, qui connaît toutes choses et dont la sagesse est infinie. Ce n'est pas à nous qu'il appartient de douter de Son pardon — ou de Sa justice.

— Mais supposons qu'Il me demande si ma conscience est claire ? »

Le prêtre sourit :

« Vous répondrez alors qu'elle est troublée; et avec Son infinie compassion, il vous...

— Mais s'il avait peine à comprendre...

— Ma chère Mrs. Poulteney, si vous parlez ainsi, il va bien falloir que je vous gronde. Nous ne devons pas douter de Sa compréhension. »

Il y eut un silence. En face du prêtre, Mrs. Poulteney ne se sentait pas dans une position parfaitement assurée. D'une part elle avait devant elle un homme qui était socialement son inférieur, et qui dépendait d'elle pour une bonne partie des plaisirs de la table, pour une fraction substantielle des frais d'entretien de son église, et également pour une bonne partie des secours qu'en complément de son rôle liturgique il pouvait répartir entre les pauvres de la paroisse; mais il était d'autre part le représentant de Dieu sur terre, devant qui elle devait métaphoriquement se prosterner. Aussi le comportement qu'elle avait à son égard prenait fréquemment une tournure bizarrement illogique. Tantôt elle passait du ton de hauteur (haut vers le bas) à celui de l'humilité (bas vers le haut) et parfois il lui arrivait de s'efforcer de condenser dans une même phrase les deux positions.

« Ah ! si mon pauvre Frédéric n'était pas mort ! Il aurait su me conseiller.

— Sans aucun doute. Et son conseil n'aurait pas différé du mien. Vous pouvez en être convaincue. Je sais que c'était un bon chrétien. Et ce que je vous dis est en accord avec la vraie doctrine chrétienne.

— Oui, c'était un avertissement, un châtiment. »

Le prêtre tourna vers elle un regard sérieux et grave.

« Prenez garde, ma chère dame, prenez garde. Dieu a ses prérogatives, et il ne nous appartient pas de préjuger de ses intentions. »

Elle changea de terrain. Tous les prêtres de la création auraient été incapables de justifier à ses yeux la mort prématurée de son époux. C'était une question qui se posait directement entre elle et Dieu : un mystère, présent comme une sombre opale, tantôt avec l'éclat d'un avertissement solennel, tantôt comme l'acompte déjà payé sur le montant de sa dette personnelle.

« J'ai donné beaucoup. Mais je n'ai pas fait de bonnes actions.

— Donner, c'est une très bonne action.

— Je ne suis pas comme Lady Cotton. »

Ce rapide retour à des considérations plus profanes n'était pas pour surprendre le prêtre. Il savait, par des allusions précédentes, que dans cette pieuse compétition Mrs. Poulteney estimait qu'elle avait sur sa rivale plusieurs longueurs de retard. Lady Cotton, qui résidait à quelques milles de Lyme, s'était rendue célèbre par une existence fanatiquement consacrée à la charité. Elle visitait les pauvres, elle était présidente d'une société de missions, elle avait fondé un asile pour les pécheresses repentantes — il est vrai que la discipline de cette fondation Madeleine était si rigoureuse que les pensionnaires repenties ne manquaient pas de replonger dans les abîmes du péché dès qu'elles en trouvait l'occasion — mais cela Mrs. Poulteney l'ignorait, de même qu'elle ignorait cet autre surnom plus vulgaire qui avait été attribué à Tragédie.

Le prêtre eut une légère toux.

« Lady Cotton est une femme exemplaire. »

C'était jeter de l'huile sur le feu, ce qu'il n'ignorait sans doute pas.

« Je devrais visiter les indigents.

— Ce serait une chose excellente.

— Mais ces visites me font tant de peine... »

Le prêtre ne l'aidait pas.

« Je sais bien que je suis très mauvaise, très coupable.

— Voyons, voyons.

— Si, très coupable. »

Suivit un long silence, qui permit au prêtre de penser au repas, dont une heure encore le séparait, et à Mrs. Poulteney de méditer sur sa culpabilité. Sur ce, elle proposa, avec une timide hésitation, fort inaccoutumée, une solution de compromis à son problème personnel.

« S'il vous arrivait de connaître quelqu'un, une personne délicate, raffinée, qui aurait eu des malheurs...

— Je ne vois pas très bien...

— Je prendrais volontiers quelqu'un comme dame de compagnie. A présent, quand il me faut écrire, j'ai des difficultés. Et pour la lecture, Mrs. Fairley s'en tire si mal. Je serais heureuse que cette personne puisse trouver ici un foyer.

— Très bien. Puisque vous le désirez, je vais chercher. »

Le grand élan de charité chrétienne de Mrs. Poulteney accusa un léger fléchissement.

« Il me faut quelqu'un dont la moralité soit absolument irréprochable. Je ne dois pas oublier que j'ai des serviteurs.

— Ma très chère dame, c'est tout à fait évident. »

Le prêtre s'arrêta.

« Et de préférence une personne qui n'ait aucun lien familial. Les parents de notre personnel peuvent devenir si encombrants !

— Rassurez-vous. Je vois très bien. Je ne vous proposerais que quelqu'un qui conviendrait. »

Il pressa la main et se dirigea vers la porte de sortie.

« Et surtout, Mr. Forsythe, pas une personne trop jeune. »

Il s'inclina et quitta la pièce. Mais à mi-chemin sur l'escalier du rez-de-chaussée, il s'arrêta. Une idée lui était venue. Il réfléchit. Et une émotion qui n'était peut-être pas tout à fait exempte de malice — fruit de longues heures d'hypocrisie — ou n'était pas dépourvue d'arrière-pensées à l'égard du pathos affecté de Mrs. Poulteney, le fit rebrousser chemin et revenir au salon. Il demeura près de l'entrée.

« J'ai songé à une personne qui pourrait vous convenir. Elle se nomme Sarah Woodruff. »

5

Ah ! pourquoi, mais pourquoi en débattrai-je encore ?
Mais si nous avions cru que tout pouvait finir
Avec la mort présente, aurions-nous pu aimer
Ou dépasser les jeux d'un amour sans portée,

Simple compagnonnage en paresses d'humeurs,
Ou sous sa forme fruste un satyre enivré,
Qui se roule dans l'herbe et qui mord dans les grappes,
Batifole au soleil des clairières des bois.

TENNYSON, *In Memoriam (1850).*

Toute la jeunesse brûlait d'aller voir Lyme.

JANE AUSTEN, *Persuasion.*

ERNESTINA avait le visage charmant de l'époque et de sa jeunesse : ovale, régulier, au menton à peine accusé, délicat comme la violette. On pourrait encore retrouver ce visage dans les dessins des grands illustrateurs de ce temps — ceux de Phiz ou de John Leech. Les yeux noisette et la pâleur du teint faisaient ressortir la délicate impression d'ensemble. Quand on la rencontrait pour la première fois, elle avait une façon charmante de baisser les yeux, comme si elle était prête à défaillir dans l'instant où un homme aurait la hardiesse de lui adresser la parole. Mais un faible battement au coin des cils et un frémissement parallèle au coin des lèvres — aussi léger, pour poursuivre la comparaison, qu'un parfum de violette en février — écartait subtilement, mais sans qu'il soit possible de s'y tromper, l'idée d'une apparente soumission à la suprématie masculine. Cet imperceptible rappel de l'humeur d'une Becky Sharp aurait sans doute pu échapper aux regards de beaucoup de personnes de cette époque, mais, aux regards d'un homme comme Charles, l'effet en avait paru irrésistible. Elle était à la fois si proche de ces mignonnes chichiteuses, les Georginas, les Victorias, les Albertinas, les Matildas, et toute la suite, que l'on retrouvait dans les bals, par douzaines et bien gardées, et néanmoins pas tout à fait semblable.

Tandis que Charles quittait la demeure de la tante Tranter dans Broad Street, et parcourait, l'air préoccupé, les quelque cent pas qui le séparaient de son hôtel — un amoureux déclaré ne paraît-il pas toujours ridicule aux yeux du monde ? — afin de monter les marches de son appartement et d'aller vérifier sa bonne mine dans son miroir, Ernestina de son côté s'excusait et regagnait sa chambre. Elle voulait jeter, derrière les rideaux, un dernier coup d'œil vers son bien-aimé; et retrouver aussi la seule pièce dans la maison de sa tante qui lui parut vraiment supportable.

Ayant admiré la démarche de Charles, et plus particulièrement le coup de chapeau haut de forme dont il gratifia la femme de chambre de tante Tranter, sortie pour une course, tout en le détestant pour ce geste, car cette fille avait un rusé regard de paysanne du Dorset et un teint rose provocant, et il était interdit à

Charles, de façon formelle, de regarder une femme qui n'aurait pas dépassé la soixantaine — tante Tranter avait grâce à Dieu dépassé cette limite d'une année — Ernestina revint à sa chambre. Elle avait été meublée pour elle et à son goût, un goût incontestablement français, aussi pesant et massif que l'anglais, mais avec un peu plus de fantaisie et d'ornement. Le reste du mobilier, dans la maison de tante Tranter, était inexorablement et massivement d'un style qui datait d'un quart de siècle : autrement dit un véritable musée d'objets, conçus dans un premier refus de tout ce qui pouvait avoir un aspect gracieux, léger et décadent, conforme au label moral et au souvenir de George IV, cet odieux Prinny.

Comment aurait-on pu en vouloir à tante Tranter ? L'idée que l'on pouvait s'irriter de ce visage qui souriait si innocemment, et parlait surtout, parlait, était en elle-même absurde. Tante Tranter était animée de l'insurmontable optimisme de ce genre de vieilles filles heureuses. La solitude peut aigrir ou donner confiance en soi. Tante Tranter avait commencé par tourner toutes choses à son propre avantage, et elle finissait aussi bien par en faire autant au bénéfice de tout le monde.

Néanmoins, pour se mettre en colère contre elle, Ernestina faisait de son mieux : à cause de l'impossibilité de dîner à cinq heures, à cause de ce mobilier d'aspect funéraire qui rendait toutes les autres pièces étouffantes, à cause du soin exagéré que prenait sa tante de sa bonne renommée (elle ne paraissait vraiment pas comprendre que deux fiancés puissent désirer se trouver en tête-à-tête et sortir ensemble), et surtout parce qu'il n'était pas question qu'Ernestina puisse se plaire à Lyme.

La malheureuse Ernestina avait dû souffrir ce martyre qui, depuis toujours, fut le lot des enfants uniques : l'ombre pesante et sans cesse tourmentée et attentive de l'inquiétude familiale. A la moindre toux, depuis sa naissance, les docteurs étaient alertés; depuis la puberté, au moindre caprice accouraient couturières et décorateurs; et le père aussi bien que la maman s'accusaient eux-mêmes pendant des heures au moindre nuage qui venait embrumer ce front. Or, tout se passait bien lorsqu'il s'agissait de nouvelles toilettes ou de nouvelles tentures; mais il y avait des cas où bouderies et plaintes ne pouvaient avoir aucun effet : c'était lorsqu'il s'agissait de sa santé. Son père et sa mère étaient persuadés l'un et l'autre qu'elle devait être poitrinaire. Une simple odeur d'humidité dans un sous-sol était suffisante pour qu'ils changent d'appartement ! deux journées de pluie consécutives en période de vacances et ils émigraient pour une autre région. Une bonne moitié des sommités médicales de Londres l'avait examinée sans pouvoir découvrir la moindre affection. Elle n'avait jamais eu de maladie sérieuse, elle n'accusait pas le moindre symptôme de léthargie ou de faiblesse chronique. Elle aurait pu — si on le lui avait permis — passer toute une bonne nuit à danser, et sans se sentir mal à l'aise s'en aller jouer au volant dans la matinée. Mais sur le sujet de sa santé elle se trouvait aussi incapable de faire que ses parents changent d'avis que de déplacer une montagne. S'ils avaient pu seulement lire dans l'avenir ! En longévité, Ernestina allait nettement dépasser sa génération : née en 1846, elle mourrait le jour de l'invasion de la Pologne par Hitler.

Le séjour annuel avec sa tante maternelle à Lyme était alors une part indispensable du régime auquel elle devait se soumettre. Habituellement elle venait à la saison d'été; elle avait dû partir plus tôt cette année, afin d'être à même de prendre des forces avant son mariage. Sans doute les brises de Lyme étaient-elles d'un excellent effet pour la santé, mais elle descendait toujours de cette diligence de Lyme avec la mine d'un déporté qui parvient en Sibérie. La société y était aussi à la page que le mobilier d'acajou de tante Tranter; quant aux divertissements pour une jeune personne qui connaissait tout ce que Londres était susceptible d'offrir de mieux, c'était pire que le néant.

Ses rapports avec tante Tranter ressemblaient ainsi beaucoup plus à ceux qui existent entre une Juliette vive et légère et la nourrice les deux pieds au sol qu'aux rapports habituels entre une tante et sa nièce. Vraiment, s'il n'y avait pas eu, au cours du précédent hiver, l'entrée en scène de Roméo avec sa promesse de venir partager cette peine de solitude, elle se serait mutinée; tout au moins elle en était à peu près sûre. Ernestina était certainement douée d'une force de volonté beaucoup plus grande que celle qui avait été dévolue aux personnes qui l'entouraient — volonté qui dépassait les normes de son âge. Mais elle avait, fort heureusement, un très grand respect pour les conventions. Et elle avait en commun avec Charles — ce n'avait pas été le moindre facteur d'un attrait réciproque — le sens de l'ironie personnelle. Sans cela, sans un certain sens de l'humour, elle aurait été certes un affreux enfant gâté; et ce qui la rachetait c'est sans doute qu'elle savait souvent se désigner ainsi elle-même : « Ah ! l'affreux enfant gâté ! »

Dans sa chambre, cet après-midi, elle quitta sa robe et se regarda dans son miroir, en jupon et chemisette. Quelques instants elle s'absorba dans une narcissique contemplation. Impeccables étaient ces lignes des épaules et de la gorge. Elle était vraiment jolie; une des plus jolies filles qu'elle ait pu connaître. Et comme pour mieux se le prouver, elle leva les bras et dénoua ses cheveux, d'un geste qui lui paraissait vaguement coupable, et cependant nécessaire, comme un bain bien chaud ou un lit tiède par un soir d'hiver. Par une rapide impulsion imaginative, elle se vit vraiment comme une de ces pécheresses — une actrice, une danseuse. Et celui qui l'aurait à cet instant observée aurait pu voir une chose fort curieuse : elle cessa soudain de s'admirer en se tournant de face et de profil, jeta un rapide coup d'œil vers le plafond. Ses lèvres s'agitèrent. Elle ouvrit rapidement une de ses garde-robes et passa un peignoir.

Car, tout en se tournant pour s'admirer devant le miroir, elle avait aperçu un coin du lit, et une pensée sensuelle lui avait traversé l'esprit : une sorte d'étreinte obscure des serpents de Laocoon soudain noué à ses membres nus. Ce n'était pas seulement sa profonde ignorance de la réalité de l'acte sexuel qui l'effrayait, mais toute une aura de brutalité et de souffrance dont il lui semblait qu'il devait s'accompagner, et qui paraissait si contraire à cette aimable douceur des gestes et aux très discrètes caresses que se permettait Charles à son égard. Une ou deux fois il lui était arrivé de voir des accouplements d'animaux; elle était hantée par cette violence.

Aussi avait-elle aménagé, dans son for intérieur, une sorte de barrière, formée du pouvoir des simples mots informulés « je ne dois pas », qui s'efforçait de rejeter hors de la conscience toutes les manifestations d'ordre sexuel, menstruel, conceptionnel, où le corps se trouvait impliqué. Mais les loups qui trouvent la porte close n'en continuent pas moins de hurler dans l'ombre extérieure. Ernestina voulait un mari, elle voulait avoir Charles pour mari, elle voulait des enfants. Mais elle avait vaguement l'impression que le prix qu'il lui fallait payer pour tout cela était excessif.

Elle s'étonnait parfois que Dieu ait permis qu'une aussi innocente attente soit souillée par une conception aussi bestiale du Devoir. A cette époque cette façon de voir les choses était partagée par la plupart des femmes, et aussi bien par la majorité des hommes; il n'est donc pas étonnant que la notion de devoir tienne une si large place dans la façon dont nous pouvons aujourd'hui comprendre l'époque victorienne — notion qui de nos jours en ce domaine ne recouvre que le vide [1].

Ayant calmé les loups, Ernestina s'approcha de sa table de toilette, ouvrit un tiroir pour y prendre son *Journal*, un lourd cahier, relié de cuir noir avec un fermoir d'or. D'un autre tiroir, elle tira une clef cachée et ouvrit le fermoir. Immédiatement, elle passa à la dernière page. Elle avait noté là, le jour même de ses fiançailles avec Charles, tous les mois et les jours qui séparaient cet événement de la date de leur mariage. Deux mois déjà se trouvaient barrés de traits noirs; restaient quatre-vingt-dix signes environ; et Ernestina prit le crayon serti d'ivoire, fixé au livre des Mémoires quotidiens, et barra d'un trait le 26 mars. De neuf heures environ elle en anticipait le terme, mais elle se permettait habituellement cette légère tricherie. Elle revint alors au début, ou presque au début, car le luxueux cahier était un cadeau de Noël : une quinzaine de pages, d'une écriture serrée, suivies d'un espace blanc où demeurait pressé un rameau de jasmin. Elle le contempla un instant, puis se pencha pour en respirer le parfum. Ses cheveux défaits couvrirent la page, et elle ferma les yeux afin de voir si elle pourrait évoquer à nouveau le plus

1. Les vers d'*In Memoriam*, cités en épigraphe à ce chapitre, sont à ce point de vue fort significatifs. N'y voit-on pas invoqué le plus étrange des arguments qui figure dans cette célèbre anthologie des angoisses de l'au-delà. Prétendre que l'amour n'est plus que l'élan du Satyre si l'âme n'est pas immortelle, n'est-ce pas se dérober dans une fuite éperdue devant ce que Freud nous a révélé ? Pour les hommes de l'époque victorienne, le ciel ne pouvait être le ciel que parce que le corps en était exclu — tout aussi bien que le *Ça*.

délicieux, le jour où elle avait cru mourir de joie, où elle avait si longtemps fondu en larmes, l'ineffable...

Mais elle entendit le pas de tante Tranter sur les marches. En hâte elle referma le cahier et commença de peigner la souple chevelure brune.

6

Ah ! Maud, mon blanc petit faon,
qui ne saurait être une épouse.
TENNYSON, *Maud (1855)*.

LORSQUE le prêtre revint avec sa proposition, le visage de Mrs. Poulteney ne sut exprimer que l'ignorance. Et avec des personnes de sa trempe, l'appel qui ne rencontre pas l'écho de quelque connaissance risque le plus souvent d'être infructueux. Son attitude pouvait le confirmer en tout point. Les yeux ne pouvaient guère rappeler les « foyers de silencieuse prière » de Tennyson, tandis que tremblaient les bajoues, presque un double menton, au-dessous des lèvres pincées dans un refus indigné de tout ce qui pouvait menacer les deux grands principes de sa règle de vie : l'un que l'on pourrait définir en utilisant la formule ironique de Treitschke : « la Civilisation, c'est le savon », et l'autre : « la respectabilité, c'est tout ce qui ne peut me porter tort ». Elle avait des airs de pékinois blanc, un pékinois empaillé, car elle avait soin de porter sous son corsage un sachet de camphre, destiné à la préserver de la contagion du choléra. Ainsi, en tout lieu où elle se trouvait, flottait la légère odeur de boules de naphtaline.

« Je ne la connais pas. »

Le prêtre sentit la rebuffade, et se demanda ce qui aurait pu se passer si, à la place du malheureux voyageur, le bon Samaritain avait rencontré Mrs. Poulteney.

« Je le pensais bien. C'est une jeune fille de Charmouth.

— Une jeune fille ?

— Oui. Pour l'âge je ne suis pas très sûr, peut-être la trentaine, peut-être un peu plus. Je ne voudrais pas trop m'avancer. (Le prêtre avait conscience de la pauvreté de sa plaidoirie.) Un cas vraiment affligeant et bien digne de votre aide charitable.

— A-t-elle une bonne éducation ?

— Ah ! sans doute. Elle a reçu l'éducation d'une préceptrice, elle a été préceptrice.

— Et qu'est-elle donc à présent ?

— Il me semble qu'elle est sans emploi.

— Pourquoi ?

— C'est une longue histoire.

— J'aimerais l'entendre avant d'aller plus loin. »

Ainsi le prêtre dut se rasseoir et lui conter ce qu'il savait de Sarah Woodruff, ou tout au moins une partie, car dans sa courageuse décision de sauver l'âme de Mrs. Poulteney, il n'hésitait plus à mettre la sienne en péril.

« Le père de cette fille était un fermier de Lord Meriton, près de Beaminster. Un simple fermier, mais un homme plein d'excellents principes qui avait su mériter l'estime et le respect de tout le voisinage. Il veilla sagement à ce que sa fille reçoive une éducation supérieure à ce que l'on pouvait attendre dans sa condition.

— Est-il décédé ?

— Depuis quelques années. La jeune fille devint préceptrice dans la famille du capitaine John Talbot à Charmouth.

— Donnera-t-il une lettre de recommandation ?

— Ma chère Mrs. Poulteney, si j'avais bien compris notre conversation, il n'avait pas été question d'un emploi, mais d'un acte de charité. »

Elle fit un signe affirmatif. Elle n'avait jamais été aussi proche de ce qui pouvait passer pour une amende honorable.

« Il n'est pas douteux que cette lettre nous pourrions l'obtenir. Elle a quitté la maison de sa propre initiative. Voilà ce qui s'est passé. Vous vous rappelez le petit bateau français — je crois que le port d'attache était Saint-Malo — qui fut jeté à la côte par cette terrible tempête de décembre dernier, à la hauteur de Stonebarrow ? Trois hommes furent sauvés, vous vous souvenez, et ramenés à terre par les gens de Charmouth. Il y avait deux marins, et un autre qui était, je crois, le lieutenant qui commandait le bateau. Dans le choc, il avait eu la jambe cassée, mais il put s'accrocher à un espar et fut rejeté sur la grève. Vous avez dû entendre parler de la chose.

— Probablement. Les Français ne m'intéressent guère.

— Le capitaine Talbot, lui-même officier de marine, voulut fort aimablement que l'officier étranger reçoive les soins et l'hospitalité dans sa propre maison. Ce dernier ne connaissait pas l'anglais, et l'on demanda donc à Miss Woodruff de servir d'interprète et de veiller à ce que rien ne puisse lui manquer.

— Elle parle français ? »

A voir l'effarement de Mrs. Poulteney à cette atterrante révélation, le prêtre fut près de rester sans voix. Mais il se reprit et acheva avec un sourire rempli d'onction.

« Ma très chère dame, la plupart des préceptrices doivent l'apprendre. Elles n'ont pas le choix puisque le monde et leurs fonctions l'exigent. Mais pour revenir à cet officier français, j'ai le regret de dire qu'il ne méritait pas que nous lui donnions le nom de gentleman.

— Mr. Forsythe ! »

La raideur de l'avertissement fut néanmoins assez nuancée pour permettre d'en entendre davantage.

« Je me hâte d'ajouter que, dans la maison du capitaine Talbot, il ne s'est pas produit quoi que ce soit que nous ayons à condamner, et tout au moins en ce qui concerne la personne de Miss Woodruff, rien de tel, nulle part, ne s'est produit. Mr. Fursey-Harris me l'a certifié. Il sait beaucoup mieux que moi ce qui a pu se passer. (La personne ainsi mentionnée était le curé de Charmouth.) Mais le Français s'efforça de gagner le cœur de Miss Woodruff. Quand sa jambe fut en meilleur état, il prit la diligence pour Weymouth, afin, suppose-t-on, de regagner la France par mer. Deux jours après son départ, Miss Woodruff demanda de façon pressante à Mrs. Talbot de bien vouloir l'autoriser à quitter son emploi. On m'a dit que Mrs. Talbot avait tenté de lui faire donner ses raisons, mais sans succès.

— Et elle l'a laissée partir sans avoir été avertie ! »

Le prêtre, avec adresse, saisit sa chance.

« Je vous l'accorde, c'était une sottise. C'est ce qu'elle n'aurait pas dû faire. Si Miss Woodruff avait été mieux dirigée, toute cette triste affaire n'aurait jamais existé. »

Il marqua une pause pour laisser à Mrs. Poulteney le temps d'apprécier la louange implicite.

« En bref, voici ce qui arriva. Miss Woodruff partit rejoindre ce Français à Weymouth. Sa conduite est hautement répréhensible. J'ai pu cependant apprendre qu'elle logeait chez une cousine.

— Pour moi, ce n'est pas une excuse.

— Non, certes; mais rappelons-nous que ce n'est pas une personne née, et les gens des classes inférieures ont beaucoup moins que nous le souci des apparences. En outre, j'ai oublié de vous dire que ce Français lui avait fait des promesses. Quand elle est partie pour Weymouth, Miss Woodruff était persuadée qu'il allait l'épouser.

— Mais il s'agissait d'un catholique ! »

Mrs. Poulteney se voyait déjà plongée dans les noirs abîmes du papisme.

« Il me semble que la conduite de cet homme prouve qu'il était totalement incroyant. Mais sans aucun doute, il a dû lui assurer qu'il avait toujours partagé et pratiqué la foi de notre Eglise. Quelques jours plus tard, il repartit pour la France, en promettant à Miss Woodruff qu'aussitôt après avoir revu sa famille et obtenu le commandement d'un nouveau navire, il reviendrait ici, à Lyme, pour l'épouser et pour l'emmener avec lui. Depuis elle n'a pas cessé d'attendre. Il est évident que cet homme était ce qu'on peut appeler un « briseur de cœurs ». Sans doute, à Weymouth, espérait-il pouvoir entraîner la malheureuse créature dans quelque abomination. Et quand il s'aperçut que, grâce à la fermeté d'une foi chrétienne, ses noirs projets étaient voués à l'échec, il prit le bateau.

— Qu'est-elle devenue ensuite ? Je suppose que Mrs. Talbot ne l'a pas reprise.

— Ma chère dame, Mrs. Talbot est parfois une personne excentrique. Elle s'est offerte à la reprendre. Mais j'en arrive à présent aux tristes conséquences de cette histoire. Miss Woodruff n'a pas perdu la raison. Elle est parfaitement capable de se plier à tout ce que l'on peut exiger d'elle. Mais elle souffre de graves crises de mélancolie; qui peuvent être en partie la conséquence du remords; mais aussi, je le crains, la conséquence de cette idée fixe que le lieutenant est un homme honorable et qu'il lui reviendra un jour. C'est pourquoi on la voit fréquemment errer sur le rivage aux alentours de la ville. Mr. Fursey-Harris a lui-même sérieusement tenté de lui faire comprendre que cette attitude, non seulement était sans espoir, mais pouvait paraître choquante. Mais pour dire tout crûment les choses, on a bien l'impression qu'elle est un peu dérangée. »

Il y eut un silence. Le prêtre avait fini de parler. Seul le dieu païen de la chance était maintenant en mesure d'intervenir. Il sentait bien que Mrs. Poulteney pesait le pour et le contre. Au nom de tout ce qu'elle-même entendait représenter, l'idée d'introduire cette créature à Marlborough House ne pouvait qu'être alarmante et choquante. Pourtant il y avait Dieu dont il lui fallait tenir compte.

« A-t-elle de la parenté ?

— Je ne crois pas.

— Comment a-t-elle trouvé de quoi vivre depuis... ?

— Ce fut bien difficile. Je crois qu'elle a dû faire quelques travaux d'aiguille. Mrs. Tranter lui en avait procuré. Mais elle a surtout vécu des quelques économies qu'elle avait faites dans son précédent emploi.

— Elle savait donc épargner ! »

Le prêtre soupira profondément.

« Je crois, madame, que si vous la preniez ici, la vie saurait l'épargner. »

Il abattit son atout maître.

« Et, bien qu'il ne m'appartienne pas de juger de votre conscience, la présence de cette personne pourrait peut-être capitaliser à votre compte... »

Dans l'esprit de Mrs. Poulteney se précisa soudain une éblouissante vision céleste : le nez sacro-saint de Mrs. Cotton qui s'allongeait démesurément. Elle fronça les sourcils, fixant du regard les dessins de son tapis épais.

« Dites à Mr. Fursey-Harris que j'aimerais le voir. »

Et une semaine plus tard celui-ci se présentait, accompagné du curé de Lyme, dégustait un verre de madère et reprenait le récit — avec quelques omissions que son collègue avait recommandées. Mrs. Talbot envoya une interminable lettre de recommandation, qui fit plus de mal que de bien, du fait qu'elle ne condamnait pas avec une vigueur suffisante la conduite de la préceptrice. Une phrase particulièrement eut le don de mettre Mrs. Poulteney en colère. « M. Varguennes était un homme d'un charme exceptionnel et le capitaine Talbot me demande encore de préciser que la vie des marins n'est pas la meilleure école de moralité. » Que lui importait d'autre part de savoir que « Miss Sarah était une préceptrice qui connaissait parfaitement sa tâche » et « qu'elle avait beaucoup manqué aux enfants » ! Mais l'absence évidente de fermes principes moraux et la sotte sentimentalité de Mrs. Talbot finirent par jouer en faveur de Sarah dans l'esprit de Mrs. Poulteney. Elle ne manquait pas de faire la comparaison et cela expliquait bien des choses.

C'est ainsi que Sarah vint, accompagnée du prêtre, pour une entrevue. Elle plut à Mrs. Poulteney, qui n'en laissait rien voir. Elle avait l'air tellement abattue, annihilée par ce qui lui était arrivé. Il est vrai que « la trentaine, peut-être plus » avait paru beaucoup plus voisine de vingt-cinq. Mais il y avait sur elle cette tristesse si apparente qui prouvait bien qu'il s'agissait d'une pécheresse, et c'était cela que Mrs. Poulteney voulait avant tout que l'on puisse voir clairement. Il y avait aussi cet air réservé où Mrs. Poulteney pensait déceler les signes d'une muette gratitude. La vieille dame, avec le cuisant souvenir du long défilé de domestiques qui avait passé par sa maison, abhorrait par-dessus tout l'impertinence et l'effronterie — défauts que, selon son expérience, révélait le fait que son vis-à-vis parle sans y être invité, et réponde aux questions avant qu'elles soient formulées, ce qui la privait du plaisir de se demander pourquoi ses questions n'avaient pas été prévues.

Le prêtre suggéra la dictée d'une lettre. L'écriture était excellente et l'orthographe impeccable. Mrs. Poulteney avait pensé à un test un peu plus raffiné. Elle tendit sa Bible à Sarah pour que celle-ci lui en lise un passage. Avant de choisir celui-ci, elle avait assez longtemps hésité entre le Psaume 119 (« Heureux ceux qui sont intègres dans leurs voies ») et le Psaume 140 (« Eternel, délivre-moi de l'homme mauvais »). Elle avait opté finalement en faveur du premier, et elle était attentive, non seulement à la qualité de la voix de la lectrice, mais également au moindre signe indiquant que les paroles du Psalmiste n'auraient pas pénétré profondément dans le cœur de son interprète.

La voix de Sarah était ferme et assez profonde. Elle avait un soupçon d'accent campagnard; mais à cette époque la pureté de l'accent n'était pas aussi indispensable à la réussite sociale que ce devait être le cas à une période postérieure. Des membres de la Chambre des Lords gardaient encore une forte pointe de l'accent de leur terroir, et pour autant l'idée ne serait venue à personne de les tenir en moindre considération. Mais ce fut peut-être par un effet de contraste avec le décourageant bredouillis de Mrs. Fairley que le timbre de cette voix devait aussitôt plaire à Mrs. Poulteney. Le fait est qu'elle en fut charmée, de même que de l'expression que la jeune fille avait su mettre dans : « Oh ! que ta main me secoure; car j'ai choisi tes commandements ! »

Il restait alors à poser une brève question.

« Mr. Forsythe me dit que vous gardez encore de l'attachement pour cet étranger ?

— Souffrez que sur ce point je garde le silence, madame. »

Si quelque servante avait osé dire cela à Mrs. Poulteney, le congé aurait suivi dans l'instant même. Mais la chose était dite ouvertement et sans crainte, et pourtant avec respect; et pour une fois Mrs. Poulteney laissa échapper une belle occasion de rabrouer.

« Je ne veux pas voir de livres français dans ma maison.

— Je n'en possède aucun, madame; pas plus que des livres anglais. »

Il nous faut ajouter qu'elle n'en possédait pas du fait qu'elle les avait vendus, et non pas parce qu'elle aurait pu être un disciple avant la lettre de notre insigne McLuhan.

« Vous devez bien avoir une Bible ? »

La jeune fille secoua la tête, et le prêtre intervint.

« Je veillerai à cela, ma chère Mrs. Poulteney.

— On m'a dit que vous fréquentiez très régulièrement le service divin.

— Oui, madame.

— Il faudra continuer à le faire. Dieu nous réconforte toujours dans l'adversité.

— J'essaierai de partager votre foi, madame. »

Sur ce, Mrs. Poulteney posa sa plus embarrassante question; une question, en fait, que le prêtre précédemment lui avait demandé de ne pas poser.

« Au cas où cette personne reviendrait, que se passerait-il ? »

Mais cette fois encore Sarah sut s'en tirer à son avantage. Elle ne dit mot, mais simplement baissa et secoua la tête. De mieux en mieux disposée à son égard, Mrs. Poulteney voulut voir là l'expression d'un muet repentir.

Cest ainsi que se décida l'accomplissement de sa bonne et méritoire action.

Il ne lui vint évidemment pas à l'idée de se demander pourquoi Sarah, qui avait refusé des offres d'emplois de la part de personnes moins inexorablement confites en dévotion que Mrs. Poulteney, pouvait désirer en fin de compte demeurer chez elle. Il y avait à cela deux raisons des plus simples. L'une était que de Marlborough House on avait une vue magnifique sur la jetée et sur la mer. L'autre raison était encore plus simple : il lui restait exactement sept pence.

7

L'extraordinaire puissance de production de l'industrie moderne permet l'emploi improductif d'une partie de plus en plus importante de la classe ouvrière, et de ce fait se reforme, à une échelle sans cesse croissante, l'ancienne classe des esclaves, sous le nom de domesticité, et comprenant les valets, les femmes de chambre, les laquais, les servantes, etc.

MARX, *Le Capital (1867).*

LORSQUE Sam tira les rideaux ce matin-là, Charles se sentit envahi par une impression délicieuse, digne de celle que Mrs. Poulteney — à cette heure encore profondément endormie — aurait voulu connaître à l'instant de son entrée au Paradis — instant qui pouvait néanmoins sagement être retardé. Peut-être une douzaine de fois chaque année, le climat tempéré de la côte du Dorset offre une de ces journées, porteuse d'une tiédeur inhabituelle pour la saison, voire même par instants de la chaleur lumineuse d'un ciel méditerranéen. La nature semble alors perdre un peu la tête. On voit, en novembre, courir sur les roches ensoleillées des araignées qui devraient être en pleine hibernation; on entend chanter des merles en décembre; les primevères fleurissent en janvier, et mars se met à ressembler à juin.

Charles se mit sur son séant, jeta son bonnet de nuit, demanda à Sam d'ouvrir la fenêtre, et se soutenant des deux mains appuyées sur le drap, regarda le soleil inonder la pièce. La légère touche de mélancolie qu'il avait connue la veille s'était dissipée avec les nuages sur l'horizon. Par l'ouverture du vêtement de nuit, il sentait la caresse fraîche d'un air printanier toucher son torse nu. Sam avait cessé de repasser le rasoir, et une légère vapeur, chargée d'une très proustienne richesse d'évocation — tous ces jours heureux, l'ordre, le calme, la civilisation — montait du récipient de cuivre qu'il venait d'apporter. En bas, sur les pavés de la rue, le bruit des sabots d'un cheval résonnait paisiblement en descendant vers la mer. Un souffle un peu plus vif agita les tentures des fenêtres, d'un rouge un peu défraîchi, mais dans cette lumière elles paraissaient encore magnifiques. Le monde et cet instant ne devaient-ils pas durer et se confondre ?

On entendait, sur le pavé, le bruit d'un frottement de petits pas, accompagné d'un chevrotement continuel avec des dissonances de tons. Charles se leva et se pencha à la fenêtre. Deux hommes âgés, en blouses plissées, se parlaient de part et d'autre de la chaussée. L'un d'eux était un berger qui s'appuyait sur sa crosse. Une douzaine de brebis, entourées d'un plus grand nombre d'agneaux s'agitaient au milieu de la rue. Ces scènes, évocatrices d'époques plus anciennes, n'étaient pas rares dans l'Angleterre de 1867; mais elles commençaient d'y revêtir les apparences du pittoresque. On retrouvait dans chaque village ces petits groupes de vieillards porteurs de blouses. Charles regretta de ne pas être peintre. La campagne vraiment était pleine de charme. Il revint vers son valet.

« Par ma foi, Sam, une journée pareille m'ôterait l'envie de jamais revoir Londres.

— V's pourriez bien jamais le revoir, si vous restez dans ce coulis glacé. »

Son maître lui jeta un coup d'œil sévère. Cela faisait quatre ans qu'il vivait ainsi avec Sam, et l'un et l'autre se connaissaient mieux que bien souvent ne se connaissent les partenaires de ménages plus intimes.

« Sam, tu auras encore bu un verre de trop.

— Bien sûr que non, monsieur.

— La nouvelle pièce est-elle en ordre ?

— Mais oui, monsieur.

— Et les communs ?

— Très h-acceptables, monsieur.

— Très bien. Voilà la preuve. Toi, tu te sens bossu un jour où les plus pauvres bougres devraient avoir envie de chanter. Donc, tu as bu. »

Sam éprouva le fil du large rasoir sur l'extrémité de son pouce, avec une expression qui laissait supposer qu'il se disposait à en essayer le tranchant sur sa gorge, ou peut-être sur celle de son maître, afin de lui couper son sourire.

« C'est cette fille de cuisine à Mrs. Tranter, monsieur. J'étais à peine arrivé...

— Fais-moi le plaisir de poser cet instrument, et explique-toi.

— Je la vois, juste là. (Son pouce faisait signe dans la direction de la fenêtre). Et voilà qu'elle me crie de l'autre côté de la rue...

— Et qu'est-ce qu'elle a crié, s'il te plaît. »

Le visage de Sam blêmit au souvenir de l'insulte.

« Tu ferais mieux d'aller t'laver, sac de suie. » (Il se tut, d'un air sombre.) Monsieur ! »

Charles ébaucha un sourire.

« Je la vois, cette fille. Celle avec la robe grise, qui est laide à faire peur ? »

(Charles vraiment exagérait, car il parlait de la fille à qui il avait adressé un coup de chapeau ce précédent après-midi : un minois dont Lyme ne pouvait qu'être fier.)

« Laide, pas exactement. Du moins, dans ce qui se voit.

— C'est ça ! Chez nos Cockneys, Cupidon fait des ravages ! »

Sam eut un regard indigné.

« Moi ! Cette fille de péqu'nots, j' voudrais pas la toucher avec le bout d'une gaffe, la garce.

— Sam, tu as toujours eu un don pour les épithètes. Sûrement, comme tu me l'as souvent répété, tu as dû naître dans un bar.

— Dans la maison en face, monsieur.

— Evidemment, à deux pas du débit de gin, mais j'aimerais que par une journée comme celle-ci tu m'en épargnes le jargon.

— J'ai été h-umilié, monsieur Charles. La moitié des valets ont pu l'entendre. »

Comme les valets étaient en tout au nombre de deux, dont l'un était d'une surdité totale, Charles ne s'apitoya que modérément. Il sourit et fit signe à Sam de lui verser son eau chaude.

« Maintenant, tu seras vraiment un brave type si tu vas me chercher le déjeuner. Ce matin je me raserai seul, et rappelle-toi : double ration de pains beurrés.

— Oui, monsieur. »

Mais Charles arrêta sur la porte ce renfrogné de Sam, en brandissant un blaireau accusateur.

« Ces filles de la campagne sont beaucoup trop timides pour traiter de tous les noms d'honorables Londoniens qui ne les auraient pas gravement provoquées. Je suis sûr que tu as voulu aller trop vite en besogne; et si tu ne rapportes pas le déjeuner deux fois plus vite, cette chaussure aura encore plus vite fait de faire connaissance avec une partie charnue de ta misérable anatomie. »

La porte claqua avec un peu trop de vigueur. Devant le miroir, Charles cligna des yeux; et soudain prit le masque du père de famille sérieux — dix ans de plus; puis, avec indulgence, se prit à sourire à ses mines et à sa gaieté; fit la part des choses et s'absorba dans un affectueux examen de sa propre image. Les traits en étaient fort réguliers. Un large front, une moustache aussi brune que la chevelure, tout ébouriffée depuis qu'il s'était débarrassé du bonnet de nuit, et qui lui donnait ainsi un air plus jeune. Le teint était pâle, comme il convenait; moins cependant que celui de la plupart des jeunes Londoniens — car, en ce temps, le symbolisme du teint hâlé n'était nullement associé à la réussite sociale ou amoureuse comme il l'est couramment de nos jours. C'était le signe de la classe inférieure. Sur ce visage, n'y avait-il pas, à la réflexion, la marque d'un certain défaut de maturité — à peine lavé encore de la vague d'ennui de la veille. Un visage un peu trop innocent quand il se dépouillait du masque des convenances formelles, pas encore suffisamment fait. Vraiment, il n'y avait guère que ce nez dorique, ces calmes yeux gris. La conscience aiguisée, la bonne éducation y étaient clairement visibles.

Il commença de couvrir de mousse le visage ambigu.

Sam était d'une dizaine d'années son cadet : trop jeune pour faire un bon valet, en outre étourdi, querelleur, vaniteux, content de soi. Aimant plastronner et paresser, jambes étendues, un brin de paille ou de fougère fiché au coin des lèvres, affectant de s'y connaître en chevaux, ou jouant encore à attraper les moineaux avec une écumoire quand on le hélait du haut de l'escalier.

Tout valet cockney du nom de Sam évoque naturellement pour nous le fameux Weller de Dickens, et Sam se rattachait certainement à la même souche. Mais trente années avaient passé depuis cette extraordinaire apparition des *Aventures de M. Pickwick*. Le goût de Sam pour les chevaux était en réalité très superficiel. Un peu comme le jeune ouvrier moderne estime que s'y connaître en voitures est le signe caractéristique d'un certain niveau social. Pour lui, Sam Weller n'était pas un inconnu : il n'avait pas lu le livre, mais il avait vu une version scénique où figurait le personnage; et il savait bien que les temps avaient changé. Les Cockneys de sa génération regardaient de haut ceux qui les avaient précédés, et si lui fréquentait les écuries c'était justement afin de pouvoir montrer aux garçons de cabarets et aux palefreniers de village où on en était à présent.

Avec les années 1850, un nouveau type de dandy était apparu en Angleterre. Une certaine variété se réclamait encore de la classe supérieure — insipide descendance de Brummel le magnifique, et que l'on connaissait alors sous le nom de « swells »; mais des artisans prospères et des domestiques qui, à l'instar de Sam, entendaient monter plus haut que la proverbiale chaussure, étaient à leur tour entrés dans l'arène. Les « swells » eux-mêmes les appelaient des « snobs », et Sam en était un remarquable exemple, au sens alors très localisé du terme. Il avait un sens particulièrement aiguisé du « style » vestimentaire — presque aussi aiguisé que celui de nos fameux « mods [1] » des années 1960; il consacrait ainsi à l'acquisition de tenues à la mode la majeure partie de ses gages. Mais les traits caractéristiques de la classe montante apparaissaient également dans sa lutte pour améliorer sa façon de parler.

1. L'appelation « mods » (dérivée de moderne) désigne une partie de la jeunesse anglaise qui, dans le sens d'un nouveau dandysme, s'était efforcée de réagir contre les « beatnicks » et les hippies (N. d. T.)

Aux environs de 1870, la célèbre inaptitude de Sam Weller à former le son « v » qu'il transformait en « w », caractéristique depuis des siècles des Londoniens de la classe inférieure, était aussi méprisée par les « snobs » qu'elle pouvait l'être des romanciers bourgeois, qui continuaient cependant de l'utiliser dans les expressions qu'ils mettaient dans la bouche de leurs personnages de Cockneys. Les « snobs » s'attaquaient alors plus vigoureusement à la tendance populaire à éliminer le « h » aspiré; et sur ce terrain le combat était rude, et en ce qui concerne notre Sam quasi désespéré. Mais ses « a » et ses « h » à contretemps n'étaient pas vraiment comiques; c'étaient les signes annonciateurs d'une révolution sociale — et cela Charles était fort loin de vouloir l'admettre.

Peut-être était-ce du fait que Sam apportait dans sa vie quelque chose qui lui était profondément nécessaire : l'occasion quotidiennement renouvelée d'un badinage, d'un retour à l'esprit du collège qui lui permettait d'assouvir un goût déplorable et caractéristique pour les facéties et les calembours laborieux — un humour qui s'appuyait avec une assurance singulièrement révoltante, sur le privilège de la meilleure éducation. Néanmoins, bien que par son attitude Charles parût ajouter ainsi l'insulte à l'injustice déjà suffisamment lourde de l'exploitation économique, il nous faut bien préciser que ses relations avec Sam n'étaient pas dépourvues d'une certaine forme d'affection, d'un lien d'humanité, fort différent de la froide barrière que de nombreux nouveaux riches, en une période d'abondante richesse, étaient alors en train de dresser entre eux-mêmes et leurs domestiques.

Charles avait évidemment derrière lui des générations patriciennes, qui avaient su se faire servir; et ce n'était pas le cas de tous les nouveaux riches de l'époque qui avaient souvent eux-mêmes des domestiques dans leur parenté. Il lui était impossible d'imaginer un monde sans serviteurs, alors que les nouveaux riches le pouvaient; et c'est pourquoi ils abusèrent si lourdement d'une position toute relative et précaire. De leurs serviteurs ils tentèrent de faire des machines; alors que Charles savait très bien qu'il lui était possible de trouver là également un compagnon d'une certaine espèce — son Sancho Panca, un accompagnement sur le mode mineur de son amour très spiritualisé pour la dame de ses pensées, Dulcinée-Ernestina. Il gardait Sam, en somme, parce que celui-ci fréquemment le divertissait, et non pas parce qu'il n'aurait pas pu trouver de meilleures « machines » pour le servir.

Mais ce par quoi Sam Farrow se différenciait de Sam Weller (autrement dit, ce qui marquait la différence entre l'époque de 1867 et celle de 1836) c'est que, si l'un s'était trouvé fort satisfait de son rôle, l'autre en souffrait. Weller n'aurait pas manqué de répondre, et de la plus belle façon, à l'insulte du « sac de suie ». Sam s'était redressé de toute sa hauteur et avait tourné le dos.

8

Où l'arbre s'élevait, l'eau profonde
est montée.
Oh ! terre, qui connais d'étranges
changements !
Où roulaient tous les bruits affai-
rés de la rue
Il n'y a que le calme infini de la
mer.

Flottent encore les ombres des col-
lines,
Floues et liquides, résorbées,
Terre ferme changée en un contour
de brume,
Fondue comme nuage en des formes
qui passent.

TENNYSON, *In Memoriam (1850).*

Mais si aujourd'hui vous voulez à la fois être entouré de respect et ne rien faire, la meilleure chose sera de vous plonger dans quelque profonde étude...

LESLIE STEPHEN,
Croquis de Cambridge (1865).

A LYME, ce matin-là, Sam n'était pas le seul à avoir la mine renfrognée. Ernestina s'était éveillée d'assez méchante humeur et la promesse d'un si beau jour ne faisait qu'aggraver les choses. Elle connaissait ce genre de malaise, mais il n'était pas question d'en faire subir les conséquences à Charles. Aussi quand celui-ci se présenta, à dix heures, à la résidence de tante Tranter, fut-il accueilli seulement par l'honorable lady : Ernestina n'avait pas passé une très bonne nuit et elle désirait se reposer. Sans doute pourrait-il repasser dans l'après-midi à l'heure du thé, où il est probable qu'elle se sentirait mieux ?

Charles s'étant inquiété de savoir s'il ne serait pas bon de prévenir le docteur, il lui fut poliment répondu par la négative, et il prit congé. Aussi Charles chargea-t-il Sam d'acheter toutes les fleurs qu'il pourrait découvrir et de les porter à la demeure de la charmante invalide, avec la permission d'en déposer aussi quelques-unes pour son propre compte, à l'intention de la jeune personne hostile à la noirceur du teint — une mission fort légère qui devait lui permettre de profiter lui aussi de ce beau jour. (Après tout, les patrons de l'époque victorienne ne sont pas tous directement responsables de l'expansion du communisme.) Et il se retrouva lui-même face à ses heures de liberté.

Il lui était très facile de les utiliser. Il n'aurait certes pas hésité à suivre Ernestina partout où le souci de sa santé aurait pu la conduire, mais il n'est que juste de reconnaître que le choix de Lyme Regis lui avait rendu particulièrement légères ces obligations prémaritales. Les noms de Stonebarrow, Black Ven, Ware Cliffs n'ont sans doute, pour le lecteur, pas grande signification. Mais Lyme est situé dans la partie centrale d'un des rares plissements de roches jurassiques connus sous le nom de liasique bleu. Pour le simple admirateur de paysages, ladite roche n'offre pas grand attrait. Par sa teinte gris sombre et par sa texture de boue pétrifiée, elle est d'un aspect plus désolant que pittoresque. Elle est en outre de nature traîtresse, car ces strates sont cassantes et propices aux éboulements; le résultat est que cet éperon d'une douzaine de milles de terrain liasique a cédé à la mer au cours de l'histoire plus de terrain que n'importe quelle autre couche géologique du territoire anglais. Mais ses concrétions fossiles et son instabilité ont fait d'elle la terre d'élection des paléontologues. Depuis beaucoup plus d'un siècle aucune faune n'a plus communément proliféré sur ces côtes que celle des hommes qui manient le marteau du géologue.

Charles avait déjà rendu visite à ce qui fut sans doute la boutique la plus fameuse du Lyme de cette période — la *Old Fossil Shop* — qui eut pour fondatrice une femme remarquable, Mary Anning, dépourvue d'éducation spécialisée, mais douée d'une sorte de génie pour la découverte d'intéressants spécimens, et parfois encore totalement inconnus. Elle fut la première à avoir vu les ossements de l'*Ichtyosaurus platyodon*; et ce n'est certes pas à l'honneur de la paléontologie britannique que de nombreux savants aient fondé leur réputation sur le commentaire de ses découvertes, sans qu'aucune d'elles n'ait spécifiquement porté son nom. Charles s'était donc dûment présenté à cette célébrité locale et lui avait payé comptant quelques ammonites et *Isocrina* qu'il convoitait pour les vitrines murales de son bureau londonien. Il avait cependant été un peu déçu, car l'*Old Fossil Shop* était alors assez dépourvue de spécimens intéressants dans la branche qui justement offrait à ses yeux l'intérêt le plus évident.

Il s'agissait des échinodermes, ou oursins fossilisés. On leur donne parfois le nom de « tests » (du latin *testa*, brique ou poterie); et les Américains les appellent *sand-dollars*. Ces « tests » ont des formes variées bien que toujours remarquablement symétriques, avec une texture faite de délicates striations. Outre leur valeur scientifique (une série verticale, découverte à

Beachy Head, au début des années 1860, a apporté une des toutes premières confirmations scientifiques de la validité de la théorie de l'évolution) ce sont de petits objets d'une remarquable beauté, et le fait qu'on les trouve toujours très difficilement ne fait qu'ajouter à leur charme. On pourra passer de nombreuses journées à chercher sans parvenir à mettre la main sur un seul d'entre eux, et le jour où vous en découvrirez deux ou trois sera un jour mémorable. Peut-être, sans qu'il s'en rendît clairement compte, était-ce justement cela qui attirait Charles, amateur-né, et qui avait du temps à perdre. Il avait certes des motivations scientifiques, et avec quelques compagnons, acharnés à la même recherche, il ne manquerait pas de dénoncer avec indignation le fait que l'étude des échinodermes avait été terriblement négligée — excuse excellente pour qu'il se permette de consacrer tant de temps à un domaine étroitement limité. Mais quelles qu'en fussent les raisons, Charles était avant tout un spécialiste des « tests ».

Or, les « tests » ne s'attachent pas directement à la couche liasique, mais aux strates calcaires et aux silex qui la recouvrent, et Miss Anning l'avait prévenu que ses recherches auraient les meilleures chances d'être fructueuses dans un secteur situé à l'ouest de la ville, et pas nécessairement sur la côte. Une demi-heure après avoir sonné au portail de tante Tranter, Charles se trouvait à nouveau du côté de la jetée du Cobb.

En ce jour le grand môle était loin d'être désert. Des pêcheurs calfataient leurs embarcations, réparaient leurs filets, bricolaient les paniers à crabes et à langoustes. Des personnes de condition plus aisée, touristes matinaux et habitants de la localité, se promenaient au bord d'une mer tranquille, à marée montante. Aucune trace, remarqua Charles, de la femme qui regardait vers le large. Mais sans plus penser à elle ou au Cobb, il partit d'un pas élastique et rapide, fort différent de celui du flâneur citadin qui lui était habituel, le long de la grève, au-dessous de Ware Cleeves, dans la direction qu'il s'était fixée.

Son équipement aujourd'hui nous ferait sourire, car rien ne manquait pour l'objectif qu'il entendait atteindre. Il portait de lourds souliers à clous et des guêtres de toile, serrant les pantalons Norfolk de flanelle épaisse, sur lesquels retombaient les pans démesurément allongés d'une veste cintrée; un chapeau de feutre à larges bords, d'un beige incertain, une solide canne de frêne dont il avait fait l'acquisition en descendant au Cobb, et un volumineux havresac, dont on aurait pu tirer des marteaux de différente taille, des cartons, des carnets de notes, de petites boîtes, un piolet, et Dieu sait quoi encore. Rien n'est pour nous plus difficile à comprendre que cet esprit méthodique des gens de l'époque victorienne. On le retrouve (avec son côté ridicule) dans les conseils qui sont si libéralement prodigués aux voyageurs dans les premières éditions du guide Baedeker. On se demande, avec effarement, en quoi pouvaient consister après cela les plaisirs du voyage. Quant à Charles, comment pouvait-il ne pas voir que des vêtements plus légers auraient été plus confortables ? Qu'un chapeau n'était vraiment pas indispensable ? Que, sur une grève couverte de galets, les gros souliers à clous étaient à peu près aussi commodes qu'une paire de patins à glace ?

Nous rions, mais il y a peut-être un côté admirable dans cette distinction entre le recommandé et le confortable. Nous retrouvons là encore, de l'un à l'autre siècle, une différence de conception fondamentale : le sentiment du devoir sera-t-il ou non l'axe central qui fixera notre conduite [1] ? Si nous estimons que le souci

1. Pour bien préciser que l'agnosticisme et l'athéisme victoriens (à l'encontre de leur version moderne) n'attaquaient directement que les dogmes théologiques, nous pourrions citer la fameuse épigramme de George Eliot : « Dieu est incon-

de nos ancêtres de jouer entièrement le jeu et de se tenir prêts à toute éventualité témoigne d'un aveuglement stupide devant les réalités, nous faisons preuve, il me semble, à leur égard, de beaucoup de légèreté et d'injustice; car ce furent des hommes qui ressemblaient de fort près à Charles, équipés d'une façon aussi ridiculement incongrue qu'il pouvait l'être en ce jour, qui établirent alors dans ses fondements notre science moderne. Leurs marottes ridicules se rattachaient et exprimaient en un sens le sérieux qu'ils apportaient dans un domaine d'une importance beaucoup plus grande. Ils sentaient que la façon habituelle dont on leur expliquait le monde était inadéquate; qu'en ouvrant largement les fenêtres pour accueillir le réel ils découvraient les tares de la convention, de la bigoterie, de l'injustice sociale; bref, ils comprenaient que bien des choses demeuraient à découvrir et que la découverte était d'une importance capitale pour l'avenir de l'humanité. Nous pensons (à moins d'avoir passé notre vie dans un laboratoire) que nous n'avons plus rien à découvrir et que ce qui importe avant tout pour nous c'est le présent tel qu'il est vécu par l'homme. Est-ce mieux ainsi ? Peut-être. Mais en fin de compte ce n'est pas à nous qu'il appartiendra d'en juger.

Ainsi aurions-nous peut-être mieux fait de moins avoir envie de rire à voir ce jour-là Charles s'escrimer du marteau, se pencher, progresser à tâtons sur la grève, et en s'efforçant pour la dixième fois d'élargir un trou entre deux galets, glisser et culbuter à la renverse. Après tout, Charles n'en était pas tellement mortifié, car la journée était belle, les fossiles liasiques nombreux, et il se trouva bientôt complètement seul.

cevable, l'immortalité incroyable, mais le devoir est impératif et absolu. » Et d'autant plus impératif, pourrions-nous ajouter, si l'on envisage les conséquences possibles de cette double absence d'une foi.

La mer scintillait, les courlis passaient en criant; un vol d'huîtriers, les ailes blanches et noires, la gorge corail, se leva, messagers de sa venue. Toute l'agitation séductrice d'une faune des rochers et ses tentations hérétiques assaillaient l'esprit du pauvre chercheur : ne serait-il pas plus plaisant — non, non, plus scientifiquement valable, d'étudier la biologie marine ? Et quitter Londres peut-être, et venir résider à Lyme... Mais cela Ernestina n'y consentirait jamais. Alors survint, j'ai plaisir à le noter, un moment tout simplement humain, où Charles, après avoir regardé autour de lui et s'être assuré d'une complète solitude, retira ses lourdes chaussures, ses guêtres et ses chaussettes. Un instant d'école buissonnière — et il s'efforça de se souvenir d'un vers d'Homère qui lui aurait donné une forme classique; mais il fut distrait par le souci d'attraper un petit crabe fuyant l'ombre gigantesque subaquatique, décelée par ses vigilants petits yeux pédonculés.

On pourrait sans doute hausser les épaules en songeant à cet équipement encombrant de Charles, et on pourrait même lui reprocher cette peu scientifique légèreté. Mais rappelons-nous que l'histoire naturelle n'avait pas pris alors un sens péjoratif d'ignorance des réalités. Charles avait, après tout, quelques solides connaissances en botanique et en ornithologie. Peut-être, si nous entendons rester dans la ligne du progrès de la science, aurait-il mieux fait de s'en tenir exclusivement à la branche des oursins-fossiles, ou de consacrer son existence à l'identification des algues; mais pensons au Darwin du *Voyage du Beagle*. *De l'Origine des Espèces* fut un triomphe, non pas de la spécialisation, mais des vues d'ordre général. Et même si l'on nous prouvait que pour Charles, qui n'avait pas ce génie scientifique, la spécialisation eût été préférable, nous n'en maintiendrons pas moins que, du point de vue de l'être humain, Charles, en chair, en os et en personne, le second choix était préférable. Non pas que de simples amateurs puissent se permettre d'être des touche-à-tout; mais ils devraient s'efforcer de toucher à tout; et que le diable emporte les doctes spécialistes qui tiennent à les confiner dans quelque étroite *oubliette* !

Charles prétendait être un darwiniste, et cependant il n'avait pas vraiment compris Darwin. Pas plus que Darwin ne pouvait lui-même tout à fait se comprendre. Ce que son génie avait démantelé, c'était la *Scala Naturae* de Linné, une conception de la nature aussi indispensable à la science de son époque que la divinité du Christ à celle des théologiens. L'impossibilité de l'apparition d'une nouvelle espèce en formait la clef de voûte. Ainsi s'explique l'obsession des disciples de Linné, occupés à nommer et établir des catégories et fossiliser tout ce qui existe. Nous pouvons y voir aujourd'hui une tentative désespérée pour fixer et stabiliser ce qui, en réalité, est continuellement instable et mouvant; et n'est-il pas significatif en fin de compte que Linné lui-même ait fini par sombrer dans la folie : il sentait qu'il se trouvait dans un labyrinthe, mais il ne savait pas que les murs et les portes en étaient perpétuellement mouvants. Darwin lui-même ne devait jamais complètement briser les fers du naturaliste suédois; ainsi nous serait-il bien difficile de reprocher à Charles les pensées qui lui venaient à l'esprit tandis qu'il contemplait les strates liasiques des falaises en surplomb.

Il savait que le principe de *nulla species nova* était sans valeur; il voyait cependant, dans les strates, l'image rassurante d'une existence parfaitement ordonnée. Il aurait peut-être pu découvrir, dans les éboulements des falaises grisâtres, une très moderne symbolisation de la dégradation et du mélange des couches sociales, mais il y découvrait réellement une sorte d'édification temporelle, où des lois inexorables (bénéfiquement divines sans aucun doute, car qui prétendait que l'ordre n'ait pas été prévu pour le plus grand bien de l'humanité ?) veillaient à la survie du plus apte et du meilleur, comme en témoignait, en ce jour printanier, la présence de Charles Smithson, seul, chercheur passionné et compréhensif, conscient de son rôle et le cœur plein de reconnaissance. Ce qui lui faisait évidemment défaut, c'était de n'avoir pas conscience du corollaire qui accompagne cette perte d'une notion de l'ordre stable naturel : puisque de nouvelles espèces pouvaient apparaître, les espèces anciennes auraient fréquemment à leur céder la place. L'inévitable disparition de l'espèce humaine, Charles, aussi bien que tous les hommes de son époque, pouvait en être conscient. Mais, de même qu'en ce jour le ciel se trouvait libre de tout nuage, cette perspective à cet instant était fort éloignée de sa pensée. Et cependant, après s'être décidé à remettre chaussettes, guêtres, brodequins, il ne tarda pas à tenir en main un magnifique et très concret exemple de l'inévitable.

Il s'agissait d'un très beau fragment de roche liasique, avec les empreintes d'ammonites d'une netteté parfaite, microcosme de minuscules galaxies aux rayonnantes rosaces, tournoyant dans un fragment de rocher long de dix pouces. Ayant soigneusement pris note de la date et du lieu de la trouvaille, une fois encore, Charles s'écarta d'un bond du chemin de la science pour suivre cette fois celui de l'amour. Il résolut d'en faire don à Ernestina dès son retour. Ce spécimen était assez beau pour lui plaire, et après tout, il le retrouverait bientôt, avec elle-même. Mieux encore, la lourdeur du fardeau sur le chemin du retour donnerait encore à ce cadeau plus de prix. Le Devoir, en parfait accord avec les façons de voir de l'époque, commençait déjà de redresser une tête sévère.

De même, il commençait à se rendre compte que

cet agréable vagabondage avait duré plus longtemps qu'il ne l'aurait désiré. Il déboutonna sa veste pour en sortir l'oignon au boîtier d'argent : deux heures. Il se retourna vivement pour voir les lames lécher un coin du rivage, à un mille de distance. Il ne courrait pas le risque de ne plus pouvoir rentrer, car il apercevait un sentier escarpé qui s'élevait dans la falaise, en direction du plateau recouvert de verdures épaisses; mais son chemin le long du rivage se trouvait coupé. Il avait bien eu l'intention de parvenir à ce sentier; mais beaucoup plus rapidement, afin d'arriver par là vers l'affleurement des strates rocheuses. Comme pour se punir d'avoir musardé, il se lança beaucoup trop vite dans une escalade rapide, et dut s'asseoir une minute afin de reprendre son souffle, transpirant copieusement sous l'abominable flanelle. Mais il entendit le bruit d'un ruisseau tout proche où il put étancher sa soif et imbiber son mouchoir qu'il se passa sur le visage. Sur ce, il commença d'examiner les alentours.

9

> ... et je sais que ce cœur
> Jamais ne fut conçu pour un durable amour;
> Mais dans sa profondeur brille cet éclat sombre,
> Trop étrange, sauvage, et jamais en repos.
>
> MATTHEW ARNOLD, *Un adieu (1853)*.

LES deux raisons les plus évidentes qui pouvaient inciter Sarah Woodruff à venir se présenter à l'inspection de Mrs. Poulteney ont été indiquées. Mais Sarah était bien la dernière personne à chercher les raisons de ses actions, fussent-elles accomplies instinctivement; et dans ce cas on pouvait sans doute en découvrir d'autres. Il devait y en avoir d'autres, car elle ne pouvait ignorer la réputation dont jouissait Mrs. Poulteney parmi les gens du commun de la région de Lyme. Elle avait hésité pendant toute une journée, puis avait été demander conseil à Mrs. Talbot. Or, si Mrs. Talbot était une jeune femme d'excellent cœur, elle n'était pas très perspicace, et bien qu'elle eût volontiers repris Sarah à son service — elle s'y était même offerte — elle voyait bien que celle-ci était maintenant incapable de l'attention quotidienne soutenue que l'on doit attendre d'une préceptrice dans l'exercice de sa charge. Néanmoins elle désirait vivement lui venir en aide.

Elle savait Sarah sans ressources, et passait des nuits d'insomnie à imaginer des scènes inspirées des lectures les plus romantiques de son adolescence, des scènes où l'on voit des héroïnes mourant de faim, allongées dans la neige tout près de l'entrée des maisons, ou grelottant de fièvre dans des mansardes où ruisselle l'eau des gouttières. Mais une image — souvenir d'une illustration tirée des récits édifiants de Mrs. Sherwood — résumait ses pires appréhensions : une femme poursuivie se précipitant du haut d'une falaise. Un éclair rayait le ciel, révélant au-dessus d'elle les cruels visages de ses poursuivants; mais le pis était l'expression d'horreur répandue sur le visage de cette créature sacrifiée, et la façon dont ses vêtements flottaient, élargis dans la chute, comme un battement d'ailes sombres au-dessus de cette mort affreuse.

C'est pourquoi Mrs. Talbot se garda de parler de ses appréhensions concernant le caractère de Mrs. Poulteney, et elle recommanda fortement à Sarah d'accepter le poste qui lui était offert. L'ex-préceptrice embrassa les enfants, Paul et Virginia, et reprit en condamnée le chemin de Lyme. Elle se fiait au jugement de Mrs. Talbot; et une femme intelligente qui, connaissant l'excellent cœur d'une femme sotte, se fie à elle, ne saurait espérer mieux.

Sarah était intelligente, mais d'une forme d'intelligence assez peu répandue — que les tests de nos universités modernes seraient certainement incapables de détecter. Ce n'était nullement la faculté analytique de résoudre des problèmes et il est significatif qu'elle ait éprouvé tant de peine à faire des progrès en mathématiques; pas plus que cette intelligence ne prenait la forme de saillies spirituelles ou d'une apparente vivacité d'esprit, même dans les instants où elle se sentait heureuse. Il s'agissait plutôt d'une surprenante aptitude — surprenante chez une personne qui ne connaissait ni Londres ni le cours du monde — à saisir la valeur personnelle d'autres individus, à les comprendre au plein sens du terme.

Elle possédait en ce sens une intuition psychologique fort comparable à l'appréciation professionnelle d'un bon marchand de chevaux : cette faculté de distinguer, au premier coup d'œil, l'animal doué de la rosse; ou encore, en sautant un siècle, nous pourrions dire qu'elle avait un ordinateur dans le cœur. Je dis bien dans le cœur, car les valeurs qu'elle savait traiter appartenaient plus à l'ordre du sentiment qu'à celui de la pensée. Elle était capable de déceler le sens véritable d'un argument creux, d'une fausse érudition, d'une vue partiale; mais elle distinguait également le caractère véritable sous les apparences fictives. Elle voyait les gens comme ils sont et non comme ils s'efforcent de paraître, sans être mieux capable d'en dire les raisons qu'un ordinateur n'est à même de commenter les résultats de ses analyses. Ce serait trop peu de dire qu'elle avait un vif sentiment de la valeur morale des individus. Sa compréhension portait beaucoup plus loin, et si la moralité avait été sa pierre de touche, sa conduite aurait été fort différente. Il nous suffira de dire, à ce propos, qu'à Weymouth elle n'avait nullement logé chez une cousine.

Cette instinctive profondeur du jugement personnel était dans sa vie la première malédiction; son éducation était la seconde. Ce n'était pas une éducation particulièrement poussée; rien de plus que l'enseignement de second ordre d'un institut pour les jeunes filles d'Exeter, où elle apprenait pendant le jour, et où le soir, parfois tard dans la nuit, elle travaillait à des travaux de couture ou autres tâches mercenaires pour pouvoir en payer le prix. Elle n'avait pas de très bons rapports avec les autres élèves, qui la regardaient de haut tandis qu'elle lisait à travers leurs sentiments. Aussi avait-elle lu beaucoup plus d'œuvres d'imagination et de poésie, ces deux refuges des solitaires, que la plupart de ses condisciples. Pour elle ces lectures suppléaient l'expérience. Sans bien s'en rendre compte, elle jugeait des individualités autant d'après les normes de Walter Scott ou de Jane Austen qu'en tenant compte de ses connaissances pratiques; voyant dans les personnes qui l'entouraient des personnages de fiction et formulant à leur propos des jugements poétiques. Malheureusement, ce qu'elle avait ainsi appris par elle-même se trouvait sérieusement altéré par ce qu'on lui avait enseigné. Revêtant ainsi le vernis de connaissances d'une lady, elle devenait la victime choisie d'une société de castes. Son père l'avait écartée de sa propre classe, mais il était incapable de lui ouvrir l'accès à la classe supérieure. Elle était devenue trop « chic » pour que les jeunes gens du milieu qu'elle avait quitté puissent songer à l'épouser, et elle demeurait trop banale aux regards de ceux du milieu auquel elle pouvait aspirer.

Ce père qui avait été dépeint par le curé de Lyme comme « un homme plein d'excellents principes » était, au contraire, affligé d'une collection de principes que l'on ne saurait trop déconseiller. S'il avait tenu à ce que sa fille unique suivît les cours d'un pensionnat, ce n'était pas uniquement dans l'intérêt de l'enfant, mais pour des raisons d'amour-propre généalogique. Quelque quatre générations auparavant, et du côté paternel, il était incontestable qu'il y avait eu des gentilshommes dans la famille. Quelque apparentement avec la noble souche des Drake était même probable, fait qui avait fini par se cristalliser dans son esprit comme l'évidence d'une filiation directe avec le fameux Sir Francis. Sans aucun doute un membre de la famille avait dû posséder un manoir dans la froide région verdoyante et peu peuplée qui s'étend entre Dartmoor et Exmoor. Trois fois le père de Sarah s'était rendu sur place et il avait vu cette demeure de ses propres yeux; puis il était revenu à la petite ferme qu'il louait sur le vaste domaine de Meriton en ruminant des projets et des rêves.

Peut-être fut-il déçu quand sa fille revint du pensionnat, à l'âge de dix-huit ans — qui sait à quels miracles il avait pu s'attendre — pour s'asseoir à l'autre bout de la lourde table de hêtre, le regardant se vanter avec une tranquille réserve, qui ne faisait que l'irriter, comme le spectacle d'une machinerie délicate et sans emploi (car il était de cette solide souche de paysans du Devon qui ne comptent que sur la valeur de l'argent), l'irriter et l'aiguillonner jusqu'à ce qu'il finisse en fin de compte par sombrer dans la folie. Il remit son fermage et fit l'acquisition d'un lopin de terre; mais il avait acheté trop bon marché et il s'aperçut que ce qui lui avait paru une excellente affaire en était en fin de compte une fort mauvaise. Il travailla d'arrache-pied pendant quelques années, à la fois pour rembourser les hypothèques et pour soutenir ses ridicules aspirations à la noblesse, et finalement perdit totalement la raison et fut interné à l'asile de Dorchester. Il devait y mourir un an plus tard. Sarah, pendant ce temps, avait pu subvenir à ses propres besoins en trouvant un emploi, d'abord dans une famille de Dorchester, pour ne pas s'éloigner de son père. Puis, après la mort de celui-ci, elle était devenue la préceptrice des enfants Talbot.

Bien qu'elle n'eût pas de dot ni d'espérance d'aucune sorte, elle avait assez de charme personnel pour trouver, dans son entourage, quelques prétendants. Mais, à chaque fois, avait joué la malédiction de ses dons naturels : elle lisait trop clairement dans l'âme de ces prétendants. Elle voyait les petitesses, la condescendance, les intentions charitables, la stupidité. Ainsi paraissait-elle inexorablement vouée à ce sort que la nature, au cours des millions d'années de l'évolution, avait paru décidée à lui éviter : le célibat.

Imaginons l'improbable : qu'en ce jour où Charles, libéré des devoirs de son engagement, se livrait à une escapade scientifique, Mrs. Poulteney ait procédé à l'inventaire contradictoire de ses motifs de satisfaction et de ses griefs à l'encontre de Sarah. Elle avait tout au moins la possibilité de le faire puisqu'en cet après-midi, Sarah, Miss Sarah, ne se trouvait pas à Marlborough House.

Et voyons d'abord ce qu'elle aurait pu heureusement porter à la colonne créditrice. La première mention aurait sans doute été la moins prévisible au moment où, l'année précédente, elle avait engagé la jeune fille. Elle aurait pu être formulée en ces termes : « amélioration du climat domestique ». Le plus surprenant était qu'aucun domestique n'avait quitté la maison ou n'avait été renvoyé (la seconde alternative étant statistiquement la plus fréquente) depuis qu'elle y était entrée.

L'origine de ce bizarre changement remontait à une certaine matinée, quelques semaines seulement après que Miss Sarah eut commencé son service, ou que lui fut confiée la charge de permettre à Mrs. Poulteney d'effectuer son salut. Avec le flair qui lui était habituel, la vieille dame avait décelé une lourde faute de service : la servante chargée de l'entretien des étages supérieurs qui chaque jeudi devait arroser les plantes dans le second salon — Mrs. Poulteney réservait l'un aux visiteurs et l'autre à son usage personnel — avait manifestement oublié de le faire. Les plantes verdoyantes semblaient fort disposées au pardon, au contraire d'une Mrs. Poulteney pâle de colère. La coupable fut aussitôt convoquée. Elle avoua son oubli. Mrs. Poulteney aurait pu à la rigueur passer l'éponge si le dossier de cette fille ne s'était pas trouvé chargé de deux ou trois autres peccadilles récentes. Son heure avait donc sonné, et avec le solide sens du devoir du bull-dog qui s'apprête à planter ses crocs dans les mollets d'un chapardeur, Mrs. Poulteney entama la procédure.

« J'ai passé sur bien des choses et je n'en supporterai pas plus.

— Mais je n'oublierai plus, m'dame.

— Dans ma maison, il est bien certain que tu n'en auras plus l'occasion.

— Oh ! M'dame, je vous en prie, m'dame. »

Mrs. Poulteney fit une pause afin de mieux jouir du spectacle de la jeune servante en larmes.

« Mrs. Fairley te paiera tes gages. »

Miss Sarah assistait à cette conversation, car Mrs. Poulteney lui avait dicté des lettres, adressées pour la plupart à des évêques, ou tout au moins dans le style dont on s'adresse d'ordinaire à des évêques. Elle avait alors posé une question dont l'effet avait été remarquable. C'était, il faut le dire, la première question qu'elle s'était permise de poser en la présence de Mrs. Poulteney et qui n'avait pas de rapport direct avec les devoirs de sa charge. D'autre part, elle était implicitement en contradiction avec le jugement de la vieille dame. Et finalement, elle s'adressait, non pas à Mrs. Poulteney, mais à la servante.

« Tu ne te sens pas bien, n'est-ce pas, Millie ? »

Que ce fut l'effet d'un accent de sympathie dans cette pièce, ou de l'état de la jeune servante, mais Mrs. Poulteney fut stupéfaite de la voir tomber à genoux, en suffoquant, les deux mains devant son visage. Miss Sarah fut aussitôt près d'elle, et l'instant d'après expliquait que cette fille était vraiment fatiguée, qu'elle avait eu deux évanouissements la semaine précédente, qu'elle n'avait pas osé en parler à quiconque...

Lorsque Miss Sarah était revenue, quelques instants plus tard, de la chambre à coucher des servantes où

Millie avait été mise au lit, Mrs. Poulteney lui avait posé à son tour une très étonnante question.

« Que dois-je faire ? »

Miss Sarah l'avait regardée droit dans les yeux, et l'expression de ce regard faisait que les mots qui le suivirent pouvaient paraître une pure concession aux conventions.

« Ce que vous estimez le mieux, madame. »

C'est ainsi que la fleur la plus rare, le pardon, avait trouvé à Marlborough House un très précaire asile. Et quand le docteur, que l'on avait appelé pour examiner la servante, diagnostiqua un ictère, Mrs. Poulteney découvrit le plaisir pervers de paraître vraiment bonne. Deux ou trois autres incidents se produisirent par la suite, moins dramatiques, mais qui suivirent le même cours. Deux ou trois seulement, car Sarah s'était elle-même chargée de faire des tournées d'inspection anticipatrices. Sarah avait fort bien pris les mesures de Mrs. Poulteney et elle savait la guider aussi finement qu'un rusé cardinal dirige un pape un peu myope, mais en vue de plus nobles fins.

Sur cet hypothétique bilan de Mrs. Poulteney, le second point porté à la colonne du crédit aurait été moins inattendu. « Sa voix », aurait-elle noté. Si la maîtresse se souciait assez peu de venir en aide à son personnel en diverses matières profanes, elle s'inquiétait avec un soin jaloux de lui procurer le confort spirituel. L'assistance aux deux offices du dimanche était obligatoire, et il y avait également un service matinal quotidien : hymnes, leçon tirée des Ecritures, prières, auquel la vieille dame présidait de façon solennelle. Or, elle avait toujours été mortifiée de voir que ses coups d'œil les plus courroucés étaient seuls susceptibles de réduire ses serviteurs à cet état d'humble soumission et de repentir qu'à son avis Dieu, aussi bien qu'elle-même, aurait dû pouvoir obtenir. Les visages n'exprimaient normalement qu'un mélange de crainte à son égard et de totale incompréhension, comparable à l'attitude de moutons effarés plutôt qu'à celle de pécheurs repentis. Mais avec Sarah tout cela avait changé.

Sa voix était certainement très belle, claire et contrôlée, bien que toujours chargée de tristesse, et souvent intensément expressive; mais surtout cette voix était sincère. Pour la première fois, dans son petit monde disgracié, Mrs. Poulteney pouvait voir ses serviteurs avec des visages attentifs, et parfois avec l'expression d'une foi véritable.

C'était excellent. Mais il y avait encore, dans la journée, un cérémonial un peu moins formel. Les serviteurs allaient prier en commun dans la cuisine, guidés par la voix raboteuse et les regards inexpressifs de Mrs. Fairley. A l'étage supérieur, Mrs. Poulteney se faisait lire pour elle seule des passages de la Bible, et c'est au cours de ce cérémonial privé que la voix de Sarah trouvait ses accents les plus prenants et les plus efficaces. Une ou deux fois elle avait réussi l'incroyable exploit d'arracher une larme à l'œil indomptable sous la paupière plissée. Cet effet n'était nullement intentionnel, mais il résultait de la profonde différence de nature entre les deux femmes. Le Dieu auquel croyait Mrs. Poulteney n'avait jamais eu d'existence réelle, et Sarah connaissait un Dieu vivant.

Elle ne donnait pas à sa voix, comme le font de nombreux prêtres et dignitaires en lisant les répons, un inconscient effet brechtien de distanciation (voilà votre lord-maire en train de lire un passage de la Bible); mais, tout au contraire, elle parlait d'une façon directe du Christ souffrant, d'un homme qui était né à Nazareth, comme si le temps historique n'existait pas; et parfois, quand la pièce était faiblement éclairée et qu'elle avait oublié la présence de Mrs. Poulteney, c'était presque comme si elle voyait apparaître devant elle Christ sur sa croix. Elle lut un jour le passage ou l'on entend ce cri du Christ : « Eli, Eli, lamma, sabachtani »; et, en lisant ces mots, la voix lui manqua et elle resta silencieuse. Mrs. Poulteney se retourna pour la regarder et s'aperçut que des larmes coulaient sur le visage de Sarah. Cet instant allait pouvoir racheter bien des difficultés ultérieures; et peut-être, car la vieille dame se leva pour toucher l'épaule inclinée de la jeune fille, rachètera-t-il un jour l'âme charbonneuse de Mrs. Poulteney.

N'allons-nous pas ainsi faire de Sarah une bigote ? Elle ignorait cependant toute théologie; et comme elle savait lire à travers un visage, elle décelait les extravagances, la vulgarité fumeuse, l'esprit étroit, terre-à-terre, de l'église victorienne. Mais elle voyait que la souffrance existait et elle priait pour qu'elle prenne fin. Je ne sais trop ce qu'elle aurait pu être à notre époque; en des temps plus reculés, elle aurait pu devenir, soit une sainte, soit la favorite d'un empereur. Non pas simplement à cause de sa religiosité, et d'autre part de sa sensualité; mais du fait que se mêlaient, avec une rare vigueur dans la profondeur de son être, la sensibilité et la compréhension.

Il y avait d'autres traits distinctifs : une capacité étonnante, quasi unique — à en agacer parfois Mrs. Poulteney — d'assumer tranquillement et sans empiéter sur les prérogatives de quiconque, des responsabilités domestiques, et de s'occuper de travaux d'aiguille.

Le jour anniversaire de Mrs. Poulteney, Sarah vint lui offrir une voilette de protection pour siège — ceux qu'utilisait Mrs. Poulteney n'avaient certes rien à cacher, mais en ce temps tout siège non revêtu de cet accessoire aurait eu une apparence de nudité — brodée d'une façon exquise, avec une bordure en dessins de fougères et de myosotis. Cela avait plu énormément à Mrs. Poulteney — et peut-être après tout y avait-il en Sarah quelque chose du rusé cardinal, car chaque fois que le redoutable personnage revenait vers son trône, ses yeux lui rappelaient finement que sa protégée pouvait, par certains côtés, se faire apprécier. Dans un mode mineur, le voile brodé jouait, en faveur de Sarah, le rôle que l'outarde immortalisée avait joué si souvent en faveur de Charles.

En fin de compte — et c'est ce qui pour elle avait dû être le plus pénible — Sarah avait réussi à passer l'épreuve des tracts. Comme de nombreuses douairières de l'époque victorienne, Mrs. Poulteney faisait grande confiance à la vertu éducatrice des tracts religieux. Peu importait qu'à peine un dixième de ceux auxquels ils étaient destinés fût capable de les lire, et en les lisant de comprendre les intentions de leurs révérends auteurs... Mais chaque fois que Mrs. Poulteney regardait partir Sarah avec son panier de libelles, elle croyait voir un nombre équivalent d'âmes rachetées s'inscrire à son crédit dans le grand livre céleste; et elle voyait également la maîtresse du lieutenant français faire ainsi publiquement pénitence : deux choses dont elle pouvait longuement apprécier la saveur. Les habitants de Lyme l'appréciaient également, le Lyme des pauvres gens — et peut-être avec moins d'intentions malignes que Mrs. Poulteney pouvait l'imaginer.

Sarah avait mis au point une courte formule : « De la part de Mrs. Poulteney. Lisez, je vous prie, et votre cœur saura en tirer profit. » En même temps, elle regardait le maître de maison droit dans les yeux. Les plaisantins voyaient bientôt le rire se figer sur leurs lèvres, et les bavards en avaient le souffle coupé. Je crois qu'ils tiraient meilleur profit de ces regards que des fascicules aux lignes serrées qui étaient alors déposés entre leurs mains.

Mais il nous faut maintenant passer à la colonne débitrice du bilan effectué par Mrs. Poulteney. Nous trouverons ce premier et important grief : « Elle sort seule. » Il avait tout d'abord été convenu que Miss Sarah devait avoir un après-midi libre par semaine, ce que Mrs. Poulteney considérait comme une reconnaissance particulièrement généreuse d'un statut supérieur à celui des servantes, et que pouvait seul justifier la nécessité de la distribution des fascicules religieux; c'était aussi ce que le prêtre avait conseillé. Pendant deux mois tout s'était apparemment bien passé. Puis, un matin, Miss Sarah n'avait pas paru au service matinal de Marlborough House; et la servante envoyée pour s'enquérir découvrit qu'elle ne s'était pas levée. Mrs. Poulteney se rendit près d'elle et trouva cette fois encore une Sarah en larmes. Mais en cette occasion Mrs. Poulteney en fut fort irritée. Elle fit cependant venir le docteur, qui examina seul Miss Sarah pendant un temps fort long. Quand l'impatiente Mrs. Poulteney le vit revenir auprès d'elle, ce fut pour entendre un bref développement sur la mélancolie névrotique. Pour l'époque et pour ce lieu provincial, cet homme avait des idées avancées, et il prescrivit que soit accordé à la pécheresse plus d'air pur et plus de liberté.

« Pensez-vous que ce soit urgent et indispensable ?

— Ma chère dame, j'en suis persuadé. Et j'insiste sur ce point. Je déclinerais toute responsabilité si mes directives n'étaient pas suivies.

— Mais la chose est très incommode. »

Le docteur demeurait obstinément silencieux.

« Je lui accorderai deux après-midi. »

La dépendance économique du docteur Grogan par rapport à Mrs. Poulteney, contrairement à celle du curé, n'était pas très importante. Pour être franc, il n'y a pas de permis d'inhumer qu'il aurait signé d'un cœur plus léger que celui de la vieille dame. Il sut cependant contenir sa bile, en lui rappelant qu'elle-même, selon ses plus strictes directives, devait dormir chaque après-midi. Et ce fut ainsi que Sarah pu obtenir une semi-liberté quotidienne.

Figurait ensuite le grief suivant : « Elle disparaît parfois au moment des visites. » Mrs. Poulteney se trouvait là devant un dilemme presque insoluble. Il est bien certain qu'elle aurait désiré vivement que son acte charitable soit apprécié, et en conséquence que chacun puisse voir Sarah. Mais ce visage produisait sur l'assistance un effet des plus fâcheux. Sa tristesse était comme un reproche permanent. Elle ne prenait guère part à la conversation, et toujours en réponse à quelque question qu'elle n'avait pu éviter. (Les plus fins parmi les visiteurs habituels apprenaient bientôt à ne poser à la jeune dame de compagnie que des questions de pure politesse.) En effet ses réponses provoquaient toujours un certain malaise, non pas que Sarah ait eu l'intention de se dérober, mais simplement par sa façon de simplifier ou de se référer au bon sens en des matières qui auraient dû donner lieu à des considérations de toute autre nature. Dans ce contexte, elle évoquait un peu trop, à l'esprit de Mrs. Poulteney, quelques silhouettes de pendus qu'il lui était arrivé de voir dans son jeune temps.

Une fois encore Sarah avait fait preuve de diplomatie. Elle faisait acte de présence lors des visites habituelles de personnes connues, et en d'autres cas elle disparaissait dès les premières minutes de l'entretien, ou elle avait quitté la pièce discrètement avant que les visiteurs aient été introduits. C'est la raison pour laquelle Ernestina ne l'avait jamais rencontrée à Marlborough House. Mrs. Poulteney pouvait ainsi librement faire allusion à la lourdeur d'une croix qu'elle avait décidé de porter, même si l'absence de ladite croix paraissait impliquer une inaptitude passagère à en assumer le fardeau, chose évidemment regrettable. Néanmoins, les choses étant ce qu'elles étaient, quels reproches pouvait-on adresser à Sarah ?

Mais il faut en venir enfin au grief le plus sérieux. Il pouvait s'exprimer ainsi : « Il apparaît à certains signes qu'elle demeure attachée à son séducteur. »

Mrs. Poulteney avait tenté à plusieurs reprises de s'informer, à la fois des détails du péché commis et du degré actuel du repentir éprouvé, avec tout l'empressement d'une mère supérieure qui désire entendre en confession une des tendres brebis confiée à sa garde. Mais sur ce sujet Sarah avait toute la sensibilité rétractile d'une anémone de mer; quels que fussent les détours employés par Mrs. Poulteney, la coupable avait prévu d'avance où elle voulait en venir, et, à des questions directes, elle répondait toujours de la même façon, sinon dans les mêmes termes, qu'elle l'avait fait au cours de son premier interrogatoire.

Or, Mrs. Poulteney sortait rarement, et jamais à pied, et comme elle utilisait sa calèche exclusivement pour rendre visite aux dames de son voisinage, il lui fallait se fier à d'autres yeux pour savoir ce que Sarah pouvait faire quand elle se trouvait au-dehors. Fort heureusement, dans son entourage, elle pouvait compter sur une bonne paire d'yeux, et mieux encore, leur propriétaire, animée d'une rancune maligne, était particulièrement satisfaite de venir fréquemment faire son rapport à sa maîtresse. Cette espionne évidemment n'était autre que Mrs. Fairley. Celle-ci avait considéré comme une offense personnelle le fait d'avoir été remplacée dans une tâche de lectrice qui ne lui causait cependant aucun plaisir, et bien que Sarah fût toujours d'une très grande politesse à son égard et prît grand soin de ne pas faire figure d'usurpatrice de fonctions que cette dame avait pu remplir, il était inévitable que quelques différends se produisent. Il ne plaisait guère à Mrs. Fairley d'avoir un peu moins de travail, car cela signifiait également que son influence avait diminué. Le sauvetage de Millie ainsi que quelques autres interventions plus discrètes faisaient que Sarah était respectée et jouissait d'une certaine popularité parmi le personnel domestique; et le fait qu'il lui était impossible de dénigrer la dame de compagnie en présence de ses subalternes était peut-être ce qui enrageait le plus Mrs. Fairley. C'était une personne bilieuse qui n'avait pas de plus grand plaisir au monde que de savoir ou de prévoir le pire; elle en était venue ainsi à nourrir, à l'égard de Sarah, une haine corrosive, d'une intensité croissante.

Elle était trop fine mouche pour ne pas dissimuler la chose à Mrs. Poulteney. En fait elle prenait grand soin de se montrer désolée pour cette pauvre Miss Woodruff, et ses rapports étaient toujours parsemés de « j'ai des raisons de croire » et de « j'ai grand-peur ». Elle avait toutefois d'excellentes occasions de poursuivre sa surveillance, car les nécessités de sa charge l'amenaient fréquemment à se rendre à la ville, et elle disposait en outre d'un très large réseau de relations et de connaissances. Elle ne tarda pas à indiquer à celles-ci que Mrs. Poulteney tenait — certes pour d'excellentes et très chrétiennes raisons — à être informée du comportement de Miss Woodruff à l'extérieur des hauts murs de pierre qui entouraient le parc de Marlborough House. Les bonnes langues se trouvaient aussi nombreuses à Lyme que la vermine dans une souche pourrie, et, en conséquence, les moindres mouvements ou attitudes de Sarah au cours de ses heures de liberté étaient aussitôt signalés à Mrs. Fairley, avec force exagération et commentaires.

Lorsqu'elle n'avait pas à assurer une distribution de tracts, l'itinéraire de ses déplacements était assez facile à définir : lors de sa sortie de l'après-midi, elle se rendait fréquemment, en descendant les rues en pente de Pound Street puis de Broad Street, jusqu'à Cobb Gate, sorte de terrasse rectangulaire dominant la mer et qui n'avait rien de commun avec la jetée du même nom. Là elle s'approchait du mur pour regarder en direction de la mer, mais quelques instants seulement — comme un capitaine de navire apparaissant sur le pont pour une inspection rapide — avant de se diriger soit vers Cockmoil, soit dans une direc tion opposée, en prenant le sentier qui, par l'ouest contourne une petite baie sur une distance d'un demi-mille et se dirige vers la jetée du Cobb. Quand elle descendait vers Cockmoil, elle entrait le plus sou vent dans l'église paroissiale pour y prier pendant quelques minutes (fait que Mrs. Fairley ne jugeait pas nécessaire de mentionner dans son rapport) avant de suivre une allée proche de l'église qui débouchait sur les vertes pelouses de Church Cliffs. De là, la pente herbeuse s'élevait vers les sombres contreforts de Black Ven. On pouvait la voir errer au sommet du plateau verdoyant, se tournant fréquemment vers la mer, jusqu'au point où le sentier rejoint l'ancienne route de Charmouth, qui s'est aujourd'hui en partie effondrée par suite des érosions du Ven — chemin par où elle revenait vers Lyme. Elle prenait cet itiné raire lorsque la jetée paraissait encombrée de flâ neurs; mais si celle-ci, par chance ou par suite du gros temps, paraissait déserte, c'est vers elle qu'elle se dirigeait, pour occuper finalement la position où Charles l'avait aperçue pour la première fois. On sup posait qu'elle se sentait en ce point plus proche de la France.

Ce comportement habituel, convenablement dé formé et peint de couleurs sombres, était rapporté à Mrs. Poulteney. Mais celle-ci, encore tout au plaisir de pouvoir disposer d'un jouet nouveau, se trouvait dans les meilleures dispositions compatibles avec sa nature soupçonneuse et rancunière. Elle n'hésita cependant pas à faire la leçon.

« On me dit, Miss Woodruff, que dans vos prome nades on vous voit toujours passer dans les même lieux. »

Sarah baissa les yeux devant les regards accusa teurs.

« Oui, vous regardez la mer. »

Sarah gardait encore le silence.

« Je vois que vous vous repentez, et vraiment, en ces circonstances, je ne vois pas ce que vous pourriez faire de mieux. »

Sarah saisit l'occasion.

« Je vous dois beaucoup de reconnaissance, madame.

— Ce n'est pas à moi qu'il vous faut l'exprimer. Il y a quelqu'un au-dessus de moi à qui vous devez marquer cette reconnaissance.

— Comment pourrais-je l'ignorer ? murmura la jeune fille.

— Ceux qui ne le savent pas estimeront que vous persévérez dans le péché.

— S'ils connaissent mon histoire, comment peuvent-ils le croire ?

— Mais c'est bien ce qu'ils pensent. On m'a dit que vous attendiez l'apparition des voiles de Satan. »

Sarah se leva et s'approcha de la fenêtre. C'était le début de l'été, et les parfums de lilas et de seringas se mêlaient aux chansons des merles. Elle regarda dans la direction de la mer, vers cet espace qu'on lui demandait de renier, puis se retourna, face à la vieille dame, assise dans son fauteuil, aussi implacablement immobile que la reine sur son trône.

« Désirez-vous que je parte, madame ? »

Mrs. Poulteney fut intimement choquée. Une fois de plus la simplicité de la réaction de Sarah coupait court au développement de ses intentions malveillantes. Sa voix, d'autres agréments encore auxquels elle s'était si bien accoutumée... pis encore, elle allait s'exposer à perdre tout le bénéfice des intérêts qui s'accumulaient en sa faveur sur le grand livre céleste ! Sa voix baissa d'un ton.

« Je voudrais que vous montriez que... cette personne n'a plus aucune place dans votre cœur. Je sais que c'est bien le cas. Mais il faudrait que cela se voit.

— Comment puis-je le montrer ?

— En vous promenant en d'autres lieux. En n'exhibant pas votre honte. Et si vous ne voyez pas d'autres raisons, parce que je vous le demande. »

Sarah gardait la tête baissée et il y eut un silence. Elle regarda Mrs. Poulteney droit dans les yeux, et pour la première fois depuis son arrivée, on pouvait voir sur ses lèvres l'ombre d'un sourire.

« Je veux bien faire ce que vous voulez, madame. »

En termes de jeu d'échecs, il s'agissait bien là d'un habile sacrifice, car Mrs. Poulteney poursuivit en l'assurant qu'elle n'entendait pas la priver totalement du bénéfice de l'air marin et qu'à l'occasion elle pourrait se promener au bord de la mer mais pas toujours au bord de la mer. « Surtout n'y restez pas debout à regarder de cette façon. » Bref, il s'agissait là d'une sorte d'accord de compromis entre deux obsessions. L'offre de départ faite par Sarah avait permis aux deux femmes, chacune à leur façon, de mieux voir la vérité.

Sarah, pour sa part, s'en tint aux conditions du compromis, ou tout au moins à celles qui concernaient l'itinéraire de ses promenades. Elle se rendit plus rarement sur le Cobb, bien que, lorsqu'elle s'y rendait, il lui arrivait encore de se tenir immobile en regardant droit devant elle, comme elle le faisait le jour où nous l'avons décrite. Mais après tout, les promenades ne manquent pas, dans la campagne, tout autour de Lyme; et il en est fort peu qui ne puissent offrir une vue sur un horizon de mer. Et sinon, Sarah aurait fort bien pu se contenter de la vue qui s'offrait depuis les pelouses de Marlborough House.

Pendant plusieurs mois la tâche de Mrs. Fairley fut ainsi fort ingrate. Elle se faisait un point d'honneur de ne pas oublier de mentionner une seule occasion où l'arrêt et le regard fixe avaient pu se produire.

Mais ceux-ci n'étaient pas très fréquents, et à cette période, par le prestige de la souffrance, Sarah s'était acquise auprès de Mrs. Poulteney une certaine considération qui la préservait des conséquences fâcheuses qu'auraient pu avoir certaines critiques. Et après tout, comme l'espionne et sa maîtresse ne manquaient pas l'une l'autre de le rappeler : cette pauvre « Tragédie » était folle.

On aura bien saisi qu'en toute vérité Sarah était beaucoup plus saine d'esprit qu'il pouvait paraître, ou tout au moins qu'elle n'était pas folle à la façon dont on l'imaginait généralement. Il y avait, dans l'étalage de sa honte un certain parti pris déterminé. Et tous ceux qui poursuivent un certain objectif savent qu'ils peuvent se permettre des moments de relâchement et de repos quand ils estiment que cet objectif a été à peu près atteint.

Mais un jour, moins d'une quinzaine avant que commence ce récit, Mrs. Fairley était venue trouver Mrs. Poulteney avec ses airs de personne renseignée et la mine de quelqu'un qui vient annoncer la mort d'un de ses proches.

« Je dois vous informer d'une chose infiniment regrettable, madame. »

La formule était aussi familière aux oreilles de Mrs. Poulteney qu'aux regards d'un patron pêcheur le cône annonciateur d'un grain. Mais elle observa les conventions.

« Je pense bien que Miss Woodruff n'est pas en cause.

— Ah ! j'aurais voulu qu'il ne s'agisse pas d'elle, madame. »

La directrice du personnel regardait sa maîtresse comme pour bien la convaincre de sa totale consternation.

« Mais je crains qu'il soit de mon devoir de vous informer.

— Nous devons toujours faire notre devoir sans crainte.

— Oui, madame. »

Les lèvres demeuraient cependant hermétiquement serrées, et une tierce personne aurait pu se demander quelle horrible révélation allait suivre. Rien de moins que d'avoir dansé nue devant l'autel paroissial ne semblait motiver d'aussi longues préparations.

« Elle prend l'idée de se promener, madame, dans Ware Commons ! »

Chute inattendue ! Cependant Mrs. Poulteney parut n'en pas croire ses oreilles, et sa réaction fut extraordinaire : elle demeura bouche bée !

10

Seule et unique fois, elle leva les
yeux,
Et soudain, adorable, étrangement
rougit,
A voir que mes regards les avaient
rencontrés.

TENNYSON, *Maud (1855)*.

... Avec ses gorges de verdure entre des rochers romantiques, où les arbres des forêts et les vergers luxuriants attestent que de nombreuses générations ont vécu et disparu, avant que le premier et partiel effondrement de la falaise ne nous prépare au spectacle d'un si étonnant et admirable paysage qui surpasse les paysages similaires et tant renommés de l'île de Wight...

JANE AUSTEN, *Persuasion*.

SUR six milles dans la direction de l'ouest, entre Lyme Regis et Axmouth, s'étend un des plus extraordinaires paysages de bord de mer de tout le sud de l'Angleterre. Il ne paraît pas particulièrement frappant si on le survole par air. On s'aperçoit simplement que, tandis que sur le reste de la côte les champs cultivés arrivent jusqu'à la crête de la falaise, ils s'arrêtent ici à un mille environ de cette bordure.

L'échiquier vert et brun roux des cultures s'achève ainsi en une sorte de cascade indisciplinée et joyeuse de feuillages sombres et de gorges encaissées. Aucune trace d'habitation. En vol rasant, on s'aperçoit que le terrain est très abrupt, avec de profondes coupures et d'étranges blocs granitiques et gréseux qui surplombent les feuillages verdoyants comme les murailles de châteaux en ruine. En vue aérienne... Mais, à pied, l'étroite bande de terrain, apparemment déserte, prend des dimensions étonnantes. Certains ont pu s'y perdre pendant des heures, et en repérant plus tard sur la carte les lieux où ils s'étaient égarés, ils se demanderont comment ils avaient pu éprouver une si grande impression d'isolement, et, par mauvais temps, de désolation.

Cette bande de terre d'un mille de large — résultat de l'érosion de l'ancienne ligne de falaises verticalement à pic — descend vers la mer en pente rapide. Les surfaces plates y sont aussi rares que les visiteurs. Mais cette inclination instable, exposée à l'ensoleillement et l'eau ruisselant et filtrant d'innombrables sources, causes de l'érosion, font que toute cette bande de terre est couverte d'une végétation assez étrange : des arbousiers et des houx, et d'autres essences que l'on aperçoit rarement en Angleterre, des frênes et des hêtres géants, d'impénétrables fourrés de verdure avec leurs lianes retombantes, des chèvrefeuilles, des fougères qui s'élèvent presque jusqu'à trois mètres de haut, des plantes sauvages qui fleurissent un mois plus tôt que partout ailleurs dans la région. En été, rien ne saurait mieux, sous nos climats, évoquer la jungle tropicale. Comme tout espace jamais habité ni cultivé par l'homme, ce lieu a également ses mystères, ses plans obscurs et ses dangers — parfaitement réels du point de vue de la géologie, puisque le sol est troué de crevasses où les chutes peuvent être mortelles, tandis qu'en certains points un homme avec un membre brisé pourrait appeler pendant des jours sans que nul ne puisse l'entendre. Si étonnant que cela paraisse, ce site était un peu moins désert voici un siècle qu'il ne l'est aujourd'hui. Dans cet Undercliff, on ne trouve pas de nos jours la moindre habitation, alors qu'il y en avait sept en 1867, occupés par des bergers, des bûcherons, un ou deux porchers. On peut y voir encore des chevreuils qui, en ce temps, devaient couler des jours moins paisibles. Aujourd'hui l'Undercliff, dans sa totalité, est revenu à l'état de nature. Les murs écroulés des cottages sont recouverts de lierre et de lianes, les croisements de sentiers ont disparu; aucune route carrossable n'existe dans le voisinage; la seule sente qui le traverse est souvent impraticable. Par ordonnance du Parlement, cette bande de terre est devenue une réserve naturelle : tout ici n'aura donc pas été perdu.

C'est à l'intérieur de cet Eden britannique que Charles avait pénétré, ce 29 mars 1867, après avoir escaladé le sentier abrupt depuis la grève de Pinhay Bay; et c'étaient ces mêmes lieux qui, dans la partie est, portaient le nom de Ware Commons.

Après avoir étanché sa soif et s'être rafraîchi le front en le tamponnant du mouchoir mouillé, Charles commença d'observer plus sérieusement les alentours; ou tout au moins il tenta de le faire. Mais la déclivité de la pente, les sons, les senteurs, la fécondité bourgeonnante et sauvage de la végétation qui l'entourait de toutes parts l'entraînaient loin de ses préoccupations scientifiques. Le sol était parsemé des taches dorées ou jaune pâle des boutons d'or et des primevères, tandis que se pressait tout autour la dense floraison virginale des aubépines et que les toutes premières feuilles vertes ombrageaient les bords du ruisseau où il venait de boire, semés encore de touffes de surelles et de moscatelles, les plus délicates des floraisons printanières de la campagne anglaise. Au-dessus de lui, sur les pentes, pointaient les têtes blanches des anémones, et plus haut, les épaisses banquettes vertes des feuilles de jacinthe des bois. Dans le lointain, le bec d'un pic-vert faisait résonner les branches maîtresses d'un grand arbre, tandis que les bouvreuils sifflaient sans crainte juste au-dessus de sa tête. Des volées de pouillots et de rossignols bâtards babillaient dans les buissons et dans les branches des futaies. En se retournant, il apercevait la mer, léchant la grève en contrebas, et tout le pourtour de Lyme Bay, jusqu'aux falaises arrondies, rapetissées par la distance, qui retombaient sur l'immense courbure en yatagan jaune de Chesil Bank, touchant à sa pointe lointaine une grande ombre grise, serrée entre deux plans d'azur, cet étrange Gibraltar anglais, Portland Bill.

Seul l'art de la Renaissance a su fixer des paysages de ce genre, et l'on voit, dans ces décors, passer des personnages de Botticelli, et souffler des brises chargées des airs de Ronsard. Quels qu'aient pu être les desseins et les objectifs conscients de cette révolution culturelle, ses cruautés et ses échecs, la Renaissance demeure essentiellement la période du terme printanier d'un des plus rudes hivers qu'ait connu la civilisation. Elle brisait des chaînes, effaçait des limites et des frontières. Sa seule devise était d'affirmer l'excellence de ce qui existe. C'était en somme l'antithèse exacte de l'époque où vivait Charles. Mais soyons sûr qu'à cet instant même celui-ci en était un peu conscient. Il est vrai qu'il cherchait des explications de ce sentiment obscur de malaise, d'inadaptation, de limitation, dans des conceptions plus proches — chez Rousseau et parmi les mythes de l'âge d'or et du bon sauvage. C'est-à-dire que les fausses attitudes de son époque en face de la nature lui semblaient une preuve de l'impossibilité de revenir à un temps légendaire. Il se jugeait lui-même trop exigeant, trop gâté par les douceurs de la civilisation, pour jamais pouvoir retourner à la nature. Et il s'en attristait d'une manière qui comportait autant de satisfaction que d'amertume. N'était-il pas un Victorien ! Comment attendre de lui qu'il fût conscient de ce que nous commençons à peine à comprendre, alors que nous disposons de connaissances plus étendues et des leçons de la philosophie existentialiste : que le désir de possession et le désir de jouissance sont l'un et l'autre destructeurs. Mais au lieu de se dire : « Tout ceci m'appartient et j'en éprouve du bonheur », il disait, de même que la plupart de ses contemporains : « Je ne puis posséder ceci à jamais, et voilà bien ce qui m'attriste. »

Le sentiment scientifique finit par reprendre le dessus, et il commença de chercher ses « tests » sur la surface des blocs rocheux que contournait le ruisseau. Il découvrit un petit fragment de coquillage fossile dentelé, mais d'oursins de mer il ne voyait pas la moindre trace. Peu à peu il s'avançait sous la futaie dans la direction de l'ouest, se penchant pour inspecter du regard une portion du sol, puis progressant de quelques pas pour recommencer la même procédure. De temps à autre, de la pointe de son bâton, il retournait quelque caillou qui lui avait paru présenter quelque intérêt. Mais la chance n'était plus avec lui. Une heure passa et le souci de ses devoirs envers Ernestina commença de l'emporter sur la passion pour les échinodermes. Il regarda sa montre, réprima un mouvement d'humeur, et se hâta de revenir au point où il avait déposé son havresac. Un peu plus haut sur la pente, le dos au soleil qui commençait à décliner, il retrouva un sentier et marcha en direction de Lyme. Le sentier montait et s'avançait un peu vers l'intérieur des terres en contournant un pan de roches couvert de retombées de lierre, puis, comme ont coutume de faire les sentiers de la façon la plus désinvolte, il se sépara en deux branches sans fournir la moindre indication. Charles hésita et suivit le sentier inférieur sur une cinquantaine de mètres. Celui-ci se perdit alors sous des futaies déjà fort obscurcies. Mais un autre sentier s'ouvrit, sur la droite, revenant vers la mer et montant en pente rapide vers un talus herbeux, d'où il serait certainement possible de s'orienter. Il se fraya un chemin à travers des ronciers — à l'évidence ce sentier ne devait pas être très fréquenté — jusqu'à la plate-forme verdoyante.

Elle se déployait agréablement comme une minuscule prairie alpestre. Quelques couettes blanches de lapins effarés dénonçaient la faible hauteur de l'herbage.

Charles s'arrêta dans la lumière du soleil. Primevères et luminets parsemaient la verdure, et déjà les touffes vert clair des marjolaines se dressaient avant la floraison. Il s'avança vers l'extrémité du plateau.

Et soudain, au-dessous de lui, il aperçut une forme allongée.

Un instant il eut l'horrible impression de découvrir un cadavre. Mais il s'agissait d'une femme endormie. Elle avait fait choix d'un étrange emplacement : une corniche en pente herbeuse, en contrebas de deux mètres environ par rapport au niveau du plateau, qui la dissimulait à la vue de quiconque ne parviendrait pas, comme Charles venait de le faire, jusqu'à sa bordure extrême. La falaise crayeuse, à laquelle s'accrochait ce balcon naturel, orientée vers l'ouest, piégeait la chaleur lumineuse du soleil. Mais fort rares étaient ceux qui auraient voulu se prendre à ce piège de lumière. La bordure extérieure surplombait d'une quinzaine de mètres un horrible enchevêtrement de ronces, et par-delà, la falaise à pic tombait sur la mer.

Instinctivement Charles s'était retiré hors de vue. Il ne voyait pas qui pouvait être cette femme. Il restait là, regardant sans le voir le magnifique paysage que cette position dominait. Sur le point de se retirer, il eut une hésitation : sa curiosité le fit s'avancer à nouveau.

Allongée sur le dos, la forme gisait dans le plus complet abandon. Le manteau était ouvert sur le corsage indigo d'une teinte uniforme, avec un étroit col blanc sur le pourtour de la gorge. Le visage de la dormeuse était tourné dans la direction opposée, enfantinement protégé par le bras droit replié. Tout près, une poignée d'anémones était éparpillée dans l'herbe. Une impression infiniment tendre, et en même temps sensuelle émanait de ce corps allongé; éveillant dans la pensée de Charles quelques vagues échos de son séjour parisien. Une fille, dont le nom à présent lui échappait, qu'il n'avait peut-être jamais su, et qu'il revoyait, endormie ainsi, dans une chambre qui dominait la Seine.

Il s'avança sur la bordure incurvée du plateau, afin de pouvoir mieux distinguer le visage de la dormeuse. Alors seulement il découvrit quelle était la personne qu'il avait ainsi surprise : c'était la maîtresse du lieutenant français. Une tresse de ses cheveux s'était défaite et couvrait en partie la joue. Sur le Cobb, ces cheveux lui avaient paru d'un brun sombre, à présent il y découvrait des touches dorées, des teintes chaudes, et sans la moindre trace du vernis brillant, accessoire alors indispensable de la toilette féminine. Sous la mèche, dans cette lumière, le teint paraissait fort brun, presque hâlé, comme si la jeune fille préférait les couleurs de la santé à la complexion pâle et languide, recherchée des élégantes. Le nez droit, hardi, d'épais sourcils... il ne pouvait voir les lèvres. Il s'impatientait de ne pouvoir la regarder que d'une position en surplomb, le terrain ne lui permettant pas de se placer dans l'angle le plus adéquat.

Il demeurait là, ravi par l'étrangeté de la rencontre,

incapable de faire autre chose que de regarder, et envahi d'un sentiment étrange, non pas sensuel, mais fraternel, ou peut-être un peu paternel, avec la certitude de l'innocence de cette créature, victime d'un ostracisme injuste, et qui l'amenait ainsi à la compréhension de son effrayante solitude. En une époque où les femmes étaient casanières, timides, incapables d'un effort physique prolongé, il ne pouvait imaginer ce qui aurait pu la conduire en ce lieu sauvage — hormis le désespoir.

Il parvint enfin à l'extrémité du terrain en surplomb, directement au-dessus de son visage, et il vit alors que toute la tristesse qu'il avait précédemment remarquée était effacée; dans son sommeil, ce visage était aimable, on pouvait même y déceler l'esquisse d'un sourire. Ce fut alors justement, comme il l'observait ainsi de surplomb, qu'elle s'éveilla.

Aussitôt elle regarda au-dessus d'elle, si promptement que le pas en arrière de Charles fut vain. Elle l'avait vu et il y avait trop en lui du gentleman pour qu'il prétendit le nier. Aussi, quand Sarah se redressa, rajusta son manteau, et qu'à son tour elle le regarda du bas de sa corniche, il souleva son chapeau et s'inclina. Elle ne disait mot, mais fixait sur lui un regard choqué et troublé, avec peut-être une nuance de honte. Elle avait de très beaux yeux, des yeux noirs.

Ils demeurèrent ainsi quelques secondes, dans une incompréhension mutuelle. A ses yeux, elle paraissait si petite, debout au-dessous de lui, le haut du corps seul visible, les deux mains contre sa gorge, comme si, au cas où il tenterait de faire un pas, elle allait se précipiter et disparaître à jamais. Il reprit conscience de ce qu'il convenait de faire.

« Je m'excuse mille fois, c'est tout à fait sans le vouloir que je vous ai découverte. »

Et il se retourna pour s'éloigner. Il ne regarda pas

en arrière, mais redescendit vers le sentier qu'il avait quitté, revint à la fourche et se demanda pourquoi il n'avait pas eu la présence d'esprit de lui poser une question à propos du chemin qu'il aurait dû prendre, et attendit une demi-minute pour voir si elle allait le suivre. Elle ne parut pas. Bientôt il s'engagea d'un pas ferme sur le sentier qui montait.

Charles ne se doutait pas qu'au cours de ces quelques secondes d'un instable équilibre, en surplomb sur l'étendue de la mer, dans le silence lumineux de l'après-midi, troublé seulement par le clapotis tranquille des vagues, toute l'emprise de l'époque victorienne s'était soudainement défaite. Et certes nous n'irons pas prétendre qu'il n'avait pas pris le bon chemin.

[illegible] est [illegible] qui a été [illegible] se donnerait [illegible] la [illegible] l'esprit de [illegible] à propos de [illegible] il [illegible] et [illegible] dans [illegible] pour voir si elle [illegible] [illegible] pas [illegible] sur le [illegible]

[illegible] ne le donnent pas de [illegible] d'un [illegible] de [illegible] par [illegible] et [illegible] pas [illegible]

11

> Suivre convenablement la forme,
> Sans demander ce qu'elle informe.
> Va à l'église, car le monde l'exige,
> Et au bal : le monde l'exige aussi.
> Marie-toi. Papa, maman le désirent,
> Fères, sœurs, amis font ainsi.
>
> A. H. CLOUGH, *Le Devoir (1841).*

> Pas c' gars lè, qu'elle crie, dégoûtée.
> Sûr que j' bâyerais pas un vieux liard
> A tout l' mieux que m' ferait voir.
> L'a eun' belle biaude, là pou de vrai,
> Mais tout not' monde y mettrait ran
> Aut' chose qu'eune couette de vent.
>
> WILLIAM BARNES,
> *Poèmes en dialecte (1869).*

A PEU près dans le même instant où intervenait cette rencontre, Ernestina se levait pour prendre sur la table-bureau son *Journal* à la couverture de maroquin noir. Elle passa aussitôt d'un air maussade à la dernière notation de la matinée qui évidemment, d'un point de vue littéraire, manquait quelque peu d'inspiration : « Lettre écrite à maman. Pas vu mon très cher Charles. Pas sortie, bien qu'il fasse un très beau temps. Me sens plutôt malheureuse. »

Une journée qui comportait beaucoup de « ne pas » pour cette pauvre Ernestina qui n'avait eu que tante Tranter à qui montrer sa maussaderie. Il y avait eu pourtant ces jonquilles et narcisses de Charles, dont elle respirait le parfum, mais même cet envoi l'avait tout d'abord vexée. La demeure de tante Tranter n'était pas très grande, et Ernestina avait entendu Sam sonner à la porte d'entrée du rez-de-chaussée; elle avait écouté la malicieuse et irrévérencieuse Mary qui allait ouvrir — un bruit de voix, puis un éclat de rire, distinct et réprimé de la servante, et la porte qui claque. L'odieux et abominable soupçon que Charles lui-même avait pu venir flirter avec cette fille lui traversa l'esprit; ravivant une de ses craintes les plus sérieuses à son sujet.

Elle savait qu'il avait beaucoup voyagé, qu'il avait vécu à Paris, à Lisbonne; elle savait qu'auprès des femmes il avait beaucoup de succès. Les réponses qu'il faisait à des questions directes, sur un ton badin, concernant ses anciennes conquêtes, étaient toujours marquées en retour de la même discrétion badine; et voilà bien le *hic*. Elle sentait qu'il devait y avoir anguille sous roche : une comtesse française en détresse, une *marquesa* portugaise passionnée. Elle ne permettait pas à sa pensée de s'arrêter à quelque grisette parisienne, ou à quelque fille d'auberge aux yeux en amandes de Cintra, ce qui peut-être aurait été plus proche de la vérité. Mais, en un sens, elle était moins tourmentée que ne pourrait l'être une jeune fille moderne par le fait que Charles pouvait avoir partagé le lit d'autres femmes. Certes, elle ne manquait pas d'opposer son volontaire « je ne dois pas » à toute spéculation coupable qui, à ce propos, pouvait lui venir à l'esprit; mais c'était des sentiments de Charles qu'elle était jalouse. Sur ce point, la pensée d'un partage, qu'il s'agisse du passé ou du présent, lui était vraiment intolérable. Elle ignorait le si commode

« rasoir d'Occam [1] ». Ainsi le fait, apparemment assez clair, que Charles n'avait jamais éprouvé une grande passion, était interprété par Ernestina dans ses mauvais jours comme la preuve qu'il avait dû passionnément aimer avant de la connaître. La tranquillité apparente prenait à ses yeux l'aspect du terrain d'une récente bataille. Waterloo un mois après le combat; alors qu'en réalité il s'agissait d'une plaine sans histoire.

Lorsque la porte se fut refermée, Ernestina contrôla ses réactions, avec précision et dignité, pendant une minute et demi; sur quoi la petite main fragile atteignit la poignée dorée du cordon d'appel qui pendait à la tête du lit, pour la tirer de façon péremptoire. Un bruit de sonnette agréablement insistant se fit entendre en provenance de la cuisine du sous-sol, puis un bruit de pas, un petit coup contre la porte, qui s'ouvrit, en laissant apparaître Mary, porteuse d'un vase débordant de fleurs printanières. La servante s'approcha du lit, le visage à demi dissimulé par la floraison, avec un sourire qui aurait pu désarmer n'importe quelle colère masculine — et qui, en conséquence, produisait un effet inverse sur une Ernestina fronçant le front d'un air sévère devant cette apparition importune d'une flore inattendue.

Des trois jeunes personnes que nous avons pu voir apparaître dans ces pages, Mary était, à mon avis, la plus jolie. Elle avait infiniment plus de vivacité ardente et infiniment moins de conscient amour-propre que les deux autres, et des charmes que l'on pouvait lui envier... un teint de rose d'une exquise fraîcheur, des cheveux couleur de blé mûr, et de grands yeux gris-bleu positivement ravissants; des yeux qui attiraient

1. Philosophe essentialiste du XIVe siècle. L'aphorisme connu sous le nom de « rasoir d'Occam » s'énonçait ainsi : « Essentia non sunt multiplicanda praeter necessitatem. » (N. d. T.)

l'effronterie masculine et qui n'étaient pas moins prompts à la retourner. Ils pétillaient irrésistiblement comme les meilleurs champagnes, et sans jamais provoquer de haut-le-cœur. Les tristes robes victoriennes que nécessairement elle portait ne parvenaient même pas à dissimuler les avantageuses et coquettes promesses de ce visage. Mais *avantageuses* est ici un terme impropre. Nous avons déjà évoqué Ronsard, et c'est un mot de son vocabulaire qui pouvait convenir à ce visage — le mot *rondelet* — qui implique tout l'attrait de ce qui est bien en chair sans rien perdre de la séduction de la finesse. L'arrière-arrière-petite-fille de Mary, qui vient d'atteindre ses vingt-deux ans dans le mois où nous écrivons cette histoire, ressemble fort à son ancêtre, et le monde entier connaît son visage, car il s'agit d'une des plus célèbres jeunes vedettes du cinéma anglais.

Mais je crains bien que ce ne fut pas là le genre de visage qui pouvait convenir à cette année 1867. Il n'avait absolument pas convenu, par exemple, à Mrs. Poulteney, à qui il était devenu familier quelque trois années auparavant. Mary était la nièce d'une cousine de Mrs. Fairley, qui avait prié Mrs. Poulteney de bien vouloir admettre la jeune novice parmi les familiers de sa peu accueillante cuisine. Mais Marlborough House convenait à Mary tout autant que les murs d'un tombeau peuvent convenir à un pinson; et le jour où Mrs. Poulteney, supervisant morosement son domaine du haut de sa croisée, vit cet écœurant spectacle de son garçon d'écurie sollicitant un baiser sans être sérieusement rebuté, le pinson fut rendu sur l'heure à la liberté qui lui manquait; et il se posa chez Mrs. Tranter, en dépit d'une mise en garde solennelle de Mrs. Poulteney, quant à la téméraire imprudence d'employer une fille d'une dépravation aussi manifeste.

Dans la maison de Broad Street, Mary se trouvait heureuse. Mrs. Tranter aimait que ses servantes soient jolies, et mieux encore qu'elles aient le rire sur les lèvres. Certes, elle avait plus encore souci de sa chère nièce Ernestina. Mais elle ne voyait Ernestina que deux ou trois fois chaque année, alors qu'elle pouvait voir Mary tous les jours. Sous des apparences coquettes et légères, Mary pouvait être prévenante et affectueuse; et elle ne lésinait pas en retournant franchement toutes les marques d'affection qui lui étaient adressées. Ernestina ignorait un des pénibles secrets de cette demeure de Broad Street. Certains jours, où la cuisinière prenait son congé, tante Tranter venait s'asseoir et dîner en tête-à-tête avec Mary dans la cuisine du sous-sol. Et dans la vie des deux femmes ce n'étaient pas les heures les moins heureuses.

Mary n'était pas irréprochable; et l'un de ses défauts était qu'en un sens elle jalousait Ernestina, du fait qu'à l'arrivée de la jeune lady de Londres elle cessait brusquement d'être la seconde personne la plus importante dans la maison; mais la jeune lady de Londres arrivait également avec des malles remplies de toilettes à la dernière mode de Londres et de Paris, ce qui n'était pas la façon la meilleure de se faire apprécier d'une servante qui ne possédait en tout et pour tout que trois robes, dont aucune ne lui plaisait vraiment; même si la seule raison pour laquelle les plus belles ne lui plaisaient pas était que la jeune princesse les avaient prélevées, pour les lui céder, sur son important capital. Elle pensait également que Charles devrait faire un superbe mari, et que ce n'était pas là ce qui aurait convenu à une pâle créature comme Ernestina. C'est pourquoi, quand elle allait lui ouvrir la porte ou qu'elle le croisait dans la rue, Charles bénéficiait fréquemment d'un long regard des yeux pervenche. En fait la malicieuse créature savait fort bien s'arranger pour que ses entrées et ses sorties viennent coïncider avec celles de Charles. Et chaque fois que, dans la rue, il la gratifiait d'un coup de chapeau, elle faisait, en pensée, un pied de nez à Ernestina; car elle savait fort bien pourquoi la nièce de Mrs. Tranter montait si promptement à l'étage du dessus après le départ de Charles. Comme toutes les *soubrettes*, elle pouvait se permettre de penser à des choses auxquelles sa jeune maîtresse se refusait à penser; et elle ne l'ignorait nullement.

Ayant dûment et malicieusement imposé à la malade la vue de sa rayonnante bonne santé, Mary déposa les fleurs sur la table de chevet.

« De la part de Mr. Charles, Miss Tina. Avec compliments. »

Le langage patoisant de Mary affectait un mépris notoire pour les suffixes et les pronoms.

« Mets-les sur ma grande table. Je n'aime pas les avoir si près. »

Mary éloigna les fleurs, comme on l'en priait, et commença de les arranger, comme on ne l'en avait pas priée, tout en souriant dans la direction d'Ernestina.

« Les a-t-il portées lui-même ?

— Non, miss.

— Où est Mr. Charles ?

— Sais pas, miss. L'ai pas demandé. »

Mais ses lèvres se pressaient un peu trop fort l'une contre l'autre, comme si elle retenait une envie de rire.

« Mais je t'ai entendu parler avec le porteur.

— Oui, miss.

— Et de quoi ?

— Juste du beau temps d'aujourd'hui, miss.

— C'est cela qui te fait rire ?

— Oui, miss. D' voir comment qu'y cause, miss. »

Le Sam qui s'était présenté à la porte avait en fait fort peu de ressemblance avec le jeune homme sombre et indigné qui repassait le rasoir. Il avait jeté le superbe bouquet dans les bras de la malicieuse

Mary : « Pour la belle jeune dame du dessus. » Puis il avait prestement placé son pied dans l'ouverture de la porte prête à se refermer. Et, tout aussi prestement, en soulevant de la main libre son haut-de-forme à la mode, presque sans bords, de l'autre main, il tirait de derrière son dos un petit bouquet de crocus : « Et pour la h-encore plus charmante personne du dessous. »

Le teint rose de Mary s'était légèrement empourpré et la pression de la porte contre le pied de Sam avait mystérieusement faibli. Il la regarda aspirer le parfum des fleurs jaunes, non d'une façon polie, mais réellement, de sorte qu'une légère marque safran apparut sur le charmant petit nez plein d'impertinence.

« Qu'on h-accepte le sac de suie, selon la commande... »

Elle mordit sa lèvre et attendit.

« A h-une condition. Sans crédit, h-on paie comptant.

— Et ça coûte quoi, alors ? »

Le fripon regarda sa victime, avec l'air de faire des calculs, puis posa un doigt sur sa bouche, avec un clin d'œil dépourvu d'ambiguïté. C'est là ce qui avait provoqué le rire étouffé et le claquement de porte.

Ernestina regarda Mary avec un air qui aurait fort bien pu convenir à Mrs. Poulteney.

« Souviens-toi que c'est un garçon qui arrive de Londres.

— Oui, miss.

— Mr. Smithson m'avait déjà parlé de lui. Il voudrait se donner des airs de Don Juan.

— C'est quoi, ça, Miss Tina ? »

Le visage de Mary exprimait un désir d'en savoir plus long qui eut le don de déplaire très fortement à Ernestina.

« Ne t'inquiète pas de cela. Mais s'il te fait des avances, tu m'en parleras tout de suite. Maintenant apporte-moi un peu de tisane d'orge, et tâche à l'avenir de te montrer un peu plus réservée. »

Une petite lueur passa dans les yeux de Mary. Quelque chose qui ressemblait singulièrement à un éclair de défiance. Mais elle baissa les yeux en même temps que son petit bonnet de dentelle, et esquissant sa révérence habituelle, quitta la pièce. Trois étages à descendre et trois à remonter, comme Ernestina, qui n'avait guère envie de la saine et fade tisane d'orge de tante Tranter, se le répéta pour se consoler.

Mais Mary, en quelque sorte, avait marqué le point; car cet échange rappelait à Ernestina, qui était un affreux enfant gâté mais n'avait rien du tyran domestique, qu'elle allait bientôt devoir cesser de jouer à la maîtresse de maison pour réellement en devenir une. Certes, il y avait des avantages : avoir son propre chez-soi, se libérer des parents... mais, comme chacun le lui disait, quel problème d'avoir des domestiques ! Ils ne sont plus ce qu'ils étaient, comme chacun le répétait encore — exaspérants, en un mot. Peut-être l'étonnement découragé d'Ernestina était-il assez proche de ce qu'avait éprouvé Charles, transpirant et trébuchant sur la grève. La vie, avec son pesant et indispensable appareil; mais vouloir y renoncer aurait été une hérésie. Il n'y avait d'autre solution que de prendre sa croix sur l'épaule et de la porter.

Ce fut pour écarter des perspectives d'avenir aussi peu engageantes, dont cet après-midi, elle éprouvait tout le poids, qu'Ernestina, confortablement installée dans ses oreillers, prit en main son journal et tourna une fois de plus les pages jusqu'à celle où se trouvait le rameau de jasmin.

A Londres, vers le début des années 1850, avait commencé de se produire dans la société une certaine stratification ploutocratique. Certes, rien ne pouvait remplacer la noblesse du sang; mais il était généralement admis que la richesse ou les qualités intellectuelles pouvaient artificiellement fournir un équivalent acceptable de la prééminence sociale. Disraeli constituait un cas typique mais nullement exceptionnel. Le grand-père d'Ernestina pouvait bien, dans sa jeunesse, n'avoir été qu'un drapier aisé de Stoke Newington, il était néanmoins lorsqu'il mourut un très riche drapier — et bien mieux encore puisqu'il avait transféré dans le centre de Londres ses activités commerciales, fondé un des grands magasins du West End et étendu sa compétence d'homme d'affaires à de bien autres rayons que ceux de la draperie. Le père d'Ernestina, pour sa part, lui avait procuré ce qu'il avait reçu lui-même : la meilleure éducation que l'argent puisse permettre d'acquérir. Il était en tout, excepté par ses origines, un parfait gentleman, et il avait discrètement épousé une femme au-dessus de sa condition, la fille d'un solicitor, parmi les mieux considérés de la City, qui pouvait même compter, dans sa très proche ascendance, rien de moins qu'un Attorney General. Les inquiétudes d'Ernestina quant à la qualité de sa position sociale paraissaient donc bien peu justifiées, même selon les normes victoriennes les plus strictes, et Charles n'en avait jamais été le moins du monde préoccupé.

« Avez-vous songé, lui avait-il dit un jour, que ce nom de Smithson a une résonance horriblement plébéienne ?

— Vraiment ! Ah ! si seulement vous vous appeliez Lord Brabazon Vavasour Vere de Vere, que je pourrais donc mieux vous aimer ! »

Mais chez elle cette attitude moqueuse dissimulait une crainte secrète.

Il l'avait rencontrée pour la première fois au mois de novembre précédent, chez une dame qui surveillait du coin de l'œil les relations de Charles avec les minaudières de sa propre couvée. Ces jeunes personnes avaient eu le désavantage d'être dûment informées par leurs parents avant le début de la soirée. Elles avaient commis l'erreur capitale de s'affirmer, devant Charles, comme férues de paléontologie. Il avait été instamment prié de bien vouloir leur préciser les titres des ouvrages les plus intéressants dans ce domaine — alors qu'Ernestina faisait preuve d'une piquante détermination de ne pas le prendre très au sérieux. Elle s'engageait à lui adresser, murmura-t-elle, tous les spécimens carbonifères intéressants qu'elle pourrait découvrir dans le seau à charbon de sa cuisine. Et elle lui avait dit, quelques instants plus tard, qu'elle le croyait très paresseux. Et pourquoi donc ? Parce qu'il lui suffisait d'entrer dans n'importe quel salon londonien pour y découvrir des objets susceptibles de provoquer son intérêt.

Pour l'un comme pour l'autre cet après-midi n'aurait dû être qu'un morne après-midi de leur existence ordinaire; et l'un et l'autre, une fois rentrés chez eux, avaient découvert chacun de leur côté qu'il n'en avait pas été ainsi.

Chacun avait découvert chez l'autre une certaine qualité de l'intelligence, une légèreté de touche, une plaisante vivacité spirituelle. Ernestina ne fit pas mystère qu'elle avait trouvé que ce Mr. Smithson la changeait agréablement d'un morne essaim de jeunes gens qui s'étaient présentés à son examen au cours de la présente saison. Sa mère procéda à une enquête discrète et consulta son époux qui approfondit les choses; car aucun hôte de sexe masculin n'était admis à pénétrer dans le salon de la résidence sur Hyde Park avant d'avoir été soumis à un examen aussi sévère que ceux que doivent subir nos modernes atomistes avant de faire partie des services du ministère de la Défense. A travers les grilles de cette discrimination secrète, Charles était passé comme une lettre à la poste.

A présent Ernestina voyait quelle avait été l'erreur de ses rivales : il était exclu qu'en se jetant à la tête de Charles, une femme puisse parvenir à toucher son cœur. Ainsi, quand il commença de fréquenter les réunions intimes et les soirées de sa mère, il avait eu la surprise de ne pas trouver trace du piège matrimonial habituel. Aucune fine allusion de la mère au goût prononcé de la chère petite pour les enfants, ou à son « secret désir de voir arriver la fin de la saison » (on supposait que Charles comptait se retirer définitivement à Winsyatt dès que l'obstacle avunculaire aurait dûment disparu); pas plus que de beaucoup moins fines, de la part du père, concernant le montant de la fortune que la très chère enfant serait susceptible d'apporter à son mari. Ces dernières, en tout cas, étaient à l'évidence superflues : la résidence de Hyde Park aurait pu convenir à un duc, et l'absence de frères et sœurs avait en elle-même plus d'éloquence que mille allusions à un compte en banque.

Et Ernestina, bien qu'elle fût très tôt fermement résolue à conquérir Charles, d'une volonté exclusive d'enfant gâtée, se gardait bien de laisser lire dans son jeu. Elle s'assurait de la présence permanente d'autres attirantes jeunes personnes; et elle évitait toute attention ou toute faveur particulière à l'égard de celui qui était réellement visé. Par principe, avec lui elle ne parlait jamais de façon sérieuse. Sans le dire, elle laissait supposer que l'humour était la seule qualité qui en lui pouvait lui plaire — mais elle savait bien naturellement qu'il ne se marierait jamais. Vint alors cette soirée de janvier où elle décida de semer de façon précise et fatale.

Elle avait vu que Charles était à proximité tandis qu'à l'autre bout de la pièce se trouvait une respectable douairière, une sorte d'équivalent londonien de Mrs. Poulteney, qui pouvait convenir aux goûts de Charles à peu près autant que l'huile de foie de morue au palais d'un enfant vigoureux. Elle vint à lui.

« Ne voudriez-vous pas faire un brin de causette avec Lady Fairwether ?

— Je préférerais que ce fût avec vous.

— Je vais vous présenter. Vous pourrez alors avoir un témoignage de première main sur l'ère du crétacé inférieur. »

Il sourit.

« Il ne s'agit pas d'une ère. Le crétacé inférieur est une période.

— Peu importe. Je suis sûre qu'elle est d'un âge suffisant. Et je sais à quel point tout ce qui a pu se passer au cours des quatre-vingt-dix millions d'années plus récentes peut vous paraître assommant. Venez. »

Ainsi commencèrent-ils ensemble de traverser la pièce; mais à mi-chemin de la dame du crétacé inférieur, elle s'arrêta, posa un instant sa main sur le bras de Charles, et le regardant bien en face :

« Si vous êtes décidé, Mr. Smithson, à devenir un vieux garçon tout à fait ranci, vous devez être capable de vous en tirer tout seul. »

Elle s'était éloignée avant qu'il ait eu la possibilité de répondre, et cette dernière phrase aurait pu passer pour la suite logique du précédent badinage. Mais un très court instant son regard avait indiqué qu'elle venait de faire une offre, aussi claire à sa façon que celle des femmes qui hantaient à cette époque les trottoirs des environs de Haymarket.

Ce qu'elle ignorait c'est qu'elle avait ainsi touché un point qui, dans le for intérieur de Charles, était devenu de plus en plus sensible : il avait l'impression qu'il était en train de suivre les traces de son oncle de Winsyatt, que la vie passait inutile entre ses doigts, que, comme en bien d'autres domaines, il se montrait en celui-ci paresseux, égoïste et trop exigeant. Mais pis encore... Il n'avait pas voyagé au cours des deux précédentes années, et il avait compris que les voyages étaient devenus pour lui une sorte de compensation au fait de ne pas avoir d'épouse légitime. Cela le déchargeait de tout souci domestique, et cela lui permettait aussi, à l'occasion, d'avoir une femme dans son lit, plaisir qu'il s'interdisait de façon très stricte en Angleterre, peut-être en raison des mauvais souvenirs de la crise de conscience qui avait suivi sa première expérience en ce domaine.

Les voyages avaient cessé de l'attirer, mais il n'en était pas de même des femmes, et il se trouvait dans un état de frustration sexuelle extrême, car ses scrupules moraux ne lui permettaient pas d'envisager le très simple expédient d'un séjour d'une semaine à Ostende ou à Paris. Il n'aurait pas admis qu'il puisse entreprendre un voyage pour cette seule et unique raison. Il passa toute une semaine à réfléchir longuement, puis s'éveilla un matin l'esprit plus clair.

Tout était simple. Il aimait Ernestina. Il songeait au plaisir de s'éveiller par un matin semblable, froid, gris, avec une légère couche de neige sur le sol, et de découvrir, endormi à ses côtés, ce charmant visage réservé et moqueur, et par le ciel ! (Charles était frappé de cela comme d'une sorte d'éblouissement) en toute légitimité, devant Dieu et devant les hommes. Quelques minutes plus tard, il laissait pantois un Sam encore engourdi de sommeil, qui s'était hissé à l'étage pour répondre à l'impératif coup de sonnette, en s'écriant :

« Sam, Dieu me pardonne, si tu ne vois pas devant toi le plus complet et le plus abominable des crétins ! »

Un jour ou deux plus tard, le personnage ainsi qualifié s'entretenait avec le père d'Ernestina. Ce fut bref et très satisfaisant. Il se rendit alors au salon, où la mère d'Ernestina attendait dans un état de poignante agitation. Incapable de parler à Charles, elle ne put que pointer vaguement le doigt du côté de la serre. Charles ouvrit les deux battants de la porte blanche, et demeura immobile dans les bouffées d'un air odorant et chaud. Il lui fallut chercher avant de découvrir Ernestina dans l'un des coins les plus reculés, à demi dissimulée sous les guirlandes retombantes d'une tonnelle de stephanotis. Il vit qu'elle le regardait avant de se détourner rapidement. Elle tenait une paire de ciseaux d'argent et avait l'air d'émonder quelques floraisons séchées de l'arbuste aux lourdes senteurs. Charles s'avança tandis qu'elle gardait le dos tourné, et toussa légèrement.

« Je suis venu faire mes adieux. »

Il parut ignorer, en fixant simplement le sol, le regard torturé qui se leva vers lui.

« Je me suis décidé à quitter l'Angleterre. Je voyagerai pendant le restant de mes jours; qu'est-ce qu'un vieux garçon ranci pourrait trouver de mieux pour se divertir ? »

Il se préparait à poursuivre sur ce ton, mais il vit que le front d'Ernestina se courbait et que les jointures de ses doigts blanchissaient tant ses mains serraient avec force le bord de la table. Il savait que normalement elle aurait dû déceler aussitôt la taquinerie, et il comprit que sa lenteur à comprendre provenait d'une profonde émotion, qu'il éprouvait lui aussi par contagion.

« Mais si je pouvais croire qu'il y ait quelqu'un qui se soucie assez de moi pour vouloir partager... »

Il ne put poursuivre, car elle s'était retournée, les yeux brillants de larmes. Leurs mains se rencontrèrent et il l'attira contre lui. Ils ne s'embrassèrent pas. C'était impossible. Comment voudrait-on qu'une sensualité naturelle, impitoyablement emprisonnée pendant vingt ans, ne soit pas étouffée par les sanglots à l'instant où elle voit s'abattre devant elle toutes les barrières.

Quelques minutes plus tard, Charles ramenait une Tina, à peu près remise, de cette aile de la serre chaude jusqu'à la porte du salon. Mais il s'arrêta un instant devant une touffe de jasmin, cassa un rameau et l'agita gaiement au-dessus du front de sa compagne :

« Ce n'est pas du gui, mais cela ira quand même, ne croyez-vous pas ? »

Et ils s'embrassèrent. D'un baiser aussi chaste et dépourvu de sensualité que celui de deux enfants. Ernestina à nouveau commença de fondre en larmes; puis elle sécha ses yeux et laissa Charles la ramener dans le salon où ses parents attendaient. Il n'y eut pas besoin de paroles. Ernestina courut se jeter dans les bras de sa mère, ouverts pour la recevoir, et, deux fois plus fort, les larmes ruisselèrent à nouveau. Les deux hommes cependant se regardaient l'un l'autre en souriant. L'un, comme s'il venait juste d'arriver à l'heureuse conclusion d'une excellente affaire; l'autre, comme s'il ne savait pas encore très bien sur quelle planète il venait de prendre pied, mais espérait que les habitants étaient à son égard pleins des meilleures intentions.

12

> En quoi consiste l'aliénation du travailleur ? En premier lieu dans le fait que le travail est pour l'ouvrier quelque chose d'extérieur, qui ne fait pas partie de sa nature, et qu'en conséquence, au lieu de s'accomplir par son travail, il se renie, il se sent misérable, au lieu d'éprouver un sentiment de bien-être... Ainsi ce n'est que pendant ses périodes de loisirs que le travailleur se sent chez lui; pendant son travail il éprouve l'impression d'être un paria.
>
> MARX.
>
> *Manuscrits économiques et politiques (1844).*

> Fut-il sans défaut ce jour de délices,
> Aussi pur que je le proclame ?
>
> TENNYSON, *In Memoriam (1850).*

CHARLES marchait d'un bon pas, en songeant à la femme mystérieuse qu'il laissait derrière lui, dans les bois de Ware Commons. Il marcha un peu plus d'un mille avant d'atteindre simultanément une coupure dans le terrain boisé et le premier avant-poste de la civilisation. C'était une maison au toit de chaume, située légèrement en contrebas du sentier. Autour d'elle deux ou trois grands prés descendaient vers les falaises; et au moment même où il quittait le terrain boisé, Charles aperçut un homme qui, à grands cris, faisait sortir un troupeau de vaches d'une étable basse accolée au bâtiment. Une image lui vint aussitôt à l'esprit : celle d'un bol de lait délicieusement frais. Il n'avait rien pris depuis la double ration de pains beurrés. L'heure du thé et la tendresse l'appelaient chez Mrs. Tranter, mais en ce moment le bol de lait criait plus fort... et était beaucoup plus à portée. Il descendit la pente herbeuse et frappa à la porte arrière de la maison.

Une petite femme, ronde comme un tonneau, lui ouvrit, les bras courts brillant d'écume de lessive. Oui, on pourrait lui fournir autant de lait qu'il en voudrait boire. Le nom de ce lieu ? La laiterie, c'est bien ainsi à ce qu'il semblait qu'on l'avait nommé. Charles suivit la femme dans une pièce au toit en pente qui formait la partie arrière de la maison : une pièce sombre et très fraîche, au sol carrelé de fortes dalles, où l'air s'alourdissait d'odeurs de fromages. Une rangée de récipients brillants, grandes casseroles de cuivre sur des tréteaux de bois, aux bords desquelles affleurait une crème jaune, était disposée audessous des fromages, alignés comme un escadron de petites lunes en réserve sous les poutrelles des chevrons. Charles se souvint d'avoir entendu parler de ce lieu, réputé dans le pays pour la qualité de son beurre et de sa crème. La tante Tranter y avait fait allusion. Il lui suffit de rappeler ce nom pour que la femme, qui faisait couler le lait blanc d'une cruche placée près de la porte dans un bol de faïence bleue et blanche, se retournât vers lui avec un visage souriant. Il était déjà beaucoup moins un étranger.

Tandis qu'il parlait, ou écoutait la femme lui parler, depuis un carré de verdure devant la porte de la laiterie, le mari, qui avait conduit ses bêtes au pré, revint. C'était un homme chauve, à la barbe abondante, avec un air taciturne, un Jérémie. Il lança un coup d'œil sévère du côté de sa femme. Elle cessa aussitôt son bavardage et rentra pour touiller sa lessive. A l'évidence, ce mari n'était pas bavard; il répondit cependant fort promptement à Charles quand celui-ci lui demanda combien il lui devait pour ce bol d'excellent lait. Un penny ! Une de ces charmantes effigies de la reine Victoria qu'en vous rendant la monnaie on vous met encore parfois dans la main, avec ces traits d'une grâce approximative et gommée par l'usage.

Charles se préparait à reprendre le sentier, mais il avait à peine fait un pas qu'une forme sombre sortit du couvert, dans le sentier surplombant. C'était la jeune fille. Elle regarda en passant les deux hommes au-dessous d'elle, et poursuivit sa route en direction de Lyme. Charles regarda l'homme de la laiterie qui poursuivait d'un regard sombre la silhouette passant au-dessus de lui. Evidemment, au cours de ses divagations prophétiques, l'homme ne devait pas s'embarrasser de beaucoup de délicatesse.

« Vous connaissez cette dame ?

— Ouais.

— Passe-t-elle souvent par ici ?

— Que trop. »

L'homme continuait de regarder fixement. Il reprit :

« Pas à prendre ça pour une dame : l'espèce de grue que l' Français a binée ! »

Il fallut quelques instants à Charles pour saisir la signification de ce dernier terme, et il jeta un regard courroucé à l'homme barbu, un méthodiste qui entendait bien appeler une bêche une bêche, et particulièrement quand la bêche devait servir au péché d'autrui. Il apparaissait aux yeux de Charles comme la vivante incarnation des commérages hypocrites — et de tous les commérages de Lyme. De ce visage qu'il venait de voir endormi, Charles pouvait penser bien des choses, mais certainement pas qu'il pouvait s'agir d'un visage de catin.

Quelques secondes plus tard, il suivait lui-même la piste charretière qui regagnait Lyme : deux rubans argileux montant vers l'intérieur des terres et une haie haute dissimulant à demi la mer. Devant lui progressait la silhouette sombre, chapeautée à présent, de la jeune fille. Elle marchait sans hâte mais d'un pas régulier, sans la moindre affectation de féminité, comme une personne habituée à couvrir de longues distances. Charles entreprit de la rejoindre, et après avoir parcouru une centaine de pas, il se trouva très près d'elle. Elle devait entendre le bruit de ses souliers à clous sur les pierres qui affleuraient de la couche argileuse, mais elle ne se retourna pas. Il vit que le manteau était un peu trop grand pour elle et que les talons de ses souliers étaient boueux. Il hésita un moment; mais le souvenir de l'expression hargneuse sur le visage de l'homme de la laiterie poussait Charles à aller jusqu'au bout de sa première intention chevaleresque : montrer à cette malheureuse que ce monde n'était pas entièrement peuplé de barbares.

« Mademoiselle ! »

Elle se retourna, le vit chapeau bas et souriant; et bien que ce visage n'exprimât alors qu'une surprise fort naturelle, il produisit sur lui, une fois encore, une extraordinaire impression. C'était comme si cette impression lui paraissait à chaque fois inconcevable et qu'il fut ainsi contraint de rechercher l'occasion de la renouveler. Il lui semblait qu'il était à la fois accueilli et rejeté; comme s'il se fut agi là d'une forme apparue dans un rêve, qui demeure immobile et s'éloigne en même temps.

« J'ai à m'excuser doublement. Je ne savais pas

hier que vous étiez la secrétaire de Mrs. Poulteney. Je crains de vous avoir adressé la parole d'une façon fort impolie. »

Elle gardait les yeux fixés vers le sol.

« Cela n'a aucune importance.

— Et tout à l'heure, j'ai paru... Je craignais que vous ayez été prise d'un malaise. »

Toujours sans le regarder, elle inclina la tête et se retourna pour poursuivre sa marche.

« Ne puis-je vous accompagner ? Puisque nous allons dans la même direction ? »

Elle s'arrêta; mais sans se retourner.

« Je préfère qu'on ne m'accompagne pas.

— C'est Mrs. Tranter qui m'a fait comprendre mon erreur... Je suis...

— Je sais qui vous êtes, monsieur. »

Il sourit de sa timide brusquerie.

« En ce cas... »

Son regard soudain fut sur lui; et avec une sorte de désespoir derrière la timidité :

« Je vous en supplie, laissez-moi suivre mon chemin seule. »

Charles cessa de sourire. Il s'inclina et fit un pas en arrière. Mais au lieu de poursuivre sa route, elle fixa un moment le sol.

« Et je vous en prie, ne dites à personne que vous m'avez rencontrée à cet endroit. »

Et sans un autre regard vers lui, elle se retourna et s'en fut, comme si elle savait que sa requête était vaine et qu'elle regrettait déjà de l'avoir formulée. Debout au milieu de la route, Charles regardait diminuer la silhouette sombre. Il ne restait que le souvenir de ces yeux... des yeux d'une grandeur anormale, comme s'ils pouvaient ainsi mieux voir et souffrir plus. Et leur regard direct, sans qu'il le sache, c'était le regard de la distributrice de tracts qui s'était posé sur lui — était chargé d'un singulier pouvoir de refus et de rebuffade. Ne m'approchez pas, semblait-il dire. *Noli me tangere.*

Il regarda autour de lui, cherchant à imaginer pourquoi elle ne voulait pas qu'on sache qu'elle s'était rendue dans ces bois pleins d'innocence. Un amoureux peut-être; quelque rendez-vous. Mais il se souvint alors de son histoire.

Lorsque Charles arriva en fin de compte dans Broad Street, il décida de passer directement chez Mrs. Tranter, avant de se rendre au White Lion, afin d'expliquer qu'aussitôt qu'il aurait pu prendre un bain et mettre un costume convenable, il serait...

Mary vint ouvrir; mais Mrs. Tranter se trouvait dans le vestibule, ou pour être plus exact, sortit délibérément dans le vestibule, et insista pour qu'il ne fasse pas de cérémonie; et ce costume n'était-il pas la meilleure preuve de la validité de ses excuses ? Aussi Mary, souriante, s'empara du bâton ferré et du havresac, et il fut introduit dans le petit salon, inondé encore des rayons du soleil couchant, et où la charmante invalide était allongée dans un charmant déshabillé gris et carmin.

« J'ai tout à fait l'impression d'être le manieur de pioche irlandais que l'on vient de conduire dans le boudoir d'une reine », remarqua Charles, en baisant la main d'Ernestina avec une distinction qui n'aurait guère convenu au personnage de l'homme de peine irlandais.

Elle écarta sa main.

« Vous n'aurez pas droit à une seule goutte de thé, avant d'avoir rendu compte dans ses moindres détails de votre emploi du temps de cette journée. »

Il lui décrivit donc tout ce qui lui était arrivé, ou

presque tout, car Ernestina lui avait déjà fait comprendre à deux reprises qu'elle n'appréciait pas du tout d'entendre mentionner le nom de la maîtresse du lieutenant français — une première fois sur la jetée, et un peu plus tard au moment du déjeuner, lorsque tante Tranter lui avait donné à peu près les mêmes indications que le curé de Lyme avait fourni à Mrs. Poulteney quelque douze mois auparavant. Mais Ernestina avait alors reproché à sa tantine d'assommer Charles avec des ragots et des cancans; et la pauvre chère dame, qui se voyait trop souvent reprocher ses façons provinciales pour ne pas se tenir sur le qui-vive, s'était humblement inclinée.

Charles exhiba le morceau de rocher ammonitifère qu'il avait rapporté pour l'offrir à Ernestina; et celle-ci déposa son protège-feu pour essayer de le soulever, et ne put y parvenir et pardonna tout à Charles pour avoir accompli un pareil travail d'Hercule, et le réprimanda de façon badine pour avoir risqué d'y perdre la vie et de se rompre les os.

« La sauvagerie désertique de cet Undercliff est quelque chose de fascinant. Je n'avais pas la moindre idée qu'il puisse se trouver des endroits de ce genre en Angleterre. Cela me rappelait certains magnifiques paysages de la côte portugaise.

— Par exemple, mais on nous l'a ensorcelé. Avouez de suite, Charles. Vous n'avez pas été décapiter de pauvres roches innocentes, mais vous avez été folâtrer avec les nymphes des bois. »

Charles eut un moment d'embarras caractéristique qu'il s'efforça de dissimuler par un sourire. La langue lui démangeait de conter aux deux femmes sa rencontre de l'après-midi. Une façon spirituelle et un peu bouffonne de décrire comment il avait découvert la jeune fille lui venait à l'esprit; et cependant il lui semblait qu'il y aurait là une sorte de tricherie, aussi bien à l'égard de la peine bien réelle de cette fille qu'à l'égard de ce qu'il éprouvait lui-même. Il savait bien qu'il ne pouvait que mentir en traitant à la légère ces deux rencontres; et finalement, dans cette chambre banale, il lui parut moins faux de garder le silence.

Il nous reste à expliquer pourquoi, sur le visage de Mrs. Poulteney, une quinzaine de jours auparavant, ce nom de Ware Commons avait paru évoquer Sodome et Gomorrhe. En vérité, la seule explication pourrait être qu'il s'agissait du lieu le plus proche de Lyme où l'on ne pouvait courir le risque d'être épié. Sur le plan légal, ces lieux avaient eu une longue histoire, chargée de malveillance et fort embrouillée. Avant les ordonnances concernant la clôture des propriétés, ils avaient toujours été considérés comme des terres communes. Ils furent alors l'objet d'une véritable usurpation, comme en témoignent les noms donnés aux prés entourant la laiterie qui sont les mêmes que ceux que portent les portions du territoire voisin. Un des nobles propriétaires de l'une des grandes maisons situées à l'arrière de l'Undercliff s'était livré tranquillement à ce petit *Anschluss*, et selon la bonne règle historique, avec l'approbation tacite de son voisinage immédiat. Il est vrai que les habitants de Lyme, dont les sentiments devaient être un peu plus républicains, eurent aussitôt recours aux armes, pour autant que l'on puisse dire que la hache est une arme. Le gentilhomme avait en effet décidé de consacrer cet Undercliff à l'arboriculture. Le tribunal fut saisi de l'affaire, et décida d'un compromis : un droit de passage fut accordé à tous, sous condition que nul ne touche aux quelques parties boisées. Mais il n'était plus question de terrain communal.

Les habitants de Lyme et des alentours avaient néanmoins gardé le sentiment qu'il s'agissait d'une propriété publique. Des braconniers y traquaient le faisan et le lapin d'un cœur plus léger qu'en aucun autre lieu; un beau jour, on avait appris qu'un groupe de romanichels campait dans un épais taillis depuis Dieu sait combien de mois sans que nul n'en ait été informé. Ces hors-la-loi furent promptement boutés dehors; mais le souvenir de leur présence demeurait et fut rattaché à celui d'une enfant qui, à la même période, avait disparu d'un village voisin. La rumeur fut communément répandue que les romanichels s'étaient emparés de la fillette et l'avait accommodée en civet, en prenant soin d'enterrer les os. Ces romanichels n'étaient pas anglais, et de ce fait il était à peu près certain que ce devaient être des cannibales.

Mais l'accusation la plus sérieuse à l'encontre de Ware Commons était encore beaucoup plus infamante : la piste charretière vers la laiterie, et le sentier qui la prolongeait vers les terrains boisés, constituaient *de facto* un « Chemin des amoureux », bien qu'ils ne soient pas connus officiellement sous cette appellation. Chaque été, cette piste attirait des couples solitaires. Il y avait le prétexte du bol de lait à la laiterie, et, sur le chemin du retour, de nombreux sentiers conduisaient vers de séduisants fourrés d'aubépine et de fougères géantes.

Comme s'il n'avait pas suffi de ce mal chronique, ces lieux étaient encore affectés par une autre plaie. Une tradition, qui devait remonter au déluge (en tout cas beaucoup plus ancienne que Shakespeare) faisait que, par une belle nuit d'été, la jeunesse s'en allait, avec des lanternes, un vielleux, et un ou deux tonnelets de cidre, jusqu'à une clairière gazonnée au milieu des bois, qui porte le nom de Donkey Green, pour y célébrer en dansant le solstice de la saison. De bonnes gens prétendaient que, passé minuit, on titubait au lieu de danser, et, parmi eux, les plus collet monté assuraient qu'il ne s'agissait pas seulement de danser et de boire mais de bien autre chose encore.

En fait, il y avait moins d'une année qu'un comité de dames patronnesses, constitué par Mrs. Poulteney, avait instamment prié les autorités civiles de bien vouloir faire interdire et clôturer ce terrain, en plaçant des barrières sur le sentier. Mais une motion plus démocratique l'avait emporté. Et il s'était même trouvé, parmi les membres du conseil, quelques dépravés pour prétendre qu'un petit tour dans les environs de la laiterie était un plaisir bien inoffensif, et le bal annuel sur le gazon du Green Donkey rien de plus qu'une innocente distraction. Mais nous nous contenterons d'ajouter qu'il suffisait qu'une fille ou un garçon soit désigné comme étant « du genre Ware Commons » pour en être marqué pour la vie. Aucun doute que le garçon fut de l'espèce des satyres, et la fille une marie-couche-toi-là.

Aussi, en rentrant de promenade, le jour où Mrs. Fairley avait si noblement accompli son devoir, Sarah trouva-t-elle une Mrs. Poulteney aux aguets, ou, pour employer une expression plus appropriée, « montée sur ses grands chevaux ». Sarah se présenta dans le salon privé, pour la lecture quotidienne de la Bible, et se trouva aussitôt comme devant la mèche allumée à la bonde d'un baril de poudre. Il était clair que Mrs. Poulteney pouvait d'un instant à l'autre exploser, et de la plus belle manière.

Sarah s'approcha du lutrin, placé dans un coin de la pièce, où la grande bible « familiale » — non pas la bible familiale ordinaire, mais une édition spéciale d'où avaient été pieusement expurgées certaines fautes de goût inexplicables dans un texte de Saintes Ecritures (telles que le Cantique des Cantiques du roi Salomon) — reposait dans l'attente des heures du service. Mais elle se rendit bien compte que quelque chose n'allait pas.

« Vous avez l'air contrariée, Mrs. Poulteney.

— Particulièrement contrariée, répartit la pieuse abbesse, on vient de me dire quelque chose que j'ai encore de la peine à croire.

— A propos de moi ?

— Jamais je n'aurais dû écouter ce docteur. J'aurais dû faire ce que prescrivait la saine raison.

— Mais qu'ai-je donc fait ?

— Vous ne me ferez pas croire que vous êtes folle. Vous êtes une rusée, une perverse créature. Vous savez très bien ce que vous avez fait.

— Je puis jurer sur cette bible... »

Mais Mrs. Poulteney la foudroya d'un regard indigné.

« Je vous l'interdis. Ce serait un blasphème. »

Sarah s'avança, face à sa maîtresse.

« J'insiste. Vous devez me dire de quoi je suis accusée. »

Mrs. Poulteney le lui dit, et fut stupéfaite de ne voir paraître aucun signe de honte sur le visage de Sarah.

« Mais quel mal y a-t-il à se promener dans Ware Commons ?

— Le mal ! Vous, une jeune femme, seule, dans un endroit pareil !

— Mais madame, ce n'est pas autre chose qu'un grand terrain boisé.

— Je sais parfaitement ce qu'il en est, et ce qui s'y passe, et par quelle sorte de gens l'endroit est fréquenté.

— Il n'est fréquenté par personne. C'est pourquoi j'ai été là-bas. Pour y être seule.

— Vous osez me contredire, miss ! Vous irez prétendre que je ne sais pas de quoi je parle ! »

En réalité, deux simples faits étaient incontestables.

Le premier était que Mrs. Poulteney n'avait jamais eu l'occasion d'apercevoir Ware Commons, même de loin, pour la bonne raison que ces lieux sont situés hors de vue de n'importe quelle route carrossable. Le second simple fait était que Mrs. Poulteney était une opiomane, mais avant de m'accuser de sacrifier délibérément la vraisemblance au sensationnel, laissez-moi promptement ajouter qu'elle l'ignorait elle-même. Ce que nous nommons opium, elle l'appelait laudanum. A cette époque, un astucieux docteur, que le blasphème n'effrayait pas, avait dénommé ce médicament « Le sang du Seigneur [1] » car, pour soulager les noires misères qui assaillent la féminité, de nombreuses dames du XIXe siècle le savouraient à petites doses plus fréquemment que le vin de la Communion, et sous la forme ordinaire du *Godfrey's Cordial* le remède était à la portée de toutes les bourses. Il s'agissait en somme d'un équivalent de nos pilules tranquillisantes. Il ne nous importe guère de savoir pourquoi Mrs. Poulteney était devenue une fidèle habituée de ces prairies de l'oubli de l'époque victorienne; mais il est intéressant de noter que le laudanum, comme Coleridge avait pu s'en apercevoir, peut procurer des rêves d'un étonnant relief.

Je suis incapable d'imaginer sous quelles formes, dignes de l'inspiration d'un Jérôme Bosch, Mrs. Poulteney avait pu, au fil des années, se représenter Ware Commons, quelles orgies sataniques elle découvrait dans chaque fourré, quelles libidineuses abominations elle y apercevait sous chaque feuillage. Mais on peut dire, en toute certitude, que c'était devenu pour elle le déversoir de toute sa libido subconsciente.

Son éclat de voix avait été si violent qu'aussi bien

1. Nous pouvons regretter de n'avoir ici qu'un faible succédané du calembour anglais : « Our-Lordanum » (Notre Seigneurdanum) évidemment intraduisible. (N. d. T.)

que Sarah elle s'était réduite au silence. S'étant ainsi défoulée, Mrs. Poulteney commença de changer ses batteries.

« Vous m'avez terriblement déçue.

— Mais que puis-je faire ? On me demande de ne pas aller vers la mer. Très bien, je n'y vais plus. Ce que je cherche, c'est la solitude. Voilà tout. Ce n'est pas un péché. On ne peut pas dire que j'ai péché pour vouloir être seule.

— N'avez-vous jamais entendu parler de Ware Commons ?

— Jamais, jamais comme du mauvais lieu que vous voulez me décrire. »

Devant la sincère indignation de la jeune fille, Mrs. Poulteney parut un peu décontenancée. Elle se rappelait que Sarah n'habitait Lyme que depuis peu de temps; et qu'il était possible en conséquence qu'elle ait pu ignorer bien des choses et n'être pas aussi malintentionnée qu'elle l'avait pensé.

« Très bien. Mais comprenez-moi une fois pour toutes. J'interdis à quiconque de ma maison d'approcher de cet endroit ou de s'y faire voir. Je vous prie donc de limiter vos promenades à des endroits convenables. M'avez-vous bien entendue ?

— Oui. Je dois marcher dans les sentiers de la vertu. »

Un court et dramatique instant, Mrs. Poulteney crut déceler à son égard une intention sarcastique; mais les yeux de Sarah demeuraient solennellement baissés, comme si cette phrase ne s'adressait qu'à elle seule, et la vertu et la souffrance ne se donnaient-elles pas la main ?

« Que je n'entende donc plus parler d'aussi regrettables sottises. Et cela, dans votre intérêt et pour votre bien.

— Je sais, murmura Sarah. C'est pourquoi je vous remercie, madame. »

Les choses en restèrent donc là. Elle revint à la bible pour lire le passage marqué par Mrs. Poulteney. C'était le même passage qu'elle avait déjà choisi lors de la première entrevue, le Psaume 119 : « Heureux ceux qui sont intègres dans leurs voies et qui marchent dans la loi de l'Eternel. » Sarah, la voix maîtrisée, lisait, sans émotion apparente. La vieille dame la regardait, assise dans l'ombre, à l'autre extrémité de la pièce — pareille à quelque sombre idole païenne, inconsciente du sacrifice sanglant exigé par son impitoyable visage de pierre.

Plus tard, en cette même nuit, on aurait pu voir Sarah — bien que je ne sache guère qui aurait pu être ce *on*, à part quelque hibou solitaire — debout devant la fenêtre de sa chambre sans lumière. Le silence régnait dans la maison et sur la ville, car en ce temps où l'électricité et la télévision étaient ignorées, on allait normalement se coucher à neuf heures. Il était une heure du matin. Sarah était en chemise de nuit; ses cheveux étaient défaits et ses yeux fixes regardaient la mer. La lueur lointaine d'un feu de position vacillait faiblement sur l'eau noire dans la direction de Portland Bill, où quelque voilier cinglait vers Bridport. Sarah avait aperçu le faible point lumineux, mais sa pensée ne s'y arrêta pas.

En approchant plus près d'elle encore, nous aurions pu voir que son visage était mouillé de larmes silencieuses. Cette station à la fenêtre ne faisait pas partie de quelque veille mystérieuse dans l'attente des voiles de Satan, mais du cérémonial qui précède une résolution de se jeter dans le vide.

Je ne montrerai pas Sarah, basculant sur l'appui de la fenêtre, ou oscillant vers le vide, pour en fin de compte s'effondrer en sanglotant sur le tapis usé de sa chambre. Nous savons qu'elle était en vie une quinzaine de jours après cet incident. Elle n'avait donc pas sauté. Et ses larmes n'étaient pas les sanglots convulsifs, prélude à une action violente; mais celles que provoque, plutôt qu'une trop vive émotion, le sentiment d'une condition profondément misérable — un flux lent, inépuisable, comme à travers un bandage, le sang d'une plaie ouverte.

Mais qui est Sarah ?

Venue de quelles profondeurs sombres ?...

13

> Sombres sont les fins de la création, Isis derrière son voile...
> TENNYSON, *Maud (1855).*

JE l'ignore. L'histoire que je conte est pure imagination. Les personnages que je crée n'ont d'existence que dans ma pensée. Si j'ai jusqu'ici prétendu lire dans l'âme et les pensées intimes de mes personnages, c'est que j'écris dans le cadre et selon les normes d'une convention universellement acceptée dans le temps où se passe cette histoire, de même que j'en ai quelque peu adopté le ton et utilisé le vocabulaire : une convention selon laquelle le romancier participe de la puissance divine. Il n'est peut-être pas omniscient, mais il doit se comporter comme s'il l'était. Et pourtant je vis à l'époque d'Alain Robbe-Grillet et de Roland Barthes : si ce que j'écris là est un roman, ce ne saurait donc en être un au sens moderne du terme.

Serais-je donc en train d'écrire une autobiographie transposée ? J'habite peut-être une des résidences décrites dans cette imaginaire fiction ? Charles n'est peut-être rien autre que ce *Je* sous son masque. Tout cela n'est-il qu'un jeu ? Il existe des femmes modernes qui ressemblent à Sarah, et je ne suis jamais parvenu à les comprendre. Ou encore, ne suis-je pas en train de couvrir un essai d'une défroque de roman ? Au lieu de numéroter des chapitres, j'aurais mieux fait de libeller des titres : « Les Limites de l'existence », « Les Illusions du progrès », « Aspects de la forme romancée », « Etiologie de la liberté », « Aspects oubliés de l'époque victorienne »... et tout ce qu'on voudra.

Peut-être imagine-t-on qu'un romancier n'a qu'à tirer la bonne ficelle pour que ses pantins se mettent à gesticuler comme des personnes vivantes; en même temps qu'il procède, à la demande, à une analyse exhaustive de leurs motifs et de leurs intentions. J'avais certainement, à ce stade — Chapitre 13 : *Exposé de l'état d'esprit réel de Sarah* — l'intention de tout dire, ou, du moins, tout ce qui importe. Mais je me suis trouvé tout à coup comme un simple n'importe qui, dans cette froide nuit de printemps, en train d'épier, depuis la pelouse, une obscure fenêtre ouverte de Marlborough House. Je savais bien que, dans la perspective réelle de mon livre, Sarah ne pouvait pas refouler ses larmes, et se pencher à la fenêtre pour prononcer tout un chapitre de révélations. Elle m'aurait immédiatement tourné le dos, si elle m'avait aperçu à l'instant où se levait la pleine lune, pour disparaître dans les ténèbres intérieures.

Mais je ne suis pas ce témoin sur la pelouse; je suis un romancier — et j'ai la possibilité de la suivre, partout où il me plaira. Mais ce qui est possible n'est pas toujours tolérable. Les maris ont souvent la possibilité de tuer leur femme — et vice versa — mais généralement ils se gardent de le faire.

Vous pouvez penser que les romanciers ont toujours en main leur plan bien établi, de sorte que l'avenir que laisse prévoir le chapitre 1 deviendra inexorablement le présent du chapitre 13. Mais les romanciers écrivent pour de multiples et toutes différentes raisons : par besoin d'argent ou de renommée, pour les critiques, pour les parents, pour les amis, pour les bien-aimées, par vanité, par orgueil, par curiosité; et pour s'amuser, comme le menuisier habile prend plaisir à faire des meubles, comme l'ivrogne aime boire, comme le juge aime juger, comme le Sicilien prend plaisir à décharger son escopette dans le dos de ses ennemis. Des raisons, je pourrais bien en remplir un livre, et ce seraient toutes de vraies raisons, bien qu'elles ne s'appliqueraient pas vraiment à tous. Une seule raison est commune à tous ceux de notre espèce : « Nous voulons créer des mondes aussi réels que le monde qui existe, et qui soient néanmoins différents. » Ou qui existait. C'est pourquoi nous ne pouvons pas avoir de plans arrêtés. Nous savons bien que le monde est un organisme et non pas une machine. Nous savons aussi qu'une création véritable doit se libérer de l'emprise de son créateur. Un monde composé (un monde qui révèle son plan dans tous ses détails) est un monde mort. C'est seulement quand événements et personnages se mettent à nous désobéir qu'ils commencent vraiment à vivre. Quand Charles eut laissé Sarah sur sa corniche de la falaise, je lui avais ordonné de rentrer directement à Lyme Regis. Mais il n'en fit rien. De son propre mouvement, il s'écarta de sa route pour descendre à la laiterie.

Allons donc, direz-vous — ce qui s'est passé en réalité, c'est qu'en écrivant il vous est venu à l'esprit qu'il serait plus astucieux de le faire s'arrêter, boire du lait... et rencontrer à nouveau Sarah ! C'est certainement là une explication valable. Mais je ne puis faire autre chose que dire — et en cette affaire je suis vraiment le seul qui puisse témoigner — que l'idée m'a paru venir clairement de Charles, et non pas de moi-même. Et du fait qu'il avait acquis ce pouvoir d'un comportement autonome, je devais moi-même le respecter, au mépris de tous mes plans établis comme du pouvoir quasi divin que je m'arrogeais à son égard, si j'entendais faire de lui un être doué de réalité.

En d'autres termes, pour me libérer moi-même, je devais lui accorder — à lui, et aussi à Tina, à Sarah, et même à l'abominable Mrs. Poulteney, une pleine et entière liberté. Et je dois me conformer à cette définition.

Le romancier est dieu puisqu'il crée (et le plus aventureusement moderne des romans d'avant-garde n'a pas encore réussi à éliminer complètement son auteur); ce qui est changé, c'est que nous ne pouvons plus être les dieux de la période victorienne, autocrates et omniscients; mais selon une nouvelle conception théologique, notre première règle de conduite est la liberté, et non pas l'autorité.

Ne viens-je pas là, de façon indigne, de rompre le cercle de l'illusion ? Non pas. Mes personnages existent encore, et leur réalité n'est ni plus ni moins réelle que celle de la convention que je viens ainsi de rompre. Comme un auteur grec l'avait remarqué voici quelque vingt-cinq siècles, la fiction se sert de tout pour tisser sa trame. Cette réalité, ou cette irréalité nouvelle ne m'en paraît que plus valable, et je voudrais pouvoir vous faire partager mon impression de ne pas complètement diriger ces créatures de ma pensée, pas plus que vous-mêmes — quels que soient vos efforts, et seriez-vous même une autre Mrs. Poulteney — vous ne parvenez pas à diriger vos enfants, vos collègues, vos amis, et vous-mêmes.

Mais n'est-ce pas là une absurdité ? Un personnage n'est-il pas, soit « réel », soit « imaginaire » ? Si c'est ce que tu penses, *hypocrite lecteur* [1], laisse-moi donc

1. En français dans le texte.

sourire. Tu ne peux même pas considérer ton propre passé comme tout à fait réel : tu l'arranges, tu l'ornes ou tu le noircis, tu le caviardes, tu le bricoles... en un mot, tu en fais de la fiction; et tu le poses sur un rayon — ton ouvrage, ton autobiographie romancée. Nous fuyons tous en débandade devant la vraie réalité — et c'est là la définition fondamentale de l'*Homo sapiens*.

Donc si tu crois que cette digression malheureuse — ne sommes-nous pas au chapitre 13 — n'a rien à voir avec l'Epoque, le Progrès, la Société, l'Evolution, et tous ces autres fantômes à majuscules qui, derrière ce livre, raclent leurs chaînes dans les ténèbres... je ne discuterai pas. Mais ton opinion me paraîtra suspecte.

Je m'en tiendrai donc simplement à l'évidence des faits : Sarah pleurait dans la nuit, mais elle ne s'est pas suicidée; et elle a continué, malgré l'interdiction formelle, à hanter ces lieux de Ware Commons. Ainsi, en un sens, elle avait fait le saut; elle vivait une sorte de chute ralentie et prolongée puisque tôt ou tard Mrs. Poulteney ne pouvait manquer d'être informée que la pécheresse s'était accommodée de son péché. Il est vrai que Sarah se rendait moins fréquemment dans les bois qu'elle en avait eu coutume — privation que le temps pluvieux des deux semaines suivantes lui avait d'abord rendue plus légère. Il est vrai également qu'elle s'astreignait à quelques précautions de nature tactiques. La piste charretière croisait une petite route, pas beaucoup plus fréquentée ni carrossable que ce chemin lui-même. Et qui contournait une dépression de terrain portant le nom de Ware Valley, pour aller rejoindre, dans les faubourgs de Lyme, la grande route conduisant à Sidmouth et Exeter. Dans Ware Valley s'éparpillaient un certain nombre de maisons respectables, et l'on pouvait donc décemment s'y promener. Fort heureusement, aucune de ces maisons ne dominaient le point de rencontre de la piste charretière et de la petite route. Quand elle se trouvait en ce point, il suffisait à Sarah de regarder autour d'elle pour s'assurer qu'elle était bien seule. Elle sortit un jour avec l'intention d'aller jusqu'au bois; mais quand elle arriva par la petite route au point de croisement avec la piste charretière, elle aperçut deux personnes qui débouchaient d'un tournant situé un peu plus haut; elle suivit la route, les croisa, puis arrivée au tournant, se retourna pour s'assurer que le couple n'avait pas pris le chemin de la laiterie; alors elle rebroussa chemin, et sans que nul n'ait pu l'observer, pénétra dans son sanctuaire.

Elle courait le risque de rencontrer d'autres promeneurs sur le sentier lui-même; et celui aussi des regards du propriétaire de la laiterie et de sa famille. Mais elle évita ce dernier danger, en découvrant qu'une des sentes s'enfonçant dans la bruyère en bordure du chemin rejoignait, par un détour hors des vues de la laiterie, le sentier qui s'enfonçait dans les bois. Elle avait donc fait à chaque fois ce détour, jusqu'à cet après-midi, où d'une façon désespérée — comme nous pouvons maintenant le comprendre — elle avait débouché par le sentier principal, juste en vue des deux hommes.

La raison en était fort simple : elle avait dormi trop longtemps et elle savait qu'elle était en retard pour la lecture. Mrs. Poulteney devait ce soir-là se rendre chez Lady Cotton; et l'heure habituelle avait été avancée pour lui permettre de se préparer à ce qui devait être en fait sinon en apparence, une orageuse confrontation entre deux brontosaures; avec des velours noirs à la place des plastrons de cartilage, et les citations de la bible suppléant les furieux coups de boutoir — mais un combat non moins acharné et implacable.

En outre, le visage de Charles la regardant de sa position élevée l'avait choquée; elle avait perçu l'accélération de la chute. Quand le terrain cruellement se dérobe, quand on se sent ainsi emportée, à quoi bon chercher encore à se prémunir ?

14

> — Pour moi, Mr. Elliot, la bonne compagnie c'est la compagnie de gens intelligents, instruits, et qui ne manquent pas de conversation; voilà ce que j'appellerai la bonne compagnie.
> — Vous vous trompez, dit-il aimablement, ce n'est pas la bonne, c'est la meilleure des compagnies. La bonne compagnie exige seulement la naissance, l'éducation, les bonnes manières, et, quant à l'éducation elle n'est pas très difficile.
>
> JANE AUSTEN, *Persuasion*.[1]

AU XIXe siècle, les visiteurs arrivant à Lyme n'avaient sans doute pas à subir les mêmes épreuves que les voyageurs débarquant autrefois dans les anciennes colonies grecques. Charles n'avait pas eu à prononcer une harangue dans le style de Périclès, plus un résumé des nouvelles du monde, du haut de l'escalier de l'Hôtel de ville. Ils devaient souffrir cependant qu'on les examine sur toutes les coutures et qu'on parle d'eux. Ernestina avait déjà averti Charles qu'il devrait se considérer comme un curieux animal de ménagerie, et ne pas se formaliser des regards convergents et appuyés et des parapluies pointés dans sa direction. D'autre part, deux ou trois fois par semaine, il était contraint d'accompagner ces dames en visite et de souffrir des heures d'atroce ennui, avec pour seule consolation une petite scène, qui se répétait avec une fort agréable régularité quand ils revenaient à la résidence de tante Tranter : Ernestina cherchait anxieusement ses regards, encore assombris par les nuées des interminables platitudes de la conversation, en disant : « C'est terrible ! Comment pourrez-vous me pardonner cela ? Vous allez me détester. » Et, en le voyant sourire, elle se précipitait dans ses bras, comme s'il venait miraculeusement de survivre à une émeute ou à une avalanche.

Il était dit que l'avalanche allait se produire à Marlborough House, le lendemain de la découverte imprévue que Charles avait faite dans l'Undercliff. Ces visites n'avaient certes rien de spontané ni de fortuit. Les nouvelles concernant l'identité des visiteurs et des visités se répandaient en effet à travers la ville avec une rapidité incroyable, et les uns comme les autres tenaient à l'observation d'un sens rigoureux du protocole. Mrs. Poulteney s'intéressait sans doute aussi peu à Charles que celui-ci ne s'intéressait à elle; mais elle aurait été mortellement offensée si Charles n'avait pas été amené devant elle, pieds et poings liés, et cela peu après son arrivée; car plus une visite est retardée et moins elle vous fait honneur.

Evidemment ces « étrangers » étaient-ils tout au plus des jetons dans le jeu. Les visites n'avaient pour objet que le délicieux usage que l'on en pouvait faire après qu'elles avaient eu lieu. « Cette chère Mrs. Tranter, elle a tenu à ce que je sois la première à rencontrer... » Et : « Je suis très surprise qu'Ernestina ne soit pas venue vous voir. Vous savez qu'elle nous a gâtés : nous l'avons déjà eue deux fois... » Et : « C'est certainement un oubli. Cette chère Mrs. Tranter, elle est parfois si distraite... » Ces aménités et d'autres savoureux échanges au cours des rencontres urbaines dépendaient des arrivages de visiteurs importants, dont Charles faisait partie. Et il ne pouvait pas plus échapper à son sort qu'une souris bien nourrie tombant entre les pattes d'un chat affamé — que dis-je, de douzaines de chats affamés.

Quand Mrs. Tranter et ses deux jeunes accompagnateurs furent annoncés, dans la matinée qui suivait la rencontre dans les bois, Sarah se leva aussitôt pour quitter la pièce. Mais Mrs. Poulteney, dont l'entrain était stimulé à la pensée du bonheur de ces jeunes gens et qui, après une soirée chez Lady Cotton, avait certes de bonnes raisons d'avoir de l'entrain à revendre, lui fit signe de rester. Elle considérait Ernestina comme une frivole jeune personne, et elle était sûre que son futur mari ne pouvait être qu'un frivole jeune homme; les embarrasser était pour elle presque un devoir. Elle savait en outre que, pour la pécheresse, ces visites de cérémonie étaient aussi pénibles que le port d'un cilice. Il ne pouvait donc y avoir d'échappatoire.

On introduisit les visiteurs. Mrs. Tranter s'avança, froufroutante, avec ses amicales effusions. Sarah demeurait timidement, laborieusement, gênée et en retrait; et Charles et Ernestina, souriants, faisaient tapisserie derrière les deux dames plus âgées, qui se connaissaient depuis d'assez longues décades pour qu'une étreinte rituelle parût nécessaire. Puis Ernestina s'avança, avec l'esquisse d'une révérence, avant de saisir une main noblement tendue.

« Comment allez-vous, Mrs. Poulteney ? Vous paraissez vous porter merveilleusement.

— A mon âge, Miss Freeman, ce qui compte avant tout c'est la bonne santé spirituelle.

— Alors, ce doit être parfait. »

Mrs. Poulteney aurait aimé poursuivre sur ce thème, mais Ernestina se retourna et présenta Charles, qui se pencha pour baiser la main de la vieille dame.

« C'est un grand plaisir pour moi, madame. Quelle superbe résidence !

— C'est bien trop grand pour moi. Je m'occupe de tenir cette maison en mémoire de mon pauvre mari. Je sais qu'il aurait voulu que je le fasse — et que c'est encore sa volonté. »

Et elle regarda au-delà de Charles, vers l'icône du chef de maison, un portrait à l'huile de Frédéric, qui avait été peint deux années seulement avant sa mort, survenue en 1851; et qui était là pour montrer à tous les regards qu'il devait s'agir d'un bon chrétien, honorable, de belle prestance — et supérieur en tout à ses pairs. Sans aucun doute, il avait été bon chrétien et honorablement chargé d'honneurs, mais quant aux autres qualités, le peintre avait dû faire appel à son imagination. Feu Mr. Poulteney avait été en son temps, et en dépit de ses richesses, un homme d'une totale insignifiance — et le seul fait notable de son existence avait été le moment où il l'avait quitté. Charles examinait avec toute la déférence requise ce fantôme de la réception.

« Ah ! bien sûr. Je comprends. C'est tout à fait naturel.

— Nous nous devons de respecter *leur* volonté.

— Indiscutablement. »

Mrs. Tranter, qui venait de sourire à Sarah, se tourna vers elle en cherchant l'occasion d'interrompre ce funèbre *Introït.*

« Ma chère Miss Woodruff, j'ai grand plaisir de vous voir. »

Et elle s'avança pour presser dans les siennes la main de Sarah, et la regardant avec une franche amabilité, elle lui dit en baissant légèrement la voix :

« Il faudra venir me voir quand ma chère Tina sera partie. »

Pour une seconde, le visage de Sarah s'éclaira d'une façon inhabituelle. Dans son cœur, l'ordinateur personnel avait déjà traité les données concernant Mrs. Tranter et fourni le résultat. La réserve et l'indépendance si périlleusement proche du défi dont se composait son masque en présence de Mrs. Poulteney s'effacèrent un instant. Elle esquissa même un sourire, un peu triste cependant, et inclina légèrement la tête. Si elle le pouvait, elle viendrait certainement.

On fit de nouvelles présentations. Les deux jeunes personnes échangèrent un signe de tête assez froid, et Charles s'inclina. Il observait la jeune fille avec attention, pour voir si elle indiquerait d'une façon quelconque qu'elle n'avait pas oublié les deux rencontres de la veille; mais elle évitait manifestement de rencontrer son regard. Il était fort curieux de voir comment le libre animal pouvait se comporter dans une cage aussi solidement grillagée; et il fut bientôt désappointé de voir que sa soumission était apparemment tout à fait résignée. Mrs. Poulteney semblait ignorer totalement la présence de Sarah, sauf pour lui demander d'aller chercher un objet, ou de tirer la sonnette quand ces dames eurent décidé qu'elles accepteraient une tasse de chocolat. Et Charles constata avec regret qu'Ernestina l'ignorait tout aussi bien. Tante Tranter faisait de son mieux pour amener la jeune fille à prendre part à la conversation; mais elle se tenait légèrement en retrait, avec un visage sans expression, une façon de se replier sur elle-même que l'on pouvait prendre pour le sentiment intime de sa condition inférieure. Lui-même se tourna poliment vers elle une ou deux fois, pour solliciter son avis ou son approbation, mais sans aucun succès. Elle répondait le plus brièvement possible et continuait d'éviter son regard.

Peu avant la fin de la visite cependant, la situation commença de revêtir aux yeux de Charles un aspect nouveau. Il lui parut clairement que la silencieuse soumission de la jeune fille était tout à l'opposé de sa nature; et qu'en conséquence elle jouait un rôle, et que ce rôle l'amenait à se désolidariser et à désapprouver complètement sa maîtresse. D'un air morose et plein d'urbanité, Mrs. Poulteney et Mrs. Tranter enroulaient avec ardeur tous les lieux communs d'une conversation polie — en nombre relativement limité sans doute, mais dont on peut prolonger le cours à l'infini : les domestiques, le temps, les naissances en perspective, les mariages et les enterrements; Mr. Disraeli et Mr. Gladstone — ce dernier plus particulièrement en considération de la présence de Charles, mais qui permettait également à Mrs. Poulteney de condamner sévèrement les principes de conduite personnelle du premier et les principes politiques du second [1]; pour en revenir au dernier prêche du dimanche, aux insuffisances du commerce local, et reprendre naturellement le thème des domestiques. Tout en subissant son purgatoire familier, Charles, souriant, fronçant les sourcils, opinant du chef, se persuadait que la silencieuse Miss Woodruff ressassait en elle-même les injustices du sort — et, chose intéressante aux yeux d'un observateur subtil — elle ne faisait

1. Pour être tout à fait juste à l'égard de notre intrépide critique, il faut dire qu'en ce printemps 1867, un grand nombre d'autres personnes partageaient ses vues. Cette année-là, les frères ennemis, Mr. Gladraeli et Dizzystone, s'étaient ensemble surpassés. Nous oublions parfois que le fameux Projet de Réformes qui devait acquérir force de loi en août, fut préparé par le père vénéré du conservatisme moderne et violemment combattu par le grand libéral. Des Tories comme Mrs. Poulteney voyaient ainsi leurs propres intérêts défendus, contre ceux qu'ils considéraient comme des leurs, par le leader du parti qu'ils abhorraient et qui s'opposait à eux dans tous les autres domaines. Dans une de ses chroniques du *New York Daily Tribune*, Marx notait que les Whigs britanniques « représentent quelque chose d'entièrement différent des principes libéraux et des vues éclairées qu'ils professent. Ils se trouvent ainsi dans la position de l'ivrogne que l'on conduit devant le lord maire, et qui se proclame le représentant le mieux qualifié du Principe de la tempérance, bien que par hasard ou pour toute autre raison, on le ramasse complètement ivre chaque dimanche. » L'espèce certes n'a nullement disparu.

vraiment qu'un minimum d'efforts pour le dissimuler.

Charles pouvait s'en apercevoir, car il avait pu remarquer quelque chose qui avait échappé à tous les habitants de Lyme. Mais peut-être ces déductions seraient-elles demeurées à l'état de suppositions pures si la maîtresse de maison ne s'était pas décidée brusquement à effectuer une sortie caractéristique de sa manière.

« Cette fille que j'ai dû renvoyer, ne vous a-t-elle pas causé d'autres ennuis ? »

Mrs. Tranter sourit :

« Mary ! Pour rien au monde, je ne voudrais m'en séparer.

— Mrs. Fairley est venue me dire que, pas plus tard que ce matin, elle l'avait vue en train de parler à une *personne.* »

Dans la bouche de Mrs. Poulteney, le terme *personne* se chargeait à peu près de la même dose d'affectivité que le terme « nazi » dans la bouche de deux Français s'entretenant sous l'occupation.

« La *personne* était jeune. Mrs. Fairley ne le connaissait pas. »

Ernestina lança un bref regard, plein de reproches du côté de Charles, qui, un fort désagréable instant, pensa qu'il était lui-même accusé — puis comprit. Il sourit :

« Il n'y a pas de doute, ce devait être Sam. Mon valet, madame », ajouta-t-il, à l'intention de Mrs. Poulteney.

Ernestina évita son regard.

« Je voulais vous en parler. Moi aussi je les ai vus hier, en train de se parler.

— Mais bien sûr... S'il leur arrive de se rencontrer, nous n'allons pas leur interdire de s'adresser la parole.

— Il y a tout un monde de différence entre ce que l'on tolère à Londres et ce qui est convenable ici. Je crois que vous devriez parler à Sam. Cette fille se laisserait facilement entraîner... »

Mrs. Tranter parut choquée :

« Ernestina, ma chérie... elle est sans doute vive et expansive, mais je n'ai jamais eu la moindre raison de...

— Ma chère bonne tante, je sais bien que vous en êtes férue. »

Charles sentit la nuance de sécheresse dans le ton et accourut à l'aide de Mrs. Tranter quelque peu froissée.

« Je voudrais que les bonnes maîtresses soient plus nombreuses. Rien ne signale mieux la maison heureuse que l'accueil souriant de la servante. »

Sur quoi Ernestina baissa les yeux, avec un léger pincement des lèvres fort digne de remarque. La bonne Mrs. Tranter rougit légèrement au compliment qui lui était adressé, et regarda également vers le sol. Mrs. Poulteney avait suivi ces échanges avec quelque apparent plaisir; et sur ce, elle décida que Charles lui déplaisait suffisamment pour qu'elle se permît de le rabrouer.

« Votre future femme est meilleur juge en cette matière que vous ne pouvez l'être, Mr. Smithson. Je connais bien la fille en question : j'ai dû la renvoyer. Si vous aviez notre âge vous sauriez qu'en ce domaine on ne se montre jamais trop strict. »

Et à son tour elle regarda le sol — une façon à elle d'indiquer qu'un sujet sur lequel elle venait de se prononcer devait être considéré comme définitivement clos.

« Je m'incline devant une expérience, sans aucun doute plus prolongée, madame. »

Mais incontestablement, le ton était demeuré froid et sarcastique.

Les regards des trois dames se fuyaient. Mrs. Tranter, fort embarrassée, Ernestina irritée contre elle-même, car elle s'en voulait d'avoir attiré cette mercuriale sur la tête de Charles, de façon fort involontaire, et elle se disait qu'elle aurait beaucoup mieux fait de tenir sa langue, et Mrs. Poulteney parce qu'elle demeurait fidèle à elle-même. C'est ainsi que finalement, à l'insu des trois dames, Sarah et Charles échangèrent un regard. Ce fut très bref, mais dans ce regard il y avait un monde : deux étrangers avaient reconnu un ennemi commun. Pour la première fois, le regard de Sarah ne passait pas au-delà de lui, mais le regardait. Et Charles estima qu'il lui faudrait prendre une revanche sur Mrs. Poulteney et donner à Ernestina une leçon bien méritée pour lui apprendre à se montrer un peu plus humaine.

Il se souvint aussi de la récente passe d'armes avec le père d'Ernestina, à propos de Charles Darwin. Il existait décidément, dans ce pays, une fâcheuse tendance à la bigoterie; et chez une jeune personne qu'il se préparait à épouser c'était quelque chose qu'il ne lui était pas possible de tolérer. Il parlerait à Sam — pardieu, oui, il lui dirait deux mots à Sam.

Ce qu'il lui dit, nous le saurons dans quelques instants, mais le motif de cette conversation se trouvait déjà quelque peu dépassé, car cette « personne », comme disait Mrs. Poulteney, se trouvait, à cet instant même, assise dans la cuisine du sous-sol, chez Mrs. Tranter.

Sam avait rencontré Mary, dans Coombe Street, le matin même : et lui avait innocemment demandé si le sac de suie pouvait lui être livré dans un délai d'une heure. Il savait évidemment que les deux duègnes devaient se rendre à Marlborough House.

La conversation dans la cuisine fut étonnamment sérieuse, beaucoup plus en fait que celle qui se déroulait simultanément dans le salon de Mrs. Poulteney. Mary se tenait adossée au vaisselier, ses jolis bras croisés, une mèche de cheveux couleur de blés mûrs échappant au bonnet protège-poussière. De temps à autre elle posait quelques questions, mais le plus souvent c'était Sam qui parlait, et ses paroles semblaient s'adresser au plateau de la longue table beaucoup plus qu'à la jeune servante. Leurs regards se rencontraient rarement, pour, d'un commun accord, se détourner aussitôt.

15

> En ce qui concerne les classes laborieuses, les mœurs à demi sauvages de la génération précédente ont fait place à une sensualité profonde et presque universellement répandue.
>
> *Rapport d'enquête sur les populations des districts miniers (1850).*

> Ou pour un regard plus profond
> L'occasion d'un fugitif sourire.
>
> TENNYSON, *In Memoriam (1850).*

LORSQUE, le matin suivant, Charles entreprit de sonder sans ménagement le cœur cockney de Sam, il ne songeait nullement à trahir Ernestina, quel qu'ait pu être le fâcheux effet de la passe d'armes avec Mrs. Poulteney. Ils étaient sortis peu après cet échange, et sur le chemin qui redescendait vers Broad Street, Ernestina était demeurée fort silencieuse. Arrivée chez Mrs. Tranter, elle avait manifesté très clairement le désir qu'on la laissât seule avec Charles; et à peine sa tante écartée et la porte refermée, elle fondit en larmes — oubliant même de s'adresser ses reproches préliminaires habituels — et se jeta dans ses bras. C'était là le premier désaccord qui venait obscurcir leur amour, et elle était horrifiée que son cher et si gentiment aimable Charles ait pu être victime d'une telle rebuffade de la part de cette affreuse et insupportable douairière, et cela à cause d'une pique de jalousie de sa part ! Voilà ce qu'elle parvint à lui expliquer quand Charles lui eut fort convenablement donné de petites tapes dans le dos et essuyé les yeux. En guise de revanche, il déposa alors un baiser sur chacune des paupières humides; sur quoi son pardon lui fut accordé.

« Tina, ma petite nigaude adorable, pourquoi empêcherions-nous les autres d'avoir eux aussi du bonheur. Et si mon diable et cette coquine allaient tomber amoureux l'un de l'autre, devrions-nous les lapider ? »

Elle lui sourit depuis son fauteuil.

« Voilà ce qui peut arriver quand on essaie de se conduire comme une grande personne. »

Il se pencha vers elle et lui prit la main.

« Ma fillette chérie, vous ne serez jamais autre chose pour moi. »

Elle inclina la tête pour baiser sa main et il l'embrassa de plus haut dans sa chevelure.

« Quatre-vingt-huit jours, murmura-t-elle. Que c'est long ! Je ne veux pas y penser.

— Partons ensemble. En amoureux. Pour Paris.

— Charles... Comment osez-vous ? »

Elle releva la tête, et il l'embrassa sur les lèvres. Elle se rejeta en arrière, contre le dos du fauteuil, les yeux mouillés, rougissante, le cœur battant si fort qu'il crut qu'elle allait s'évanouir : trop frêle pour des émotions aussi diverses.

Il retint sa main, et la pressant avec enjouement :

« Si seulement cette brave Mrs. Poulteney pouvait nous voir en cet instant ! »

Elle cacha son visage dans ses mains, et se mit à rire par saccades étouffées, et Charles, pris par la contagion, dut se relever et aller à la fenêtre pour retrouver un peu de dignité. Mais il ne put s'empêcher de se retourner et d'apercevoir les yeux de Tina entre ses doigts écartés. Les bruits étouffés reprirent et redoublèrent dans la pièce silencieuse. Ils éprouvaient l'un et l'autre la même impression : la liberté merveilleuse de leur jeunesse — cette merveille de se sentir modernes, avec toute la fraîcheur de l'ironique humour, et situés à un millénaire de...

« Oh ! Charles... Oh ! Charles... Vous souvenez-vous de la dame du crétacé inférieur ? »

De nouveau le rire les reprit, mystifiant la pauvre Mrs. Tranter qui, au-dehors, demeurait sur des charbons ardents, estimant qu'une querelle était en train de se dérouler. Elle rassembla enfin tout son courage et entra, afin de voir s'il existait vraiment quelques chances d'arranger les choses. Tina, riant encore, courut à elle et l'embrassa sur les deux joues.

« Chère, chère tante, vous n'êtes pas trop indulgente pour Mary. C'est moi qui ne suis que l'horrible enfant gâté. Et ma robe de sortie verte, je n'en veux plus. Je pourrai la donner à Mary. »

C'est ainsi qu'un peu plus tard ce même jour, Ernestina trouva place, et très sincèrement, dans les prières de Mary. Mais je ne suis pas certain que ces prières furent entendues, car au lieu d'aller droit au lit après s'être relevée, comme quiconque devrait le faire après avoir bien prié, Mary ne put s'empêcher d'essayer une fois encore la robe verte. Elle n'avait pour s'éclairer que la lumière d'une chandelle, mais en faut-il plus pour qu'une femme paraisse sous son meilleur jour ? Ce nuage de la chevelure dorée, ce vert éclatant, ces ombres tremblantes, ce minois tout épanoui du plaisir de son apparence... Si Dieu l'observait de son ciel ce soir-là, il dut bien regretter un instant de n'être pas Satan lui-même.

« J'ai décidé, Sam, que je pouvais me passer de toi. »

Charles ne pouvait pas apercevoir le visage de Sam, car il avait les yeux fermés du fait qu'il était en train de se faire raser. Mais la façon dont la lame du rasoir s'arrêta lui indiqua que le coup avait porté.

« Tu pourras repartir pour Kensington. »

Il y eut un silence qui aurait pu amollir le cœur d'un maître moins barbare.

« Tu n'as pas d'objections ?

— Si, monsieur. Me trouve mieux h-ici.

— J'ai pensé que tu ne servais à rien. Je sais bien que c'est ton état naturel. Mais je préfère que tu ne serves à rien à Londres, où l'on est beaucoup mieux habitué à cela.

— J'ai rien fait de mal, monsieur Charles.

— Je voulais aussi t'épargner la peine d'avoir à rencontrer de nouveau cette impertinente jeune servante de Mrs. Tranter. »

Un soupir se fit entendre de façon distincte. Charles ouvrit un œil prudemment.

« Tu devrais me remercier. »

Au-dessus de la tête de son maître, les yeux de Sam regardaient fixement le plafond.

« L'a fait des excuses, et je les é h-acceptées.

— Quoi ! de la part d'une fille de péqu'nots ! Impossible. »

Charles dut fermer les yeux en hâte pour éviter la pointe du blaireau ensavonné.

« C'était h-i-gnorance, Mr. Charles, pure h-i-gnorance.

— Je vois. C'est donc pis encore que je ne pensais. Il faut certainement que tu décampes. »

Mais Sam avait eu son compte. Il laissa le blaireau dans le plat à barbe jusqu'à ce que Charles fut obligé d'ouvrir les yeux pour voir ce qui se passait. Il se passait que Sam était en train de bouder, ou tout au moins de faire semblant.

« Qu'est-ce qui ne va pas à présent ?

— R-ho, ça...

— *Rosa* ! Tu vas parler latin maintenant ! N'importe, je suis encore capable de te suivre. A présent, la vérité. Hier, tu n'aurais pas voulu toucher à la demoiselle, même avec le bout d'une gaffe. Tu ne vas pas le nier...

— On m'avait provoqué.

— Bon. Mais le *primum mobile* dans tout ça. Qui provoqua le premier ? »

Mais Charles s'aperçut qu'il avait été trop loin. Le rasoir tremblait dans la main de Sam; non pas avec des intentions meurtrières, mais sous l'effet d'une indignation réprimée. Charles tendit la main, lui enleva l'instrument et le pointa dans sa direction.

« En vingt-quatre heures, Sam ? Vraiment, en vingt-quatre heures ? »

Sam commença de frotter le plat à barbe avec la serviette qu'il réservait aux joues de son maître. Il y eut un silence, puis il reprit d'une voix étouffée.

« On est pas des ch'vaux. On h-est des h-êtres h-umains. »

Charles alors sourit; il se leva, s'approcha de son valet, et posant les mains sur ses épaules le fit se retourner.

« Sam, je m'excuse. Mais tu avoueras que tes relations passées avec le beau sexe ne pouvaient guère me laisser prévoir. »

Sam dirigeait vers le sol un regard rancuneux. Un certain cynisme s'emparait de lui à nouveau.

« Alors, cette fille — comment s'appelle-t-elle ?

— Mary !

— Cette délicieuse Miss Mary ! Quel plaisir de lui envoyer des piques, et qu'elle vous les retourne — laisse-moi terminer. Mais on m'a dit aussi que c'était au fond un brave cœur à qui on pourrait se fier — alors, ce cœur-là, j'entends bien qu'on ne le brise pas...

— J'donnerais mon bras à couper, Mr. Charles...

— Parfait, en ce cas j'aime mieux te croire en te dispensant de l'amputation. Mais je t'interdis de chercher à la voir ou de lui adresser la parole dans la rue, avant que j'aie pu parler à Mrs. Tranter et savoir si elle autorise ces attentions. »

Sam, qui avait tenu les yeux baissés, les releva pour regarder son maître, et il fit une grimace lugubre, comme un jeune soldat qui se prépare à mourir sous les yeux de son commandant.

« Un sacré canard de Derby, monsieur, un sacré pauv' canard ! »

Un canard de Derby — je ferais mieux de l'indiquer — est un canard que l'on a déjà fait rôtir — et qui a perdu ainsi toutes chances d'une résurrection.

16

Maud dans tout son éclat de jeunesse
et de grâce;
Chantant la Mort, chantant l'Honneur impérissable.
En un temps si sordide et vil à en
pleurer,
Et moi-même si faible, et d'elle
si peu digne.

TENNYSON, *Maud (1855).*

Ce qu'homme et femme éprouvent
l'un pour l'autre, jamais ne
l'avais ressenti,
Oui, croyez-moi, avant ces jours de
congé au village, où l'on se sent
stupide.
A flâner tout ce temps « long et
morne », aurait dit Tennyson.
Longue et morne aventure d'adolescente gaucherie,
Où, par chance, je l'ai regardée de
biais, la jolie fille décoiffée...

A.H. CLOUGH,
La Cabane de Tober-na-Vuolich (1848).

CINQ jours calmes et sans incidents suivirent celui que je viens de décrire. Pour Charles, aucune occasion ne s'était présentée de poursuivre l'exploration de l'Undercliff. L'une de ces journées fut employée à une longue excursion à Sidmouth; les matinées des autres furent consacrées à des visites ou à de plus agréables diversions, telles que les séances de tir à l'arc, que la jeunesse féminine anglaise pratiquait alors avec la plus grande ardeur : le costume vert sombre de rigueur était si seyant à porter, et il était si plaisant de voir les jeunes gens aller chercher les flèches, fichées dans les cercles de la cible — la myopie d'Ernestina était cause, hélas ! qu'elle ne l'atteignait pas très souvent — et de revenir avec tout leur lot habituel de piquantes bêtises, à propos de Cupidon, de Diane et de cœurs transpercés.

Quant aux après-midi, Ernestina le persuadait habituellement de ne pas quitter la maison de tante Tranter. De fort nombreux problèmes domestiques se posaient encore dans le futur et demandaient à être envisagés, car la maison de Kensington était beaucoup trop petite, et Charles ne pouvait avoir avant deux ans la disposition de la résidence de Belgravia, occupée par un locataire. Ernestina paraissait avoir changé depuis le petit contretemps : elle était remplie d'attentions pour Charles, et si pénétrée de ses devoirs qu'il se plaignait d'avoir l'impression de n'être ni plus ni moins qu'un pacha de Turquie, et lui demandait d'avoir la bonté de le contredire sur quelque point si elle ne voulait pas le voir oublier qu'ils allaient se marier selon les rites chrétiens.

Charles acceptait avec beaucoup de bonne humeur cette soudaine prise en considération de ses moindres désirs. Il avait assez de finesse pour comprendre qu'Ernestina s'était laissée surprendre; avant ce désagréable incident, elle avait peut-être été plus amoureuse du mariage que de son futur mari; à présent elle reconnaissait l'homme au même titre que l'institution. Charles, il faut bien l'avouer, trouvait parfois un tantinet gênante cette succession d'un climat chaud au climat plus tempéré. Il était heureux d'être adulé, consulté, comblé d'attentions, de voir que ses décisions étaient attendues — qui donc ne le serait pas ? Mais depuis des années il avait eu l'habitude d'être seul et parfaitement libre; lui aussi à sa façon, était un affreux enfant gâté. Il lui paraissait étrange de voir que ses matinées ne lui appartenaient plus, qu'il lui fallait sacrifier ses projets pour employer un après-midi à quelque fantaisie de Tina. Certes, il pouvait s'appuyer sur le sentiment du devoir; les maris en puissance devaient faire ceci ou cela, se comporter de telle ou telle façon, de sorte qu'il ne pouvait pas plus s'en dispenser que d'éviter de se vêtir de flanelle épaisse et porter des souliers à clous pour aller se promener dans la campagne.

Et quant aux longues soirées : toutes ces heures privées d'éclairage, et qu'il fallait bien remplir, sans avoir la ressource du cinéma et de la télévision. Pour ceux qui devaient travailler afin de gagner leur vie, il n'y avait pas grand problème : après une journée de travail de douze heures, la question de savoir ce que vous allez faire après souper est assez facile à résoudre. Mais que ces malheureux riches étaient donc à plaindre : car même s'ils pouvaient obtenir la liberté d'être seuls avant la nuit tombée, la convention sociale exigeait ensuite qu'ils s'ennuient de compagnie. Voyons donc comment Charles et Ernestina procèdent pour franchir ensemble cette région désertique. A tout le moins, la présence de tante Tranter leur est épargnée, car la bonne dame est allée ce soir-là prendre le thé chez une de ses amies du voisinage, une vieille personne invalide, qui lui ressemble en tout point sauf par le visage et les circonstances de sa vie.

Charles, nonchalamment, se trouve à demi allongé sur le sofa, deux doigts appuyés contre la joue, les deux autres et le pouce soutenant le menton, le coude sur le dossier du sofa, et, par-dessus le grand tapis d'Axminster, les yeux fixés gravement sur Tina, qui est en train de lire dans un petit volume à couverture de maroquin rouge qu'elle tient de la main gauche, tandis que la droite élève son protège-feu (un objet qui ressemble à une longue raquette de ping-pong, couverte de broderies de satin et bordée d'un galon marron, et qui a pour fonction de protéger la délicatesse du teint de l'irradiation des charbons ardents, susceptibles de l'enflammer) qu'elle agite d'un battement un peu irrégulier, en suivant la scansion, elle, parfaitement régulière, du poème narratif qu'elle est en train de lire.

Il s'agit d'un best-seller des années 1860 : *The Lady of La Garaye*, de l'honorable Mrs. Caroline Norton, que le critique habituel de *The Edinburgh Review* avait apprécié en ces termes : « Le poème est un pur, touchant et tendre récit de peine, de tristesse, d'amour, de devoir, de piété et de mort. » Un enchaînement d'adjectifs et de substantifs, caractéristiques de la mi-époque victorienne, tel que l'on ne saurait mieux faire — et que je me serais trouvé certes bien incapable d'inventer. On s'imagine peut-être que Mrs. Norton ne saurait être que quelque insipide *bas-bleu* à prétentions poétiques de ce temps. Insipides certes ses vers le sont, comme vous pourrez en juger dans un instant. Mais l'auteur était loin d'être elle-même une insipide personne. D'abord, elle était la petite-fille de Sheridan; elle aurait été, comme le bruit en avait couru, la maîtresse de Melbourne, et le mari avait été suffisamment convaincu du bien-fondé de cette rumeur pour assigner le grand homme d'Etat devant un tribunal — mais sans succès; et elle était une féministe ardente — ce que nous appellerions aujourd'hui une championne du libéralisme.

La lady dont le poème porte le nom est la sémillante épouse d'un non moins charmant gentilhomme de France, et, à la suite d'un accident de chasse, elle va être condamnée à demeurer invalide et consacrera le reste de son excessivement malheureuse existence à de bonnes œuvres — d'une plus grande utilité que celle de Lady Cotton — puisqu'elle fonde un hôpital. Bien que l'histoire soit située au XVIIe siècle, il s'agit très clairement d'un panégyrique de Florence Nightingale. C'est sans doute pourquoi, au cours de cette décade, de nombreux cœurs féminins furent profondément touchés par ce poème. Nous qui sommes d'un autre temps, nous pensons généralement aux grands réformateurs en évoquant leurs triomphes contre des adversaires ou contre une apathie généralisée. La véritable Dame à la Lampe avait eu certainement à lutter contre une forte opposition et contre l'apathie; néanmoins, nous l'avons déjà indiqué, la sympathie comporte un élément dont les conséquences sont parfois presque aussi néfastes. Ce n'était certes pas la première fois qu'Ernestina lisait ce poème; elle en connaissait de nombreux passages presque par cœur. Chaque fois qu'elle le lisait (elle le lisait en ce moment parce que c'était le temps du Carême) elle se sentait exaltée et purifiée, elle avait l'impression de devenir meilleure. Ai-je besoin d'ajouter que, de sa vie, elle n'avait mis le pied dans un hôpital, ou trouvé l'occasion de soigner un malade quelconque. Naturellement ses parents ne l'auraient pas permis, mais elle-même n'aurait jamais pensé qu'elle pourrait faire une chose pareille.

Oui, direz-vous, en ce temps les femmes étaient bien enchaînées, réduites au rôle que la société leur assignait. Mais rappelons-nous la date de cette soirée : 6 avril 1867. Une semaine seulement auparavant, au parlement de Westminster, John Stuart Mill avait saisi l'occasion d'une des premières discussions sur le Projet de Réformes pour affirmer que le temps était venu d'accorder aux femmes l'égalité des droits politiques. Cette intrépide tentative (la motion fut repoussée par 196 voix contre 73, Disraeli, le vieux renard, s'étant abstenu) fut accueillie par les sourires de l'homme de la rue, par les bruyants éclats de rire de *Punch* (une caricature montrait une troupe de beaux messieurs, assiégeant une femme ministre : Ah ! Ah ! Ah !) et par des froncements de sourcils désapprobateurs d'une grande majorité de femmes de bonne éducation qui estimaient pouvoir exercer avec beaucoup plus grand profit leur influence à partir de leur foyer. Il n'en reste pas moins que l'on peut dater de ce 30 mars 1867, le début du mouvement d'émancipation de la femme; et nous ne pouvons pas mettre totalement hors de cause Ernestina, qui avait poussé de petits rires étouffés quand Charles lui avait mis sous les yeux le dernier numéro de *Punch*.

Mais revenons à cette soirée intime victorienne dont nous paraissons nous être écartés. Ecoutons. Charles regarde fixement le grave visage d'Ernestina, avec, comme il convient, un soupçon de brume dans ses yeux lourds et tristes.

« Dois-je continuer ?

— Vous lisez d'une façon admirable. »

Elle s'éclaircit délicatement la gorge, lève à nouveau le livre. L'accident de chasse vient juste de se produire. Devant son épouse gisante, Lord La Garaye s'empresse :

> De ses cheveux dorés il divise la masse,
> Faiblement la soulève avec des mains tremblan- [tes,
> Jette vers son visage un regard horrifié.
> Elle meurt ! — O la joie de son âme, elle est [morte !

Les regards d'Ernestina effleurent gravement le visage de Charles. Il a clos ses yeux comme pour mieux se représenter cette scène tragique. Sa tête oscille de façon solennelle. Il est tout oreille.

Ernestina reprend :

On aurait ouï, au choc horrible des pensées
Battre son cœur dans un grand bruit d'horloge;
Puis le rythme affolé ralentit et s'apaise,
Et s'éloigne la peur dans un frisson de joie,
Quand des lèvres blanchies un son de voix trem-
[blant
Murmure simplement : « Oh ! Claude ! » Mais ja-
[mais,
De tous ces jours heureux depuis leur premier
[jour,
Son cœur n'avait battu d'un aussi fort désir
De toute la garder à lui, à lui, toujours.

Elle avait lu le dernier vers avec une inflexion particulièrement significative. De nouveau, elle jette un coup d'œil vers Charles. Ses yeux sont toujours clos, mais il est clair qu'il est trop ému pour esquisser un signe d'approbation. Elle prend un temps de respiration, et les yeux encore fixés sur son fiancé, d'un ton grave, elle poursuit :

Oh ! Claude... j'ai très mal ! — Gertrude, mon ai-
[mée !
Sur ses lèvres alors, un sourire erre et flotte,
Exprimant faiblement le réconfort donné...
— Mais vous dormez, voyons, vilain monstre en
[culottes.

Un silence. Le visage de Charles n'a pas plus frémi que s'il assistait à un enterrement. Une autre prise de respiration, suivie d'un regard outré de la lectrice :

Ah ! heureux celui qui, dans le plus lourd tour-
[ment,
N'a pas cherché en vain quelque visage aimant...

— CHARLES !

Le poème est soudain devenu un projectile, qui atteint son but à l'épaule, ricoche et tombe sur le plancher derrière le sofa.

« Oui ? »

Il voit Ernestina, les mains sur les hanches, dans une attitude absolument inhabituelle. Il se redresse et murmure :

« Oh ! chérie...

— Vous êtes pris, monsieur. Vous n'avez aucune excuse. »

Mais Charles avait dû présenter des excuses et suffisamment faire amende honorable puisque, au cours du déjeuner du lendemain, quand Ernestina proposa au moins pour la dix-neuvième fois de discuter de l'ameublement de son bureau dans une résidence encore à découvrir, il trouva le courage de se plaindre. Quitter son petit et très confortable appartement de Kensington n'était pas, pour Charles, le moindre des sacrifices à envisager; et il se sentait incapable de supporter qu'il lui fût aussi longuement rappelé. Tante Tranter vint alors le soutenir et il obtint ainsi de pouvoir bénéficier d'un après-midi à consacrer à ses « pitoyables fouilles » dans les éboulis pierreux.

Il n'eut aucune hésitation quant au lieu où il se proposait de se rendre. Quand il avait découvert, sur sa sauvage terrasse de la falaise, la maîtresse du lieutenant français, il n'avait guère eu d'autres pensées que pour elle, mais juste auparavant, il avait eu le temps de remarquer, au pied de l'escarpement au sommet duquel se trouvait le terrain gazonné, d'importants éboulements d'érosion. Ce fut certainement pour cette raison qu'il se rendit, cet après-midi-là, à cet emplacement. Les rapports nouveaux et plus chaleureux entre lui-même et Ernestina avaient contribué à chasser de sa pensée consciente, à peu près tout (à l'exception de quelques réminiscences fortuites et passagères) ce qui pouvait avoir quelque rapport avec la secrétaire de Mrs. Poulteney.

Quand il parvint au point où il lui avait fallu se frayer un chemin à travers les ronces, son souvenir ne manqua pas de se présenter vivement à son esprit : il revoyait très clairement la façon dont il l'avait aperçue ce jour-là, allongée sur le sol. Mais quand il eut traversé le terrain gazonné pour jeter les yeux sur la corniche avancée, il vit qu'elle était vide; et il l'oublia bientôt. Il réussit à descendre jusqu'au pied de l'escarpement et commença de chercher ses « tests parmi les éboulis. Le temps était plus froid que le jour où il était venu là pour la première fois. Comme c'est le plus souvent le cas en avril, le soleil se montrait pour disparaître bientôt derrière les nuages; mais le vent soufflait du nord. Au pied de la face sud de l'escarpement la température restait donc fort supportable, et Charles se sentit encore agréablement réchauffé lorsqu'il aperçut, presque à ses pieds, un « test » en excellent état, apparemment récemment détaché de sa gangue rocheuse.

Quelque quarante minutes plus tard, il devait cependant s'avouer que toute chance nouvelle paraissait le fuir, à tout le moins parmi ces éboulis du bas de l'escarpement. Il remonta jusqu'au plateau surplombant et reprit le sentier qui s'enfonçait dans les bois. Et là, soudain, une ombre mouvante !

Elle était à mi-chemin de l'étroit sentier escarpé, trop occupée à dégager son manteau d'une ronce récalcitrante pour avoir entendu l'arrivée silencieuse de Charles sur l'herbage. Dès qu'il l'aperçut, il s'arrêta. Le sentier était étroit et c'était à elle que devait revenir la priorité du passage. Elle le vit alors. Ils se trouvaient à quinze pas l'un de l'autre, et très clairement embarrassés; bien que leur embarras s'exprimât différemment. Charles souriait, et Sarah le regardait avec une profonde suspicion.

« Miss Woodruff ! »

Elle fit une inclinaison de tête à peine perceptible et parut hésiter, comme si elle se préparait à lui tourner le dos. Mais elle s'aperçut qu'il s'était effacé de côté afin de laisser le passage et elle s'avança en hâte pour le dépasser. Mais dans cette hâte, elle glissa sur une pierre traîtresse du sentier et tomba sur les genoux. Il accourut aussitôt pour l'aider à se relever; elle parut alors tout à fait semblable à un animal sauvage, tremblante, muette, incapable de le regarder.

La soutenant doucement de la main passée sous le coude, il la conduisit au niveau du terrain herbeux dominant la mer. Elle portait le même manteau noir, la même robe indigo avec son col blanc. Mais j'ignore si c'était parce qu'elle avait glissé, parce qu'il tenait son bras, ou par l'effet de l'air plus froid, son teint avait une fraîcheur, un éclat rosé qui s'accordait admirablement à la timidité sauvage de son attitude. Le vent avait légèrement défait ses cheveux et elle avait un peu l'air d'un garnement qui vient de se faire prendre en train de dérober les pommes d'un verger... l'air coupable, mais d'un coupable rebelle. Soudain elle regarda Charles, un rapide regard de biais et de bas en haut de ces yeux presque trop grands, à l'iris brun sombre dans les pupilles claires : un regard à la fois timide et menaçant, qui lui fit lâcher son bras.

« Je me demande ce qui pourrait arriver, Miss Woodruff, le jour où vous vous fouleriez la cheville dans un endroit pareil.

— Cela n'a pas d'importance.

— Mais, ma chère demoiselle, cela aurait certainement de l'importance. Je présume, d'après la demande que vous m'aviez faite la semaine dernière, que vous ne tenez pas à ce que Mrs. Poulteney sache que vous venez ici. Dieu me garde de vous en demander les raisons. Mais je dois vous faire remarquer que s'il vous arrivait un accident quelconque, je suis bien la seule personne de Lyme qui pourrait conduire jusqu'à vous une expédition de secours. Ne croyez-vous pas ?

— Elle sait. Elle saurait bien deviner.

— Elle sait que vous venez ici ? A cet endroit même ? »

Elle tenait obstinément les yeux fixés vers le sol, comme si elle ne voulait plus répondre, comme si elle lui demandait de partir. Mais il y avait quelque chose dans ce visage, que Charles examinait attentivement de profil, qui le détermina à rester. Il le voyait mieux à présent, tout était dans ces yeux. Ils étaient incapables de dissimuler l'intelligence, l'esprit d'indépendance : il y avait aussi un refus silencieux de toute sympathie, une détermination de demeurer ce qu'elle était. Les sourcils arqués, fragiles et délicats, étaient alors à la mode; mais ceux de Sarah étaient très fortement dessinés, ou au moins d'une teinte sombre inhabituelle, presque de la couleur des cheveux, qui les faisaient paraître épais, et, à l'occasion, donnaient au visage une certaine apparence garçonnière. Je ne veux pas dire qu'elle avait un de ces visages au menton accusé, aux beaux traits masculins, populaires à l'époque d'Edouard VII — le type de la *Gibson girl.* Elle avait un visage bien modelé et d'un aspect très féminin; et à l'intensité réprimée du regard répondait la secrète sensualité de la bouche, qui était grande, et une fois encore ne correspondait guère à ce qui était habituellement prisé, c'est-à-dire de jolies petites bouches, presque sans lèvres, ou d'enfantines lèvres arrondies. Charles, comme la plupart des hommes de son époque, n'avait pas oublié l'ouvrage de Lavater, *La Physiognomonie.* Il remarqua cette bouche, sans se laisser tromper par le fait que les lèvres demeuraient serrées d'une façon peu naturelle.

Le rapide éclat de ces yeux sombres avait certainement éveillé des souvenirs dans l'esprit de Charles. Mais ce n'étaient pas des réminiscences anglaises. Ce genre de visage s'associait pour lui à des visages de femmes étrangères et pour être franc — plus franc qu'il n'aurait voulu l'être vis-à-vis de lui-même — à des souvenirs de lits étrangers. Un nouveau stade était ainsi franchi dans la connaissance et l'idée qu'il pouvait se faire de Sarah. Il avait bien réalisé qu'elle avait plus d'intelligence et plus d'indépendance qu'il pouvait paraître; il augurait à présent des qualités plus sombres.

Pour la plupart des Anglais de l'époque, cette appréhension intuitive de la véritable nature de Sarah n'aurait pas manqué d'avoir un effet répulsif — et en fait Charles en était légèrement choqué. Il n'était pas assez détaché des préjugés de la plupart de ses contemporains pour que la sensualité, sous quelque forme que ce soit, ne lui apparût comme suspecte. Mais tandis que ceux-ci, par une de ces regrettables assimilations auxquelles procède communément le surmoi, en auraient rejeté la responsabilité sur Sarah, considérée alors comme coupable d'être née telle qu'elle était — Charles ne le fit pas. Nous pouvons porter au crédit de ses marottes scientifiques cette générosité d'esprit. Le darwinisme, comme l'avaient parfaitement compris les plus clairvoyants de ses adversaires, devait avoir des effets beaucoup plus importants encore que la remise en question du récit biblique des origines de l'homme; ses implications les plus profondes allaient dans le sens du déterminisme et du behaviorisme; c'est-à-dire de conceptions philosophiques capables de faire confondre la moralité avec l'hypocrisie et de faire de la notion de devoir une pauvre cabane en planches assaillie par un typhon. Je ne dirai pas que Charles considérait que Sarah ne pouvait porter dans ses actes aucune part de responsabilité, mais il était beaucoup moins enclin à la blâmer qu'elle ne pouvait elle-même l'imaginer.

Mais ce n'était là qu'en partie l'effet de ses marottes scientifiques — car Charles avait eu également l'avantage de pouvoir lire un roman, paru en France une dizaine d'années auparavant — le lire d'une façon tout à fait privée car l'ouvrage venait d'être condamné pour obscénité : un roman dont les perspectives étaient profondément déterministes — la célèbre *Madame Bovary.* Et en regardant ce visage tout proche de lui, soudain, ce nom d'Emma Bovary, venu il ne savait d'où, s'évoqua dans son esprit. Ce genre d'évocations allusives aident à comprendre mais sont en même temps tentatrices. C'est pourquoi sans doute, au lieu de s'incliner et de partir, il demeura.

Enfin elle se décida à parler.

« Je ne savais pas que vous étiez là.

— Comment l'auriez-vous su ?

— Je dois rentrer. »

Et elle tourna le dos. Mais il dit très vite :

« Permettez-moi, auparavant, de dire quelque chose. Quelque chose dont peut-être l'étranger que je suis pour vous, ignorant à peu près tout de votre vie, ne devrait pas parler. »

Elle demeurait le front baissé et lui tournant le dos.

« Puis-je poursuivre ? »

Elle gardait le silence. Il hésita un moment, puis reprit :

« Miss Woodruff, je ne prétends pas ignorer certaines circonstances... J'en ai entendu parler par Mrs. Tranter, et je dois dire avec beaucoup de compréhension et de sympathie. Elle estime que vous ne devez pas être heureuse dans votre présente situation, que vous auriez été contrainte d'accepter par la force des choses plutôt que du fait qu'elle vous aurait convenu. Il y a très peu de temps que je connais Mrs. Tranter, mais je pense que ce n'est pas un des moindres privilèges de mon prochain mariage que de m'avoir permis de connaître une personne aussi réellement bonne. Mais voici ce que je voulais vous dire, je suis sûr... »

Il s'arrêta en la voyant jeter un regard rapide dans la direction des arbres qui se trouvaient derrière elle. Son oreille fine avait perçu quelque chose, le bruit d'une branche brisée. Avant qu'il ait pu lui demander ce qu'elle craignait, il entendit un bruit de voix étouffées. Mais déjà elle avait réagi. Soutenant sa jupe d'une main, elle courut rapidement dans l'herbe, une quarantaine de pas du côté est, et disparut derrière une touffe de genêts qui dominaient les herbages. Charles demeurait sur place, stupéfait, muet témoin de cette fuite.

Le bruit des voix d'hommes se rapprochait. Il devait agir. A grands pas il s'avança vers le point où le sentier s'enfonçait sous le couvert. Et fort heureusement, car en même temps que le branchement du sentier inférieur, il aperçut deux visages d'hommes, l'un et l'autre fortement surpris, dont l'intention évidente était d'emprunter le sentier où il se trouvait. Charles ouvrit la bouche pour leur souhaiter le bonjour, mais les deux visages disparurent avec une étonnante rapidité. Il entendit une voix étouffée : « File par là, Jem ! » et un bruit de course rapide. Un instant plus tard, un sifflement modulé, suivi des jappements excités d'un chien, puis le silence.

Il attendit une minute, pour être bien certain qu'ils s'étaient éloignés, puis il s'avança vers le buisson de genêts et le contourna. Elle était là, tassée contre les tigelles aiguës, détournant son visage.

« Ils sont partis. Deux braconniers, il me semble. »

Elle inclina la tête, mais continua d'éviter son regard. Les genêts étaient en pleine floraison, les fleurs ocrées étaient si denses qu'elles dissimulaient presque le vert des tiges. L'air était lourd de leur odeur âcre et musquée.

« Je ne pense pas que c'était nécessaire, dit-il.

— Aucun homme soucieux de sa réputation ne voudrait qu'on le voie en compagnie de la femme marquée au rouge. »

C'était là aussi un pas en avant, car il y avait beaucoup d'amertume dans cette voix. Il sourit au visage détourné.

« Je ne vois pas d'autre rouge ici que celui de ces joues. »

Elle jeta vers lui un regard torturé de pauvre animal aux abois; puis se détourna à nouveau.

« Ne vous méprenez pas, dit Charles avec douceur. Je déplore la situation malheureuse où vous vous trouvez, comme j'apprécie votre délicatesse et le souci que vous prenez de ma réputation. Mais je ne me soucie en aucune façon de la considération de personnes du genre Mrs. Poulteney. »

Elle ne se retourna pas. Il poursuivit en souriant, avec toute l'aisance acquise au cours de ses voyages, de ses lectures, de sa connaissance d'un plus vaste monde.

« Ma chère Miss Woodruff, je connais un peu la vie; et de très loin je flaire les bigots... quel que soit l'impressionnant appareil de piété dont ils font parade aux yeux du monde. Maintenant voulez-vous, s'il vous plaît, sortir de votre terrier. Notre rencontre, par pur effet du hasard, ne peut rien avoir d'inconvenant; et il faut que vous me laissiez achever ce que j'étais en train de vous dire. »

Il s'écarta et elle apparut à nouveau en terrain découvert. Il vit que ses cils étaient humides. Il ne lui imposa pas sa présence, mais poursuivit en se tenant à quelques pas derrière elle :

« Mrs. Tranter aimerait... elle serait vraiment très

heureuse de pouvoir vous aider, si vous désiriez trouver une autre situation. »

Pour toute réponse, elle secoua la tête.

« Une personne qui est capable d'inspirer à d'autres de la sympathie... ne saurait être dans une situation désespérée. »

Il se tut un instant. Une mèche des cheveux de la silhouette devant lui se souleva dans le vent; elle la remit en place d'un geste nerveux.

« Je ne fais que répéter là, je le sais, ce que Mrs. Tranter aimerait elle-même pouvoir vous dire. »

Charles n'exagérait pas; car au cours du joyeux repas, qui avait suivi la réconciliation, on avait parlé de Sarah et de Mrs. Poulteney. Charles n'avait été qu'une victime occasionnelle de l'abusif pouvoir de la douairière, et il était naturel que l'on songeât à celle qui en était la victime permanente. Charles était bien décidé, maintenant qu'il était parvenu à un point où de bons anges moins parfaitement civilisés auraient pu craindre de s'aventurer, de faire part à Sarah des conclusions auxquelles on était parvenu au cours de cette conversation.

« Vous devriez quitter Lyme... et ce district. Je sais que vous avez d'excellentes qualifications, et je suis sûr que vous pourriez trouver ailleurs l'occasion de les utiliser d'une manière beaucoup plus heureuse. »

Sarah ne répondit pas.

« Je sais que Miss Freeman et sa mère seraient heureuses de s'enquérir, à Londres... »

Elle s'éloigna de lui, alla vers la crête herbeuse de la falaise, et regarda un long moment en direction de la mer; puis se retourna pour jeter les yeux vers lui, immobile près de la touffe de genêts — un regard étrangement brillant, et si direct qu'il sourit — un de ces sourires que leur auteur connaît comme témoignant de sa faiblesse, mais qu'il lui est impossible d'interrompre.

Elle baissa les yeux :

« Je vous remercie, mais je ne peux pas quitter ce lieu. »

Il esquissa un haussement d'épaules. Il était dérouté, obscurément déçu.

« Ainsi, je dois encore m'excuser une fois de plus pour m'être permis de faire allusion à des choses qui vous concernent personnellement. Mais cela n'arrivera plus. »

Il s'inclina et se retourna pour s'éloigner. Mais il n'avait pas fait deux pas qu'elle lui adressa la parole.

« Je sais... Je sais que Mrs. Tranter voudrait être bonne à mon égard.

— Alors pourquoi ne pas le lui permettre ? »

Elle fixa les yeux sur le terrain herbeux qui s'étendait entre eux :

« Pour qu'on me parle encore comme si... comme si je n'étais pas ce que je suis... Je lui suis très reconnaissante. Mais tant de bonté...

— Tant de bonté ?

— Cette bonté est pour moi plus cruelle que... »

Elle n'acheva pas, mais se tourna vers la mer. Charles éprouvait un grand désir de tendre les bras vers elle, de la saisir par les épaules afin de la secouer un peu. Sur scène la tragédie est fort convenable, mais dans la vie ordinaire elle peut prendre des airs de perversité. Et c'est à peu près ce qu'il lui dit, en des termes beaucoup moins rudes.

« Ce que vous appelez mon obstination est mon seul réconfort.

— Miss Woodruff, permettez-moi d'être franc. On dit de vous parfois que vous n'êtes pas parfaitement saine d'esprit. Je pense que c'est fort loin d'être exact. Je pense simplement que vous voulez vous-même juger trop sévèrement votre conduite passée. Et, au nom du ciel, pourquoi vous voit-on toujours vous promener seule ? Ne vous êtes-vous pas suffisamment châtiée ? Vous êtes jeune, vous êtes capable de gagner votre vie. Vous n'avez pas, je pense, d'attaches familiales dans le Dorset.

— J'ai des attaches.

— Ce jeune Français ? »

Elle se détourna, comme si c'était là un sujet interdit.

« Permettez-moi d'insister... Ces choses-là sont comme des blessures qui s'infectent quand on n'ose pas en parler. S'il ne revient pas, c'est qu'il était indigne de vous. S'il revenait, je ne puis croire qu'il se découragerait aussitôt du fait qu'il ne vous trouverait pas à Lyme, et qu'il ne saurait pas vous suivre et vous découvrir dans une nouvelle résidence. N'est-ce pas la raison même ? »

Il y eut un long silence. Il se déplaça encore de quelques pas, de façon à l'apercevoir de profil. Son visage semblait étonnamment calme, comme si ce qu'il venait de dire ne faisait que confirmer quelque chose dont, au fond d'elle-même, elle était profondément convaincue.

Elle continuait de regarder en direction de la mer, où l'on pouvait apercevoir, à quelque cinq milles de distance, un brick aux voiles rousses sous un rayon de soleil cingler vers l'ouest. Elle dit d'une voix lente, comme si elle s'adressait au navire lointain :

« Jamais il ne reviendra.

— Vous voulez dire que vous craignez qu'il ne revienne pas ?

— Je sais qu'il ne reviendra pas.

— Je ne saisis pas ce que vous voulez dire. »

Elle se retourna et regarda le visage intrigué et préoccupé de Charles. Elle sembla presque savourer cet étonnement pendant un assez long instant. Puis son regard se fit lointain.

« Voici assez longtemps que j'ai reçu une lettre. Ce jeune homme est... »

Et à nouveau elle se tut, comme si elle regrettait d'en avoir trop dit. Soudain elle se remit à marcher, à courir presque dans les herbages, en direction du sentier.

« Miss Woodruff ! »

Elle fit encore un ou deux pas, puis se retourna; et de nouveau ce regard qui, dans le même temps, transperce et repousse... Sa voix eut une inflexion rude et acerbe, à l'égard d'elle-même, plus qu'à l'intention de Charles.

« Il est marié.

— Miss Woodruff ! »

Mais elle ne se retourna pas. Il était seul. Sa stupéfaction était fort naturelle. Ce qui n'était nullement naturel, c'était une nouvelle et maintenant fort distincte impression de culpabilité. C'était comme s'il avait fait preuve d'un manque total de sympathie, alors qu'il était absolument sûr d'avoir fait de son mieux. Il fixa longuement le point où elle avait disparu. Puis il se retourna et regarda le brick qui poursuivait sa route dans le lointain, comme s'il allait pouvoir trouver là une réponse à cette énigme. Mais en vain.

17

Les bateaux, la plage, l'esplanade,
La foule rieuse,
Légère et bruyante,
Les saluts de gens importants.

Falaises au soleil couchant; paroles,
Arrêts, cris, bonsoirs,
Sel piquant de la mer,
L'orchestre, la valse de Morgenblatter.

Quand je rentrai la nuit tombée,
Triste, elle vint à ma rencontre
Mais la même toujours...

HARDY, *Dans une ville au bord de la mer en 1869.*

CHARLES se trouvait ce soir-là assis dans la salle des fêtes, entre Mrs. Tranter et Ernestina. Comparée aux salles des fêtes de Bath ou de Cheltenham, celle de Lyme ne faisait sans doute pas grande impression; mais elle était fort agréable et d'heureuses proportions, avec ses fenêtres donnant sur la mer. Trop agréable, hélas ! et convenant trop bien aux réunions et aux rencontres : ainsi devait-elle être abattue, offerte en sacrifice à cette divinité vénérée des Anglais : le bien-être personnel. En effet un conseil municipal, uniquement soucieux de ne pas imposer de tiraillements à la vessie de ses administrés, fit édifier à sa place un édicule d'utilité publique dont on peut dire qu'il est le plus laid et le plus mal situé de toute l'Angleterre.

Il ne faudrait pas croire cependant que tous les « poulteneyistes » de la ville de Lyme aient simplement reproché à la salle des fêtes le caractère frivole de son architecture : ce qui les enrageait surtout c'était ce qui pouvait se passer à l'intérieur. Des messieurs s'y retrouvaient et, le cigare à la bouche, entamaient d'interminables parties de whist; et des sauteries et des concerts y étaient organisés. C'était en somme un édifice qui encourageait le goût du plaisir; et Mrs. Poulteney et tous ceux de son espèce savaient fort bien que l'église était le seul édifice public où la population d'une ville pouvait décemment être appelée à se rassembler. Mais quand on eut jeté bas la salle des fêtes, c'est le cœur même de la vie communautaire qui fut touché, et nul depuis n'a su le ranimer.

Charles et les deux dames s'étaient rendus dans cet édifice maudit pour assister à un concert. Comme on était au temps du Carême, il ne s'agissait évidemment pas d'un concert profane. Le programme était entièrement religieux. Mais à Lyme, les gens à l'esprit étroit qui faisaient montre, tout au moins pour la galerie, d'un respect pour le Carême égal à celui que les musulmans professent pour le Ramadan, s'en étaient néanmoins déclarés choqués. De ce fait un certain nombre de sièges demeuraient vides, face au dais garni de fougères, placé à l'extrémité de la salle, et sous lequel le concert devait avoir lieu.

Notre trio, qui avait moins d'étroitesse d'esprit, était venu tôt, ainsi que la plus grande partie du public, car ces concerts étaient en général appréciés, dans un esprit très dix-huitième siècle, au moins autant comme occasion de rencontres mondaines que pour la musique elle-même. Les dames trouvaient là une excellente occasion de regarder et de commenter les toilettes de leurs voisines, et évidemment d'exhiber les leurs. Ernestina elle-même, en dépit de son mépris pour la province, n'était pas exempte de cette vanité. Au moins avait-elle la certitude qu'en ce qui concerne la toilette et le goût elle ne trouverait pas ici beaucoup de rivales; et les coups d'œil furtifs qu'attiraient son petit chapeau plat — pour elle il n'était plus question de larges bonnets soufflés — avec ses rubans de tissu jaune et blanc, sa robe vert espérance, sa pelisse mauve et noire, ses bottines Balmoral, étaient une fort agréable compensation pour tant d'autres moments chargés d'un pesant ennui.

Tandis que les spectateurs s'installaient dans la salle, elle se montrait ce soir-là moqueuse et pleine de malice. Charles devait écouter d'une oreille les commentaires de Mrs. Tranter — résidences, parenté, titres de noblesse — et de l'autre, les pointes malignes que décrochait Tina, *mezza voce.* « La dame, là-bas, très vieille Angleterre, indiquait la tante, c'est Mrs. Tomkins, excellente personne, un peu dure d'oreille, la maison après Elm House, son fils est aux Indes »; tandis qu'une autre voix précisait laconiquement : « *gooseberry !* — une « groseille » ! A en croire Ernestina, il y avait là plus de *gooseberries* que de personnes ordinaires, à attendre patiemment, en bavardant, le début du concert. Chaque décennie invente ainsi son épithète favorite. Dans les années 1860, *gooseberry* désignait, en Angleterre, tout ce qui revêt un aspect tristement démodé; de nos jours, Ernestina aurait sans doute qualifié de *square* toutes ces dignes personnes venues au concert... ce qui aurait certainement convenu à l'aspect carré et trapu d'une Mrs. Tomkins, vue de dos.

Mais finalement, la distinguée soprano, venue de Bristol pour la circonstance, apparut, escortée de son accompagnateur, le non moins distingué Signor Ritornello — ou tout autre nom du même genre — car tout pianiste renommé se devait en ce temps d'être italien, et Charles eut alors loisir de faire, *in petto*, son examen de conscience.

Tout au moins il commença de se livrer à cet examen comme s'il s'agissait pour lui d'un devoir, ce qui pouvait dissimuler ce fait embarrassant qu'il y trouvait également plaisir. A dire vrai, il était un peu obsédé par Sarah, ou par l'énigme qu'elle représentait. Quand il avait proposé aux deux dames de les accompagner, de Broad Street à la salle des fêtes, il avait eu vraiment l'intention — au moins en était-il persuadé — de leur parler de sa rencontre, certes sous la stricte condition qu'elles ne révéleraient à personne les promenades vagabondes de Sarah dans Ware Commons. Mais finalement les circonstances ne lui avaient pas paru opportunes. Il lui avait fallu d'abord arbitrer une sérieuse dispute concernant le fait qu'Ernestina avait fait la folie de mettre une robe de soie alors qu'il faisait un temps à porter de la laine, et que le « en avril ne te découvre pas d'un fil » représentait un des neuf cent quatre-vingt-dix-neuf commandements que ses parents avaient ajoutés aux Tables de la loi. Charles s'efforça de noyer ces réprimandes et ces appréhensions sous les compliments; mais s'il ne fit pas mention de Sarah, ce fut plutôt parce qu'il avait commencé de penser que, dans sa conversation avec elle, il était allé trop loin — il avait vraiment perdu la notion des convenances. Il avait fait preuve d'une étourderie incroyable, en se laissant entraîner hors du sens commun par des sentiments chevaleresques; et le pis, c'était que tout cela était à présent devenu diablement difficile à expliquer à Ernestina.

Il était parfaitement conscient qu'il y avait chez cette jeune personne des tendances à la jalousie, encore latentes, mais particulièrement redoutables. Au pis elle trouverait sa conduite incompréhensible et lui en garderait sérieusement rancune; au mieux, elle pourrait se contenter de railleries — mais ce « mieux » était encore loin de paraître satisfaisant. Il ne se sentait pas d'humeur à supporter les railleries à ce propos. Sans doute, avec Mrs. Tranter, Charles aurait pu parler de tout cela avec moins d'appréhension. Celle-ci, il en était sûr, comprenait et partageait ses intentions charitables; mais la duplicité lui était totalement étrangère; et si Tina venait à apprendre cette rencontre par l'intermédiaire de sa tante, il se trouverait lui-même alors en piteuse posture.

Sur ses autres sentiments, ceux qu'il éprouvait ce soir-là à l'égard d'Ernestina, il n'osait pas trop s'attarder. On ne pouvait pas dire que son humour l'agaçait; mais, contrairement à l'ordinaire, il lui paraissait un peu forcé et artificiel, comme si, au même titre que la pelisse neuve et le chapeau parisien, il devait faire partie d'une toilette de circonstances. Il appelait aussi de sa part une certaine complicité... Un clin d'œil de compréhension, un sourire qu'à chaque fois il lui adressait, mais d'une façon tout aussi artificielle; de sorte que leur attitude, à l'un et à l'autre, paraissait réciproquement affectée. Etait-ce l'ennui d'un abus d'Haendel et de Bach, ou l'effet de fréquentes dissonances entre la prima donna et son accompagnateur, mais il se surprenait à jeter des regards de biais du côté de la jeune fille assise à son côté, comme si elle lui était totalement étrangère, comme s'il la voyait pour la première fois. Elle était fort jolie, charmante... mais ce visage ne manquait-il pas quelque peu d'originalité et de caractère, et elle ne savait jouer que deux rôles naïvement contraires : celui de l'innocente et celui de la moqueuse. Que restait-il, si l'on mettait à part ces deux qualités — un plat égoïsme ? Mais Charles repoussa cette pensée dès qu'elle lui eut traversé l'esprit. Et pouvait-il en être autrement de la fille unique de parents trop riches ? Evidemment, mais aurait-il jamais été attiré par elle s'il n'y avait pas eu autre chose ? Par comparaison avec de nombreuses autres jeunes Londoniennes en quête d'un mari, Ernestina était fort loin de manquer de personnalité. Mais n'existait-il pas d'autres marchés où il aurait pu choisir une épouse ? Charles avait toujours été convaincu qu'il était lui-même différent de la grande majorité de ses contemporains et de ses pairs. C'était une des raisons qui l'avaient conduit à voyager si longuement : il trouvait la société anglaise trop fermée et de vues étroites, le sérieux anglais un peu trop solennel, la pensée anglaise trop moralisante, la religion anglaise trop proche de la bigoterie. Mais alors ? Pour le choix vital de la femme appelée à partager son existence, ne s'était-il pas un peu trop fié aux conventions ? Ne s'était-il pas contenté de faire ce qui paraissait le plus normal, au lieu de tenter de faire appel à toute son intelligence ?

Et tout simplement, n'aurait-il pas été plus intelligent d'attendre encore ?

Sous l'essaim piquant et tourbillonnant des pensées, Charles commençait de se trouver à plaindre — un brillant sujet qui s'est laissé prendre au piège, un esprit byronien dompté. Et la pensée errante revint alors à Sarah, à des souvenirs visuels, essayant de se rappeler ce visage, cette bouche, aux lèvres généreuses. Sans doute s'éveillaient en lui quelques réminiscences, trop ténues et trop vagues pour pouvoir se rattacher à des faits réels du passé; mais il en demeurait troublé et inquiet comme des rappels de l'existence d'un moi caché qui lui demeurait presque totalement inconnu. Voilà bien la chose la plus stupide, se disait-il en lui-même, mais il me semble bien que je suis attiré par cette fille. Ce n'était pas Sarah elle-même, lui semblait-il, qui pouvait l'attirer — il n'y pouvait songer puisqu'il était fiancé — mais quelque émotion ou quelque possibilité qui était symbolisée par elle. Elle lui faisait prendre conscience de tout ce dont il allait être privé. Son propre avenir lui avait toujours paru riche d'immenses possibilités; et il le voyait soudain se réduire à un itinéraire fixé vers un objectif connu. Voilà ce que cette rencontre était venue lui rappeler.

D'un léger coup de coude, Ernestina le rappela à la réalité présente. On était en train d'applaudir la chanteuse; et Charles nonchalamment rejoignit le mouvement d'ensemble dans la salle. En replaçant ses mains dans son manchon, Ernestina, de biais, fit une longue moue qui, autant qu'à Charles le distrait, s'en prenait à l'affreuse médiocrité du concert. Il lui sourit. Elle était si jeune, une véritable enfant. Comment aurait-il pu lui en vouloir ? Et elle était femme : il y avait tant de choses qu'elle ne pourrait jamais comprendre — la richesse de l'existence masculine, l'immense difficulté de vivre une vie où l'on s'intéresse à toute autre chose encore que la parure, le foyer et les enfants.

Tout irait mieux quand elle serait vraiment sienne, le même lit, et le même compte en banque... et certes, ayant aussi sa place dans son cœur.

Dans le même temps, les pensées de Sam suivaient un cours tout différent; et il se demandait jusqu'où pouvait aller la compréhension de sa petite Eve villageoise. On a peine à imaginer de nos jours l'énorme différence qui existait entre un garçon né dans un quartier populaire de Londres et une fille de voiturier d'un lointain village du Devon. Ils éprouvaient à peu près autant de difficultés à s'entendre que le jeune Esquimau rencontrant une fille d'Afrique. Il était si fréquent que l'un d'eux n'arrivât pas à comprendre ce que l'autre voulait dire que l'on aurait pu penser qu'ils n'utilisaient pas la même langue.

Pour combler ces abîmes d'incompréhension et de différences, il n'y avait alors ni radio, ni télévision, ni moyens de transport nombreux et bon marché; et cependant cette situation n'était pas sans présenter quelques avantages. Sans doute, on se connaissait moins bien, mais on se sentait aussi plus libres l'un par rapport à l'autre, et plus consciemment individualisé. On n'avait pas cette impression d'avoir le monde entier à portée de la main. Les étrangers étaient vraiment des gens étranges, et parfois d'une belle et attirante étrangeté. Il est peut-être excellent pour l'humanité que les moyens divers de communiquer se développent sans cesse; mais je ne cacherai pas que j'ai à ce propos un point de vue hérétique : le mutuel isolement dans lequel vivaient nos ancêtres me paraît tout aussi enviable que les espaces plus étendus dont ils pouvaient disposer. Nous nous trouvons désormais un peu trop en compagnie du monde entier.

Dans quelque obscure salle d'auberge, Sam pouvait alors se faire passer pour l'homme qui connaît vraiment tout de la vie citadine — et ce n'était pas rien. Il affectait ainsi un méprisant dédain pour tout ce qui ne portait pas la marque du West End londonien, ou qui n'en prenait pas les airs. Mais, dans son for intérieur, il en allait tout autrement. Il se retrouvait là comme un être timide et plein d'incertitude — non pas incertain de ce qu'il voulait être (qui était fort éloigné de ce qu'il était) mais de ses propres aptitudes à y parvenir.

Pour Mary, c'était à tout prendre tout à fait l'inverse. Il n'est pas douteux qu'elle avait d'abord été éblouie par Sam : un être qui avait l'air tellement supérieur ! Et ses moqueries n'avaient été qu'une réaction de défense, face à une supériorité intellectuelle aussi évidente : celle de l'éternelle aptitude du citadin à frayer son chemin, trouver les raccourcis, sauter l'obstacle. Mais elle était pourvue d'une solidité de caractère, d'une ingénue confiance en elle, de la certitude intime qu'elle deviendrait un jour une bonne épouse et une bonne mère; et, dans son monde, elle discernait parfaitement la valeur des choses; la différence qu'il pouvait y avoir, par exemple, entre sa maîtresse et la nièce de sa maîtresse. Elle était, après tout, une paysanne, et les paysans sont beaucoup plus proches des vraies valeurs que le menu peuple des villes.

Elle avait d'abord plu à Sam du fait qu'il voyait en elle la pureté d'un jour d'été, en comparaison des ternes amours avec des filles de bars et des prostituées qui représentaient toute son expérience passée. Dans ce domaine l'assurance ne lui manquait pas — il n'est guère de cockneys à qui elle fasse défaut. Il avait de beaux cheveux noirs, un teint clair et les yeux bleus; et tous ses gestes étaient nets et vifs, mais avec une certaine tendance à imiter en exagérant les manières de Charles qui lui paraissaient marquées au coin de l'élégance masculine raffinée. Il était rare que les regards féminins l'ignorent; mais ses rapports plus intimes avec des filles de Londres ne lui avaient guère apporté qu'un reflet de son propre cynisme. Ce qui l'avait quelque peu grisé c'était l'innocence de Mary. Comme un galopin qui joue à aveugler les gens avec le rayon d'un miroir, il venait de tomber sur quelqu'un dont la gentillesse ne méritait pas un tel traitement. Il était pris du désir d'être avec elle simplement lui-même, et de découvrir qui elle était.

Cette compréhension réciproque plus profonde s'était manifestée le matin où Sam avait saisi l'occasion de la visite de Mrs. Tranter chez Mrs. Poulteney. Ils avaient alors l'un et l'autre commencé à parler de leurs fonctions, discuté des mérites et des défauts de Mr. Charles et de Mrs. Tranter. Elle pensait qu'il avait bien de la chance de se trouver au service d'un maître aussi charmant. Sam fit quelques réserves et soudain, à sa propre stupéfaction, il se trouva en train de révéler à cette « péquenote » quelque chose dont, jusqu'à ce jour, il s'était bien gardé de parler à qui que ce soit.

Son ambition était fort simple. Il aurait voulu être à la tête d'un commerce de mercerie. Il n'avait jamais pu passer devant ce genre de boutiques sans s'arrêter et sans regarder l'étalage, critiquant ou admirant selon les cas. Il était persuadé qu'il possédait un flair particulier pour suivre en cette matière les fluctuations de la mode. Il avait accompagné Charles dans plusieurs voyages à l'étranger et n'avait pas manqué d'en rapporter quelques idées personnelles sur le commerce de la chemiserie.

Tout cela — et accessoirement la profonde admiration qu'il éprouvait pour les talents commerciaux de Mr. Freeman — il l'avait exprimé de façon quelque peu incohérente, sans dissimuler les grands obstacles : manque d'argent et défaut d'éducation. Mary l'avait écouté avec modestie, devinant cet autre Sam, et l'honneur qu'il lui faisait en se révélant à elle aussi promptement. Sam avait l'impression d'en dire trop — il se sentait, comme il était fréquemment arrivé à Charles devant Sarah, vaguement sot et ridicule. Mais chaque fois qu'il regardait avec appréhension, craignant une moue, un petit rire, le moindre signe de moquerie devant l'absurdité de ses prétentions, il ne découvrait que l'étonnement, la sympathie, le désir d'en entendre plus. Son auditrice avait l'impression que sa présence attentive n'était pas inutile, et une fille qui éprouve ce sentiment ne se trouve pas très loin du chemin de l'amour.

L'heure était venue de partir, et il lui semblait qu'il venait à peine d'arriver. Il se leva, et elle lui sourit, à nouveau avec un peu de malice. Il aurait voulu lui dire qu'il n'avait jamais parlé à personne aussi librement — et aussi sérieusement — de ce qui pouvait l'intéresser. Mais il ne trouvait pas les mots pour le dire.

« On va se voir demain matin ?

— Pourrait se faire...

— Je jugerais qui manque pas de galants à tourner autour.

— Pas qui me plaisent vraiment.

— Y'en a. On me l'a dit.

— Les langues, dans le pays, elles marchent toutes seules. Suffit de regarder un gars et voilà, on est fiancé. »

Il se mit à tripoter le bord de son chapeau melon.

« C'est comme ça partout. »

Un silence. Il la regarde droit dans les yeux.

« Je suis pas trop moche ?

— Jamais dit ça. »

Silence. Les doigts firent le tour du chapeau.

« Des filles, j'en ai connu des tas. Comme vous... j'en ai pas vu.

— Sont pas si dures à trouver.

— J'en avais pas trouvé... »

Il y eut encore un silence. Elle ne voulait pas le regarder : ses yeux restaient fixés sur le bord de son tablier.

« Et Londres ? Qu'est-ce que vous en diriez ? Ça vous plairait de le voir ? »

Elle sourit, puis hocha la tête avec vivacité.

« Je l'aurais parié. Dès qu'ils seront mariés, les patrons, j' vous fais faire la visite...

— C'est pas vrai ! »

Il lui fit un clin d'œil. Elle mit la main devant sa bouche et ses yeux s'ouvrirent tout grands au-dessus des joues roses.

« Dans vot' Lond' toutes les filles a' sont trop bien nippées. Vous oseriez pas me sortir...

— Suffit de trouver la robe et ça ira. Ça ira même tout à fait bien.

— Je vous crois pas.

— Je le jure. »

Leurs yeux se rencontrèrent et ne se quittèrent plus pendant un long moment. Il s'inclina enfin, souleva respectueusement son chapeau, le porta contre son cœur.

« A dimain, madimoisselle ?

— Qu'est-ce que vous dites ?

— C'est du français, ça veut dire, on se voit demain matin dans Coombe Street, où votre fidèle serviteur attendra. »

Elle se détourna, incapable de soutenir plus longtemps son regard. Il fit un pas rapide, s'empara de sa main pour la porter à ses lèvres. Elle la lui arracha, la regarda comme si les lèvres avaient laissé une trace de suie. Ils échangèrent un long regard. Elle mordit sa lèvre. Il lui fit à nouveau un clin d'œil, puis s'éloigna.

J'ignore s'ils se rencontrèrent le matin suivant, en dépit de l'interdiction formelle de Charles. Mais un peu plus tard ce jour-là, en quittant la maison de Mrs. Tranter, Charles aperçut Sam qui attendait de l'autre côté de la rue, et sans doute pas tout à fait par hasard. Charles fit en passant le signe romain de la grâce pour le gladiateur dans l'arène; et Sam, se découvrant, porta son chapeau à hauteur du cœur, comme devant le convoi d'un défunt, mais son visage arborait un large sourire.

Et ceci nous ramène, près d'une semaine plus tard, à cette soirée du concert, en nous expliquant pourquoi les réflexions de Sam relatives au sexe féminin étaient fort différentes de celles de son maître. Il se trouvait à nouveau en effet dans cette même cuisine. Malheureusement la scène comportait la présence d'un chaperon : la cuisinière de Mrs. Tranter. Mais le chaperon ne tarda pas à s'endormir profondément dans son fauteuil Windsor, en face de la grille rougeoyante de ses fourneaux. Sam et Mary se tenaient dans le coin le plus sombre de la cuisine. Ils ne parlaient pas. Ils n'avaient pas besoin de se parler puisqu'ils se tenaient les mains. De la part de Mary, il s'agissait simplement d'un geste de protection, car elle s'était aperçue qu'il n'y avait pas pour elle d'autre moyen d'empêcher ces mains d'atteindre sa taille. Pourquoi Sam, en dépit de cela et malgré le silence, pouvait trouver Mary si compréhensive, il y a là un mystère qui, pour les amoureux, pourra se passer d'explications.

18

> Comment s'étonner que les lois de la société soient parfois oubliées de ceux vers lesquels la société ne tourne guère ses regards et qu'elle paraît souvent avoir bannis de son cœur.
>
> Dr JOHN SIMON,
> *Rapport sur les conditions sanitaires urbaines (1849).*

> Me penchant, les deux mains en coupe,
> Comme pour boire à ce ruisseau,
> Me dominant, les yeux lointains,
> Une forme apparut dans l'eau.
>
> HARDY, *par un soir d'été.*

DEUX jours passèrent, au cours desquels les marteaux de Charles demeurèrent inutilisés dans le sac à dos. La vision des « tests » attendant d'être découverts dans les éboulis des falaises avait été bannie de son esprit, en même temps que les images, qui s'y associaient désormais, de femmes endormies sur des terrasses naturelles ensoleillées. Mais Ernestina ayant eu de nouveau la migraine, il se trouva, à l'improviste, avoir un après-midi de liberté. Il hésita un moment à sortir; mais la vue qu'il pouvait avoir de la grande fenêtre de sa chambre était si peu variée, si lourde d'ennui. L'enseigne de l'hôtel — un lion blanc ayant l'aspect d'un pékinois efflanqué dont la tête, comme Charles l'avait déjà remarqué, n'était pas sans avoir quelque ressemblance avec Mrs. Poulteney — le fixait de son œil morne. Le vent était tombé, le soleil ne se montrait pas; mais le ciel était couvert d'un plafond de nuages qui passaient trop haut pour être porteurs d'averses. Il avait eu l'intention d'écrire quelques lettres, mais il n'arrivait pas à en trouver le courage. A vrai dire, il n'était guère d'humeur à entreprendre quoi que ce soit. Assez bizarrement, le goût des voyages qui, pensait-il, l'avait quitté ces dernières années, s'emparait de lui à nouveau. Il rêvait de se trouver à Cadix, à Naples, sur la côte des Maures, dans la splendeur du printemps méditerranéen, non seulement pour le printemps lui-même, mais pour la joie d'être libre, d'avoir devant lui d'interminables semaines de voyages, d'appareiller vers des îles, des montagnes, vers les contours bleuâtres de l'inconnu.

Une demi-heure plus tard, il passait devant la laiterie et pénétrait dans le bois de Ware Commons. Certes il aurait pu prendre une autre direction; mais il avait très fermement résolu de ne pas approcher du plateau herbeux de la falaise. S'il rencontrait Miss Woodruff, il s'en tiendrait poliment mais fermement à l'attitude qu'il aurait dû adopter au cours de la dernière rencontre, c'est-à-dire au refus d'engager avec elle une conversation. En tout cas il était bien évident qu'elle se rendait toujours au même endroit, et que, s'il n'en approchait pas, il ne courrait pas le risque de la rencontrer.

En conséquence, bien avant d'atteindre ce lieu, il obliqua vers le nord, sur une pente ascendante, à travers une futaie de hêtres aux troncs couverts de lierre. Les arbres étaient gigantesques, sans doute parmi les plus beaux de cette espèce qu'il soit possible de trouver en Angleterre, avec, à leur base, des enchevêtrements de racines polypodes. Ce sont les dimensions de tels arbres qui avaient dû inciter l'usurpateur à choisir l'Undercliff pour y poursuivre ses projets de plantations arborescentes. Et Charles, en avançant dans la direction de la pente crayeuse, quasi verticale, qu'il apercevait entre les troncs, éprouvait l'impression plaisante de se sentir rapetissé, nain égaré au milieu d'une troupe de géants. Il commençait de se trouver plus en train, et cette impression s'accentua quand les premières coulées de roche calcaire apparurent peu à peu sous les touffes de foirolles et d'arums sauvages qui tapissaient le sol. Il ramassa presque tout de suite un « test » d'*Echinocorys scutata*. Il était fortement frayé... à peine distinguait-on la trace des cinq rosaces convergentes, en piqûres d'épingle, formant la décoration de la coquille, dont la forme restait en parfait état. Mais c'était là un début fort encourageant. Charles, courbé et s'arrêtant de temps à autre, reprit sa recherche.

Peu à peu, il se fraya un chemin jusqu'au pied de l'à-pic, où la couche d'éboulis pierreux s'épaississait, et où les « tests » avaient moins de chance d'avoir été usés ou brisés. Longeant la déclivité, il s'avança vers l'ouest. Le lierre s'épaississait par endroits, couvrant indistinctement l'à-pic de la falaise et les branches des arbres les plus proches, retombant en larges festons jusque sur le front de Charles. Il fut même contraint de se frayer un chemin à travers un véritable tunnel de feuillages. Une éclaircie se dessinait à son extrémité où s'était produite une chute récente d'éboulis. La découverte de « tests » paraissait très probable dans ces conditions. Et méthodiquement Charles se mit à explorer par secteurs cet emplacement que des ronciers cernaient de toutes parts. Depuis une dizaine de minutes il s'appliquait à cette tâche sans que lui parvienne d'autres bruits que les lointains meuglements d'un veau dans un pré de l'intérieur des terres, des froissements d'ailes et des roucoulades de tourterelles des bois, et loin en contrebas au-dessous des arbres, le clapotis calme et indistinct de la mer. Mais soudain il perçut le bruit d'un caillou qui roule. Il regarda, ne découvrit rien, et pensa qu'un morceau de roche s'était détaché d'un pan de falaise en surplomb. Pendant quelques instants, il recommença de chercher. Mais bientôt, par une sorte d'intuition inexplicable, faculté héritée peut-être de nos ancêtres chasseurs du paléolithique, il sentit qu'il n'était pas seul. Il jeta tout autour de lui un coup d'œil rapide.

Elle était là-bas, devant lui, dans l'ouverture surplombante du tunnel de lierre, à une quarantaine de pas. Il se demanda si elle était là depuis longtemps, et il se souvint du bruit de pierre qu'il avait entendu deux minutes auparavant. Un instant il se sentit frémir, comme devant une apparition surnaturelle. Il paraissait invraisemblable qu'elle ait pu s'approcher aussi silencieusement. Elle ne portait pas de souliers ferrés, mais il avait fallu qu'elle prenne de grandes précautions pour dissimuler cette approche. Avec l'intention de le surprendre ? Elle l'avait donc suivi de façon délibérée.

« Miss Woodruff ! » Il se découvrit : « Pourquoi venez-vous ici ?

— Je vous avais vu passer. »

Il fit quelques pas dans sa direction, à travers les éboulis. Elle avait enlevé son chapeau à brides qu'elle tenait à la main. Il remarqua que ses cheveux étaient défaits, comme si elle venait d'affronter un coup de vent. Mais il n'y avait pas de vent. Cela lui donnait un air sauvage, qui était encore accentué par la fixité de son regard. Il se demanda s'il ne s'était pas trompé en pensant qu'elle était parfaitement saine d'esprit.

« Aviez-vous à me faire part de quelque chose ? »

A nouveau la fixité de ce regard, qui ne portait plus au-delà de lui, venu de plus haut, se portait sur lui d'une façon directe. Sarah avait un type de visage dont le charme peut dépendre d'un angle de vue, d'un effet de lumière, de l'humeur d'un instant. A ce moment même, il tirait avantage d'un oblique rai de soleil qui venait de frayer sa voie à travers une échancrure du ciel couvert. Le visage apparaissait ainsi en pleine lumière, et la silhouette se découpait sur le fond assombri des feuillages — un visage soudain très beau, d'une exquise gravité, révélant sous l'éclat extérieur une clarté secrète et profonde. Charles se souvenait soudain d'un paysan pyrénéen qui lui avait affirmé avoir aperçu la Vierge Marie, debout sur un *déboulis*, tout près de la route de Gavarnie, quelques semaines seulement avant qu'il ne l'ait lui-même rencontré sur ce même chemin. Il s'était aussitôt fait conduire sur les lieux, qui lui avaient alors paru assez décevants. Mais s'il avait pu voir une silhouette semblable paraître ainsi devant lui !

Toutefois il paraissait évident que cette silhouette-ci était chargée d'une mission un peu plus banale. Elle fouilla dans les deux poches de son manteau, et en tira, pour les lui présenter, un dans chaque main, deux « tests » *Micraster*, en excellent état. Il était arrivé assez près d'elle pour bien les identifier, et il regarda, non sans surprise, ce visage qui ne souriait jamais. Il se rappela qu'il avait fait une brève allusion à la paléontologie lors de sa visite chez Mrs. Poulteney et parlé de l'importance de ces fossiles. A nouveau il regarda longuement les deux petits spécimens qu'elle tenait à la main.

« Vous ne les voulez pas ? »

Elle ne portait pas de gants, et leurs doigts se rencontrèrent. Il examinait les deux « tests »; mais il continuait de penser au toucher de ces doigts froids.

« Je vous suis très reconnaissant. Ils sont en excellent état.

— C'est bien ce que vous cherchez ?

— Certes.

— C'étaient autrefois des coquillages marins ? »

Il hésita, puis montra du doigt les détails sur le « test » où le dessin restait le plus net : l'orifice buccal, les ambulacres, l'anus. A mesure qu'il expliquait et qu'elle écoutait, d'un air sérieux et attentif, il sentait se dissiper toutes ses préventions. Cette jeune fille avait une apparence surprenante, mais son esprit, comme le montraient quelques questions qu'elle avait posées, n'était pas du tout dérangé. Il mit enfin les deux « tests » dans sa poche, avec précaution.

« Je vous remercie d'avoir pris la peine de les chercher.

— Je n'avais rien de mieux à faire.

— J'étais sur le point de rentrer. Puis-je vous aider à revenir vers le sentier ? »

Mais elle demeura immobile.

« Je désirais également, Mr. Smithson, vous remercier de votre offre d'assistance.

— Puisque vous l'avez refusée, c'est moi qui demeure votre obligé. »

Il y eut un instant de silence. Il s'avança, et, derrière elle ouvrit de son bâton le mur de feuillages pour qu'elle puisse revenir sur ses pas. Mais elle demeurait immobile, faisant encore face à l'ouverture vers la mer.

« Je n'aurais pas dû vous suivre. »

Il aurait voulu voir son visage, mais c'était impossible.

« Il vaut mieux que je m'en aille. »

Elle ne répondit pas et il se tourna vers le rideau

de lierre; mais il ne put s'empêcher de jeter vers elle un dernier regard. Elle le regardait par-dessus son épaule, comme si tout son corps, obstinément tourné, accusait la honte de ce geste, car ses yeux où ne demeurait plus guère que l'ombre de l'ancien reproche adressé au monde entier, prenaient une intense profondeur où se lisait presque un appel. Ces yeux étaient remplis d'angoisse, une angoisse que peu à peu ils communiquaient à Charles, ils parlaient d'un crime abominable, d'une faiblesse dont on avait affreusement abusé : ils accusaient Charles non pas de cette violence, mais de l'avoir ignorée. Les deux regards restèrent confrontés un long moment; puis elle parla, les joues en feu, le front baissé vers le sol herbeux qui les séparait.

« Je n'ai personne qui puisse m'aider.

— Je croyais vous avoir dit que Mrs. Tranter...

— Voudrait se montrer très bonne à mon égard. Mais je n'ai pas besoin de bonté.

— On m'a dit que le curé de Lyme était une personne très sensée.

— C'est lui qui m'a présentée à Mrs. Poulteney. »

Charles demeurait devant le lierre retombant comme devant une porte. Il évitait ses regards; cherchait, cherchait en lui-même comment il pourrait s'éloigner.

« Je serais heureux de pouvoir parler de vous à Mrs. Tranter, de lui expliquer... Mais il paraîtrait peu convenable...

— Que vous preniez quelque intérêt à ma situation ?

— Oui. C'est bien ce que j'avais l'intention de dire. »

Elle détourna aussitôt son regard. Il l'avait réprimandée. Il laissa lentement les câbles retombants des lierres reprendre leur position.

« Vous n'avez pas changé d'idée au sujet de ma suggestion que vous devriez quitter Lyme ?

— Si j'allais à Londres, je sais bien ce que je deviendrais. »

Intérieurement, il se raidit.

« Je deviendrais ce que beaucoup de femmes déshonorées deviennent dans les grandes villes. »

Elle s'était tournée tout à fait vers lui, le rouge au visage.

« Je deviendrais ce que certains à Lyme déclarent déjà que je suis... »

C'était honteusement inconcevable... Il sentit que le rouge, à lui aussi, lui était monté aux joues.

« Ma chère Miss Woodruff, murmura-t-il...

— Je suis faible. Comment ne le saurais-je, ajouta-t-elle, amèrement, puisque j'ai péché. »

Cette attitude, ce nouvel aveu, dans ces circonstances — devant un étranger... elle perdait ainsi tout le crédit que lui avait valu son intelligente attention pendant les explications de Charles sur les oursins fossiles. Cependant il éprouvait encore, du bout des doigts dans la poche, la forme des « tests ». Elle gardait ainsi une certaine emprise sur lui; et sans vouloir se l'avouer, une partie de lui-même se trouvait obscurément flattée, comme dans le cas d'un homme d'église que l'on consulte à propos d'un délicat problème de conscience.

Ses yeux se fixèrent sur la pointe métallique de son bâton ferré.

« C'est à cause de cette crainte que vous ne voulez pas quitter Lyme ?

— En partie.

— Quelqu'un d'autre a-t-il eu connaissance du fait que vous m'avez appris lors de notre précédente rencontre ?

— S'ils avaient pu savoir, ils auraient été trop heureux de venir me le répéter. »

Il y eut un long silence. Il peut se produire en quelque façon des changements de registre dans le cours des relations humaines : une situation précédemment objective, que l'esprit peut se définir à lui-même avec un choix d'expressions purement descriptif (l'homme qui s'adonne à la boisson, la femme qui a eu des malheurs, etc...) prend tout à coup une dimension et une valeur subjective, devient quelque chose d'unique; devient, par un phénomène d'empathie, non plus un sujet d'observation, mais quelque chose que l'on partage. C'est une métamorphose de ce genre qui se produisit dans l'esprit de Charles, alors qu'il considérait devant lui le front incliné de la pécheresse. Comme nous le faisons généralement lorsque nous sommes soumis à des expériences de ce genre — et qui donc n'a jamais été embrassé par un ivrogne ? — il songeait aux possibilités rapides, et cependant marquées au coin de la diplomatie, de rétablir le *statu quo ante.*

« Je suis très peiné pour vous. Mais je vous avoue ne pas très bien comprendre... pourquoi vous avez tenu à faire de moi... votre confident à ce sujet. »

Comme si elle s'était attendue à ce que cette question soit posée, elle se mit aussitôt à s'expliquer avec rapidité : presque comme si elle répétait un discours, une litanie qu'elle aurait apprise par cœur.

« Parce que vous avez voyagé. Parce que vous êtes un homme de bonne éducation, un homme sensé et instruit. Parce que... Je ne sais pas. Je vis au milieu de gens qui, me dit-on, sont charitables, pieux, chrétiens; et qui sont plus cruels pour moi que les pires païens ne pourraient l'être; et plus stupides que les plus stupides animaux. Je ne puis croire que ce soit là la véritable réalité, qu'il ne doive y avoir dans la vie ni compréhension, ni pitié. Qu'il n'existe aucun esprit qui soit suffisamment généreux pour comprendre ce que je souffre... et que, quelles que soient les fautes que j'aie pu commettre, il n'est pas juste que je doive souffrir ainsi... »

Il y eut un silence. Pris à l'improviste par l'exposé de ces sentiments, par la révélation, qu'il avait pressentie sans en être tout à fait certain, d'une intelligence prête à faire bon marché de toute convention, Charles se taisait. Elle se détourna et poursuivit, d'une voix plus calme :

« Je ne puis être heureuse que dans le sommeil. Au réveil commence le cauchemar. Il me semble que je suis dans une île déserte, condamnée, emprisonnée, et je ne sais pas pour quel crime. »

Charles regardait cette silhouette qui lui tournait le dos, comme un homme sentant la terre se dérober sous ses pas, qui voudrait courir et resterait paralysé, parler et demeurerait muet.

Et soudain ce regard revint vers lui.

« Pourquoi suis-je née ainsi ? Pourquoi ne suis-je pas née Miss Freeman ? »

Mais ce nom n'eut pas plutôt passé ses lèvres qu'elle se retourna, consciente d'avoir passé les bornes.

« Voilà une question qu'il aurait mieux valu ne pas poser.

— Je n'ai pas voulu dire...

— Dans votre position, l'envie peut être explicable...

— Il ne s'agit pas d'envie; mais d'une impossibilité de comprendre.

— Je ne puis vous aider sur ce point, et de beaucoup plus sages n'y parviendraient pas...

— C'est cela que je ne crois, que je ne *veux* pas croire. »

Charles avait fréquemment, en plaisantant, affronté une contradiction féminine — avec Ernestina notamment. Mais il s'agissait d'un contexte de raillerie. Une femme ne se serait pas permis de contredire sérieusement une opinion masculine, si ce n'est en des termes soigneusement mesurés. Sarah paraissait prétendre, sur le plan de la pensée, à une sorte d'égalité, et précisément dans des circonstances où, pour aboutir à un résultat, elle aurait dû faire preuve à son égard d'un peu plus de considération. Il se sentait blessé, il éprouvait... il n'aurait pu exprimer ce qu'il éprouvait. En toute logique, il aurait dû poliment mais fermement lui tirer son chapeau, en s'éloignant d'un bon pas de ses gros souliers à clous. Pourtant il demeurait sur place comme s'il y avait pris racine. Peut-être se faisait-il une idée trop précise de l'aspect que peut prendre une sirène quand elle présente à la vue : de longues tresses, la chaste nudité d'un corps d'albâtre, la queue écailleuse des poissons, s'offrant à la vue d'un Ulysse dont les traits n'auraient pas offusqué les clubs les plus sélects. On n'aurait pas découvert de temples doriques dans l'Undercliff, mais il n'était pas douteux que Charles s'y trouvait en présence d'une Calypso.

« C'est moi maintenant qui vous ai blessé, murmura-t-elle.

— Vous me confondez, Miss Woodruff. Je ne vois pas ce que vous pouvez attendre de moi que je ne vous aie pas déjà offert de tenter. Mais vous devez bien vous rendre compte qu'une plus grande intimité entre nous... si innocentes que puissent être ses intentions... est tout à fait impossible dans les circonstances où je me trouve. »

Il y eut un silence. Dans un repaire de verdure, un pic-vert eut un ricanement méprisant à l'intention des deux bipèdes, immobiles au-dessous de lui.

« Croyez-vous que je me serais ainsi livrée, à votre merci, si je n'étais pas désespérée.

— Je conçois bien ce désespoir. Mais reconnaissez

l'impossibilité de votre demande... dont j'avoue ignorer encore la nature exacte, ajouta-t-il.

— Je voudrais pouvoir vous raconter ce qui s'est passé, il y a dix-huit mois. »

Un silence. Elle observait sa réaction. Charles, à nouveau, s'était raidi. Des chaînes invisibles étaient tombées; le côté conventionnel de sa nature l'emportait. Il se redressa d'un air hautement désapprobateur, profondément choqué et soupçonneux. Néanmoins, il cherchait encore quelque chose dans ces yeux : un motif, une explication... Il pensa qu'elle était sur le point d'en dire plus long; et sans ajouter un mot, il fit un mouvement pour disparaître à travers le lierre. Mais comme si elle avait deviné son intention, elle le devança de la façon la plus rapide et la plus inattendue : elle se jeta à ses genoux.

Charles était horrifié. Il imaginait ce qu'aurait pu penser quelqu'un qui les aurait secrètement épiés. Comme pour s'écarter de toutes vues, il fit un pas en arrière. Elle paraissait étonnamment calme. Cet agenouillement n'avait rien d'un geste hystérique. Seul le regard le fixait intensément : des yeux privés de soleil, envahis par un éternel crépuscule.

« Miss Woodruff !

— Je vous en prie... Je ne suis pas folle encore, mais je sens que je vais le devenir si l'on ne m'aide pas.

— Calmez-vous. Si quelqu'un nous voyait...

— Vous êtes mon dernier recours. Vous n'êtes pas cruel. Je sais que vous n'êtes pas cruel. »

Il la regarda, jeta les yeux tout autour de lui, s'avança vers elle, la fit se relever, et, d'une main ferme sur son épaule, la conduisit sous la retombée du lierre. Elle demeurait devant lui, le visage caché dans ses mains; et intérieurement, contre cette affreuse tendance qu'ont les sentiments humains à perturber la raison humaine, il luttait pour s'interdire de la toucher.

« Je ne voudrais pas paraître indifférente à vos préoccupations, vos scrupules... Mais vous voyez bien : je n'ai pas... je n'ai pas le choix. »

Elle parlait d'une voix basse et rapide :

« Tout ce que je demande, c'est de pouvoir vous rencontrer une autre fois. Je viendrai ici chaque après-midi. Personne ne pourra nous voir. »

Il voulut la raisonner, mais ne parvint pas à l'interrompre.

« Vous seul, qui êtes bon, pouvez comprendre ce que personne à Lyme n'est capable de comprendre. Laissez-moi terminer. Il y a deux jours, j'ai failli devenir folle. Je sentais le besoin de vous voir, de vous parler. Je sais où vous demeurez. Je serais venue, j'aurais demandé à vous voir... si heureusement un dernier sursaut de raison ne m'avait pas fait rebrousser chemin devant votre porte.

— Mais c'est intolérable. Si je ne me trompe pas, vous me menacez d'un scandale à présent. »

Elle secoua la tête avec véhémence.

« Que vous puissiez croire cela... J'aimerais mieux être morte ! Mais c'est... je ne sais pas comment dire. A regarder ces choses affreuses, je me sens emportée par le désespoir. J'ai horreur de moi, de ce que je suis... Je ne sais pas où aller, quoi faire, je n'ai personne qui pourrait... oh ! ne pouvez-vous pas comprendre ? »

Charles n'avait plus qu'une pensée : échapper à cette impossible, cette effrayante situation; échapper à la nudité de ce regard, d'une sincérité implacable.

« Je dois partir. Je suis attendu à Broad Street.

— Mais vous reviendrez...

— Je ne puis...

— Je viens ici chaque semaine : le lundi, le mercredi, le vendredi, si je n'ai pas une tâche urgente...

— Vous voudriez donc... Je vous répète que Mrs. Tranter...

— A Mrs. Tranter, je ne pourrais pas dire la vérité.

— Ce serait moins encore à un étranger, et d'un autre sexe, à l'entendre.

— Un étranger — et d'un autre sexe — peut être souvent le juge le plus impartial.

— Je serais certainement capable de trouver les explications les plus charitables à votre conduite. Mais je répète que je suis confondu que vous vouliez... »

Mais elle continuait à le regarder, et il fut bientôt réduit au silence. Charles, comme on a pu le remarquer, pouvait disposer de différents vocabulaires : un certain type avec Sam dans la matinée, un autre en badinant avec Ernestina au cours du déjeuner, et ici, celui de la bienséance alarmée. C'était à chaque fois comme l'esquisse d'un homme différent, et nous en verrons d'autres exemples avant la fin de ce récit. Nous pourrions expliquer cela à l'aide d'une expression utilisée par Darwin : « la coloration cryptique » — l'être revêtant la couleur de son milieu biologique afin de mieux assurer sa survie, évitant en ce cas de se différencier des caractéristiques normales de son âge et d'une certaine couche sociale. Nous pourrions donner également une explication sociologique de ce perpétuel recours au formalisme. Une certaine aptitude à se boucher les yeux devant la raideur absurde de son propre comportement n'était-elle pas absolument indispensable, afin de pouvoir évoluer avec aisance sur une pellicule glacée recouvrant les milles formes d'une oppressive inégalité économique, la terreur panique de la sexualité, la menace des progrès scientifiques. Bien peu de Victoriens se sont montrés capables de s'interroger sur les motifs réels de cette « coloration cryptique »; mais il y avait quelque chose dans l'expression des regards de Sarah qui s'attaquait à cette peur de la vérité. Ce regard direct demeurait en même temps timide; mais il se chargeait aussi d'une exigence aux résonances modernes : sois plus clair, Charles, deviens toi-même. Il remettait en question tout un équilibre. Ernestina et ses pareilles se comportaient toujours comme si on les avait mises sous verre : infiniment fragiles, même quand elles vous lançaient à la tête des livres de poésie. Elles encourageaient le port du masque, la distanciation protectrice. Et derrière sa façade d'humilité, cette fille la rejetait. Ce fut à son tour de baisser les yeux.

« Je ne vous demande qu'une heure de ce temps dont vous pouvez disposer. »

La raison de cette offrande des « tests » commençait de lui apparaître. Elle avait dû passer plus d'une heure à leur recherche.

« S'il le fallait... mais ce serait bien à contrecœur... »

Elle devina, et l'interrompit la voix basse :

« Vous me rendriez un si grand service que je serais disposée à suivre n'importe quel conseil que vous voudriez me donner.

— Ce serait certainement que nous cessions de prendre ce risque de... »

Elle profita de nouveau du léger intervalle laissé par la recherche de la formule adaptée :

« Je comprends cela. Je sais que vous êtes tenu par des liens beaucoup plus pressants. »

Après une brève illumination, le rayon de soleil avait disparu et la fin du jour s'annonçait froide. Charles avait l'impression que le chemin de plaine sur lequel il s'était engagé arrivait tout à coup à un passage dangereux dominant un précipice. Il le voyait en regardant ce front baissé. Il était incapable de dire comment il en était arrivé là; quelle erreur d'orientation il avait pu commettre en déchiffrant la carte; mais il sentait que l'un et l'autre, ils s'étaient ici fourvoyés sans recours. Et il fallait qu'il commette encore une folie de plus !

« Je ne sais, dit-elle, quelles paroles trouver pour vous remercier. Je serai ici les jours que je vous ai indiqués. »

Puis, comme si cet espace libre entre les feuillages était son salon de réception :

« Je ne veux pas vous retenir plus longtemps. »

Charles s'inclina, hésita, lança vers elle un dernier regard intrigué puis il tourna le dos. Quelques secondes plus tard, il s'enfonçait à travers le rideau de lierres retombants, trébuchant dans la descente, beaucoup plus comme un chevreuil en alarme que comme un habitué des soirées mondaines.

Traversant l'Undercliff, il retrouva le sentier principal et revint vers Lyme à grands pas. Une chouette, avant son heure habituelle, poussa son cri dans la futaie, mais pour Charles cet après-midi paraissait encore singulièrement dépourvu de sagesse. Il aurait dû faire montre d'un peu plus de fermeté, rompre les chiens aussitôt; il aurait dû lui rendre les « tests »; et, sans prétendre les imposer à son désespoir, suggérer d'autres solutions. Il avait l'impression de s'être laissé dépasser; il avait envie de s'arrêter et de l'attendre, mais il n'en allongeait que plus fermement le pas.

Il savait qu'il était sur le point de s'engager sur un territoire interdit, ou plutôt, que l'interdit était sur le point de s'emparer de lui. Plus il s'éloignait d'elle par le temps et la distance et plus clairement lui apparaissait la folie de sa propre attitude. C'était comme si cette présence l'avait rendu aveugle. N'avait-il pas su voir ce qu'à l'évidence elle était : une femme infiniment dangereuse — non pas d'une façon consciente, mais parce qu'elle était en proie à un intense sentiment de frustration, causé sans doute par l'obscur ressentiment de son infériorité sociale.

Cette fois cependant il ne se demanda même pas s'il ne serait pas nécessaire d'informer Ernestina : il savait qu'il ne lui dirait rien. Il se sentait honteux, comme s'il était descendu sur le Cobb, sans la prévenir, et avait pris un bateau en partance pour la Chine.

19

> Du fait que pour chaque espèce les naissances individuelles sont beaucoup plus nombreuses que les possibilités de survie, et qu'en conséquence le combat vital intervient et se renouvelle fréquemment, tout être vivant qui présente une déviation même légère, dont il puisse tirer bénéfice dans les conditions complexes et parfois variables de son existence, a de meilleures chances de survivre, engagé ainsi dans le processus de *sélection naturelle.*
>
> DARWIN,
> *De l'Origine des espèces (1859).*

EN réalité, la malheureuse victime embarquée pour le voyage en Chine devait ce soir-là jouer le rôle du maître de maison dans une réception impromptue qu'Ernestina et lui-même organisaient en l'honneur de tante Tranter. Les deux dames étaient attendues dans son petit salon du White Lion. Un succulent plat de langoustes avait été préparé, un saumon, frais pêché, passé au court bouillon, et la cave de l'hôtel sérieusement mise à contribution, et afin de tenir la balance égale entre les sexes, le même docteur que nous avions vu se rendre chez Mrs. Poulteney avait été convié.

Dans les filets du mariage, ce personnage important de la petite ville de Lyme aurait certes constitué une prise aussi remarquable que pouvait l'être à ses yeux le saumon de la rivière Axe qui ce soir allait lui être présenté. Ernestina ne cessait pas de taquiner sa tante sur ce sujet, accusant cette dame si bonne pour tous de se montrer outrancièrement cruelle à l'égard d'un malheureux et solitaire prétendant. Du fait que, depuis une bonne soixantaine d'années, ledit malheureux s'accommodait parfaitement de sa solitude, cette aspiration, tout aussi bien que la cruelle indifférence, pouvaient certainement être mises en doute.

En fait, le docteur Grogan n'était pas moins décidé à demeurer vieux garçon que tante Tranter à rester vieille fille. Irlandais, il était doué au suprême degré de cette aptitude celtique de papillonner devant le beau sexe, de flirter et de faire du charme, sans jamais se laisser engager de façon sérieuse. Ce petit homme sec, aux allures d'émouchet, d'une brusquerie presque féroce à l'occasion, mais très vite détendu quand la compagnie lui convenait, donnait un certain piquant à la vie sociale de Lyme : en sa présence, on avait toujours l'impression qu'il était en train de tourner en cercles en se préparant à fondre sur quelque sottise qu'il aurait perçue — et néanmoins, pour tous ceux qui savaient l'apprécier, sa vivacité avait des vertus toniques, et il gardait la largeur d'esprit d'un homme qui a une grande expérience de la vie et qui a su apprendre à se montrer tolérant. Il y avait aussi en lui quelque chose d'inquiétant parce qu'il était d'origine catholique, ce qui le plaçait, dans la perspective de l'époque, à peu près dans la position du communiste au cours des années 30 : un homme que l'on a fini par accepter, mais qui porte encore sur lui la marque du diable. Il est bien certain qu'il avait dû finalement devenir — comme Disraeli — un respectable membre de l'Eglise d'Angleterre — sinon, comment Mrs. Poulteney aurait-elle accepté de devenir sa cliente ? La preuve en était que — contrairement à Disraeli — il ne manquait jamais d'assister à l'office le dimanche matin. Il ne serait jamais venu à l'esprit des habitants de Lyme qu'un homme puisse se montrer assez indifférent en matière de religion pour fréquenter éventuellement la mosquée ou la synagogue s'il s'agissait du culte habituel de sa résidence. C'était par ailleurs un excellent docteur, montrant une sûre connaissance des branches les plus importantes de la médecine ainsi que du tempérament de chacun de ses malades. Il savait se montrer rude avec ceux qui, secrètement, attendent d'être rudoyés; et avec non moins d'habileté, il savait, selon les cas, fermer les yeux et se montrer plein d'attentions et de ménagements.

Personne dans Lyme n'appréciait autant que lui les bons crus et la bonne chère; et, comme le menu du dîner offert par Charles au White Lion avait son entière approbation, avec l'accord tacite du jeune homme, il assumait le rôle de l'hôte empressé et boute-en-train. Il avait étudié à Heidelberg et pratiqué à Londres; et il faisait preuve d'une connaissance du monde et de ses inconséquences absurdes que seul un Irlandais plein d'astucieuses ressources pouvait se permettre d'afficher, c'est-à-dire que, lorsque lui faisaient défaut la mémoire ou les faits connus, il ne manquait jamais d'avoir recours à son imagination. Personne ne pouvait ajouter foi à tout ce qu'il lui arrivait de conter, mais tous n'en prenaient pas moins un vif plaisir à l'entendre. Mieux que quiconque à Lyme, tante Tranter devait avoir eu connaissance de ses histoires, car le docteur et elle se connaissaient de longue date, et elle devait savoir à quel point chaque version nouvelle pouvait différer de la précédente; mais elle n'en riait que plus fort à les entendre — parfois avec si peu de modération que je me demande ce qui aurait pu se passer si notre pilier de la moralité communautaire avait pu l'entendre du haut de son promontoire.

Charles aurait dû normalement prendre grand plaisir à cette soirée; d'autant plus peut-être que, dans ses récits, le docteur ne tarda pas à se permettre quelques libertés de langage — plus particulièrement lorsque le saumon se trouva réduit à l'état de ruines anatomiques et que les messieurs s'attaquèrent sérieusement à un carafon de porto — qui, dans la société qu'Ernestina avait coutume de fréquenter, ne pouvaient passer pour très convenables. Charles voyait bien que celle-ci était parfois légèrement choquée, mais tante Tranter ne l'était en aucune façon; et il pensa avec une certaine nostalgie à la culture plus libre, qui était celle du temps de la jeunesse de ses deux hôtes plus âgés, et dans laquelle ceux-ci semblaient trouver tant de plaisir à se replonger. A observer les coups d'œil malicieux du petit docteur et les gaies répliques de tante Tranter, un dégoût nauséeux lui montait à la gorge pour les idées et les manières de son temps : l'étouffant respect de la propriété, le culte de la machine, non seulement dans les fabriques et dans les transports, mais dans les rouages infiniment plus redoutables d'une opprimante convention sociale.

Cette admirable objectivité d'appréciation ne concordait guère apparemment avec la façon dont luimême s'était conduit dans le cours de cette journée. Charles ne concevait pas cela avec autant de netteté, mais il n'en était pas moins conscient de l'inconséquence de ses attitudes. Changeant d'humeur une fois de plus, il se disait qu'il avait pris Miss Woodruff beaucoup trop au sérieux; ainsi, au lieu de se tirer de là d'un bon pas, il s'était mis à patauger. Il se montrait particulièrement empressé et plein d'attentions pour Ernestina, remise de son malaise mais qui manquait quelque peu de sa vivacité habituelle, bien qu'il fût difficile de distinguer s'il s'agissait là d'une conséquence de la migraine ou des fâcheux effets de la verve irlandaise du docteur. Néanmoins, une fois encore, comme à la soirée du concert, il lui semblait percevoir qu'il y avait en elle quelque chose de superficiel — que son piquant attrait physique ou intellectuel était plus ou moins mâtiné de coquetterie. N'y avait-il pas un certain mécanisme sous ces petits airs réservés et avertis, quelque chose qui rappelait ces ingénieux automates féminins des récits d'Hoffmann ?

Mais, songeait-il alors : ce n'est encore qu'une enfant dans la compagnie de trois adultes — et sous le plateau de la table d'acajou, il lui pressait doucement la main. Elle était charmante quand elle rougissait ainsi.

Les deux messieurs, Charles, avec sa haute silhouette et sa vague ressemblance avec feu le prince consort, et le mince petit docteur, raccompagnèrent finalement les deux dames jusqu'à leur résidence. Il était dix heures et demie du soir, l'heure où les soirées londoniennes commencent à peine; mais, ici, la ville semblait déjà plongée dans son sommeil habituel. Quand la porte se fut refermée devant leurs visages souriants, il n'y avait, à part eux, pas âme qui vive dans Broad Street.

Le docteur posa un doigt contre sa narine.

« Pour vous maintenant, cher monsieur, je vais prescrire un bon grog, et servi de ma main experte. »

Charles esquissa un geste de refus poli.

« Prescription médicale, voyons. *Dulce est desipere*, comme dit le poète. Il est bon de boire en temps opportun.

— Si vous m'assurez, dit Charles avec un sourire, que le grog sera meilleur pour moi que le latin, ce sera avec le plus grand plaisir. »

Ainsi, dix minutes plus tard, Charles se trouvait confortablement installé dans le lieu que le docteur Grogan appelait « sa cabine », un bureau au deuxième étage d'une demeure qui, en avancée, dominait la petite baie qui se creuse entre l'entrée de la jetée du Cobb et sa pointe. Une pièce qui, en été, prenait tout son charme, du fait qu'elle offrait la meilleure vue sur les Néréides de la plage qui venaient y prendre leur bain. N'était-ce pas, pour un docteur, une excellente position, dans les deux sens du terme, que celle qui permettait d'ordonner à ses plus charmantes malades ce qui devait être si agréable à voir ? Un élégant petit télescope en cuivre reposait sur une tablette près de la fenêtre en surplomb.

« Comme de juste, exclusivement pour l'observation astronomique », lança le docteur Grogan en le désignant d'un de ses clins d'œil malicieux.

Charles se pencha à la fenêtre, respira l'air salin, et aperçut, à quelque distance sur la droite, les formes cubiques et assombries des cabines de bain d'où devaient sortir les Néréides. Mais ce soir-là, il n'y avait d'autre musique mystérieuse que le murmure des eaux montantes sur la grève, et beaucoup plus loin, les rauques appels des mouettes sur la mer calme. Derrière lui, dans la pièce éclairée, il entendait les heurts légers qui accompagnaient la préparation de l'ordonnance du docteur Grogan. Il éprouvait lui-même l'impression d'être ainsi suspendu entre deux mondes : ces contours nets et cette tiédeur de la civilisation auxquels il tournait le dos, et, à l'extérieur, la sombre froideur d'une immensité mystérieuse. Ainsi écrivons-nous tous des poèmes, les poètes étant ceux qui apprennent à les écrire avec des mots.

Le grog fut excellent, et le cigare birman qui l'accompagna, une agréable surprise; et les deux hommes avaient l'avantage de vivre à une époque où des inconnus avaient pu survoler le même domaine de la connaissance et s'informer aux mêmes sources, selon des règles de compréhension précises et parfaitement établies. Pourrait-on trouver de nos jours un docteur possédant une excellente connaissance des auteurs classiques, un amateur de science capable de discuter d'une façon intelligente avec un scientifique, sans avoir aucune peine à le suivre ? Ces deux hommes vivaient en un monde qui ignorait encore la tyrannie de la spécialisation; et j'aimerais à ce propos que nous nous gardions de confondre le progrès avec le bonheur, autant, comme nous le verrons, que le docteur Grogan s'en était gardé.

Ils demeurèrent quelque temps silencieux, satisfaits de se replonger peu à peu dans cet univers masculin, plus sérieux, que l'occasion et la présence des dames les avaient contraint d'abandonner. Charles aurait été curieux de savoir quelles pouvaient être les opinions politiques du docteur, et pour se rapprocher du sujet, il lui demanda quels personnages représentaient les deux bustes dont il voyait la blancheur se détacher au milieu des livres de son hôte.

« *Quisque suos patimur manes* », dit le docteur en souriant. Du Virgile, comme vous savez, et qui signifie à peu près ceci : « En choisissant nos dieux, nous traçons notre destin. »

« Si je ne me trompe, dit Charles en souriant en retour, il me semble reconnaître Bentham.

— En effet; et dans cet autre morceau de Paros, vous pourrez découvrir Voltaire.

— D'où je déduirai que nous appartenons l'un et l'autre au même parti. »

Le docteur le regarda d'un air narquois.

« Pensez-vous qu'un Irlandais puisse avoir le choix ? »

Charles esquissa un geste, puis il voulut expliquer pourquoi il était lui-même un libéral.

« Il me semble que Mr. Gladstone n'hésite pas à

admettre que l'éthique à laquelle se réfère notre époque est radicalement périmée.

— Par le Ciel, me trouverais-je en face d'un socialiste ? »

Charles sourit :

« Pas encore.

— A cette époque du *cant* et de la vapeur, je serais capable de tout excuser — excepté les fureurs du nouvel évangélisme.

— Là, je vous approuve.

— J'ai été benthamiste dans ma jeunesse. Voltaire me poussait à rejeter Rome, et l'autre m'a écarté des tories. Mais la nouvelle « foutaise » à la mode — l'extension illimitée de tous les droits — je n'en suis pas. Peu m'importe la naissance. Un duc — et pardieu, un roi — pourra toujours être aussi idiot que qui que ce soit. Mais je rends grâce à notre mère Nature de bien m'assurer de n'être plus en vie dans cinquante années d'ici. Quand un gouvernement commence à craindre la populace, autant dire qu'il se craint lui-même. Savez-vous, dit-il, avec un clin d'œil, ce qu'un de mes compatriotes a répondu à ce Chartiste qui s'en était venu prêcher à Dublin ? « Frères, proclamait le Chartiste, un homme en vaut bien un autre. — Tu as « bien raison, pardieu, lui cria Paddy, et il vaut encore bougrement plus. »

Charles sourit, mais le docteur pointa vivement le doigt.

« Vous riez, Smithson. Mais, attention ! Paddy avait raison. Il ne bluffait pas. Le « bougrement plus », souvenez-vous-en, ce sera la ruine de ce pays.

— Mais ne faudrait-il pas blâmer également vos deux saints patrons ? Qui donc a prêché le bonheur pour tous ?

— Je ne rejette pas la formule, mais la façon dont nous voulons l'appliquer. Du temps de ma jeunesse, on se passait fort bien des rails d'acier civilisateurs.

Vous n'allez pas faire le bonheur de tous en les faisant rouler et courir avant qu'ils aient pu apprendre à marcher. »

Charles poliment en convint. Il avait discuté de ce même sujet brûlant avec son oncle, un homme dont les convictions politiques étaient entièrement différentes. Et nombreux étaient les partisans des réformes de 1830 qui étaient devenus de farouches opposants de celles qui étaient envisagées trente ans plus tard. Ils avaient l'impression que le siècle était gangréné par l'opportunisme, le jeu sur plusieurs tableaux, qui était à l'origine de l'envie généralisée et d'un esprit de révolte. Le docteur, qui était né en 1801, demeurait peut-être très attaché à l'expression de la liberté dans l'ordre — une société ordonnée lui paraissant la condition indispensable du progrès, et l'ordre étant simplement ce qui pouvait lui permettre de demeurer ce qu'il avait toujours été — en quoi il s'apparentait beaucoup plus au crypto-libéral Burke qu'au crypto-fasciste Bentham. Mais les hommes de sa génération n'avaient pas entièrement tort de se montrer peu satisfaits de l'aspect nouveau de l'Angleterre et des options de ses hommes d'Etat, au cours de cette longue période de prospérité économique d'après 1850. Et plus d'un, parmi la nouvelle génération, inconnus comme Charles, ou célèbres comme Matthew Arnold, étaient de la même opinion. Ne devait-on pas voir Disraeli, qui s'était prétendu converti, reprendre sur son lit de mort les prières hébraïques ? Et Gladstone, sous le couvert de la pompe oratoire, n'était-il pas passé maître dans l'art de l'ambiguïté — ce qui, dans la perspective de la politique moderne, passerait aisément pour de la lâcheté. Quand les choix des plus haut placés deviennent indéchiffrables, le pire... mais à l'évidence, le temps était venu de changer de sujet. Charles demanda au docteur s'il s'intéressait à la paléontologie.

« Ma foi non. Et il serait peut-être temps que je m'y mette ! Je ne voudrais pas gêner la digestion de ce délicieux repas, mais je serais plutôt résolument un néo-anthropologue. »

Il sourit à Charles des profondeurs de son large fauteuil :

« Quand nous en saurons plus sur l'être vivant, il sera temps de chercher la signification de ce qui est mort. »

Sans se formaliser de cet apparent reproche, Charles y découvrit opportunément une occasion.

« J'ai eu l'occasion de voir un spécimen de la flore locale qui m'inclinerait à tomber d'accord avec vous. »

Il fit adroitement une pause.

« Un cas fort étrange. Il n'est pas douteux que vous ne soyez mieux informé que moi-même à son propos. »

Craignant alors que cette façon de procéder par allusions puisse faire penser à un intérêt autre qu'occasionnel, il précisa rapidement :

« Je crois qu'elle se nomme Woodruff. Elle est employée par Mrs. Poulteney. »

Le docteur fixa son regard sur le petit récipient à anse d'argent qui soutenait son verre.

« Ah ! en effet, cette pauvre Tragédie.

— Je suis indiscret. C'est sans doute une de vos malades.

— Bah ! Je soigne Mrs. Poulteney, et je ne voudrais pas me permettre de critiques à son propos. »

Charles le regarda avec attention; mais, à ne pas s'y tromper, il y avait, derrière les lunettes à monture métallique, une petite lueur féroce. Le jeune homme baissa les yeux avec un léger sourire.

Le docteur Grogan se leva et tisonna le feu.

« Nous en savons beaucoup plus long sur les fossiles que l'on découvre sur la plage que nous n'en pouvons savoir sur ce qui se passe dans l'esprit de cette fille. Un fameux docteur d'Allemagne a récemment distingué différents types de mélancolie. Une première forme naturelle : il entend par là que certains êtres sont, par tempérament, disposés à la tristesse; un autre type est le type occasionnel, rattaché à l'événement, et nous pouvons donc tous en souffrir à l'occasion. Il appelle la troisième forme la *mélancolie obscure*, ce qui signifie, à vrai dire, que le pauvre homme est dans l'ignorance totale de ce qui peut en être la cause.

— Mais, dans ce cas, n'y a-t-il pas eu une occasion ?

— Bon ! Si vous croyez qu'il n'y a que cette jeune personne qui ait subi un choc affectif ! Pas plus loin que dans notre Lyme, je pourrais déjà vous en citer une bonne douzaine d'autres.

— Dans des circonstances aussi brutales ?

— Pires, pour certaines d'entre elles, et je peux les voir aujourd'hui chanter comme des grillons.

— Vous classez donc Miss Woodruff dans la catégorie obscure ? »

Le docteur demeura silencieux quelques instants.

« Je puis vous dire, en stricte confidence, que j'ai été appelé en consultation auprès d'elle, voici environ dix mois. Tous les symptômes étaient là : pleurs sans raison, les yeux lointains, l'absence de paroles... la mélancolie : aussi évident qu'une éruption de rougeole. Je connaissais son aventure. Elle était préceptrice chez les Talbot quand la chose est arrivée, et je connais bien cette famille. La cause, il me semble qu'elle est claire : six semaines ou six jours à Marlborough House suffiraient pour conduire n'importe quel être normal à l'asile de Bedlam. Entre nous, Smithson, je ne suis guère qu'un vieux païen, mais ce haut lieu de piété, j'aimerais le voir réduit en cendres, et sa propriétaire incinérée au milieu du bûcher. Que le diable m'emporte si je n'irais pas alors danser la gigue sur ces vieux débris.

— Il me semble que je me joindrais volontiers à vous.

— Et pardieu, nous ne serions pas les seuls. »

Le docteur avala une forte lampée de son ordonnance.

« Je crois que toute la ville serait avec nous. Mais ce n'est pas pour demain. Bref, j'ai fait ce que je pouvais pour cette fille, mais j'ai bien vu qu'il n'y avait qu'un seul moyen de la guérir.

— Qu'elle quitte ce pays ? »

Avec véhémence, le docteur fit un signe d'approbation.

« Quinze jours après ma visite, je rentrais chez moi dans l'après-midi et cette fille descendait se promener sur le Cobb. Je l'ai fait monter ici, je lui ai parlé, je l'ai cajolée comme j'aurais fait avec ma petite nièce. Pfut ! Autant vouloir enlever un cheval de fiacre pardessus un mur de dix pieds. Elle ne veut rien entendre, Smithson, rien de rien, je l'ai bien compris. Et je ne m'étais pas contenté de paroles. J'ai un collègue à Exeter, un homme charmant, avec une excellente femme et quatre petites têtes blondes, comme des chérubins; il cherchait justement une préceptrice. Je lui en ai dit deux mots à elle...

— Et elle n'a pas voulu partir ?

— Butée comme une mule : voilà tout ! Mrs. Talbot est la crème des femmes : elle voulait d'abord la reprendre. Eh bien, non, il a fallu qu'elle s'en aille servir dans une maison qui, elle devait bien le savoir, est une calamité vivante, avec une maîtresse qui n'a jamais fait la différence entre un serviteur et un esclave, dans un poste aussi agréable qu'un coussin bourré d'épines. Et elle est là, et elle n'en bougera pas. Croyez-moi si vous voulez, Smithson : on offrirait à cette fille mille livres de rente et le trône d'Angleterre, qu'elle se contenterait de secouer la tête.

— Mais... cela me paraît incompréhensible. Ce que vous me dites qu'elle a refusé, c'est justement ce que nous avions envisagé... La mère d'Ernestina...

— Elle gâcherait son temps, mon cher ami. Avec tout le respect que je dois à cette dame... »

Il grimaça un sourire dans la direction de Charles, puis s'interrompit pour remplir les deux verres à la bouilloire à grogs posée sur la tablette de la cheminée.

« Mais notre brave docteur Hartmann nous a décrit quelques cas similaires. L'un, par exemple, assez frappant. Le cas d'une veuve, une jeune veuve de Weimar, si je me souviens bien : mari, officier de cavalerie, se tue accidentellement au cours d'un exercice. Vous voyez qu'il y a quelques similarités. Cette femme est plongée dans un profond désespoir. Bon, il fallait s'y attendre. Mais cela dure, Smithson, des années et des années. Dans la maison, on ne touche plus à rien. Les vêtements du mort demeurent dans sa garde-robe, sa pipe est posée près de son fauteuil habituel, même quelques lettres, arrivées après la mort et qui lui étaient adressées, sont là (le doigt du docteur pointait vers les ombres, derrière le fauteuil de Charles) — là, sur le même plateau d'argent jaunissant au fil des années, sans avoir été ouvertes... »

Il s'arrêta, et regardant Charles en souriant :

« Vos ammonites renferment de moins grands mystères; mais écoutez bien ce que nous dit Hartmann. »

Il s'avança vers Charles en pointant le doigt, afin qu'il se pénètre bien de ses paroles :

« *C'était comme si cette femme ne pouvait plus se passer de sa mélancolie, comme le fumeur d'opium ne peut plus se passer de sa drogue.* Vous voyez le résultat à présent. Dans sa désolation, elle trouve son bonheur. Elle veut être la victime offerte en sacrifice, Smithson. Elle court au-devant de tout ce qui nous ferait fuir. Une possédée, vous voyez bien. »

A nouveau, il s'était assis.

« Sombre et triste histoire, mon cher... sombre. »

Les deux hommes se taisaient. Charles jeta au feu le bout de son cigare et le regarda se consumer. Il ne se sentit pas le courage de regarder le docteur en face en posant une nouvelle question :

« A-t-elle confié à quelqu'un l'état d'esprit où elle se trouve ?

— Mrs. Talbot est certainement la personne dont les relations avec elle sont restées les plus amicales, mais celle-ci m'a assuré que cette jeune fille ne lui a pas dit un mot à ce sujet. Quant à moi... j'ai certainement échoué.

— Et si..., par exemple, elle pouvait se décider à révéler ses sentiments à quelqu'un pouvant éprouver pour elle quelque sympathie...

— Alors, ce serait la guérison. Mais elle ne veut pas guérir. C'est aussi simple que pour quelqu'un qui se refuse à avaler un médicament.

— Mais il est probable que, dans ce cas, vous imposeriez...

— Vous imaginez que l'on puisse forcer l'accès d'une âme ? Voyons, jeune homme, dites-moi ! »

Charles eut un geste d'impuissance.

« Naturellement, c'est impossible. Et j'ajouterai quelque chose : c'est mieux ainsi. Le viol n'a jamais pu conduire à la compréhension.

— Le cas est donc désespéré.

— Dans le sens où vous l'entendez, oui. La médecine est impuissante. Ne croyez pas que cette fille soit, comme nous, capable de voir clairement les choses, de raisonner, de comprendre son comportement. Il faut voir en elle un être égaré, perdu dans la brume. On ne peut rien faire d'autre que d'attendre et d'espérer que le brouillard se lève. Alors, peut-être... »

Il se tut, puis ajouta d'un ton découragé : « Peut-être ?... »

A ce moment même, l'obscur silence qui enveloppe Marlborough House pèse sur la chambre de Sarah. Elle est endormie, tournée sur le côté droit, le visage presque entièrement dissimulé par la coulée sombre de ses cheveux. On pourrait remarquer à nouveau cependant que les traits sont calmes, ne reflètent en aucune façon un tragique désespoir; une jeune femme de vingt-six à vingt-sept ans, avec le bras rond et souple, dégagé hors du drap, car les fenêtres sont closes et il fait une nuit calme... et reposant sur un autre corps. Non pas un homme, mais une jeune fille, dix-neuf ans environ, également endormie, tournant le dos à Sarah, mais très proche d'elle, car le lit, bien que relativement large, n'est pas un lit pour deux personnes.

Sans doute, une pensée maligne vient de vous traverser l'esprit. Mais faut-il oublier que nous sommes en 1867 ? Vous voyez Mrs. Poulteney apparaître soudain à la porte, une lampe à la main, et découvrir ces deux corps allongés dans leur position d'abandon, là, si proches l'un de l'autre. Vous imaginez sans doute qu'elle va s'élancer, comme un cygne noir en fureur, proférant d'épouvantables anathèmes, et que les deux filles, dans leur pitoyable tenue nocturne, vont être immédiatement rejetées aux ténèbres extérieures.

Eh bien, vous faites erreur. D'abord, comme nous savons que Mrs. Poulteney absorbe chaque soir sa dose de laudanum, il est bien peu probable que nous ayions l'occasion de la voir paraître et d'apprécier son attitude en cette circonstance. Mais si nous l'avions vue entrer néanmoins, il est à peu près certain qu'elle se serait tranquillement éloignée, et même qu'elle aurait pris soin de refermer la porte sans bruit, pour ne pas éveiller les dormeuses.

Comment croire cela ? Mais certains vices semblaient alors si peu naturels qu'ils n'existaient pratiquement pas. Il me paraît douteux que le mot de « lesbienne » soit jamais arrivé aux oreilles de Mrs. Poulteney; et dans l'affirmative, ce mot ne devait s'écrire pour elle qu'avec une majuscule, et s'appliquer à une certaine île de la Grèce ancienne. En outre, dans son esprit, l'incapacité absolue de la femme à éprouver une jouissance charnelle était un fait aussi solidement et fondamentalement établi que celui que la terre est ronde, ou que l'évêque d'Exeter était le docteur Philpott. Elle savait bien, évidemment, que des femmes de la plus basse espèce prenaient apparemment plaisir à certaines sortes de caresses masculines, comme ce monstrueux baiser qu'elle avait vu une fois le palefrenier appliquer sur les joues de Mary; mais pour elle il s'agissait simplement là des effets de la vanité ou de la faiblesse féminine. Il existait des prostituées, comme la bonne œuvre la plus renommée de Lady Cotton pouvait le lui rappeler; mais la dépravation de ces créatures s'expliquait par leur cupidité, qui prenait le pas sur un dégoût inné de la femme pour l'acte charnel. C'était ainsi qu'elle avait tout d'abord jugé Mary : cette fille, qui se bornait à pousser des petits cris nerveux après avoir ainsi été traitée de façon grossière par le palefrenier, était destinée, à l'évidence, à devenir une prostituée.

Mais que faut-il penser du comportement de Sarah ? Quant au lesbianisme, elle était certainement aussi ignorante que sa maîtresse, mais elle ne partageait pas l'horreur de celle-ci pour les plaisirs de la chair. Elle savait, ou à tout le moins soupçonnait, que l'amour comportait une part de plaisir physique. Elle était cependant assez innocente pour n'en pas prendre souci. Elle avait commencé de dormir avec Millie peu après que la pauvre fille s'était effondrée devant Mrs. Poulteney. Le docteur Grogan avait recommandé que la jeune fille ne soit plus contrainte à partager la chambre commune des servantes et qu'elle puisse disposer d'une pièce plus claire. A côté de la chambre de Sarah se trouvait un cabinet de toilette désaffecté, et Millie y fut installée. Sarah se chargea elle-même des soins qu'exigeait l'état de cette fille anémiée. C'était une pauvre fille de paysans : la quatrième parmi onze enfants, qui avaient vécu avec leurs parents dans des conditions d'indescriptible misère, habitant dans une bicoque de deux pièces, au fond d'une des vallées qui s'orientent vers l'ouest, dans le triste pays d'Eggardon. La maison a été acquise récemment par un jeune architecte londonien qui vient y passer ses week-ends et trouve ces lieux pleins d'agrément : un site sauvage, loin des chemins fréquentés, si pittoresquement campagnard — peut-être y a-t-il là de quoi exorciser l'affreuse réalité victorienne. Je l'espère tout au moins : les visions de l'heureux laboureur et de ses enfants que Georges Morland et ses imitateurs avaient mises à la mode (le grand responsable, en 1867, était Birket Foster) étaient d'un sentimentalisme aussi faux que pernicieux, méprisant tout autant la réalité que nos films « réalistes » tournés à Hollywood. Un regard sur Millie et sa dizaine de malheureux frères et sœurs aurait suffi à réduire en cendres le mythe du paysan heureux; mais ce regard, si peu étaient disposés à l'accorder ! Toutes les époques ont été coupables de bâtir des murs autour de leurs châteaux de Versailles; et ce sont de tels murs que j'abhorre, en particulier quand ce sont l'art et la littérature qui les bâtissent.

Une nuit, Sarah avait entendu la jeune fille pleurer. Elle entra dans sa chambre pour la consoler. La chose n'était pas très difficile car Millie avait encore l'âme d'un enfant. Elle ne savait ni lire ni écrire et n'était guère plus capable qu'un jeune chien de juger les êtres humains de son entourage : elle comprenait bien les caresses, mais si on la battait — c'était la vie. La nuit était froide, et Sarah, en se mettant au lit, avait simplement pris la jeune fille dans ses bras, l'avait réconfortée et embrassée. Millie n'était pour elle qu'un de ces faibles agneaux que souvent elle avait pris dans ses bras pour leur donner leur nourriture, alors que les ambitions de son père n'avaient pas encore définitivement écarté de son existence ce genre de préoccupations, et Dieu sait que la pauvre fille de paysans à laquelle elle donnait ses soins n'était guère différente de ces créatures.

Deux ou trois fois par semaine depuis lors, l'agneau était revenu vers elle avec son air de désolation. Millie dormait mal, moins bien que Sarah, qui parfois s'endormait seule et, se réveillant à l'aube, voyait la jeune fille serrée contre elle — au plus sombre de la nuit, Millie était venue se glisser à sa place. La pauvre fille avait peur dans l'obscurité, et sans la présence de Sarah, elle aurait demandé à revenir dans la chambre commune.

Ces tendres relations étaient presque muettes. Il était très rare que les deux filles prononcent quelques paroles, et toujours à propos des sujets domestiques les plus banals. Elles savaient que l'important était d'avoir, proche dans l'obscurité, une autre présence, tiède et silencieuse. Ressentaient-elles ainsi quelque impression sensuelle ? C'est possible. Mais sur ce plan elles n'allaient pas au-delà de ce que deux sœurs peuvent se permettre. Sans doute, en ce temps, en d'autres milieux, ceux des citadins les plus misérables et les plus grossiers, ou parmi l'aristocratie la plus libre, un véritable lesbianisme pouvait parfois exister. Mais à l'époque victorienne, les femmes dormaient fréquemment ensemble, et plutôt que de chercher à cela des raisons suspectes, on pouvait y voir les effets de l'arrogante morgue masculine. Et, dans ces abîmes de solitude [1], le rapprochement des corps ne devait-il pas être plus humain que pervers ?

Laissons donc dormir nos deux innocentes, et revenons à cette autre paire, mieux informée, plus rationnelle et plus noblement assortie, dans la « cabine » dominant la mer.

Nos deux très rationalisantes créatures étaient passées de l'examen du cas de Miss Woodruff, et des métaphores un peu trop ambiguës sur le brouillard, au domaine plus clarifié de la paléontologie.

« Vous admettrez, déclarait Charles, que les perspectives que nous découvre Lyell vont encore beaucoup plus loin que les résultats obtenus dans l'immédiat. Je crois que le clergé va avoir une rude bataille sur les bras. »

Lyell, dois-je préciser, a été le père de la géologie moderne. Déjà en 1778, Buffon, dans les célèbres *Epoques de la Nature*, avait détruit le mythe, inventé par l'archevêque Usher au XVIIe siècle et solennellement exposé dans d'innombrables éditions officielles de la bible anglaise, selon lequel le monde avait été créé à neuf heures, le 26 octobre de l'an 4000 avant la naissance du Christ. Mais même le grand naturaliste français n'avait pas osé reculer de plus de 75 000 années les origines du monde. Les *Principes de géologie* de Lyell, publiés en 1830 et 1833, et coïncidant ainsi avec de nombreuses autres réformes, repoussaient cette origine à des millions d'années en arrière. L'influence de cette œuvre, aujourd'hui très largement oubliée, devait alors être essentiellement décisive; elle apportait à la conscience de son époque, et à d'innombrables spécialistes dans divers domaines de la science, la dimension temporelle la plus significative. Le grand souffle de ces découvertes, qui glaçait les âmes timo-

1. En anglais « Wells of loneliness » — « The Well of Loneliness » est le titre d'un célèbre roman anglais, le premier à avoir osé aborder le thème de l'amour lesbien. (N. d. T.)

rées et vivifiait les esprits audacieux, aérait les corridors métaphysiques aux odeurs rancies. Mais n'oublions pas qu'à l'époque de notre récit, fort rares étaient ceux qui avaient pu entendre parler du grand ouvrage de Lyell, plus rares ceux qui ajoutaient foi à ces théories, et moins nombreux encore ceux qui en acceptaient toutes les implications. Si la Genèse est remplie de contre-vérités, ce n'en est pas moins un grand poème, et, pour la conscience de l'humanité, une matrice de six mille années gardait plus de chaleur que celle qu'il nous faut distendre sur deux cents millions de siècles.

Charles, qui, à la suite de ses expériences avec son oncle et son beau-père, avait appris à se montrer très circonspect sur un semblable sujet, voulait voir si le docteur Grogan allait partager ses apparentes préoccupations concernant la doctrine des théologiens. Mais le docteur ne se compromit pas. En regardant fixement la flamme, il murmura :

« Oui, une très rude bataille. »

Il y eut un moment de silence, que Charles interrompit d'un air détaché, comme s'il entendait simplement soutenir la conversation :

« Et Darwin, vous avez lu ce bonhomme-là ? »

Pour toute réponse, Grogan lui jeta un coup d'œil sévère par-dessus ses lunettes. Puis il se leva et, prenant en main la lampe à essence, il se dirigea vers un rayonnage au fond de la pièce. L'instant d'après, il revenait et tendait un livre à Charles : *De l'origine des espèces*. Charles chercha le regard sévère du docteur :

« Je n'avais pas l'intention...

— L'avez-vous lu ?

— Certes.

— En ce cas, comment pouvez-vous dire « ce bonhomme » en parlant d'un véritable génie ?

— D'après ce que vous m'aviez dit, j'avais cru comprendre...

— Ce livre-là nous parle des vivants, Smithson, non pas des morts. »

Le docteur, d'un air fâché, se retourna pour replacer la lampe sur la table. Charles s'était levé.

« Vous avez tout à fait raison. Je vous dois des excuses. »

Le petit docteur lui jeta un coup d'œil de côté.

« Gosse est venu ici, voici quelques années, entouré de l'admiration de tous les *bas-bleus*. Avez-vous lu son *Omphalos* [1] ? »

Charles sourit :

« Cela m'a paru la plus monumentale des absurdités. »

Et Grogan, ayant ainsi soumis Charles au test positif et négatif, sourit lui-même d'un air apitoyé :

« C'est exactement ce que je me suis permis de lui dire à la fin de la conférence qu'il était venu faire ici. Alors, n'était-ce pas bien envoyé ? »

Et les deux narines irlandaises du docteur libérèrent un petit souffle triomphant :

« Je pense que cette outre fondamentaliste remplie de vent y songera désormais à deux fois avant de venir souffler sa musique sur nos côtes du Dorset. »

1. *Omphalos : an attempt to untie the geological knot* (Essai d'explication de l'énigme géologique) est à présent complètement tombé dans l'oubli; ce qui est regrettable, car il s'agit d'un des ouvrages d'époque les plus curieux et d'un comique involontaire. L'auteur, membre de la *Royal Society*, était le spécialiste de la biologie des océans le plus connu à son époque. Néanmoins, sa crainte des théories de Lyell et de ses disciples l'amena, en 1857, à formuler une hypothèse qui supprimait, d'un simple trait de plume, toutes les incompatibilités entre le récit biblique de la Création et les données de la science. Gosse soutenait en effet un ingénieux raisonnement, selon lequel Dieu, en même temps qu'il créait Adam, avait également créé toutes les formes fossiles et tous les témoignages d'une vie antérieure : la plus étonnante entreprise de tromperie délibérée que l'homme ait jamais attribuée à la divinité. La date même de la parution d'*Omphalos* — deux ans avant celle de l'ouvrage de Darwin — pouvait difficilement paraître plus inopportune. Le célèbre et charmant livre de souvenirs de son fils devait, un demi-siècle plus tard, immortaliser le personnage de Gosse.

Il tourna vers Charles un regard plus amène :

« Darwinien ?

— Passionnément. »

Et comme Crusoé s'emparant de la main de Vendredi, le docteur Grogan se saisit alors de celle de Charles; et le sentiment qui les rapprochait ainsi n'était peut-être pas totalement dissemblable de celui qui avait rapproché les deux jeunes filles endormies à un demi-mille de là. Ils avaient l'impression de se trouver ensemble comme deux grains de levure dans une épaisse pâte léthargique — deux grains de sel dans l'immense soupière de bouillon insipide.

Nos deux *carbonari* de la pensée — l'enfant qui n'a jamais cessé de subsister dans le cœur de l'homme n'a-t-il pas toujours raffolé des sociétés secrètes — eurent alors recours à une autre tournée de grogs; de nouveaux cigares s'allumèrent, et il s'ensuivit une longue célébration des mérites de Darwin. On peut penser qu'ils auraient dû se sentir très humbles et intimidés devant les grandes vérités nouvelles qu'ils étaient en train d'évoquer dans leur discussion; mais je crains que leur humeur — et particulièrement celle de Charles quand il rentra finalement chez lui au petit matin — fut plus proche d'un sentiment de supériorité exaltante, de la conviction de se situer intellectuellement au-dessus du niveau de ses semblables.

Lyme dans la nuit, c'était cette masse des hommes ordinaires, apparemment plongés dans un sommeil immémorial; tandis que Charles, représentant de la sélection naturelle, n'était plus qu'intellectualité pure, pleinement éveillé, comme un dieu libéré parmi les scintillantes étoiles, avec l'aptitude à tout comprendre...

Tout, à l'évidence, excepté Sarah.

20

La Nature et Dieu sont-ils ennemis ?
La Nature est là comme un cauchemar :
Elle qui prend soin d'accomplir l'espèce,
Sans avoir souci d'une simple vie...

TENNYSON, *In Memoriam (1850).*

Elle rompit enfin le silence pour interroger le docteur Burkley. Agenouillé, le médecin personnel de John Kennedy lui montra sa robe tachée d'une main tremblante :

« Un autre vêtement ? suggéra-t-il.

— Non, murmura-t-elle, d'un air farouche. Il faut qu'ils voient cette horreur. »

WILLIAM MANCHESTER,
La mort du président Kennedy.

ELLE se tenait, de biais, à l'extrémité ombreuse du tunnel de lierre. Elle ne se retourna pas. Elle l'avait découvert tandis qu'il montait à travers les frênes. La journée était claire, un ciel sans nuages avec une tiède brise du sud-ouest. Partout des vols de papillons, couleur soufre ou blanc veiné d'orange et de vert, d'une espèce dont l'existence fut récemment jugée incompatible avec de profitables récoltes, et en conséquence presque entièrement exterminée. Leurs danses avaient accompagné Charles tout au long du chemin près de la laiterie et à travers bois; et l'un d'eux, à présent, comme une brillante flammèche sulfureuse, tournait dans l'éclaircie lumineuse derrière la silhouette sombre de Sarah.

Charles s'arrêta avant de s'enfoncer sous le vert assombri des retombées de lierre, et promena un regard soupçonneux sur les alentours afin de s'assurer que personne ne l'avait aperçu. Les branches des hêtres géants, encore dépourvues de verdure, s'entrecroisaient dans une perspective boisée et déserte.

Elle ne se retourna pas avant qu'il fut tout proche; et même alors, il ne rencontra pas son regard. Au contraire, elle chercha dans la poche de son manteau, et silencieusement, les yeux baissés, lui tendit un autre « test », comme s'il s'agissait là d'une offrande propitiatoire. Charles le prit, mais d'un air embarrassé.

« Il faut que vous me laissiez vous offrir pour ces « tests » la même somme que je les aurais payés à la boutique de Miss Anning. »

Sur ce, elle releva la tête et leurs regards enfin se rencontrèrent. Il vit alors qu'il l'avait offensée. A nouveau il éprouva l'impression inexplicable d'être dépassé, et de la décevoir de façon incompréhensible. Mais cette fois l'impression le rappela à lui, c'est-à-dire à l'attitude qu'il avait décidé d'adopter; car cette rencontre se situait deux jours après la conversation avec le docteur Grogan. La remarque de celui-ci sur la priorité que les vivants devraient avoir sur les morts avait porté fruit, si bien que Charles découvrait à cette aventure une raison à la fois scientifique et humanitaire. Il avait eu suffisamment de franchise vis-à-vis de lui-même pour reconnaître qu'à l'inconvenance venait s'ajouter une certaine impression de plaisir; mais il décelait très clairement à présent un élément d'obligation et de devoir.

Qu'il fasse lui-même partie du groupe des plus aptes, la chose n'était pas douteuse; mais parmi l'espèce humaine, ceux-ci devaient être chargés, à l'égard des moins aptes, d'une certaine responsabilité.

De nouveau il avait même pensé à révéler à Ernestina ce qui s'était passé entre Miss Woodruff et lui-même. Mais il prévoyait, hélas ! trop clairement, qu'elle pourrait poser de ridicules questions de femme, questions auxquelles il lui serait impossible de répondre en toute franchise sans se trouver placé dans une position dangereusement équivoque. Il décida bientôt qu'Ernestina, du fait des défauts de son sexe et de son manque d'expérience, serait incapable de comprendre le caractère altruiste de ses motivations. Ainsi, fort commodément, il avait laissé de côté cet aspect moins attrayant du devoir.

Au coup d'œil accusateur de Sarah, il répondit donc calmement :

« Nous n'allons pas nous arrêter à ce genre de cérémonie puisque, par pure chance, il se trouve que je suis riche alors que vous ne l'êtes pas. »

Cela faisait partie du plan qu'il s'était fixé : faire montre de sympathie envers Sarah, mais maintenir ses distances, lui rappeler la différence de position — évidemment avec tact et le secours d'une ironie dépourvue d'affection.

« Je n'ai pas autre chose à donner.

— Je ne vois aucune raison pour que vous me donniez quelque chose.

— Vous êtes venu. »

Son humilité lui paraissait presque aussi déconcertante que sa fierté.

« Je suis venu parce que j'ai fini par me convaincre que vous aviez réellement besoin d'être aidée. Et, bien que je ne comprenne pas encore pourquoi, vous m'avez suffisamment honoré de votre confiance pour m'intéresser à votre... »

Il hésita, car il avait voulu dire « cas », ce qui aurait montré qu'il ne voulait pas moins jouer au docteur qu'à l'homme chevaleresque...

« Votre demande... Je suis tout prêt à écouter ce que vous vouliez... n'est-ce pas. Je suis venu pour vous entendre. »

Elle leva les yeux vers lui à nouveau. Il se sentit flatté. Elle fit un geste, timidement, vers les rayons de lumière.

« Je connais un endroit abrité. Non loin d'ici. Pouvons-nous y aller ? »

Il fit un signe d'assentiment, et elle s'avança pour traverser le terrain pierreux et ensoleillé où Charles effectuait ses recherches quand, la première fois, elle s'était avancée vers lui. Sa démarche était assurée et légère, une main relevant la jupe de quelques pouces, tandis que l'autre maintenait les rubans de son petit chapeau noir. Tout en la suivant d'un pas beaucoup moins alerte, Charles remarquait, vers la cheville, les reprises sur les bas noirs, les talons usés des chaussures, et aussi un reflet lumineux sur la chevelure noire. Répandue, cette chevelure devait être superbe, abondante et souple, et bien qu'elle fut entièrement ramenée sous le col serré de son vêtement, il se demandait s'il n'y avait pas quelque coquetterie dans le geste qu'elle faisait fréquemment de prendre son chapeau à la main.

Elle le conduisit à travers un autre tunnel de verdure; et, à son extrémité, ils parvinrent à une pente herbeuse montant dans la falaise, sur la coulée d'un très ancien éboulis. Les pas pouvaient prendre appui sur des touffes végétales; et, s'élevant en zigzags, en choisissant avec soin les points de passage, elle parvint bientôt au sommet. Peinant à sa suite, il apercevait parfois la lisière ruchée de ses pantalonnettes, s'arrêtant juste au-dessus de la cheville. Au lieu de le précéder, une dame aurait gravi la pente derrière lui.

Arrivée au sommet, Sarah attendit que Charles la rejoignit. Il la suivit alors le long de la crête de la falaise. La pente raide s'élevait vers le sommet d'un autre à-pic, près de cent mètres plus haut. C'étaient les marches d'effondrement que, depuis la jetée du Cobb, on apercevait à quelque deux milles de distance. Ils parvinrent à un épaulement dont la déclivité paraissait dangereuse à Charles : un faux pas, quelques mètres de glissade, et ce serait la chute sans espoir par-dessus la crête de la falaise. Seul, il aurait hésité; mais Sarah avançait calmement, comme ignorante du danger. Après l'épaulement, ce furent quelques mètres de terrain plus plat, conduisant à son endroit abrité.

C'était une combe étroite faisant face au sud et entourée d'épais fourrés de ronces et de cornouillers : une sorte d'amphithéâtre de verdure minuscule. Un malingre buisson d'épines fermait l'extrémité de l'arène, si l'on peut donner ce nom à un espace qui ne mesurait pas plus de cinq mètres de diamètre; et quelqu'un, à l'évidence ce ne pouvait être Sarah, avait disposé au pied du buisson un bloc de silex aplati, comme une sorte de trône rustique, dominant, dans une magnifique perspective, les faîtes des arbres et l'horizon de mer. Charles, légèrement essoufflé, et transpirant de façon notable dans son costume de flanelle, regarda autour de lui. Des violettes et des primevères et les petites étoiles blanches des fraisiers sauvages tapissaient les pentes de la combe. L'emplacement était fort agréable, à ciel ouvert sous le chaud soleil de l'après-midi, et protégé de toutes parts.

« Je vous félicite. Vous avez un don vraiment pour découvrir des nids d'aigle.

— Pour découvrir la solitude. »

Elle lui offrit le siège de roche sous le buisson d'aubépine.

« Non, je suis certain que c'est votre place. »

Mais elle se détourna pour s'asseoir gracieusement et rapidement sur un monticule, à quelques pas de l'arbuste, de façon à se trouver face à la mer; et aussi, comme Charles s'en aperçut en occupant le meilleur siège, pour que son visage lui demeure à demi invisible et que, par quelque coquetterie ingénue, sa chevelure se trouve bien en vue. Elle était assise très droite, le front incliné cependant, occupée à quelque arrangement de son chapeau pour dissimuler son embarras. Charles l'observait, en souriant en lui-même, sinon d'une façon visible. Il voyait bien qu'elle ne savait comment commencer; et d'autre part la situation était trop proche de l'enfantillage, comme une scène entre un garçon et sa jeune sœur, pour convenir au formalisme timide que son attitude trahissait.

Non sans surprise, Charles se rendait compte que les vêtements fatigués ne la désavantageaient pas, et lui allaient mieux même en quelque sorte que n'auraient pu faire de plus belles étoffes. Au cours des cinq années précédentes, de grands changements étaient intervenus dans la mode féminine, tout au moins à Londres. Les premiers soutiens artificiels d'une poitrine bien formée commençaient d'être largement portés. Les femmes élégantes, voire d'autres qui ne l'étaient guère, se peignaient les cils et les sourcils, coloraient leurs lèvres, poudraient et teintaient leurs cheveux. Avec Sarah, il n'était pas question de ces artifices. Elle paraissait totalement indifférente à la mode, et n'en gardait pas moins son attrait personnel; de même que les simples primevères que Charles découvrait à ses pieds ne se trouvaient nullement éclipsées par une comparaison avec de délicates fleurs de serre.

Charles gardait donc le silence, non sans prendre quelque plaisir à la vue de cette étrange suppliante à ses pieds, ne se souciant pas exagérément de lui venir en aide. Et elle continuait de demeurer silencieuse. Par simple timidité peut-être; mais il commençait à percevoir distinctement une sorte de défiant et silencieux appel comme pour le convier à l'aider au dévoilement du mystère; et il céda en fin de compte.

« Miss Woodruff, je déteste l'immoralité, mais je déteste plus encore une morale qui ne pardonne pas. Je vous promets de ne pas être un juge trop sévère. »

Elle fit un léger signe de tête. Mais elle hésitait encore. Puis, avec la sorte de brusque résolution du plongeur en équilibre sur sa planche d'appel, elle se jeta dans sa confession.

« Il se nommait Varguennes. On l'avait conduit chez le capitaine Talbot après le naufrage de son navire. A part lui et deux autres hommes, tout l'équipage avait péri. Mais on a dû vous raconter cela.

— Les circonstances, oui. Mais non pas qui était cet homme.

— Ce que j'ai d'abord admiré en lui, c'était le courage. Je ne savais pas encore que des hommes d'une grande bravoure pouvaient être également faux et trompeurs. »

Elle regardait fixement la mer, comme si c'était celle-ci qui l'écoutait, et non par Charles à qui elle tournait le dos.

« Il avait une affreuse blessure : la chair avait été arrachée depuis la hanche jusqu'au genou. Si la gangrène s'était déclarée, il aurait fallu lui couper la jambe. Les premiers jours, il souffrait terriblement. Il n'eut pas un cri cependant, pas la plus petite plainte. Il tenait ma main pendant que le docteur soignait sa blessure. Il la serrait si fort que j'ai cru un jour que j'allais m'évanouir.

— Il ne parlait pas anglais.

— Quelques mots. Mrs. Talbot ne savait pas mieux

le français que lui l'anglais. Et peu après son arrivée, le capitaine Talbot fut appelé à prendre la mer. Lui, nous avait dit qu'il arrivait de Bordeaux, que son père était un riche avocat qui s'était remarié et avait laissé sans ressources les enfants nés de sa première femme. Varguennes avait alors pris la mer sur un bateau marchand, transportant des cargaisons de vins. Il était l'officier en second, nous avait-il dit, sur le bateau qui avait fait naufrage. Mais il ne disait jamais la vérité. Je ne sais pas vraiment qui il était. Mais il avait l'air d'un homme de bonne éducation. C'est tout ce que je sais. »

Elle parlait comme quelqu'un qui n'a pas l'habitude de s'exprimer, en laissant des pauses entre chacune des phrases qu'elle composait avec effort. Charles n'aurait pas su dire si c'était par besoin de réfléchir ou pour lui laisser le temps de l'interrompre.

« Je comprends, murmura-t-il.

— Je me demande parfois s'il avait quelque chose à faire avec ce naufrage; si ce n'était pas le diable qui s'était déguisé en marin. »

Elle baissa ses regards vers ses mains.

« C'était un très beau garçon. Personne ne m'a jamais comblé d'attentions comme il le fit — je parle du temps où il commençait d'aller mieux... Il ne cherchait pas à lire. Il était pire qu'un enfant. Il avait besoin de parler, d'avoir des gens autour de lui, des gens pour l'écouter. Il me disait des choses stupides. Qu'il n'arrivait pas à comprendre pourquoi je n'étais pas encore mariée... Tant de choses que sottement je croyais...

— Bref, il vous faisait des avances.

— Comprenez bien que nous parlions toujours en français. Peut-être, à cause de cela, les propos que nous échangions ne me paraissaient pas entièrement réels. Je n'ai jamais été en France, ma connaissance de la langue parlée n'est pas très bonne. Très souvent je comprenais mal ce qu'il voulait dire. Il n'a peut-être pas tous les torts. J'ai pu comprendre autre chose que ce qu'il voulait dire. Il se moquait de moi, mais apparemment sans vouloir me blesser... »

Elle hésita un instant.

« Je... je prenais même plaisir à cela. Il me traitait de cruelle quand je ne voulais pas le laisser me baiser la main. Un jour vint où je pensai moi-même que j'étais cruelle à son égard.

— Et vous avez cessé d'être cruelle.

— Oui... »

Un corbeau passa au-dessus d'eux, les plumes noires brillantes, tournant et hésitant sous le vent, avant de s'inquiéter et soudain de disparaître.

« Je comprends. »

Il voulait simplement l'encourager à poursuivre; mais elle prit le mot littéralement.

« Non, vous ne pouvez pas comprendre, Mr. Smithson, parce que vous n'êtes pas une femme. Vous n'êtes pas une femme née pour devenir la femme d'un paysan et que l'on a éduquée pour être quelque chose d'un peu plus relevé. J'ai plusieurs fois été demandée en mariage. Quand j'étais à Dorchester, un riche éleveur... Mais qu'importe cela. Vous n'êtes pas une femme à qui la beauté, l'intelligence, le savoir inspirent naturellement du respect... Je ne sais comment je pourrais dire : je n'ai aucun droit de désirer tout cela; mais du plus profond du cœur j'y aspire, et je ne puis croire qu'il n'y ait là que vanité... »

Elle garda un moment le silence.

« Et vous ne pouvez pas savoir ce que c'est, Mr. Smithson, que d'être une préceptrice, une jeune femme sans enfants que l'on charge de s'occuper des enfants, de... Vous ne pouvez pas savoir que plus ils sont adorables, plus la peine est intolérable. Ne croyez pas que ce soit seulement de l'envie... Virginia et Paul, les enfants de Mrs. Talbot, je les aimais, et je n'éprouvais pour elle que de l'affection et de la gratitude — volontiers, je serais morte pour elle et pour ces enfants. Mais chaque jour avoir sous les yeux ces scènes de bonheur familial, être le plus proche témoin d'une union heureuse, du foyer avec d'adorables enfants... »

Elle fit une pause.

« Mrs. Talbot a exactement mon âge. »

Elle fit une nouvelle pause.

« Il me semble que je pouvais avoir l'impression d'être admise en paradis alors que les joies m'en demeuraient interdites.

— Mais ce genre de frustration que vous décrivez n'est-il pas, plus ou moins et de différentes façons, un lot commun à tous ? »

Elle secoua la tête avec une surprenante véhémence. Il comprit qu'il avait touché en elle une source émotive très profonde.

« J'entendais simplement suggérer que les privilèges sociaux n'apportent pas nécessairement le bonheur.

— On ne peut pas comparer une situation où le bonheur est tout au moins possible et une autre où... »

Et de nouveau elle secoua fortement la tête.

« Voyons, vous n'allez tout de même pas prétendre que toutes les préceptrices sont malheureuses et qu'aucune d'elles ne se marie...

— Si, pour toutes celles qui sont comme moi. »

Il laissa le silence retomber, puis :

« J'ai interrompu votre histoire, dit-il. Pardonnez-moi.

— Me croyez-vous quand je dis que ce n'est pas l'envie qui me fait parler ainsi ? »

Elle se tournait vers lui, le regard intense et profond, et il inclina la tête... Arrachant près d'elle une tige de glaux, avec des fleurs bleues pareilles à des organes génitaux de chérubins minuscules, elle poursuivit :

« Varguennes allait mieux. Dans une semaine il allait repartir. C'est alors qu'il me déclara son attachement...

— Il vous a demandé si vous vouliez l'épouser. »

Elle éprouva quelques difficultés à répondre.

« Il fut question de mariage. Il me disait qu'à son retour en France, il serait nommé commandant d'un navire marchand, un caboteur de vins; qu'il espérait pouvoir recouvrer le patrimoine qui aurait dû revenir à son frère et à lui-même. »

Elle hésita avant d'ajouter :

« Il aurait voulu que je parte avec lui pour la France.

— Mrs. Talbot était-elle au courant ?

— Mrs. Talbot est la meilleure des femmes, et la plus innocente. Si le capitaine Talbot avait été là; mais il n'y était pas... Au début, j'avais été honteuse à l'idée de lui parler de cela; et à la fin j'avais peur, peur, ajouta-t-elle, de ce que je savais bien qu'elle ne manquerait pas de me conseiller... »

Elle commença d'effeuiller la tige de glaux.

« Varguennes devint pressant. Il m'assurait que tout le bonheur de sa vie dépendait de ma décision de l'accompagner en France — plus que cela, que mon propre bonheur en dépendait également. A mon sujet, il avait fini par savoir beaucoup de choses : que mon père était mort dans un asile de malades mentaux; que j'étais pauvre et que je n'avais pas de proches parents; que depuis des années, et sans savoir pourquoi, je me sentais comme mystérieusement condamnée — à la solitude. »

Elle rejeta la tige de glaux et ses doigts se crispèrent sur ses genoux.

« Toute ma vie, je n'ai connu que la solitude. Comme s'il était dit, Mr. Smithson, que jamais je ne devais connaître une amitié avec quelqu'un qui serait mon égal, que je ne devais jamais avoir un foyer qui soit mien, ne jamais voir le monde que comme un ensemble dont je devais être écartée. Quatre ans auparavant, mon père avait été déclaré en faillite. Tous nos biens avaient été vendus. Depuis lors je n'ai pas cessé d'avoir l'impression que les choses elles-mêmes — les chaises, les tables, les miroirs — conspiraient pour élargir autour de moi ce cercle de solitude. Jamais, semblaient-elles me dire, nous ne t'appartiendrons; tu ne disposeras jamais de nous; nous serons toujours les choses de quelqu'un d'autre. Je sais que ce sont des pensées folles, je sais que, dans les grandes villes industrielles, il existe tant de misère et de solitude, qu'on peut dire, en comparaison, que je vis dans le confort et le luxe. Mais lorsque j'entends parler des actes de vengeance des ouvriers en grève, quelque chose en moi les comprend. Je les envie presque de savoir où et comment ils peuvent prendre leur revanche. Moi, je ne puis rien. »

Sa voix avait pris un nouvel accent, une intensité d'expression qui semblait en partie démentir la dernière phrase. Elle ajouta d'un ton plus calme :

« J'ai bien peur de ne pas savoir m'expliquer.

— Je ne peux pas dire que j'approuve tous vos sentiments, mais je peux parfaitement les comprendre.

— Varguennes partit, pour aller s'embarquer à Weymouth. Mrs. Talbot supposait naturellement qu'il prendrait la mer dès son arrivée. Mais il m'avait dit qu'il attendrait jusqu'à ce que je vienne le rejoindre. Je ne lui avais rien promis. Au contraire, je lui avais juré que jamais... mais j'étais en larmes. Il me dit finalement qu'il m'attendrait pendant une semaine. Jamais je ne me déciderais à le suivre, avais-je dit; mais un jour passa, puis un autre — et il n'était plus là pour que je puisse lui parler... j'étais perdue, submergée de ce sentiment de solitude dont je viens de parler; j'avais l'impression de m'enfoncer sans recours; et pis, d'avoir à portée une planche de salut qu'il m'était possible de saisir. J'étais totalement désespérée. Un désespoir que la peine que je devais prendre pour le dissimuler ne faisait que redoubler. Quand arriva le cinquième jour, je sentis que je ne pouvais pas supporter cela plus longtemps...

— Mais de tout cela Mrs. Talbot n'avait rien su : cela ne pouvait-il éveiller vos soupçons ? Ce n'était pas là la conduite d'un homme dont les intentions sont honorables.

— Mr. Smithson, je n'ignore pas ma folie. Je sais qu'un étranger qui ne connaît ni ma nature ni les circonstances peut trouver presque criminel l'aveuglement qui me fit méconnaître le véritable caractère de cet homme. De cela, je ne le nie pas, je me suis peut-être toujours douté. Certainement, il y avait en moi quelque faille profonde, une volonté inconsciente qui me poussait à l'aveuglement. Et c'est ainsi que nous avions commencé à dissimuler. Dès que l'on se laisse ainsi entraîner, il est bien difficile de se reprendre. »

Charles aurait pu trouver là, pour lui-même, un avertissement; mais il était, en ce moment, trop absorbé par cette aventure pour s'intéresser à la sienne.

« Vous êtes partie pour Weymouth ?

— J'ai trompé Mrs. Talbot en lui parlant d'une amie d'enfance qui se trouvait gravement malade. Elle croyait que je devais me rendre à Sherborne. Il m'aurait fallu deux jours de voyage. Un seul me suffit pour gagner Dorchester. De là, je pris l'omnibus pour Weymouth. »

Mais, arrivée à ce point, Sarah demeura silencieuse et inclina la tête, comme si elle ne pouvait se décider à poursuivre.

« Inutile de préciser, Miss Woodruff, je devine ce qui a pu advenir. »

Elle secoua la tête.

« J'en arrive à ce qui doit être dit, mais je ne sais pas comment je pourrais le dire. »

Charles lui aussi regardait vers le sol. De l'un des grands frênes, en contrebas, montait le chant d'une grive invisible, voix sauvage dans le calme de l'air azuré. Elle reprit enfin son récit :

« J'avais trouvé à me loger non loin du port. Je me rendis ensuite à l'hôtel où il m'avait dit qu'il prendrait une chambre. Il n'y était pas; mais il avait laissé pour moi un message; indiquant le nom d'un autre hôtel. J'y allai aussitôt. Ce n'était pas un endroit convenable. Je compris cela à la façon dont on me répondit quand je demandai à le voir. On m'indiqua où se trouvait sa chambre et le chemin pour m'y rendre. Je dus insister pour qu'on le fasse prévenir de ma présence. Il descendit. Il parut, à me voir, comblé de joie. Il avait vraiment l'attitude d'un homme qui aime. Il s'excusa pour la modestie du lieu. La pension dans cette auberge était moins chère, me dit-il, et elle était fréquentée par des commerçants et par des marins français. J'étais tout apeurée et il se montra plein d'attentions. Je n'avais pas mangé ce jour-là et il fit préparer un repas. »

Elle hésita, puis se décida à poursuivre.

« La salle commune était très bruyante, aussi nous nous installâmes dans une pièce séparée. Je le trouvais changé, mais je ne pouvais dire exactement en quoi. En dépit de toutes ses attentions, des sourires et des caresses qu'il me prodiguait, je sentais bien que si je n'étais pas venue il n'en aurait pas été surpris, ni très sérieusement attristé. Le voile devant mes yeux se déchirait. Je vis qu'il n'était pas sincère... qu'il m'avait menti. Je compris que l'épouser aurait été épouser un indigne aventurier. Je m'aperçus de tout cela au cours des cinq premières minutes de cette rencontre. »

Comme si elle sentait que sa voix se chargeait à nouveau de récrimination et d'amertume, elle s'arrêta et reprit un ton plus bas.

« Il peut vous paraître étonnant que je n'aie pas vu cela plus tôt. Il me semble bien que j'avais dû le voir; mais voir et vouloir admettre sont deux choses bien différentes. Je crois qu'il était un peu comme le lézard qui prend la couleur du milieu qui l'entoure. Dans la maison d'un homme honnête, il paraissait plus honnête. Dans cette auberge, je l'ai vu d'une autre couleur; et je savais qu'elle était beaucoup plus proche que les autres teintes de sa couleur naturelle. »

Un moment elle regarda fixement la mer. Charles pensa qu'une rougeur lui montait maintenant au visage; mais elle détournait obstinément la tête.

« Je sais qu'une femme... n'importe quelle femme respectable aurait dû aussitôt partir. Je me suis interrogée sur moi-même tant de fois depuis cette soirée. Tout ce que j'ai pu saisir c'est que ma conduite me demeure au fond inexplicable. En comprenant quelle avait été mon erreur, je fus d'abord horrifiée... et c'était tellement affreux que je réalisais mal... J'essayais de découvrir en lui quelque chose de valable — la respectabilité, l'honneur. Ensuite, j'éprouvais une sorte de rage de me sentir ainsi déçue. Je me disais que si, dans le passé, je n'avais pas éprouvé cette impression insupportable de solitude, je n'aurais pas été aveugle à ce point. J'accusais les circonstances qui m'avaient entraînée, et à cause desquelles je me trouvais dans cette situation. Jamais je n'avais rien connu de semblable. Je n'étais jamais entrée dans une auberge comme celle-ci, où on ne semblait pas très bien savoir ce qu'était la bienséance, et où le culte du péché paraissait aussi naturel que dans un établissement mieux fréquenté le culte de la vertu. Je ne sais pas expliquer. Je ne voyais pas les choses clairement. Peut-être croyais-je que je devais me montrer capable d'être responsable de mon destin. J'avais fui pour retrouver cet homme. Trop de réserve peut sembler absurde... on dirait presque — de la vanité. »

Elle fit une pause.

« Je demeurai. Je mangeai le dîner qui me fut servi. Je bus le vin que sa main me versait. Il ne me grisait pas, je crois qu'il me permettait de voir les choses plus clairement... est-ce possible ? »

Elle se tourna imperceptiblement pour attendre la réponse; presque comme si elle craignait que son confident eût disparu et qu'elle voulût s'assurer, sans le regarder cependant, qu'il ne s'était pas résorbé dans l'air.

« Sans aucun doute.

— Il me semblait y puiser force et courage... et, en même temps, que cela me permettait de comprendre. Vint le temps où Varguennes ne put plus dissimuler la nature de ses intentions. Et je ne pouvais pas jouer la surprise. Dès l'instant où j'avais choisi de rester, mon innocence ne pouvait qu'être feinte. Mr. Smithson, je ne cherche pas à m'excuser moi-même. Je sais très bien que j'aurais pu, même après que la servante eut emporté les restes de notre souper, je sais que j'aurais pu partir. Je pourrais vous dire qu'il m'avait imposé sa volonté, qu'il m'avait droguée... n'importe quoi. Mais non, ce n'est pas cela. C'était un homme sans scrupules, esclave de son caprice, d'un égoïsme passionné... mais il était incapable de prendre une femme de force. »

Et soudain, au moment le plus inattendu, elle se retourna pour regarder Charles bien en face. Le rouge lui était monté au visage, mais il lui parut qu'elle était moins embarrassée que saisie par une sorte d'ardeur, de colère, de défi — comme s'il la voyait nue devant lui, et qu'elle en éprouvât une sorte d'orgueilleuse fierté.

« Je me suis donnée à lui. »

Il lui fut alors impossible de soutenir son regard, et il abaissa le sien avec une très légère inclinaison de tête.

« Je vois.

— Ainsi je suis une femme doublement déshonorée. Du fait des circonstances, et parce que j'ai choisi de l'être. »

Il y eut un silence. A nouveau elle faisait face à la mer. Il murmura :

« Je ne vous avais pas demandé de me raconter cela.

— Mr. Smithson, ce que je voulais vous faire comprendre, ce n'est pas que j'aie pu faire cette chose honteuse, mais pourquoi j'ai pu la faire. Pourquoi j'ai sacrifié le bien le plus précieux que possède une femme au plaisir passager d'un homme que je n'aimais pas. »

Elle prit son visage dans ses mains.

« Je l'ai fait pour n'être plus jamais la même, je l'ai fait pour qu'on puisse me montrer du doigt, que l'on dise, en me voyant — ah ! il faut que ce mot soit prononcé — voilà la putain du lieutenant français. Afin qu'ils sachent que j'avais souffert, souffert comme d'autres souffrent dans toutes les villes et villages de ce pays. Je ne pouvais pas épouser cet homme. Ainsi c'est la honte que j'ai épousée. Je ne veux pas dire que je savais bien ce que je faisais, que j'ai laissé de sang-froid Varguennes faire ce qu'il voulait de moi. J'avais l'impression alors de me jeter dans un précipice, ou de me plonger un couteau dans le cœur. C'était une sorte de suicide... Un acte de désespoir, Mr. Smithson. Je savais que c'était mal... comme un blasphème, mais je ne voyais pas d'autre moyen d'échapper — à ce que j'étais. Si j'avais quitté cette pièce, si j'étais rentrée chez Mrs. Talbot, pour y reprendre mon ancienne existence — je sais que je serais alors vraiment morte... étouffée de mes propres mains. C'est ma honte qui m'a fait vivre, savoir que je ne suis pas comme les autres femmes. Que je n'aurai jamais d'enfants, de mari, ni ce bonheur innocent qui est le leur. Et elles ne comprendront jamais la raison de mon crime... »

Elle s'arrêta, comme si elle comprenait elle-même pour la première fois le sens de ce qu'elle était en train de dire.

« Parfois, c'est presque de la pitié que j'éprouve à leur égard. Je pense que je jouis d'une liberté qu'elles sont incapables de comprendre. Aucun blâme, aucune insulte ne peut m'atteindre. Parce que je me suis placée moi-même au ban de la société. Je ne suis rien. A peine ai-je encore figure humaine. Je suis la putain du lieutenant français. »

Charles comprenait fort mal ce qu'elle essayait d'exprimer par cette longue péroraison. Jusqu'à ce qu'elle en soit arrivée à prendre cette étrange décision, à Weymouth, il avait éprouvé pour son attitude beaucoup plus de sympathie qu'il ne l'avait laissé paraître; il pouvait imaginer cette longue et torturante détresse de son existence de préceptrice; et avec quelle facilité elle avait pu tomber dans les rets d'un coquin hâbleur comme ce Varguennes. Mais ces prétentions de découvrir la liberté en se plaçant hors la loi, de vouloir épouser la honte, cela le dépassait. Et cependant, en un sens, il lui semblait comprendre, car, vers la fin de sa tentative de justification, Sarah avait commencé de pleurer. Elle avait caché ses larmes, ou tenté de les cacher. C'est-à-dire qu'elle n'avait pas dissimulé son visage dans ses mains ni eut recours à un mouchoir, mais elle demeurait la face obstinément détournée. Charles n'avait pas tout d'abord compris la raison qui la faisait soudain demeurer silencieuse.

Mais finalement quelque instinct le poussa à se lever et s'avancer sans bruit dans l'herbe pour apercevoir ce visage de profil. Il vit les larmes couler sur la joue, et il en fut insupportablement ému, troublé, arraché par un tourbillon de pensées contradictoires à l'attitude de sympathie impartiale, judicieusement impartiale, à laquelle il s'était fermement résolu. Il voyait cette scène qu'elle n'avait pas décrite : la scène où elle se donnait. En lui-même, il se voyait en même temps sous la forme de ce Varguennes en train de saisir cette femme, et sous celle d'un homme bondissant pour le frapper; de même que Sarah était à ses yeux, à la fois l'innocente victime et la femme qui librement s'abandonne. Il excusait son impudicité, et en même temps soulevait un coin du voile sombre sur ce qui aurait pu être sa propre jouissance.

Une semblable contradiction dans les impulsions sensuelles serait aujourd'hui inconcevable. Dès qu'un homme et une femme se trouvent l'un en face de l'autre, dans une situation différente de celle de la banalité quotidienne, ils envisagent l'éventualité des rapports physiques. Nous considérons comme saine cette franchise en face des impulsions qui régissent le comportement humain; mais à l'époque de Charles, le désir physique, rejeté par la conscience de groupe, était également banni du for intérieur des individus; et lorsque la conscience claire se trouvait soudain assaillie par ces fauves tapis dans les fourrés, elle était ridiculement prise au dépourvu.

Les gens de l'époque victorienne momifiaient aussi leurs sentiments dans d'étranges bandelettes : nous voyons clairement les manifestations de cette claustrophobie dans leurs vêtements, lourds, embarrassants et rigides; dans leur architecture fermée, avec ses corridors et ses étroites ouvertures; dans leurs craintes d'une réalité claire et nue, leur souci de dissimuler la nature. L'époque de Charles était évidemment celle de la révolution artistique des préraphaélites — et eux tout au moins s'efforçaient de faire accepter la nature et la sexualité; mais il suffit de comparer au décor pastoral d'un Millais ou d'un Ford Madox Brown, les tableaux de Constable ou de Palmer pour voir à quel point les premiers pouvaient demeurer idéalisés et soucieux du décor par rapport à la réalité extérieure. Ainsi, la franchise de la confession de Sarah — si claire en elle-même face à la clarté du jour — paraissait dévoiler au regard de Charles un aspect d'un monde idéal, plutôt que celui de la plus dure réalité. Une impression d'étrangeté qu'il éprouvait lui semblait se rattacher moins à la réalité des choses qu'à tout un monde irréel qu'elle évoquait à ses yeux : monde mythique où la réalité nue importait moins que la vision d'une beauté sans voiles.

Charles la contempla ainsi quelques lourds instants; puis il se détourna et alla se rasseoir, le cœur battant, comme s'il venait juste d'éviter de basculer par-dessus l'à-pic de la falaise. Vers le sud, très loin au-dessus de l'horizon de la mer, avaient surgi les formes indistinctes d'une armada de nuages. En teintes ambrées, crème ou neigeuses, comme les sommets étincelants de quelque chaîne de montagnes, des tours et des remparts dressés, aussi loin que pouvait porter la vue... et cependant si peu réels — comme les contours de quelque abbaye de Thélème, quelque région idyllique et mouvante, où innocemment Charles, Ernestina, Sarah, auraient pu vagabonder ensemble...

Je n'irai pas jusqu'à dire que les pensées de Charles étaient aussi précises, aussi impudemment évocatrices d'un Eden mahométan. Mais cette apparition des nuages lointains évoquait à son esprit tout ce qu'il pouvait regretter : le désir qu'il éprouvait de voguer à nouveau sur les eaux de la mer Tyrrhénienne; de chevaucher, respirant l'odeur de la lande aride, vers les lointaines murailles d'Avila; ou de s'approcher de quelque temple grec dans l'éblouissante clarté baignant les îles égéennes. Mais au même instant, une sombre silhouette, comme l'ombre endeuillée d'une sœur morte, s'élançait en avant de lui, légère, séduisante et trompeuse, sur les degrés de pierre, dans la mystérieuse forêt des colonnades brisées.

21

Pardonne-moi ! Pardonne-moi !
Tant voudraient, ô Marguerite,
Ces bras se refermer sur toi.
Hélas ! Hélas ! Moi qui te quitte.

Séparés par cet air vide,
Où mes bras te cherchent encor,
Quand la mer entre nous se ride...
Tout ce passé d'un autre bord.

MATTHEW ARNOLD, *Séparation (1853).*

UNE minute de silence s'écoula. Puis un léger mouvement qu'elle fit pour relever la tête montra qu'elle s'était reprise. Elle se tourna à demi.

« Puis-je terminer ? Il y a peu de choses à ajouter.

— Je vous en prie, cessez de vous tourmenter. »

Elle fit un geste d'approbation, et poursuivit :

« Il partit le lendemain. Il y avait un bateau. Il ne manquait pas d'excuses. Ce long séjour loin de chez lui, les difficultés familiales. Il m'assura qu'il reviendrait me retrouver aussitôt après les avoir réglées. Je savais bien qu'il mentait. Mais je me suis tue. Peut-être estimerez-vous que j'aurais dû retourner chez Mrs. Talbot, en prétendant que je m'étais rendue à Sherborne. Mais, Mr. Smithson, je ne pouvais plus dissimuler mes sentiments. J'étais accablée de désespoir. Il suffisait de voir mon visage pour savoir qu'au cours de ce voyage quelque chose s'était produit qui faisait que ma vie ne pouvait plus être la même. Et je ne pouvais pas mentir à Mrs. Talbot. Je ne voulais plus mentir.

— Ainsi vous lui avez avoué ce que vous venez de me dire ? »

Elle baissa les regards vers ses mains.

« Non, je lui ai dit que j'avais rencontré Varguennes et qu'un jour il reviendrait pour m'épouser. Si j'ai dit cela, ce n'était pas par orgueil : Mrs. Talbot était une femme de cœur et elle pouvait comprendre — je veux dire me pardonner — mais je ne pouvais pas lui dire que c'était la vue de son propre bonheur qui m'avait poussée...

— Quand avez-vous appris qu'il était marié ?

— Un mois plus tard. Il se dépeignait comme malheureux en ménage. Il parlait encore de son amour, d'un arrangement... cela ne me surprit pas. Je n'éprouvai aucune peine. Je répondis très calmement. Je lui disais que j'avais cessé d'éprouver pour lui de... de l'affection. Que je désirais ne plus le revoir.

— Et c'est seulement à moi que vous dites cela, après l'avoir caché à tous ? »

La réponse se fit attendre.

« Oui, pour la raison que je vous ai indiquée.

— Afin de vous châtier vous-même ?

— Afin de demeurer ce que je suis : un rebut de la société. »

Charles se souvint de la réponse fort sensée du docteur Grogan quand il s'était inquiété des conséquences de cette aventure.

« Mais, ma chère Miss Woodruff, si toutes les femmes qui ont été déçues par un représentant de notre sexe dépourvu de scrupules devaient se conduire comme vous le faites — je pense qu'on ne verrait guère autre chose dans ce pays que des « rebuts de la société ».

— C'est bien le cas.

— Mais c'est absurde !

— Des « rebuts de la société » qui n'ont que trop peur de le paraître. »

Il regarda fixement ce dos tourné, en songeant à autre chose qu'avait dit le docteur Grogan, à propos de malades qui refusent de se laisser soigner. Mais il résolut de tenter encore un effort. Les mains rapprochées, il se pencha :

« Je comprends très bien à quel point certaines éventualités peuvent paraître infortunées à une personne éduquée et intelligente. Mais ces mêmes qualités ne peuvent-elles permettre de triompher... »

Brusquement elle se dressa et s'avança vers le bord de la falaise. Charles hâtivement la suivit, se tenant à sa hauteur et prêt à saisir son bras — car il voyait bien que ses paroles malencontreuses avaient produit l'effet inverse de celui qu'elles avaient recherché. Elle regardait fixement la mer, et sur son visage une certaine expression suggérait qu'elle devait penser qu'à propos de lui elle s'était trompée, qu'il n'était rien de plus qu'un banal défenseur des conventions. Il distinguait dans son attitude à elle quelque chose de mâle, tandis que ses propres réactions ressemblaient plus à celles d'une vieille dame radoteuse. La pensée ne lui plut pas.

« Pardonnez-moi. Je ne suis peut-être pas à même de juger. Mais essayez de comprendre l'intention. »

Elle inclina la tête, admettant l'excuse implicite; mais fixa de nouveau la mer. Ils se trouvaient ainsi mieux en vue, exposés aux regards de quiconque pourrait passer sous les arbres, en contrebas.

« Et, je vous en prie, revenez un peu en arrière. Ici nous ne sommes pas protégés. »

Elle se retourna pour le regarder. Elle paraissait lire sur son visage les motivations réelles avec une déconcertante netteté. Sur un visage, il nous arrive parfois de reconnaître une expression venue d'un siècle passé, mais jamais nous n'y reconnaîtrons l'expression d'un siècle à venir. Elle resta ainsi un moment avant de passer devant lui pour revenir au buisson d'épines. Il demeura debout, au centre de l'étroite arène.

« Ce que vous venez de dire ne peut que confirmer mon opinion précédente. Vous devez quitter Lyme.

— Quitter ces lieux serait aussi quitter ma honte. Alors je serais perdue. »

Elle leva la main pour toucher un rameau d'épines. Il lui sembla que délibérément elle appuyait de l'index avant d'abaisser le bras. L'instant d'après elle regardait se former la rouge gouttelette de sang. Elle la fixa un moment, puis tira un mouchoir de sa poche pour tamponner le sang à la dérobée.

Il laissa un intervalle de silence, avant de jeter brusquement :

« Pourquoi avez-vous refusé l'aide du docteur Grogan, l'été dernier ? »

Elle tourna vers lui un regard accusateur, mais il s'attendait à cette réaction.

« Oui, je lui ai demandé son avis. Vous ne nierez pas que j'avais le droit de le faire. »

Elle se détourna à nouveau.

« Oui, vous aviez le droit.

— En ce cas, il faut me répondre.

— Parce que je ne l'avais pas sollicitée. Je ne puis lui en vouloir. Je sais qu'il voulait me venir en aide.

— Ne vous avait-il pas donné le même conseil que je vous répète aujourd'hui ?

— Oui.

— Ainsi dois-je vous rappeler respectueusement la promesse que vous m'aviez faite. »

Elle ne répondit pas. Mais son attitude montrait qu'elle n'avait pas oublié. Charles s'approcha tandis qu'elle continuait de regarder à travers les branches d'aubépine.

« Miss Woodruff ?

— Maintenant que vous connaissez la vérité — pouvez-vous encore me donner ce conseil ?

— Très certainement.

— Alors vous me pardonnez mes fautes ? »

Charles était pris de court.

« Il me semble que vous attachez beaucoup trop de prix à mon pardon. L'essentiel est que ces fautes vous puissiez vous les pardonner vous-mêmes. Et ici vous ne pourrez jamais le faire.

— Vous n'avez pas répondu à ma question, Mr. Smithson.

— Par le Ciel, c'est à Dieu qu'il appartient de décider. Mais je suis convaincu, nous sommes tous convaincus que la punition a pour vous été assez longue. Vous êtes pardonnée.

— Et sans doute oubliée. »

L'intonation désabusée le surprit, et il se demanda un instant quel était le sens de cette remarque. Puis il sourit.

« Si vous voulez dire qu'ici vos amis n'ont pas l'intention de vous aider...

— Ce n'est pas ce que je veux dire. Je sais qu'ils sont pleins de bonnes intentions. Mais je suis comme ce buisson d'épines, Mr. Smithson. On ne lui reprochera pas de pousser dans cet endroit solitaire... mais le long de Broad Street, il offensera les regards de la société. »

Il eut une petite toux de désapprobation.

« Allons donc, vous n'allez pas me dire, ma chère Miss Woodruff, que votre devoir devrait être d'offusquer les regards de la société. Si du moins, ajouta-t-il, c'est bien là ce que je devrais comprendre. »

Elle se détourna à demi.

« Mais cette société ne désire-t-elle pas me condamner à une autre solitude ?

— C'est toute la justice de l'existence que vous voudriez remettre en cause ?

— Est-ce défendu ?

— Ce n'est pas défendu, mais vous n'en tirerez aucun fruit. »

Elle secoua la tête.

« Je sais bien que si, mais ce sont des fruits amers. »

Elle dit cela sans amertume, avec une profonde tristesse, comme si elle se parlait à elle-même. Devant ces remous qui faisaient suite à la confession, Charles avait l'impression que ses efforts étaient inutiles. Il se rendait compte que la liberté si directe de ces regards s'accompagnait d'une liberté de langage et de pensée qui, dans une autre occasion déjà, lui était apparue comme la preuve d'une égalité sur le plan intellectuel — (et chargée en conséquence, à l'égard des hommes en général, d'un certain ressentiment); mais plus encore que l'égalité, il y avait là une proximité, une sorte de présence nue, du fait de l'intimité de pensée et d'impressions qui, dans une entrevue avec une femme, lui aurait paru auparavant inconcevable.

Il ne s'agissait pas là d'une impression subjective : si un homme libre de tout engagement avait seulement eu l'idée de s'en apercevoir, il y avait là une femme remarquable. Il n'entrait aucune jalousie masculine dans ce sentiment, seulement l'impression d'une perte pour l'humanité en général. Il avança brusquement la main pour toucher son épaule dans un geste de réconfort; et tout aussitôt se détourna. Il y eut un silence.

Comme si elle s'était rendu compte de son embarras, elle reprit :

« Ainsi, vous pensez que je devrais partir ? »

Il parut aussitôt soulagé, et se tourna vers elle avec empressement.

« Je vous demande de le faire. Un nouveau milieu, de nouveaux visages... Et n'ayez pas de soucis du côté pratique. Nous attendons simplement votre décision pour pouvoir vous aider.

— Pouvez-vous m'accorder un ou deux jours de réflexion ?

— Si cela vous paraît nécessaire. »

Et il saisit l'occasion de préciser une réalité qu'elle paraissait désireuse de laisser dans le vague.

« Et je propose que nous ayons désormais recours aux bons offices de Mrs. Tranter. Si vous le permettez, c'est elle qui pourra vous avancer un peu d'argent qui pourrait vous être indispensable. »

Elle inclina la tête; à nouveau les larmes semblèrent lui venir aux yeux.

« Je ne mérite pas tant de bonté, murmura-t-elle, je...

— Allons, je ne crois pas qu'il puisse y avoir de meilleur placement. »

Charles commençait d'avoir l'impression d'une victoire. Les choses s'étaient passées comme l'avait prévu le docteur Grogan. La confession avait conduit à la guérison — ou tout au moins en laissait prévoir la possibilité. Il se retourna pour reprendre sa canne ferrée déposée contre la roche.

« Faudra-t-il que j'aille voir Mrs. Tranter ?

— Ce serait le mieux. Naturellement, il ne sera pas nécessaire de parler de nos rencontres.

— Je ne dirai rien. »

Il voyait déjà la scène. Il manifesterait une surprise polie, sans faire montre d'un trop vif intérêt. Il insisterait ensuite pour prendre à sa charge toute aide pécuniaire qui serait envisagée. Ernestina ne manquerait sans doute pas de le taquiner à ce propos — mais sa propre conscience serait soulagée.

« Vous avez partagé votre secret, dit-il en souriant à Sarah; et sous bien des rapports, je pense que cela peut être pour vous un soulagement. La nature, à votre égard, n'a pas été avare de ses dons, et vous ne devez rien avoir à redouter de la vie. Un jour viendra où ces malheureuses années ne vous paraîtront pas plus pesantes que ces nuages qui flottent là-bas au-dessus de Chesil Bank. Dans la lumière du soleil, il vous sera de nouveau possible de sourire à ces tristesses du passé. »

Il lui sembla percevoir, dans son regard, une sorte de lueur au-delà du doute. Elle fut un instant pareille à un enfant tout près des larmes et qui attend d'être cajolé et sermonné.

Il sourit encore et ajouta, d'un air détaché :

« Et maintenant, ne ferions-nous pas mieux de redescendre ? »

Elle parut avoir l'intention de dire quelque chose, sans doute de l'assurer à nouveau de sa gratitude, mais voyant qu'il semblait l'attendre, elle lui jeta un dernier regard et passa devant lui.

Elle s'avançait la première, d'un pas non moins assuré que pendant l'ascension. La regardant ainsi descendre devant lui, il se sentit touché par un regret : plus jamais il ne la verrait ainsi... regret et soulagement. Une étonnante jeune personne ! Il se souviendrait d'elle. Ce serait une consolation de penser qu'il lui serait permis de s'en souvenir; et dans l'avenir, tante Tranter serait son agent de renseignements.

Ils atteignirent le bas de la falaise, passèrent sous le premier tunnel de lierre, traversèrent l'espace découvert, pénétrèrent dans le second corridor de verdure — et tout à coup...

Au-dessous d'eux, du sentier qui traversait l'Undercliff, leur parvint le bruit étouffé d'un éclat de rire. L'effet en était étrange, comme si quelque divinité agreste avait épié leur rencontre clandestine et ne parvenait plus à contenir sa verve moqueuse devant leur sotte assurance d'avoir pu passer inaperçus.

Charles et Sarah s'étaient arrêtés ensemble. L'impression d'un soulagement croissant qu'éprouvait

Charles faisait place à une inquiétude soudaine. Mais le rideau de lierre était épais, l'éclat de rire venait d'une distance de deux à trois cents pas. On n'avait pas pu les voir, et à moins qu'ils ne s'engagent un peu plus bas... Elle avait vivement mis un doigt sur ses lèvres, en lui faisant signe de s'immobiliser, et elle s'avança seule vers l'extrémité du tunnel... Charles la vit qui tendait la tête pour regarder avec précaution dans la direction du sentier. Puis elle se retourna rapidement vers lui pour lui faire signe de se rapprocher, mais en prenant bien garde d'amortir le bruit de ses pas. Et en même temps, le rire reprit, moins bruyant cette fois, mais plus proche. Les inconnus avaient quitté le sentier et montaient vers eux à travers le bois de frênes.

Charles précautionneusement s'avança pour rejoindre Sarah, s'assurant de chaque emplacement où poser sans bruit ses incommodes chaussures à clous. Il sentait monter à son front le rouge d'une situation terriblement embarrassante. En de telles circonstances, aucune explication ne tiendrait. Si on l'apercevait avec Sarah, ce serait forcément un flagrant délit.

Il la rejoignit en un point où, fort heureusement, le rideau de lierre était particulièrement épais. Tournant le dos à la direction par où arrivaient les intrus, elle s'était appuyée à un tronc d'arbre, les yeux baissés, comme si elle s'estimait coupable de les avoir placés dans cette fâcheuse situation. Charles regarda à travers le feuillage la perspective en pente du bois de frênes, et il sentit comme une sueur froide : venant dans leur direction, comme pour chercher le même abri, c'étaient Sam et Mary. Sam entourait d'un bras les épaules de la jeune servante. Il avait mis son chapeau et elle son bonnet de cérémonie; et elle portait la robe verte que lui avait donnée Ernestina — en fait c'était Ernestina qui la portait la dernière fois où Charles avait pu la voir. La tête s'appuyait légèrement contre la joue de Sam : de jeunes amoureux, la chose était aussi claire que ces frênes étaient de vieux arbres; avec en eux la montée des sèves d'avril, comme dans les tiges des plantes sur lesquelles ils marchaient.

Charles se recula légèrement, sans toutefois les perdre de vue. Il vit Sam incliner vers lui le visage de la jeune fille et le bras de celle-ci se lever pour l'enlacement; puis se tenant par les mains, ils s'écartèrent un peu l'un de l'autre. Sam conduisit la jeune fille à une banquette herbeuse qui s'était formée sous les arbres. Mary s'allongea dans l'herbe, et Sam s'installa près d'elle, ne la quittant pas des yeux; puis il écarta les cheveux qui retombaient sur les joues; et se penchant, il l'embrassa tendrement sur les paupières.

Charles se sentait envahi par un nouvel embarras. Il regarda Sarah pour voir si elle avait reconnu les intrus; mais ses regards demeuraient fixés sur les longues feuilles de langues-de-cerf qui couvraient le sol devant elle — comme s'ils étaient venus là simplement pour s'abriter d'une averse. Deux minutes passèrent, puis une autre encore. L'inquiétude faisait place à un certain soulagement. Il était évident que le couple de serviteurs s'intéressait beaucoup plus à quelque exploration personnelle qu'à la reconnaissance des lieux. Il regarda de nouveau Sarah. Elle aussi observait à présent, dissimulée derrière le tronc d'arbre. Elle se retourna, les yeux baissés. Mais tout à coup, d'une façon inattendue, son regard se leva vers lui.

Cela dura un instant. Et soudain elle fit quelque chose d'aussi étrange, d'aussi choquant, que s'il l'avait vue se dévêtir. Elle s'était mise à sourire. Et ce sourire était si complexe que Charles ne fit d'abord que regarder, comme s'il n'arrivait pas à y croire. L'instant était si bizarrement choisi. Il avait l'impression qu'elle avait dû attendre cette occasion : le moment de lui révéler que la tristesse de son humeur n'était pas totale. Et dans ces grands yeux sombres, si directs et si tristes, l'ironie se révélait comme une dimension nouvelle — un aspect de son caractère que les enfants, Virginia et Paul, avaient dû pouvoir apprécier en des jours passés, mais qui, à Lyme, ne s'était jamais manifesté.

A quoi servent vos prétentions, semblaient dire ces yeux et ces lèvres courbées d'une moquerie légère; que faites-vous de votre naissance, de votre science, de vos bonnes manières, de votre position sociale ? Mais plus encore, il n'était pas possible de demeurer insensible à ce sourire, ou de s'en détourner; on ne pouvait vraiment que sourire en retour, car il excusait Sam et Mary, il excusait tout; et trop subtilement pour qu'il soit possible de l'analyser, il semblait remettre en question tout ce qui s'était passé jusqu'alors entre elle et Charles. Beaucoup plus nettement qu'il n'avait été reconnu jusqu'alors, il faisait appel à une compréhension plus profonde, à la reconnaissance d'une embarrassante égalité, conduisant au rapprochement. En fait, Charles ne répondit pas consciemment à ce sourire, mais il se sentit lui-même sourire, seulement avec le regard, et il souriait cependant. Et une excitation, apparemment trop généralisée et trop obscure pour qu'on puisse la qualifier de sexuelle, montait des profondeurs de son être; comme un homme qui, après avoir tâtonné pendant très longtemps le long d'un mur, découvrirait enfin la porte qu'il cherchait, mais une porte cadenassée...

Ils demeurèrent ainsi quelques instants : la porte qui était une femme, l'homme qui n'en avait pas la clef; puis de nouveau ses yeux s'abaissèrent. Le sourire s'éteignit. Il y eut entre eux un long silence. Charles vit où il en était : un pied avancé au-dessus du précipice. Un moment il pensa qu'il allait, qu'il devait s'y jeter. Il savait qu'il lui suffirait d'étendre les bras, qu'il ne trouverait pas de résistance... seule une même et réciproque passion. Il sentait cette rougeur profonde qui envahissait son visage, et il murmura enfin :

« Il ne faudra plus nous rencontrer seul à seule. »

Sans relever la tête, elle fit un léger signe d'assentiment; puis, l'air presque maussade, elle se détourna pour qu'il ne puisse pas voir son visage. Il regarda de nouveau à travers les retombées de lierre. Mary était invisible... la tête et les épaules de Sam penché sur elle. Quelques longs instants passèrent. Charles observait toujours, oscillant par la pensée au-dessus du précipice. A peine se rendait-il compte qu'il était en train d'épier, et de plus en plus envahi par le poison qu'il s'efforçait de rejeter.

Un geste de Mary le sauva. En riant, elle repoussa Sam et redescendit la pente en courant, dans la direction du sentier; elle s'arrêta un instant, pour se tourner vers Sam, le visage provocant et malicieux, avant de relever sa jupe et de s'enfuir : la bordure rose du jupon, dansant sous la retombée verte de la jupe, parmi les violettes et les touffes de foirolles. Sam s'élança à sa poursuite... Les silhouettes diminuèrent entre les formes grises des troncs d'arbres, zigzaguant, disparaissant : flammèche verte, flammèche bleue — un rire qui s'achève en un petit cri; puis le silence.

Cinq minutes passèrent, pendant lesquelles le couple caché n'échangea pas une parole. Charles gardait les yeux intensément fixés vers le bas de la pente, comme s'il était d'une importance vitale qu'il ne cessât pas d'observer. Il ne cherchait évidemment rien autre qu'à ne pas tourner les yeux vers Sarah. Finalement il rompit le silence.

« Vous devriez partir. »

Elle inclina la tête.

« Après vous, j'attendrai une demi-heure. »

Elle inclina la tête à nouveau, et passa devant lui. Leurs regards s'évitèrent.

Ce ne fut que lorsqu'elle se retrouva sous le couvert des frênes qu'elle se retourna un instant pour le regarder. Elle n'avait pas vu son visage, mais elle devait savoir qu'il la suivait des yeux. Et de nouveau, il vit apparaître sur ce visage cet affolant sourire. Puis, de son pas léger, elle s'effaça dans le lointain parmi les arbres.

22

Saisi d'une émotion profonde,
Je sentais ce fardeau peser :
A mon tour, rejeter au monde
Ce désir dans mon cœur brisé.

Je voulais saisir cette force,
La lance aiguë de mon vouloir;
J'applaudissais, bombant le torse,
Ceux qui vont sans craindre ni voir.

Mais ce monde aura su m'apprendre
Ce qui sera prouvé un jour :
La volonté, rare à tout prendre,
Est moins rare que n'est l'amour.

MATTHEW ARNOLD, *L'Adieu (1853).*

LES pensées de Charles, tandis qu'il songeait lui-même à regagner Lyme, tournaient sans cesse autour de cette éternelle rengaine masculine : « Il est toujours dangereux de vouloir jouer avec le feu. » J'entends que la teneur générale de ces pensées ne se distinguait guère de celle de cette maxime. Il avait fait preuve d'une folle imprudence, mais il avait pu échapper à ses conséquences fâcheuses. Il avait couru un risque absurde, et il se retrouvait sauf. Ainsi, à présent qu'il apercevait, loin au-dessous de lui comme une longue défense de pierre, la jetée du

Cobb, il éprouvait une impression de soulagement joyeux.

Et comment aurait-il pu s'accuser très sérieusement ? Au départ, ses intentions avaient été irréprochables : il s'agissait de la guérir de sa folie; et si, malgré lui, quelque chose d'impur s'était fait jour à un certain moment dans son esprit, ce n'était rien en comparaison du résultat obtenu. Il serait coupable certes, si désormais il ne s'écartait pas du feu pour de bon. Et sans aucun doute c'est ce qu'il allait faire. Il n'était pas une mouche qui se laisse attirer par la lueur de la flamme. Il était un être intelligent, il faisait partie des plus aptes et disposait entièrement de son propre pouvoir de décision. Se serait-il aventuré dans des eaux aussi dangereuses s'il n'avait pas été sûr de pouvoir entièrement se fier à ce solide rempart ? Il y a quelque confusion dans nos métaphores, mais c'est ainsi qu'en cet instant elles se heurtaient dans la pensée de Charles.

S'appuyant ainsi sur sa volonté libre aussi solidement que sur son bâton ferré, il redescendit vers la ville. Cet attrait que, physiquement, il éprouvait pour cette fille, il allait l'abolir rigoureusement par le seul effet de sa libre volonté. Il refuserait librement et volontairement toute demande d'une nouvelle entrevue. Il entendait, de sa libre volonté, que ce soin soit désormais confié à Mrs. Tranter. Quand il se trouva en vue du White Lion, il en était à se féliciter de ces exercices fructueux de libre volonté qui l'avaient conduit à considérer Sarah comme un épisode du passé.

Une jeune femme remarquable, vraiment remarquable... et déconcertante... Il décida que ce qui lui donnait, ou plutôt lui avait donné, ce caractère attachant, c'était l'imprévisibilité de son attitude. Il ne comprenait pas qu'il y avait en elle deux qualités aussi caractéristiques du tempérament anglais que l'étaient, chez lui, un mélange d'ironie et de convention : j'entends le caractère passionné et l'imagination. Charles avait peut-être faiblement perçu la première de ces qualités, mais il ignorait totalement la seconde. Comment aurait-il pu discerner cela, alors que son époque s'était efforcée de bannir les deux qualités que possédait Sarah : la première était alors confondue avec la sensualité, et la seconde avec la pure fantaisie. Cette double et regrettable assimilation allait être le principal défaut de Charles, qui portait, en ce sens, les caractéristiques de son temps.

Restait toutefois à affronter celle qui se trouvait ainsi personnellement dupée, c'est-à-dire Ernestina. Mais en arrivant à son hôtel, Charles devait découvrir que la famille lui apportait une aide tout à fait imprévue.

Un télégramme l'attendait, expédié par son oncle de Winsyatt. Il lui demandait de se rendre à sa résidence pour « de très importantes raisons ». Et, à peine l'avait-il lu, que Charles arbora un large sourire; volontiers il aurait porté ce pli orange à ses lèvres : il était de nature à lui éviter, dans l'immédiat, les inconvénients d'une situation embarrassante, et de futurs mensonges ou omissions. Il arrivait merveilleusement à propos. Il se renseigna. Un train partait le lendemain matin d'Exeter — station la plus proche de Lyme; de sorte qu'il avait le meilleur prétexte pour partir sans plus attendre et aller passer la nuit dans cette ville. Il ordonna qu'on lui cherchât, dans Lyme, le cabriolet le plus rapide. Il le conduirait lui-même. Il aurait préféré partir en hâte, se contentant de laisser un mot d'explications pour tante Tranter; mais cela eût ressemblé un peu trop à une lâche dérobade. Le télégramme à la main, il se dirigea donc vers l'appartement de Broad Street.

La bonne dame parût fort inquiète, car, à ses yeux, les télégrammes ne pouvaient être porteurs que de mauvaises nouvelles. Ernestina, moins superstitieuse, était franchement vexée. Elle estimait qu'oncle Robert exagérait de se permettre ainsi des caprices de grand vizir. Elle était sûre qu'il ne pouvait s'agir que d'une bagatelle, une fantaisie quelconque, un caprice de vieillard — pis encore, d'une manifestation de jalousie à l'égard d'un jeune couple.

Evidemment, accompagnée de Charles et de ses parents, elle avait déjà été invitée à Winsyatt; et elle n'avait guère sympathisé avec Sir Robert. Peut-être avait-elle eu l'impression désagréable de venir là passer un examen; ou encore, à en juger selon les normes de la bourgeoisie londonienne, l'oncle, de vieille noblesse provinciale, avait-il de bien mauvaises manières — un critique plus indulgent se serait sans doute contenté de les qualifier d'excentriques; et cette résidence lui avait un peu trop fait l'effet d'une vieille « bicoque », avec son mobilier, ses tentures et ses tableaux terriblement démodés; ou peut-être la façon dont ledit oncle paraissait jouer au vieux papa gâteau avec Charles, et les marques d'affection que celui-ci prodiguait en retour avaient fait qu'Ernestina s'était sentie positivement jalouse. Mais surtout, elle avait éprouvé de la crainte.

Les dames du voisinage avaient été invitées à venir faire sa connaissance. On avait su que la richesse de son père aurait pu lui permettre d'acheter tout ce que pouvaient posséder leurs pères ou leurs maris; et elle avait l'impression que toutes la regardaient avec hauteur — alors qu'elle était simplement enviée — et cherchaient, de façons diverses et subtiles, à lui infliger des affronts. D'autre part, la perspective de venir éventuellement s'installer à Winsyatt ne lui plaisait guère; mais cela lui permettait à tout le moins de rêver à l'emploi d'une partie de son importante dot, qui pourrait lui servir à remplacer de façon intelligente ces absurdes fauteuils de bois à arabesques de l'époque des rois Charles — authentiques pièces de musée

— les sombres vaisseliers de l'époque Tudor, les tapisseries des Gobelins, mangées des mites, et les ennuyeux tableaux — parmi lesquels deux Claude Lorrain et un Tintoret — qui n'avaient pas l'heur de lui plaire.

Elle n'avait pas osé avouer à Charles que cet oncle n'était vraiment pas à son goût; et elle s'était contentée de faire quelques observations, avec humour mais sans acrimonie. Et comment pourrions-nous lui reprocher ses préventions ? Comme la plupart des filles de parents riches de n'importe quelle époque, elle n'avait appris à connaître que les goûts conventionnels de la mode... c'est-à-dire qu'elle savait très bien comment s'y prendre pour dépenser de l'argent chez les couturières, les modistes et chez les marchands de meubles. C'était là son domaine particulier, et comme elle n'en avait pas d'autre, elle n'aurait pas toléré les empiétements.

Charles, malgré sa hâte, sut s'accommoder de ses charmantes moues et de ses airs désapprobateurs, et il l'assura que son retour ne manquerait pas d'être aussi prompt que l'était son départ. En fait, il lui semblait deviner la raison pour laquelle son oncle le rappelait aussi brusquement. Celui-ci, lors de sa visite, en compagnie de Tina et de ses parents, lui en avait touché un mot... sans aller au fond des choses, car l'oncle finalement était un homme timide. Il s'agissait de la possibilité pour Charles et pour son épouse de partager avec lui la résidence de Winsyatt : ils pourraient, à leur guise, en faire aménager le côté est. Charles savait bien que son oncle n'entendait pas simplement qu'ils viennent là de temps à autre pour un court séjour; mais Charles devrait s'installer à demeure et commencer de prendre en main la gestion du domaine. En fait, la chose ne lui plaisait pas plus qu'elle ne pouvait, comme il s'en était rendu compte, satisfaire Ernestina. Il se doutait que ce ne serait pas là une bonne solution, que son oncle ne cesserait pas de faire des suggestions ou des critiques; et que, pour qu'Ernestina finisse par s'accoutumer à Winsyatt, il fallait qu'elle fut un peu plus libre de s'y comporter à sa guise. Mais dès le début, l'oncle avait paru suggérer qu'il pourrait être disposé à ne pas s'en tenir là. La vieille demeure de Winsyatt était beaucoup trop vaste pour un vieil homme; il se demandait s'il ne se trouverait pas plus heureux dans une maison de moindre importance. Les résidences plus petites ne manquaient pas dans les alentours; certaines figuraient même parmi les dépendances du domaine. L'une d'elles notamment, un manoir élizabéthain, dans le village de Winsyatt, se trouvait presque à portée de vue de la grande demeure.

Charles devinait à présent que le vieil homme désirait avoir toutes ses aises; et que, s'il était convoqué à Winsyatt, c'était pour se voir offrir, soit la résidence principale, soit le moins important manoir. Dans l'un ou l'autre cas, la perspective lui agréait. Peu importait l'une ou l'autre éventualité, pourvu qu'il n'y ait plus à compter avec la présence de l'oncle. Il avait la quasi-certitude qu'il devait être possible de décider le vieil homme à porter son choix sur l'une ou sur l'autre maison, qu'il était dans la disposition d'esprit d'un cheval nerveux qui demandait à être guidé, puis enlevé sur l'obstacle.

Aussi, avant de quitter Broad Street, Charles demanda à pouvoir dire quelques mots en particulier à Ernestina; et, dès que tante Tranter se fut éloignée, il lui exposa ce qui lui semblait prévisible.

« Mais pourquoi n'en aurait-il pas parlé plus tôt ?

— Très chère, ça c'est de l'oncle Bob tout pur; mais dites-moi ce qu'il faudra que je lui dise.

— Que préférez-vous ?

— Ce que vous-même choisirez. Et aucune des

deux maisons, si vous l'entendez ainsi. Mais en ce cas, je pense qu'il serait fâché... »

Ernestina maudit, avec discrétion, tous les oncles trop riches; mais peut-être du fait qu'elle se trouvait dans le parloir un peu exigu de tante Tranter, elle se vit, par la pensée, en tant que Lady Smithson, dans un Winsyatt arrangé avec bonheur et selon ses goûts. Un titre, après tout, demandait une résidence qui en fut digne, et si le désagréable vieil homme se trouvait heureusement installé sous un autre toit... et il prenait de l'âge... Et son cher Charles, et ses parents à qui elle devait...

« La résidence du village, est-ce celle que nous avons vue quand nous sommes passés en voiture ?

— Oui, elle a ces pittoresques pignons anciens, vous souvenez-vous ?

— Pittoresques, vus de l'extérieur !

— Naturellement, des aménagements seraient nécessaires.

— Comment l'appelez-vous ?

— Les villageois la nomment le « Petit Manoir ». Il y a bien des années que je n'y ai pas mis les pieds, mais il semble que la maison est plus grande qu'il n'y paraît.

— Je connais ces vieilles résidences : des douzaines de pièces étroites. Ces Elizabéthains devaient tous ressembler à des nains. »

Il sourit (il aurait mieux fait cependant de corriger cette curieuse conception de l'architecture Tudor) et entoura ses deux épaules de son bras.

« Alors, c'est Winsyatt ? »

Le regard, sous les sourcils froncés, se tourna plus aimablement vers lui.

« Vous le désirez ?

— Je vous ai dit ce qu'il en était pour moi.

— Pourrais-je rénover et décorer la maison comme il me plaira ?

— Vous pouvez tout raser et bâtir là un nouveau Crystal Palace. Ça m'est parfaitement égal.

— Charles ! Soyons sérieux ! »

Elle s'écarta. Mais bientôt, avec un baiser, son pardon lui était accordé; et il partit, le cœur léger. De son côté, Ernestina monta jusqu'à sa chambre pour se plonger dans une abondante collection de catalogues.

23

Pour une part cette yeuse est faite
D'un homme que connut mon aïeul...
HARDY, *Transformations.*

LA chaise à quatre roues, sa capote rabattue, afin que Charles ait tout l'agrément du soleil printanier, franchit la grille d'entrée. Le jeune Hawkins se tenait à l'ouverture, et la vieille Mrs. Hawkins souriait timidement à Charles sur la porte de son pavillon. Et Charles demanda au cocher, venu l'attendre à Chippenham, et qui conduisait, ayant Sam à son côté sur le siège avant, de bien vouloir s'arrêter un instant. Mrs. Hawkins connaissait Charles depuis bien longtemps. Après avoir perdu sa mère à l'âge de deux ans, celui-ci avait pu connaître plusieurs personnes qui avaient la charge de la suppléer. Au cours de ses séjours à Winsyatt, il s'était particulièrement attaché à cette Mrs. Hawkins, qui était en ce temps responsable de la blanchisserie, et qui, par sa popularité et par l'importance de ses fonctions, était considérée comme se plaçant au second rang, après celle qui avait la charge de diriger l'ensemble du personnel. Dans l'affectueuse considération que Charles portait à tante Tranter, il y avait peut-être un écho du souvenir qu'il avait gardé de cette bonne et simple femme — une parfaite image de l'ancienne Baucis — qui descendait clopin-clopant la petite allée conduisant au portail afin de venir le saluer.

Il dut répondre à toutes ses questions anxieuses au sujet de son prochain mariage, puis s'enquérir à son tour de ce que devenaient ses enfants. Elle paraissait plus soucieuse qu'à l'ordinaire à son propos, et il lui semblait déceler dans son regard une ombre d'apitoiement que des pauvres au cœur tendre montrent parfois à l'égard de ceux qui ont eu les faveurs de la fortune. Il connaissait bien ce genre de regard que l'innocente et clairvoyante paysanne avait souvent dirigé sur le pauvre petit gars orphelin qui avait un bien mauvais père — car les rumeurs de l'existence dissolue que menait à Londres le père de Charles n'avaient pas manqué de filtrer et de se répandre à Winsyatt. Cette sympathie muette et apitoyée paraissait à présent singulièrement hors de propos, mais Charles l'acceptait avec une complaisance amusée. Elle venait de l'affection que cette femme lui portait — de même que le jardin parfaitement tenu de l'entrée, et au-delà le grand parc, et tous ces vieux arbres des bosquets, portant tous des noms qui lui étaient chers — Carson's Stand, Ten-pine Mound, Ramilies (planté en l'honneur de cette bataille), Muses'Grove, Oak-and-Elm, et une bonne douzaine d'autres, que Charles connaissait aussi bien que ceux des différentes parties de son corps... et la grande allée de tilleuls, les clôtures grillagées, et tout ce qui pouvait s'offrir à sa vue dans le domaine lui semblait également rempli d'affection à son égard. Il dit enfin, en souriant, à la vieille blanchisseuse :

« Il faut que j'aille un peu plus loin. Mon oncle m'attend. »

Mrs. Hawkins le regarda un instant, comme si elle n'avait nullement l'intention de se laisser écarter aussi aisément; mais une habitude d'obéissance l'emporta sur une attention maternelle. Elle se contenta de toucher la main qui reposait sur la portière :

« Ah ! oui, Mr. Charles. Il vous attend. »

Le cocher fit claquer son fouet sur la croupe du cheval de tête, et la voiture s'engagea dans l'allée légèrement montante entre les silhouettes dentelées et encore privées de feuillage des tilleuls. La pente bientôt s'adoucit, de nouveau le fouet claqua légèrement sur une des croupes, et les deux chevaux sentant déjà l'écurie partirent d'un trot rapide. Le crissement joyeux des roues cerclées de fer dans le sable, le léger grincement d'un essieu mal graissé, la rencontre de Mrs. Hawkins avec le témoignage de son ancienne affection, la certitude d'entrer bientôt en possession de ce domaine, tout concourait à rappeler à Charles qu'il était l'heureux bénéficiaire d'un ordre solidement établi et d'un fortuné destin — certitude qui avait été vaguement troublée au cours de son séjour à Lyme. Ce morceau d'Angleterre lui appartenait comme il en faisait lui-même partie; il bénéficiait de son prestige, de même qu'il portait la responsabilité de son ordre et de sa structure séculaire.

Ils croisèrent un groupe de travailleurs employés dans la propriété : Ebenezer, le forgeron, ayant auprès de lui un brasero portatif, en train de redresser au marteau un barreau tordu de la grille. Derrière lui, passant le temps à le regarder, deux coupeurs de bois, et un autre homme très vieux, portant encore le sarrau de son jeune temps avec un chapeau melon fatigué... le vieux Ben, le père du forgeron, l'un parmi la bonne douzaine des anciens serviteurs du domaine qui étaient encore autorisés à y vivre, aussi libres de leurs allées et venues que pouvait l'être le maître lui-même; celui-là, par sa mémoire, était une sorte de fichier documentaire de l'histoire des quatre-vingts dernières années de Winsyatt, et fréquemment encore on venait le compulser.

Au passage de la chaise, les quatre hommes se retournèrent, saluant d'un geste, le chapeau à bout de bras, et Charles rendit le salut, d'un geste large et protecteur. Il n'ignorait rien de la vie de ces quatre hommes, de même qu'eux n'ignoraient rien de la sienne. Il savait même comment ce barreau de la grille avait été tordu. Jonas, le grand taureau préféré de son oncle, avait foncé sur le landau de Mrs. Tomkins. « Sacrément de sa faute, disait la lettre de son oncle : avait-elle pas trouvé moyen de se mettre du rouge sur les lèvres ! » Charles sourit en se rappelant que, dans sa réponse, il avait demandé comment une veuve aussi attrayante avait pu s'aventurer à Winsyatt sans chaperon.

Mais c'était cette grande paix immuable de la campagne qu'il paraissait délicieux de retrouver. Les vastes perspectives de pelouses vertes, les grandes terres de Wiltshire s'estompant à l'arrière-plan, la demeure qui se révélait maintenant à la vue, en tons de grisaille crème, entre les grands cèdres, les fameux hêtres pourpres — tous les hêtres pourpres ne sont-ils pas fameux ? — qui dissimulaient presque entièrement le bâtiment en croissant des écuries, avec la petite tour de bois et l'horloge, comme un point d'exclamation dans l'enchevêtrement des branchages. Cette horloge des écuries n'était-elle pas purement symbolique, car, en dépit des termes du télégramme, rien ne paraissait jamais être urgent à Winsyatt. Dans le même décor verdoyant, les matins succédaient aux matins, et seules les heures ensoleillées avaient une apparence réelle; et bien que la main-d'œuvre y parut toujours trop abondante pour le travail à accomplir, sauf au temps des foins et de la moisson, presque inconsciemment dans la pensée profonde s'imposait l'impression d'un ordre immuable, dont rien ne pourrait jamais troubler le déroulement, prévu comme l'institution bénéfique d'un ordre divin. Certes, comme l'exemple de Millie pouvait en témoigner, il y avait dans les campagnes une misère et des injustices aussi criantes que celles que l'on pouvait voir à Sheffield ou à Manchester; mais celles-ci étaient toutes extérieures aux limites des grandes propriétés anglaises, et peut-être pour l'unique raison que leurs possesseurs mettaient autant de fierté à avoir des domestiques et des fermiers bien nourris que des terres bien cultivées et du bétail de belle apparence. Et leurs relatives largesses, à l'égard d'une domesticité pléthorique, n'avait peut-être pas d'autres raisons que leur souci d'avoir une maison dont l'aspect leur fasse honneur; mais c'était tout bénéfice pour les intéressés. Tous nos principes modernes concernant la gestion « intelligente » n'ont sans doute pas des motivations plus altruistes. Les bons patrons d'autrefois étaient à la recherche de la meilleure apparence, ceux d'aujourd'hui poursuivent le meilleur rendement.

Tandis que l'attelage débouchait de la grande allée de tilleuls sur un espace où les pelouses rasées, semées de touffes d'arbustes, succédaient aux enclos de pâturages, et qu'il entamait une longue courbe pour venir se ranger devant l'entrée de la demeure — une construction dans le style néo-classique de Palladio, modérément alourdie par de plus récentes sculptures de Wyatt — Charles avait vraiment l'impression d'entrer en possession de son héritage. Ainsi devait s'expliquer, lui semblait-il, toute la nonchalante existence qui avait précédé ce jour : les toquades religieuses, puis scientifiques, les voyages : c'était ce moment-là qu'il attendait... son couronnement, pour ainsi dire. Son absurde aventure de l'Undercliff était oubliée. Des devoirs d'une capitale importance : la préservation de cet ordre et de cette paix, allaient lui incomber, comme ils avaient incombé, dans le passé, à tant de jeunes gens de la même souche familiale : le devoir qui devait être sa vraie vie — à la fois son Ernestina et sa Sarah — et pour en recevoir la charge, il sauta lestement du marchepied, joyeux comme l'adolescent qu'il avait été, avec seize années de moins.

Personne cependant ne se trouvait dans le hall d'entrée pour l'accueillir. Il pénétra dans la première pièce, le grand salon, espérant voir son oncle se lever et s'avancer en souriant pour lui souhaiter la bienvenue. Mais le salon également était vide. Et la pièce avait un aspect étrange qui l'intriguait. Puis, il se prit à sourire. Des tentures nouvelles — mais parfaitement... et les tapis aussi étaient nouveaux. Ernestina n'allait pas être satisfaite de voir qu'elle n'aurait pas elle-même le plaisir de faire son choix... mais n'était-ce pas là la meilleure preuve que le vieux célibataire avait pris la décision de transmettre le flambeau — et de le faire de la façon la plus aimable !

Autre chose encore cependant avait changé. Il fallut quelque temps à Charles pour saisir de quoi il s'agissait. L'immortelle outarde avait été enlevée; et à l'endroit même où se trouvait précédemment sa vitrine, on avait placé un bonheur du jour.

Charles néanmoins ne devinait toujours pas.

Pas plus qu'il n'avait deviné — mais en ce cas comment l'aurait-il pu ? — ce qui était arrivé à Sarah après qu'elle l'eut quitté, l'après-midi du jour précédent. Elle avait rapidement marché à travers bois jusqu'au lieu où elle prenait habituellement le sentier détourné qui lui permettait de passer hors de vue de la laiterie. Un observateur aurait pu alors la voir hésiter, et s'il avait eu l'ouïe aussi fine que celle de Sarah, il en aurait deviné la raison : un bruit de voix montait de la ferme de la laiterie, à un centaine de pas au-dessous du rideau d'arbres. Lentement et silencieusement, Sarah s'avança jusqu'à un épais buisson de houx d'où elle pouvait, à travers les feuilles, apercevoir l'arrière de la ferme. Elle demeura là quelque temps, sans que son visage ne révélât rien du cours de ses pensées. Puis, quelque chose qu'elle avait aperçu autour de la ferme lui fit reprendre sa marche... mais non pas pour retrouver le couvert du bois. Elle s'avança au contraire hardiment, en avant du buisson de houx et le long du sentier qui rejoignait la piste charretière dominant la ferme. Elle apparut ainsi, bien en vue, devant deux femmes qui se trouvaient au seuil de la maison. L'une portait un panier et était, à l'évidence, sur le point de s'en retourner.

La silhouette sombre de Sarah passa; et sans jeter un coup d'œil du côté de la ferme, du côté de ces deux paires d'yeux surpris, elle poursuivit rapidement sa route et disparut bientôt derrière la haie d'un des champs en surplomb au-dessus de la laiterie.

L'une des deux femmes était l'épouse du propriétaire de la laiterie; l'autre était Mrs. Fairley.

24

> Je me suis laissé dire parfois que la phrase la plus caractéristique de l'époque victorienne était : « N'oubliez pas qu'il s'agit de votre oncle... »
>
> G. M. YOUNG,
> *Essais sur l'époque victorienne.*

« C'EST monstrueux, monstrueux ! Il faut croire qu'il a perdu l'esprit.

— Sans doute a-t-il perdu le sens de la mesure; mais c'est tout autre chose.

— Mais juste à ce moment !

— Ma chère Tina, il a toujours été notoire que Cupidon ne prend guère souci que de ce qui l'intéresse.

— Vous savez que Cupidon n'a rien à voir à cela.

— Je crains qu'il ait tout à voir. Les vieux cœurs sont les plus fragiles.

— Non, je sais que c'est ma faute. Je sais que je ne lui avais pas plu.

— Allons donc ! Vous dites des bêtises.

— Ce ne sont pas des bêtises. Je sais très bien que pour lui je ne suis qu'une fille de drapier.

— Ma chère enfant... calmez-vous.

— Si je suis furieuse, c'est surtout pour vous.

— Très bien... En ce cas laissez-moi à ce qui me concerne. »

Il y eut alors un silence, qui nous permettra de préciser que cette conversation se déroulait dans le petit salon de tante Tranter. Charles demeurait à la fenêtre, tournant le dos à Ernestina, qui avait encore les larmes aux yeux, et qui demeurait assise, la main crispée sur un mouchoir de soie, dans une attitude lourde de ressentiment.

« Je sais à quel point Winsyatt vous est cher. »

Sur ce que Charles allait répondre, nous ne pouvons faire que des conjectures, car la porte s'ouvrit dans le même instant, et tante Tranter apparut avec un accueillant sourire :

« Vous voilà si tôt de retour ! »

Il était neuf heures et demie du soir de ce même jour où nous avons vu Charles arriver en voiture à Winsyatt.

Charles eut un sourire un peu forcé.

« L'affaire a été très vite... terminée.

— Il est arrivé quelque chose de grave, de pénible ? »

Tante Tranter, alarmée, regardait le visage sombre et furieux de sa nièce qui, sur ce, s'écria :

« Charles a été déshérité.

— Déshérité !

— Ernestina exagère. Mon oncle a simplement décidé de se marier. Et s'il lui arrive d'avoir la chance d'avoir un fils...

— La chance ! »

Ernestina lança un cinglant coup d'œil du côté de Charles, tandis que les regards consternés de tante Tranter allaient de l'un à l'autre visage.

« Mais qui est... cette dame ?

— Elle s'appelle Mrs. Tomkins, Miss Tranter. Une veuve.

— Et encore assez jeune pour avoir une douzaine d'enfants ! »

Charles sourit :

« Peut-être pas. Mais assez jeune pour avoir des fils.

— Vous la connaissez ? »

Avant que Charles ait pu répondre. Ernestina le devançait :

« Le pire c'est que, dans une lettre que son oncle écrivait à Charles voici deux mois, il tournait cette femme en ridicule... Et le voilà qui maintenant rampe à ses pieds.

— Ma chère Ernestina !

— C'est trop. Je ne peux pas supporter. Après tant d'années... »

Charles fit une longue aspiration et se tourna vers tante Tranter :

« C'est une femme d'excellente condition. Son mari, qui était colonel au 40e Hussard, lui a laissé très largement de quoi vivre. On ne peut pas la soupçonner de chercher à s'approprier une fortune. »

Les regards fulgurants d'Ernestina prouvaient qu'à son avis il y avait les meilleures raisons de la soupçonner.

« Et il paraît que c'est une personne qui a beaucoup d'attrait.

— Elle, elle chasse au renard, sans aucun doute. »

Charles renvoya un piteux sourire à Ernestina qui faisait ainsi allusion à une déficience qui lui avait valu un très mauvais point, et l'avait fait baisser dans l'estime de l'oncle.

« Evidemment. Mais ce n'est pas encore un crime. »

Tante Tranter se laissa aller dans un fauteuil, sans cesser de scruter les deux jeunes visages, comme elle avait l'habitude de faire, en des cas semblables, pour tenter d'y retrouver un rayon d'espoir.

« Mais lui, n'est-il pas trop âgé pour avoir des enfants ? »

Charles se permit l'ombre d'un sourire pour son innocence.

« Non, Mrs. Tranter. A soixante-sept ans, c'est encore possible.

— Même en épousant une femme qui pourrait être sa petite fille !

— Ma chère Tina, il y a des circonstances où nous devons savoir garder notre dignité. Je vous demande de ne pas faire preuve de ressentiment devant un événement qui me concerne, et que nous devons accepter de la meilleure grâce possible. »

Elle leva les yeux et vit, à la façon dont il paraissait sombre et nerveux, qu'elle devait changer d'attitude. Elle courut à lui et s'empara de sa main pour la porter à ses lèvres. Il l'attira contre lui et déposa un baiser sur son front; mais il ne s'abusait pas. Une femme peut tour à tour prendre des airs de pie-grièche ou de petite souris innocente; mais il faut voir ce que pourront révéler ces différentes attitudes; et bien qu'aucun mot ne lui vint à l'esprit pour qualifier la réaction d'Ernestina à la choquante et peu agréable nouvelle qu'il rapportait, il n'était pas loin de la juger assez peu digne d'une dame de sa condition. D'Exeter et du cabriolet qui le ramenait, il avait directement couru à la demeure de tante Tranter, et il espérait trouver là une certaine sympathie tendre, et non pas une colère furieuse, même si cette humeur était assez voisine de ce qu'il pouvait éprouver lui-même. La faille c'était peut-être cela : le fait qu'elle ne comprenait pas qu'un homme bien élevé ne pouvait se permettre de manifester une colère qu'elle lui imputait elle-même. Au cours de ces premières minutes, ne lui avait-elle pas fait songer un peu trop à l'attitude caractéristique d'une fille de drapier : quelqu'un qui se laisse emporter par des considérations d'intérêt, et à qui fait défaut un flegme traditionnel, un affinement aristocratique qui se refuse à laisser les aléas de l'existence influer sur son style de vie.

Il reconduisit Ernestina jusqu'au sofa qu'elle avait

brusquement quitté. Il comprenait maintenant qu'il lui fallait reporter au lendemain la discussion d'une certaine décision qu'il avait prise au cours du trajet de retour et qui était une des principales raisons de cette visite tardive. Il cherchait comment il lui serait possible d'indiquer à Ernestina quelle devait être l'attitude la plus correcte; et il ne trouva rien de mieux que de passer légèrement à un autre sujet de conversation.

« Et à Lyme, quels ont été les événements du jour ? »

Comme si elle se rappelait tout à coup, Ernestina se tourna vers sa tante.

« Avez-vous eu de ses nouvelles ? »

Puis, avant que tante Tranter ait eu le temps de répondre, ses regards revinrent à Charles :

« Il y a eu un événement. Mrs. Poulteney a renvoyé Miss Woodruff. »

Charles eut comme un coup au cœur; mais le trouble qui pouvait paraître sur son visage passa inaperçu dans la hâte que Mrs. Tranter manifestait à faire part de *ses* nouvelles : car c'était là la raison de son absence au moment de l'arrivée de Charles. Le renvoi avait eu lieu apparemment au cours de la soirée précédente. La pécheresse avait été autorisée à passer une dernière nuit sous le toit de Marlborough House. Le matin, de bonne heure, un porteur était venu prendre sa malle, et on l'avait avisé de la déposer au White Lion.

Charles se sentit pâlir, mais dès la phrase suivante de Mrs. Tranter, ses craintes s'atténuèrent.

« C'est le relais pour les courriers, vous savez. »

Les courriers omnibus, reliant Dorchester à Exeter, ne descendaient pas la pente rapide conduisant à Lyme, et il fallait les prendre à un croisement, situé à quelques milles sur la grand-route, en direction de l'ouest.

« Mais Mrs. Hunnicott a interrogé le porteur et il assure ne pas avoir vu lui-même Miss Woodruff. La servante a déclaré qu'elle était passée de très bonne heure, le matin à l'aube, et s'était contentée de laisser des instructions au sujet de sa malle.

— Et depuis ?

— Personne ne l'a vue.

— Avez-vous pu voir le prêtre ?

— Non, mais Miss Trimble m'a assuré qu'il s'était rendu à Marlborough House au début de l'après-midi. On lui déclara que Mrs. Poulteney était fatiguée... Il parla à Mrs. Fairley qui lui déclara ne savoir qu'une chose c'est que Mrs. Poulteney avait eu connaissance de quelque chose de très choquant et qu'elle était profondément abattue et bouleversée... »

La bonne Miss Tranter s'interrompit, apparemment aussi désolée de son ignorance que de la disparition de Sarah. Ses yeux se posaient tour à tour sur Charles et sur Ernestina.

« Qu'est-ce qui a pu se passer ? Qu'est-ce qui a pu se passer ?

— Jamais elle n'aurait dû entrer à Marlborough House. Autant valait se jeter dans la gueule du loup. »

Ernestina se tourna vers Charles pour vérifier s'il était bien du même avis. S'efforçant de paraître beaucoup plus tranquille qu'il ne l'était en réalité, celui-ci se tourna vers tante Tranter.

« Y aurait-il quelque danger que...

— C'est ce que tout le monde redoute. Le prêtre a envoyé des gens faire des recherches du côté de Charmouth. Elle a l'habitude de se promener par là-bas, sur les falaises.

— Et ils... ?

— N'ont rien trouvé.

— Ne disiez-vous pas qu'auparavant elle avait été employée chez...

— Oui, ils ont été là-bas. Pas la moindre trace.

— Le docteur Grogan... Ne l'a-t-on pas appelé à Marlborough House ? »

Ayant ainsi habilement introduit ce nom, Charles se tourna vers Ernestina.

« Ce soir où j'avais été chez lui, où nous avions pris un grog, il avait fait allusion à elle. Cette situation le préoccupait.

— Miss Trimble l'a vu parler avec le prêtre, vers sept heures. Elle m'a dit qu'il lui avait paru très agité. Furieux, c'est le terme qu'elle a employé. »

Miss Trimble avait un petit magasin d'articles de parure pour dames, dans le bas de Broad Street, et elle était de ce fait admirablement placée pour recueillir des informations sur tout ce qui pouvait se passer dans la ville. L'aimable visage de tante Tranter se modifia soudain au-delà de ce que l'on aurait cru possible : il devint presque dur :

« Cette Mrs. Poulteney peut être malade. Je n'irai pas la voir. »

Ernestina cacha son visage dans ses mains.

« Oh ! C'est vraiment une affreuse journée ! »

Charles regarda les deux dames :

« Je pourrais peut-être aller voir le docteur Grogan ?

— Oh ! Charles, que pourriez-vous faire ? Il y a bien assez d'hommes pour les recherches. »

Ce n'était évidemment pas à cela que Charles avait pensé. Il se doutait bien que le renvoi de Sarah avait quelque rapport avec ses vagabondages dans l'Undercliff; et ce qu'il craignait certes par-dessus tout, c'est qu'elle ait été aperçue au moment où il se trouvait avec elle. Il était là terriblement indécis. Il fallait absolument qu'il sache ce que d'autres avaient pu apprendre des raisons véritables de ce renvoi. A rester ainsi confiné dans cette petite pièce, il éprouvait une impression de claustrophobie. Il avait besoin de réfléchir à ce qu'il devait faire, d'être seul. Car si Sarah se trouvait encore en vie... et qui pouvait dire à quoi elle avait pu se résoudre au cours de cette nuit où, dans son hôtel d'Exeter, il reposait d'un sommeil tranquille ? — mais si elle était encore de ce monde, il devinait où elle pouvait être — et il se sentait étouffer comme sous un drap mortuaire du fait qu'il était le seul à Lyme à savoir cela. Et il n'osait pas néanmoins révéler ce qu'il savait.

Quelques instants plus tard, il descendait à grands pas en direction du White Lion. L'atmosphère était tiède, mais le ciel était couvert. Comme d'invisibles doigts humides des bouffées d'air frôlaient son visage. Sur l'horizon de mer, comme en lui-même, l'orage grondait.

25

> Mon beau prince amoureux, pourquoi tant soupirer,
> Pour celle qui jamais ne sera tienne ?
>
> TENNYSON, *Maud (1855).*

IL avait tout de suite pensé envoyer Sam porter un message au docteur irlandais. En lui-même, tout en marchant, il en répétait les termes : « Mrs. Tranter est très inquiète... Si l'on doit engager des frais pour la formation d'un groupe de sauveteurs.... » Ou mieux : « Si je puis être d'une utilité quelconque, sur un plan financier ou autre... » D'autres phrases similaires flottaient dans sa pensée. En arrivant à l'hôtel, il demanda au palefrenier qui avait l'oreille saine d'aller prévenir Sam à la buvette et de le lui envoyer. Mais à peine était-il entré dans son petit salon qu'il recevait le troisième choc violent de ce mémorable jour.

Un pli était déposé sur la petite table ronde, scellé de cire noire. Il ne connaissait pas l'écriture : *Mr. Smithson, at the White Lion.* Il l'ouvrit. Il n'y avait ni en-tête, ni signature : « Je vous prie de venir me voir une dernière fois. J'attendrai cet après-midi et demain matin. Si vous ne venez pas, jamais plus je ne vous causerai d'ennuis. »

Charles relut deux, trois fois, cette note; puis regarda le ciel noir au-dehors. Il était fort irrité de voir qu'elle s'était si peu souciée du risque de porter atteinte à sa réputation; soulagé cependant de savoir qu'à l'évidence elle était encore en vie; et blessé néanmoins par la menace implicite de la dernière phrase. Sam entra dans la pièce, essuyant sa bouche avec son mouchoir, indication trop visible qu'il venait d'être dérangé au milieu de son repas; comme il n'avait pu prendre au repas de midi qu'une bouteille de mauvaise bière et trois biscuits secs un peu rances, cette marque d'humeur pouvait être excusable. Mais il vit que son maître lui-même paraissait être encore de plus méchante humeur que lors de leur départ de Winsyatt.

« Descends, et demande en bas qui a pu déposer ce pli.

— Bien, Mr. Charles. »

Sam fit demi-tour, mais il n'avait pas fait six pas que Charles le rappelait de la porte.

« Demande à celui à qui on l'aura remis de venir me trouver ici.

— Bien, Mr. Charles. »

Le maître referma la porte de la pièce, et soudain une brève image vint lui traverser l'esprit : celle de l'immémorial désastre dont il avait trouvé le témoignage, inscrit dans la couche de liasique bleu, et dont il avait parlé à Ernestina — un repli des eaux surprenant les ammonites, une micro-catastrophe survenue cinquante millions d'années auparavant. Il voyait, dans une sombre lueur de compréhension, que toute l'évolution se déroulait sur une ligne parallèle, qu'il n'y avait pas de développement vertical, s'élevant vers la perfection, tout était au même niveau. Le temps n'était qu'une immense tromperie. La vie n'avait pas d'histoire — un perpétuel maintenant — l'être saisi par le même engrenage démoniaque. Tous ces écrans colorés, dressés par l'homme pour cacher la réalité : l'histoire, la religion, le devoir, la position sociale, tout n'était qu'illusions, des rêves de fumeur d'opium intoxiqué.

Il se retourna, tandis que Sam rentrait, accompagné du même palefrenier auquel il s'était adressé à l'entrée. Un jeune garçon avait apporté le pli. Ce matin même, à dix heures. Ce garçon, le palefrenier l'avait vu auparavant, mais il ne connaissait pas son nom. Il n'avait pas dit qui était l'expéditeur. Charles, perdant patience, le renvoya; et tout aussi impatiemment demanda à Sam ce qu'il pouvait bien regarder dans le plafond.

« J' ne r'garde rien, Mr. Charles.

— Eh ! bien, va leur dire de me monter quelque chose à dîner. N'importe quoi.

— Et j'entends que personne ne me dérange. Tu peux commencer par déballer mes affaires. »

Sam passa dans la chambre adjacente au petit salon, tandis que Charles s'approchait de la fenêtre. Comme il regardait, il vit, à la lueur filtrant d'une vitre de l'hôtel, un jeune garçon arriver en courant du bout de la rue et disparaître en traversant le seuil pavé juste au-dessous de la fenêtre. Il avait failli relever le châssis mobile, tant il avait eu l'intuition qu'il s'agissait encore du messager. Il demeurait debout, dans un embarras fébrile. Il y eut une pause assez longue pour lui permettre de penser qu'il avait dû se tromper. Sam revint de la chambre, et il s'approchait de la porte lorsque quelqu'un frappa. Sam tourna la poignée pour ouvrir.

C'était le palefrenier, avec le stupide sourire de quelqu'un qui, cette fois, s'est bien gardé de commettre une erreur. Il tenait un pli à la main.

« C'était le même gars, m'sieur. J'lui ai demandé, m'sieu. Et c'était la même femme que l'autre fois. Y n' connaît pas son nom. Nous, on l'appelle, heu, la...

— Bien, bien. Donne-moi ça. »

Sam prit le pli pour le remettre à Charles, mais avec une sorte d'impertinence muette : le masque du fidèle serviteur, parfaitement au courant de tout. Du pouce levé, il fit signe au palefrenier, avec un clin d'œil de connivence, et celui-ci s'éclipsa. Sam se disposait à en faire autant, mais Charles le rappela. Il chercha un instant comment expliquer les choses de la façon la plus adroite et la plus plausible.

« Sam, j'ai eu l'occasion de m'intéresser au cas d'une femme qui avait eu des malheurs. Je voudrais, c'est-à-dire je préférerais, que Mrs. Tranter n'en soit pas informée. Comprends-tu ?

— Parfaitement, Mr. Charles.

— J'espère parvenir à procurer à cette personne une situation plus conforme... à ses aptitudes. J'informerai alors Mrs. Tranter. Il s'agit d'une surprise que je lui réserve, en retour de son aimable hospitalité. Elle était préoccupée au sujet de cette personne. »

Sam avait pris l'attitude que Charles définissait lui-même comme celle de « Sam l'obéissant valet » — une attitude de profond respect à l'égard de toutes les intentions de son maître. La chose était si peu conforme au véritable caractère de Sam que Charles éprouva le besoin d'insister.

« Ainsi — bien qu'il ne s'agisse pas de quelque chose d'important — j'entends que tu t'abstiennes d'en parler à quiconque.

— Oh ! sûr que non, Mr. Charles. »

Sam paraissait aussi choqué qu'un ecclésiastique accusé de fréquenter un tripot.

Charles s'écarta de la fenêtre, sans voir que Sam jetait encore sur lui un rapide coup d'œil accompagné d'un hochement de tête et d'une curieuse torsion de la lèvre. Et, tandis que la porte se refermait sur le départ de Sam, il ouvrit le deuxième pli.

« Je vous ai attendu toute la journée. Je vous prie — une femme à genoux vous supplie de l'aider dans son désespoir. Je passerai la nuit en prières pour votre venue. Je serai, dès l'aube, à la petite grange près de la mer, par le premier sentier à gauche après la ferme. »

La lettre n'avait pas été cachetée — par manque de cire sans doute; ce qui expliquait qu'elle avait été écrite en français, un français de préceptrice. Elle était griffonnée au crayon comme si elle avait été rédigée sur le seuil d'une porte ou au fond de l'Undercliff — car c'était là, Charles en était sûr, qu'elle avait dû s'enfuir. Le jeune garçon devait être le fils de quelque pauvre pêcheur du Cobb — un sentier descendant de l'Undercliff permettait d'y accéder sans qu'il fut nécessaire de passer par la ville... Mais la folie de cette démarche, le risque !

L'écriture française ! Varguennes !

Charles froissa la feuille de papier entre ses doigts crispés. Un éclair lointain annonça l'approche de la tempête; et tandis qu'il s'avançait vers la fenêtre, les premières gouttes, lentes et lourdes, s'écrasèrent en éclaboussis contre la vitre. Il se demanda où elle pouvait être en cet instant; et la vision d'une Sarah qui courait, trempée, sous le déchaînement de l'orage, écarta, momentanément, une plus égoïste angoisse. Mais la mesure était comble : c'était trop, trop pour un seul jour !

J'abuse des points d'exclamation. Mais comment décrire ces idées et ces images qui, dans la pensée de Charles, se heurtaient avec colère et violence, tandis qu'à grands pas, il arpentait le plancher de la pièce ? Essayant de se dominer, il revint à la fenêtre et regarda la perspective de Broad Street; et tout aussitôt il se souvint des paroles de Sarah à propos des buissons d'épines qui viendraient s'y promener. Il fit demi-tour et se prit la tête dans les mains; puis il entra dans la chambre à coucher et regarda fixement son visage dans le miroir.

Mais il ne savait que trop qu'il était parfaitement éveillé. Il ne cessait de se répéter : il me faut agir, faire quelque chose; et devant sa faiblesse il se sentait pris d'une sorte de rage : un désir sauvage de faire quelque geste qui saurait prouver qu'il était autre chose qu'une ammonite échouée sur un rivage desséché; qu'il était capable de s'ouvrir un chemin dans ces nuées sombres qui se refermaient sur lui. Il fallait qu'il parle à quelqu'un, qu'il mette son cœur à nu.

Il revint dans le salon et tira sur la chaînette de la lampe à gaz, amenant la flamme vert pâle à une vive incandescence, puis, avec impatience, il secoua le cordon d'appel placé près de la porte. Et lorsque le vieux garçon de service entra, Charles lui commanda d'un ton impératif la meilleure spécialité du White Lion, un onctueux mélange de sherry et de brandy, à qui maintes personnes de l'époque victorienne devaient d'avoir perdu parfois la juste notion de l'équilibre.

Cinq minutes plus tard à peine, Sam, porteur du plateau du dîner, s'arrêtait stupéfait au milieu de l'escalier en voyant son maître, le visage légèrement empourpré, descendre à sa rencontre, avec, sur les épaules, son grand manteau macfarlane. Une marche au-dessus de lui, Charles s'arrêta, souleva un coin de la serviette qui recouvrait le potage, le plat de mouton et de pommes de terre, et, sans lui dire un mot, le dépassa.

« Mr. Charles ?

— Bon, tu peux tout manger. »

Et le maître disparut — tandis que Sam demeurait là sur place, ne quittant pas la rampe d'escalier de son regard furieux, tandis que sa langue, en forçant sous la joue gauche, y faisait une forte saillie.

26

> Laissez-moi vous dire, mes amis, que tout ceci se rattache à un ancien droit seigneurial.
>
> LEWIS CARROLL,
> *La chasse au Snark (1876).*

EN réalité, la connaissance de Mary avait eu pour effet d'incliner le jeune cockney à la réflexion. Il aimait Mary pour elle-même, comme aurait pu le faire n'importe quel jeune homme normalement constitué, sensible à son attrait physique. Mais il l'aimait également pour le rôle qu'elle pouvait jouer dans ses rêves — qui était fort différent du rôle que jouent les filles dans les rêves de jeunes gens de notre époque, une époque à la fois sans barrières inhibitives et dépourvue d'imagination. Le plus souvent, il la voyait installée de façon charmante au comptoir d'un magasin d'articles de mode pour messieurs. Et de tous les coins de Londres convergeait une clientèle masculine et distinguée, attirée par la séduction de ce visage. Des vagues de chapeaux haut de forme se pressaient, encombrant la rue, tandis que résonnait dans le lointain la rumeur des cabs et des tilburys. Une sorte de samovar féerique, dont les mains de Mary manœuvraient les robinets, répandait une coulée perpétuelle, de gants, d'écharpes, de chaussettes, de guêtres, de chapeaux, d' « oxonians » (genre de souliers alors en vogue), et des cols — Piccadilly's, Shakspere's, Dog-collar's, Dux's — Sam avait pour les cols une sorte de religion, et ce culte était probablement fétichiste, car il imaginait Mary les étalant, pour les présenter, sur sa gorge séductrice, les offrant à la vue de lords et de ducs extasiés. Au cours de ces scènes charmantes de présentation d'articles, Sam se voyait lui-même en train de manœuvrer avec dignité le tiroir-caisse, instrument indispensable à la réception de la pluie d'or.

Il était parfaitement conscient qu'il s'agissait là d'un rêve. Mais, par sa seule présence, Mary soulignait pour ainsi dire une certaine réalité; et qui plus est, elle faisait ressortir les traits hideux de ce démoniaque adversaire qui barrait la route de la réussite. Son nom ? Manque-de-quoi. Ce multiforme ennemi du genre humain, c'est lui sans doute que Sam regardait fixement dans le salon de son maître, en prenant ses aises en face de son second dîner — après s'être préalablement assuré que Charles avait bien disparu à l'une des extrémités de Broad Street, et en faisant encore son impénétrable grimace des lèvres pincées. Une ou deux cuillères de potage, les morceaux de mouton les plus tendres... car Sam avait d'instinct tous les goûts des gens raffinés, sans avoir évidemment les possibilités financières qui auraient pu lui permettre de les satisfaire. Cependant, face à une mouillette de mouton, convenablement humectée de sauce aux câpres, qu'il tenait à bout de fourchette, ses regards, oublieux à nouveau de cet attrait, se perdaient plus loin dans l'espace.

Ses pensées s'égaraient sur un certain « mal », nécessaire à sa réussite dans le monde. Ce vocable « mal » (si je puis me permettre d'ajouter ainsi à la somme de vos connaissances inutiles) est un terme de vieil anglais, emprunté jadis à la langue des Vikings venus de Norvège. Il désignait à l'origine le « discours », mais sans doute du fait que les Vikings, n'étant pas des gens bavards, savaient appuyer leurs exigences du tranchant de leurs épées, le mot ne tarda pas à prendre le sens de « tribut » ou de « taxation ». N'oublions pas que certains clans de Vikings, poussant vers le sud, fondèrent en Sicile la Mafia. Mais d'autres s'affairaient à piller et rançonner sur les rivages d'Ecosse, et « mal » en ce temps en était venu à se prononcer *mail.* Pour éviter de voir les champs dévastés, les filles violées, il fallait payer, toujours payer tribut aux seigneurs du voisinage; et les victimes, continuant d'utiliser le terme, y ajoutèrent le qualificatif « noir ». *Black-mail,* dit la langue anglaise — autrement dit, « chantage ».

Sam, qui n'était pas particulièrement enclin à des spéculations étymologiques, était cependant en train de songer sérieusement à la signification du terme. Car il avait aussitôt deviné qui pouvait être « la femme qui avait eu des malheurs ». Un événement comme celui de la mise à pied de la « maîtresse du lieutenant français » offrait un trop savoureux sujet de conversation pour n'avoir pas circulé de bouche en bouche, à Lyme, au cours de la journée; et Sam, tandis qu'il commençait son premier repas dans la salle commune, avait déjà pu surprendre une conversation à ce propos. Il savait qui était Sarah pour en avoir entendu parler par Mary. D'autre part, il connaissait bien son maître. Celui-ci n'était plus lui-même. Il y avait quelque chose d'anormal : ce n'était sûrement pas chez Mrs. Tranter qu'il était parti ce soir. Sam reposa la fourchette, chargée de son succulent morceau, pour, d'un doigt, se tapoter la narine — un geste fort connu dans les cercles des habitués de Newmarket [1], quand un futé se met à flairer le « toquard » que l'on voudrait faire passer pour un

1. Centre d'élevage des chevaux de course, à proximité de Londres. (N. d. T.)

« crack ». Mais Sam le futé flairait ainsi, je le crains, les premiers indices d'un naufrage.

A Winsyatt, tout le personnel de l'office savait parfaitement que l'oncle se préparait à jouer un méchant tour au neveu. Avec le respect inné des campagnards pour les questions de propriété, ils tenaient un peu rigueur à Charles de ses trop rares visites — autrement dit, ils auraient voulu le voir saisir toutes les occasions de se préoccuper de l'oncle et de lui passer la main dans le dos. En ce temps, on ne portait guère plus d'attention aux domestiques qu'à des éléments du mobilier; et leurs maîtres oubliaient fréquemment qu'ils pouvaient avoir des oreilles et quelque intelligence. Ceux de Winsyatt n'avaient pas manqué d'entendre quelques piquantes discussions entre le vieil homme et son héritier, et d'en faire des gorges chaudes. Et bien que les jeunes membres de la domesticité féminine aient tendance à s'apitoyer sur le sort de l'élégant neveu, les éléments les plus rassis voyaient plutôt les choses sous la forme des rapports entre la cigale frivole et l'industrieuse fourmi. Toute leur existence, ils avaient travaillé durement avec le souci du lendemain; et le fait que la négligente paresse de Charles était sur le point d'être punie ne pouvait au fond que les réjouir.

D'autre part, Mrs. Tomkins — une aventurière de la haute bourgeoisie, comme Ernestina l'avait assez justement cataloguée — avait fort habilement prodigué amabilités et compliments au majordome et à la directrice du personnel, si bien que, patronnée par ces deux dignitaires, la jolie veuve replète et volubile, voyait s'ouvrir toutes larges devant elle les grilles de l'allée matrimoniale. Mieux encore, au moment où on lui faisait visiter une longue enfilade de pièces, depuis longtemps inutilisées dans l'aile ouest de la résidence, elle avait fait remarquer à la directrice du personnel que cela conviendrait parfaitement à l'installation de chambres d'enfants. Il est vrai que Mrs. Tomkins avait un fils et deux filles, nés du précédent mariage, mais la directrice du personnel ne manqua pas d'assurer à Mr. Benson, le sommelier, que Mrs. Tomkins était parfaitement capable d'être à nouveau enceinte.

« Ce pourrait être des filles, Mrs. Trotter.

— Cette femme-là s'y connaît, Mr. Benson. Rappelez-vous bien : elle s'y connaît. »

Le sommelier but sa gorgée de thé, et ajouta :

« Et pour le pourboire, c'est bon. »

En ce qui concerne Charles, la question du pourboire ne se posait pas, du fait qu'il était de la famille.

Tout ceci, grosso modo, n'avait pas manqué d'arriver aux oreilles de Sam, tandis qu'il attendait la fin de la visite de Charles dans la salle commune des domestiques. Et il ne l'avait pas trouvé particulièrement agréable; car des reproches adressés à la « cigale » ne pouvaient manquer d'éclabousser son valet; et d'autre part, tout cela n'était pas sans rapport avec une certaine corde que Sam entendait réserver à son arc : une perspective où — faute de mieux — il se voyait lui-même occuper à Winsyatt la position avantageuse où Mr. Benson se trouvait en ce moment installé. Il avait même pris soin de planter cette bouture d'espérance dans l'esprit de Mary — où elle ne pouvait manquer de fleurir. Et il n'y avait pas de quoi se réjouir de voir ladite bouture — même s'il ne s'agissait pour lui que d'un pis-aller — soudainement saccagée.

Charles lui-même, quand il était reparti de Winsyatt en sa compagnie, n'avait pas desserré les dents. Ainsi, officiellement, Sam ignorait-il tout de cette sombre perspective. Mais il lui suffisait de regarder la triste figure de son maître pour savoir qu'il pouvait porter le deuil de ses espérances.

Et maintenant, c'était le comble.

Sam porta enfin à sa bouche le morceau de mouton

refroidi, et le mastiqua, l'avala, sans cesser de regarder fixement vers de futurs horizons.

L'entrevue de Charles et de son oncle n'avait nullement été orageuse, car ils se sentaient réciproquement coupables : l'oncle de ce qu'il était en train de faire, et le neveu de tout ce qu'il avait omis de faire dans le passé. Lorsque la nouvelle lui eut été lancée, à brûle-pourpoint, mais avec un regard qui se détournait du sien, la réaction de Charles, suffoqué d'abord de surprise, avait été froidement polie.

« Je ne puis que vous féliciter, mon oncle, en vous souhaitant beaucoup de bonheur. »

Peu après que nous eûmes quitté Charles, debout dans le grand salon, il avait vu l'oncle venir à sa rencontre, puis se retourner soudain vers une fenêtre, comme pour prendre courage en contemplant ses vertes pelouses. Il avait fait ensuite un bref exposé de sa nouvelle passion. En premier lieu sa demande avait été repoussée, il y avait trois semaines de cela. Mais il n'était pas homme à se laisser désarçonner par un premier refus. Il avait perçu, dans le ton de la dame, un soupçon d'hésitation. Voici un peu plus d'une semaine, il était parti pour Londres, pour « prendre du champ », et il était rentré à « bride abattue », et cette fois cette satanée barrière avait bien été franchie. Une fois encore elle avait dit non; mais avec des larmes. « Et je savais que c'était gagné. » Il avait fallu apparemment deux ou trois jours de plus pour obtenir qu'un « oui » définitif soit prononcé.

« Ensuite, mon cher petit, je savais qu'il fallait te dire cela en face. Tu es le premier à être averti. »

Mais Charles se souvint alors du regard de pitié de la vieille Mrs. Hawkins. Tout Winsyatt était parfaitement au courant. Le récit, quelque peu entrecoupé, de la saga amoureuse de son oncle, lui avait laissé le temps de récupérer. Il se sentait corrigé, humilié. Pour lui un monde était perdu. Mais il lui fallait garder son calme, ne pas avoir l'air d'un garçon vexé et rageur; demeurer stoïque.

« J'apprécie ce scrupule, mon oncle.

— Tu as le droit de me traiter de vieux fou. Mes voisins, pour la plupart, n'y manqueront pas.

— Les choix tardifs sont parfois les meilleurs.

— C'est une femme pleine de vie et d'entrain, Charles. Rien à voir avec vos chichiteuses péronnelles d'aujourd'hui. »

Un bref instant, Charles pensa qu'Ernestina se trouvait sur la ligne de tir, en quoi il n'avait peut-être pas tort, mais le trait était involontaire; et intrépidement l'oncle allait de l'avant :

« Elle dit ce qu'elle pense. Et il se trouve toujours des gens pour vous dire que ce genre de femme va vous manger la laine sur le dos. Mais jamais de la vie. »

Il reconnut l'aspect approbateur des arbres de son parc.

« C'est fin et droit comme un tilleul.

— Je n'ai jamais pensé qu'il puisse en être autrement. »

L'oncle lui jeta un coup d'œil rapide. Comme Sam, devant Charles, savait prendre l'air du parfait valet : devant le vieil homme, Charles jouait parfois au neveu attentionné.

« J'aimerais mieux te voir piquer une colère que... »

Il était sur le point d'ajouter « que de me jouer la comédie »; mais il s'approcha et passa son bras sur les épaules de Charles; car il avait tenté de justifier sa décision en feignant d'être irrité contre lui, mais il était trop franc d'attitudes pour ne pas voir que c'était là une assez piètre excuse.

« Charles, il faut bien le dire maintenant... bon

sang ! Tout ceci va sans doute un peu changer ce que tu devais espérer. Quoi qu'à mon âge, Dieu sait... »

Devant cet « obstacle » cependant, il tourna bride.

« Si cela arrivait, Charles, j'entends que tu saches que quoi qu'il puisse advenir de ce mariage, tu ne seras pas complètement à l'écart. Je ne peux pas te donner le Petit Manoir en pleine propriété, mais je voudrais que tant que tu vivras tu puisses t'y considérer comme chez toi. Ce sera, pour toi et pour Ernestina mon cadeau de mariage — ainsi naturellement que le prix que peut coûter la remise des lieux en parfait état.

— C'est un très beau cadeau; mais je crois que nous sommes à peu près décidés à nous installer dans la maison de Belgravia, dès que le bail arrivera à expiration.

— Bien sûr, mais il vous faudra quand même un pied-à-terre à la campagne; et je ne voudrais pas, Charles, qu'à cause de cette union, nous cessions d'avoir de bons rapports. Je préférerais dès demain, laisser cela tomber... »

Charles trouva moyen de sourire.

« Tu dis des choses absurdes, mon oncle. Voilà bien des années que tu aurais pu te marier.

— Sans doute. Mais le fait est que je ne l'avais pas fait. »

D'un pas nerveux, il s'approcha du mur pour corriger l'alignement d'un tableau. Charles se taisait. La nouvelle le choquait moins peut-être que ce souvenir des stupides rêves d'entrée en possession qu'il faisait dans la voiture qui le conduisait à Winsyatt. Et ce diable d'oncle n'aurait-il pas pu le prévenir par lettre ! Mais il avait dû penser que ce serait une lâcheté de sa part. L'oncle laissa le tableau et se retourna.

« Charles, tu es encore jeune, et tu as passé la moitié de ta vie à voyager. Tu ne t'es pas douté à quel point je pouvais me trouver seul, sans avoir de goût à rien. Je passais une bonne partie du temps à me répéter que je ferais mieux d'être mort... »

Charles murmura :

« Je n'avais pas la moindre idée...

— Non, non, je ne te fais pas de reproches. C'est à toi-même que tu devais penser. »

Néanmoins, comme c'est fréquemment le cas pour ceux qui n'ont pas d'enfants, il reprochait secrètement à Charles de ne pas se montrer aussi aimant et rempli d'attentions que devaient l'être les fils de ses rêves, alors que la vraie paternité n'aurait pas manqué de lui montrer que ce n'était là qu'une attente chimérique et sentimentale.

« Tout de même, il y a des choses pour lesquelles les femmes ont du bon. Tu as remarqué ? Les vieilles tentures dans cette pièce... un jour, Mrs. Tomkins avait trouvé ça sinistre — et elles l'étaient, que le diable m'emporte ! Voilà ce que peut faire une femme : nous faire voir ce qui se trouve là, sous notre nez. »

Charles était tenté de répondre qu'une paire de lunettes pouvait remplir la même fonction en coûtant beaucoup moins cher, mais il se contenta de hocher la tête d'un air entendu. Sir Robert fit un grand geste circulaire.

« Et comment trouves-tu les nouvelles ? »

Sur quoi, Charles ne put s'empêcher de sourire. En matière d'esthétique, son oncle s'était depuis si longtemps contenté d'apprécier la finesse du garrot d'un cheval ou l'incontestable supériorité des fusils de chasse portant la marque de Joe Manton qu'il avait vaguement l'impression d'entendre quelque vieux bandit lui demander son impression à propos d'une comptine pour bébés.

« Certes, c'est beaucoup mieux.

— Oui, c'est bien ce que tout le monde me dit. »

Charles se mordit la lèvre.

« Et quand aurai-je l'avantage d'être présenté à cette dame ?

— Oui. J'allais t'en parler. Elle a hâte de faire ta connaissance. Et Charles, elle a fait preuve de beaucoup de délicatesse à propos de... oui... comment dirai-je ?

— La limitation de mes espérances ?

— C'est cela. Elle m'a avoué, la semaine dernière, que c'était là l'unique raison de son premier refus. »

Charles comprit qu'il devait voir là une sérieuse recommandation et il prit un air de surprise polie.

« Mais je lui ai assuré que tu avais trouvé un très beau parti; et que tu comprendrais et approuverais le choix d'une compagne... pour le peu d'années qui me restent.

— Je crois, mon oncle, que tu n'as pas encore répondu à ma question. »

Sir Robert laissa paraître quelque gêne.

« Elle a été voir des parents dans le Yorkshire. Tu sais qu'elle est apparentée aux Daubenys.

— Vraiment ?

— Et je dois partir la rejoindre demain matin.

— Ah !

— J'ai pensé qu'il était mieux que nous puissions parler de la chose d'homme à homme. Mais elle est très désireuse de te connaître. »

L'oncle hésita. Puis, avec un embarras comique, il fouilla dans la poche de sa veste et en tira un médaillon.

« Voilà ce qu'elle m'a donné, la semaine dernière. »

Et Charles regarda un portrait miniature de Mrs. Tomkins, cerclé d'or et entouré des doigts alourdis de son oncle. Elle lui parut regrettablement jeune : des lèvres bien dessinées et des yeux pleins d'assurance; et même à son point de vue, elle était loin d'être dépourvue de charme. Il y avait curieusement dans les traits de ce visage une légère ressemblance avec celui de Sarah; et Charles, d'une façon bizarre, en éprouva comme une impression plus forte de privation et d'humiliation. A Sarah l'expérience faisait totalement défaut, alors que celle-ci était une femme du monde; mais l'une et l'autre, et chacune à sa façon, différaient totalement — et en ceci l'oncle avait raison — de cette grande majorité des femmes maniérées et chichiteuses. Un moment il se sentit dans l'état d'esprit du général, commandant une armée trop faible, qui inspecte le solide dispositif de défense de l'ennemi. Il ne voyait que trop clairement quel pourrait être le résultat d'une confrontation entre Ernestina et cette future Lady Smithson : une déroute, tout simplement.

« Ah ! Je vois là de nouvelles raisons de te féliciter.

— Charles, c'est vraiment un superbe brin de femme, et cela valait la peine d'attendre pour la rencontrer. »

L'oncle lui planta le doigt dans le thorax.

« Tu vas être jaloux. Regarde. Je parie que tu vas l'être. »

Il regarda d'un air attendri l'image du médaillon; ensuite, avec componction et respect, il le referma et le remit dans sa poche. Puis, comme pour réagir contre cet accès de sentimentalité, il entraîna vivement Charles du côté des écuries, afin de lui montrer sa dernière acquisition : une jument racée, enlevée « à cent guinées de moins qu'elle ne vaut »; et qui, d'une façon inconsciente, semblait représenter pour lui l'équivalent équestre de son autre et toute récente acquisition.

En bons gentlemen qu'ils étaient l'un et l'autre, l'oncle et le neveu évitèrent d'aborder à nouveau le sujet qui ce cessait pas d'être présent à leur esprit; en se permettant néanmoins quelques allusions plus ou moins claires, car Sir Robert était trop pénétré de la merveilleuse impression de sa bonne fortune pour n'y pas revenir de temps à autre. Mais Charles indiqua qu'il entendait retourner le soir même à Lyme, près de sa fiancée; et l'oncle qui, en d'autres temps, aurait fort mal accueilli cette prompte dérobade ne s'en montra pas cette fois vraiment affecté. Charles promit de parler de la question du Petit Manoir avec Ernestina et de convenir avec elle d'une prochaine rencontre avec l'autre future épousée. Mais toute la chaleur que l'oncle mit en fin de compte dans ses poignées de main n'effaça pas l'impression que le vieil homme était soulagé de pouvoir promptement mettre un terme à cette entrevue.

Au cours des trois ou quatre heures qu'avait duré sa visite, Charles avait été soutenu par son amour-propre. Mais le trajet du retour lui parut pénible. Ces pelouses, ces pâturages, ces grands enclos, ces paysages verdoyants et boisés paraissaient fuir, glisser entre ses doigts, à mesure qu'en se déroulant ils disparaissaient à ses yeux. Il avait l'impression de quitter Winsyatt pour toujours. Le ciel bleu de la matinée se couvrait peu à peu de cirrus passant très haut, annonciateurs de l'orage que nous avons entendu, un peu plus tard, gronder sur les falaises de Lyme, et, dans un climat intérieur pareillement assombri, Charles s'absorba bientôt dans une introspection morose.

Et là Ernestina était quelque peu sur la sellette. Il savait que ses manières londoniennes avaient fait sur son oncle une assez fâcheuse impression, de même que l'absence totale d'intérêt qu'elle manifestait pour un mode de vie rurale. Aux yeux d'un homme qui avait consacré la majeure partie de sa vie à l'élevage ce n'était pas un croisement de ce genre qui allait améliorer la robuste lignée des Smithson. Et encore, le célibat n'était-il pas un des liens qui avaient rapprochés l'un de l'autre l'oncle et le neveu ? Le prochain mariage de Charles n'avait-il pas contribué à dessiller les yeux du vieil oncle, qui s'était dit qu'il pourrait lui aussi en faire autant ? D'autre part, il y avait la seule chose qui, dans le choix d'Ernestina, avait la pleine approbation de son oncle : l'importance de la dot... mais justement c'est là ce qui pouvait lui permettre d'exproprier Charles sans aucun scrupule de conscience.

Surtout, Charles se sentait désormais, par rapport à Ernestina, dans une position d'infériorité qu'il trouvait particulièrement déplaisante. Les revenus de la fortune paternelle avaient toujours paru suffisants pour ses besoins personnels, mais il n'avait nullement augmenté le capital. En tant que futur propriétaire de Winsyatt, il se trouvait, financièrement parlant, sur un pied d'égalité avec sa future épouse. En tant que simple rentier, il allait devoir compter sur son apport pour assurer le train de maison. Charles se montrait, en cette matière, plus sourcilleux que la plupart des jeunes gens de sa classe et de son époque. La poursuite de la dot — et les dollars commençaient d'être aussi recherchés que les sterlings — était considérée alors comme un sport non moins honorable que la chasse au renard ou les paris aux courses. Peut-être la situation lui paraissait-elle d'autant plus amère qu'il savait que bien peu auraient partagé ses scrupules. Mais il aurait voulu avoir encore de meilleures raisons pour justifier le ressentiment qu'il éprouvait à l'égard de son oncle : l'injustice aurait été plus grande s'il s'était astreint plus fréquemment à venir séjourner à Winsyatt, ou s'il n'avait pas encore rencontré Ernestina.

Mais c'était Ernestina, et la nécessité d'affirmer sa dignité, qui lui avaient permis ce soir-là d'échapper à ces considérations pénibles et mesquines.

27

> Souvent je pause, et réfléchis longtemps
> A ma jeunesse étrange, instable et folle,
> Cherchant la vérité d'un sentiment
> Dans ses aspirations frivoles...
> Ce cœur qui se voulait constant
> Et qui si constamment s'envole,
> Comme tant d'autres graines folles
> Sous les soleils d'été dansant.
> Excités de discours ou d'actes,
> Portés librement — rien ici
> De nos gestes, nos cris, nos pactes,
> N'atteint un monde enseveli.
>
> A. H. CLOUGH, *Poème (1840)*.

LA servante entrouvrit la porte. Le docteur était, croyait-elle, occupé dans son laboratoire — mais si Charles voulait attendre à l'étage au-dessus... Ainsi, débarrassé de son chapeau et de son macfarlane, celui-ci se retrouva dans la même pièce où, en buvant des grogs, il avait affirmé sa foi dans le credo de Darwin. Un feu de bois brûlait dans l'âtre; et sur la table ronde, devant la fenêtre dominant la mer, demeuraient encore les reliefs du repas solitaire du docteur que la servante se hâta de faire disparaître. Charles ne tarda pas d'entendre un bruit de pas résonner dans l'escalier, et Grogan entra, cordial et main tendue.

« C'est un plaisir de vous voir, Smithson. Mais il pleut dehors, et cette stupide femme ne vous a même pas offert de quoi vous réconforter...

— Merci... »

Il allait repousser le carafon de brandy; mais il se ravisa, et, le verre à la main, il alla droit au but.

« Je suis venu vous consulter, et vous parler d'un sujet tout à fait privé et personnel. »

Une légère lueur passa dans le regard du docteur. Il était arrivé déjà qu'avant leur mariage des jeunes gens de bonne famille viennent lui rendre visite. Il s'agissait parfois d'une blennorragie, moins fréquemment de la syphilis; de simples craintes parfois, par suite d'habitudes de masturbation : une théorie alors fort répandue prétendait que les pratiques solitaires conduisaient à l'impuissance. Mais plus souvent encore, ce n'était que pure ignorance. Il y avait un an à peine, un infortuné mari sans enfants était venu consulter le docteur Grogan, qui avait dû gravement lui expliquer que ce n'était pas par le nombril que les enfants étaient conçus et venaient au monde.

« Vous savez, je crains qu'il ne me reste guère... Il m'a fallu en gaspiller pas mal aujourd'hui, et surtout à cause de cette vieille bigote de Marlborough House. Vous avez appris ce qu'elle a fait ?

— C'est précisément de cela que je venais vous parler. »

Le docteur eut un léger soupir de soulagement, et une fois de plus se trompa dans ses anticipations.

« Ah ! naturellement, Mrs. Tranter est préoccupée ? Dites-lui de ma part que l'on fait tout ce qu'il est possible de faire. Un groupe effectue des recherches. J'ai promis cinq livres de récompense à celui qui la ramènera... » La voix se fit plus amère « ... ou qui retrouvera le corps de cette malheureuse.

— Elle est vivante. Je viens de recevoir un pli de sa main. »

Charles baissa les yeux devant le regard stupéfait du docteur. Puis, comme s'il s'adressait d'abord à son verre de brandy, il commença d'exposer comment il avait rencontré Sarah — en se gardant cependant de faire état de ses plus secrètes pensées. Il s'efforçait même d'attribuer au docteur Grogan, du fait de leur précédente conversation, une bonne part de responsabilité; comme si son propre rôle s'était borné à celui d'une expérimentation scientifique. Son interlocuteur, attentif et finaud, ne manqua pas de noter cette particularité. Les vieux médecins, comme les vieux prêtres, sont assez peu sensibles à la poudre aux yeux — que quelqu'un s'efforce délibérément de les abuser, ou éprouve simplement, comme dans le cas de Charles, un certain embarras à s'expliquer. En écoutant cette confession, le docteur éprouvait, métaphoriquement, une petite démangeaison nasale, qui avait à peu près le même sens que la moue que Sam avait fait en pinçant les lèvres. Rien cependant n'en paraissait dans son attitude. Il posa une ou deux questions, mais il laissa Charles arriver, d'un ton qui devenait de moins en moins assuré, jusqu'au bout de son histoire. Quand ce fut fait, il se leva.

« Bon, la première chose à faire, c'est de rappeler nos braves bougres. »

L'orage était à présent beaucoup plus proche, et en dépit des rideaux tirés, les lueurs des éclairs traçaient fréquemment des dentelures blanches tout autour de Charles, le dos tourné.

« Je suis venu vous voir aussitôt...

— Oui, pour cela on ne peut rien vous reprocher. Maintenant, laissez-moi voir... »

Déjà le docteur s'était assis devant une petite table-bureau au fond de la pièce. On entendit pendant quelques instants le faible grincement de sa plume. Puis il lut à Charles le billet qu'il venait d'écrire.

« — Cher Forsythe, j'apprends à l'instant que Miss

« Woodruff est sauve. Elle ne désire pas que l'on sa
« che où elle se trouve; mais vous avez lieu d'être
« tout à fait rassuré à son propos. J'espère avoir
« d'autres nouvelles dès demain. Ayez l'obligeance de
« distribuer au groupe de sauveteurs, à leur retour, le
« montant ci inclus. » Qu'en pensez vous ?

— C'est parfait. Sauf que le montant sera à ma charge. »

Charles tira de sa poche une petite bourse brodée, récent cadeau d'Ernestina, et déposa trois souverains sur un coin du tissu vert recouvrant le bureau du docteur. Celui-ci en repoussa deux, en levant les yeux avec un sourire.

« Je pense qu'une pièce d'or doit suffire. Mr. Forsythe est en train d'essayer de supprimer dans ce pays les méfaits de l'alcool. »

Il plaça sous l'enveloppe le billet et la pièce de monnaie, scella l'envoi, et quitta la pièce pour en assurer l'expédition immédiate. Il rentra presque aussitôt.

« Et maintenant, dit-il, occupons-nous de cette fille. Qu'est-ce qu'on peut faire pour elle ? Avez-vous une idée de l'endroit où elle se trouve ?

— Pas la moindre; mais je suis persuadé qu'elle viendra demain matin à l'endroit qu'elle a indiqué.

— Mais vous ne pouvez évidemment pas vous y rendre. Dans votre situation, vous ne pouvez pas prendre le risque de vous compromettre. »

Charles leva les yeux sur lui, puis fixa de nouveau le tapis.

« Je demeure entièrement à votre disposition. »

Le docteur regarda Charles d'un air dubitatif. Ce simple test avait eu pour objet de s'assurer de l'état d'esprit de son visiteur; il avait confirmé ce qu'il supposait. Il fit demi-tour, s'approcha des rayonnages, à portée de la main de la table-bureau, et revint avec le même volume qu'il avait déjà présenté à Charles : le grand ouvrage de Darwin. Il s'assit près du foyer, et avec un léger sourire et un coup d'œil par-dessus ses verres, il tendit la main comme pour jurer sur *De l'origine des espèces*, sa Bible.

« Rien de ce qui s'est dit ou qui se dira à l'intérieur de ces quatre murs ne sera répété à quiconque. »

Puis il déposa le livre.

« Mon cher docteur, ce n'était pas nécessaire.

— La confiance dans le praticien, c'est la moitié de la médecine.

— Et l'autre moitié ?

— La confiance dans le malade. »

Il était debout avant que Charles ait pu répondre.

« Bon, vous êtes venu pour me consulter, n'est-ce pas ? »

Il jeta un coup d'œil à Charles, comme s'il était sur le point de le corriger. Plus d'Irlandais gouailleur, mais un combattant résolu. Puis il se mit à arpenter sa « cabine » à grands pas, les deux mains passées sous les pans de sa redingote.

« Je suis une jeune femme fort intelligente et assez bien éduquée. J'estime que le monde a beaucoup de torts envers moi. Je contrôle assez mal mes émotions. Je suis capable de faire des choses stupides; comme de me jeter à la tête du premier beau garçon et mauvais sujet que je rencontre sur ma route. Ce qui est pire, j'en suis venue à aimer être la victime du destin... Je me suis fait une spécialité de la mélancolie. Mes yeux ont une expression tragique. Je pleure d'une façon inexplicable... et ainsi de suite, ainsi de suite... »

Le petit docteur leva la main, en désignant la porte, comme pour une invocation magique :

« Entrée d'un jeune dieu. Intelligent, belle tournure, incarnation de tout ce que ma position, mon éducation m'ont appris à admirer. Je vois qu'il s'intéresse à moi; il s'y intéresse d'autant plus que je lui parais plus malheureuse. Je me jette à ses genoux et il me force à me relever. Il me traite comme une dame; mieux encore, dans un esprit de charité chrétienne, il m'offre de m'aider à échapper à mon sort infortuné. »

D'un geste, le docteur imposa silence à Charles qui s'efforçait de l'interrompre.

« Mais je suis si dépourvue. Je ne sais me servir d'aucun des artifices qu'ont utilisé les personnes les plus fortunées de mon sexe pour affirmer leur domination sur l'humanité. »

Il pointa l'index. « Je n'ai pas d'autre arme que la pitié que j'ai su inspirer à un homme sensible. Et cette pitié, il faut qu'elle soit soutenue, alimentée. A ce bon Samaritain, j'ai donné en pâture mon passé. Que puis-je faire à présent qu'il en est rassasié ? Il faut qu'il prenne en pitié ce qui va m'arriver dans le présent. Un jour où je m'étais rendue en un lieu que l'on m'avait interdit, j'ai saisi ma chance. Je me suis montrée à quelqu'un qui, j'en étais sûre, rapporterait mon crime à la seule personne dont je ne pouvais attendre de pardon. Je suis renvoyée de mon poste. Je disparais, de façon que l'on ait toutes les bonnes raisons de penser que je vais me jeter du haut de la falaise la plus proche. Alors, *in extremis* et *de profundis* — ou plutôt *de altis* — je crie vers mon sauveur pour qu'il vienne me porter secours. »

Le docteur fit alors une longue pause, et lentement les regards de Charles vinrent rencontrer les siens.

« Evidemment, dit-il avec un sourire, il y a dans mon compte rendu une petite part d'hypothèse.

— Mais votre accusation très précise, qu'elle a volontairement provoqué son... »

Le docteur s'assit à nouveau et attisa le feu.

« J'ai été appelé de bonne heure ce matin, à Marlborough House. Je ne savais rien, sinon que Mrs. Poulteney était sérieusement indisposée. J'ai été informé de ce qui s'était passé par Mrs. Fairley, vous savez, la directrice du personnel. »

Il s'arrêta, fixant les yeux sur Charles.

« Mrs. Fairley se trouvait hier à la laiterie, près de Ware Cleeves. La fille est sortie du bois, juste sous son nez. Or, cette femme est une parfaite réplique de sa maîtresse, et je suis sûr qu'elle a fait aussitôt ce qu'elle estimait être son devoir, avec toute la méprisable satisfaction que l'on peut attendre des gens de son espèce. Mais j'ai la conviction qu'on l'y avait délibérément amenée.

— Vous voulez dire... »

Le docteur fit un signe d'assentiment. Charles lui jeta un regard sombre, et d'un ton révolté :

« Je ne peux pas y croire. Ce n'est pas possible qu'elle veuille... »

Il ne termina pas la phrase. Le docteur murmura :

« C'est possible, hélas !

— Mais seule une personne de... »

Il était sur le point de dire « de nature perverse », mais il se leva brusquement, s'approcha de la fenêtre, écarta les tentures, et jeta un long regard sur l'obscurité lourde et menaçante. L'illumination livide d'un éclair révéla le Cobb, la baie, la mer inerte. Il se retourna.

« Autrement dit, je me suis laissé conduire par le bout du nez.

— Oui, je le crois. Mais il fallait que ce nez ait une certaine générosité. Et souvenez-vous qu'un esprit dérangé n'est pas un esprit criminel. Pensez, en ce cas, qu'il y a quelque chose de morbide dans le désespoir. C'est comme si cette fille était atteinte, dans ses facultés intellectuelles, d'une sorte de typhus, de choléra. C'est ainsi qu'il faut la voir; non pas comme une intrigante pleine de malice. »

Charles revint vers le centre de la pièce.

« Et quelles seraient finalement ses intentions ?

— Je doute fort qu'elle le sache vraiment. Elle vit au jour le jour. Et comment voulez-vous qu'il en soit autrement ? Aucune personne de sang-froid et qui sait prévoir n'aurait agi comme elle l'a fait.

— Mais elle n'a pas pu supposer un seul instant qu'un homme qui se trouve dans ma position...

— Vous voulez dire, qui est fiancé ? »

Le docteur eut un noir sourire.

« J'ai connu un assez grand nombre de prostituées — j'entends dans l'exercice de ma profession et non de la leur. Et je serais riche si j'avais obtenu une guinée de toutes celles que j'ai entendu se vanter d'avoir surtout exercé leur séduction sur des hommes mariés et des pères de famille. »

Il regardait fixement la flamme, comme s'il retrouvait là des images de son passé. « On me traite en paria; mais j'aurai ma revanche. »

« A vous entendre, on croirait qu'elle est un monstre, mais c'est faux. »

Il avait parlé avec trop de véhémence. Il se tourna en baissant le ton.

« D'elle, je n'arrive pas à croire cela.

— Cela, si vous permettez à un homme assez âgé pour être votre père de vous le dire, c'est parce que vous en êtes à demi-amoureux. »

Charles se tourna et fixa durement le visage affable du docteur :

« Je ne vous permets pas de dire cela. »

Le docteur inclina la tête. Dans le silence qui suivit, Charles ajouta :

« Ce serait une insulte à l'égard de Miss Freeman.

— C'est exact. Mais qui en est responsable ? »

Charles se mordit la lèvre. Ces regards railleurs lui étaient intolérables, et il s'avança dans la longue pièce étroite, vers la porte de sortie. Mais avant qu'il ait pu l'atteindre, le docteur Grogan l'avait saisi par le bras — et le retournant, saisissant l'autre bras, agressif, bousculant délibérément l'orgueilleuse dignité de Charles :

« Allons, allons, mon cher, l'un et l'autre ne croyons-nous pas en la science ? Ne sommes-nous pas convaincus que la vérité est l'unique grand principe ? A quoi rimerait donc la mort de Socrate ? Un hommage au décorum ? Ne pas perdre la face aux yeux de la société ? Croyez-vous qu'au cours de mes quarante années d'exercice de la médecine je n'aie pas appris à reconnaître le visage d'un homme en détresse ? Et parce qu'il voudrait se cacher sa propre vérité ? Connais-toi toi-même, Smithson; connais-toi toi-même. »

Ce mélange de fureur grecque et gaélique eut un effet cautérisant sur l'amour-propre de Charles. Il demeura immobile, les yeux fixés sur le docteur; puis détourna le regard et revint près du foyer, tournant le dos à son bourreau. Il y eut un long silence. Les yeux de Grogan ne cessaient pas de le fixer. A la fin Charles parla :

« Je n'étais pas fait pour le mariage. Mon malheur c'est de m'en apercevoir trop tard.

— Avez-vous lu Malthus ? »

Charles inclina la tête.

« Pour lui, la tragédie de l'*Homo sapiens* c'est que ce sont les moins aptes à survivre qui font toujours le plus d'enfants. Aussi, mon cher, ne dites pas que vous n'êtes pas fait pour le mariage. Et ne vous méprisez pas de tomber amoureux de cette fille. Je crois comprendre pourquoi ce marin français a pris la poudre d'escampette. Il avait vu qu'elle avait des yeux dans lesquels un homme va se noyer. »

Charles se retourna, comme s'il s'était soumis à la torture.

« Sur mon honneur, sur ce que j'ai de plus sacré, je vous affirme qu'entre nous, il ne s'est rien passé d'incorrect. Vous devez me croire.

— Je vous crois. Mais laissez-moi vous poser les questions usuelles du vieux catéchisme : désirez-vous l'entendre ? Désirez-vous la voir ? Désirez-vous la toucher ? »

Charles se détourna à nouveau, et s'enfonçant dans le fauteuil, prit son visage dans ses mains. Ce n'était pas une réponse, mais l'attitude était révélatrice. Il releva son visage et fixa les yeux sur la flamme :

« Mon cher Grogan, si vous saviez à quel point ma vie est un gâchis... inutile... sans espoir. Aucun but moral précis, aucun sentiment d'un devoir. Il me semble que j'avais vingt ans il y a quelques mois à peine... tant d'espérances... toutes déçues. Et me trouver maintenant impliqué dans cette misérable affaire... »

Grogan s'approcha et lui mit la main sur l'épaule.

« Vous n'êtes pas le premier à être pris de doutes à l'égard du choix de votre prochaine épouse.

— Elle est si peu capable de comprendre ce que je suis réellement.

— Elle a — voyons — une douzaine d'années de moins que vous ? Et il n'y a pas six mois qu'elle vous connaît. Comment pourrait-elle vous comprendre ? C'est presque encore une écolière. »

Charles inclina le front tristement. Il ne pouvait pas avouer au docteur qu'il était tout à fait convaincu qu'Ernestina ne saurait jamais le comprendre. Il était profondément désabuse de penser que lui qui se croyait quelque intelligence avait pu se tromper ainsi dans le choix du partenaire de toute sa vie; car, comme de nombreuses personnes de l'époque victorienne — et de la nôtre encore sans doute — Charles était incapable de concevoir la vie autrement que sous des formes idéales. Certains se réjouiront à l'idée qu'il existe des femmes beaucoup moins attrayantes que leur épouse, et d'autres seront hantés toute leur vie par l'idée qu'il existe d'autres femmes qui ont beaucoup plus d'attrait. Charles ne voyait que trop bien à présent dans laquelle de ces catégories il devait se ranger.

« Ce n'est pas sa faute, murmura-t-il, je ne puis le lui reprocher.

— Certes non. Elle est si charmante et innocemment jeune.

— La promesse que je lui ai faite sera honorée.

— Naturellement. »

Il y eut un silence.

« Dites-moi ce que je devrais faire.

— Me dire d'abord quels sont réellement vos sentiments à propos de l'autre. »

Charles releva les yeux avec désespoir; puis il regarda de nouveau la flamme, en s'efforçant d'expliquer ce qu'il éprouvait vraiment.

« Je n'y vois pas clair, Grogan. En tout ce qui la concerne, je suis, à mes propres yeux, une énigme. Je ne l'aime pas. Ce n'est pas possible. Une femme aussi compromise, qui — me dites-vous — est une malade mentale... Mais, c'est comme si... j'ai l'impression d'être entraîné malgré moi, écarté de ce qui convient le mieux à mon caractère. A cet instant même, je vois ce visage devant moi, comme un vivant démenti de tout ce que vous avez pu prétendre. Il y a quelque chose en elle. Une connaissance, une conscience de la vie beaucoup trop noble, pour ne pas être en contradiction avec le mal ou avec la folie. Sous cette gangue... Je ne parviens pas à expliquer.

— Ce n'est pas sa malfaisance que je lui reproche. C'est son désespoir. »

Le silence retomba, à peine troublé par quelques craquements des lames du parquet sous les pas du docteur. Charles, à la fin, le rompit à nouveau.

« Que me conseillez-vous ?

— De vous en remettre entièrement à moi.

— Vous irez la voir ?

— Je mettrai mes gros souliers de marche. Je lui dirai que vous avez été contraint de partir à l'improviste. Et il faut que vous partiez, Smithson.

— Je devais justement aller à Londres pour une affaire urgente.

— Ce n'en est que mieux. Et avant de partir, je suggère que vous expliquiez tout très franchement à Miss Freeman.

— J'y étais déjà décidé. »

Charles se leva. Mais, de nouveau, le souvenir de ce visage se dressa devant lui.

« Mais elle, qu'allez-vous faire ?

— Beaucoup dépendra de l'état d'esprit où je vais la trouver. Il est fort possible que la conviction que vous éprouvez pour elle de la sympathie — voire un sentiment plus doux — soit à l'heure actuelle la seule chose qui l'empêche de sombrer dans le désespoir. Il se peut que le seul fait qu'elle ne vous verra pas apparaître la précipitera dans une mélancolie encore un peu plus profonde. C'est sans doute là ce qu'il faut craindre. »

Charles baissa les yeux vers le sol.

« Vous n'avez pas à vous le reprocher. Ce pouvait être n'importe quel autre. D'un certain côté les choses en seront peut-être facilitées. Je saurai quoi faire en pareil cas. »

Charles fixait obstinément le tapis.

« Un asile ?

— Le collègue dont je vous ai parlé... il partage mes opinions sur le traitement qu'il convient d'appliquer en pareil cas. Nous ferons de notre mieux. Serez vous prêt à engager quelques frais ?

— Je ferai n'importe quoi pour ne plus avoir affaire à elle, sans qu'elle puisse en souffrir.

— Je connais une maison de santé privée, à Exeter. Mon ami Spencer y a quelques malades. Ils y sont traites avec intelligence et beaucoup de soins.

A ce stade, je ne saurais conseiller un asile public.

— Ah ! surtout pas... J'ai entendu parler de choses terribles à ce propos.

— Rassurez-vous. Je vous parle d'un établissement modèle.

— Il ne s'agirait pas d'un régime cellulaire ? »

Car Charles avait soudain l'impression d'une sorte de perfide trahison : parler d'elle comme d'un cas clinique, songer à elle, internée dans une pièce étroite...

« En aucune façon. Je vous parle d'une maison où elle pourrait guérir, où elle sera bien traitée, où on lui trouvera des occupations — et où elle pourra bénéficier des soins et de l'expérience de Spencer. Il traite d'autres cas similaires, et il sait comment s'y prendre. »

Charles eut encore une hésitation, puis il se leva, la main tendue. Dans l'état où il se trouvait, il avait besoin de prescriptions et d'indications claires. Il se sentait mieux de les avoir obtenues.

« J'ai un peu l'impression que vous m'avez sauvé la vie.

— Vous dites des bêtises, mon cher ami.

— Ce ne sont pas des bêtises. Jusqu'à la fin de ma vie je vous devrai de la reconnaissance.

— Alors, portez encore à mon crédit le nom de votre future épouse.

— L'engagement sera tenu.

— Et laissez-lui un peu de temps à cette charmante créature. Les meilleurs vins ne sont-ils pas les plus longs à se faire ?

— Je crains, dans mon propre cas, qu'il faille en dire autant d'une bien inférieure cuvée.

— Bah ! des bêtises ! »

Le docteur lui frappa sur l'épaule.

« Et à propos, vous lisez le français, il me semble. »

Charles surpris, fit un signe d'approbation. Le docteur parcourut des yeux les rangées de livres de ses rayonnages, prit un volume, l'ouvrit et marqua un passage au crayon avant de le tendre à son visiteur.

« Vous pouvez vous dispenser de lire tout le procès, mais j'aimerais que vous jetiez un coup d'œil sur un rapport d'expertise médicale présenté par la défense. »

Charles regarda le volume.

« Un purgatif ? »

Un sourire impénétrable se dessina sur les lèvres du petit docteur.

« Quelque chose de ce genre. »

28

Conclusions grossières, hâtives —
La science les porte à son crédit;
Bouchons de liège du novice —
Et bientôt le nageur s'en rit.
A. H. CLOUGH, *Poème (1840)*.

A nouveau je cours à mon choix;
A nouveau le courroux d'un Dieu
Me touche d'un éclat de voix :
« Suis mon conseil : quitte ce lieu ! »
MATTHEW ARNOLD, *Le lac (1853)*.

LE procès du lieutenant Emile de la Roncière, qui se déroula en 1835, est, d'un point de vue psychiatrique, un des cas les plus intéressants que puisse nous offrir les annales judiciaires en ce début du XIXe siècle. Ce fils du dur et intransigeant général comte de la Roncière était évidemment un jeune homme frivole — il avait une maîtresse et de nombreuses dettes — ce qui, pour son temps, son milieu et sa profession, n'avait cependant rien d'exceptionnel. En 1834, il faisait partie de la fameuse école de cavalerie de Saumur. Son commandant, le baron de Morell, était père d'une jeune fille de seize ans, d'un tempérament nerveux, prénommée Marie. En ce temps, la résidence du commandant servait en quelque sorte de mess à ses officiers, qui étaient reçus à sa table. Le baron, qui n'était pas moins rigide et intraitable que le père d'Emile mais dont l'influence était beaucoup plus grande, interpella le lieutenant au cours d'une soirée et en présence des dames et d'autres officiers lui enjoignit avec emportement de quitter immédiatement sa maison. On devait le lendemain montrer à La Roncière toute une série de lettres de chantage adressées à la famille Morell. Toutes faisaient preuve d'une étonnante connaissance de la vie de la famille dans ses plus menus détails, et toutes — première invraisemblance dans les charges du procès — étaient signées des initiales du lieutenant.

Mais ce n'était là qu'un début. La nuit du 24 septembre 1834, la gouvernante anglaise de Marie, une certaine Miss Allen, fut réveillée par sa jeune élève qui lui conta, tout en larmes, que La Roncière venait de faire irruption par la fenêtre de sa chambre à coucher, avait verrouillé les portes, et avec des menaces obscènes lui avait mordu la main, l'avait frappée à la gorge, puis l'avait forcée de relever sa chemise de nuit et l'avait blessée à la cuisse. Sur ce, il s'était enfui par le même chemin qu'il avait pris pour entrer.

Le matin suivant, un autre lieutenant, accusé de faire les yeux doux à Marie de Morell, recevait une lettre d'insultes, toujours apparemment du même La Roncière. Un duel s'ensuivit. La Roncière en sortit vainqueur, mais bien que sérieusement blessé, son adversaire, assisté de son premier témoin, refusa de reconnaître la fausseté de l'accusation selon laquelle La Roncière aurait rédigé la lettre d'insultes. L'un et l'autre menacèrent celui-ci de prévenir son père s'il se refusait à signer une déclaration par laquelle il reconnaissait sa culpabilité. S'il signait, il ne devait plus être question de toute cette affaire. Après une longue nuit de torturante indécision, La Roncière, stupidement, se décida à signer.

Ensuite, il sollicita un congé et partit pour Paris, espérant que toute cette affaire allait retomber dans l'oubli. Mais des lettres, signées de ses initiales, continuèrent de parvenir à la famille Morell. Les unes affirmaient que Marie était enceinte, d'autres que ses parents ne tarderaient pas à être assassinés, et ainsi de suite. Mais le baron de Morell en avait assez, et La Roncière fut arrêté.

De si nombreuses circonstances et présomptions d'innocence auraient dû jouer en faveur de l'accusé que l'on a peine à comprendre de nos jours qu'il ait pu passer en jugement, et mieux encore qu'il ait été reconnu coupable. En premier lieu, il était notoire, à Saumur, que Marie avait été froissée de l'évidente admiration que La Roncière montrait pour la beauté de sa mère, dont la jeune fille était à l'évidence fort jalouse. En outre, le soir de la tentative de viol, l'hôtel des Morell était gardé par des factionnaires qui ne remarquèrent absolument rien d'anormal, bien que la chambre de Marie fût située à un second étage que l'on ne pouvait atteindre qu'à l'aide d'une échelle de telle dimension que trois hommes auraient été nécessaires pour la porter et la placer — ce qui n'aurait pas manqué de laisser des marques sur la terre molle au-dessous de la fenêtre, et l'on n'avait pu, aux dires de la défense, relever aucune trace. D'autre part, le verrier qui avait remplacé le carreau certifia que tous les débris de verre étaient tombés à l'extérieur, et que, de toute façon, l'étroite ouverture pratiquée ne pouvait permettre à l'agresseur d'atteindre l'espagnolette. La défense s'étonna ensuite que Marie, au moment où elle était assaillie, n'ait pas poussé d'appels au secours; que la préceptrice, Miss Allen qui occupait la chambre adjacente et avait le sommeil léger, n'ait pas été réveillée par le bruit; que cette dernière, et Marie, *avant de se rendormir*, n'aient pas eu l'idée d'aller réveiller Mme de Morell qui dormait à l'étage au-dessous; que la blessure à la cuisse ait été examinée plusieurs mois seulement après les faits — et fut alors considérée comme une éraflure assez légère complètement cicatrisée; que Marie ait pu se rendre à un bal, seulement deux jours plus tard et ait poursuivi une existence tout à fait normale jusqu'au jour du jugement — au cours duquel elle fut prise d'une crise nerveuse hystérique. La défense apporta la preuve que celle-ci était loin d'être la première dont elle ait été atteinte au cours des années précédentes; que les lettres avaient effectivement continué de parvenir à la maison familiale, alors même que La Roncière se trouvait emprisonné, et sans un sou vaillant, dans l'attente de comparaître en jugement; que l'auteur de lettres calomnieuses qui aurait eu toute sa raison aurait, non seulement déguisé son écriture, qui était de toute manière assez facilement imitable, mais se serait bien gardé de signer son nom; que ces lettres présentaient des phrases fort bien construites et d'une orthographe impeccable — alors que La Roncière n'avait pas beaucoup de style et n'était jamais parvenu à maîtriser la règle d'accord des participes, comme d'authentiques lettres de lui, produites à l'instruction, permettaient de le constater; que les lettres diffamatoires, qui lui étaient attribuées, avaient été écrites, comme le certifièrent des experts qualifiés, sur du papier identique à celui que contenait une liasse découverte dans l'écritoire de Marie. Pourquoi enfin toutes ces impossibilités ? Et à ces sujets de doute, la défense ajoutait qu'une série de lettres similaires avait été précédemment découverte, dans l'hôtel parisien des Morell, et à une période où La Roncière se trouvait à une autre extrémité du monde : en garnison à Cayenne.

Mais l'injustice la plus flagrante, enregistrée à ce procès — auquel étaient venus assister, entre autres célébrités, Hugo, Balzac et George Sand — devait être le refus de la Cour de permettre un interrogatoire contradictoire du principal témoin de l'accusation : Marie de Morell. Celle-ci, d'un ton froid et compassé, vint confirmer le récit de son agression; et sous les regards du baron et de l'imposante phalange de ses relations, le président de la Cour, invoquant la nécessité de ménager la « pudeur » et les « nerfs fragiles » de cette enfant, interdit qu'aucune question ne lui soit posée.

La Roncière fut déclaré coupable et condamné à dix ans de réclusion. Une bonne partie de l'opinion et d'éminentes personnalités juridiques européennes protestèrent contre le verdict, mais en vain. Nous voyons mieux aujourd'hui les raisons de ce verdict, ou plutôt ce qui avait condamné La Roncière : le prestige de la position sociale, le mythe de la pure jeune fille innocente, l'ignorance psychologique, la réaction contre les pernicieux principes de liberté individuelle répandus par la Révolution française.

Mais que l'on me permette de citer ici les quelques pages que le docteur avait spécialement signalées à l'attention de Charles. Elles sont extraites des *Observations médico-psychologiques* d'un certain docteur Karl Matthaei, spécialiste allemand fort connu à cette époque, et avaient été présentées à l'appui d'une demande en révision du procès La Roncière. Matthaei avait déjà eu l'intelligence de noter les dates de l'expédition des lettres les plus compromettantes. Elles correspondaient clairement à un cycle mensuel — ou menstruel. Après avoir analysé les dépositions que les témoins avaient faites devant la Cour, le savant professeur, d'un ton quelque peu dogmatique, en vint à des commentaires sur la maladie mentale que nous appelons aujourd'hui l'hystérie — c'est-à-dire à une simulation de symptômes de maladies ou d'infirmités ayant pour but d'inspirer à autrui de la sympathie ou de la pitié : une névrose ou psychose qui, comme nous le savons aujourd'hui, procède presque toujours d'une frustration sexuelle.

« Si je fais appel à l'expérience de ma longue carrière médicale, je puis me souvenir d'un grand nombre de circonstances au cours desquelles des jeunes filles jouaient un rôle essentiel, bien que, pendant fort longtemps, on avait estimé impossible qu'elles puissent y être impliquées.

« Voici une quarantaine d'années, je comptais parmi ma clientèle la famille d'un lieutenant général de cavalerie. Il possédait, à quelque six milles de la ville de sa garnison, une petite propriété où il résidait, se rendant à la ville à cheval quand il y était appelé pour les nécessités de sa charge. Il avait une fille de seize ans d'un charme exceptionnel, qui désirait très vivement que son père vînt s'installer dans la ville. On n'a jamais su exactement pour quelles raisons; mais il est probable qu'elle était attirée par les plaisirs de la vie sociale et une possibilité de faire la connaissance des officiers. Pour parvenir à ses fins, elle eut recours à un moyen criminel : elle mit le feu à la résidence villageoise. Une aile fut complètement détruite et dut être rebâtie. De nouvelles tentatives d'incendie eurent lieu; et un jour, une autre partie de la maison finit par disparaître dans les flammes. Il n'y eut pas moins de trente tentatives d'incendie volontaires; et bien que presque toutes fussent suivies d'enquêtes, on ne parvenait jamais à découvrir le coupable. Un grand nombre de personnes furent appréhendées et interrogées. La seule personne à n'être jamais soupçonnée était cette jeune, toute charmante et innocente fille. Plusieurs années passèrent, mais finalement elle fut prise sur le fait, et condamnée pour la vie à l'emprisonnement dans une maison de correction.

« Dans une grande ville d'Allemagne, une charmante jeune fille, appartenant à une très honorable famille, prenait plaisir à envoyer des lettres anonymes dans le but de provoquer la désunion d'un couple heureux, marié récemment. Elle s'efforçait également de répandre des rumeurs scandaleuses sur la conduite d'une autre jeune dame, fort admirée pour ses talents, et de ce fait fort enviée. Ces correspondances anonymes et calomnieuses se poursuivirent pendant plusieurs années, sans que leur auteur ait été l'objet de la moindre suspicion, alors que de nombreuses autres personnes se trouvaient accusées. A la fin elle se fit préndre, fut traduite en jugement et avoua son crime... qui lui valut une longue peine d'emprisonnement.

« A nouveau, et dans le temps et lieu même où j'écris [1], la police est en train d'effectuer une enquête à propos d'une affaire similaire... »

On objectera peut-être que Marie de Morell ne se serait pas infligée elle-même une blessure pour parvenir à ses fins; mais ses souffrances ne pouvaient être que fort légères, comparées à celles qui, en d'autres cas, ont été enregistrées dans les Annales de la médecine. En voici quelques remarquables exemples.

« Le professeur Herholdt de Copenhague rapporte ce cas d'une belle jeune femme d'excellente éducation et d'une famille fort riche, qui avait réussi à l'abuser lui-même ainsi qu'un certain nombre de ses confrères. Elle fit preuve, dans ses supercheries, d'une très grande habileté et de la plus grande persévérance, et cela au cours d'un assez grand nombre d'années. Elle se torturait elle-même de la façon la plus atroce. Elle s'enfonça des aiguilles par centaines dans diverses parties du corps, et il fallait les extraire par incisions quand se produisaient les inflammations et suppurations. Elle se refusait à uriner, et chaque matin, il fallait évacuer l'urine de la vessie avec le secours d'une

1. Hanovre, 1836.

onde. Elle s'insufflait elle-même de l'air dans la vessie, qui s'échappait à l'insertion de l'instrument. Elle demeura muette et inerte pendant un an et demi, refusant de manger, simulant des spasmes, des crises d'évanouissement, et ainsi de suite. Avant que la simulation fut finalement découverte, elle avait été examinée par un grand nombre de médecins célèbres, certains venus de l'étranger, qui tous étaient horrifiés à la vue de ses souffrances. Tous les journaux parlaient d'elle et aucun ne mettait en doute l'authenticité de la maladie dont cette malheureuse était atteinte. Finalement, en 1826, la vérité se fit jour. Le seul motif de cette adroite trompeuse était de devenir un objet d'admiration et d'étonnement pour l'humanité tout entière, et de se jouer des plus célèbres, des plus savants et des plus compétents d'entre nous. On trouvera l'historique de ce cas, si important d'un point de vue psychologique, dans l'ouvrage d'Herholdt : *Notes sur le cas symptomatique de Rachel Hertz de 1807 à 1826.*

« A Lüneburg, une mère et sa fille avaient ensemble mis au point un plan, dont le but était de susciter à leur égard une sympathie lucrative — et elles devaient en poursuivre l'accomplissement avec une effrayante détermination. La fille se plaignait d'insupportables douleurs dans un sein, pleurant et se lamentant, ayant recours à la médecine et se soumettant à tous les traitements imposés. Les souffrances continuaient, et l'on soupçonna un cancer. Elle insista elle-même pour qu'il soit procédé à l'ablation du sein, qui n'était, comme on put le constater, nullement contaminé. Quelques années plus tard, voyant que l'on ne s'intéressait plus guère à elle, elle reprit son ancienne comédie. On procéda à l'ablation du second sein, sans pouvoir déceler, comme pour le premier, la moindre trace d'infection. Quand, une fois de plus, la sympathie qu'elle inspirait commença de s'affaiblir, elle se plaignit de douleurs à la main. Elle demandait à être amputée; mais son attitude avait fini par éveiller les soupçons. Elle fut envoyée à l'hôpital, accusée de simulation, et condamnée finalement à une peine de prison.

« Lentin, dans son *Supplément à la connaissance pratique de la médecine* (Hanovre, 1798), nous conte une histoire dont il avait lui-même été témoin. Au moyen de forceps et après incision, on parvint à extraire du canal et de la vessie d'une fille fort jeune un total de 104 pierres, en l'espace de dix mois. Celle-ci introduisait elle-même les pierres dans sa vessie, en dépit des hémorragies et des souffrances atroces que lui causaient les manœuvres nécessaires. Elle était prise au préalable de vomissements, de convulsions et d'autres symptômes de diverses sortes. Ses simulations étaient effectuées avec une remarquable habileté.

« Après de tels exemples, et il nous serait très facile d'en ajouter d'autres, qui pourrait encore prétendre qu'une jeune fille est incapable de s'infliger à elle-même des souffrances, en vue de parvenir à un but déterminé [1] ? »

1. Je ne saurais abandonner ce procès La Roncière — dont j'ai pu emprunter les données à ce même compte rendu de 1835 que le docteur Grogan avait remis à Charles — sans ajouter qu'en 1848, quelques années après la libération du lieutenant à l'expiration de sa peine, un des avocats de la partie civile eut l'honnêteté tardive de soupçonner qu'il avait contribué à un grave déni de justice. Devenu garde des Sceaux, il était en position d'obtenir la révision du procès. La Roncière fut reconnu innocent et, en conséquence, pleinement réhabilité. Il reprit sa carrière militaire et, dans le temps même où Charles prenait connaissance des sombres heures qu'il avait pu connaître dans sa vie, il devait couler de bien meilleurs jours en qualité de gouverneur militaire de Tahiti. Mais son aventure de jeunesse allait connaître en fin de compte un nouveau et peu ordinaire gauchissement. Ce n'est qu'assez récemment que l'on a pu apprendre qu'il avait, au moins en partie, mérité cette vengeance qu'avait exercée à son encontre l'hystérique Mlle de Morell. Pour la révélation de la vérité sur ces faits,

Ces dernières pages du compte rendu furent les premières dont Charles prit sur l'heure connaissance. Il en fut brutalement choqué, car il n'avait pas la moindre idée qu'il put exister de semblables perversions — et parmi celles qui appartenaient à ce sexe féminin qu'il entendait considérer comme pur et sacré. Et naturellement, il lui était impossible de découvrir dans ces troubles mentaux de nature hystérique ce qui se trouve en réalité à leur origine : une pitoyable quête de l'amour et de la sécurité. Il reprit, à son début, le récit du procès; et fatalement il fut entraîné et troublé par ses péripéties. A peine est-il besoin de dire qu'il s'identifia fort promptement au malheureux Emile de La Roncière; et, vers la fin du procès, il tomba en arrêt sur une date qui lui donna comme un frisson glacé. Le lieutenant avait été condamné le jour même où Charles était venu au monde. Un instant, dans le silence de cette nuit du Dorset, la raison et la science furent pour lui abolies : la vie ne fut plus qu'un mécanisme sombre, un sinistre décret des astres, un verdict prononcé sans appel à la naissance, un trait qui devait rayer toutes les chances.

Jamais il ne s'était senti si totalement privé de liberté.

Et jamais il n'avait eu aussi peu sommeil. Il regarda sa montre. Il était 4 h 10 du matin. Au-dehors à présent tout était calme. La tempête était passée. Charles ouvrit une fenêtre et absorba une longue gorgée d'un air froid mais pur. Les étoiles scintillaient faiblement au-dessus de lui — innocemment, comme

à la fois croustillants et absurdes, qui s'étaient passés en cette nuit de septembre 1834 — une nuit où la représentante de la perfide Albion, la préceptrice Miss Allen, n'a pas joué un très honorable rôle — je renvoie le lecteur à l'ouvrage de René Floriot : *Les Erreurs judiciaires* (Paris, 1968); ou précédemment à celui de Gaston Delayen : *L'Inavouable secret du lieutenant La Roncière*.

en démenti de leurs prétendus pouvoirs, sinistres ou bénéfiques. Et elle ? Où se trouvait-elle ? Eveillée aussi — à un ou deux milles de là, dans la froide et humide retraite d'un fourré ?

Les effets du cordial de l'hôtel et du brandy de Grogan avaient depuis longtemps cessé de se faire sentir, laissant Charles aux prises avec une profonde impression de culpabilité. Il croyait se souvenir d'avoir aperçu, dans les regards du docteur irlandais, une sorte d'éclair de malice : l'enregistrement des ennuis de ce blanc-bec de gentleman londonien que, dans tout Lyme, on n'allait pas tarder de se chuchoter, de bouche à oreille. N'était-il pas notoire que les gens de sa race se montraient toujours incapables de garder un secret ?

Comme s'il s'était conduit de façon indigne, dépourvue de dignité ! Ce n'était pas seulement Winsyatt qu'il avait perdu le jour précédent, mais le respect de lui-même. Et cette dernière expression avait encore la faiblesse d'une pure tautologie : il avait simplement perdu le respect de tout ce qu'il pouvait connaître au monde. La vie n'était-elle que l'hôpital des fous ? Derrière les visages les plus innocents se dissimulaient les vices et les crimes les plus vils : Galaad à qui l'on démontre que dame Guenièvre est une putain.

Pour en finir avec cet amer ressassement — si seulement il pouvait agir ! Il reprit le livre fatal et relut à nouveau quelques passages de Matthaei sur l'hystérie. Il n'y trouvait guère de similarités à présent avec la conduite de Sarah. Son sentiment de culpabilité commença de se retourner vers son véritable objet. Il essayait de se souvenir du visage de Sarah, des choses qu'elle avait dites, de l'expression de ses regards au moment où elle les disait, mais il ne pouvait y parvenir. Cependant il avait l'impression de la mieux connaître qu'aucun être humain n'avait pu le faire. Le compte rendu de leurs rencontres, tel qu'il l'avait présenté à Grogan... de cela il pouvait se souvenir — et presque mot pour mot. N'avait-il pas, dans sa volonté de dissimuler les sentiments qu'il éprouvait, induit Grogan en erreur ? Exagéré l'étrangeté de son attitude ? Déformé le sens des paroles qu'elle avait réellement prononcées ?

Ne l'avait-il pas condamnée pour éviter d'avoir à se condamner lui-même ?

Sans répit, il parcourait de long en large le petit salon, cherchant en lui-même, fouillant dans la profondeur de son orgueil blessé. Et à supposer qu'elle fut réellement telle qu'elle s'était elle-même dépeinte — une pécheresse assurément, mais aussi une femme d'un exceptionnel courage, qui voulait regarder sa faute bien en face. Et en fin de compte affaiblie, perdant pied au cours de ce terrible combat face à face avec son passé, et qui crie afin que l'on vienne à son aide ?

Pourquoi avait-il laissé Grogan s'ériger en juge et prononcer l'arrêt à sa place ?

Parce que lui-même avait plus souci de sauver les apparences que de sauver son âme. Parce qu'il était aussi dépourvu de volonté et de libre détermination qu'une ammonite. Parce qu'il n'était qu'un Ponce Pilate — mais pire que cela, il ne se contentait pas de trouver des excuses à la crucifixion, il l'encourageait — mieux même, il en était lui-même la cause — tout n'était-il pas venu de cette deuxième rencontre, de cet instant où elle avait voulu partir, mais où il l'avait rappelée, pour la contraindre à parler de sa situation — et tout cela pour la conduire finalement à cette exécution dernière.

Il ouvrit à nouveau la fenêtre. Deux heures avaient passé depuis qu'il avait fait ce geste une première fois. Dans la direction de l'est, une faible lueur commençait à se répandre.

Longuement ses regards se fixèrent sur les étoiles pâlissantes.

La destinée.

Ces yeux.

Brusquement, il se retourna.

Qu'il puisse rencontrer Grogan, eh bien, peu importe. Les scrupules de conscience expliqueraient la désobéissance. Il entra dans sa chambre, et là, d'un air grave et réfléchi, reflétant la résolution imprévisible et qui le remplissait lui-même de crainte, à laquelle il était parvenu, il commença de changer de vêtements.

29

Car la brise du matin s'élève
Et l'astre de l'amour brille au plus haut.

TENNYSON, *Maud (1855).*

C'est tout particulièrement une question de prudence de ne jamais faire quelque chose parce que l'on a quelque inclination à le faire, mais bien parce que c'est notre devoir, ou que la chose est raisonnable.

MATTHEW ARNOLD, *Carnets (1868).*

UN soleil rougeoyant venait d'apparaître au-dessus des hauteurs au-delà de Chesil Bank, lorsque Charles, avec un visage de croque-mort bien qu'il n'en eût pas revêtu la tenue, franchit le portail et s'éloigna du White Lion. Lavé par l'orage de la nuit précédente, le ciel n'avait pas un nuage et avait pris une teinte bleue éthérée délicieusement tendre. L'air piquant comme un jus de citron en avait ainsi toute la décapante pureté. Aujourd'hui, quiconque parcourrait Lyme à cette heure matinale n'y rencontrerait pas âme qui vive. Charles, à cette époque de lève-matin, était un peu moins chanceux. Mais tout ce peuple qui, autour de lui, s'affairait déjà avait cette agréable aisance, ce primitif aspect de société sans classes des habitués de potron-minet — des gens simples, tout occupés de leurs travaux quotidiens. Quelques-uns d'entre eux souhaitèrent à Charles le bonjour, et n'obtinrent en retour qu'une assez froide inclinaison de tête, ponctuée d'un mouvement ascendant plus accentué de la canne ferrée. La vue de quelques cadavres allongés au long des rues lui aurait sans doute paru plus supportable en cet instant que celle de ces visages épanouis; et il fut heureux de pouvoir bientôt laisser la ville en arrière, en s'engageant dans le chemin qui conduisait à l'Undercliff.

Mais sa tristesse, et le reproche qu'il s'adressait à lui-même et que nous avons omis de mentionner — selon lequel sa décision résultait beaucoup plus d'un mouvement de désespoir que d'un plus noble motif — ne résistèrent pas longtemps à l'influence de cette ambiance nouvelle. Par suite de la marche rapide, il sentait monter en lui un flux de chaleur tiède, et la chaleur que dispensaient les rayons du soleil venait en compléter l'effet. Cette pureté première d'un soleil matinal était étrangement pénétrante. Elle semblait presque être dotée d'une odeur, comme celle de la pierre chaude et d'une fine poussière de photons ruisselant en averse à travers l'espace. Chaque tige d'herbe s'emperlait de gouttelettes vaporeuses. Sur les pentes dominant le sentier, les troncs des frênes et des sycomores, couleur de miel mordoré sous les rayons obliques, dressaient les hautes voûtes des frondaisons nouvelles, d'un vert pâle tout humide de rosée. Se répandait alentour l'impression de religieux mystère, antérieur à toute religion : une balsamique douceur au charme druidique... Et les verts étaient d'une variété infinie, du plus tendre vert pomme aux teintes les plus avivees, allant presque jusqu'au noir dans les profondes épaisseurs du feuillage. Un renard traversa soudain le sentier et, un court instant, fixa les yeux sur Charles, comme sur l'intrus, le trouble-fête; puis, quelques instants plus tard, un chevreuil qui broutait entre les branches releva le front, avec le même etonnement étrange, et se tint droit une seconde, dans sa timide majesté, avant de faire demi-tour pour disparaître dans un fourré. Le peintre Pisanello, dans un tableau du début de la Renaissance que l'on peut voir à la National Gallery, a saisi une impression exactement similaire : saint Hubert se trouve là en présence de divers quadrupèdes et oiseaux. Le saint paraît effare, comme s'il était victime de quelque plaisanterie, et toute son orgueilleuse assurance cède devant la révélation d'un des plus confondants secrets de la nature : l'égale dignité de tous les êtres vivants.

Mais ce n'était pas seulement l'apparition de ces deux animaux qui paraissait soudain chargée de sens : les taillis bruissaient de chants d'oiseaux : fauvettes grisettes, fauvettes à tête noire, grives, merles, et le roucoulement des palombes, célébrant cette aube tranquille de la même inflexion de gorge qu'un crépuscule serein, et pourtant avec moins d'élégiaque tristesse. Charles avait l'impression de tourner les pages enchantées d'un bestiaire — et d'une telle beauté, d'une si minutieuse précision, que chaque découpure de feuillage, chaque égosillement d'oiseau témoignait de la perfection d'un monde. Un instant il fit halte tant il se trouvait frappé par cette impression d'être en présence d'un univers délicieusement singulier, où chaque élément jouait le rôle unique qui lui était dévolu. Un minuscule roitelet se pencha au sommet d'une fougère, à moins de cinq pas de lui, pour se lancer dans un trille éperdu. Il voyait les petits yeux noirs et étincelants, le rouge et le jaune de l'intérieur de la gorge, béante dans l'effort du chant — une toute petite boule de plumage qui trouvait moyen de prendre les airs d'un ange annonciateur de l'évolution : je suis celui qui suis, et en cet instant tu ne saurais dépasser mon être. Charles se tenait là comme le saint de Pisanello, plus étonné peut-être encore à découvrir son propre étonnement devant la révélation de ce monde si proche, tout à portée de cette étouffante banalité de la vie quotidienne. En ces courts instants où résonnaient les trilles du défi, tous les lieux et toutes les heures banales — et par là cette infinité de lieux et de moments ordinaires que Charles avait pu connaître — semblaient devenir vulgaires, grossiers et d'un goût criard. L'ennuyeuse et effrayante insignifiance de toute la réalité humaine était soudain révélée, tandis que le rythme de la vie universelle montait de la gorge triomphante du minuscule roitelet. C'était comme l'annonce d'une réalité infiniment plus profonde et plus étrange que cette réalité pseudo-linnéenne que Charles avait reconnue sur le rivage de la baie, dans la matinée d'un jour précédent — rien de plus peut-être que celle de la prévalence des forces de vie sur celles de la mort, de l'individu sur l'espèce, de l'écologie sur la classification. Il nous paraît tout naturel aujourd'hui de reconnaître ces prévalences; et nous ne percevons plus les mêmes implications hostiles que pouvait découvrir Charles dans le message délivré par le chant du roitelet. Car il lui semblait déceler là, moins les formes d'une réalité plus profonde que celles d'un universel chaos, menaçant les structures fragiles d'un ordre que l'homme avait conçu.

Dans cette communion avec la nature, se découvrait encore un fond d'amertume plus précis, car Charles éprouvait l'impression d'être lui-même excommunié. Il se sentait exclu: tout cela n'était que les formes d'un paradis perdu. Il retrouvait ici une impression qu'avait eprouvée Sarah : celle d'un Eden où il se trouvait admis sans qu'il lui soit permis d'en jouir; et il ne pouvait qu'envier jalousement les notes d'extase du roitelet.

Il prit le sentier qu'avait autrefois utilise Sarah et qui passait hors de vue de la laiterie. Et il s'en félicita, car le bruit d'un seau que l'on déplace l'avertit que le laitier ou son épouse s'affairait autour de la maison. Il s'enfonça dans les bois et poursuivit sa route avec toute la gravité que requéraient les circonstances. Il avait l'impression que les arbres, les fleurs, et même les choses inanimées autour de lui l'observaient, comme s'il était lui-même porteur de la culpabilité paranoïaque de Sarah. Les fleurs s'ouvraient comme des yeux, les pierres étaient à l'écoute, des troncs d'arbres groupés comme un chœur antique montait une rumeur de réprobation.

Il arriva au point où le sentier se divisait et prit sur la gauche. Cette sente s'enfonçait sous une futaie épaisse, par un terrain de plus en plus accidenté à mesure qu'il abordait la zone d'érosion. La mer se rapprochait, surface bleue lactée d'un calme infini. Mais se dessinait en surplomb un terrain plus nivelé où s'allongeait une chaîne de petites prairies, conquises sur un environnement plus sauvage. A une centaine de mètres de la partie ouest du dernier de ces prés, dans une étroite dépression qui allait se terminer au bout de la falaise, Charles aperçut le toit de chaume d'une grange. Le chaume était ancien et recouvert de mousse, ce qui ne faisait qu'augmenter l'aspect de délabrement qu'offrait les murs de pierre de la bâtisse, prenant ainsi l'aspect d'un simple hangar rustique. A l'origine, cette construction avait dû servir d'asile à quelque berger pendant la période d'été; en ce temps, le fermier de la laiterie l'utilisait comme réserve à fourrage; et il n'en subsiste plus rien de nos jours, tant ce coin de terre a été délaissé au cours des cent dernières années.

Charles s'arrêta pour regarder avec attention. Il s'attendait à découvrir aux alentours la silhouette d'une femme, et le fait que les lieux paraissaient être totalement deserts ne faisait qu'accroître sa nervosité. Il descendit vers la petite grange, avec la mine d'un homme qui s'avance dans une jungle infestée de tigres. Quelque félin n'allait-il pas bondir — et il était loin de se sentir sûr de son habileté à utiliser ses armes.

Il vit une vieille porte, mais elle était close, et il contourna la bâtisse. Du côté est, s'offrait une petite ouverture carrée : il épia l'intérieur sombre et une odeur légèrement moisie de foin séché vint lui chatouiller les narines. Au fond de la grange, en face de la porte d'entrée, il distinguait les contours d'un amoncellement. Par l'autre côté, il revint à son point de départ. Elle n'était pas là. Il tourna les yeux vers le chemin de son arrivée, pensant qu'il l'avait peut-être précédée. Mais tout était silencieux, désert, dans cette paix du premier matin. Il hésita, tira sa montre, et attendit deux ou trois minutes, incertain de ce qu'il devait faire. Finalement il se décida à pousser la porte de la grange.

Un sol carrelé de pierres inégales, et au fond, deux ou trois stalles de bois vermoulu, garnies d'un reste de fourrage à utiliser; mais il était difficile de bien voir l'extrémité de la pièce, car des rayons de soleil, passant par l'étroite ouverture de la fenêtre interposaient une lueur vive. Charles avança vers cette barre lumineuse; et s'arrêta, pris d'un effroi soudain. Il lui semblait percevoir, dans l'un des anciens râteliers, quelque chose qui pendait d'un clou — un chapeau noir. Peut-être du fait des pages qu'il avait lues au cours de la nuit précédente, il avait l'impression que, sous la cloison de planches vermoulues où le chapeau se trouvait accroché, comme une sorte de vampire repu, il allait découvrir quelque effrayante réalité. Sait-on ce qu'il pouvait redouter ? Quelque forme atrocement mutilée, un cadavre... Il fut sur le point de tourner le dos et de repartir en courant dans la direction de Lyme. Mais il perçut un faible bruit qui le fit s'avancer à nouveau. Craintivement, il passa la tête au-dessus de la cloison.

30

> Mais plus ces illusions conscientes des classes dirigeantes s'averent fausses, moins le sens commun paraît susceptible de s'en satisfaire, et plus on les voit affirmées de façon dogmatique, et plus le langage de la société regnante se fait trompeur, moralisant et spiritualiste.
>
> MARX, *Idéologie allemande (1845-1846).*

SARAH s'était naturellement retrouvée « chez elle » avant Mrs. Fairley — mais parler de « chez elle » en ces circonstances pourra paraître une dérision. Apres avoir joué son rôle habituel au cours des dévotions du soir de Mrs. Poulteney, elle se retira quelques minutes dans sa chambre. Mrs. Fairley saisit sa chance : quelques minutes, il ne lui fallait pas plus. Ensuite, elle vint elle-même frapper à la porte de la chambre de Sarah. Sarah lui ouvrit, avec l'air de tristesse résignée qui lui était habituel, mais le triomphe éclatait sur le visage de Mrs. Fairley.

« La maîtresse vous attend. De suite, s'il vous plaît. »

Sarah baissa les yeux et fit un signe d'assentiment. Vers ce front resigne, Mrs. Fairley jeta un regard sardonique, aigre comme du verjus, et elle s'esquiva avec le bruit de frôlement d'une bête venimeuse. Cependant, elle ne s'engagea pas dans l'escalier, mais attendit dans un coin sombre, jusqu'à ce qu'elle ait entendu s'ouvrir et se refermer la porte du salon de Mrs. Poulteney. Alors elle se glissa silencieusement près de cette porte pour écouter.

Cette fois Mrs. Poulteney ne siégeait pas sur son trône mais elle s'était mise à la fenêtre, et ce dos tourné était en lui-même éloquent.

« Vous voulez me parler ? »

Mais Mrs. Poulteney apparemment ne le souhaitait pas, car elle se garda de se retourner ou de rompre le silence. L'omission du titre habituel de « madame » l'avait peut-être stupéfiée, car il y avait quelque chose dans le ton de Sarah qui laissait penser que l'omission était délibérée. Le regard de Sarah alla, de ce dos sombre à une petite table qui se trouvait devant elle. Une enveloppe s'y trouvait ostensiblement posée. Un léger pincement des lèvres — il était difficile de dire si c'était là l'annonce d'une ferme résolution ou d'un profond ressentiment — fut sa seule réaction à la vue de cette immobilité glaciale qui, à vrai dire, traduisait chez Mrs. Poulteney quelque incertitude quant à la meilleure façon d'écraser ce serpent qu'elle avait réchauffé dans son sein. Elle se résolut à assener délibérément le coup de hache.

« Ce pli contient les gages d'un mois. Prenez-les, sans autre préavis, et quittez cette maison, au plus tard demain matin. »

Sarah eut alors le front de retourner contre Mrs. Poulteney l'arme dont celle-ci s'était servie. Elle attendit sans répondre ni faire le moindre geste. Enfin la dame outrée daigna la regarder. Dans ce visage pâli de colère, l'effort pour se contenir laissait apparaître deux taches brûlantes.

« Ne m'avez-vous pas entendue, miss ?

— Pouvez-vous me dire pourquoi ?

— Vous auriez cette impertinence ?

— Je vous demande pourquoi je suis renvoyée.

— J'écrirai à Mr. Forsythe. Je vous ferai enfermer quelque part. Vous êtes un scandale public. »

Cette charge impétueuse eut un certain effet. Deux taches brûlantes apparurent également sur les joues de Sarah. Il y eut un moment de silence, un visible gonflement de la poitrine déjà lourde de Mrs. Poulteney.

« Je vous ordonne de quitter cette pièce immédiatement.

— Fort bien. Puisque je n'ai jamais connu là qu'hypocrisie, ce sera avec le plus grand plaisir. »

Après cette flèche du Parthe*, Sarah se tourna vers la sortie; mais Mrs. Poulteney devait faire partie de ces actrices qui, lorsqu'elles sont en scène, sont incapables de laisser à quelqu'un d'autre l'avantage de la dernière réplique — à moins que ce ne fût là médisance, et qu'elle s'efforçât, bien qu'il n'y parût guère au ton de sa voix, de faire un acte de charité.

« Prenez vos gages. »

Sarah se retourna et secoua la tête.

« Gardez-les. Et si, pour si peu, vous pouviez acquérir quelque instrument de torture, je suis certaine que Mrs. Fairley se ferait un plaisir de vous aider à vous en servir sur tous les malheureux qui sont encore ou qui seront en votre pouvoir. »

Un inexprimable instant, Mrs. Poulteney retrouva une attitude qu'avait eue Sam, c'est-à-dire qu'elle demeura la bouche ouverte, en forme de tirelire sombrement vide.

« Vous... allez... répondre... de cela.

— Devant Dieu ? Etes-vous si sûre de vous faire entendre de lui dans l'Autre monde ? »

Pour la première fois depuis qu'elle l'avait rencontrée, Sarah sourit à Mrs. Poulteney : un assez pâle sourire, mais qui avait l'air d'en savoir long, et fort expressif. La maîtresse la fixa quelques instants avec effarement et dans une attitude assez pathétique — comme si Sarah n'était autre que Satan en personne, venant lui réclamer son dû. Puis, d'un mouvement oblique, elle se déplaça comme un crabe pour trouver le chemin de son fauteuil, où elle s'effondra dans un évanouissement qui n'était pas entièrement simulé. Sarah la regarda quelques instants; puis, d'une façon tout à fait déplorable pour ce nom sans tache de Mrs. Fairley [1], elle se dirigea brusquement vers la porte, et l'ouvrit. La directrice du personnel, redressée en toute hâte, se tenait là, alarmée, comme si Sarah s'apprêtait à se jeter sur elle. Mais Sarah s'écarta, indiquant d'un geste Mrs. Poulteney, à demi allongée, la bouche ouverte, essayant de reprendre souffle — ce qui laissait à Mrs. Fairley l'opportunité d'accourir à son aide.

« Jézabel maudite, vous l'avez tuée. »

Sarah ne répondit pas. Elle regarda quelques instants Mrs. Fairley qui faisait respirer des sels à sa maîtresse, puis se détourna pour revenir à sa chambre. Elle s'approcha de son miroir; mais sans se regarder, elle couvrit son visage de ses mains; puis, très lentement, elle écarta les doigts. Ce qu'elle voyait était insupportable. Deux secondes plus tard, à genoux devant son lit, elle pleurait en silence, le front sur la couverture usée.

La prière pour elle n'aurait-elle pas été préférable ? Mais c'était ainsi qu'elle avait l'impression de prier.

1. En anglais « fairly » a le sens d'*honnêtement* (jeu de mots intraduisible). (N. d. T.)

31

Des soupirs comme en pâmoison
Et par chance les mains unies,
Deux frissonnent à l'unisson
Du tourment délicieux de la vie.
Les regards jadis remplis d'aise,
Gênés se cherchent et se fuient
Dans l'extase, consciente ascèse —
Préliminaire aux grands soucis
D'amour, par les anges chantés,
Très haut, du fond du ciel hanté ?

Ou n'est-ce que vulgaire invite,
Chant repris par tous sous la lune,
Appris si aisément — si vite ?

A. H. Clough, *Poème (1844).*

Mais voilà qu'elle s'est endormie à présent !

Tel fut l'indigne spectacle que les yeux de Charles aperçurent quand, par un grand effort de volonté, il se fut penché par-dessus la cloison vermoulue. Elle était là, pelotonnée comme une petite fille sous son manteau usagé, les pieds couverts, protégés du froid de la nuit, la tête reposant à l'opposé sur une écharpe vert sombre, comme pour préserver des poussières et des brindilles de foin la splendide chevelure défaite. Dans la tranquillité de ce moment, sa respiration légère était à la fois visible et audible; et qu'elle put dormir ainsi d'un sommeil aussi paisible parut d'abord à Charles une sorte de crime presque aussi abominable que tout ce qu'il avait pu redouter.

Il sentit cependant s'éveiller en lui un inexprimable désir de protéger. Ce fut si soudain qu'il détourna les yeux et s'écarta, choqué de voir là une preuve de la justesse de l'accusation du docteur — instinctivement poussé à se mettre à genoux et à la réconforter... et pire, la posture de la jeune fille, l'obscure intimité de la grange faisait irrésistiblement songer à celle d'une chambre à coucher. Il sentit son cœur battre, comme s'il venait de courir pendant un mille. Le tigre était en lui, non pas en elle. Un moment passa, et il se retira silencieusement mais rapidement vers la porte. Il se retourna pourtant, regarda avant de sortir; et soudain il perçut sa propre voix qui appelait ce nom. Il parlait, et c'était malgré lui, pourtant :

« Miss Woodruff. »

Pas de réponse.

Il répéta son nom, un peu plus fort, un peu plus maître de lui à présent que retombait en lui-même l'écume de la vague sombre.

Il y eut un mouvement léger, un faible froissement; puis la tête apparut, de façon presque comique, comme elle s'agenouillait en hâte pour regarder par-dessus la cloison. A travers les atomes de poussière, il percevait vaguement son trouble et sa consternation.

« Oh ! Pardonnez-moi, pardonnez-moi... »

La tête disparut. Il se retira au-dehors, dans la lumière du soleil. Deux mouettes passèrent dans le ciel, avec un cri rauque. Charles cherchait à se placer hors de la vue des champs qui se trouvaient dans le voisinage de la laiterie. Grogan, il ne le craignait pas, ou il ne l'attendait pas si tôt. Mais cet endroit était trop dégagé, et le fermier de la laiterie pouvait venir y prendre du foin... Charles était trop agité pour songer qu'il n'avait aucune raison de le faire au moment où ses prés se couvraient de l'herbe épaisse du printemps.

« Mr. Smithson ? »

Il revint à la porte, après avoir fait le tour de la grange, juste à temps pour l'empêcher de crier encore son nom d'une façon plus anxieuse. Ils demeuraient à quelques pas l'un de l'autre : elle dans l'ouverture de la porte, Charles au coin de la bâtisse. Elle avait hâtivement fait un brin de toilette, mis son manteau, et tenait son écharpe à la main, comme si elle s'en était servie pour se débarrasser des brindilles de foin. Les regards étaient inquiets, mais le sommeil avait reposé les traits, en dépit de la rougeur causée par ce brusque réveil.

Il y avait une sorte de sauvagerie dans tout son aspect. Non pas celle de la folie ou de l'hystérie — mais une sauvagerie semblable à celle que Charles avait perçue un moment plus tôt, dans le chant du roitelet... la sauvagerie de l'innocence, et presque celle de l'abandon. Et, de même que la décision rapide d'effectuer cette sortie matinale avait perturbé — et presque confondu l'égoïste angoisse des perspectives d'avenir — de même la vue si proche de ce visage confondait toutes les horreurs des cas cliniques que les dignes docteurs Grogan et Matthaei avaient agitées dans l'esprit de Charles. En dépit de l'influence de Hegel, les gens de l'époque victorienne étaient fort loin de découvrir dans l'existence un mouvement dialectique : ils ne voyaient pas la réalité sous la forme des aspects positifs et négatifs d'un tout cohérent. Loin de goûter les éléments d'un paradoxe, ils en étaient désorientés. Ils appréciaient les enchaînements de cause à effet, et nullement les impressions essentielles. Il leur fallait des théories, soigneusement mises au point et capables de tout expliquer. Ils s'affairaient à construire autant que nous sommes empressés à détruire, du fait que les activités constructives nous semblent à présent aussi éphémères que le souffle qui gonfle des bulles de savon. Ainsi Charles était-il incapable de s'expliquer à lui-même son comportement. Il parvint à esquisser un sourire embarrassé.

« De là-bas ne peut-on nous observer ? »

Elle suivit son regard en direction de la laiterie invisible.

« C'est jour de marché à Axminster. Il partira aussitôt qu'il aura fini de traire. »

Mais elle rentra à l'intérieur de la grange. Il la suivit, et ils demeurèrent là, à quelque distance l'un de l'autre. Sarah restait le dos tourné.

« Vous avez passé la nuit ici ? »

Elle fit un signe d'assentiment. Il y eut un silence.

« Vous devez avoir faim. »

Sarah secoua la tête, et le silence retomba de nouveau. Mais cette fois ce fut elle qui le rompit.

« Vous savez ?

— J'ai été absent toute la journée d'hier. Je ne pouvais pas venir. »

Le silence encore.

« Mrs. Poulteney se sent-elle mieux ?

— Je suppose que oui.

— Elle s'est mise très en colère, à cause de moi.

— De toute façon, c'est beaucoup mieux. Vous n'étiez pas à votre place chez elle.

— Où pourrais-je être à ma place ? »

Il se souvint qu'il devait faire très attention aux paroles qu'il prononçait.

« Il ne faut pas, voyons, que vous vous tourmentiez ainsi vous-même. »

Il s'approcha d'un pas ou deux.

« On s'est beaucoup inquiété à votre propos. Un groupe de sauveteurs est parti à votre recherche, la nuit dernière. Dans la tempête. »

Elle se retourna pour voir s'il n'était pas en train

de lui mentir. Elle vit qu'il n'en était rien. Et, à la surprise qu'elle en éprouva, il vit à son tour qu'elle était sincère lorsqu'elle déclara.

« Je n'ai pas voulu causer toute cette peine.

— Bon... Ne vous inquiétez pas. L'affairement de la recherche a pu leur donner quelque plaisir. Mais il est évident qu'à présent vous devez quitter Lyme. »

Elle inclina le front. Il avait pris un ton trop sévère. Il hésita avant de s'avancer et de faire un geste de réconfort en lui tapotant l'épaule.

« N'ayez aucune crainte. Je vous aiderai pour ce départ. »

Il avait l'intention, par ce geste rapide et en faisant preuve d'assurance, de commencer d'éteindre le feu qu'à en croire le docteur Grogan, il avait allumé. Mais il est bien difficile d'éteindre quand on est soi-même en train de brûler. Sarah n'était plus que flammes. Tandis qu'elle se retournait vers Charles, ses yeux brûlaient de passion. Il retira sa main, mais avant qu'il ait pu faire un geste pour l'en empêcher, elle s'en saisit et la porta à ses lèvres. Alarmé, il la retira vivement, et elle eut une réaction aussi vive que s'il venait de la gifler.

« Ma chère Miss Woodruff, je vous en prie, contenez-vous. Je...

— Je ne peux pas... »

Les mots étaient à peine audibles, mais ils réduisirent Charles au silence. Il s'efforçait de se dire qu'elle ne pouvait réprimer les sentiments de gratitude que venait de lui inspirer son attitude charitable... Il le tentait vraiment de toutes ses forces. Mais un vague souvenir d'un passage de Catulle flottait dans sa pensée : « Quand je te vois, les paroles me manquent, ma langue s'embarrasse, une chaleur passe dans mes membres, en moi-même tout vibre et résonne, mon ouïe et ma vue s'obscurcissent. » Catulle traduisait ici Sapho, et aux regards de la médecine européenne, nul n'a su mieux que la poétesse grecque décrire les symptômes cliniques de l'amour.

Chez Sarah et Charles ces symptômes paraissaient se manifester d'une façon évidente; mais comment auraient-ils consenti à les reconnaître ? L'un s'y refusait si l'autre y semblait préparée — mais celui qui s'y refusait demeurait néanmoins immobile, incapable de faire un mouvement pour se retirer. Quatre ou cinq secondes s'écoulèrent, dans une émotion intense et réprimée. Mais les forces littéralement manquèrent à Sarah pour supporter cela plus longtemps. Elle tomba à genoux à ses pieds, et des mots jaillirent de sa gorge :

« Je vous ai menti. J'ai fait en sorte que Mrs. Fairley puisse me voir. Je savais qu'elle irait prévenir Mrs. Poulteney. »

Le contrôle que Charles s'efforçait d'exercer sur lui-même lui échappa de nouveau. Consterné et pantois, il contemplait ce visage levé vers lui, implorant à l'évidence son pardon. Mais lui-même aurait eu besoin d'un guide, d'un appui, puisque les docteurs l'avaient une fois encore abusé. Les distinguées jeunes personnes qui brûlaient des maisons et expédiaient des lettres anonymes, toutes, par une évidente déférence pour les règles bien établies de la morale, avaient attendu d'être confondues avant de confesser leurs fautes.

Les yeux de Sarah étaient remplis de larmes. Une fortune qui venait à lui, l'indicible découverte d'un âge d'or. Et cela encore, un léger écoulement des glandes lacrymales, quelques tremblantes gouttes liquides, si peu de chose, si rapidement transitoires... Il demeurait là cependant, non pas comme en face d'une femme en pleurs, mais devant le tourbillon d'un barrage rompu.

« Mais pourquoi ?... »

Elle releva les yeux, avec une expression de sérieux

et de supplication intense, une déclaration si clairement évidente qu'il n'était aucunement besoin de paroles; un abandon qui rendait tout échappatoire — tout nouveau « Ma chère Miss Woodruff » — impossible.

Il avança lentement les mains pour saisir les siennes. Les deux regards, comme hypnotisés l'un par l'autre, ne se quittaient pas. Elle paraissait... ou ces yeux noyés lui paraissaient les plus extraordinairement ravissants qu'il ait jamais rencontrés. Peu importait ce qu'ils pouvaient dissimuler. Le temps sombrait dans cet instant.

Il la prit dans ses bras, vit ses yeux se clore tandis qu'elle vacillait dans son étreinte; ferma les siens pour trouver ses lèvres. Avec leur douceur, il sentit fondre contre lui toute la tiède substance de ce corps : une soudaine faiblesse abandonnée, une si tendre et enfantine fragilité...

Il l'écarta de lui avec violence.

Un regard torturé, comme celui du criminel le plus infâme, surpris dans l'accomplissement d'un abominable crime. Il se retourna et courut vers la sortie — vers une autre horrible réalité. Contrairement à son attente, ce n'était pas le docteur Grogan.

32

> Sous le porche, en sa blanche robe,
> Elle espère, le cœur battant,
> Tandis qu'à l'intérieur résonne
> La mécanique rengaine.
>
> HARDY, *La Boîte à musique.*

LA nuit précédente, Ernestina n'avait pas pu fermer l'œil. Dans le bâtiment du White Lion, elle identifiait parfaitement les fenêtres de l'appartement de Charles; et elle ne manqua pas de remarquer que ces fenêtres demeuraient éclairées, alors que depuis longtemps se faisait entendre, à travers la maison silencieuse, le ronflement léger du sommeil de sa tante Elle en était choquée et irritée tout autant qu'elle se sentait coupable. Mais quand, pour la seizième fois peut-être, elle se fut glissée hors du lit pour voir si cette lumière brillait toujours, et qu'elle vit qu'elle ne s'éteignait pas, l'impression de culpabilité commença de s'accroître. Charles, c'était évident, devait être très fâché contre elle — et à juste titre.

Ernestina s'était dit, après le départ de Charles, et elle l'avait aussitôt déclaré à tante Tranter, qu'elle se souciait de Winsyatt comme d'une guigne. On peut penser que quelque autre métaphore horticole, comme celle des « raisins verts », aurait été en ce cas mieux appropriée. Quand Charles était parti, convoqué par son oncle, elle avait assurément éprouvé une certaine satisfaction en pensant au rôle de châtelaine qui allait lui incomber; elle avait même commencé de dresser une liste des éléments de son programme mondain... Pourtant la fin brutale de ce rêve n'était pas sans s'accompagner d'une certaine impression de soulagement. Une femme appelée à diriger le personnel d'une importante maison doit posséder certaines vertus de commandement — auxquelles Ernestina n'aspirait en aucune façon. Elle aimait le luxe et elle aurait bien voulu être servie au doigt et à l'œil, mais elle possédait un sens de la mesure très raisonnablement bourgeois. Une résidence comportant trente pièces, lorsque quinze auraient largement suffi, lui paraissait une folie. Elle tenait peut-être de son père ce soupçon d'un esprit d'épargne : celui-ci estimant, dans son for intérieur, qu'une « vaine ostentation » était une des tares de l'aristocratie; ce qui ne l'empêchait pas, dans la gestion de ses affaires, de tenir compte de cette nécessité; et d'entretenir une résidence londonienne que de nombreux nobles personnages auraient pu lui envier, et de vivement se féliciter de cette chance d'une alliance titrée qui s'offrait à sa fille bien-aimée. Pour être tout à fait juste, il faut dire qu'un titre de vicomte lui aurait probablement paru excessif, tandis que celui de baronet se trouvait excellemment à sa convenance.

Je ne présente peut-être pas sous son meilleur jour une Ernestina, qui était avant tout victime des circonstances et d'un environnement rétrograde. Du fait d'un mélange particulier de ferments divers et de lourd immobilisme, la classe moyenne a pris, par rapport aux autres éléments de la société, un aspect schizophrénique. Aujourd'hui, nous avons tendance à oublier que la bourgeoisie a toujours été la classe révolutionnaire par excellence, pour ne voir que son aspect d'immobilisme qui en fait le terrain d'élection de toute réaction, un constant défi a tout universalisme — à jamais engluée dans un égoïsme conformiste. Mais si la bourgeoisie, comme Janus, a toujours deux visages, et garde ainsi sans cesse une possibilité de rachat, elle le doit à une vertu que, parmi les trois grandes castes sociales, elle est seule à exercer couramment avec la plus grande sincérité — savoir reconnaître ses torts. Sur ce point, Ernestina ne faisait certainement pas exception. Charles n'était pas seul à percevoir l'acidité de sa voix, elle la percevait elle-même. Mais malheureusement — et elle n'est certainement pas la seule qui soit dans ce cas — le manque de confiance en soi, défaut caractéristique de sa classe, lui faisait perdre le bénéfice de cette précieuse faculté d'autocritique. Au lieu d'y puiser la force de rejeter le système de la division des classes, elle y trouvait des raisons de s'efforcer d'en gravir les échelons. Et comment le lui reprocher ? On lui avait si bien enseigné à voir la société sous la forme d'une échelle aux multiples barreaux que celui où elle se trouvait perchée ne pouvait que lui paraître le point d'appui indispensable pour atteindre le barreau suivant.

« J'ai honte de moi, je me suis conduite comme une fille de drapier » — ce fut ainsi, en murmurant ces mots, qu'Ernestina, renonçant finalement à tenter de s'endormir, se leva aux heures du petit matin, passa son peignoir, et ouvrit le fermoir de son *journal.* Charles allait peut-être voir qu'en pénitence sa fenêtre à elle aussi restait éclairée, dans cette totale obscurité qui avait suivi les lourds éclats de la tempête. Et, en attendant, elle s'appliqua à sa tâche de rédaction.

« Je ne peux pas dormir. A cause de moi, mon Charles chéri est très fâché — cette affreuse nouvelle de Winsyatt m'avait mise hors de moi. J'aurais voulu pleurer, tellement j'étais vexée, mais stupidement j'ai prononcé des paroles coléreuses, rancunières — que je prie Dieu de me pardonner, en sachant qu'elles n'ont pas été prononcées par méchanceté, mais à cause de mon amour pour mon Charles chéri. J'ai pleuré *si affreusement* quand il est parti. Que ce soit pour moi une leçon, qui m'apprenne à mieux prendre conscience de ces paroles que je vais prononcer au Service du mariage : la promesse d'honorer mon Charles très cher et de lui *obéir*, alors même que mes impulsions voudraient m'entraîner à le contredire. Faites qu'humblement ma malice et mes affreuses rancunes apprennent à s'incliner devant sa très grande sagacité, faites que j'apprenne à chérir son jugement et à m'attacher à lui de tout mon cœur, car « la douceur du vrai Repentir ouvre la porte de la « sainte Joie ». »

On aura noté que ce touchant paragraphe n'avait rien de la sécheresse d'expression coutumière à Ernestina; mais Charles n'était pas seul à pouvoir utiliser différents langages. Et en même temps qu'elle se berçait de l'espoir qu'il apercevrait cette très tardive lumière de sa chambre, elle pensait au jour où il lui demanderait, en la câlinant, de lui laisser lire ce très intime compte rendu de ses pensées d'avant leur union. Elle écrivait en partie en vue de ces regards — comme toutes les femmes de la période victorienne — pour que *Ses* yeux puissent la lire. Elle se recoucha l'esprit soulagé, redevenue ainsi totalement la fidèle et obéissante fiancée — si bien qu'il ne me reste pas d'autre alternative que de conclure qu'elle devait mériter en fin de compte de retrouver Charles en l'arrachant à son infidélité.

Et elle était encore profondément endormie quand, aux étages inférieurs, un autre petit drame allait se dérouler. Sam ne s'était pas, ce matin-là, levé tout à fait aussi tôt que son maître. Quand il entra dans la cuisine de l'hôtel pour y prendre son thé et ses toasts au fromage — les serviteurs victoriens mangeaient certes tout autant que leurs maîtres, même s'ils n'avaient pas un sens gastronomique très développé — les garçons d'étage lui apprirent que son maître venait de sortir et qu'il devait, lui Sam, mettre de l'ordre et préparer les bagages pour un départ à midi. Sam dissimula sa surprise. Préparer les bagages demanderait une bonne demi-heure. Autre chose était plus urgent.

Il se rendit immédiatement chez tante Tranter. Ce qu'il put y dire devait être particulièrement dramatique, car, lorsque tante Tranter, habituée à l'horaire matinal des campagnes, descendit à la cuisine, à peine une minute plus tard, elle trouva Mary en train de sangloter, le front sur un coin de table. Le sarcastique hochement de menton de la cuisinière indiquait que, de ce côté-là, il ne fallait pas attendre beaucoup de sympathie. De sa manière vive et affectueuse, tante Tranter se mit à interroger Mary. Elle ne tarda pas à découvrir la source de cette affliction, à laquelle fut aussitôt porté remède, beaucoup plus aimablement que Charles de son côté n'avait su le faire. La jeune servante pourrait s'absenter jusqu'à l'heure où elle devait s'occuper d'Ernestina. Comme les grands rideaux d'Ernestina ne s'ouvraient pas habituellement avant dix heures, il restait presque trois heures de grâce. Et tante Tranter fut gratifiée du plus beau sourire de reconnaissance que le monde devait connaître ce jour-là. Cinq minutes plus tard, on pouvait voir Sam s'étaler de tout son long au beau milieu de Broad Street. Même pour rejoindre une Mary, on ne court pas sans risques sur des pavés glissants

33

Laissez-moi renfermer en moi seul
mon amour,
Que tout ce que je sais nul ne le
sache au monde,
Que je voie sans témoins ce que je
vois toujours,
Et que personne n'entre en cette
intime ronde...

A. H. Clough, *Poème (1852)*.

Il est difficile de dire qui paraissait le plus surpris et le plus choqué, du maître immobilisé à deux pas de la porte, ou des deux serviteurs, non moins stupéfaits, à une trentaine de pas. Si grand était l'étonnement de ces derniers que le bras de Sam demeurait passé autour de la taille de Mary. L'apparition d'un quatrième personnage, Sarah, l'air effaré, dans l'encadrement de la porte, rompit alors le charme. Elle s'effaça si rapidement que cette vision aurait pu paraître illusoire. Mais ce fut assez. La bouche de Sam s'ouvrit et son bras, quittant la taille de Mary, retomba à son côté.

« Que diable viens-tu faire ici ?

— En promenade, Mr. Charles.

— Je croyais avoir laissé des instructions pour...

— C'est fait, monsieur. Tout est prêt. »

Charles voyait bien qu'il mentait. Avec sa délicatesse caractéristique, Mary s'était détournée. Charles hésita, puis il marcha sur Sam, qui vit passer devant ses yeux des images de renvoi, de bastonnade...

« H-on savait pas, Mr. Charles. Je jure, h-on savait pas. »

Mary se retourna pour diriger vers Charles un coup d'œil timide : on pouvait y voir de la surprise, de la crainte, et aussi une très légère touche d'admiration. C'est à elle qu'il s'adressa.

« Ayez l'amabilité de nous laisser un instant. »

La jeune servante s'inclina et s'écarta rapidement, assez loin pour ne plus être en mesure d'entendre. Charles ne quittait pas des yeux Sam, qui avait retrouvé l'attitude du très humble valet, regardant fixement les souliers du maître.

« Je suis venu à propos de l'affaire dont je t'avais parlé.

— Oui, monsieur. »

La voix de Charles se fit plus basse.

« A la demande du médecin traitant. Il est parfaitement au courant de toutes les circonstances...

— Oui, monsieur.

— Qui ne doivent être révélées sous aucun prétexte.

— Je p-eux comprendre, Mr. Charles.

— Et elle ? »

Sam releva le front.

« Mary ne dira rien, monsieur. Sur ma vie... »

Charles à son tour baissa les yeux. Il se rendait compte que ses joues s'étaient empourprées.

« Parfait. Je... je te remercie. Et je ne manquerai pas de... »

Il chercha sa bourse.

« Oh ! non, Mr. Charles... Jamais. »

Sam fit un pas en arrière, mais d'une façon un peu

trop volontairement appuyée pour convaincre un observateur impartial.

La main de Charles cessa la recherche. Maître et serviteur échangèrent un regard. L'un et l'autre savaient sans doute que, par accord réciproque, un habile sacrifice venait d'être convenu.

« Parfait. Je saurai m'en souvenir. Mais pas un mot.

— Solennellement juré, Mr. Charles. »

Sur ce serment, prononcé d'un ton particulièrement convaincant, Sam partit rejoindre sa Mary, qui l'attendait à présent, tournant discrètement le dos dans les genêts et les fougères, à une bonne centaine de pas.

Comment pouvait-il se faire qu'ils aient ce matin-là choisi cette grange en tant que but de promenade ne peut qu'offrir matière à conjectures. Il a pu déjà paraître vraiment curieux qu'une fille raisonnable comme l'était Mary ait pu fondre en larmes à la seule pensée d'une séparation de quelques jours. Mais laissons Sam et Mary rentrer sous le couvert boisé, marcher quelque temps dans un grave silence, puis échanger un regard de biais, avant de s'abandonner à une interminable crise d'hilarité grimaçante et muette — et revenons à Charles, le visage encore tout empourpré.

Il les regarda disparaître, puis tourna les yeux vers la grange silencieuse. Sa précédente conduite l'avait bouleversé au plus profond, mais seul à l'air libre, il disposait d'un instant pour réfléchir. Comme en tant d'autres occasions, le sentiment du devoir lui vint en aide. Il avait délibérément soufflé sur les tisons du brasier interdit. Mais en cet instant même, l'autre victime n'était-elle pas en train de périr dans ses flammes, d'assujettir à une poutrelle quelque corde fatale ?...

Il hésita, puis il revint vers la grange et vers Sarah.

Cachée de l'extérieur, elle s'appuyait au bord de l'étroite fenêtre — comme si elle avait essayé d'entendre et de comprendre ce qui s'était passé entre Sam et Charles. Il s'immobilisa devant la porte.

« Il faut me pardonner d'avoir profité de votre désarroi. Je sais que la chose est impardonnable. »

Il reprit son souffle et poursuivit.

« Je ne parle pas seulement de ce matin... »

Elle baissa les yeux. Il se sentit alors soulagé de voir qu'elle paraissait incapable de réagir, qu'elle n'était plus la sauvageonne de l'instant d'avant.

« Je ne cherchais pas à ce que vous éprouviez pour moi quelque sentiment, croyez-le bien. Je me suis conduit comme un sot, comme un véritable sot; et je dois en porter le blâme. »

Comme un prisonnier attendant sa sentence, elle fixait le sol dallé de pierres qui les séparait.

« Hélas ! le mal est fait. Il faut que je vous demande maintenant de m'aider à le réparer. »

Elle continuait de garder obstinément le silence.

« Une affaire m'appelle à Londres, je ne sais pas combien de temps je serais parti. »

Elle le regarda enfin mais détourna rapidement son regard.

Trébuchant sur les mots il poursuivit.

« Je crois que vous devriez aller à Exeter. Je vous supplie de prendre l'argent de cette bourse... considérez-le comme un prêt... jusqu'à ce que vous puissiez trouver un emploi qui vous convienne... et si vous avez besoin encore de quelque aide matérielle... »

La voix lui manqua, parce que ses paroles résonnaient de plus en plus distantes et qu'il s'apercevait du rôle détestable qu'il lui fallait jouer.

Elle lui tourna le dos.

« Je ne dois plus jamais vous revoir.

— Vous savez bien que je ne puis me permettre de vous démentir.

— Pourtant vous voir c'est ma seule raison de vivre. »

Une terrible menace sembla se préciser dans le silence qui suivit. Il se refusait à la formuler clairement. Il se sentait enchaîné, condamné, jusqu'au moment où la grâce lui fut soudain accordée. Un coup d'œil avait suffi à Sarah pour lire en lui.

« Si j'avais voulu me supprimer, j'avais suffisamment de raisons de le faire avant ce jour. »

Elle regarda par la fenêtre.

« J'accepte votre prêt... avec reconnaissance. »

Il ferma les yeux un instant, dissimulant son soulagement. Il posa la bourse — ce n'était pas celle qu'Ernestina avait brodée pour lui — sur une corniche près de la porte.

« Vous partirez à Exeter ?

— Si vous me le conseillez ?

— Je vous le demande, très instamment. »

Elle inclina la tête.

« Il faut que j'ajoute encore autre chose. On parle en ville de vous confier à une institution. »

Elle tourna la tête et ses yeux étincelèrent.

« L'idée vient de Marlborough House, à n'en pas douter. Il ne faut pas la prendre au sérieux. De toute façon, si vous ne retournez pas à Lyme, cela ne peut pas avoir de suite. »

Il hésita avant d'ajouter :

« Je crois qu'un groupe qui vous recherche ne tardera pas à arriver dans ces parages. C'est pourquoi, je suis venu très tôt.

— Ma malle...

— Je vais m'en occuper. Je la ferai expédier au dépôt d'Exeter. Et si ce n'était pas au-dessus de vos forces, il me semble que ce serait préférable que vous puissiez vous rendre à pied jusqu'au croisement d'Axmouth. Cela pourrait éviter... »

Un scandale où il serait également impliqué —

mais il savait ce qu'il lui demandait : Axmouth était à sept milles de distance, et le croisement se trouvait deux milles au-delà.

Elle fit signe qu'elle acceptait.

« Et dès que vous aurez trouvé un poste, pourrez-vous le faire savoir à Mrs. Tranter ?

— Je n'ai pas de références.

— Vous pouvez vous recommander de Mrs. Talbot, et de Mrs. Tranter. Je lui parlerai de cela. Et n'hésitez pas à faire appel à elle si vous aviez, entre-temps, quelques difficultés financières. J'arrangerai aussi cela avant de partir.

— Ce ne sera pas nécessaire. »

Sa voix se fit presque inaudible.

« Mais je vous remercie.

— Je crois bien que c'est moi qui devrais vous remercier. »

Elle le regarda, droit dans les yeux. L'appel était là encore, et, à travers lui, cette totale compréhension.

« Miss Woodruff, vous êtes une personne remarquable. Je suis honteux et peiné de ne pas m'en être rendu compte plus tôt.

— Oui, dit-elle, je suis une personne remarquable. »

Elle dit cela sans la moindre nuance de fierté ou de sarcasme, avec une simplicité amère. Et de nouveau le silence retomba. Il finit par lui paraître intolérable, et il tira sa montre de son gousset — indication fort triviale qu'il allait être contraint de partir. Il sentait son manque de tact, sa lourde raideur; il sentait qu'elle avait une attitude beaucoup plus digne que la sienne — et peut-être sentait-il encore le goût de ses lèvres.

« Voulez-vous m'accompagner jusqu'au sentier ? »

Il ne voulait pas, à cette dernière rencontre, lui laisser voir qu'il avait honte de lui-même. Grogan, à présent, pouvait paraître. Cela n'avait plus d'importance. Mais Grogan ne parut pas. Sarah le précéda à travers les touffes de fougères séchées, les genêts verts, avec ses cheveux où jouaient des reflets du soleil matinal, silencieuse, sans une seule fois se retourner. Charles savait que Sam et Mary pouvaient être là, en observation; mais à présent, il paraissait préférable qu'ils puissent le voir ouvertement avec elle. Le tracé montait à travers les arbres pour atteindre le sentier principal. Elle se retourna. Il arriva à sa hauteur et tendit la main.

Elle hésita avant de tendre la sienne. Il la saisit avec une fermeté qui interdisait toute autre folie. Il murmura :

« Jamais je ne vous oublierai. »

Elle leva son visage vers lui, avec encore une imperceptible quête du regard; comme s'il y avait là quelque chose qu'il devait voir, comme si l'heure n'était pas passée : une réalité qui allait bien au-delà de ses credos, une émotion dépassant toutes ses émotions, une histoire conçue par-delà toutes ses conceptions de l'histoire. Comme si des mondes pouvaient ainsi s'exprimer, et qu'elle fût persuadée en même temps que s'il fallait qu'elle lui exprime ses sentiments par des paroles, c'est qu'il n'en était pas digne.

Cela dura un long moment. Puis il baissa les yeux et laissa retomber cette main.

Une minute plus tard, il jeta un regard en arrière. Elle le regardait, immobile, à l'endroit où il l'avait quittée. Il souleva son chapeau. Elle ne fit pas un geste.

Dix minutes plus tard, il s'arrêta encore à un passage découvert du côté de la mer, sur le sentier conduisant à la laiterie. Il apercevait, en contrebas, une perspective de prairies descendant vers le Cobb. Dans le lointain, une mince silhouette progressait sur la piste montante, en direction du point où il s'était arrêté. Charles se recula quelque peu, hésita un instant... puis reprit sa marche le long du sentier débouchant sur la piste charretière qui conduisait à la ville.

34

Et la rose abîmée est arrachée du mur.

HARDY, *Sous le vent et l'averse.*

« Vous avez été vous promener ? »

C'était donc en vain qu'il avait une fois encore changé de costume.

« J'avais besoin d'avoir les idées plus claires. J'avais très mal dormi.

— Moi aussi. Pourtant, ajouta-t-elle, vous disiez que vous vous sentiez terriblement fatigué.

— Je l'étais.

— Mais vous êtes resté debout jusqu'à plus d'une heure du matin. »

Charles revint assez brusquement à la fenêtre.

« J'avais à penser à beaucoup de choses. »

Le ton d'Ernestina, dans cette conversation un peu sèche, témoignait d'une certaine incapacité de demeurer, à la lumière du jour, dans la ligne de ses bonnes intentions nocturnes. Mais, outre cette sortie matinale, elle avait su, par l'intermédiaire de Sam et Mary et d'une tante Tranter confondue, que Charles projetait de quitter Lyme le jour même. Elle avait pris la décision de ne pas demander elle-même l'explication de ce brusque changement dans ses intentions et de laisser

Sa Seigneurie s'expliquer quand elle daignerait le faire.

Et quand, en fin de compte, il avait fini par se présenter, juste avant onze heures, alors que, d'un air pincé, elle l'attendait dans le salon, il avait eu le front de parler longuement avec tante Tranter dans le vestibule — et pis encore, à voix si basse que l'on ne pouvait entendre — ce qui explique qu'intérieurement elle bouillait d'indignation.

Une bonne part de son ressentiment provenait peut-être du fait qu'elle avait pris ce matin un soin particulier à sa toilette, et qu'il ne lui avait pas fait le moindre compliment à ce propos. Elle portait un déshabillé matinal, rose bonbon, avec manches à gigot, délicatement serrées aux épaules, puis s'épanouissant en plissés et ruches de dentelle vers le rétréci du poignet. L'ensemble faisait ressortir, de façon charmante, la fragilité de la silhouette, et l'effet était complété par les tresses blanches de rubans partageant les cheveux bien lissés, et par un très léger parfum d'eau de lavande : une délicate Aphrodite de sucre filé — les yeux légèrement battus cependant — qui venait de quitter son lit de linon blanc. Charles aurait pu trouver là quelques bonnes raisons de se montrer cruel. Mais il s'efforça de lui sourire et, s'asseyant à son côté, il prit sa main et la tapota légèrement dans les siennes.

« Ma chérie, il faut me pardonner. Je ne sais plus très bien à quoi je pense. Et cependant, je crains fort qu'il me faille repartir pour Londres.

— Oh ! Charles !

— J'aurais voulu qu'il en soit autrement. Mais étant donné la tournure prise par les événements, il me paraît indispensable d'aller voir Montague sans plus de retard. (Montague était l'homme de loi qui était spécialement chargé des intérêts de Charles, car on n'utilisait pas, à cette époque, les services de comptables.)

— Ne pouvez-vous attendre mon retour. Je ne dois rester ici que dix jours encore.

— Je reviendrai vous chercher.

— Mais ne pouvez-vous pas convoquer ici même, Mr. Montague ?

— Hélas ! non. Il y a tellement de papiers. En outre, ce n'est pas l'unique motif de mon départ. Je dois informer votre père de ce qui s'est passé. »

Elle retira sa main.

« Mais en quoi cela peut-il le concerner ?

— Ma chère enfant, cela le concerne de toute façon. N'est-ce pas lui qui vous a confié à moi ? Une si sérieuse modification des perspectives que je pouvais espérer...

— Mais... pour vos revenus personnels, il n'y a rien de changé.

— Eh ! bien... évidemment. J'ai encore de quoi vivre dans le confort. Mais il y a autre chose. Le titre...

— Ah ! J'avais oublié. Mais naturellement. Comment pourrais-je donc me permettre d'épouser un homme du commun ! »

Elle dirigeait sur lui le regard sarcastique approprié.

« Voyons, ma chérie, ne vous impatientez pas. Il faut bien que nous parlions de ces choses... vous apportez vous-même une somme très importante. Il est évident que ce qui compte avant tout ce sont nos sentiments réciproques. Néanmoins, le mariage a un côté... disons légal, contractuel, qui...

— Balivernes !

— Ma chère Tina...

— Vous savez parfaitement que, si je le voulais, ils me laisseraient épouser un Hottentot.

— C'est possible. Mais même les parents les plus compréhensifs préfèrent être informés...

— Combien de pièces y a-t-il dans la résidence de Belgravia ?

— Je ne sais pas, dit-il, en hésitant, avant d'ajouter : peut-être une vingtaine.

— Et vous m'avez dit un jour que vous aviez annuellement un revenu de deux mille cinq cents livres, que ma dot portera à...

— Il ne s'agit nullement de savoir si les circonstances actuelles me laissent encore dans une position confortable...

— Très bien. Supposons que papa refuse à présent de vous accorder ma main. Que va-t-il se passer ?

— Vous ne voulez pas comprendre. Je sais quel est mon devoir. En pareil cas, on ne saurait se montrer trop scrupuleux. »

Cet échange s'était poursuivi sans que l'un ou l'autre aient levé les yeux pour se regarder en face. Elle baissait la tête dans une attitude de révolte et de désaccord parfaitement claire. Il se leva, et debout derrière elle :

« Il s'agit d'une simple formalité. Mais ces formalités ne doivent pas être négligées. »

Elle gardait les yeux obstinément baissés.

« J'en ai assez de Lyme. Je vous vois moins souvent ici qu'à la ville.

— C'est absurde, dit-il, avec un sourire.

— Je le pense pourtant. »

Une petite barre obstinée était apparue au coin de sa bouche. Elle n'entendait pas céder. Il s'écarta et s'arrêta en face du foyer, le bras posé sur le manteau de la cheminée, la regardant ainsi avec un sourire; mais c'était un sourire dépourvu d'humour, un masque. Il n'aimait pas la voir prendre ainsi une pose volontaire : le contraste était trop grand avec la toilette raffinée destinée à mettre en valeur le côté décoratif et à souligner qu'elle ne pouvait se livrer à aucune tâche fût-elle ménagère. Une quinzaine d'années auparavant, la mode intelligente des dessous avait commencé de laisser apparaître sa fine pointe, avec la scandaleuse culotte ruchée à laquelle Mrs. Bloomer a donné son nom; mais cette mode avait été promptement et totalement supplantée par le port de la crinoline — menu fait d'une importance considérable pour quiconque entend bien saisir la mentalité du temps. Les gens de l'époque victorienne avaient eu le choix, et ils avaient choisi la plus monumentale absurdité qui ait jamais fait les beaux jours du plus déraisonnable des arts mineurs.

Toutefois, ce n'était pas sur la stupidité de la mode que portaient les réflexions de Charles dans cet intervalle de silence, mais plutôt sur les meilleurs moyens qui lui permettraient de s'éclipser sans plus attendre. Par bonheur pour lui, Tina avait, dans le même temps, réfléchi sur sa propre attitude : après tout, n'était-ce pas tout simplement un comportement ancillaire que de faire si grand bruit à propos d'une absence de courte durée — tante Tranter lui avait expliqué pourquoi Mary n'avait pas pu répondre à l'appel de la cloche du réveil. D'autre part, les hommes mettaient tout leur orgueil à obtenir l'obéissance féminine, tandis que les femmes avaient toujours su se servir de cette obéissance pour parvenir à leurs fins. Le temps viendrait où Charles aurait à répondre de tant de cruauté. Le sourire qui se leva vers lui paraissait plein de repentir.

« Vous ne manquerez pas d'écrire chaque jour ? »

Il se pencha pour lui toucher la joue :

« C'est promis.

— Et vous reviendrez aussi rapidement que vous le pourrez ?

— Dès que ces questions auront été réglées avec Montague.

— Je vais écrire à père pour lui demander qu'il vous réexpédie par retour. »

Charles saisit sa chance.

« Et je lui porterai la lettre, si vous l'écrivez tout de suite. Je compte partir dans une heure. »

Elle se leva et lui tendit les mains. Elle attendait un baiser. Il ne put se décider à l'embrasser sur les lèvres. Il la prit par les épaules et, l'une après l'autre, effleura de sa bouche les deux tempes. Il se détacha pour s'éloigner, mais il ne put le faire. Les yeux fixés sur la cravate bleu sombre avec l'épingle à tête de perle, elle continuait de regarder avec humilité et douceur. On ne voyait pas très bien au premier coup d'œil pourquoi Charles ne parvenait pas à s'éloigner. En fait, deux mains étaient plongées dans les petites poches de son gilet, et s'y agrippaient fermement. Il comprit quelle était la rançon de sa liberté et il la paya. Sans qu'une parole ou un murmure se fît entendre, sans que ses yeux se voilent ou que ses oreilles bourdonnent, il pressa ses lèvres pendant quelques instants contre celles de Tina. Elle portait cependant une charmante toilette du matin, et la vision, mieux peut-être, la perception tactile de la blancheur d'un tendre et faible corps traversa l'esprit de Charles. La tête d'Ernestina vint toucher son épaule. Elle se blottit contre lui; et tandis que, d'un geste léger de caresse, il la réconfortait en murmurant quelques syllabes assez dépourvues de sens, il éprouvait la sensation d'un embarras soudain. Il n'était pas douteux qu'un frisson charnel s'emparait de lui. Il y avait toujours eu chez Ernestina, dans ses pointes d'humour, ses bizarres petites niques, ses bouffées d'émotion, une sorte de promesse cachée de certaine licence... un consentement volontaire à quelque perversité qui lui permettrait, timidement mais avec délices, de goûter au fruit défendu. Et ce qu'éprouvait Charles, inconsciemment, n'était peut-être qu'un effet d'une attraction particulière que les femmes superficielles exercent depuis toujours — car on pense pouvoir en obtenir ce que l'on veut. Mais ce qu'il ressentait, consciemment, c'était l'impression d'une souillure : ce soudain désir charnel qui lui venait alors que le matin même il avait touché les lèvres d'une autre femme.

Un peu fébrilement, il se hâta d'embrasser Ernestina sur le sommet du front, défit doucement l'étreinte crispée de ses doigts qu'il embrassa en retour, et s'éloigna.

Une autre épreuve l'attendait, car Mary se trouvait près de la porte, porteuse de ses gants et de son chapeau. Elle gardait les yeux baissés, mais en rougissant. Il jeta un coup d'œil du côté de la porte qu'il avait refermée tout en passant ses gants.

« A propos de ce matin, Sam a expliqué quelles étaient les circonstances ?

— Oui, monsieur.

— Vous... comprenez ?

— Oui, monsieur. »

Il retira un gant à nouveau, et chercha dans la poche de son gilet. Mary baissa la tête un peu plus bas, sans cependant faire un pas en arrière.

« Oh ! Monsieur, je ne veux pas cela. »

Mais elle le tenait déjà. L'instant d'après, elle refermait la porte sur Charles. Très lentement elle ouvrit sa petite main — sans doute un tantinet rougeaude — et regarda la pièce d'or au creux de la paume. Puis elle la porta à sa bouche, et mordit de ses dents blanches, comme elle l'avait vu faire à son père, pour bien s'assurer qu'il ne s'agissait pas de cuivre. Sans doute aurait-elle été fort en peine de faire la différence, mais mordre prouvait en quelque sorte que l'or était bien là — de même qu'une rencontre sur l'Undercliff prouvait indubitablement qu'il y avait péché.

Que peut donc savoir du péché une innocente paysanne ? La question mérite une réponse. Et pendant ce temps laissons Charles prendre seul le chemin de Londres.

35

... La douceur de ce séjour
Vous l'avez en votre pouvoir.
HARDY, *L'Immortelle.*

Nombreuses sont les filles mineures, entre quatorze, voire même treize ans, jusqu'à dix-sept ans, qui ont été conduites enceintes, à cet hôpital. Elles avouaient qu'elles avaient été déflorées... en se rendant ou en revenant des travaux de la campagne. Filles ou garçons du même âge ont à parcourir cinq, six ou sept milles pour se rendre à leur travail, marchant par bandes le long des sentiers ou des routes. J'ai personnellement été témoin d'outrages aux mœurs fort grossiers, commis par des garçons ou des filles de quatorze à seize ans. Il m'est arrivé de voir une très jeune fille, assaillie sur le bord de la route par cinq ou six garçons. D'autres personnes se trouvaient à une distance de vingt ou trente pas, mais elles n'y prêtaient aucune attention. La fille poussait des appels au secours, ce qui fit que je m'arrêtai. J'ai vu également des garçons se baigner nus dans des ruisseaux, tandis que, de la rive, des filles de treize à dix-neuf ans les observaient.
Rapport de la commission sur l'emploi de la main-d'œuvre enfantine (1867).

Que pouvons-nous donc voir en ce XIXe siècle ? Une époque où l'on proclamait le caractère sacré de la femme, et où l'on pouvait acheter une fillette de treize ans pour quelques livres, quelques shillings si on la voulait seulement pour une heure ou deux. Où, en Angleterre, un plus grand nombre d'églises furent bâties que pendant la totalité des siècles précédents; et où, à Londres, il se trouvait à peu près un lupanar pour soixante maisons d'habitation — la proportion actuelle serait plutôt voisine de un pour six mille. Où, du haut de toutes les chaires, dans les discours publics et les éditoriaux de la presse, était proclamée la sainteté du mariage (et l'exigence de la chasteté avant le mariage); et où l'on n'a peut-être jamais vu autant de personnages bien connus du public — à commencer par le futur roi — avoir une scandaleuse existence privée. Où, tandis que le système pénal s'humanisait progressivement, l'application du fouet demeurait si fréquente qu'un Français allait s'efforcer de prouver, fort sérieusement, que le marquis de Sade devait avoir eu une ascendance anglaise. Où le corps féminin n'avait jamais été aussi soigneusement dissimulé à la vue, alors que le modelé des formes nues était, pour un sculpteur, l'indispensable critère du talent. Où l'on ne trouve pas un seul roman, une seule pièce ou un seul poème, visant à la qualité littéraire, qui, dans le domaine de la sensualité, s'avance au-delà du baiser; cependant que le docteur Bowdler [1] — mort en 1825, ce qui indique que l'ethos victorien avait des origines un peu plus lointaines que la période elle-même — était très largement considéré comme un bienfaiteur public; tandis que l'on assistait d'autre part à une

1. Responsable d'une édition des œuvres de Shakespeare dont tous les termes choquants avaient été soigneusement expurgés. Ce nom est devenu un terme courant de la langue anglaise : *To bowdlerize* = expurger, émasculer un texte. (N. d. T.)

progression spectaculaire de la pornographie. Une époque où il n'était jamais fait mention des fonctions excrétoires, alors que les installations sanitaires demeuraient encore à un état primitif — la chasse d'eau, qui constituait une amélioration tardive, devait demeurer un véritable luxe jusqu'au début du XXe siècle, et qu'il n'existait guère de rues ou de maisons dont quelques relents ne venaient rappeler l'existence. Où il était universellement admis que la femme ignorait l'orgasme; alors que sa simulation était la première chose que l'on apprenait aux prostituées. Où, tandis que, dans tous les domaines généraux de l'activité humaine, on constatait des progrès considérables dans le sens d'une libération, une impitoyable tyrannie sociale s'attaquait à tout ce qui, sur le plan personnel, revêtait une importance fondamentale.

Une explication, à première vue, peut paraître claire : cet état de choses serait le résultat de la sublimation. Chez les Victoriens toutes les forces de la *libido* étaient consacrées au développement de tous ces domaines généraux de l'activité; comme si quelque force divine, aux commandes de l'évolution, avait paresseusement décrété : puisque nous avons besoin de progrès, détournons et domestiquons les forces vives de ce puissant flux d'énergie, et nous verrons bien ce qui en résultera.

Tout en reconnaissant que la théorie de la sublimation peut comporter une certaine part de vérité, je me demande parfois si elle ne fait pas la part trop belle aux potentialités sexuelles de nos Victoriens. Mais en ce domaine ils n'étaient ni moins bien ni mieux pourvus que les gens de notre siècle — et, bien que l'obsession du sexe (comme à l'époque victorienne celle de la religion) nous soit de nuit et de jour littéralement jetée à la face, nous nous en préoccupons au fond beaucoup moins à l'heure actuelle qu'eux-mêmes n'en prenaient souci. Sans aucun doute l'amour se trouvait au centre de leurs préoccupations, et une part beaucoup plus importante que de nos jours lui était faite dans toutes les activités artistiques. Et l'absence de toute mesure et de tout procédé de limitation des naissances [1], pas plus que les avertissements de Malthus, ne suffisent à expliquer qu'ils aient procréé de façon beaucoup plus active et qu'ils aient beaucoup plus honoré la fécondité que nous

1. La mise en vente des premiers condoms (en boyaux de porc) date de la fin du XVIIIe siècle. Malthus, paradoxalement, devait condamner comme indécentes les techniques de limitation des naissances; mais dans les années 1820, quelques autorités médicales commencèrent d'en recommander l'usage. La première ébauche des traités modernes de sexualité fut l'œuvre du docteur George Drysdale. L'ouvrage était intitulé, non sans quelque détour : *Eléments de la science sociale, ou la religion physique, sexuelle et naturelle : Exposition de la cause véritable et de l'unique façon de guérir les trois principales plaies : la pauvreté, la prostitution et le célibat.* Il parut en 1854, connut une large audience et fut traduit en plusieurs langues. Voici quelques extraits des conseils pratiques de Drysdale, avec une significative parenthèse finale : « L'imprégnation peut être évitée, soit par le retrait du pénis immédiatement avant que se produise l'éjaculation (ce que des hommes mariés ou non mariés pratiquent couramment), soit par l'usage du condom, pratique également assez fréquente, mais plus sur le continent qu'en Angleterre, soit par introduction d'un morceau de matière spongieuse dans le vagin... ou par injection d'eau tiède dans le vagin immédiatement après le coït.

« Le premier de ces procédés est physiquement pénible, et peut également être à l'origine de troubles nerveux, de congestion et de diminution de la puissance sexuelle... Le second, j'entends le condom, affaiblit le plaisir physique, et fréquemment peut conduire à l'impuissance physique et au dégoût chez les deux partenaires, en ce sens il est lui aussi nocif.

« Il me semble que ces objections ne s'appliquent pas au troisième procédé, j'entends l'introduction d'éponge ou substances similaires protégeant l'entrée de la matrice. Il peut aisément être pratiqué par la femme, et, à ce qu'il me semble, ne peut guère avoir d'influence sur le plaisir sexuel, ni être en quoi que ce soit préjudiciable à la santé de l'un ou l'autre partenaire. (Un procédé préventif quelconque devrait être laissé à la discrétion de la femme, si l'on veut qu'il donne pleinement satisfaction; car si l'homme doit s'en soucier, ce ne saurait être qu'au détriment de la passion impulsive et de la spontanéité de l'acte.) »

n'avons coutume de le faire. On ne saurait dire d'autre part qu'en matière de progrès et de libéralisation notre siècle soit retardataire par rapport à cette période; et il serait cependant difficile de prétendre que c'est parce que nous avons à dépenser un surcroît d'énergie sublimée. On a prétendu parfois qu'une certaine corruption de mœurs, caractéristique des années 1890, était une réaction contre de trop nombreuses années de refoulement et d'abstinence; il me semble qu'il s'agissait plutôt d'une mise en pleine lumière de comportements qui, auparavant, relevaient strictement de la vie privée; et je soupçonne que nous nous trouvons ici en présence d'une constante du comportement humain — les différences remarquées résultant surtout d'une question de vocabulaire, de pouvoir d'expression métaphorique.

Ce que nous traitons avec une certaine légèreté, les Victoriens le traitaient avec le plus grand sérieux; et ce sérieux s'exprimait dans cette façon caractéristique avec laquelle ils se refusaient à parler ouvertement de la sexualité, de même que nous sommes entraînés par notre propre attitude sur une pente résolument inverse. Mais ces façons différentes de faire preuve de sérieux ne sont au fond que pures conventions. La réalité sur laquelle l'une et l'autre se fondent et qu'elles traduisent à leur façon ne s'est nullement modifiée.

Il me semble également que c'est une erreur de croire que l'ignorance en matière de sensualité s'accompagne nécessairement d'un plaisir sexuel de faible acuité. Quand les lèvres de Sarah et de Charles s'étaient rencontrées, il n'est pas douteux qu'il y avait de part et d'autre un défaut évident d'habileté; mais je n'irai pas en conclure que l'excitation sensuelle ait pour autant fait défaut. L'éveil du désir et les possibilités de sa satisfaction fournissent, dans tous les cas, un critère d'appréciation beaucoup plus recommandable. Sur ce plan encore, nous pouvons estimer que nous nous trouvons en bien meilleure position que ceux qui ont appartenu à des générations antérieures. Mais la force du désir est fonction de la fréquence plus ou moins grande de son évocation. L'invite à la copulation paraît vraiment très fréquente dans le monde où nous sommes appelés à vivre, mais la réalité n'en est pas moins affairée à sa frustration. Sommes-nous, dans ce domaine, un peu moins frustrés que les Victoriens ? Il se peut. Mais si vous ne pouvez goûter chaque jour qu'une seule pomme, quel plaisir aurez-vous à vivre dans un verger plein de beaux fruits hors de portée ? Et le fruit le plus savoureux n'est pas celui que l'on goûte le plus fréquemment.

Ainsi les plaisirs sensuels des Victoriens, pour être moins fréquents que les nôtres, n'en étaient-ils peut-être que plus vifs; et comment savoir s'ils n'en étaient pas obscurément conscients; si, pour préserver l'acuité du plaisir, ils n'avaient pas choisi les conventions répressives de la dissimulation et du silence ? En un sens, lorsque nous faisons passer dans le domaine public de l'imagination tout ce qu'ils réservaient au domaine privé, nous nous montrons plus Victoriens — dans la signification moralisatrice du terme — que les Victoriens eux-mêmes, puisqu'en détruisant une bonne partie du mystère, de l'aura, de la difficulté tentatrice du fruit défendu, nous avons aussi détruit une partie de sa jouissance. Certes, il n'existe aucune mesure objective valable de l'intensité du plaisir; mais c'est probablement nous qui devons le moins nous en plaindre. D'autre part, la méthode que les Victoriens ont utilisée devait leur permettre de tirer bénéfice d'un surcroît d'énergie. Le secret, l'abîme qui séparait les sexes, et qui troublait si profondément Charles lorsque Sarah s'efforçait de le réduire, permettait sans doute de dépenser une plus grande force dans d'autres domaines, et d'y faire preuve d'une plus grande franchise.

Ces considérations semblent nous avoir fort éloignés de Mary, bien qu'il me souvienne à présent qu'elle appréciait particulièrement le goût des pommes. Mais ce qui est certain c'est qu'elle ne pouvait être une innocente vierge paysanne, pour la simple raison que ces qualificatifs jureraient avec la réalité de l'époque, et il nous est assez facile d'en découvrir les raisons.

A toutes les époques, la grande majorité des témoins et des chroniqueurs appartiennent à la classe des gens éduqués, et ce simple fait est à l'origine d'une certaine forme de distorsion de la réalité historique. Cette pruderie puritaine que nous reconnaissons comme caractéristique de la période victorienne, en l'appliquant sans discrimination à toutes les classes de la société, est en fait la version bourgeoise de l'ethos de la classe moyenne. Les types de Dickens qui appartiennent aux classes laborieuses sont fort drôles ou fort pathétiques, et forment une galerie incomparable de personnages pittoresques — il nous faut cependant chercher ailleurs des images de la froide réalité : chez Mayhew, dans les rapports de la Grande Commission, et en maints autres lieux; principalement en ce qui concerne leur façon d'envisager la sexualité dans leur existence — aspect que Dickens (qui a toujours fait preuve en cette matière d'une certaine inauthenticité) ainsi que ses confrères ont négligé d'une façon totale ou soigneusement expurgé. Le fait caractéristique du mode de vie rurale à l'époque victorienne était ce que nous appelons aujourd'hui les « rapports prénuptiaux » et ce qu'on nommait plus simplement à une autre époque « goûtez donc avant de prendre ». C'était alors la règle générale dans ce milieu, et non pas l'exception. Ecoutons ce témoignage d'une dame, qui vit encore à l'heure actuelle.

Elle naquit en 1883; et son père était le médecin de Thomas Hardy :

« La vie des paysans du XIXe siècle était bien différente de ce que nous pouvons voir actuellement. Par exemple, parmi la paysannerie du Dorset, la maternité précédant le mariage paraissait absolument normale, et le mariage n'était célébré que lorsqu'il devenait évident que la jeune fille était enceinte... La raison en était le montant très réduit des gains des travailleurs, et la nécessité de ne pas diminuer la main-d'œuvre disponible dans le cadre de la cellule familiale [1]. »

1. Une autre raison économique était ce diabolique système qui consistait à ne payer à ceux qui n'étaient pas mariés qu'un demi-salaire, fussent-ils parfaitement capables d'accomplir le même travail qu'un homme marié. Cette remarquable méthode pour s'assurer une main-d'œuvre à bon marché, fût-ce au prix des maux que nous signalons un peu plus bas, ne devait disparaître qu'avec la généralisation de l'emploi des machines agricoles. Il faudrait ajouter que le Dorset était alors la région rurale qui, parmi toutes les autres régions d'Angleterre, connaissait les pires conditions de vie.

Voici ce qu'écrivait, en cette même année 1867, le révérend James Fraser : « La pudeur ne peut être qu'une vertu inconcevable, la décence est inimaginable quand, dans une pièce où les lits se touchent, autant que l'on peut en faire tenir, père, mère, jeunes garçons, adolescents, filles petites et grandes — deux et parfois trois générations — s'entassent dans la plus pénible et la plus regrettable promiscuité; ou chaque opération de toilette, ou de nécessité naturelle, l'habillage, le déshabillage, les naissances, les morts, doivent s'accomplir à la vue et à l'écoute de tous — où, dans une atmosphère sensuelle, la nature humaine ne peut que se dégrader au niveau de la porcherie... Alors que les cas d'inceste ne sont même plus l'exception. Nous nous plaignons que nos femmes soient déflorées avant le mariage, nous nous plaignons de la mauvaise conduite et du langage ordurier des filles qui travaillent aux champs, et de la légèreté avec laquelle nous voyons tant de filles se déshonorer, alors qu'il est extrêmement rare qu'un de leurs frères ou de leurs parents en éprouve de la colère ou de la honte — mais c'est là, dans les misérables conditions de la vie des chaumières, qu'il nous faut découvrir les raisons et l'explication historique de tous ces faits... »

Et nous voyons également se profiler des ombres non moins sinistres, inséparables des conditions de vie dans tous les

J'en arrive ainsi à me référer au témoignage et à l'autorité du romancier dont la grande figure domine encore de très haut cette région de l'Angleterre où se trouve située mon histoire. Quand on se souvient que Hardy devait être le premier à s'efforcer de briser ce sceau que la bourgeoisie victorienne avait apposé sur la prétendue boîte à Pandore de la sexualité, la façon dont lui-même s'est efforcé d'appliquer un sceau identique pour dissimuler sa propre vie sexuelle et celle de toute son immédiate parenté, pourra offrir un intérêt particulier et ne manquera pas, en tout cas, de paraître paradoxale. Il s'agissait naturellement et il s'agit encore là d'un certain droit inaliénable. Mais il est peu de secrets littéraires — celui-ci ne fut pas découvert avant la période des années 1950 — à avoir été aussi bien gardés. C'est ce secret, et tout aussi bien les réalités de la vie rurale anglaise dont il est question dans ce chapitre, qui pourrait nous permettre de répondre à la fameuse apostrophe d'Edmund Gosse : « Qu'a donc pu faire la providence à Mr. Hardy pour que, de sa terre fertile du Wessex, il se dresse ainsi, le poing levé contre son créateur ? » Il aurait tout aussi bien pu se demander comment il pouvait se faire qu'à Mycènes les Atrides eussent ébranlé le ciel du martellement de leurs poings de bronze.

Ce n'est pas ici le lieu de nous enfoncer au plus profond de ces brumes dont le séjour d'Egdon Heath s'est trouvé entouré. Ce qui a été connu de façon définitive c'est qu'en 1867 Hardy, alors âgé de vingt-sept ans, revint dans le Dorset, après avoir terminé à Londres ses études d'architecture, et tomba éperdument amoureux de sa cousine Tryphena qui venait d'avoir

ghettos du monde : le choléra, la scrofule, la typhoïde et la tuberculose à l'état endémique.

seize ans. Ils se fiancèrent. Cinq ans plus tard, et de façon tout à fait incompréhensible, cet engagement fut rompu. Bien qu'il ait été impossible de le prouver de façon irréfutable, il paraît clair désormais que la rupture de l'engagement a été provoquée par le fait que Hardy avait pu avoir connaissance d'une histoire assez sombre et que la famille dissimulait avec soin. Tryphena n'était pas sa cousine, mais une fille illégitime de sa demi-sœur. On trouvera des indices concernant la réalité de cette situation dans de nombreux poèmes de Hardy : *At the wicket gate, She did not turn, Her immortality* [1], et beaucoup d'autres encore. Le fait qu'il y ait eu de nombreux enfants illégitimes du côté de son ascendance maternelle a été prouvé. Hardy lui-même naquit cinq mois « après le passage à l'autel ». Certains ont voulu pieusement soutenir qu'il fallait attribuer à des raisons de convenances sociales la rupture de cet engagement : la renommée croissante du jeune maître ne lui aurait pas permis de s'allier à une simple fille du Dorset. Il est exact qu'il devait, en 1874, épouser une femme d'une condition plus élevée — cette Lavinia Gifford, d'une si pénible insensibilité. Mais Tryphena était une jeune fille d'une intelligence assez exceptionnelle : à l'âge de vingt ans, elle allait être nommée directrice du collège de Plymouth, après avoir terminé à Londres ses études de professorat. Il est bien difficile de penser que ce ne fut pas la révélation de quelque terrible secret de famille qui les contraignit à se séparer. Cette séparation ne fut pas sans avoir, d'un côté, d'heureux résultats, car on ne vit jamais en Angleterre d'homme de génie qui fut plus totalement redevable à une

1. Ce dernier poème est l'un des plus révélateurs, sinon le meilleur de ceux que devait composer Hardy dans cette ligne d'inspiration. Sa première version fut probablement écrite en 1897. Gosse avait formulé sa très importante question en janvier 1896, dans le cadre d'un compte rendu critique de *Jude l'Obscur*.

muse unique de sa plus profonde inspiration. Nous lui devons ainsi les grandes élégies amoureuses; nous lui devons les personnages de Sue Bridehead et de Tess qui, par l'esprit, demeurent si proches de Tryphena. D'autre part, dans la préface qu'écrivit Hardy pour *Jude l'Obscur*, il dédiait presque explicitement son ouvrage à la mémoire de cette dernière. « Le plan en fut conçu en 1890... Certaines des circonstances m'étaient alors venues à l'esprit à la suite de la mort d'une femme... » Tryphena, qui avait fini par épouser un autre homme, était morte en cette même année.

Ainsi cet état de perpétuelle tension — entre le désir et le renoncement, la présence constante du souvenir et son incessant refoulement, entre l'envol lyrique et le tragique devoir, entre la réalité sordide et sa plus noble sublimation — a inspiré et nous donne la clef de l'œuvre d'un des plus grands écrivains de notre temps. Et à travers celui-ci, elle peut expliciter à nos yeux les dominantes de toute une époque. C'était là le but de cette digression.

Il est grand temps toutefois que nous revenions à nos moutons. Vous pouvez deviner pourquoi à présent Sam et Mary avaient pu prendre la grange comme objectif de leur sortie; et comme ce n'était pas la première fois qu'ils se rendaient en ce lieu, on comprendra sans doute plus aisément la raison des larmes de Mary... et aussi qu'en matière de péché elle en pouvait savoir un peu plus long qu'on aurait pu le soupçonner à la seule vue de ce charmant visage dans sa dix-neuvième année — ou que quiconque, passant par Dorchester, un peu plus tardivement en cette même année, aurait pu l'imaginer en apercevant une jeune fille du monde réel, Tryphena de trois ans sa cadette, mais d'une éducation beaucoup plus solide — ce visage, à jamais indéchiffrable désormais, qui se tournait vers le pâle jeune architecte, de retour de ses cinq longues années d'études dans la capitale, et qui allait demeurer (« Jusqu'à ce que la flamme ait brûlé ces seins, cette bouche et ces cheveux ») l'incarnation la plus parfaite du mystère le plus caractéristique de son époque [1].

1. Ceux qui auront eu connaissance des recherches de M. Jean Loize sur l'amour d'Alain Fournier pour Yvonne de Quièvrecourt comprendront mieux quelle fut l'influence de Tryphena sur la vie de Thomas Hardy. Est-il besoin d'ajouter que l'auteur du *Grand Meaulnes* connaissait et appréciait vivement *Tess d'Uberville* — et qu'il existe, entre les deux romanciers, des correspondances psychologiques frappantes, comme d'ailleurs entre leurs deux romans.

36

Mais à ce front la flamme danse
Pour l'orienter vers l'avenir,
En traçant le contour des chances
Où tout se soumet au désir.

TENNYSON, *In Memoriam (1850).*

VOICI une centaine d'années, Exeter se trouvait beaucoup moins à portée de la capitale qu'elle ne l'est de nos jours; et de ce fait elle se trouvait pourvue de certaines de ces perverses possibilités de plaisirs coupables que, de tous les lieux d'Angleterre, on vient aujourd'hui chercher à Londres. Il serait exagéré de dire que la ville possédait, en 1867, son quartier de maisons à lumière rouge; mais on y découvrait néanmoins un secteur mal famé à une certaine distance du centre de la ville et de la présence prophylactique de la cathédrale. Il se situait dans la partie de l'agglomération qui descend vers les rives du fleuve; là où avait jadis battu le cœur de la cité, dans ces temps déjà fort éloignés en 1867, où Exeter était un très grand port. Il se composait d'un enchevêtrement de rues, où l'on trouvait encore un grand nombre de constructions de l'époque Tudor, mal éclairées, malodorantes, grouillantes de population. On pouvait y découvrir des lupanars, des maisons de danse et des débits de boissons; mais on y rencontrait plus fréquemment des filles ou des femmes perdues de réputation — filles mères, femmes entretenues, toute une population fuyant l'atmosphère étouffante des villages et des bourgades du Devon. En somme, il s'agissait notoirement d'un lieu où venaient s'abriter des personnes qui avaient coupé leurs attaches avec leur milieu d'origine; où l'on pouvait trouver des locations à bon marché et bon nombre d'auberges semblables à celle de Weymouth que Sarah avait décrite — solides refuges contre la vague moralisatrice qui, dans l'ensemble du pays, recouvrait les conditions de la vie quotidienne. Sur ce point, Exeter n'était d'ailleurs nullement une exception : toutes les grandes cités provinciales de l'époque devaient faire une place à cette armée infortunée des femmes qui avaient reçu quelques blessures dans ce combat pour une universelle purification masculine.

Dans une rue, située sur la limite de ce quartier, on pouvait découvrir un alignement de maisons du XVIIIe siècle, à terrasses. Il n'était pas douteux qu'à l'époque de leur construction, elles avaient dû bénéficier d'une vue sur le fleuve particulièrement agréable. Mais la construction de grands entrepôts avait bloqué cette perspective, et il paraissait évident que ces demeures avaient perdu toute confiance en leur élégance naturelle. La peinture des charpentes s'était écaillée, les toitures de tuile, les panneaux de porte se fissuraient. Une ou deux d'entre elles étaient encore des résidences particulières, mais un bloc central de cinq maisons, pauvrement uniformisé par une application de triste peinture brune sur la brique originaire, portait, sur une longue enseigne de bois dominant une entrée principale, le nom d'un hôtel — *Endicott's Family Hotel*, pour plus de précision. La propriétaire et tenancière, comme l'enseigne en informait les passants, en était Mrs. Martha Endicott, dont le principal trait caractéristique était un manque de curiosité total quant à la nature des tenants et aboutissants de sa clientèle. Elle était jusqu'au bout des ongles une femme du Devon — cette Normandie anglaise — en ce sens qu'elle ne voulait voir en tous ses hôtes que leur valeur représentative en monnaie palpable. En conséquence, ils étaient classés en diverses catégories dans le petit bureau attenant au vestibule où elle était installée : les dix shillings, les douze shillings, les quinze... etc. — ces tarifs étant ceux de la location hebdomadaire. Tous ceux qui, de nos jours, sont accoutumés à voir ajouter quinze shillings à leur note chaque fois qu'ils touchent la sonnette d'appel d'un hôtel moderne, auraient néanmoins grand tort d'estimer qu'il s'agissait là de prix doux. Le prix normal du loyer d'un cottage, à cette époque, était d'un shilling par semaine, deux tout au plus — et les dix shillings par semaine pour la chambre la moins chère de l'Endicott's Family le classait parmi les hôtels de choix, et sans aucune autre justification apparente que la rapacité de sa propriétaire.

La nuit descend sur une fin d'après-midi grisâtre. Déjà les deux becs de gaz du trottoir d'en face se sont éclairés à l'attouchement de la longue perche de l'allumeur, et la tache de clarté fait ressortir la brique crue des murs d'un entrepôt. Quelques lumières brillent dans les chambres de l'hôtel : plus claires au rez-de-chaussée, plus atténuées dans les étages : en effet, comme dans un grand nombre de demeures victoriennes, on a estimé que l'installation des conduites de gaz était d'un prix trop élevé pour qu'on l'utilise dans les étages supérieurs; en conséquence, les lampes à pétrole y étaient encore en service. Par une fenêtre du rez-de-chaussée, près de l'entrée principale, on pouvait apercevoir Mrs. Endicott en personne, assise à une table, près d'un petit poêle à charbon, en train de tourner les pages de sa bible — de son livre de compte veux-je dire. Et si, à partir de cette fenêtre, nous traçons une diagonale jusqu'à une autre extrémité du bâtiment, sur la droite, une fenêtre du dernier étage dont les rideaux couleur de mûre passée ne sont pas encore tirés, nous pourrons découvrir un excellent exemple du douze shillings six pence — j'entends cette fois le logis et non pas son hôte.

Il s'agit en réalité d'un deux pièces : un très petit salon et une chambre plus petite encore — l'ensemble provenant de la séparation d'une seule pièce de l'époque victorienne, de dimensions convenables. Les murs sont tapissés de papier à fleurs de teinte bistre dont on ne distingue pas clairement les détails. Une carpette élimée, une table ronde à trois pieds recouverte d'un tapis de reps vert sombre, sur les angles duquel quelqu'un a dû s'exercer maladroitement à l'apprentissage de la broderie; deux fauteuils un peu boiteux, de bois travaillé et garnis de velours puce aux tons passés, une commode d'acajou brun sombre. Aux murs, une estampe maculée de Charles Wesley et une très mauvaise gouache, représentant la cathédrale d'Exeter — acceptée bien à contrecœur quelques années auparavant, comme contrepartie du loyer d'une dame en difficulté.

C'était à peu près là l'inventaire de ce que contenait la première pièce, à part les menus accessoires du foyer, laissant apparaître au-dessus de la grille une sorte de rubis rougeoyant. Un seul détail pouvait donner à l'ensemble quelque relief : l'entourage du foyer, de marbre blanc et d'époque géorgienne, où apparaissaient des nymphes gracieuses, porteuses de cornes d'abondance répandant des fleurs. Peut-être y avait-il toujours eu un air de surprise dans l'expression de ces visages classiques; mais cet air était certainement beaucoup plus visible à présent, à la vue des changements qui, en un siècle, peuvent se produire dans la culture d'une nation. Elles étaient nées dans un fort agréable décor de panneaux de bois sculpté, et elles se retrouvaient là, dans une pauvre cellule défraîchie.

Si elles l'avaient pu, elles auraient volontiers sans doute poussé un soupir de soulagement en voyant la porte s'ouvrir tandis que se dessinait dans l'encadrement la silhouette de celle qui habitait désormais ces lieux. Ce vêtement de coupe un peu bizarre, ce chapeau noir, ce corsage indigo avec son petit col blanc... mais Sarah était entrée d'un pas vif, presque avec empressement.

Ce n'était pas là le premier jour de son arrivée à l'*Endicott's Family*. Elle était venue s'y installer quelques jours auparavant et d'une façon assez simple. Dans l'institution d'Exeter où elle avait fait ses études, le nom de cet hôtel avait fait l'objet d'une sorte de plaisant calembour. On supposait que cette famille des Endicott s'était à tel point multipliée qu'un hôtel entier était nécessaire pour en abriter tous les membres.

A son arrivée dans la ville, Sarah s'était retrouvée devant le hall du Ship, station et objectif final des omnibus de Dorchester. Sa malle, arrivée la veille, l'attendait. Un porteur lui demanda à quelle adresse elle devait se rendre. Elle eut un moment de panique. Seul lui vint à l'esprit le nom évoqué obscurément par l'ancien calembour. Une certaine expression sur le visage du porteur aurait pu peut-être lui apprendre qu'elle n'avait pas choisi pour son séjour à Exeter un emplacement particulièrement distingué. Mais sans aucune objection, il chargea la malle sur son épaule, et elle le suivit à travers la ville jusqu'au quartier dont il a été fait mention. L'aspect des lieux ne la séduisait guère : dans son esprit ce devait être plus confortable, plus honorable et plus ouvert — mais il ne lui était arrivé qu'une seule fois de passer dans ces parages... et dans la vie les pauvres n'ont pas le choix ! Elle se trouva même soulagée du fait que cette arrivée solitaire ne fit l'objet d'aucune observation. Elle paya comptant une semaine de séjour, et, à l'évidence, c'était là une recommandation suffisante. Elle avait l'intention de s'installer dans la chambre la moins chère, mais elle avait changé d'idée en voyant que pour dix shillings une seule pièce lui était offerte, alors que, pour une demi-couronne de plus, elle pouvait avoir une pièce et demie.

Rapidement elle entra et referma la porte; craqua une allumette, l'approcha de la mèche de la lampe dont le réflecteur dépoli, quand le verre eut été replacé, fit de son mieux pour écarter l'obscurité. Puis elle arracha son chapeau et libéra ses cheveux de la façon qui lui était habituelle. Elle vint déposer sur la table le sac de toile qu'elle tenait à son entrée, apparemment trop pressée d'en retirer le contenu pour se soucier de se débarrasser de son manteau. Lentement et avec soin, elle saisit divers paquets enveloppés qu'elle aligna sur le tissu de reps vert. Puis, reposant le sac sur le sol, elle commença de défaire l'empaquetage de ses emplettes.

Apparut d'abord une théière du Staffordshire, décorée de l'image d'une petite maison près d'un ruisseau, avec un couple d'amoureux (elle eut un long regard pour les amoureux); puis un pot à boisson, en forme de bonhomme verseur, non pas une de ces monstruosités victoriennes, aux couleurs criardes, mais un délicat objet, aux teintes jaunes et mauve pâle, les traits du visage humain soulignés d'un vernis bleu tendre — un amateur de céramiques reconnaîtra un Ralph Leigh[1]. Sarah avait payé neuf pence ces deux objets dans une boutique d'antiquités. Le pot avait une ébréchure et devait en subir d'autres dans le cours du temps, comme je puis en témoigner, en ayant moi-même fait l'acquisition voici un an ou deux, pour un

1. Faiencier célèbre, en Angleterre, à la fin du XVIIIe siècle.

prix nettement plus élevé que les trois pence qu'il avait coûté à Sarah. Quant à moi, c'est le Ralph Leigh qui m'avait séduit, tandis que Sarah l'avait été par le sourire. Sarah était pourvue de quelque sensibilité esthétique, bien que nous n'ayons pas encore eu l'occasion de la lui voir exercer — ou peut-être s'agissait-il d'une sensibilité émotive, d'une réaction à l'encontre du triste décor où elle se trouvait. Elle n'avait pas la moindre idée de l'ancienneté que pouvait avoir son petit verseur, mais elle avait une vague impression qu'il devait avoir beaucoup servi, avait dû passer en de nombreuses mains... et qu'à présent il était à elle... *Il était à elle à présent*. Elle le posa sur le dessus de la cheminée, et sans avoir encore déposé son manteau, le contempla avec une satisfaction enfantine, comme si elle entendait goûter pleinement la saveur de cette première prise de possession d'un objet personnel.

Sa rêverie fut interrompue par un bruit de pas dans le corridor extérieur. Elle jeta du côté de la porte un coup d'œil attentif et rapide. Les pas s'éloignèrent. Sarah déposa son manteau et attisa le feu. Elle plaça ensuite sur la plaque du foyer une bouilloire au fond noirci. Elle revint alors à sa seconde emplette : un papier plissé contenant du thé, un autre du sucre, un petit récipient de métal contenant du lait qu'elle plaça à côté de la théière. Elle prit ensuite les trois paquets qui restaient et entra dans sa chambre : un lit, un lavabo de marbre, un petit miroir, un pauvre morceau de descente de lit — et c'était bien tout.

Mais elle n'avait d'yeux que pour ses paquets. Le premier contenait une chemise de nuit. Sans l'essayer, elle l'allongea sur le lit et développa le paquet suivant. Il contenait un châle d'un vert sombre, à longues franges de soie vert émeraude. Elle le présenta devant elle, dans une sorte de transe — peut-être simplement du fait du prix qu'il lui avait coûté et qui dépassait de loin le total de tous les autres achats. Enfin, elle approcha pensivement de sa joue cette douce matière, tout en fixant ses regards sur la chemise de nuit; puis, dans le premier geste typiquement féminin que nous lui ayons vu accomplir, elle saisit une tresse de sa chevelure brune pour la placer contre le tissu vert de l'écharpe; l'instant d'après, elle déplia celle-ci de toute sa longueur, elle avait plus d'un mètre, et elle l'enroula autour de ses épaules. Elle regarda de nouveau dans le miroir cette fois. Puis elle revint vers le lit afin d'arranger l'écharpe autour de la forme de la chemise de nuit allongée.

Elle défit le dernier paquet, beaucoup plus petit — il s'agissait d'un simple rouleau que, non sans s'attarder encore un instant à regarder sur le lit l'ensemble vert et blanc, elle rapporta dans l'autre pièce et rangea dans un tiroir de la commode d'acajou — juste au moment où le couvercle de la bouilloire commençait de se soulever avec un léger bruit.

La bourse de Charles avait contenu dix souverains, et cela seul — indépendamment de toute autre considération — devait suffire à transformer la vision que Sarah pouvait avoir du monde extérieur. Depuis le premier soir où elle avait compté ces dix pièces d'or, elle les avait chaque soir recomptées de nouveau. Non pas à la manière d'un avare, mais comme quelqu'un qui retournerait sans cesse revoir passer le même film — du fait du plaisir qu'il peut prendre à l'histoire ou à certaines images.

Pendant des jours, depuis son arrivée à Exeter, elle n'avait rien dépensé, sinon ce qui était strictement nécessaire à sa subsistance — et en prenant sur sa pitoyable réserve personnelle; mais elle avait regardé les devantures : des toilettes, des sièges, des tables, des articles d'épicerie, des boissons et des centaines de choses qui, à ses yeux, avaient fini par prendre une apparence hostile, comme celle des visages haineux des gens de Lyme qui évitaient ses regards lorsqu'elle les croisait et se retournaient sur elle d'un air moqueur et sarcastique quand elle les avait dépassés. C'est pourquoi elle avait attendu si longtemps avant d'acheter une théière. On peut se contenter d'une bouilloire, et sa pauvreté, qui l'avait accoutumée à ne rien avoir qui lui appartienne en propre, lui avait si bien fait perdre le goût des achats qu'elle était comme un marin, accoutumé à subsister pendant des semaines avec une ration d'un demi-biscuit par jour, et qui ne sait plus quoi faire de toutes les nourritures étalées devant ses yeux et qu'il lui suffirait de demander. Ce qui ne veut pas dire qu'elle souffrait de cette situation. Bien au contraire. Elle goûtait tout simplement les premières vacances de sa vie d'adulte.

Elle prépara le thé. Les charbons brûlants du foyer renvoyaient quelques reflets dorés sur les contours de la théière. Sous l'éclairage tranquille de la lampe, tandis que les charbons crépitaient doucement, elle paraissait suivre la dentelle d'ombres projetée par le foyer. On pourrait penser que pour avoir apparemment cette sérénité tranquille et paraître aussi satisfaite de son sort elle avait dû recevoir des nouvelles de Charles. Mais non, pas le moindre mot; et je ne chercherai pas plus à découvrir ce qui pouvait se passer dans son esprit que je ne l'avais tenté en cette autre occasion où ses yeux ruisselaient de larmes dans la nuit silencieuse de Marlborough House. Elle se redressa après quelques instants, se dirigea vers la commode et prit, dans un des tiroirs du haut, une tasse sans soucoupe et une petite cuillère. Installée à la table, elle se versa du thé. Elle défit alors le dernier de ses petits paquets. Il s'agissait d'un pâté. Sur quoi, elle se mit à manger, et sans le moindre souci d'une délicate retenue.

[illegible]

37

> Sur le pays tout entier la respectabilité étend son manteau de plomb... et l'homme qui l'emporte est celui qui sait adorer cette grande divinité avec la plus totale dévotion.
>
> LESLIE STEPHEN,
> *Croquis de Cambridge (1865).*

> La bourgeoisie... contraint toutes les nations, sous peine d'avoir à disparaître, d'adopter le système bourgeois de la production; elle les contraint d'introduire chez elles ce qu'elle nomme la civilisation, c'est-à-dire de devenir elles-mêmes des nations bourgeoises. En un mot, elle crée un monde à son image.
>
> MARX, *Manifeste du Parti communiste (1848).*

LE deuxième entretien formel que Charles allait avoir avec le père d'Ernestina devait être beaucoup moins plaisant que le premier, bien que ce ne fût en aucune façon la faute de Mr. Freeman. En dépit de cette intime pensée que l'on trouvait parmi l'aristocratie beaucoup trop de bourdons inutiles, il demeurait, dans les aspects extérieurs de son existence, ce que nous pourrions appeler un snob. Il tenait, autant qu'à la florissante réussite de ses affaires, à faire en tout point figure de gentleman. Consciemment, il était persuadé de représenter le type parfait du gentleman; et peut-être était-ce seulement dans le souci obsessionnel de le paraître que l'on pouvait déceler une certaine incertitude secrète.

Ces recrues nouvelles accédant à la haute bourgeoisie se trouvaient dans une position assez embarrassante. Si, sur le plan social, ils se sentaient parfaitement intégrés, ils savaient fort bien qu'ils appartenaient encore au monde du commerce où ils demeuraient de redoutables protagonistes. Certains choisirent de dissimuler leurs véritables origines et (comme Mr. Jorrocks[1]) s'efforcèrent, en acquérant les propriétés, d'adopter les objectifs, les attitudes et les manies du véritable gentilhomme campagnard. D'autres — comme Mr. Freeman — visaient à une redéfinition du type social du gentleman. Mr. Freeman s'était fait construire une résidence dans les forêts de pins du Surrey, mais sa fille et son épouse y demeuraient beaucoup plus fréquemment que lui-même. Il était, à sa façon, un précurseur de ces gens riches de notre époque qui possèdent leur pied-à-terre — sauf qu'il se contentait d'aller y passer quelques fins de semaine — et rarement en dehors de la saison d'été. Et tandis que son homologue moderne s'éloigne de la capitale pour jouer au golf, pour planter des roses, pour s'adonner à la boisson ou à des amours illégitimes, les séjours de Mr. Freeman ne pouvaient en aucune façon être qualifiés de frivoles.

Affaires sérieuses et profit — ce sigle aurait pu lui servir de devise. Il devait la prospérité de ses affaires à la grande mutation socio-économique qui se produisit entre les années 1850 et 1870 — où allait s'affirmer la prédominance du magasin de vente par rapport à l'usine, et du consommateur sur le producteur. Cette première vague dans le sens du développement d'une

1. Personnage du romancier anglais Surtees.

société de consommation se révélait particulièrement bénéfique dans les balances de ses livres de compte; et par compensation — suivant ainsi l'exemple d'une génération antérieure de commerçants puritains qui préféraient pourchasser le péché plutôt que de chasser le renard — il était devenu, dans sa vie privée, d'un sérieux et d'une piété chrétienne irréprochables et peut-être excessifs. Tout aussi bien que, de nos jours, certains de nos magnats de la finance collectionnent les œuvres d'art ou couvrent leurs profits d'un manteau de philanthropie, Mr. Freeman subventionnait fort décemment la société pour le Développement de la foi chrétienne (*Society for the Propagation of Christian Knowledge*) et quelques autres œuvres de charité militante. Par référence aux normes actuelles, ses employés et ses divers agents étaient pitoyablement logés et odieusement exploités, mais par rapport à celles de 1867, les établissements Freeman étaient à l'avant-garde du progrès et représentaient un modèle du genre. Lors de son entrée au Paradis, il aurait l'avantage de laisser derrière lui une main-d'œuvre exercée et satisfaite de son sort, et ses héritiers ne manqueraient pas d'en tirer profit.

C'était un homme grave et imposant, avec des yeux gris dont le regard avait une intensité surprenante et dont la clairvoyante astuce donnait l'impression à ceux qui devaient l'affronter de ne représenter qu'un produit manufacturé au rabais. Il écouta les nouvelles que lui rapportait Charles sans faire paraître la moindre émotion, bien qu'il accueillit la fin de son explication par une grave inclinaison du chef. Un silence suivit. L'entrevue avait lieu dans le bureau personnel de Mr. Freeman, à sa résidence de Hyde Park. On n'y pouvait déceler aucun indice de sa profession. Aux murs, d'imposantes rangées d'ouvrages aux épaisses reliures donnaient à l'atmosphère toute la solennité convenable. Un buste de Marc Aurèle (ou sinon, s'agissait-il de Lord Palmerston dans sa baignoire ?); deux ou trois grandes estampes représentant des scènes assez imprécises — il était difficile de dire qu'il s'agissait de batailles ou de carnavals, mais elles donnaient une impression de foules frustes et chaotiques qui devaient se situer à une très grande distance de leur présent environnement.

Mr. Freeman eut une petite toux pour s'éclaircir la voix, sans quitter du regard le cuir rouge ouvragé qui recouvrait sa table-bureau. Il semblait sur le point de prononcer un arrêt; mais il se contenta de déclarer :

« Voilà qui est très surprenant; très surprenant. »

Un silence plus prolongé s'ensuivit, cependant que Charles ressentait autant d'amusement que d'irritation. Il se doutait bien qu'il n'échapperait pas à une copieuse dose d'imposante et paternelle solennité. Mais puisqu'il était venu lui-même la provoquer, il lui fallait bien supporter patiemment ce pénible silence et attendre une réponse plus explicite. En fait, Mr. Freeman avait réagi beaucoup plus en homme d'affaires qu'en gentleman, car la première pensée qui lui avait traversé l'esprit était que Charles venait le trouver pour réclamer un accroissement de la dot. Certes, il pouvait le faire très aisément, mais en même temps il lui avait paru que Charles pouvait fort bien avoir eu connaissance depuis longtemps du probable mariage de son oncle. Ce qui lui était particulièrement insupportable c'était que quelqu'un puisse le leurrer au cours d'une importante affaire — et celle-ci ne concernait-elle pas l'être qu'il chérissait par-dessus tout.

Ce fut Charles qui rompit finalement le silence.

« Ai-je besoin d'ajouter que cette décision soudaine de mon oncle a été pour moi également la plus grande des surprises.

— Naturellement. Naturellement.

— Mais il m'a paru que mon devoir était de vous en

informer aussitôt — et de venir le faire en personne.

— C'est parfaitement correct de votre part. Et Ernestina... est-elle au courant ?

— Elle a été la première à être informée. Elle est naturellement influencée par des sentiments d'affection dont je suis très honoré de pouvoir bénéficier. »

Charles hésita avant de chercher dans sa poche.

« Voici une lettre qu'elle m'a chargée elle-même de vous remettre. »

Il se leva et la déposa sur le bureau. Mr. Freeman la regarda de ses yeux perçants, mais à l'évidence préoccupés par d'autres pensées.

« Il vous reste un assez beau revenu, n'est-ce pas.

— Je ne puis pas dire que je vais me retrouver dans l'indigence.

— A quoi il vous faut ajouter la possibilité que votre oncle ne puisse pas avoir le bonheur d'être père d'un héritier.

— En effet...

— Et la certitude qu'Ernestina ne vient pas à vous sans être dûment pourvue.

— Vous vous êtes montré particulièrement généreux.

— Et un jour je serai appelé à l'éternel repos.

— Cher monsieur, je... »

Le gentleman avait triomphé, et Mr. Freeman se leva.

« Nous pouvons parler de ces choses-là entre nous. Et, mon cher Charles, avec vous je veux être très franc. Mon principal souci c'est le bonheur de ma fille. Mais je n'ai pas besoin de vous parler de la valeur que, en termes financiers, elle peut représenter. Quand vous m'avez demandé l'autorisation de solliciter sa main, ce qui, à mes yeux, constituait la meilleure des recommandations c'était que, dans cette alliance, il y avait de part et d'autre valeur mutuelle et respect mutuel. Vous m'assurez que le changement de perspective qui vient de se produire est venu comme un coup de tonnerre. Seuls ceux qui n'ont pas votre rectitude morale pourraient vouloir découvrir là un motif plus bas. Voilà quel est mon unique souci.

— C'est aussi très profondément le mien. »

Un nouveau silence suivit. L'un et l'autre savaient ce dont il était question : la crainte que ce mariage soit désormais l'occasion de calomnieux bavardages. On accuserait Charles d'avoir eu vent de la perte possible de ses espérances avant qu'il ait présenté sa demande. Ernestina serait moquée parce qu'elle verrait lui échapper ce titre qu'elle aurait pu par ailleurs si aisément acheter.

« Je ferais mieux de lire cette lettre. Excusez-moi, je vous prie. »

Il se saisit de son solide coupe-papier en or et ouvrit l'enveloppe. Charles s'approcha de la fenêtre et contempla la perspective champêtre de Hyde Park. Au-delà de l'alignement de voitures le long de Bayswater Road, il aperçut une jeune fille — apparemment une femme de chambre ou une vendeuse de magasin — qui attendait sur un banc, devant les grilles; et au moment même où Charles regardait, un soldat apparut dans son uniforme à parements rouges. Il salua et elle se tourna vers lui. Charles était beaucoup trop loin pour pouvoir distinguer l'expression des visages, mais la vivacité du mouvement indiquait qu'il s'agissait d'un couple d'amoureux. Le soldat prit cette main de femme et la pressa un instant contre sa poitrine. Ils échangèrent quelques paroles. Puis elle passa sa main sous le bras du soldat et ils s'en allèrent lentement en direction d'Oxford Street. Toute son attention absorbée par le spectacle de cette petite scène, Charles sursauta quand Mr. Freeman, la lettre à la main s'approcha de lui. Il souriait.

« Je pourrais peut-être vous lire ce qu'elle a ajouté en post-scriptum. »

Il ajusta ses lunettes cerclées d'argent.
« — Si vous avez le malheur d'écouter un seul ins-
« tant les sottises que Charles va vous raconter, je
« vais me faire enlever par lui et nous filerons ensem-
« ble à Paris. »

Il leva les yeux sur Charles.

« Apparemment, elle ne nous laisse pas la possibilité d'une alternative. »

Charles eut un vague sourire.

« Mais si vous voulez avoir un peu plus de temps pour y réfléchir... »

Mr. Freeman posa la main sur l'épaule du très scrupuleux fiancé.

« Je vais lui dire que je la trouve encore plus admirable dans l'adversité que dans l'heureuse fortune, et je crois que le mieux serait que vous retourniez à Lyme au plus tôt.

— Je vous suis très reconnaissant...

— Je le suis plus encore à votre égard puisque ma fille est heureuse. Sa lettre n'est pas entièrement de ce ton frivole. »

Il prit Charles par le bras pour le ramener au centre de la pièce.

« Et mon cher Charles... (cette formulation n'était pas sans procurer à Mr. Freeman un certain plaisir) je ne vois aucune nécessité de serrer les cordons de la bourse, alors que le mariage à ses débuts représente toujours un moment difficile. Et si les circonstances... vous voyez ce que je veux dire.

— C'est trop aimable à vous.

— Ne parlons plus de cela. »

Mr. Freeman tira de sa poche un petit trousseau de clefs, ouvrit un tiroir de son bureau et y plaça la lettre de sa fille comme s'il s'agissait d'un précieux secret d'Etat — mais peut-être en savait-il plus long sur la discrétion des serviteurs que la plupart des grands bourgeois victoriens. Tout en refermant soigneusement le tiroir, il ne cessait pas de fixer ses regards sur Charles qui soudain éprouvait la désagréable impression de devenir lui-même un employé — quelqu'un qui avait toutes les faveurs de ce grand patron du commerce, mais dont il tenait d'une façon ou d'une autre à pouvoir disposer. Il devait bientôt en savoir plus. Après tout, l'amabilité de Mr. Freeman n'était peut-être pas simplement celle du gentleman.

« Puis-je profiter de ce moment, qui paraît opportun, pour vous entretenir en toute franchise d'un sujet qui me paraît vous concerner, vous-même et Ernestina ? »

Charles s'inclina poliment, mais pour un instant, Mr. Freeman parut avoir quelques difficultés à trouver les termes appropriés. D'un air embarrassé, il reposa le coupe-papier à sa place habituelle, et revint à la fenêtre qu'ils venaient à peine de quitter. Puis il fit demi-tour.

« Mon cher Charles, je crois que je puis me considérer en tout point comme un homme fortuné, sauf en ce fait... (Il baissa les yeux comme s'il s'adressait au tapis) que je n'ai pas de fils. »

Il s'arrêta de nouveau et dirigea sur son futur gendre un regard froid et pénétrant.

« Je me rends compte que vous devez avoir une certaine aversion pour le commerce. Ce n'est pas un métier de gentleman.

— Mais vous savez bien, monsieur, que ce sont là des objections hypocrites et fausses. Vous en fournissez vous-même un démenti éclatant.

— En êtes-vous bien persuadé ? Ou dois-je voir là encore quelque hypocrisie de votre part ? »

Les regards des yeux gris fer s'étaient fait soudain directs. Charles un instant demeura coi. Il ouvrit les mains.

« Je vois ce que n'importe quel homme doté d'intelligence peut voir. L'utilité du commerce. Le rôle essentiel qu'il joue dans notre pays...

— Je vous entends, et je crois entendre un de nos hommes politiques. Comment pourraient-ils s'exprimer autrement puisqu'ils savent bien que la prospérité du pays en dépend ! Mais vous plairait-il que l'on puisse dire de vous que vous êtes... dans le commerce ?

— La possibilité ne s'en est pas présentée...

— Mais supposez qu'elle se présente.

— Vous voulez dire que... je... »

Il comprenait enfin où son beau-père voulait en venir; et le beau-père, voyant sa stupéfaction, se hâtait de retrouver le ton du gentleman.

« Evidemment, je ne veux pas dire que vous devriez vous intéresser à la vie quotidienne de mon entreprise. C'est là le rôle de mes chefs de service, de mes employés, et de tout le personnel. Mais mes affaires ne cessent de s'étendre, Charles. L'année prochaine nous allons ouvrir de grandes succursales à Bristol et à Birmingham. Ce n'est qu'un commencement. Je ne puis encore vous offrir un véritable empire politique ou géographique; mais je suis convaincu que quelque chose de ce genre vous reviendra un jour à Ernestina et à vous-même. »

Mr. Freeman commença de marcher de long en large.

« Je m'étais gardé de vous parler de cela, alors qu'il paraissait clair que vous deviez vous consacrer à l'administration du domaine de votre oncle. Mais vous possédez de grandes qualités, de l'intelligence, de l'énergie, de l'éducation...

— Mais mon ignorance de tout ce que vous semblez vouloir suggérer est... disons, à peu près totale. »

D'un geste Mr. Freeman écarta l'objection.

« Des qualités comme la probité, l'aptitude à inspirer du respect, à savoir juger les hommes, sont beaucoup plus importantes. Et je n'ai nullement l'impression que vous en êtes dépourvu.

— Je ne suis pas certain de bien comprendre votre suggestion.

— Je ne suggère rien dans l'immédiat. De toute façon, pour un an ou deux vous devrez songer à votre mariage. Pendant toute cette période vous n'aurez aucun besoin de soucis ou d'intérêts extérieurs. Mais si un jour vous estimez que vous pourriez... vous amuser à en savoir un peu plus long sur ce grand commerce dont vous hériterez un jour par l'intermédiaire d'Ernestina, rien ne pourrait me causer un plus grand plaisir... et à mon épouse également, devrais-je ajouter, que de stimuler cet intérêt.

— Moins que toute autre chose, je voudrais me montrer ingrat, mais... tout ceci me semble si peu compatible avec mes inclinations naturelles, les faibles talents que je puis avoir...

— Je suggérais simplement une certaine forme d'association. En pratique, rien de plus contraignant pour commencer que quelques visites occasionnelles au bureau du personnel, afin d'avoir un aperçu très général de son fonctionnement. Je crois que vous serez surpris de connaître ce genre d'hommes que j'ai placés à des postes de responsabilité. Je suis certain que nul ne pourrait regretter de les mieux connaître.

— Je vous assure que mes hésitations ne se fondent nullement sur des considérations sociales.

— En ce cas elles ne peuvent venir que d'une trop grande modestie. Et là, mon cher, vous ne vous jugez pas à votre juste valeur. Le jour dont je vous parlais finira pas arriver... je ne serai pas toujours là. Evidemment vous pourrez disposer de ce que j'ai pu acquérir au cours de mon existence. Vous pourriez trouver d'excellents gérants, capables de le faire fructifier. Mais je sais de quoi je parle. Pour prospérer, une entreprise a besoin d'un chef averti, de même qu'une bonne armée a besoin d'un bon général. Les meilleurs soldats du monde ne peuvent rien s'ils ne sont pas dirigés par quelqu'un qui sache organiser le combat. »

Sous le premier choc de cette attrayante comparaison, Charles se sentit un peu dans la position de Jésus de Nazareth tenté par Satan. Il venait lui aussi de connaître un séjour dans le désert, et la proposition ne pouvait que lui en paraître plus tentante. Mais il était un gentleman, et les gentlemen ne peuvent pas entrer dans le commerce. Il chercha de quelle façon il pourrait bien exprimer cela, mais il n'y parvint pas. Dans une discussion d'affaires l'indécision d'un partenaire est un témoignage de faiblesse. Mr. Freeman saisit sa chance.

« N'espérez pas qu'un jour vous m'amènerez à reconnaître que nous descendons tous du singe. Cette idée me paraît blasphématoire. Mais j'ai beaucoup réfléchi à tout ce que vous m'aviez dit au cours de notre petite discussion. Je voudrais que vous me répétiez ce que vous disiez — voyons, à propos de votre façon de définir votre fameuse théorie de l'évolution. Une espèce doit se transformer... ?

— Afin de pouvoir survivre. Elle doit s'adapter aux changements qui peuvent se produire dans le milieu où elle se trouve.

— Parfaitement. De cela je crois que je suis convaincu. J'ai vingt ans de plus que vous. En outre, j'ai connu toute ma vie une situation où, si l'on ne s'adapte pas, et très vite, au goût du jour, il est impossible de survivre. On va à la faillite. Les temps changent. Vous le savez bien. Nous sommes au temps du progrès. Et le progrès, c'est comme un cheval fougueux. Si vous n'êtes pas capable de le conduire, il vous désarçonne et vous foule aux pieds. Le ciel me préserve d'insinuer que le fait d'être un gentleman ne fournit pas de bonnes et suffisantes raisons de vivre.

Mais Charles, nous sommes en un temps où des choses sont en train de se faire, des choses importantes. Vous pouvez dire que ces choses ne vous concernent pas; que vous êtes au-dessus de cela. Demandez-vous cependant si elles ne devraient pas vous concerner. Je ne vous propose pas autre chose. Réfléchissez à cela. Rien ne presse, et pour l'instant rien ne vous presse de prendre une décision quelconque. »

Il fit une pause.

« Mais j'aimerais que vous ne rejetiez pas cette idée de suite et a priori. »

Charles éprouvait un peu, à cet instant, l'impression d'être un article que l'on va déclasser ou mettre au rebut — en tout point une malheureuse victime de l'évolution. Les doutes qu'il avait autrefois éprouvés en ce qui concerne l'inutile futilité de son existence n'étaient que trop prompts à se réveiller. Il se rendait compte de l'opinion que Mr. Freeman avait de lui en réalité : il n'était qu'un oisif. Et que venait-il de lui proposer ? De gagner la dot de sa femme. Il aurait voulu faire montre d'une froideur discrète; mais au-delà de la véhémence, il y avait dans le ton de la voix de Mr. Freeman une certaine cordialité, une recherche de contact. Quant à l'impression qu'éprouvait Charles, c'était comme si, après avoir vécu tous ces jours de son existence parmi d'agréables vallons boisés, il arrivait à présent en vue du plus éprouvant des déserts — et à la différence de notre ancien et célèbre Pèlerin[1] il n'apercevait, dans cette immense plaine, que Devoir et Humiliation, et certainement ni Bonheur ni Progrès.

Il jeta encore un coup d'œil du côté de ces regards commerciaux, pénétrants et attentifs.

« J'avoue que cette perspective a un peu de quoi me confondre.

1. Allusion au livre célèbre : *The Pilgrim's Progress* de John Bunyan. (N. d. T.)

— Je ne vous demande qu'une chose, c'est de bien vouloir y réfléchir.

— Naturellement. Il n'est pas douteux que je vais y réfléchir très sérieusement. »

Mr. Freeman s'avança pour ouvrir la porte.

« Je crains, dit-il en souriant, que vous n'ayez encore une épreuve à subir. Mrs. Freeman nous attend, et elle brûle d'envie de connaître les derniers potins de Lyme. »

Quelques instants plus tard, les deux hommes parcouraient un large corridor, conduisant à l'imposant palier qui dominait le hall d'entrée de la résidence. Tout y avait été arrangé selon le meilleur goût de l'époque. Pourtant, tandis qu'ils descendaient ensemble le grand escalier gardé par un valet de pied immobile, Charles se sentait profondément déprimé : un lion qui sent autour de lui les barreaux d'une cage. Tout à l'improviste lui montait à la gorge un regret passionné de Winsyatt, de ses vieilles peintures, de son mobilier démodé, ses coutumes, sa sécurité, son savoir-vivre. Cette théorie même de l'évolution, dans l'abstrait si passionnante, semblait soudain, dans la pratique, se charger d'une vulgarité ostentatoire, autant que ces colonnes corinthiennes, fraîchement décorées, qui encadraient la porte d'entrée devant laquelle Charles, accompagné de son bourreau, s'était arrêté un instant...

« Monsieur Charles Smithson, madame. » Ils entrèrent.

38

Ne puis-je l'accepter cette empreinte
du temps ?
Age d'or ? Pourquoi pas ? Aucun
espoir à prendre.
Je puis durcir ce cœur, faire ces
traits tranchants :
Trompé, trompeur... La mort ? Tout
est poussière et cendre.

TENNYSON, *Maud (1855)*.

LORSQUE Charles se retrouva enfin sur les marches du grand escalier de la résidence des Freeman, les réverbères éclairaient déjà dans la fraîcheur de la soirée. Dans la brume légère se mêlaient des senteurs de verdure printanière venues du parc en bordure de la chaussée et l'odeur familière de la suie. Charles y retrouvait la saveur particulière de l'atmosphère de la capitale, à la fois âcre et profonde, et il décida de rentrer à pied. Il renvoya le cab qui avait été appelé spécialement à son intention.

Sans très bien savoir ce qu'il pouvait faire, il prit la direction du quartier Saint-James où se trouvait son club : longeant d'abord la grille de Hyde Park — cette lourde grille qui, trois semaines plus tard, sous les regards horrifiés de son récent interlocuteur, devait s'effondrer devant la pression furieuse d'une manifestation de la populace, en précipitant ainsi le vote de la grande loi de réformes. Il tourna ensuite dans l'avenue de Park Lane. Mais la densité de la circulation y était fort désagréable. Les embouteillages de la période victorienne étaient presque aussi affligeants que ceux d'aujourd'hui : et beaucoup plus bruyants, alors que toutes les roues de voitures cerclées de fer grinçaient et criaient sur le granit des pavés. Pensant ainsi pouvoir couper au plus court, il s'enfonça derechef au plein cœur de Mayfair. La brume s'épaississait, pas assez pour tout obscurcir, mais avec la densité suffisante pour baigner dans une atmosphère de rêve tout ce qu'il pouvait découvrir; et c'était comme s'il arrivait là dans l'état d'esprit d'un visiteur venu d'un autre monde, une sorte de Candide, incapable d'apercevoir autre chose que ce qui paraissait tout à fait évident, un homme soudainement dépourvu du sens de l'ironie.

Privé de cette faculté qui constituait un ressort essentiel de son caractère, Charles avait soudain l'impression de se promener quasiment nu. Il ne savait vraiment plus ce qui avait pu le pousser à aller rencontrer le père d'Ernestina. Tout aurait très bien pu s'expliquer par lettre. Si ses scrupules et sa délicatesse semblaient à présent absurdes, toute cette histoire d'appauvrissement, de nécessité d'ajuster ses dépenses à ses revenus, ne le paraissait pas moins. A cette époque, et particulièrement par une soirée où la menace de brouillard paraissait se préciser, les gens de condition aisée se déplaçaient en voiture, et seules les classes les plus pauvres allaient à pied. Aussi Charles ne croisait-il que des gens de très humble condition : domestiques des grandes résidences de Mayfair, employés, petits artisans, mendiants, balayeurs de rues (profession fort répandue au temps où le cheval était roi), colporteurs, jeunes garçons, quelques prostituées. Il savait bien que, pour chacun d'eux, une centaine de livres par an aurait représenté une fortune; et on venait de s'apitoyer sur lui parce qu'il lui faudrait vivoter avec vingt-cinq fois cette somme !

Charles n'était pas un socialiste. Il n'éprouvait pas le sentiment de l'injustice que devait représenter sa position privilégiée sur le plan économique, du fait qu'à d'autres points de vue il était loin d'avoir l'impression d'être privilégié. Tout autour de lui, il lui semblait en voir la preuve. Les passants qui le croisaient ne paraissaient nullement mécontents de leur sort, à l'exception des mendiants qui attendaient quelque rapport de la parade de leur infortune. Quant à lui, il était douloureusement étranger à ce monde, et malheureux. Il avait l'impression que tout l'appareillage qu'un gentleman digne de ce nom devait ajuster autour de sa personne était comme cette massive armure dont étaient revêtues d'anciennes espèces de sauriens géants, et qui finalement avait causé leur perte. Il ralentit sa marche à l'évocation de ces monstres que l'évolution avait depuis longtemps évincés. Il fit halte en fin de compte le long d'une rangée de boutiques — pauvre débris fossile, entouré de toutes les formes d'une vie mieux adaptée et qui s'affairaient alentour, comme une agitation d'amibes que l'on regarde au microscope.

Deux joueurs d'orgues de barbarie s'expliquaient à qui mieux mieux, tandis qu'un joueur de banjo, en poussant un ton plus haut, cherchait à avoir le dessus... Des vendeurs de purée de pommes de terre, de pieds pannés (*Penny a trotter, you won't find'otter*), de marrons chauds; une vieille femme offrant à la criée des allumettes, une autre avec un panier de jonquilles. Porteurs d'eau, fontainiers, balayeurs des rues, avec leurs chapeaux couvre-nuque, ouvriers avec leurs toques bosselées; et des bandes de petits va-nu-pieds, assis à l'entrée des portes, au bord des trottoirs, se précipitant comme des vautours aux portières des voitures. Un de ces gars, nu-pieds comme la plupart, interrompit son sautillement réchauffant et hygiénique pour lancer un long coup de sifflet avertisseur à l'intention d'un vendeur d'images qui accourait, brandissant sur une pique sa gerbe d'estampes colorées, dans la direction de Charles, qui demeurait immobile sur la lisière de ce spectacle, tout empli d'animation.

Charles ne tarda pas plus longtemps, et fit demi-tour, à la recherche d'une rue plus calme. Une voix glapissante et âpre le poursuivit, en reprenant la strophe moqueuse et vulgaire d'un refrain à la mode :

Why don'cher come 'ome, Lord Marmaduke,
An' 'ave an 'ot supper with me ?
An' when we've bottomed a jug o' good stout
We'll riddle-dee-ro-di-dee, ooooh,
We'll riddle-dee-ro-di-ree [1].

Ce qui fit souvenir Charles, quand il eut en fin de compte échappé à la voix et aux lazzis qui le poursuivaient, de cette autre composante de l'atmosphère londonienne, de nature moins matérielle mais non moins évidente que l'odeur de suie — le relent du péché. C'étaient moins les misérables péripatéticiennes de la rue qu'il croisait de temps à autre et qui le regardaient s'éloigner sans chercher à s'approcher (il avait avec trop d'évidence l'air d'un homme du monde et elles recherchaient des proies de moindre importance) que le sentiment d'un anonymat généralisé dans l'ensemble de la grande cité, l'impression que n'importe qui pouvait s'y abriter sans risque d'être découvert, y demeurer sans qu'on l'observe.

1. Hé, dis donc là, Lord Marmaduke,
Viens ici souper avec moi !
Quand à sec sera la bonne bière,
On roulera, dis, on roulera doux, oh ! oh !
'On roulera di-rou-di rou-doux.

Lyme était une bourgade où tous les habitants avaient les yeux en éveil; et il se trouvait là dans une ville d'aveugles. Personne ne se retournait sur lui pour le regarder. Il était presque invisible, il n'existait pas; et il en éprouvait une impression de liberté; mais cette impression était pénible, car, comme Winsyatt, sa liberté en fait était perdue. Toute sa vie était perdue, et tout ici lui rappelait cette perte.

Un homme et une femme qui le dépassèrent parlaient français. Ils étaient français. Et Charles éprouva le désir de se retrouver à Paris — de se trouver loin d'ici, en pays étranger — en voyage... S'il pouvait seulement à nouveau *s'échapper d'ici, s'échapper d'ici*... Une douzaine de fois il répéta ces mots en lui-même; puis, avec dureté, il se gourmanda de se montrer si romantique, d'avoir si peu de bon sens, de manquer à ce point du sentiment du devoir.

Il passa devant une longue rangée d'écuries, qui n'étaient pas encore transformées en cet alignement de maisonnettes que l'on peut voir de nos jours, mais était typiquement animée de ses rumeurs bruyamment fonctionnelles : bruits de l'étrille, des fourches dans la litière, des voitures que l'on attelle, claquements des sabots de chevaux qui reculent dans les brancards, sifflotements d'un cocher qui lave les panneaux de son break, tout un affairement avant les sorties de la soirée. Une surprenante théorie traversa la pensée de Charles. Tous ces gens qui appartenaient aux plus humbles classes étaient beaucoup plus heureux que ceux qui faisaient partie des couches sociales les plus élevées. Bien loin de constituer, comme l'affirment les partis extrémistes, l'infrastructure souffrante qui porte en gémissant le fardeau des dilapidations éhontées des classes riches, n'ont-ils pas plutôt l'air de colonies d'heureux parasites ? Il se rappelait que, dans les jardins de Winsyatt, quelques mois auparavant, il avait découvert un hérisson. Il l'avait débusqué de la pointe de sa canne, et il s'était mis en boule; et entre les piquants hérissés lui était apparu tout un fourmillement de pucerons en émoi. Il s'intéressait assez à la biologie pour éprouver plus de fascination que de dégoût devant ces formes d'inter-dépendance. Et, dans la période de dépression où il se trouvait en ce moment, il comprenait mieux ce qu'était en réalité le hérisson : un être qui n'avait d'autre moyen de défense que de faire le mort en hérissant ses piquants, se raidir en se couvrant de ces petites piques aristocratiques.

Quelques instants plus tard, il passa devant une épicerie; et, de l'extérieur à travers la vitrine, il regarda le comptoir, où l'épicier en tablier de toile et petit chapeau melon, était en train d'aligner quelques bougies, tandis qu'une fillette d'une dizaine d'années regardait, levant déjà vers lui une main rougie, tenant à deux doigts la piécette de paiement.

Transaction, commerce. Et il rougit lui-même au souvenir de ce qui venait de lui être proposé. Il voyait mieux à présent qu'à l'origine de cette offre il y avait une pensée offensante : le mépris des hommes de sa classe. Freeman devrait savoir qu'il n'accepterait jamais d'entrer dans le commerce, de devenir un boutiquier. Dès le premier mot il aurait dû, d'un air glacé, rejeter cette suggestion; mais comment pouvait-il le faire puisque c'était de cette source que devait provenir sa propre richesse ? Nous touchons ici à la véritable cause du malheureux désenchantement de Charles : l'idée qu'il était désormais le mari que l'on achète, l'homme de paille de son beau-père. Peu importait que ce genre d'union fut traditionnellement chose courante parmi les gens de sa classe : la tradition remontait à une époque où le mariage de convenances était accepté d'un commun accord par mari et femme, comme le troc de l'argent contre la position sociale, et où nul ne se souciait d'aller au-delà des termes du contrat. Mais le mariage était désormais considéré comme une union solennelle en consécration de l'amour, et non pas dans le simple souci des convenances. Il connaissait assez bien Ernestina pour savoir qu'elle n'admettrait jamais que, dans leur mariage, l'amour ne constitue qu'un élément secondaire, même s'il avait eu lui-même suffisamment de cynisme pour voir les choses de cette façon. Pour elle une seule chose comptait : qu'il l'aimât, et d'un amour exclusif. A partir de là tout devait naturellement s'enchaîner d'une façon naturelle : sa reconnaissance pour l'argent qu'elle apportait, le chantage à l'obligation morale d'une association dans les affaires...

Comme par l'effet d'une magique et fatale coïncidence il arrivait à un croisement : au terme d'une rue secondaire assombrie se dressait une grande façade éclairée. Il pensait qu'il aurait dû se trouver à proximité de Piccadilly, mais cet immense palais doré s'élevait sur le côté nord, au terme d'un large vide couleur sépia, et il se rendit compte qu'il avait dû se tromper de direction et déboucher sur Oxford Street : et par quelle fatale éventualité, justement sur cette partie d'Oxford Street qu'occupaient les grands magasins Freeman's. Comme attiré par le flux d'un courant magnétique, il s'avança, déboucha sur Oxford Street, afin de voir sur toute sa longueur cette masse gigantesque aux étages rayés de lumière jaune (de grands panneaux de verre avaient été récemment substitués aux anciennes fenêtres), avec ses vastes comptoirs, encombrés de cotonnades, de dentelles, de vêtements, de rouleaux de tissus. Certaines colonnes et des enjolivures, peintes des plus vifs coloris à l'aniline, étaient d'un style nouveau-riche si apparent et si intense que tout l'environnement en portait le stigmate. Sur chaque article était épinglée l'étiquette de carton indiquant son prix. Le magasin était encore ouvert, et, dans les entrées, des clients circulaient. Charles s'efforça de s'imaginer lui-même franchissant ces portes; mais il ne pouvait y parvenir. Il lui aurait été plus facile de se voir sous la forme de ce mendiant qui était accroupi devant lui, à quelque distance de l'entrée.

Et cette répulsion ne provenait pas simplement du fait que le magasin paraissait tout autre qu'il l'imaginait auparavant, c'est-à-dire comme une espèce de mine d'or en Australie, un lieu absolument irréel; mais parce qu'il se montrait à lui dans tout l'appareil de sa puissance : comme un mécanisme gigantesque, un Behémot, aspirant et digérant dans ses entrailles profondes tout ce qui se trouvait à portée. Et ils étaient si nombreux ceux qui pensaient, et qui penseraient plus tard, que cette énorme bâtisse, et tant d'autres à son image, avec toutes les séductions de leurs ornements et de leur puissance, représentaient une sorte de paradis sur terre ! Mais Charles demeurait immobile sur le trottoir, les yeux obstinément fermés, comme s'il espérait pouvoir écarter à jamais cette vision.

Assurément, tout n'était pas pur dans ce refus : il y avait là une part de snobisme, une soumission aux opinions et aux façons de voir de ses ancêtres. Il y avait aussi une certaine part de paresse : la crainte de la routine quotidienne du travail, d'une attention concentrée sur les plus minimes détails; et tout aussi bien une certaine lâcheté — car Charles, comme on a pu déjà le remarquer, redoutait les contacts avec d'autres hommes, et plus particulièrement avec les gens d'une condition inférieure à la sienne. L'idée d'avoir à entrer en contact avec tous ces êtres qu'il voyait se dessiner en une foule d'ombres chinoises derrière les vitrines, entrer, sortir, se déverser dans la rue, suffisait à lui donner la nausée. La chose était simplement inconcevable.

Mais ce refus se fondait également sur un élément plus noble : l'impression que l'argent ne pouvait pas constituer l'unique but d'une existence. Il ne serait jamais un Darwin ou un Dickens, un savant ou un grand artiste; au pire, il serait un dilettante, un inutile, un être incapable d'apporter sa contribution à la tâche commune; mais, dans cette conscience de son propre néant, il retrouvait momentanément un certain respect de lui-même, le sentiment que le choix de n'être rien, de n'être plus que cette boule de piquants hérissés, était la dernière grâce et l'ultime sauvegarde du gentleman — en quelque sorte l'affirmation de sa dernière liberté. Il éprouvait très clairement ce sentiment que c'en était fait de lui si jamais il consentait à mettre les pieds en ce lieu.

Ce dilemme pourrait faire figure de dilemme historique; et je n'entends nullement ici plaider la cause du gentleman, représentant une espèce aujourd'hui condamnée, beaucoup mieux encore que l'imagination pessimiste de Charles ne le lui laissait imaginer en ce soir d'avril du siècle dernier. La mort n'est pas dans la nature des choses, mais elle est la fin naturelle de toutes choses. Toutefois, c'est la forme seule qui meurt tandis que la substance est immortelle. Ainsi, à travers la succession des formes changeantes, que nous appelons l'existence, une certaine substance ne cesse de survivre. Les meilleures qualités du gentleman de l'époque victorienne, nous en retrouvons la trace en remontant aux pairs et aux preux chevaliers du Moyen Age, et nous les décelons encore chez les gentlemen modernes, une certaine espèce que nous avons pris l'habitude de nommer les chercheurs ou les savants, puisque le cours des choses va inexorablement dans ce sens. Autrement dit, qu'elle soit aristocratique ou qu'elle soit égalitaire, toute culture a besoin d'une certaine éthique et d'une perpétuelle interrogation qui doit être le fait d'une élite qui se donne elle-même des règles de conduite, dont certaines, contraires à l'éthique globale, peuvent amener la disparition de cette forme transitoire, lors même qu'elle dirigeait son effort vers le bien, cherchait à promouvoir une morale qui lui permettait d'exercer dans l'histoire un rôle bénéfique.

Peut-être aura-t-on peine à percevoir en quoi quelque Charles de l'an de grâce 1267, avec ses nouveaux principes de chasteté et de quête du Saint Graal, pouvait se rattacher au Charles de 1867, avec son dégoût des transactions commerciales, et à un Charles contemporain, spécialiste de l'ordinateur, sourd à toutes les plaintes des tendres humanistes devenus conscients de la vaine inutilité de leurs propres regrets. Mais le lien existe : tous ont rejeté ou rejettent l'idée de *possession* en tant que but de l'existence, qu'il s'agisse de la possession physique d'une femme, de la possession de l'argent à n'importe quel prix, ou de celle du droit de contrôler la rapidité des mouvements du progrès. Le scientifique ne représente que la dernière en date de ces formes transitoires. D'autres lui succéderont.

Or, au-delà de toutes ces formes, nous retrouvons un cadre mythique : celui de l'épisode de la tentation dans le désert du Nouveau Testament. Quiconque possède quelque conscience et éducation découvre ainsi son propre désert au plus profond de lui-même, et, à quelque moment de sa vie, il y rencontre la tentation. Le refus d'y céder pourra s'avérer stupide, il ne sera jamais mauvais. Vous venez de refuser l'offre tentante d'un emploi dans les services d'un laboratoire industriel afin de pouvoir poursuivre une tâche d'enseignement ? Votre dernière exposition, alors que vous aviez adopté un nouveau style de peinture, a eu beaucoup moins de succès que les précédentes, vous n'en décidez pas moins de poursuivre votre effort dans le même sens ? N'avez-vous pas récemment pris une décision au cours de laquelle vous avez refusé de tenir compte des considérations de pur profit, de simple rentabilité monétaire ? Alors, pourquoi voudriez-vous voir, dans cet état d'esprit de Charles, simplement la manifestation d'un stupide préjugé de caste ? Peut-être distinguerez-vous ainsi en lui une réalité plus profonde : celle d'un homme qui lutte à contre-courant de l'histoire — même si lui-même ne parvient pas clairement à s'en rendre compte.

Charles n'était pas seulement mû par cet instinct qui nous pousse à préserver les caractéristiques d'une identité personnelle : des années de réflexion et d'introspection le conduisaient encore à cette attitude. Ne lui demandait-on pas de renoncer à tout son passé, au meilleur de ce qu'il avait pu vivre jusqu'à ce jour ? Même si la réalité avait été loin, dans son cas, de pouvoir rejoindre le rêve, il se refusait à croire que tout ce qu'il avait voulu devenir n'était plus que néant. Il avait cherché à découvrir le sens de la vie, et même, pauvre fou, il avait cru en saisir parfois quelques lueurs. Etait-ce sa faute s'il n'avait pas assez de talent pour faire partager à d'autres tout ce que lui-même avait pensé pouvoir saisir ? Etait-ce sa faute si, aux regards froids d'un observateur, il faisait figure de dilettante, d'amateur invétéré ? A tout le moins avait-il pu acquérir cette certitude que ce n'était pas dans les magasins Freeman qu'il était possible de découvrir le sens de la vie.

Mais en dehors de cette conviction, tout au moins dans la pensée de Charles, subsistait la doctrine de la survivance des plus aptes, et plus particulièrement sous cet aspect qu'il lui avait été donné de faire ressortir au cours de sa discussion avec le docteur Grogan — une discussion qui baignait encore dans un climat d'optimisme — l'être humain ne peut que considérer que sa faculté d'introspection lui procure un avantage particulier au cours de sa lutte pour une meilleure adaptation. Les deux hommes s'étaient accordés pour découvrir là une preuve que la liberté humaine n'était nullement en péril. Si le changement demeurait une condition indispensable de la survie — ce que les Freeman eux-mêmes ne pouvaient manquer de reconnaître — du moins devait-il être possible d'en choisir et mettre au point les méthodes. Mais la théorie était une chose, et la pratique était une chose toute différente, comme Charles commençait de s'en persuader.

Il était pris au piège. C'était impensable, et il était pris.

Un moment il tenta de faire front contre l'immense marée oppressive de son époque; puis il sentit monter, du plus profond de lui-même, une sorte de rage froide contre Mr. Freeman et contre le freemanisme tout entier.

De la canne levée, il fit signe à un cab qui passait. A l'intérieur, il s'affaissa sur le vieux siège de cuir patiné et ferma les yeux. Il vit apparaître alors une réconfortante image. Etait-ce une image d'espérance, de courage, d'inflexible détermination ? Il n'en était rien, hélas ! Il voyait un grand bol de punch au lait et une coupe de champagne.

39

> Allons, est-ce ma faute si je suis une prostituée, alors que la société abuse de moi ? Quelles faveurs ai-je reçues de la société ? Si je ne suis qu'un affreux cancer au sein de la société, pourquoi ne cherchez-vous pas les causes de la maladie dans la pourriture de cette carcasse ? Ne suis-je pas sa fille légitime ? — Non, monsieur, pas une bâtarde !
>
> *Lettre parue dans « The Times » (24 février 1858)*[1].

CHAMPAGNE et punch au lait, voilà une conclusion qui, dans le cas d'un homme parti à la recherche de lui-même, pourra paraître un peu légère; mais à Cambridge, depuis des temps immémoriaux, n'est-ce pas le moyen que l'on recommande comme la solution possible de tous les problèmes qui se trouvent au monde; et Charles, qui en avait appris beaucoup plus sur de nombreux problèmes après sa sortie de l'Université, n'avait cependant pas découvert une solution meilleure. Son club, comme tant de clubs réservés

1. On pourra lire dans *Human Documents of the Victorian Golden Age* le texte de cette lettre fameuse et sarcastique, prétendument écrite par une prostituée, mais due probablement à la plume d'un auteur comme Henry Mayhew.

aux gentlemen d'Angleterre, s'appuyait fort heureusement sur la simple et profitable idée que les années d'étudiants représentent la meilleure période de la vie d'un homme. Ainsi était-il pourvu de tous les agréments que peut fournir un riche collège universitaire, sans aucune de ses irritantes plaies, tout à fait superflues, telles que la tutelle du doyen et des professeurs et le passage des examens. En somme, son rôle était de flatter, chez l'homme fait, les inclinations et les goûts les plus douteux de l'adolescence. On y trouvait également un punch au lait de la meilleure qualité.

Les deux premiers membres du club que Charles aperçut en entrant dans le salon fumoir étaient également, comme par hasard, d'anciens camarades d'études. L'un d'eux, fils cadet d'un évêque de l'Eglise d'Angleterre, était notoirement la honte de cette ascendance paternelle. L'autre était ce que Charles, jusqu'à ces jours récents, pouvait espérer devenir : un baronet. Sir Thomas Burgh, ayant en poche dès sa naissance un appréciable morceau du territoire du Northumberland était demeuré comme un inébranlable roc sous la poussée du cours de l'histoire. Depuis des temps immémoriaux, ses ancêtres n'avaient connu d'autres buts dans l'existence que la chasse, la boisson et la fornication; et lui-même, ayant gardé le sens des bonnes traditions, s'efforçait de ne pas dévier de cette voie. Il avait été, en fait, le leader reconnu d'un petit groupe de joyeux drilles dont Charles avait un moment fait partie pendant son séjour à Cambridge. Ses exploits étaient notoires, aussi bien en tant que buveur que comme émule de Casanova. A plusieurs reprises sa radiation comme membre du club avait été réclamée, mais du fait que, comme propriétaire de mines, il fournissait le combustible à si bas prix qu'il s'agissait plutôt d'un don, de plus sages conseils avaient prévalu. En outre, il y avait dans ses façons une certaine honnêteté. Il s'adonnait au péché sans vergogne, mais sans la moindre hypocrisie. Il savait à l'occasion faire preuve de générosité : à un moment ou à un autre, il avait prêté de l'argent à une bonne moitié des plus jeunes membres du club — et il s'agissait toujours de prêts de gentleman, sans échéance fixe et sans aucun intérêt. Il était sans cesse le premier à parier de l'argent à propos de n'importe quoi quand l'occasion s'en présentait; et, d'une manière ou d'une autre, il était toujours là pour rappeler aux plus sages des membres du club qu'ils avaient connus, eux aussi, leurs heures de folie. Trapu de corps, le visage couperosé sous l'effet du grand air ou de l'alcool, ses yeux gardaient toujours une expression d'innocence, l'indéchiffrable reflet d'azur de l'incorrigible pécheur. A l'entrée de Charles, les paupières de ces yeux se froissèrent en multiples plis.

« Charley ! Comment diable t'es-tu libéré des menottes matrimoniales. »

Charles sourit, non sans une certaine impression de gêne assez stupide.

« Bonsoir, Tom. Ça va bien, Nathanaël ? »

Son éternel cigare à la bouche, ce dernier, la honte de la famille épiscopale, fit un languissant signe de la main. Charles se retourna vers le baronet.

« Libéré sur parole, évidemment. Laissé la chère enfant aux bains de mer, dans le Dorset. »

Tom cligna de l'œil :

« Et pendant ce temps, toi tu nages dans l'alcool, hé ! Mais on m'a dit qu'elle était la reine de la saison. C'est Nat qui dit ça. Il est futé, tu sais. « Salopard de « Charley, il dit, la plus belle fille, et la plus belle « affaire ! Qui dit mieux ? » Pas vrai, Nat ? »

Il était notoire que le fils de l'évêque ne roulait pas sur l'or, et Charles devinait que ce n'était pas particulièrement la beauté d'Ernestina qui pouvait le rendre jaloux. Arrivé à ce point, il y avait dix chances contre une que Charles se dirigeât du côté de la table des revues, ou qu'il s'en allât rejoindre quelque connaissance plus respectable. Ce jour-là cependant, il demeura où il était. Voulaient-ils qu'on parle d'un punch et d'une coupe de champagne ? Parfait. Et ils s'attablèrent de compagnie.

« Charles — et comment va donc ce cher oncle ? »

Sir Tom fit à nouveau son clin d'œil, mais l'allusion était si bien dans sa nature qu'il était impossible de s'en offusquer. Charles murmura que la santé de l'oncle n'avait jamais été meilleure.

« Et que devient donc sa meute ? Demande-lui s'il n'aurait pas besoin d'un couple de chiens courants — du meilleur Northumberland. Une paire d'anges — c'est pas parce qu'ils sont à moi que je les vante ! Tornado... Tu te souviens bien de Tornado : ce sont ses arrière-petits-fils. »

Tornado avait partagé clandestinement la chambre de Tom, à Cambridge, pendant tout un trimestre de la belle saison.

« Je me souviens parfaitement... de même que mes mollets. »

Sir Tom eut un large sourire.

« Aïe ! Tu lui avais plu tout particulièrement : sa façon à lui de manifester ses préférences. Pauvre cher vieux Tornado ! Dieu aie pitié de son âme ! »

Et il vida son bol de punch d'un air si attristé que ses deux compagnons éclatèrent de rire. Ce qui était cruel, car la tristesse n'était nullement feinte.

Deux heures passèrent en conversation du même genre — avec l'aide encore de deux bouteilles de champagne, d'un autre grand bol de punch, et, nos trois gentlemen étant passés dans la salle à manger, de quelques côtelettes et rognons en brochette, nécessitant un copieux arrosage de vins fins, et afin de bien remettre les choses en place, d'un ou deux grands verres de porto.

Sir Tom et le fils de l'évêque étaient d'invétérés buveurs et Charles ne leur tenait tête que de loin. A la fin du deuxième porto, ils paraissaient plus éméchés que lui; mais s'il gardait apparemment son sang-froid, alors que ses deux compagnons paraissaient en manquer, la situation était en réalité l'inverse, comme il apparut clairement lorsqu'ils quittèrent la salle à manger pour faire ce que Tom désigna d'une façon assez imprécise par « un petit tour en ville » : Charles était le seul des trois à avoir une démarche incertaine. Il restait cependant suffisamment conscient pour en éprouver quelque embarras. Il avait l'impression, par instants, de voir les yeux gris de Mr. Freeman le regarder fixement — bien que son club n'aurait certainement jamais admis ainsi parmi ses membres quelqu'un qui touchait d'aussi près à la branche commerciale.

On l'aida à passer sa cape, on lui tendit son chapeau, ses gants et sa canne; et il se retrouva dans l'air piquant du dehors (la menace de brouillard ne s'était pas précisée, bien que l'atmosphère demeurât brumeuse) fixant avec une intense concentration les armoiries peintes sur la portière du coupé de ville de Sir Tom. Ce regret de Winsyatt le poignait encore de façon abjecte, mais les armoiries vacillèrent devant ses yeux. Il sentit qu'on le soutenait sous les épaules, et l'instant d'après il se trouvait assis, à côté de Sir Tom et en face du fils de l'évêque. Il avait encore assez de lucidité pour percevoir un clin d'œil de connivence qu'échangèrent les deux compères; mais il ne se sentait vraiment pas en état d'y prêter attention. Cela n'avait pas d'importance. Il était heureux d'avoir bu, de sentir qu'autour de lui tout était légèrement oscillant, que tout ce qui avait pu se passer ou qui pouvait encore survenir était fondamentalement sans importance. Il était pris d'un vif désir de s'adresser à ses deux compagnons, de leur parler de Winsyatt et de Mrs. Bella Tomkins, mais il conservait assez d'emprise sur lui-même pour n'en rien faire. Un gentleman demeure un gentleman même lorsqu'il a vraiment bu. Il se tourna vers Tom.

« Tom... Tom, mon cher ami, toi, tu en as de la veine...

— Pas plus que toi, mon vieux Charlie, on est tous des bougres de sacrés veinards.

— Où va-t-on ?

— Où peuvent aller de sacrés veinards, pour prendre un peu de bon temps ? Eh ! Nat, qu'est-ce que tu en dis ? »

Un silence suivit, tandis que Charles s'efforçait de voir dans quelle direction ils pouvaient se diriger. Il ne vit pas cette fois le second clin d'œil que ses compagnons échangèrent. Les mots révélateurs de la dernière phrase de Sir Tom faisaient lentement leur chemin. Il se retourna l'air solennel.

« Du bon temps ?

— En route chez la mère Terpsichore, Charlie. Sacrifier à l'autel des Muses, ça ne te dit rien ? »

Charles regarda fixement le visage épanoui du fils de l'évêque.

« L'autel ?

— Façon de parler, Charles.

— Métonymie : Vénus pour *Puella* », observa le fils de l'évêque.

Charles les regarda fixement, puis sourit tout de go.

« Excellente idée. »

Mais il avait repris son attitude d'observation solennelle à travers la portière. Il avait l'impression qu'il devrait arrêter la voiture et prendre congé. Il se souvint, dans un bref éclair de lucidité, de la réputation de ses deux compagnons. Et surgit soudain dans les ténèbres intérieures l'image du visage de Sarah; ce visage, les yeux clos, tendu vers lui, le baiser... tant d'agitation pour si peu de chose. Il voyait quelle était la cause de tous ses troubles : il avait besoin d'une femme, d'avoir des rapports avec une femme. Il lui fallait une dernière débauche, comme il avait parfois besoin d'une purge. Son regard s'attarda sur Sir Tom et le fils de l'évêque. Le premier était affalé dans le coin capitonné. Le second s'était à demi allongé, les jambes sur le siège. L'un et l'autre avaient légèrement incliné le chapeau haut de forme. Tous les trois échangèrent cette fois le même clin d'œil.

Ils pénétrèrent bientôt, par des rues encombrées d'équipages, dans ce quartier du Londres de l'époque victorienne que, je ne sais trop pour quelles raisons, nous avons laissé de côté dans notre esquisse de ce temps — sa position centrale étant à bien des points de vue remarquable : le quartier des casinos (lieux de rencontre plutôt que maisons de jeux), des cafés, des salons pour fumeurs dans les plus larges avenues (Haymarket et Regent Street); et, dans le réseau des petites rues adjacentes, d'une succession presque ininterrompue de lupanars et maisons de passe. Le coupé dépassa la fameuse Oyster Shop de Haymarket (*Lobsters, Oysters, Pickled and Kippered Salmon* [1]) et la non moins célèbre Royal Albert Potato Can, sous la régie du Khan, khan incontesté des vendeurs de pommes au four sur la place de Londres — derrière un énorme comptoir de cuivre rouge qui dominait toute la perspective. Ils croisèrent — et le fils de l'évêque tira sa lorgnette de son étui de chagrin — les nombreux équipages des folles reines du jour : les grandes courtisanes en coupés luxueux, et les grues de moindre volée déambulant en troupes sur le trottoir... depuis les saintes nitouches au teint de lait à la mode jusqu'aux visages de viragos rougis par le brandy. Un véritable torrent de coloris et des pires outrances de la mode, car, en ce lieu, les tenues les plus inimaginables étaient permises : femmes vêtues en bateliers parisiens, avec la culotte et le chapeau rond, en marins,

1. Huitres, langoustes, saumon fumé, saumon mariné.

en señoritas espagnoles, en paysannes de Sicile; comme si déferlaient soudain sur la chaussée les innombrables troupes qui faisaient les beaux jours des boîtes et des beuglants du voisinage. La clientèle était de couleur moins voyante : le sexe mâle à égalité de nombre, canne haute et cigare au coin des lèvres, qui rendait œillade pour œillade à tous les talents de la soirée. Et Charles, tout en regrettant d'avoir un peu trop bu et d'être contraint de s'y prendre à deux fois pour apprécier chaque détail, trouvait ce spectacle délicieux, guilleret, plein d'animation, et surtout parfaitement antifreemanien.

On peut douter que Terpsichore eût volontiers accordé son patronage au petit groupe auquel une dizaine de minutes plus tard nos trois compagnons vinrent se mêler : quelque six ou sept hommes de leur âge, un couple de visages plus âgés, Charles reconnut en l'un d'eux les traits d'un membre fort important de la Chambre des Lords, se trouvaient installés dans le grand salon, aux arrangements de goût parisien, auquel ils avaient accédé par une ruelle étroite et bruyante, située presque aux confins de Haymarket. A l'une des extrémités de la pièce, ornée de lourds chandeliers de bronze, se dressait une petite scène, voilée d'épais rideaux rouges; et sur ceux-ci se détachaient, en incrustation de broderies dorées, deux couples de satyres et de nymphes. L'un des satyres semblait à l'instant de s'emparer de son agreste conquête, et l'autre l'avait déjà pénétrée. Se détachaient, en lettres noires sur un cartouche argenté : *Carmina Priapea XLIV*.

Velle quid hanc dicas, quamvis sim ligneus, hastam,
oscula dat medio si qua quella mihi ?
augure non opus est : « in me » mihi credite, dixit
« utetur veris viribus hasta rudis » [1].

1. C'est le dieu Priape qui parle. Dans la Rome ancienne, le pouvoir d'écarter les voleurs ou d'entretenir la fécondité était

Le même motif scabreux se répétait sur diverses gravures encadrées, suspendues entre les fenêtres aux rideaux tirés. Une fille aux cheveux défaits, en cotillon à la Camargo, servait du champagne Roederer aux messieurs déjà attablés. Un peu en retrait, une dame passé la cinquantaine, outrancièrement fardée mais plus normalement vêtue, promenait un regard tranquille sur la clientèle. En dépit de la différence de profession, le comportement et les pensées de la dame pouvaient rappeler d'assez près certaine Mrs. Endicott d'Exeter; bien que, dans le cas présent, les classements et catégories fussent établis par référence à des guinées bien plutôt qu'à des shillings.

Des scènes telles que celle qui allait suivre ont probablement moins varié au cours de l'histoire que la présentation de toute autre forme d'activité humaine. Le spectacle qui s'offrit ce soir-là aux regards de Charles devait avoir été présenté d'une façon à peu près identique à la vue d'Héliogabale, comme à celle d'Agamemnon, et on le retrouvera de nos jours dans d'innombrables boîtes de Soho. L'intérêt particulier que peut présenter pour moi ce genre de divertissement, aussi vieux que le monde, c'est qu'il peut permettre sans inconvénient d'avoir recours à l'imagination d'autrui. Je fouillais récemment dans la collection d'un bouquiniste des plus appréciés des bibliophiles — du fait de sa négligence dans le classement de ses ouvrages. Sous la rubrique « Médecine », se trouvait, tranquillement placé, entre une *Introduction à la pathologie* et un exposé sur les *Maladies du système pulmonaire,* un titre encore

attribué à de petites statues de bois de ce dieu, représenté le phallus en érection : « Veux-tu savoir pourquoi, tout ligneux que je suis, la fille va baiser mon épée ? Nul besoin d'être augure pour en être assuré : « Espérons, se dit-elle, que des hommes sur moi s'en serviront, sans ménagement ! »

plus platement anodin : *Histoire du cœur humain.* Il s'agissait en fait de l'histoire, fort épicée et agitée, d'un pénis humain. L'ouvrage fut publié pour la première fois en 1749, la même année que le chef-d'œuvre du genre : *Fanny Hill* de John Cleland. L'auteur n'a sans doute pas tout le talent de ce dernier, mais nous nous en accommoderons.

« Le premier établissement où ils entrèrent était une maison close réputée, où ils furent mis en présence de toute une volière qui eut l'heur de plaire à Camillo infiniment plus que tous les oiseaux qu'il avait ramenés jusqu'alors dans ses filets, et au nombre de ces jeunes personnes se trouvait Miss M., la fameuse contorsionniste, dont la présence détermina notre compagnie de joyeux lurons à faire présenter à leur nouvel acolyte une scène comme il n'en avait jamais rêvé.

« Ils entrèrent dans un grand salon, où des vins leur furent présentés. Le serveur s'éloigna et, après une tournée générale, ces dames furent priées de se tenir prêtes. Elles se dévêtirent aussitôt entièrement et vinrent se placer au centre de la table. Camillo était fort surpris de ce dispositif, et pareillement intrigué de savoir pourquoi les filles s'étaient placées dans cette position dominante. Elles étaient bien proportionnées, fraîches de teint, avec la peau d'une blancheur de neige que soulignait les chevelures d'un noir de jais. Les visages étaient fort plaisants, et la rougeur naturelle qui leur montait aux joues en faisait, aux yeux de Camillo, des beautés achevées, dignes de rivaliser avec Vénus en personne. Son regard se portait des visages à l'autel de l'Amour dont il n'avait jamais eu jusqu'à ce jour une aussi attrayante perspective.

« Celui de la célèbre contorsionniste lui semblait de nature à retenir son attention plus que tout ce qu'il avait pu deviner ou voir. Le trône d'amour était recouvert d'une toison fournie, noire de jais, épaisse d'au moins vingt centimètres, qu'elle écartait avec art pour révéler l'entrée de la grotte magique. Camillo prenait un agrément particulier à découvrir le surprenant aspect de ce lieu buissonneux, et la suite du spectacle auquel participaient les filles impudiques ne faisait que l'aviver. Chacune d'elles remplit un verre de vin et, prenant une position allongée, posa ce verre sur le mont de Vénus, et chaque homme de la compagnie devait boire à la coupe placée sur la tentante protubérance, tandis que les filles, par des contorsions lascives, ne manquaient pas de faire diversion. Elles passèrent ensuite à l'exposition des procédés et des postures diverses qui servent à raviver les jouissances blasées du plaisir naturel, puis elles contraignirent l'infortuné Camillo au saut du pont et au passage des tièdes hémisphères, ce qui eut pour effet de le désemparer autant que si une lame venait de retourner sur lui son canot. Néanmoins, bien qu'il fût l'objet des risées de toute la compagnie, il supporta ces folâtreries avec une grande patience, car on l'avait prévenu que tous les nouveaux compagnons devaient être initiés aux rites de la société. Camillo commençait à présent de se sentir excédé par la prodigieuse impudence des filles; il n'éprouvait plus guère que le malaise qu'il avait d'abord ressenti au début de ce spectacle et il aurait désiré que la compagnie les congédiât; mais tous ses compagnons s'y refusèrent avant qu'elles n'aient achevé toute la gamme de leurs exercices; bien loin de se faire prier pour satisfaire les jeunes libertins, les Nymphes, qui sollicitaient de nouvelles formes de participation à chaque nouvel aspect de leurs impudentes inventions, s'efforçaient, sans la moindre trace de retenue, d'atteindre aux limites d'avilissement qui sont à portée de la nature humaine.

« Leur dernier exploit enflamma si fort nos jeunes débauchés qu'ils proposèrent comme conclusion à ce tableau que chaque homme choisisse sa position afin d'accomplir ce dont auparavant ils n'avaient vu que l'imitation. Mais, en ce point, les Nymphes refusèrent de leur complaire, car ces damoiselles avaient pour principe de ne jamais se livrer ainsi à l'étreinte des hommes afin de ne pas porter préjudice à leur commerce. Camillo ne manqua pas d'en être fort surpris, alors que leur conduite précédente avait pu le persuader qu'il ne pouvait y avoir de friponnerie perverse à laquelle, pour de l'argent, elles ne fussent prêtes à se plier; alors qu'avant ce refus l'obscénité de leurs attitudes avait presque écarté de lui l'idée de partager leur couche, il éprouvait désormais des désirs aussi vifs que s'il se fût agi de modestes vierges et qu'il ignorât tout de leur perversité; ainsi s'efforçait-il aussi sérieusement que ses compagnons de les persuader de leur complaire. »

Voilà qui pourra nous donner une idée d'ensemble de ce qui se passait chez mère Terpsichore, bien qu'il soit possible de distinguer une différence en ce sens que les filles de 1867 auraient eu des principes moins rigides que ceux des filles de 1749, et moyennant profit, auraient volontiers accepté de participer au tableau final.

Charles toutefois n'était pas venu là pour faire monter les enchères. Il avait assez goûté les moins obscènes préliminaires. Il avait pris le masque du voyageur à la page; il avait pu voir mieux dans ce genre à Paris — tout au moins c'est ce qu'il ne manqua pas de susurrer à l'oreille de Sir Tom, en jouant au connaisseur blasé. Mais lorsque les derniers voiles furent tombés, son ivresse tomba également; il regarda les visages tendus, aux sourires lubriques, des hommes assis dans l'ombre à côté de lui, il entendit Sir Tom indiquer déjà son choix au fils de l'évêque. Les corps nus s'étreignaient, se contorsionnaient en mimiques suggestives; mais Charles avait l'impression de découvrir un certain air de désespoir derrière le sourire stéréotypé des exécutantes du programme. L'une d'entre elles était une fillette qui apparemment venait juste d'atteindre l'âge de la puberté; et il y avait encore en elle comme une sorte d'innocente réserve, quelque chose d'authentiquement virginal dans son attitude crispée, comme si elle ne s'était pas encore endurcie à l'exercice de sa profession.

Mais si Charles se sentait révolté, il était soumis dans le même temps à l'irritation sensuelle. Quelle que puisse être sa répugnance pour les conditions de cette exhibition, en lui la nature animale en était excitée et perturbée. Un peu avant la fin, il se leva et quitta tranquillement la salle, comme s'il éprouvait soudain le besoin de prendre l'air. Dans l'antichambre, la petite danseuse qui avait servi le champagne se tenait près d'une table où étaient rangés les cannes et les manteaux de ces messieurs. Un sourire artificiel accusa les lignes de son maquillage tandis qu'elle se redressait. Charles regarda un instant les frisettes délibérément ébouriffées, les bras blancs et la poitrine presque nue. Il fut sur le point de lui parler, mais se ravisa et brusquement désigna de la main ce qui lui appartenait. Il jeta une pièce d'une demi-couronne sur la table devant la fille et se hâta de sortir.

Dans la rue où débouchait l'impasse de l'entrée, plusieurs cabs vides attendaient la clientèle. Il prit le premier; cria, selon une prudente convention de l'époque, le nom d'une rue de Kensington voisine de celle de sa résidence, et se laissa aller sur le siège arrière. Il ne se sentait pas très fier de lui, un peu comme s'il n'avait pas relevé un affront ou avait refusé de se battre en duel. Dans l'existence qu'avait menée son père, des soirées de ce genre étaient tout à fait banales; il n'était vraiment pas naturel qu'il se montrât lui-même incapable de les supporter. Qu'était donc devenu le grand connaisseur du monde ? Plus qu'un pitoyable capon... Et Ernestina... la fidélité des fiançailles. Mais se souvenir de cela n'était-ce pas aussi se retrouver dans la situation du prisonnier qui, en rêvant de la liberté, cherche à se mettre debout, et que le brusque contact de ses chaînes rejette à la sombre réalité de sa cellule ?

Le cab avançait avec lenteur au long d'une rue étroite, encombrée d'autres voitures et de divers types d'équipages, car il n'avait pas encore franchi les limites des quartiers du stupre. Partout, sous les réverbères, sur les seuils des porches, des prostituées stationnaient. Dans l'ombre, sur le siège, Charles les regardait. Il sentait bouillir en lui une ardeur intolérable. S'il avait aperçu une pointe aiguë il se serait écorché la main contre elle, comme avait fait Sarah devant le buisson épineux, tant il éprouvait le besoin de quelque cuisante mortification, d'un acte qui pourrait calmer cet énervement.

Une rue plus calme. Le cab devant un réverbère sous lequel une fille stationnait. Par contraste peut-être avec les nombreuses femmes postées en attente dans la rue qu'il venait de quitter, celle-ci semblait un peu perdue, trop inexpérimentée pour avancer plus près. Impossible néanmoins d'avoir des doutes sur sa profession. Elle portait une robe un peu défraîchie, de cotonnade rose, ornée sur le buste de dessins de fleurs; et elle avait, sur les épaules, un châle bleu. Perché sur l'épais chignon des cheveux aux reflets cuivrés, un étroit chapeau noir à la mode, assez semblable à une coiffure masculine. Elle regardait le cab; et quelque chose dans la teinte des cheveux, les yeux vifs sous l'ombre des cils, l'attitude vaguement désenchantée, fit que Charles se pencha et la regarda longuement par la découpure ovale de la portière, tandis que la voiture la dépassait. Il eut une pensée intolérable, et saisissant sa canne, frappa fortement sur la paroi du haut. Le cocher fit stopper aussitôt. Un pas rapide sur la chaussée, et le visage apparut, légèrement au-dessous de lui, près de l'avant découvert du cabriolet.

Elle ne ressemblait pas vraiment à Sarah. Il vit que la teinte rousse de la chevelure était trop accusée pour être naturelle; et il y avait une certaine vulgarité d'allure, une hardiesse calculée du regard et du sourire des lèvres fardées, trop rouges, comme une blessure ouverte; pourtant une certaine assez vague similitude dans la fermeté des sourcils, ou peut-être dans le dessin de la bouche.

« Vous avez une chambre ?

— Oui, monsieur.

— Indiquez-lui le chemin. »

Il la perdit de vue un instant tandis qu'elle donnait des indications au cocher. Puis elle sauta sur le marchepied, faisant osciller le cab, et prit place à son côté, cependant que l'étroit espace s'emplissait d'une odeur trop lourde de parfum à bon marché. Il sentit le frôlis de l'étoffe légère de la manche et de la jupe, mais elle ne le toucha pas. Le cab reprit sa marche. Pendant quelque temps ce fut le silence.

« C'est pour la nuit entière, monsieur ?

— Oui.

— Je demande parce qu'autrement je compterais le prix du retour. »

Il inclina la tête et regarda dans l'ombre, droit devant lui. Il y eut un nouveau silence, tandis qu'au bruit rythmé des sabots, le cab avançait d'une autre centaine de pas. Il sentait qu'elle se détendait un peu; une très légère pression contre son bras.

« Rudement froid pour la saison. »

Il la regarda.

« Oui. C'est des choses que vous devez remarquer.

— Par la neige, moi je laisse le boulot. Il y en a qui sortent. Moi, jamais. »

Un autre silence. Cette fois ce fut Charles qui parla.

« Il y a longtemps que vous ?...

— Depuis que j'ai eu dix-huit ans. Ça fera deux ans en mai prochain.

— Ah ! »

Il glissa un regard vers elle pendant le silence qui suivit. Les chiffres d'un horrible et angoissant calcul venaient à l'esprit de Charles : trois cent soixante-cinq jours, mettons trois cents jours de « travail », multipliés par deux. N'avait-elle pas eu six cents chances contre une d'attraper quelque maladie. N'y avait-il pas quelque délicate façon de le lui demander ? Non, il n'en voyait pas. Il la regarda de nouveau, dans un moment où l'éclairage extérieur était avantageux. Le teint paraissait irréprochable. Mais il était stupide. Il savait qu'il aurait couru dix fois moins de risques en ce qui concerne la syphilis dans un établissement de luxe comme celui qu'il venait de quitter. Quelle idée d'avoir été ramasser sur le trottoir ce spécimen cockney ! Mais son sort était scellé; et c'est lui qui l'aurait voulu. Ils avaient pris la direction du nord, vers le quartier de Tottenham Court Road.

« Voulez-vous être payée maintenant ?

— Pas d'importance. C'est juste comme vous voulez.

— Très bien. Et c'est ?... »

Elle hésita, puis :

« Tarif normal, monsieur ? »

Il lui jeta un regard de biais et fit un signe d'approbation.

« Pour la nuit complète, j'ai l'habitude de compter... (et la légère hésitation était pathétiquement feinte)... un souverain. »

Il chercha dans sa poche de pantalon et lui remit le montant demandé.

« Merci, monsieur. »

Elle le glissa discrètement dans son réticule, puis, d'une façon détournée, elle fit en sorte de dissiper ses craintes secrètes.

« Je ne fréquente jamais que des gentlemen, monsieur. Vous n'avez pas à vous faire de souci. »

Ce fut à son tour de lui dire :

« Je vous remercie. »

40

Ah ! ces lèvres de tant d'autres,
Et si promptes étaient-elles...
Avant que je sois venu,
Sur ce sein tant d'autres lèvres...

MATTHEW ARNOLD, *Séparation (1853).*

LE cab s'arrêta devant un immeuble situé dans une ruelle étroite, à l'est de Tottenham Court Road. Descendant rapidement du véhicule, la fille fit quelques pas jusqu'à un porche d'entrée où elle disparut. Le cocher du cab était un très vieil homme, si bien et depuis si longtemps encapuchonné dans son manteau aux multiples capes retombantes et dominé de son chapeau haut de forme aux bandes rapiécées qu'on avait peine à croire que ces attributs ne fissent pas naturellement partie de son corps. Il reposa le fouet sur son support, à côté de son siège, et retirant la pipe de sa bouche, il abaissa la vieille main ridée en forme de coupe pour attendre sa monnaie. Il regardait en même temps droit devant lui, vers l'extrémité de la rue sombre, comme s'il ne pouvait supporter de rencontrer à nouveau le regard de Charles. Charles était satisfait de voir qu'on ne le regardait pas; et, en même temps, trouvait presque insupportable de songer à ce que l'attitude du vieux cocher pouvait laisser penser. Il eut un moment de doute. Il pouvait remonter en voiture, car la fille avait disparu... mais une sombre obstination le poussa à régler la course.

Charles trouva la prostituée qui l'attendait dans un corridor mal éclairé; elle avait le dos tourné. Sans un regard en arrière, elle commença de monter l'escalier dès qu'elle l'entendit refermer la porte. Il y avait là des odeurs de cuisine et un léger bruit de voix arrivait de l'arrière de l'immeuble.

Ils montèrent deux étages d'un escalier mal entretenu. Elle ouvrit une porte et s'effaça pour le laisser passer; et, dès qu'il fut entré, elle referma et poussa un verrou. Puis elle éclaira les deux petits becs de gaz au-dessus du foyer. Elle piqua les braises pour les ranimer et rajouta un peu de charbon. Charles regarda autour de lui. Dans la pièce tout avait pauvre apparence, excepté le lit; la propreté cependant était évidente. L'armature du lit était de fer avec des enjolivures de cuivre, et celles-ci étaient si brillantes que l'on aurait dit de l'or. Du côté opposé de la pièce, on distinguait un lavabo derrière un rideau tiré. Quelques pauvres ornements, quelques copies de gravures accrochées aux murs. Les rideaux de tissu moréen étaient clos. Dans cette pièce, rien ne pouvait évoquer la luxure à quoi elle était destinée.

« Excusez-moi, monsieur. J'en ai pour une minute. »

Par une autre porte, elle entra dans une pièce arrière dépourvue d'éclairage, et il remarqua qu'elle refermait la porte sur elle sans faire aucun bruit. Il s'était placé le dos au feu. Il perçut, derrière la porte close, les criailleries légères d'un enfant qui s'éveille, des « chuts », suivis de quelques paroles à voix basse. La porte se rouvrit et la prostituée reparut. Elle avait quitté son châle et son chapeau. Elle sourit nerveusement.

« C'est ma petite fille, monsieur. Vous ne l'entendrez pas. Sage comme pas une. »

Voyant son air désapprobateur, elle se hâta de poursuivre.

« Il y a un restaurant juste à côté, monsieur. Si vous avez faim... »

Charles n'avait pas faim, pas plus d'ailleurs qu'il n'avait envie de cette femme à présent. Il lui était pénible de la regarder.

« Commandez pour vous ce qui vous fera plaisir... Rien pour moi... c'est-à-dire, du vin peut-être, si la chose est possible.

— Vin d'Allemagne ou de France, monsieur ?

— Un verre d'Hockeimer... Aimez-vous ça ?

— Merci, monsieur. Je préviens le garçon. »

Elle disparut à nouveau. Il l'entendit appeler, d'une voix aigre et beaucoup moins aimable, vers le hall d'entrée.

« 'Arry ! »

Le murmure des voix, la porte d'entrée qui claque. Il lui demanda quand elle rentra s'il n'aurait pas dû lui donner de l'argent; mais il semblait que ce service devait être compris.

« Ne voulez-vous pas vous asseoir, monsieur ? »

Et elle tendit la main vers le chapeau et la canne qu'il n'avait pas encore déposés. Il les lui remit et, séparant les pans de sa redingote, s'assit devant le foyer. Le charbon qu'elle y avait placé semblait avoir de la peine à prendre. Elle s'agenouilla entre Charles et la grille et s'activa de nouveau avec le tisonnier.

« C'est la meilleure qualité, ça devrait prendre un peu plus vite. C'est dans le dépôt : plein d'humidité dans ces vieilles maisons... »

Il regardait ce profil à la lueur rougeoyante du foyer. Ce n'était pas un joli visage, mais les traits en étaient fermes, placides, sans pensée. La poitrine était forte, les mains et les poignets étonnamment délicats, presque fragiles. Tout cela, ainsi que l'abondante chevelure, réveilla un instant ses désirs. Il avançait déjà la main pour la toucher, mais il se ravisa. Après un ou deux verres de vin, il se sentirait mieux en forme. Ils demeurèrent quelque temps dans cette position. A la fin elle leva les yeux sur lui et il sourit. C'était la première fois en cette journée qu'il éprouvait une impression d'apaisement.

Elle regarda de nouveau le feu et murmura :

« Il va être là dans une minute. C'est juste à deux pas. »

Et à nouveau le silence retomba. Mais pour un Victorien, ces instants de présence muette ne pouvaient que paraître fort étranges. Les lois d'airain de la convention gouvernaient alors jusqu'aux moments d'intimité entre mari et femme. Charles se trouvait cependant assis là, devant le foyer de cette femme, dont une heure auparavant il ignorait l'existence, comme...

« Et le père de votre petite fille ?

— C'est un militaire, monsieur.

— Militaire ? »

Elle regardait le feu : souvenirs !

« L'est parti aux Indes à présent.

— Ne va-t-il pas vous épouser ? »

Son innocence la fit sourire. Elle secoua la tête.

« Il m'a donné de l'argent au moment où j'ai accouché. »

Par quoi elle semblait indiquer qu'il avait fait là tout ce qu'on pouvait décemment attendre de lui.

« Et ne pourriez-vous pas trouver — heu, d'autres moyens de vivre ?

— On peut trouver du travail, mais pas à plein temps. Et s'il me fallait payer quelqu'un pour s'occuper de ma Mary... »

Elle eut un haussement d'épaules.

« Une fois qu'on a pris le chemin, on l'a pris... On n'y peut rien. Voilà. On fait du mieux qu'on peut...

— Et croyez-vous que ce soit le meilleur chemin ?

— J' n'ai jamais connu d'autre, monsieur. »

Mais ses paroles ne comportaient guère de honte ou de regret. Son sort était là, déterminé une fois pour toutes, et elle n'avait pas assez d'imagination pour s'en rendre compte.

Un bruit de pas se fit entendre dans l'escalier. Elle se leva pour ouvrir avant qu'on frappe. Charles aperçut un jeune garçon de douze ou treize ans qui, à l'évidence, avait été accoutumé à ne rien voir, car il demeura les yeux baissés tandis qu'elle portait le plateau à une table, près de la fenêtre, et revenait à lui, munie de sa bourse. Le bruit léger de menue monnaie, et la porte se referma doucement. Elle remplit un verre de vin qu'elle lui apporta, en déposant la demi-bouteille sur un trépied devant le foyer, comme si n'importe quel vin devait avoir besoin de se réchauffer. Puis, elle vint s'asseoir et enleva la serviette qui recouvrait le plateau. D'un regard de biais, Charles aperçut des pommes de terre, un petit pâté, un gobelet de ce qui devait être du gin à l'eau, car elle ne pouvait guère avoir commandé de l'eau pure. Le Hock avait un fort goût de piquette. Il but néanmoins, espérant que l'impression s'atténuerait.

Le léger craquement des charbons qui avaient fini par prendre, le chuintement des lumignons de gaz, les heurts, sur l'assiette, du couteau et de la fourchette : il voyait mal comment ils pourraient passer à ce qui devait être l'objet réel de sa présence. Il but un autre verre de vin au goût de vinaigre.

Mais elle eut tôt fait d'achever son repas. Elle posa le plateau au-dehors, puis elle retourna dans la petite pièce sombre où reposait la petite fille. Une minute s'écoula. Elle reparut. Elle portait maintenant un peignoir blanc qu'elle maintenait fermé contre elle. Ses cheveux répandus tombaient sur les épaules et les mains tenaient fermement les pans du peignoir, de sorte que l'on pouvait deviner qu'au-dessous elle était nue. Charles se redressa.

« Rien ne presse, monsieur. Finissez votre verre. »

Il regarda la bouteille posée à côté de lui, comme s'il la découvrait pour la première fois, fit un signe d'assentiment, et se rasseyant il se versa un autre verre. Elle s'approcha, et, devant lui, serrant toujours d'une main l'ouverture du peignoir, elle baissa les lumignons de gaz jusqu'à ne laisser que deux petits points bleuâtres. La lueur du foyer baignait le visage, adoucissant les traits; et, de nouveau, elle se mit à genoux près de lui, devant le feu. Après quelques instants, elle tendit les deux mains vers la chaleur, et le tissu s'ouvrit quelque peu. Il aperçut la blanche rondeur d'un sein, ombré, et pas entièrement nu.

Elle parla sans quitter des yeux le foyer.

« Voulez-vous que je vienne sur vos genoux, monsieur ?

— Oui... venez. »

Il termina son verre. Serrant de nouveau l'ouverture du peignoir, elle se releva et vint s'installer sur les genoux de Charles, passant son bras autour de ses épaules. Du bras gauche il lui enserra la taille, tandis que le droit reposait stupidement sur l'accoudoir du fauteuil. Pendant quelques instants, elle maintint de la main gauche la fermeture de son peignoir, puis la main se souleva pour lui caresser la joue... Un moment — puis elle l'embrassa sur l'autre joue. Les regards se rencontrèrent. Elle regarda sa bouche, comme intimidée; mais elle reprit sans la moindre trace de timidité :

« Quel bel homme tu fais !

— Et toi, tu es une jolie fille.

— Les vilaines filles dans mon genre, ça te plaît, hein ! »

Il remarqua qu'elle ne disait plus « Monsieur ». Du bras gauche il serra la taille un peu plus fort. Alors elle s'empara de la main droite récalcitrante et la guida sous la robe, vers le sein nu. Il éprouva au centre de la paume l'attouchement de la pointe raidie. De la main, elle attira sa tête vers la sienne, et ils s'embrassèrent, cependant que la main d'homme, retrouvant les contours interdits, lourds et soyeux de la chair féminine, poème oublié, saisissait et palpait ce sein, et glissait plus bas et plus loin, dans l'ouverture du peignoir, vers les formes courbes de la taille. Elle était nue et sa bouche gardait une vague odeur d'oignons.

C'est peut-être cela qui lui donna une première sensation de nausée. Il la dissimula, tentant de concilier l'homme qui avait trop bu avec celui qui était maintenant sensuellement excité. Le peignoir s'ouvrait sans retenue sur la taille basse de la fille, la fontaine sombre du pubis, les cuisses blanches qui le sollicitaient aussi bien par la vue que par leur pression. Sa main ne s'aventurait pas plus bas que la ceinture, mais elle errait un peu plus haut, attouchant ces seins découverts, les contours du cou et des épaules. Après avoir guidé cette main, elle ne faisait plus d'avances. Elle demeurait là, passive victime, laissant aller sa tête contre son épaule, nudité dessinée par Etty, marbre enfiévré, le buste mythique au moment où, sous la main de Pygmalion, la chair s'anime. Il fut pris d'une nouvelle nausée. Elle sentit cela, mais ne comprit pas.

« Je suis trop lourde ?

— Nullement... C'est...

— Il y a un bon lit... bien doux. »

Elle se redressa, s'approcha du lit et le découvrit avec soin, puis elle se retourna en le regardant. Elle laissa le peignoir glisser de ses épaules. Elle était bien faite, avec une croupe large et forte. Elle demeura ainsi un instant, puis elle s'assit, et glissant les jambes sous le drap, elle se laissa aller, les yeux clos, dans une position qu'elle estimait avec évidence à la fois discrète et abandonnée. Un charbon ardent s'était mis à scintiller, dessinant des ombres tremblantes, mais d'une très vive netteté... les barreaux du fond du lit projetant sur elle et sur le fond du mur les contours dansants d'une cage. Charles s'était mis debout, luttant pour maîtriser ses haut-le-cœur. C'était ce vin. Il avait été fou de le boire. Il vit les yeux clos s'ouvrir et le regarder. Elle hésita, puis tendit les bras blancs, délicats. Il fit un geste pour dégrafer sa redingote.

Après quelques instants, il se sentit mieux et commença sérieusement de se dévêtir. Il disposait chaque pièce de vêtement avec grand soin, beaucoup plus soigneusement qu'il ne l'avait jamais fait dans sa propre chambre. Il dut s'asseoir pour défaire les boutons de ses bottines. Il regardait fixement le feu, tout en retirant ses pantalons puis le caleçon, qui lui arrivait, comme il était de règle à cette époque, un peu audessous du genou. Mais il ne parvint pas à retirer sa chemise. La nausée l'avait repris. Il s'agrippa au linteau de la cheminée, fermant les yeux, luttant pour se dominer.

Cette fois elle prit ce retard pour de la timidité, et elle repoussa le drap comme pour venir le guider jusqu'à son lit. Il fit un grand effort pour s'avancer vers elle. De nouveau elle se laissa aller, mais sans couvrir son corps. Il se tenait devant le lit, la regardant. Elle tendit les bras. Il regardait fixement, conscient uniquement de cette tête qui lui tournait, des vapeurs désormais totalement incontrôlables du punch au lait, du champagne, du vin rouge, du porto, de cet horrible Hock...

« Je ne sais pas encore ton nom... »

Elle fit un sourire et lui saisit les deux mains pour l'attirer vers elle.

« Sarah, monsieur. »

Il se sentit soulevé d'un intolérable spasme. Se tournant de côté, il se mit à vomir dans l'oreiller, proche du visage qui s'écartait de lui, atterré.

41

> ... Va, écarte,
> Le faune titubant, la fête sensuelle;
> Monte plus haut, combats cette bête
>   mortelle,
> Le tigre et le singe défaits.
>
> TENNYSON, *In Memoriam (1850).*

POUR la vingtième fois au moins, ce matin-là, le regard de la cuisinière avait rencontré celui de Sam qui cette fois se détourna vers une rangée de clochettes, suspendues au-dessus de la porte de la cuisine, et que, d'un geste éloquent, il fit se balancer vers le plafond. Il était midi. On aurait pu penser que Sam était heureux d'avoir bénéficié d'une matinée libre. Mais pour qu'il apprécie le charme de la matinée libre, il lui aurait fallu une compagnie féminine un peu plus attrayante que celle de la digne Mrs. Rodgers.

« De vrai, ça n' lui ressemble pas », assura la brave femme pour au moins la vingt-cinquième fois.

Ce qui l'irritait cependant c'était l'attitude de Sam, et nullement le comportement du jeune lord des étages supérieurs. Depuis deux jours qu'il était rentré de Lyme avec son maître, le valet n'avait pas cessé de faire allusion à des perspectives particulièrement sombres. Il est vrai que de fort bonne grâce il lui avait fait part des nouvelles concernant Winsyatt; mais il ne cessait pas d'ajouter :

« Et ce qui s' mijote, h-on en a encore pas vu le quart. »

Il refusait de s'avancer plus loin.

« Il y a certaines confidences (il appuyait longuement sur le *i*) dont h-on peut pas parler h-encore, Mrs. Rodgers. Mais les choses que h-on a vues avec ces yeux, c'est pas croyable que h-on peut les voir, Mrs. Rodgers. »

Sam avait sans aucun doute un très immédiat sujet d'amertume. Charles avait oublié de lui donner congé cet après-midi où il avait été rendre visite à Mr. Freeman. Ainsi Sam avait-il attendu et attendu, jusque bien après minuit, pour se voir gratifier, quand il avait entendu enfin s'ouvrir la porte d'entrée, par un :

« Pourquoi diable n'es-tu pas encore au lit ?

— A cause que vous n'aviez pas dit que vous dîniez en ville, Mr. Charles.

— J'ai été à mon club.

— Oui, monsieur.

— Et cesse de prendre cet air insolent quand tu me regardes.

— Oui, monsieur. »

Sam tendit les mains pour recevoir, ou attraper, diverses pièces de la tenue de sortie que Charles projetait dans sa direction; tout cela terminé par un coup d'œil furibond. Alors, d'un pas majestueux, le maître monta l'escalier conduisant aux étages supérieurs. Ses esprits étaient à présent parfaitement clairs, mais le corps n'avait pas encore entièrement retrouvé son aplomb — un fait que ne trahissait que trop bien l'invisible et sardonique sourire intérieur de Sam.

« Vous avez bien raison, Mrs. Rodgers, ça ne lui ressemble pas. Il était plein comme une huître cette nuit dernière.

— Jamais j'aurais bien cru possible de voir des choses pareilles.

— Y en des choses qu' vous auriez pas cru possibles, Mrs. Rodgers, et qu' ça empêche pas d'arriver.

— Y s'est engagé cet homme : sûrement y ne va pas tout casser !

— Mrs. Rodgers, jamais vous n' m' verrez emballer mes chevaux au moment où il vaut mieux serrer les rênes. »

La cuisinière émit un profond soupir. Vraiment, ce genre d'allusions la dépassait. Sam sourit à son intention.

« Mais vous avez de bons yeux, Mrs. Rodgers, de très bons yeux. »

A l'évidence, le ressentiment de Sam n'allait pas tarder à lui laisser rendre les rênes à ses chevaux fougueux. Mais il fut sauvé par le bruit de la cloche d'appel. Et la digne Mrs. Rodgers dut rester sur sa faim. Sam empoigna le récipient de deux gallons d'eau chaude qui avait patiemment attendu toute la matinée à l'arrière du fourneau, et avec un clin d'œil en direction de sa partenaire, s'esquiva.

Un excès de boisson peut avoir deux sortes de conséquences fort différentes : on peut se sentir malade avec l'esprit brouillé, ou encore malade et parfaitement lucide. Charles était en fait éveillé, et même debout depuis quelque temps quand il se décida à tirer le cordon d'appel. Son « mal aux cheveux » était à classer dans la deuxième catégorie. Il ne se rappelait que trop clairement les événements de la nuit précédente.

Ses vomissements dans la chambre avaient complètement écarté de ce lieu la perspective de satisfactions sexuelles qui, dans son esprit, se trouvaient déjà quelque peu hésitantes et précaires. La fille qu'il avait choisie — au si malencontreux prénom — s'était levée en hâte, avait passé sa robe, et avait tout aussitôt montré autant de sang-froid dans son rôle d'infirmière qu'elle était capable d'en faire preuve dans celui de prostituée. Elle ramena Charles à son fauteuil, tout près du feu; il aperçut là la bouteille de vin de Hock et fut promptement repris de nausées. Mais elle était déjà revenue du lavabo, munie d'une cuvette. Charles ne cessait de grommeler des excuses entre chaque régurgitation :

« Désolé... c'est terrible, excusez... c'était mal passé...

— Ça n' fait rien, monsieur. Ça n' fait rien. Laissez donc faire. »

Et laisser faire, il le fallait bien. Elle alla chercher son châle pour le lui jeter sur les épaules. Il demeura ainsi un long moment, grotesque comme un vieillard cacochyme, la tête penchée sur la cuvette reposant sur ses genoux. Puis il commença d'éprouver un léger mieux. Voulait-il aller dormir ? Il voulait bien, mais dans son propre lit. Elle jeta un coup d'œil dans la rue, puis quitta la pièce, tandis que, tremblant sur ses jambes, il se rhabillait. Quand elle revint, elle avait, elle aussi, remis ses vêtements. Il la regarda d'un air consterné.

« Vous n'allez tout de même pas... ?

— Je vais vous chercher un cab, monsieur. Si vous voulez m'attendre...

— Ah ! oui... Je vous remercie. »

Et il s'assit de nouveau, tandis qu'elle descendait l'escalier et sortait dans la rue. Il n'était pas certain que les nausées soient terminées, mais, psychologiquement, il éprouvait une profonde impression de soulagement. Peu importait ce qu'avaient pu être ses intentions : l'acte fatal n'avait pas été accompli. Il fixa les yeux sur le foyer ardent, et aussi étrange que la chose puisse paraître, il eut comme un vague sourire.

Vint alors de la pièce attenante un léger cri. Un silence, puis à nouveau ce cri, cette fois beaucoup plus fort et plus prolongé. A l'évidence, la petite fille venait de s'éveiller. Les cris... le silence... ces cris encore, jusqu'à s'étouffer, cela devenait intolérable. Charles s'approcha de la fenêtre et tira les rideaux. La brume empêchait de voir très loin. Pas une âme n'était en vue. Il se rendait compte que le bruit des sabots sur la chaussée ne se faisait plus entendre qu'à de très rares intervalles, et il craignait que la fille n'ait eu à parcourir un fort long chemin avant de lui trouver un cab. Tandis qu'il demeurait là, ne sachant que faire, on frappa violemment du poing contre le mur de l'appartement contigu, tandis qu'une voix masculine proférait des exclamations irritées. Charles hésita, puis déposant sur la table sa canne et son chapeau, il ouvrit la porte de la pièce adjacente. Le reflet de lumière lui permit de distinguer une penderie et une vieille malle. La pièce était très petite. Vers le fond, à côté d'une chaise percée close, se trouvait un petit lit bas à roulettes. La pièce étroite s'emplissait tout entière des cris de l'enfant, perçants et renouvelés. Charles demeurait dans l'encadrement de la porte, stupidement, silhouette de géant terrifique...

« Chut... Voyons, silence. Ta maman va revenir. »

Cette voix étrangère ne fit qu'aggraver les choses. Les cris étaient si perçants que Charles pensait qu'ils allaient réveiller tout le voisinage. Il hochait la tête, se demandant ce qu'il fallait faire, et il s'approcha dans l'ombre, plus près de l'enfant. Voyant qu'elle était encore toute petite, il comprenait que les paroles étaient inutiles. Il se pencha, et doucement lui passa la main sur le front. De petits doigts chauds saisirent les siens, mais les cris continuaient. Le petit visage convulsé se libérait de toutes ses craintes accumulées avec une stupéfiante vigueur. A tout prix il fallait tenter quelque chose. Et Charles tenta. Il chercha sa montre dans son gousset, libéra la chaîne, et la balança au-dessus de l'enfant. L'effet fut immédiat.

Les cris devinrent de plaintifs miaulements. Puis les petits bras se tendirent pour s'emparer du superbe joujou argenté; et on les laissa faire; puis les menottes le perdirent dans les plis du couvre-lit, l'enfant essaya de s'asseoir, n'y parvint pas, et les cris reprirent.

Charles essaya de le soulever un peu sur son oreiller; et fut tenté de mieux faire. Il le tira du lit, dans sa longue chemise de nuit, et lui-même se retourna, s'asseyant à proximité, sur la chaise d'aisance. Tenant le petit corps sur ses genoux, il balança la montre devant les menottes à présent avidement tendues. C'était un de ces bébés de l'époque victorienne, au visage joufflu, avec des yeux noirs et ronds comme des billes — une sorte de petite rave attendrissante, couverte au sommet d'un épais duvet noir. Et son brusque changement d'humeur, ses roucoulements de plaisir quand enfin elle pouvait s'emparer de la montre divertissaient Charles. Elle commença de babiller. Charles lui répondait par des murmures : oui, oui, une brave toute petite, une mignonne petite mignonne. Il imagina soudain la tête de Sir Tom et du fils de l'évêque s'ils avaient pu le voir à cet instant... Le tableau final de sa grande débauche. L'étrangeté des noirs labyrinthes de la vie, le mystère des rencontres.

Il sourit; car ce que la présence de ce petit enfant éveillait en lui était moins une impression de tendresse sentimentale que le retour à un certain sens de l'ironie; ce qui était l'équivalent d'une certaine forme de confiance en soi. Au début de cette soirée, dans le coupé de Sir Tom, il avait connu cette fausse impression de vivre entièrement dans le présent. Le fait de rejeter à la fois son passé et son avenir n'avait représenté alors qu'une déplorable plongée dans quelque amnésie irresponsable. Mais il éprouvait maintenant une compréhension intuitive, beaucoup plus profondément authentique, de l'éternelle illusion du temps :

les hommes se voient comme sur une route où l'on distingue à chaque instant les formes du chemin parcouru et où l'on croit deviner celles du chemin restant à parcourir; alors que la réalité du temps est comme un espace clos, un maintenant si rapproché de nous que nous ne parvenons presque jamais à le percevoir.

L'expérience temporelle de Charles était ainsi tout à l'opposé de celle de Sartre. Les pauvres meubles autour de lui, la chaude lumière de la pièce adjacente, les ombres dansantes au-dessus du petit être qu'il tenait sur ses genoux, presque immatériel après le poids de sa mère (mais à cet instant il ne songeait nullement à elle), tout cela, loin de constituer un monde de présences pesantes et hostiles, formait un ensemble plein de sympathique cohérence. L'enfer en définitive n'était que le vide d'un espace infini, et ces présences écartaient ce vide. Il se retrouvait soudainement capable d'affronter ce vide redoutable. Quoi qu'il puisse désormais lui arriver, il retrouverait de semblables instants; il faudrait qu'ils reviennent et qu'il sache les découvrir.

Une porte s'ouvrit. Sur l'encadrement lumineux se dessina la silhouette de la prostituée. Charles ne distinguait pas ses traits, mais il devinait qu'elle était un moment alarmée, puis qu'elle se rassurait.

« Oh ! Monsieur, est-ce qu'elle a crié ?

— Oui. Un peu. Je crois qu'elle s'est endormie à présent.

— J'ai été obligée d'aller jusqu'au dépôt de Warren Street. C'est un bon bout de chemin.

— C'est très aimable à vous. »

Il lui passa l'enfant et la regarda le reposer et le border dans son petit lit; puis il se retourna brusquement et quitta la pièce. Il chercha dans sa poche et compta cinq souverains qu'il déposa sur la table. L'enfant s'était à nouveau réveillé et sa mère s'efforçait de le calmer. Après une hésitation, il quitta la pièce silencieusement.

Il s'était déjà installé dans le cab qui attendait quand elle apparut à la porte d'entrée, après avoir descendu les marches en courant. Elle le regardait avec des yeux remplis d'étonnement — presque choquée.

« Oh ! Monsieur... merci. Merci. »

Il s'aperçut qu'elle avait des larmes dans les yeux. Rien ne trouble autant le pauvre que l'argent qu'il n'a pas l'impression d'avoir gagné.

« Vous êtes une brave, une bonne fille. »

Il s'avança un peu pour toucher sa main qui s'était posée sur la bordure du siège avant; puis il frappa de sa canne pour le signal du départ.

42

> L'histoire n'est nullement à l'image de certains hommes qui savent se servir des autres pour l'accomplissement de leurs fins. L'histoire n'est rien autre que l'action des hommes à la poursuite de leurs propres fins.
>
> MARX, *La Sainte Famille (1845).*

A SON retour à Kensington, Charles, comme nous avons pu le voir, était fort loin de l'humeur philanthropique dont il était animé au moment où il avait quitté la prostituée. Pendant le trajet d'une heure, il avait éprouvé de nouveaux malaises, et il avait eu le temps de ressasser un certain mépris et dégoût de lui-même. Mais, après avoir regardé ce visage blafard, et la bouche amère à la langue chargée, que lui renvoyait son miroir, il décida qu'il se sentait parfaitement en état d'affronter le monde. Et tout d'abord, il affronta Sam, lorsque celui-ci entra, porteur du broc d'eau chaude, en s'excusant de la mauvaise humeur dont il avait fait preuve la nuit précédente.

« J' n'avais rien remarqué du tout, Mr. Charles.

— J'avais eu une soirée assommante. Et maintenant tu vas être un brave type, et aller me chercher un grand pot de thé. Je me sens une soif du diable. »

Sam sortit, en se gardant d'exprimer son avis personnel, savoir que le diable devait être pour quelque chose dans le comportement de son maître. Charles fit sa toilette et se rasa, tout en réfléchissant sur lui-même. Il était clair qu'il ne se sentait pas fait pour entrer dans la peau d'un libertin, mais ce n'était pas non plus dans ses habitudes de s'abandonner à une contrition pessimiste et remplie de remords. Mr. Freeman lui-même ne lui avait-il pas déclaré qu'il pouvait attendre deux ans avant de prendre une quelconque décision concernant son avenir ! En deux ans il peut arriver bien des choses. Charles ne se disait pas clairement : « Mon oncle pourrait disparaître », mais cette pensée se profilait vaguement en marge de ses réflexions. Puis, cet aspect charnel de l'expérience de la nuit précédente lui rappela que, dans ce domaine, il pourrait bientôt avoir des satisfactions parfaitement légitimes. Pour l'heure il fallait s'abstenir. Et cette petite fille... à quelles désillusions de l'existence les enfants ne doivent-ils pas servir de compensation !

Sam revint, apportant le thé... ainsi que deux lettres. A nouveau, les perspectives de la vie. Il vit aussitôt que la première enveloppe portait une double adresse. Postée à Exeter et adressée au White Lion, à Lyme Regis, on l'avait fait suivre à Kensington. L'autre venait directement de Lyme. Il eut une hésitation, puis, afin d'éviter de montrer trop de hâte, il prit un coupe-papier et s'approcha de la fenêtre. Il ouvrit en premier la lettre du docteur Grogan; mais avant d'en prendre connaissance, il nous faudrait commencer par lire la note que Charles avait envoyée, dès son retour à Lyme, le matin où il s'était rendu, à l'aube, à la grange de Carslake. En voici le texte :

Mon cher docteur Grogan,

Je vous écris cette note à la hâte pour vous remercier de vos très précieux conseils et de l'aide que vous m'avez apportée la nuit dernière, et pour vous répéter une fois encore que je serais heureux de pouvoir régler les frais de tous les soins ou les secours que vous-même ou votre confrère pourraient estimer nécessaires. Pensant que vous avez dû comprendre que je m'étais moi-même rendu compte du caractère insensé de cet intérêt engagé sur une voie fausse, je ne doute pas que vous me tiendrez au courant des résultats d'une rencontre qui devrait avoir eu lieu au moment où vous lirez ces lignes.

Je n'ai malheureusement pas pu me résoudre à aborder ce sujet à Broad Street ce matin. Le moment était à l'évidence inopportun, du fait de la soudaineté de mon départ, ainsi que de diverses circonstances qu'il serait trop long d'exposer ici en détail. Dès mon retour je serai à même d'éclaircir tout cela. Puis-je vous demander auparavant de garder strictement le secret à ce propos.

Je pars immédiatement. Ci-dessous mon adresse à Londres.

Avec ma profonde gratitude.

C. S.

Il faut avouer que ce n'était pas là une lettre parfaitement honnête; mais il fallait bien qu'elle fût écrite. Charles, à présent, dépliait fiévreusement la réponse qui lui était faite.

Mon cher Smithson,

J'ai retardé de vous écrire, dans l'espoir d'obtenir quelques éclaircissements concernant notre petit mystère du Dorset. J'ai le regret de vous dire que le matin de mon expédition je n'ai pas eu l'heur de faire d'autre rencontre féminine que celle de notre Mère Nature — une dame dont, après quelque trois heures d'attente, j'ai commencé de trouver la conversation quelque peu assommante. Bref, la personne n'a pas paru. A mon retour à Lyme, je réexpédiai un garçon dégourdi, avec mission de s'occuper de cette affaire. Mais lui aussi demeura *sub tegmine fagi* dans une plaisante solitude. J'écris ces mots d'une main légère; j'avoue néanmoins que lorsque mon émissaire revint, à la nuit tombée, je commençai à craindre le pire.

Toutefois, il me fut indiqué, le lendemain matin, qu'on avait donné des instructions au White Lion pour faire expédier à Exeter la malle de la jeune personne. Je n'ai pas réussi à savoir qui avait donné ces instructions. Je suppose qu'elle-même aura envoyé un message; et je crois que nous pouvons tenir pour certain qu'elle a dû décamper.

La crainte qui me reste, mon cher Smithson, est qu'elle ait pu eventuellement vous suivre à Londres et tenter de vous apitoyer sur ses souffrances. N'écartez pas cette éventualité avec un sourire. Si j'en avais le temps je pourrais vous citer plusieurs cas, où c'est effectivement ainsi que les choses se sont passées. Je joins une adresse. Il s'agit là d'un excellent homme avec qui j'ai pendant longtemps entretenu une correspondance; et je vous conseille très vivement de lui mettre les choses en main, au cas où vous éprouveriez un ennui quelconque du fait que l'on vienne, *à la lettre,* frapper à votre porte.

Soyez assuré que je ne soufflerai mot de tout cela à qui que ce soit. Bien que je ne veuille pas me répéter à propos d'une charmante personne, qu'entre parentheses je viens justement d'avoir le plaisir de croiser dans la rue, je ne saurais que recommander une confession à votre plus prochaine convenance. Je ne crois pas que l'*Absolvitur* s'accompagnerait d'une trop longue ou trop rude pénitence.

Votre tres sincèrement,

Michael Grogan.

Charles avait poussé un coupable soupir de soulagement bien avant d'avoir terminé la lecture de cette lettre. Il n'avait pas été découvert. Il regarda un long moment par la fenêtre de sa chambre; puis il ouvrit la seconde lettre.

Il s'attendait à de longues pages, et il n'y avait qu'un feuillet.

Il s'attendait à tout un flot de paroles, et il n'y avait que trois mots.

Une adresse.

Il froissa la feuille de papier dans sa main, puis revint vers le feu que la femme de chambre des étages avait allumé vers huit heures du matin, alors qu'il dormait à poings fermés, et il la jeta sur la flamme. En cinq secondes, elle ne fut plus que cendres. Il prit la tasse de thé des mains de Sam qui attendait patiemment pour la lui passer. Il la but d'une seule gorgée et tendit la soucoupe et la tasse pour en avoir encore.

« J'ai terminé ce que j'avais à faire, Sam. Demain nous repartons pour Lyme, au train de dix heures. Tu t'occuperas des billets et des places, et tu porteras, au bureau de poste, les deux messages que tu trouveras sur ma table. Ensuite, tu pourras disposer de ton après-midi pour choisir quelques colifichets à l'intention de la toute charmante Mary — j'entends, si depuis notre retour tu n'as pas engagé ton cœur autre part. »

Sam avait attendu cette ouverture. Tout en remplissant à nouveau la tasse argentée du petit déjeuner, il lança un long regard en direction du dos tourné de son maître et fit sa déclaration, en même temps qu'il avançait la tasse sur un petit plateau d'argent, juste à portée de la main tendue de Charles.

« Monsieur Charles, je vais lui demander de me h-épouser.

— Tiens, vraiment !

— Ou c'est c' que j' voudrais, Mr. Charles, si c'était pas que j'avais d'aussi h-excellentes perspectives dans votre h-emploi.

— Qu'est-ce qu'il y a, Sam ? Cesse de parler par énigmes.

— Si j' me mariais, j' pourrais plus habiter ici, Mr. Charles. »

Charles eut un rapide et instinctif coup d'œil d'objection, qui prouvait à quel point il était loin d'avoir songé à ce problème. Il se retourna et vint s'asseoir devant le foyer.

« Dieu m'est témoin, Sam, qu'il n'a jamais été dans mes intentions de faire obstacle à ce mariage. Mais tu ne vas pas me dire que tu voudrais te marier avant moi.

— C'était pas mes h-intentions, Mr. Charles. C'est pour après que je pensais.

— Nous serons logés beaucoup plus largement. Je suis sûr que ma femme serait heureuse d'avoir Mary avec elle à Londres... Alors, qu'est-ce qui te tracasse ? »

Sam inspira profondément.

« J'avais pensé à une affaire à mon compte, Mr. Charles. J' veux dire quand vous serez d'aplomb, Mr. Charles. J'espère que vous savez qu' s'il y avait encore à vous rendre service, j' voudrais pas...

— Une affaire ? Quelle sorte d'affaire ?

— J' voudrais avoir une petite boutique, Mr. Charles. »

Charles reposa la tasse sur le plateau prestement avancé.

« Mais ne sais-tu pas... J'entends,.voyons : il faut avoir de quoi.

— J'ai mes h-économies, Mr. Charles — et aussi ma Mary...

— Oui, oui, mais il y a le bail à payer, et surtout

le fonds et la marchandise... quelle sorte de com merce ?

— Mercerie et chemiserie, Mr. Charles. »

Charles regarda Sam, un peu comme si le cockney était devenu sectateur du bouddha. Mais il se rappela deux ou trois petits incidents antérieurs : un certain penchant pour une distinction affectée, et le soin que Sam prenait de sa tenue dans son présent emploi était le seul chapitre où il se montrait irréprochable. Plus d'une fois — dix mille fois pour serrer la vérité de plus près — Charles s'était moqué de ce souci outré de l'élégance personnelle.

« Et tu as pu mettre de côté suffisamment pour...

— Non, hélas ! Mr. Charles. On h-aura à h-économiser très fort. »

Il y eut un silence chargé. Sam s'affairait avec le lait et le sucrier. Charles se tapotait la narine, un peu comme nous l'avions vu faire à Sam. Il saisissait. Il prit une troisième tasse de thé.

« Combien ?

— J' connais une boutique qui m'irait bien, Mr. Charles. Il voudrait cent cinquante livres pour le pas-de-porte et h-un cent pour la marchandise. Et il faudrait h-encore trente livres pour le loyer. »

Il jeta vers Charles un coup d'œil rapide, comme pour bien prendre sa mesure, et poursuivit :

« C'est pas que j' serais pas heureux d'être chez vous, Mr. Charles. Mais la p'tite boutique, c'est à ça qu' j'avais toujours pensé.

— Et combien as-tu mis de côté ? »

Sam hésita.

« Trente livres, monsieur. »

Charles, sans sourire, s'écarta et se plaça près de la fenêtre de sa chambre.

« Combien t'a-t-il fallu de temps pour économiser cela ?

— Trois ans, monsieur. »

Dix livres par an peut paraître une somme fort modique, mais elle représentait à peu près le tiers de trois années de gages, ainsi que Charles en fit le rapide calcul, ce qui dépassait infiniment, dans le domaine de l'épargne, les qualités auxquelles Charles pouvait lui-même prétendre. Il jeta de nouveau un coup d'œil vers Sam qui attendait humblement — mais attendait quoi ? — près de la table sur laquelle était posé le plateau. Au cours du silence qui suivit, Charles devait commettre sa première fatale erreur : celle de se résoudre à dire très franchement à Sam ce qu'il pensait de ce projet. Peut-être y avait-il dans cette attitude une nuance de bluff : faire semblant de ne pas soupçonner, dans la démarche de Sam, un certain relent d'un appel-pour-service-rendu. Mais il s'agissait beaucoup plus encore d'un certain sens de sa responsabilité, et qui n'était pas simplement l'expression d'une arrogante supériorité du maître infaillible sur l'inférieur ignare.

« Je dois te mettre en garde, Sam : quand on se met à avoir des visées au-dessus de sa condition, il n'en saurait résulter que de l'infortune. Tu serais misérable de ne pas avoir ta boutique, mais tu serais deux fois plus misérable si tu l'avais. »

Le front de Sam s'inclina encore un peu plus bas.

« Et en outre, Sam, je suis habitué à ton service... et tu sais que je t'aime bien. Le diable m'emporte si je voudrais te perdre !

— Je sais, Mr. Charles. Pour moi, c'est la réciprocité du même sentiment. Avec mon respect, monsieur...

— Parfait, alors. Puisque nous sommes heureux et satisfaits l'un de l'autre, nous n'allons pas prendre un autre chemin. »

Sam inclina la tête et se retourna pour reprendre son plateau. Son désappointement était flagrant : il n'était plus que l'espoir abandonné, la vie mutilée, la vertu sans récompense, et une bonne douzaine d'autres statues non moins moroses.

« Maintenant, Sam, épargne-moi la mine de chien battu. Si tu épouses cette fille, tu auras les gages d'un homme marié. Et quelque chose encore pour vos débuts. Tu n'auras pas à te plaindre de moi, tu peux en être assuré.

— C'est bien h-aimable à vous, Mr. Charles. »

Mais la voix avait un ton sépulcral : ces statues n'étaient nullement déboulonnées. Un moment Charles se regarda lui-même avec les yeux de Sam. Celui-ci l'avait vu dépenser de belles sommes d'argent au cours des années qu'ils avaient vécues ensemble; et il devait savoir qu'il devrait attendre de son mariage des sommes beaucoup plus importantes encore. Et il n'était pas impossible qu'avec les plus innocentes intentions il ait pu s'imaginer qu'une sollicitation de deux ou trois cents livres ne représentait pas vraiment une chose disproportionnée.

« Sam, tu ne devrais pas croire que la générosité me fait totalement défaut... Eh bien, la raison pour laquelle j'ai été à Winsyatt, c'est que... voilà, Sir Robert va se marier.

— Non, monsieur. Sir Robert ! C'est impossible ! »

L'air abasourdi de Sam aurait pu faire supposer que ses réelles ambitions étaient bien plutôt de faire carrière dans le théâtre. Il en avait presque laissé échapper son plateau : mais évidemment ce n'est pas Stanislavski qui a inventé cet effet. Charles se tourna du côté de la fenêtre et poursuivit :

« Ce qui signifie, Sam, qu'à un moment où je dois faire face à de très importantes dépenses, je ne saurais me permettre beaucoup d'imprévu.

— J'aurais jamais pu croire ça, Mr. Charles. Voyons, c'est pas possible... à cet âge ! »

Charles se hâta de couper court au flux imminent de la commisération.

« Nous devons souhaiter à Sir Robert tout le bonheur qu'il mérite. Mais c'est ainsi. La nouvelle devrait être bientôt annoncée. Toutefois, Sam, je pense que tu n'en souffleras mot...

— Oh ! Mr. Charles... Vous savez que je sais garder un secret. »

Sur quoi Charles dirigea sur Sam un regard aigu; mais les yeux de son valet étaient de nouveau modestement fixés vers le sol. Charles désirait intensément pouvoir les rencontrer; mais ils évitaient avec soin cette interrogation perçante; et Charles se trouva ainsi entraîné à commettre sa seconde fatale erreur. Car le désespoir de Sam provenait beaucoup moins du fait que sa sollicitation avait été écartée que de la pensée que son maître n'avait pas en fait de coupable secret qui puisse lui permettre d'avoir barre sur lui.

« Sam, je... je veux dire, quand je serai marié les conditions seront plus favorables. Je ne voudrais pas que tu croies que les choses sont totalement sans espoir... Laisse-moi le temps d'y penser. »

Au cœur de Sam s'était levée une petite flamme d'exultation. C'était réussi. Il tenait son levier.

« Mr. Charles, monsieur, je h-aurais mieux fait de rien dire. J'avais pas h-idée...

— Non. Non. Tu as bien fait de me parler de ça. Quand j'en aurai l'occasion, je pourrai peut-être en parler a Mr. Freeman, savoir ce qu'il pense de la chose. Lui saurait certainement ce que l'on doit pouvoir attendre de ce genre d'aventure.

— De l'or, Mr. Charles... un avis de la bouche de ce gentleman — de l'or pur... Voilà comme je pense, Mr. Charles. »

Sur cette hyperbole, Sam effectua sa sortie. Charles regardait fixement la porte close. Il en venait à se demander si, dans la personnalité de Sam, ne commençait pas de se révéler quelque chose rappelant un Uriah Heep [1] — une certaine duplicité. Il avait toujours joué au gentleman par les manières, la façon de se vêtir, et maintenant dans ses contrefaçons, dans ce gentleman de pacotille, on distinguait vaguement un élément nouveau. Vraiment tout changeait à cette époque. Tant de milieux sociaux se désagrégeaient et se mélangeaient.

Il demeura ainsi quelques instants, le regard fixe — mais, bah ! avec l'argent d'Ernestina à la banque, ce serait vraiment peu de chose que d'aider Sam à faire ce qu'il désirait. Il s'approcha de sa table-bureau et ouvrit un tiroir; il en tira un bloc-notes sur lequel il griffonna quelque chose, sans doute afin de ne pas oublier qu'il devrait parler de cela lors d'une prochaine rencontre avec Mr. Freeman.

Pendant ce temps, à l'étage au-dessous, Sam était en train de déchiffrer le texte de deux télégrammes. L'un était adressé au propriétaire du White Lion et l'informait de leur retour. Le second était rédigé comme suit :

MISS FREEMAN CHEZ MRS. TRANTER, BROAD STREET, LYME REGIS.
ON M'A ORDONNÉ DE REVENIR IMMÉDIATEMENT ET JE SUIS RAVI D'OBÉIR.
VOTRE TRÈS AFFECTIONNÉ
CHARLES SMITHSON.

En ce temps, seuls de frustes yankees s'abaissaient à utiliser le style télégraphique.

Ce n'était pas là la seule correspondance privée que Sam avait eue sous les yeux ce matin-là. L'enveloppe

1. Personnage de Dickens : type de Tartuffe petit-bourgeois.

de la seconde lettre qu'il avait portée à Charles avait été collée mais non cachetée à la cire. Le moindre jet de vapeur peut alors faire merveille, et Sam avait disposé de toute sa matinée pour se trouver seul à la cuisine.

Peut-être commencez-vous à partager l'opinion de Charles à propos de Sam. Il nous faut bien avouer qu'il ne se révèle pas comme le plus honnête des serviteurs. Mais la proche perspective de la vie future dans le mariage peut avoir de fort étranges conséquences. Elle avive chez les futurs époux la conscience de certaines inégalités, elle fait que l'un et l'autre voudraient pouvoir se donner mutuellement beaucoup plus, elle met fin à l'insouciance de la jeunesse; elle vous isole dans le monde par une prise de conscience des responsabilités, et le caractère altruiste de certaines clauses du contrat social en est par là même obscurci. Il est en somme plus facile de se montrer déshonnête à deux que lorsqu'on est seul. Sam ne considérait nullement que ses procédés étaient malhonnêtes. Il appelait cela : « Savoir se servir de ses atouts. » En résumé, tout ceci voulait dire à présent que le mariage avec Ernestina devait avoir lieu; et ses deux cent cinquante livres, il ne pouvait les espérer que de la dot. Et si son maître devait encore aller faire ses frasques avec la débauchée de Lyme, la chose se passerait dans le rayon visuel du joueur de cartes attentif — et, après tout, ce ne serait peut-être pas si mal étant donné que plus Charles se sentirait coupable, plus il pourrait avoir barre sur lui; cependant si les choses allaient trop loin... Sam mordit sa lèvre inférieure et fronça les sourcils. Comment nous étonner qu'il lui vint des idées au-dessus de sa condition — n'est-ce pas le cas de tous ceux qui se mêlent de faire des mariages ?

43

> Pourtant il me semblait la voir
> Comme une grande ombre à mes pieds
> Sur la plaine ombreuse du soir.
>
> TENNYSON, *Maud (1855).*

PLUS que dans tout autre temps, le mythe du comportement rationnel de l'homme reprend des couleurs plus vives dans cet âge de fer de la période victorienne. Après sa nuit de rébellion, Charles avait certainement décidé de donner suite à son projet de mariage avec Ernestina. L'idée de la rupture ne s'était jamais imposée sérieusement à sa pensée. La visite à Mme Terpsichore et chez la prostituée n'avait fait — quoi qu'il en puisse paraître — que porter témoignage de la fermeté de ses intentions — une sorte d'ultime mouvement d'humeur en face de ce qui avait été arrêté, une dernière remise en question de l'inévitable. C'est cela qu'il avait reconnu lui-même au cours de ce nauséeux trajet du retour, et ce qui peut expliquer qu'à son arrivée la sollicitude de Sam ait été aussi peu aimablement accueillie. Quant à Sarah... cette autre Sarah en avait été le substitut, la fin sordide et saumâtre — et son propre réveil...

Il aurait néanmoins voulu découvrir dans sa lettre un plus clair aveu de culpabilité — y trouver quelque demande d'argent (mais elle ne pouvait guère avoir dépensé dix livres en si peu de temps), ou que s'y expriment les sentiments illicites qu'elle pouvait avoir conçus à son égard. Mais il était bien difficile de découvrir l'aveu de la passion ou du désespoir dans ces trois mots : « Endicott's Family Hotel »; et pas même une date ou une initiale ! C'était assurément un acte de désobéissance, une transgression de la demande qu'il lui avait faite de passer par l'intermédiaire de Mrs. Tranter. Il était cependant difficile de l'accuser de venir frapper à sa porte.

Il était fort simple de décider d'ignorer cette invitation implicite : il ne devrait jamais la revoir. Mais peut-être Sarah la prostituée avait-elle ravivé le souvenir de cette étonnante personnalité de l'autre Sarah au ban de la société : la totale absence chez l'une de la moindre subtilité de pensée ne faisait que faire ressortir à quel point l'autre en demeurait pourvue. A sa façon bizarre, comme elle était sensitive et fine... certaines choses exprimées par elle, après sa confession — impossible de les oublier !

Il pensa longuement à Sarah — si l'on peut assimiler le souvenir à la pensée — au cours de son voyage de retour. Il ne pouvait s'empêcher de se dire que ç'aurait été une trahison que de faire en sorte qu'elle soit confiée à un établissement médical, fût-ce le meilleur au monde. Je parle d'*Elle,* mais le pronom est bien un des masques les plus consternants que l'homme ait pu inventer : ce que voyait Charles, ce n'était pas un pronom, mais des yeux, une silhouette, la bordure des cheveux près de la tempe, une démarche légère, un visage dans son sommeil. Il ne s'agissait évidemment pas d'une pure rêverie, mais de la sérieuse prise en considération d'un problème moral, résultant de la préoccupation, d'une insoupçonnable pureté, de tout ce que pouvait être l'avenir d'une jeune femme infortunée.

Le train entrait en gare d'Exeter. Pendant une brève pause du long coup de sifflet de l'arrivée, le visage de Sam apparut à la portière du compartiment : il avait naturellement accompli le trajet en troisième classe.

« Passerons-nous la nuit ici, Mr. Charles ?

— Non. Une voiture, et à quatre roues : il me semble qu'il va pleuvoir. »

Sam avait déjà parié en lui-même un millier de livres qu'ils allaient passer la nuit à Exeter. Mais sans hésitation, il obéit; de même qu'à l'apparition du visage de Sam son maître avait décidé sans hésitation — et il est vrai qu'au plus profond de lui-même une décision attendait encore d'être prise — de la façon dont il devait agir. C'était Sam qui avait en fait provoqué la décision : Charles ne se sentait plus capable de supporter encore l'équivoque.

Ce fut seulement lorsqu'ils se trouvèrent dans les faubourgs extérieurs de la ville que Charles commença d'éprouver le sentiment d'une perte et une impression d'accablement d'avoir ainsi jeté le fatal coup de dés. Il lui paraissait effarant qu'une simple décision, la réponse à une question banale, puisse avoir de telles conséquences. Jusqu'à cet instant, tout était encore possible; maintenant tout était fixé d'une façon inexorable. Il avait fait ce que décemment, moralement, correctement, il lui fallait faire, et cependant il lui semblait que cette décision révélait en lui quelque très profonde faiblesse; une soumission à son destin qui devrait — il le sentait par une de ces prémonitions qui ont la force convaincante des faits — le conduire un jour à entrer dans le monde du commerce : afin de complaire à Ernestina qui voudrait elle-même complaire aux désirs de son père, à qui son cher Charles devait beaucoup... Il contemplait ce paysage de campagne dans lequel ils étaient à présent entrés, et il avait l'impression d'y être lentement projeté, aspiré comme par une sorte de monstrueux conduit.

La voiture poursuivait sa route. A chaque cahot un ressort fatigué grinçait, aussi lugubrement qu'un ressort de corbillard. Le ciel était couvert et il commença de pleuvoir dans la nuit tombante. Quand ils voyageaient dans ces conditions, Charles faisait habituellement descendre Sam de son siège extérieur et le laissait s'installer à ses côtés. Mais, en cet instant, il n'aurait pu supporter de se trouver en face de Sam — et Sam, qui voyait lui-même comme pavée d'or cette humide route de Lyme, se souciait assez peu de cet ostracisme. Charles avait l'impression que jamais plus il ne connaîtrait la solitude : il lui fallait jouir de ces derniers restes. Il songea de nouveau à cette femme qu'il laissait derrière lui dans la cité. Il ne pensait pas à elle comme s'il s'agissait de choisir entre elle et Ernestina, comme s'il lui avait été possible de l'épouser au lieu d'épouser cette dernière. C'était là une chose impensable. En fait, c'était à peine la réalité de Sarah qu'il évoquait : elle devenait comme un symbole, incarnant pour lui le regret de toutes les possibilités perdues, les libertés qu'il ne connaîtrait plus, les voyages qu'il n'effectuerait jamais. Il lui fallait dire adieu à tant de choses : simplement elle était là, si proche et se perdant peu à peu dans l'éloignement.

Ce qui était certain c'est qu'il était victime de l'évolution de la vie : une autre ammonite encore, prise dans les gigantesques reflux de l'histoire, échouée désormais pour l'éternité; un potentiel fossilisé.

Au bout de quelque temps, il s'abandonna à une ultime faiblesse : il s'endormit.

44

Le devoir — je sais, c'est plier
A tout ce qu'il nous faut attendre...
En se conformant à la forme,
Sans souci de son sens profond..
Austère et prompt, c'est rejeter,
Comme évidence du péché,
La quête et l'élan intérieur
D'une âme qui se cherche en nous ·
C'est la connivence craintive
Avec les arrêts du destin...

A. H. CLOUGH, *Le Devoir (1841).*

ILS arrivèrent au White Lion un peu avant dix heures du soir. Des lumières brillaient encore dans la maison de Mrs. Tranter. Charles fit rapidement un brin de toilette, et laissant à Sam le soin de décharger et de défaire les bagages, monta la rue d'un pas vif. Mary était tout épanouie de le voir, et juste derrière elle, Mrs. Tranter s'empressait, les joues roses et plissées de multiples et accueillants sourires. On lui avait bien recommandé de se retirer aussitôt après avoir accueilli le voyageur : pas question ce soir-là de souffrir l'absurde présence d'une duègne. Ernestina — avec le souci habituel de sa dignité — était demeurée dans l'arrière petit salon.

Elle ne se leva pas à l'entrée de Charles, mais, sous les cils à demi baissés, monta vers lui un long regard de reproche. Il sourit.

« J'ai oublié d'acheter des fleurs à Exeter.
— C'est bien ce que je vois, monsieur.
— J'avais si grande hâte d'arriver avant que vous ne soyez au lit ! »

Elle baissa les yeux vers ses mains qui s'occupaient à un travail de broderie. Charles s'approcha d'un peu plus près, et les mains, assez brusquement, cessèrent de s'activer et retournèrent la petite piece de tissu.

« Ah ! Je vois que j'ai un rival.
— Vous mériteriez d'en avoir beaucoup. »

S'agenouillant à côté d'elle, il s'empara doucement d'une de ces mains qu'il éleva jusqu'à ses lèvres. Elle glissa un regard vers lui.

« Je n'ai pas dormi une minute depuis votre départ.
— Je l'aurais deviné à voir ces paupières gonflées et ces joues pâlies. »

Elle ne sourit pas.

« Vous vous moquez de moi à présent.
— Si ce sont bien là les effets de l'insomnie, il me faudra veiller à ce que la sonnerie d'un réveil ne cesse jamais de résonner dans notre chambre à coucher. »

Elle rougit. Charles se releva et s'assit auprès d'elle et attira sa tête contre la sienne, et embrassa les lèvres, puis les yeux clos qui, aussitôt après cet attouchement, s'ouvrirent et lui jetèrent un regard où il n'y avait plus trace de sévérité.

Il sourit.

« A présent pourrais-je voir ce que vous brodez là en secret pour un des élus de votre cœur ? »

Elle présenta son ouvrage. Il s'agissait d'un petit étui pour la montre, en velours bleu — les messieurs, à l'époque victorienne, avaient l'habitude de suspendre à leur table à toilette un de ces étuis pour, chaque soir, y déposer leur montre. Sur la patte retombante du devant de l'étui était brodé un cœur, entre les initiales C et E. Et au-dessous, sur cette face, la broderie d'un distique était commencée, en fils dorés, mais n'était pas encore achevée. Charles lut à voix haute :

— « Du remontoir, à chaque tour... » Et comment diable cela va-t-il finir ?

— Devinez. »

Charles fixa son regard sur le velours bleu :

— « Grincent les dents de mon amour ? »

Elle retira et cacha vivement l'étui.

« Je ne vous dirai plus rien. Vous avez autant d'esprit qu'un « cad » !

Le terme « cad », en ce temps, désignait le receveur des omnibus qui, à Londres, était fameux pour ses reparties vulgaires.

« Qui, à une aussi aimable personne, ne manquerait pas de donner un billet gratis.

— Basse flatterie et méchants calembours sont également détestables.

— Et vous, ma chérie, vous savez être adorable quand vous vous mettez en colère.

— Alors, je vous pardonne — simplement pour que vous me trouviez affreuse. »

Elle s'écarta un peu de lui, bien qu'il gardât son bras autour de sa taille, et que la main qu'il tenait encore répondît à la pression de la sienne. Ils demeurèrent ainsi quelques instants. Une fois de plus, il embrassa cette main.

« Nous irons nous promener ensemble demain matin. Et nous montrerons à tous comme nous sommes des amoureux bien élevés, et nous aurons l'air de nous ennuyer terriblement et de nous préparer indubitablement au mariage de convenance ? »

Elle sourit, puis, d'un geste rapide, lui montra l'étui pour la montre.

« — A chaque seconde qui passe, mon amour,
« souviens-toi de moi. »

— Ma chérie. »

Il la regarda un moment encore, puis chercha dans sa poche et posa sur ses genoux un petit écrin de maroquin rouge et noir.

« Une certaine variété de fleurs. »

Elle appuya timidement sur le cran de fermeture de l'écrin. Brillait sur le coussinet de velours grenat une élégante et fine broche suisse : l'ovale d'une petite mosaïque de fleurs, avec un entourage de perles et de fragments de corail montés sur or. Elle releva ses yeux un peu humides; il baissa opportunément les siens. Elle se retourna, s'avança pour déposer sur ses lèvres un chaste baiser; puis laissa retomber sa tête contre son épaule, regarda de nouveau la broche, embrassa celle-ci.

Le refrain d'une chanson lascive revint à l'esprit de Charles. Il lui chuchota à l'oreille :

« — Je veux que demain nous nous mariions. »

Tout était si simple : le sentiment se mêlait à l'ironie, et chacun observait les conventions. Ce qui aurait pu advenir n'était qu'un autre motif d'ironie et d'observation; comme l'était ce qui pouvait désormais advenir. Autrement dit, on faisait sa soumission, on apprenait à devenir ce que l'on était destiné à être.

Charles serra un peu le bras de la jeune fille.

« Chérie, j'ai à vous faire une petite confession. C'est à propos de cette malheureuse fille de Marlborough House... »

Elle s'écarta un peu, mutine et surprise, amusée déjà.

« Vous n'allez pas dire que cette pauvre Tragédie... »

Il sourit.

« Je crains bien que le surnom vulgaire ne puisse mieux convenir. »

Il pressa cette main.

« C'est vraiment une chose stupide et banale. Voilà tout simplement ce qui s'est passé. Au cours de mes sorties à la recherche de mes insaisissables échinodermes... »

Et c'est là la fin de cette histoire. Ce qu'il advint de Sarah, je l'ignore. Et si longtemps qu'elle ait pu encore demeurer dans la mémoire de Charles, elle ne revint jamais en personne jeter le trouble dans son existence. C'est bien là ce qui se produit le plus souvent. Ceux que nous rencontrons disparaissent à nos yeux, et vont se perdre dans l'ombre de ce qui nous devient plus proche.

Charles et Ernestina ne furent pas constamment heureux ensemble, bien que Charles ait finalement survécu dix ans à son épouse, et qu'il l'ait pleurée et regrettée pendant toute cette période. Ils eurent — que dirons-nous — au moins sept enfants. Sir Robert, ajoutant l'insolence à l'affront, et ne se contentant pas d'un héritier, en procréa deux dans les dix mois de son mariage avec Mrs. Bella Tomkins. Ce fut cette fatale paire de jumeaux qui finalement décida Charles à entrer dans les affaires. Cela lui parut au début péniblement assommant, mais en fin de compte il y prit goût. Ses propres fils n'eurent pas la possibilité de choisir, et leurs enfants assurent encore aujourd'hui la direction du grand magasin et de ses nombreuses succursales.

Sam et Mary ? Mais qui se souciera de la biographie d'un couple de serviteurs ? Ils se marièrent, eurent des enfants, moururent à la façon habituellement monotone des gens de leur classe.

Et maintenant qui d'autre encore ? Le docteur Grogan ? Il mourut dans sa quatre-vingt-onzième année. Et, comme tante Tranter elle aussi dépassa les quatre-vingt-dix ans, nous avons là une preuve évidente de la salubrité des brises fraîches de Lyme.

Elles ne devaient toutefois pas offrir à tous la

même efficace garantie, puisque Mrs. Poulteney devait passer de vie à trépas deux mois à peine après que ce dernier retour de Charles à Lyme avait eu lieu. Là il me semble que cet événement est susceptible d'éveiller suffisamment d'intérêt pour que je puisse me permettre de jeter un coup d'œil du côté de l'avenir — j'entends sur le sort de cette digne personne dans son au-delà. Convenablement vêtue de noir, elle se présenta dans sa calèche à l'entrée du grand portail céleste. Son valet de pied — car naturellement, comme dans l'ancienne Egypte, toute sa domesticité avait dû la suivre dans le trépas — descendit et, gravement, vint ouvrir la portière de la voiture. Mrs. Poulteney monta les marches, et après avoir mentalement pensé qu'elle ne devrait pas oublier de rappeler au Créateur de toutes choses (quand elle aurait fait plus amplement connaissance) que ses serviteurs ne devraient pas manquer de se montrer un peu plus attentionnés à l'occasion de visites importantes, elle tira vivement le cordon. Le majordome daigna enfin apparaître.

« Madame ?

— Je suis Mrs. Poulteney. Je viens occuper ma résidence. Ayez l'amabilité d'aller prévenir votre maître.

— Son Infinitude, madame, a été informée de votre décès. Ses anges ont déjà chanté un jubilé en célébration de l'événement.

— C'est très aimable à lui, et je lui suis fort reconnaissante de cette attention. »

Et la digne dame, épanouie et flattée, fit un mouvement pour se glisser dans le hall éclatant de blancheur qu'elle apercevait derrière la silhouette du majordome. Mais celui-ci ne s'écarta pas d'un pouce. Au contraire, il commença d'agiter d'une façon fort impertinente un trousseau de clefs qu'il gardait à la main.

« Mon garçon, laissez-moi passer. C'est bien moi : je suis Mrs. Poulteney de Lyme Regis.

— Auparavant de Lyme Regis, madame. Et désormais d'une résidence beaucoup plus tropicale. »

Sur ce, le brutal pied plat lui claqua la porte au visage. La première et immédiate réaction de Mrs. Poulteney fut de jeter un coup d'œil alentour, par crainte que ses domestiques aient pu surprendre cette scène. Mais sa calèche, qu'elle avait cru entendre s'éloigner dans la direction des communs, avait mystérieusement disparu. En fait, tout avait disparu : la route et le paysage qui, je ne sais trop pour quelle particulière raison, ressemblait fort à la grande allée montante conduisant à Windsor Castle — tout, tout alentour, s'était effacé. Il n'y avait plus que l'espace — et, suprême horreur, un espace dévorant. Une par une, les marches qu'avaient montées Mrs. Poulteney, avec une impériale dignité, commencèrent aussi à disparaître. Trois seulement demeurèrent, puis deux, puis une seule... Mrs. Poulteney ne reposait plus sur rien. On put l'entendre très distinctement murmurer : « C'est Lady Cotton qui me vaut cela. » Et elle tomba, roulant, flottant, battant l'air de ses bras, comme une corneille tirée au vol, vers les profondeurs où son véritable maître attendait.

45

> Ah ! qu'un autre homme en moi se lève,
> Et qu'il meure l'homme que je suis !
>
> TENNYSON, *Maud (1855).*

ET maintenant, ayant conduit ce récit jusqu'à son dénouement conforme aux meilleures règles de la tradition, il me semble que je ferais mieux d'expliquer que les choses que j'ai décrites au cours des deux derniers chapitres, si elles se sont effectivement passées, ne se sont pas tout à fait déroulées de la façon dont vous avez pu les concevoir.

J'ai eu l'occasion de dire précédemment que nous étions tous poètes, bien que bien peu d'entre nous écrivent des poèmes; et nous sommes tous également des romanciers, c'est-à-dire que nous avons coutume de noter les événements qui pourraient nous arriver dans l'avenir — bien que, de nos jours, nous aurions plutôt tendance à en faire un film. Nous nous représentons par la pensée les traits caractéristiques de notre comportement futur et de ce qui est susceptible de nous arriver. Ces hypothèses romancées, ou filmées en imagination, ont souvent plus d'effet sur notre comportement, lorsque nous nous trouvons en présence des événements réels, que nous ne sommes en général disposés à le reconnaître.

Charles, en ce sens, n'était pas une exception, et les dernières pages que vous avez pu lire ne décrivaient pas ce qui arriva réellement, mais bien ce qu'au cours des heures du trajet, entre Londres et Exeter, il imaginait comme devant être la suite naturelle des événements. Il est vrai qu'il ne voyait pas cela d'une façon aussi claire et avec toute la cohérence narrative à laquelle j'ai été contraint de faire appel; et je n'irais pas jurer qu'il ait pu suivre dans ses moindres détails la carrière posthume de Mrs. Poulteney. Mais sans aucun doute il lui souhaitait d'aller au diable, ce qui doit revenir à peu près au même.

Avant tout, il avait l'impression d'approcher du dénouement de sa propre histoire; et d'un dénouement qui lui déplaisait. Si vous avez pu noter, dans ces deux derniers chapitres, une certaine sécheresse, une dissonance, une négligence des potentialités profondes que Charles gardait en lui-même — sans même parler du fait qu'une vie de près de cent vingt années lui aurait été ainsi accordée; si vous en étiez venu à soupçonner que le souffle et l'inspiration de l'auteur — la chose est assez fréquente en littérature — s'étaient brusquement taris et qu'il se hâtait de parvenir à une conclusion arbitraire avant que les choses ne se gâtent tout à fait pour lui — ne me faites pas porter toute la responsabilité de ces défauts; car ces sentiments ou les reflets qu'ils projetaient se trouvaient alors intensément présents dans l'esprit de Charles. Il lui semblait que le roman de son existence était sur le point de se terminer, et d'une façon assez mesquine.

Et ce « Je », cette entité qui trouvait de si belles et bonnes raisons pour rejeter Sarah aux ténèbres de l'oubli, ce n'était pas moi, mais c'était simplement la personnification d'une pesante indifférence aux êtres et aux choses — influence hostile que Charles se refusait à assimiler à une quelconque divinité, et qui, par toute la puissance d'une malencontreuse inertie, faisait pencher le plateau de la balance en faveur d'Ernestina — une direction qui semblait aussi inexorablement fixée que celle des rails sur lesquels roulait le train qui emportait Charles.

Je ne trichais pas en disant qu'à Londres, au lendemain de son escapade, Charles avait décidé de demeurer fidèle à ses engagements. C'était bien là sa décision officielle, de même qu'à un autre moment de sa vie, il avait officiellement pris la décision — mais le terme « réaction » conviendrait peut-être mieux — d'entrer dans les ordres. Toutefois, j'ai sans doute mal interprété les effets, que cette lettre qui ne contenait que trois mots, exerçait encore sur son imagination. Elle le tourmentait, l'obsédait, le plongeait dans la confusion. Plus il y réfléchissait et plus cet envoi d'une adresse — et rien de plus — lui paraissait parfaitement dans la manière de Sarah. C'était en parfait accord avec d'autres gestes, et des attitudes qui ne pouvaient être qualifiées autrement que par des couples d'épithètes contradictoires : simples et subtiles, aguicheuses et fuyantes, fières et implorantes — humble aveu et repli défensif au même instant. L'époque victorienne appréciait les longues explications et n'était guère accoutumée aux raccourcis oraculeux.

Mais surtout, Charles avait l'impression qu'il se trouvait ainsi placé devant un choix; et tandis qu'une partie de lui-même détestait d'être contrainte de choisir, nous comprendrons mieux sans doute son état d'esprit au cours de ce trajet vers l'ouest en sachant que dans une autre partie de lui-même la proximité de l'instant du choix suscitait une intolérable excitation. Il était privé de l'avantage de pouvoir utiliser la terminologie existentialiste, mais ce qu'il pouvait ressentir constituait, à l'évidence, un cas de liberté angoissée particulièrement caractéristique — autrement dit, le sentiment que l'on a de demeurer parfaitement libre et l'impression de terreur qui naît du sentiment de cette liberté.

Ecartons ainsi de cet hypothétique futur l'influence de Sam et laissons celui-ci réapparaître dans le présent, à Exeter. Le train vient de s'arrêter et il approche du compartiment de son maître.

« Passerons-nous la nuit ici, monsieur ? »

Charles le regarda un moment, la décision encore pendante, et, par-dessus sa tête, regarda le ciel couvert.

« Il me semble qu'il va pleuvoir. Nous allons descendre au Ship. »

Ainsi Sam — plus riche de mille livres qu'il n'avait jamais possédées — se trouvait quelques minutes plus tard, à la sortie de la gare, en train de surveiller l'arrimage des bagages de Charles sur le toit d'un cab un peu branlant. Décidément Charles avait l'air bien nerveux. La valise enfin solidement installée, on n'attendait plus que lui.

« Sam, je suis resté assis trop longtemps dans ce damné train. Je crois que j'ai besoin de me dégourdir les jambes. Tu accompagneras les bagages. »

Sam éprouva un battement de cœur.

« 'Mande pardon, Mr. Charles, c'est pas une chose à faire. Sûr ça va bientôt tomber.

— Un peu de pluie ne me fera pas mal. »

Sam se mordit la lèvre et s'inclina.

« Bien, Mr. Charles. Dois-je donner des h-ordres pour le dîner ?

— Oui... C'est-à-dire... Je verrai cela en rentrant. Il se peut que j'assiste au service du soir à la cathédrale. »

Et Charles s'éloigna en direction de la ville. Sam le regarda d'un air sombre pendant quelques instants, puis se retourna vers le cocher.

« Eh ! Entendu parler de « Hendicott's Family Otel » ?

— Oui-e.
— Sais où ça s'trouve ?
— Oui-e.
— Bon ! Triple vitesse m' dépose au Ship, m'attends... et, mon vieux, n' perdra pas ta soirée. »

Et Sam, avec tout l'aplomb indispensable, monta en voiture. Il ne tarda pas à dépasser Charles qui s'en allait lentement, de l'air du flâneur savourant son bol d'air frais, mais qui allongea le pas aussitôt qu'il eut vu le fiacre disparaître.

Sam avait une longue expérience de ces auberges provinciales ensommeillées, et il savait comment s'y prendre. Décharger les bagages, choisir les deux meilleures chambres, allumer du feu, sortir les vêtements de nuit et quelques accessoires — le tout ne prit pas plus de sept minutes. Tout courant, il repartit dans la rue où le cocher et son fiacre attendaient. L'équipage reprit un trajet plus court. De l'intérieur, Sam observait les alentours avec attention; puis il descendit pour régler sa course.

« Première à vot' gauche. V's l' verrez bien, monsieur.
— Merci, mon vieux. Tiens, prends ça pour ta peine. »

Et avec un geste d'assurance vulgaire (même aux yeux des gens d'Exeter) Sam inclina de biais sur le front son chapeau rond et s'enfonça dans la brume. A mi-parcours de la rue où il se trouvait, et face à celle que le cocher avait indiquée, se dressait une église méthodiste avec un fronton aux colonnes imposantes. Notre apprenti détective se posta derrière l'une d'entre elles. Sous un ciel de grisaille sombre, la nuit était déjà presque tombée.

Sam n'eut pas longtemps à attendre. Son cœur battit soudain plus fort quand apparut une grande silhouette élancée. Evidemment embarrassée, la silhouette s'adressa à un jeune garçon. Celui-ci guida rapidement jusqu'au coin de rue, face au poste d'observation de Sam, et indiqua du doigt — un geste qui dut rapporter plus de deux pence, à en juger par la grimace épanouie.

Charles, de dos, s'éloigna. Puis il fit halte et leva les yeux. Il revint quelques pas en arrière. Enfin, comme s'il s'impatientait, il fit à nouveau demi-tour et entra dans l'un des immeubles. Sam quitta l'abri du pilier, descendit les marches et traversa la rue en direction de l'Endicott's Family. Il attendit quelques instants au croisement; mais Charles ne reparaissait pas. Sam s'enhardit et, d'un air détaché, s'avança en longeant le mur de l'entrepôt, face à la rangée d'immeubles. Il atteignit un point d'où il pouvait observer le couloir d'entrée de l'hôtel. Tout était désert. Plusieurs chambres étaient éclairées. Une quinzaine de minutes passèrent et la pluie commença de tomber.

Sam demeura encore quelques instants, se rongeant les ongles et réfléchissant furieusement; puis, d'un pas rapide, il s'éloigna.

46

Quand tout est pensé, tout est dit,
Le cœur pourtant triomphe de
 l'esprit;
En accueillant enfin l'espoir,
Nous acceptons de recevoir.

Attendre et encore espérer
Que dans un plus vaste univers
Ce qui fut ici commencé
Va fleurir, non point se défaire.

Pensons encore à cette vie
Plus vaste, découverte, amie,
Attendant une vérite
Ensemble ici d'avoir été.

A. H. CLOUGH, *Poème (1849)*.

DANS le couloir de piètre apparence, Charles hésita avant de frapper à la porte entrouverte d'une pièce d'où arrivait un rai de lumière. On le pria d'entrer et il se trouva face à face avec la propriétaire. Avant qu'il ait eu le temps de la dévisager, elle l'avait déjà évalué et classé : catégorie des quinze shillings, sans aucun doute. Elle s'épanouit, tout sourire.

« Une chambre, monsieur ?

— Non, je... c'est-à-dire, je voudrais parler à l'une de vos... une certaine Miss Woodruff ? »

Le sourire de Mrs. Endicott avait soudainement fait

place à une mine allongée. Charles sentit le cœur lui manquer.

« Elle n'est pas... ?

— Cette pauvre demoiselle, monsieur, elle descendait l'escalier avant-hier matin, et le pied lui a manqué, monsieur. Elle s'est tourné la cheville, c'était affreux. L'enflure comme une aubergine. Je voulais appeler le docteur, monsieur, mais elle n'a pas voulu en entendre parler. C'est vrai qu'une entorse à la cheville se remet toute seule, et les visites de docteurs ça coûte bien cher. »

Charles regardait fixement la pointe de sa canne.

« Je ne pourrai donc pas la voir.

— Oh ! voyons, monsieur, vous pouvez monter. Une visite pourra la distraire. Vous êtes un parent à elle j'imagine ?

— Je dois la voir... pour parler d'une affaire. »

L'attitude de Mrs. Endicott se fit plus respectueuse encore.

« Ah ! sans doute, un de ces messieurs du Barreau ? »

Charles marqua un temps d'hésitation avant de répondre :

« Oui...

— En ce cas vous pouvez monter, monsieur.

— Je crois... Voudriez-vous demander si je ne ferais pas mieux de retarder ma visite jusqu'à ce qu'elle soit guérie ? »

Il se sentait terriblement embarrassé. Il se souvenait de Varguennes. Une rencontre seul à seule — c'était péché. Il était simplement venu s'enquérir : avait espéré la voir dans un salon du rez-de-chaussée, un lieu à la fois public et intime. La vieille femme hésita un instant, puis jeta un coup d'œil rapide sur un placard mural ouvert derrière son bureau à pupitre; et elle estima apparemment qu'il pouvait se trouver des voleurs même parmi les hommes de loi —

éventualité qui ne saurait surprendre quiconque a eu l'occasion d'acquitter le prix de leurs services. Sans se déplacer, et d'un ton de voix d'une surprenante vigueur, elle appela une certaine Betty Anne.

Betty Anne apparut et fut expédiée, munie d'une carte de visite, vers les étages supérieurs. La course se prolongea un temps appréciable, au cours duquel Charles eut à se défendre contre diverses approches insidieuses, visant à découvrir quel pouvait être le but de sa visite. Betty Anne finit par reparaître : on le priait de bien vouloir monter. Suivie de Charles, la servante replette reprit le chemin du dernier étage et ne manqua pas de signaler au passage le point où s'était produit l'accident. Les marches, sans aucun doute, étaient glissantes; et, en ce temps, les femmes, les pieds couverts par la jupe, faisaient très fréquemment des chutes : cela faisait partie de la vie quotidienne.

Ils parvinrent à une porte, tout au bout d'un corridor funèbre. Charles, dont les battements de cœur étaient beaucoup plus rapides que ne pouvaient l'expliquer les trois étages d'un escalier fort raide, s'entendit brusquement annoncer :

« C'est l' monsieur, miss. »

Il pénétra dans la pièce. Sarah était assise, près du feu, sur une chaise qui faisait face à la porte. Les deux pieds reposaient sur un tabouret et étaient recouverts ainsi que les genoux, par une courtepointe grenat. Le châle de laine vert entourait les épaules, sans dissimuler entièrement le fait qu'elle était en chemise de nuit à manches longues. La chevelure était défaite et retombait sur la laine verte du châle couvrant les épaules. Elle paraissait ainsi plus petite... et terriblement timide et angoissée. Elle ne souriait pas, mais baissait les yeux sur ses mains — seul, à son entrée, un rapide regard, comme d'une pénitente effrayée, sûre de sa colère, avant que la tête ne s'abaisse à nouveau. Il était là, tenant d'une main son chapeau, de l'autre les gants et la canne.

« Je me suis trouvé à passer par Exeter. »

La tête s'inclina un peu plus encore, avec une expression où la compréhension se mêlait à la honte.

« Je ferais mieux, je crois, d'aller vous chercher un docteur.

— Non, je vous en prie. Il ne ferait que recommander les soins que je suis en train de faire. »

Ses yeux ne pouvaient se détacher d'elle — la voir ainsi handicapée, invalide (bien que les joues aient gardé leurs couleurs) si désemparée... Et après son sempiternel vêtement indigo, le châle vert qui, mieux que jamais révélait cet éclat chaud de la chevelure. Il percevait la faible odeur résineuse d'un liniment.

« Est-ce que vous souffrez ? »

Elle secoua la tête.

« C'est tellement stupide... je ne comprends pas comment j'ai pu faire...

— Remerciez le Ciel, en tout cas, que cela ne soit pas arrivé dans l'Undercliff.

— Oui. »

Elle semblait désespérément abasourdie de sa présence. Le regard de Charles fit le tour de la petite pièce. Un feu, récemment allumé, flambait dans la grille du foyer. Dans un petit pot verseur sur la cheminée, quelques tiges de narcisse étaient près de se faner. Mais la pauvreté du mobilier était péniblement évidente et ne faisait qu'ajouter à son embarras. Des cernes noirs apparaissaient au plafond — traces de fumée d'une lampe à pétrole; avec çà et là d'autres marques indécises, laissées par le passage de tant d'occupants antérieurs.

« Je devrais peut-être...

— Non, s'il vous plaît, asseyez-vous. Et pardonnez-moi. Je... je ne m'attendais pas... »

Il déposa ses affaires sur la commode, puis s'assit

sur l'unique autre siège : une chaise de bois, près de la table lui faisant face. Malgré l'envoi de cette lettre, comment se serait-elle attendue à une éventualité que lui-même avait, de prime abord, si fermement écartée. Il chercha quelque excuse.

« Vous avez indiqué votre adresse à Mrs. Tranter ? »

Elle secoua la tête. Silence. Charles fixait les yeux vers le sol.

« Seulement à moi-même ? »

Elle inclina le front. Il hocha la tête d'un air grave, comme s'il s'était attendu à cela. Il y eut un autre plus long silence. Au-dehors, l'averse éclaboussa furieusement les vitres de la fenêtre placée derrière elle.

« C'est de cela dont j'étais venu vous parler », déclara Charles.

Elle attendait. Mais il ne poursuivit pas. Ses yeux s'étaient à nouveau fixés sur elle. Son vêtement de nuit était boutonné aux poignets et fermé haut sous le menton. La blancheur en paraissait rose sous les lueurs du foyer, car la lampe qui se trouvait sur la table à côté de lui était à demi baissée. Et la chevelure, mise en valeur par le châle, s'avivait de délicats reflets chaque fois que la touchait l'éclat de la flamme; comme si sa personnalité mystérieuse, son identité la plus intime se trouvait là, exposée devant lui : fière et soumise, liée et insaisissable, son esclave et son égale. Il savait pourquoi il était venu : il lui fallait à nouveau la revoir. Il avait soif de la revoir, une intolérable soif, que rien autre ne pouvait apaiser.

Il se força à détourner les yeux. Mais ses regards rencontrèrent les formes nues des deux nymphes de marbre, sculptées au-dessus du foyer : elles aussi prenaient des tons roses sous les reflets de lueurs chaudes, renvoyées par la courtepointe rouge; et cela n'aidait en rien; et Sarah fit un léger mouvement; il dut à nouveau la regarder.

Rapidement elle avait porté la main vers son visage baissé. Les doigts essuyèrent les joues, puis revinrent reposer sur la gorge.

« Ma chère Miss Woodruff, je vous en prie, ne pleurez pas... Je n'aurais pas dû venir... Je n'avais pas l'intention... »

Mais elle secoua la tête, avec une brusque véhémence. Il lui laissa le temps de se reprendre. Et tandis que les doigts tenant un mouchoir s'affairaient pour un léger tapotement, il se sentit submergé d'une vague violente de désir sensuel; une convoitise mille fois plus forte que ce qu'il avait pu éprouver dans la chambre de la prostituée... Avait-il suffi de la vue de ces pleurs désarmés pour abattre une barrière qui l'empêchait de comprendre ? Brusquement il saisissait pourquoi ce visage le hantait, pourquoi il éprouvait le terrible besoin de la revoir : c'était pour la prendre, se mêler à elle, brûler, brûler dans ces yeux et dans ce corps, jusqu'à n'être plus que cendres. Il pouvait écarter ce désir, une semaine, un mois, des années même. Mais une éternité se révèle au passage de ce fer brûlant.

Les paroles qu'elle prononça pour tenter d'expliquer ses larmes étaient à peine audibles.

« Je croyais ne jamais vous revoir. »

Il ne pouvait lui dire à quel point elle était près de l'avoir révélé à lui-même. Elle leva les yeux vers lui, et lui, tout aussi promptement, baissa les siens. Il était en proie aux même mystérieux symptômes, proches de l'évanouissement, qu'il avait éprouvé dans la grange : battements de cœur, tremblements des mains. Il savait que s'il regardait ces yeux, il était perdu. Comme pour les bannir, il ferma les siens.

Le silence régna terrible : un pont sur le point de se rompre, une tour qui va crouler — dans cet assaut d'insupportable émotion, de vérité prête à forcer le langage. Tout à coup, une petite cascade de charbons rougis s'écroula dans le foyer. La plupart furent arrêtés pas la grille; mais un ou deux la franchirent, roulant jusqu'au bord de la couverture qui recouvrait les jambes de Sarah. Elle l'écarta en toute hâte, tandis que Charles s'agenouillait pour saisir la petite pelle dans le seau de cuivre. Les charbons restés sur le tapis furent promptement remis en place; mais la couverture commençait à se consumer. Il la lui arracha vivement, l'étendit sur le sol et piétina les étincelles. Une odeur de laine roussie se répandit dans la pièce. Une des jambes de Sarah demeurait sur le tabouret, mais l'autre reposait à terre. Elle avait les pieds nus. Il regarda la couverture, s'assura, de quelques tapotements de la main, qu'elle avait cessé de se consumer, la retourna, et la plaça de nouveau sur les genoux de Sarah. Il s'était courbé, fixant son regard sur l'arrangement des plis. Alors, comme d'un geste instinctif qu'elle osait à peine contrôler ou calculer, elle avança timidement la main et la posa sur la sienne. Il savait qu'elle le regardait. Il ne pouvait pas retirer sa main, et soudain il fut incapable de détourner les yeux de ce regard.

Il y découvrait de la gratitude, mêlée à toute l'ancienne tristesse, et encore un étrange souci, comme si elle se rendait compte que ce geste le blessait; mais surtout, il y avait comme une attente, infiniment timide, mais une attente. S'il y avait eu sur ces lèvres le moindre signe d'un sourire, sans doute se serait-il souvenu de la théorie du docteur Grogan, mais ce visage semblait presque aussi effaré, aussi éperdu que le sien. Il n'avait plus aucune notion du temps que pouvait durer cette rencontre de leurs regards. Cela parut une éternité, bien qu'en réalité, elle ne se prolongea sans doute que trois ou quatre secondes. Leurs mains tout d'abord réagirent, leurs doigts s'entrelacèrent dans une sorte de mystérieuse communion. Puis Charles tomba à genoux et l'attira passionnément vers lui. Les bouches s'unirent avec une sorte de violence sauvage qui les choqua l'un et l'autre, et elle détourna ses lèvres. Il couvrit de baisers ses paupières, ses joues. Sa main enfin toucha cette chevelure, la caressa, palpa la tête fragile à travers sa douce épaisseur; comme il éprouvait entre ses bras, contre sa poitrine, la tendre finesse de son corps. Soudain, il se cacha le front au creux de son épaule.

« Il ne faut pas... Il ne faut pas... C'est de la folie... »

Mais elle l'entourait de ses bras, pressant son front plus près d'elle. Il demeurait immobile. Il était porté par des ailes de feu, déchirantes, mais dans un air si tendre, comme un enfant échappé enfin de l'école, un prisonnier au centre d'une prairie, un épervier qui plane. Il redressa la tête et la regarda dans une sorte d'égarement sauvage. Et ils s'embrassèrent à nouveau. Mais il s'appuyait contre elle avec tant de force que la chaise fut légèrement déplacée. Il perçut la crispation douloureuse quand le pied bandé toucha le sol. Il regarda ce pied, puis son visage, ses yeux clos. Elle tourna la tête à nouveau, presque comme si elle le repoussait, mais imperceptiblement son sein paraissait se tendre et ses mains serraient convulsivement sa main. Il jeta un regard vers la porte derrière elle; puis se leva et en deux pas l'atteignit.

La chambre à coucher n'était éclairée que par la faible lueur du crépuscule et des réverbères sur le trottoir opposé. Mais il aperçut les contours grisâtres du lit, le lavabo. Sarah s'était levée maladroitement de la chaise, s'appuyant sur le dossier, son pied levé ne touchant pas le sol, une des pointes du châle retombant de ses épaules. Chacun retrouvait dans les regards de l'autre cette tension, cet emportement, l'être porté au-delà de lui-même. Elle paraissait chanceler, prête à tomber devant lui. D'un bond, il la retint, la prit dans ses bras, l'embrassa. Le châle glissa à terre. Plus qu'une mince épaisseur de tissu entre ce corps et son étreinte. Il le serrait contre son corps, ne détachant plus ses lèvres des siennes, avec toute l'avidité d'une trop longue frustration sexuelle mêlée au torrent incontrôlable des désirs réprimés, aventures romanesques, folie, péché, sauvagerie animale dont le flux rapide montait en lui.

Elle demeurait dans ses bras, la tête abandonnée, comme évanouie, lorsque finalement sa bouche quitta ses lèvres. Il la souleva pour la porter jusqu'à la chambre. Il jeta son corps au travers du lit où elle demeura immobile, à demi pâmée, un bras allongé en arrière. Il saisit son autre main et l'embrassa fiévreusement, la caressa contre son visage. Il se releva et courut dans l'autre pièce. Impétueusement il se mit à se dévêtir, arrachant ses habits comme s'il se trouvait au bord d'une étendue d'eau où quelqu'un était en train de se noyer. Un bouton de sa redingote sauta et roula dans un coin de la pièce; mais il n'y prêta même pas attention. Il arracha gilet, bottines, chaussettes, pantalons et caleçon... l'épingle à tête de perle et la cravate. Il jeta un coup d'œil vers la porte de sortie et donna un tour de clef. Puis, vêtu seulement de sa chemise à longs pans, les jambes nues, il rentra dans la chambre.

Elle avait fait un léger mouvement, car sa tête reposait maintenant sur l'oreiller, mais sur le lit toujours couvert, le visage tourné un peu de côté et dissimulé par une mèche épaisse de la chevelure. Il demeura devant elle un instant, le membre tendu contre le pan de tissu de la chemise. Puis s'appuyant du genou gauche sur le bord du lit étroit, il s'allongea sur elle, couvrant d'une pluie de baisers brûlants, sa bouche, ses yeux, sa gorge. Mais sous lui ce corps passif mais soumis attendait — le pied nu qui touchait le sien... il ne pouvait plus attendre. Se soulevant légèrement, il remonta le tissu du vêtement de nuit qui couvrait les jambes. Elles s'ouvrirent. Avec une frénésie brutale, car il sentait l'éjaculation proche, il trouva le lieu et força. Il sentit le corps féminin se dérober et fléchir — comme lorsque son pied avait glissé du tabouret. Il maîtrisa cet instinctif retrait et sentit ses bras se refermer, enserrer son corps, comme si elle voulait le lier à elle pour une éternité, qu'il ne pourrait plus désormais rêver sans elle. Il commença aussitôt à éjaculer.

« Oh ! ma chérie, ma toute chérie, mon ange... Sarah, Sarah... Oh ! Sarah. »

Quelques instants plus tard, il demeurait immobile. Pour être précis, quatre-vingt-dix secondes s'étaient écoulées depuis l'instant où il s'était écarté d'elle pour regarder la chambre à coucher.

47

> Tel Didon, détournant tristement son visage
> De son ami trompeur, se tourne vers l'Hadès,
> Prends congé et reviens à ta solitude.
>
> MATTHEW ARNOLD,
> *La savante bohémienne (1853).*

LE silence.

Ils demeuraient comme paralysés par ce qui venait de s'accomplir. Pétrifiés de délices, glacés d'avoir péché... Charles — il n'y avait pas pour lui de tendre torpeur d'après l'acte, mais une sorte d'horreur immédiate et universelle — était un peu comme une ville sur laquelle une bombe atomique vient de tomber d'un ciel serein... Tout était rasé : principes, perspectives d'avenir, confiance en soi, honorables efforts. Il survivait pourtant, allongé, dans la douce conscience de son existence, comme le dernier des vivants, infiniment isolé... Mais déjà la radio-activité d'une conscience coupable glissait dans ses veines, attaquait les centres nerveux. En des ombres lointaines, Ernestina se dressait, le fixant d'un regard endeuillé. La main de Mr. Freeman venait le frapper au visage... présences de pierre, à juste titre implacables, dans une attente sans pardon.

Il se dégagea un peu pour que son poids ne portât plus sur Sarah, puis s'allongea de dos, et de façon qu'elle demeurât contre lui, sa tête reposant contre son épaule. Ses yeux fixaient le plafond. Quel gâchis ! Quel indicible gâchis !

Et il la serra un peu plus fort. Elle attira timidement sa main pour l'embrasser. La pluie avait cessé. Un lourd bruit de pas, lents, mesurés, passa quelque part, au-dessous de la fenêtre. Un officier de police peut-être. Le pas de la Justice.

« Je suis pire que Varguennes », murmura Charles.

Pour toute réponse, elle serra sa main, comme pour nier cela et lui imposer silence. Mais sa conscience d'homme veillait.

« Que va-t-il advenir de nous ?

— Je ne veux pas voir plus loin que cet instant. »

De nouveau il serra ses épaules, baisa son front. Puis il fixa encore le plafond. Elle était si jeune, si tendrement accablée...

« Je dois rompre mon engagement.

— Je ne demande rien. Comment pourrais-je ? Tout est ma faute.

— Vous m'aviez prévenu. Vous m'aviez prévenu. Je savais en venant ici. La faute est mienne... J'étais volontairement aveugle. J'avais déjà renié mes obligations. »

Elle murmura :

« C'est moi qui l'avais voulu. »

Elle dit une fois encore, avec tristesse :

« C'est moi qui l'avais voulu. »

Un moment il caressa sa chevelure, il en couvrit ses épaules, son visage, voilant les traits.

« Sarah... Je ne connais pas de nom plus doux. »

Elle ne répondit pas. Une minute passa. Sa main lissait doucement les cheveux, comme sur un front d'enfant. Mais sa pensée était ailleurs. Comme si elle s'en était aperçue, elle parla enfin :

« Je sais que vous ne pouvez pas m'épouser.

— Je dois le faire. Moi-même je serais désormais incapable de me regarder en face si je ne le faisais pas.

— C'est ma faute. J'ai été mauvaise. J'avais longtemps imaginé un jour tel que celui-ci. Je ne puis pas être votre femme.

— Ma très chérie...

— Votre position dans le monde, vos amis, votre... Et elle, je sais bien qu'elle doit vous aimer. Comment ne saurais-je pas ce qu'elle éprouve ?

— Mais moi, je ne peux plus l'aimer ! »

Elle laissa sa protestation s'affaiblir dans le silence.

« Elle est digne de vous. Moi, je ne le suis pas. »

Il commençait peu à peu à se laisser convaincre. Il prit son visage pour le retourner vers lui et, à la faible lumière venue du dehors, ils plongèrent leurs yeux dans les profondes pénombres du regard. Les siens étaient comme remplis d'une sorte d'horreur et ceux de Sarah étaient calmes, presque railleurs.

« Vous ne voulez pas dire que je devrais vous quitter comme si rien ne s'était passé entre nous. »

Elle ne répondit pas, mais c'est ce qu'il lisait dans ses yeux. Il se souleva sur un coude.

« Vous ne pouvez pas me pardonner autant, ou exiger de moi si peu. »

Elle plongea sa tête dans l'oreiller, fixant du regard quelque sombre avenir.

« Pourquoi pas, si je vous aime. »

Il la serra contre lui. Des larmes lui venaient aux yeux de penser à cette dure volonté de sacrifice. A quel point Grogan et lui-même avaient-ils pu être injustes à son égard ! Il y avait en elle tellement plus de noblesse qu'il ne pouvait y en avoir en ce docteur et en lui-même ! Charles sentait monter en lui un profond mépris pour son sexe : cette trivialité, cette crédulité, cet égoïsme. Mais il faisait partie de ce sexe, et il lui vint alors à l'esprit une de ces lâches roueries qui lui sont coutumières : ne pouvait-il considérer tout ceci comme une de ses ultimes fredaines, la dernière folle avoine répandue ? Mais il n'y eut pas plus tôt songé qu'il lui sembla être entré dans la peau d'un assassin acquitté au bénéfice du doute. Après le verdict de la Cour, il se trouvait libre, mais en lui-même il se sentirait éternellement coupable.

« A tout ce que je suis, je me sens infiniment étranger.

— J'ai éprouvé cela aussi. C'est parce que nous avons péché. Et nous n'arrivons pas à croire que nous avons péché. »

Elle parlait comme si ses regards plongeaient dans une nuit sans fin.

« Tout ce que je désire, c'est votre bonheur. Je saurai à présent qu'il y eut vraiment un jour où vous m'avez aimée. Je peux souffrir... je suis capable d'affronter n'importe quelle pensée... sauf l'idée de votre mort. »

Il se souleva de nouveau pour la regarder. Il y avait encore comme une ombre de raillerie dans ses yeux, une connaissance profonde — une sorte de réponse spirituelle ou psychologique à la connaissance physique qu'il avait d'elle. Jamais d'aucune autre femme il ne s'était senti aussi proche, dans une communion aussi profonde. Il se pencha pour l'embrasser dans un sentiment plus pur que la passion qui commençait à se rallumer en lui au contact passionné de ses lèvres, au plus profond de ses reins. Comme un grand nombre d'hommes à l'époque victorienne, Charles était incapable de penser qu'une femme de sensibilité raffinée pouvait être capable de prendre plaisir aux convoitises charnelles du mâle. Il avait déjà intolérablement abusé de l'amour qu'elle lui portait. Cela ne devait plus se reproduire. Et l'heure... il ne pouvait pas demeurer ici plus longtemps. Il s'assit.

« La personne que j'aie vue en bas... et mon valet qui m'attend à mon hôtel. Je vous demande de me laisser un ou deux jours de délai. A cet instant, je ne puis encore savoir quoi faire. »

Elle avait fermé les yeux.

« Je ne suis pas digne de vous », dit-elle.

Un instant il fixa les yeux sur elle, puis il se leva et passa dans l'autre pièce.

Mais là, ce fut comme s'il était frappé par la foudre.

Alors qu'il baissait les yeux pour reprendre ses vêtements, il aperçut des taches rouges sur la retombée de sa chemise. Un instant il pensa qu'il s'était sans doute blessé, mais il n'avait éprouvé aucune douleur. Il s'examina furtivement. Puis il saisit à deux mains le dossier de la chaise, fixant des yeux effarés sur la porte de la chambre — car il venait soudain de saisir ce qu'un amant expérimenté, ou moins fiévreux, aurait soupçonné beaucoup plus tôt.

Il venait de forcer une vierge.

Il y eut un mouvement dans la chambre derrière lui. Stupéfié, sentant la tête lui tourner, mais maintenant avec une hâte désespérée, il remit ses vêtements. Il y eut un bruit d'eau versée dans un bassin, un bruit de porcelaine sous l'éraflure du porte-savon. Elle ne s'était pas donnée à Varguennes. Elle avait menti. Tout, sa conduite, les motifs de son comportement à Lyme Regis, tout était fondé sur un mensonge. Mais dans quel but ? Pourquoi, mais pourquoi ?

Un chantage !

Le mettre totalement sous son emprise !

Et tous les écœurants succubes errant dans la pensée des hommes, leurs sourdes craintes de l'éternelle conspiration féminine s'apprêtant à briser leurs forces viriles, à ravager leur idéalisme, à les plier à des caprices, à des fantaisies malignes... Puis encore, une brusque remémoration des preuves hideuses invoquées à l'appui de l'appel pour le procès La Roncière, vinrent remplir l'esprit de Charles de leurs effrayantes horreurs.

Le discret bruit de lavage avait cessé, suivi de quelques froissements — il supposa qu'elle devait se recoucher. Vêtu, il regardait maintenant le feu. Elle était folle et mauvaise; elle l'enlaçait dans ses rets étranges... mais pourquoi ?

Il y eut un léger bruit. Il se retourna. Son visage ne révélait que trop clairement le cours de ses pensées. Elle se tenait dans l'encadrement de la porte, et vêtue maintenant de l'ancien costume indigo, les cheveux encore défaits, mais avec en elle quelque chose de la défiance ancienne. Il se souvint un instant de leur première rencontre, quand elle s'était dressée sur l'épaulement dominant la mer et avait levé les yeux sur lui. Elle avait dû comprendre qu'il avait découvert la vérité; et une fois de plus, elle le devança, comme tranchant dans sa pensée la racine de l'accusation.

Elle répéta les mêmes paroles :

« Je ne suis pas digne de vous. »

Et cette fois il la croyait.

« Varguennes ?chuchota-t-il.

— Lorsque j'arrivai, à Weymouth, à l'endroit que j'avais indiqué... j'étais encore à quelque distance de l'entrée... Je l'ai vu sortir, accompagné d'une femme. Le genre de femme à propos duquel il n'est pas possible de se tromper... »

Elle évita la violence de son regard.

« Je me dissimulai sous ùn porche. Quand ils furent passés, je me suis enfuie...

— Mais pourquoi m'aviez-vous dit ?... »

Elle se dirigea vers la fenêtre, et il n'en crut pas ses yeux. Elle ne boitait pas. Il n'y avait pas d'entorse. Elle répondit à son nouveau coup d'œil accusateur, puis tourna le dos.

« C'est vrai. Je vous ai trompé. Mais vous n'entendrez plus parler de moi.

— Mais qu'ai-je... pourquoi vouliez-vous ?... »

Un fourmillement de mystères.

Elle se retourna vers lui. La pluie fouettait à nouveau les vitres. Le regard à nouveau était tendu, l'ancienne défiance était de retour. Pourtant il y avait là une nouvelle douceur; pour lui, le souvenir qu'elle venait de lui appartenir. L'ancienne distance, mais une distance moins rude.

« Vous m'avez apporté cette consolation de croire que, dans un autre monde, un autre temps, une autre vie, j'aurais pu être votre épouse. Vous m'avez donné la force de continuer à vivre... Dans cet ici et cet instant. »

A moins de trois pas l'un de l'autre, des lieues semblaient les séparer.

« Il y a un point sur lequel je ne vous ai pas trompé... Je vous ai aimé... je crois, depuis le premier instant où je vous ai vu. En cela vous n'avez jamais été trompé. Ce qui vous a trompé, ce fut ma solitude. Une rancune. Une envie. Je ne sais pas. Je ne sais pas. »

Elle se tourna de nouveau du côté de la fenêtre, de la pluie.

« Ne me demandez pas d'expliquer ce que j'ai fait. Je ne peux pas l'expliquer. Il n'y a pas d'explication. »

Charles la regardait tourner le dos, dans le lourd silence. Alors que peu auparavant il se sentait invinciblement porté vers elle, il se sentait à présent emporté loin d'elle — et elle était responsable, coupable dans les deux cas.

« C'est une chose que je ne puis admettre. Il doit y avoir une explication. »

Mais elle secoua la tête.

« Je vous en prie, partez à présent. Je prierai pour

votre bonheur. Plus jamais vous n'entendrez parler de moi. »

Il ne bougea pas. Après quelques instants, elle jeta un regard vers lui, et à l'évidence, comme elle l'avait fait auparavant, déchiffra sa pensée secrète. Avec une expression très calme, presque fataliste :

« Je vous l'avais dit déjà auparavant. Nul ne peut imaginer à quel point je puis être forte. Ma vie se terminera quand il plaira à la nature d'y mettre fin. »

Il se contraignit à la regarder quelques secondes encore, puis il reprit son chapeau et sa canne.

« Est-ce ma récompense ? De vous avoir secourue. D'avoir tant risqué pour... et savoir maintenant que je n'ai pas été autre chose que la dupe de vos imaginations !

— Aujourd'hui je n'ai pensé qu'à mon propre bonheur. Si nous devions nous rencontrer à nouveau, je ne penserais plus qu'au vôtre. Il ne pourrait pas y avoir de bonheur pour vous avec moi. Vous ne pouvez pas m'épouser, Mr. Smithson. »

Ce rappel des nécessités formelles était profondément blessant. Il lui jeta un coup d'œil irrité; mais, comme pour le devancer, elle avait déjà tourné le dos. Il fit un pas dans sa direction.

« Comment pouvez-vous oser dire cela ? »

Elle ne répondit pas.

« Tout ce que je vous demande, c'est qu'il me soit permis de comprendre...

— Je vous en prie, partez ! »

Elle s'était retournée vers lui. Un instant ils se fixèrent, les yeux hagards. Charles paraissait sur le point de crier, de bondir en avant, d'éclater; mais d'un brusque mouvement, il tourna les talons et quitta la pièce.

48

Il est immoral qu'un homme s'imagine qu'il lui est possible de recevoir spontanément plus qu'il ne convient à son esprit et à sa nature morale. NEWMANN,
Dix-huit propositions dans le sens du libéralisme (1828).

Comme le barde, en divers tons, l'avait chanté
Sur la harpe, je crois encore en vérité
Que du tremplin ruiné de ce qu'ils furent
Les hommes ont accès à des grandeurs futures.

TENNYSON, *In Memoriam (1850).*

EN arrivant à nouveau dans le hall, il reprit son attitude la plus cérémonieuse. Mrs. Endicott se tenait sur la porte de son bureau, ouvrant déjà la bouche pour lui adresser la parole. Mais Charles, avec un rapide et poli : « Je vous remercie, madame », l'avait déjà dépassée et s'enfonçait dans la nuit avant qu'elle ait eu le temps de poser sa question ou de remarquer qu'il manquait un bouton à sa tenue de cérémonie.

Il s'éloigna, insensible à de nouvelles rafales de pluie. Il n'y prêtait pas plus attention qu'il ne se souciait de la direction de sa marche. Il désirait avant tout l'invisibilité, l'ombre, un oubli où il lui serait permis de retrouver son calme. Mais sans s'en rendre compte, il s'enfonçait dans ce quartier d'Exeter d'assez sombre moralité que j'ai décrit précédemment; et, comme la plupart des emplacements similaires, celui-ci était tout rempli de lumières et d'agitation : des magasins et des tavernes, des gens s'abritant de la pluie sous des porches. Charles s'engagea dans une ruelle qui descendait en pente rapide vers la rivière Exe. Des marches boueuses et glissantes bordaient de part et d'autre la tranchée étroite de la chaussée. Mais là le calme régnait. Tout au bas apparut, construite dans l'angle de rue, une petite église de souchet rouge; et Charles ressentit soudainement la nécessité de l'abri du lieu saint. Il poussa une porte étroite et si basse qu'il dut se baisser pour entrer. Un escalier conduisait au palier de la nef, situé plus haut que cette entrée sur la rue. Un jeune prêtre se trouvait au sommet des marches, éteignant une dernière lumière, et surpris de cette visite tardive.

« J'étais en train de fermer, monsieur.

— Puis-je vous demander de bien vouloir me laisser prier ici pendant quelques minutes. »

Le prêtre redonna la lumière et dévisagea longuement ce fidèle attardé. Un gentleman.

« J'habite la maison en face, et l'on m'attend. Si vous aviez l'amabilité de refermer cette porte et de m'en rapporter la clef... »

Charles s'inclina, et le prêtre descendit les marches qui le séparaient de lui.

« Notre évêque l'exige. Pour moi la maison de Dieu devrait rester ouverte jour et nuit. Mais notre argenterie a de la valeur, et nous vivons une bien triste époque. »

Charles se retrouva seul dans l'église. Il écouta les pas du prêtre qui traversait la rue, puis, de l'intérieur, il donna un tour de clef à la vieille porte et monta les marches pour se trouver dans la nef. Il y avait une odeur de peinture fraîche. L'unique lampe à gaz éclairait vaguement quelques dorures repeintes, mais on voyait à de lourds arcs gothiques brun sombre que l'église était fort ancienne. Charles s'assit vers le centre de la nef, et, à travers les intervalles du jubé, regarda le crucifix qui dominait l'autel. Puis il s'agenouilla et murmura les paroles du Notre Père, les mains jointes, crispées devant lui sur l'appui du prie-dieu.

Le sombre silence et le vide retombèrent au terme des paroles rituelles. Il commença de composer une prière de circonstance : « O Seigneur, pardonne-moi mon égoïsme, pardonne-moi d'avoir transgressé ta Loi. Pardonne-moi de m'être déshonoré, pardonne-moi le péché de chair. Pardonne-moi ce dégoût de moi-même, pardonne-moi mon manque de foi en ta sainte sagesse et ta charité. Pardonne-moi et conseille-moi, ô mon Dieu, dans ces pénibles instants... » Mais au même moment, par un de ces jeux méprisables auxquels se livre un subconscient perturbé, il voyait se dresser devant lui le visage de Sarah, avec des yeux remplis de larmes, et les traits torturés de la Mater Dolorosa de Grünewald, qu'il avait pu voir à Colmar, à Coblentz, Cologne... il ne se souvenait plus. Pendant quelques secondes sa pensée poursuivit absurdement le nom de la ville oubliée. Cela commençait par un C... il se releva, et de nouveau s'assit sur son banc. Comme cette église était vide et silencieuse. Il fixait ses regards sur le grand crucifix, mais au lieu du visage du Christ il ne voyait que celui de Sarah. Il s'efforça de reprendre sa prière. Mais c'était sans espoir. Il savait qu'il n'était pas entendu. Brusquement les larmes lui montèrent aux yeux.

La plupart des agnostiques ou des athées de l'époque victorienne (à l'exception d'un petit groupe de l'élite militante, sous la direction de Bradlaugh) avaient gardé la profonde impression d'une frustration, d'avoir été privés d'une grâce naturelle. En compagnie de leurs amis d'opinions similaires, ils pouvaient bien se gausser des erreurs, de toutes les folies de l'église, de son sectarisme, de ses querelles de famille, de ses évêques qui s'adonnent au luxe, de ses chanoines ambitieux, et de ses abbés râpés et minables, de sa théologie périmée, de ses recteurs paroissiaux invisibles [1], et ainsi de suite; mais le Christ n'en demeurait pas moins devant leurs yeux — terrible anomalie, face aux perspectives de la raison. On ne pouvait pas alors, ainsi que beaucoup d'entre nous le font aujourd'hui, le considérer comme un personnage entièrement laïcisé, un dénommé Jésus de Nazareth, possédant un fort remarquable don de la métaphore, et sachant créer une mythologie autour de sa personne, et conformer tous ses actes à ce qu'il pouvait croire. Le monde entier croyait en sa divinité, et le poids d'une réprobation pesait ainsi plus lourdement sur l'incroyant. Entre les réalités cruelles de notre époque et notre propre sentiment de culpabilité, nous avons dressé cette large façade de l'aide sociale et de l'état de providence. La charité a été totalement organisée sur une base profane. Mais les Victoriens touchaient de beaucoup plus près à ces réalités cruelles;

1. Comment les en blâmer lorsque l'exemple venait du sommet de la hiérarchie ? Le prêtre avait fait allusion à son évêque, et celui-ci, le fameux docteur Phillpotts d'Exeter, ayant alors la charge du Devon et de toute la Cornouailles, constituait un cas typique. Il passa les dix dernières années de sa vie à Torquay, dans une résidence « pourvue de tous les conforts », et, assure-t-on, ne franchit pas une seule fois le portail de sa cathédrale pendant toute cette période. C'était un magnifique Prince de l'Eglise, réactionnaire jusqu'au bout des ongles, et qui devait passer de vie à trépas deux ans après la date où se situe ce récit.

les personnes sensibles et éclairées se sentaient beaucoup plus personnellement responsables; et elles éprouvaient d'autant plus de difficulté à se refuser à reconnaître, dans leurs moments difficiles, le symbole universel de la compassion.

Au fond de lui-même, Charles ne se sentait pas et ne désirait pas être un agnostique. Du fait qu'il n'en avait jamais éprouvé la nécessité, il avait appris aisément à se passer de la foi; et sa raison ainsi que sa connaissance de Lyell et de Darwin lui avaient montré qu'en se passant de ses dogmes il était dans la bonne voie. Néanmoins, ce n'était pas sur Sarah qu'il pleurait en ce moment mais sur sa propre inaptitude à s'adresser à Dieu. Il s'apercevait, dans cette église sombre, que les fils avaient été coupés, qu'il n'y avait plus de communication possible.

Un heurt sourd retentit dans ce silence. Il se retourna, s'essuyant hâtivement les yeux du revers de sa manche. Mais celui qui avait essayé d'entrer acceptait apparemment que l'église fût à présent fermée. Charles eut l'impression que toute une partie de lui-même, ainsi rejetée, s'éloignait. Il se releva et, les mains derrière le dos, il se mit à descendre et remonter à grands pas l'espace libre entre les bancs et la nef. Des noms, des dates rongées, les derniers restes fossiles d'autres existences illisibles, apparaissaient sur des pierres tombales du dallage sur lequel il marchait. Le fait peut-être de fouler ces pierres, la vague impression qu'il éprouvait d'une agitation un peu sacrilège, ou peut-être son désespoir intérieur, ou d'autres facteurs encore, finirent par ramener dans son esprit un peu de calme et de lucidité. Une sorte de dialogue commençait de s'esquisser entre la meilleure partie de lui-même et la pire — ou peut-être entre lui-même et cette grande figure de proue, aux bras cloués, dressée dans la pénombre du fond de l'église.

Par où dois-je commencer ?

Commence par bien voir ce que tu as fait, mon ami, et cesse de souhaiter de l'avoir jamais fait.

Je ne voulais pas le faire. J'y ai été conduit.

Qui donc a pu t'y conduire ?

J'ai été trompé.

Quelle intention y avait-il derrière cette tromperie ?

Je ne sais pas.

Mais tu veux juger.

Si vraiment elle m'avait aimé, elle ne m'aurait pas laissé partir.

Si elle t'aimait vraiment, pouvait-elle continuer à te tromper ?

Elle ne m'a pas laissé de choix. Elle a déclaré qu'il n'y avait pas de mariage possible entre nous.

Quelle raison t'a-t-elle donnée ?

La différence de nos positions sociales.

Une bien noble raison !

Puis Ernestina, à qui j'avais fait une promesse solennelle.

Promesse qui était déjà rompue.

Peu importe, un vœu est sacré.

S'il n'importe pas, comment ce vœu serait-il sacré ?

Mon devoir est clair.

Charles, Charles, voilà une pensée que j'ai lue dans les yeux les plus cruels. Le devoir n'est qu'un récipient : il contient ce que l'on veut y mettre : le plus grand mal ou le plus grand bien.

Elle a voulu que je parte. J'ai lu cela dans ses yeux... le mépris.

Sais-tu ce qu'à présent ce mépris-là doit être en train de faire : pleurer, pleurer à n'en plus pouvoir...

Je ne peux pas revenir.

Crois-tu qu'il suffit d'un peu d'eau pour laver de tes reins certaines taches ?

Je ne peux pas revenir.

N'étais-tu pas revenu, dans l'Undercliff, pour la rencontrer de nouveau ? Qui te forçait à t'arrêter ce soir à Exeter ? Qui t'a contraint à monter ce soir jusqu'à sa chambre ? A laisser sa main reposer dans les tiennes ? A...

Je reconnais tout cela. J'ai péché. Mais elle m'avait pris dans ses filets.

Et comment se fait-il que tu sois libéré d'elle à présent ?

Cette fois il n'y eut pas de réponse. Charles revint s'asseoir à son banc. Ses doigts se serraient l'un contre l'autre avec une violence farouche, à s'en briser les phalanges. Tandis que ses regards demeuraient fixes, fixés sur la nuit. Mais l'autre voix refusait de le tenir quitte.

Il y a peut-être quelque chose qu'elle chérissait plus que toi. Et ce que tu ne peux pas comprendre, c'est qu'elle ait voulu te donner ce qu'elle préférait parce qu'elle t'aime vraiment. Je vais te dire pourquoi elle pleure : parce que tu n'as pas assez de courage pour lui rendre le don qu'elle t'a fait.

Avait-elle le droit de me torturer ?

Avais-tu le droit de naître ? De respirer ? D'être riche ?

Je n'ai fait que rendre à César...

Ou à Mr. Freeman ?

C'est une accusation calomnieuse.

Et que m'as-tu rendu, à moi ? Est-ce là ce qui m'est dû ? Ces clous que tu enfonces dans mes paumes ?

Avec tout mon respect, Ernestina aussi n'a-t-elle pas les paumes ?

Lis donc l'avenir dans l'une d'elles. J'ai peine à y

voir du bonheur. Elle sait qu'elle n'est pas aimée. Elle est trompée, non pas une fois, mais sans trêve et sans fin, à chaque jour de son mariage.

Charles reposa ses bras sur le dossier qui se trouvait devant lui pour y enfouir son front. Il se sentait pris dans un dilemme qui était aussi un perpétuel courant d'indécision : un mouvement presque palpable, non pas passif mais actif, et qui le portait vers un futur que lui-même n'avait pas choisi.

Mon pauvre Charles, lancé à la poursuite de ta vérité personnellle — ne pensais-tu pas, en arrivant dans cette ville, que tu entendais te prouver à toi-même que tu n'étais pas encore enfermé dans cette prison de ton futur ? Mais pour t'échapper il ne suffit pas d'un geste ou d'un acte. Pas plus qu'il ne te suffirait d'un seul pas pour aller à Jérusalem. Chaque jour, Charles, chaque heure, il faut repartir. Chaque minute le clou attend que le marteau frappe et l'enfonce. Tu sais quel est ton choix : ou tu restes dans ta prison — ce que ton temps appelle le devoir, l'honneur, le respect de soi-même — et tu es confortablement sauf. Ou tu es libre et crucifié. Tu connaîtras la flagellation, les épines, les reniements, le silence des villes et leur haine.

Je suis si faible.

Mais tu as honte de ta faiblesse.

Quel bien ma force apporterait-elle au monde ?

Il n'y eut pas de réponse. Mais quelque impulsion fit que Charles se leva de son banc et s'approcha des boiseries du jubé. A travers une de ses ouvertures, il regarda la croix qui dominait l'autel; puis, après une hésitation, il franchit ce porche sculpté et, entre les stalles du chœur, arriva près de l'autel. La lumière, venant de l'autre extrémité de l'église, n'éclairait que faiblement. A peine pouvait-il distinguer la forme et les traits du Christ, il se sentait cependant envahi par le sentiment d'une mystérieuse correspondance. C'était comme si lui-même se trouvait à cette place, suspendu... Non pas certes avec cette grandeur et cette universalité de Jésus — mais pourtant crucifié.

Toutefois ce n'était pas sur la croix — sur quoi d'autre ? Il lui était arrivé de penser à Sarah d'une façon qui aurait pu suggérer qu'il se voyait comme crucifié sur *elle*; mais ce blasphème religieux et réel était bien loin de sa pensée. Il lui semblait plutôt percevoir derrière lui cette présence — attendant la consécration du mariage — et pourtant dans un tout autre but. Ce but, il s'efforça un moment de le percevoir — et soudain il lui sembla le distinguer.

Pour décrucifier !

Dans un éclair d'illumination, Charles saisit le véritable dessein de la chrétienté. Ce n'était pas la célébration de cette image barbare, ni son élévation, parce que l'on pouvait ainsi obtenir le plus grand des bénéfices — la rédemption des péchés; mais c'était la fondation d'un monde où l'homme pourrait descendre de croix; où il n'aurait plus sur son visage les rides de l'agonie, mais le sourire d'une paix qu'il aurait lui-même répandue — fondée au cœur des hommes et des femmes qui vivent.

Demeurant là immobile, il croyait découvrir, dans son époque, dans cette vie tumultueuse, avec ses conventions rigides et ses certitudes implacables, ses émotions contenues et son facétieux humour, sa science prudente et sa religion outrancière, ses castes sociales et sa politique corrompue, l'ennemi caché et implacable de ses plus profondes aspirations. C'était là ce qui l'avait trompé, et ce qui était totalement dépourvu de liberté et d'amour... mais dépourvu également de pensée, dépourvu d'intentions, dépourvu de malice; parce que la tromperie faisait partie de sa nature même, que cela n'avait rien d'humain : ce n'était qu'une machine. C'était là le cercle vicieux où il se trouvait pris; c'était là l'échec, la faille, le cancer, la fêlure invisible qui l'avait conduit jusqu'au point où il en était : l'indécision au lieu de la saisie du réel, le silence au lieu d'une parole — non plus un homme, mais un rêve, des ossements inertes au lieu d'une action. Et ces fossiles !

Encore vivant, il était là comme un cadavre.

Il se sentait glisser dans un abîme sans fond.

Puis encore : comme une impression étrange qu'il avait depuis son entrée dans cette église — sentiment qu'il avait toujours éprouvé d'ailleurs en entrant dans n'importe quelle église vide — il ne s'y trouvait pas seul. Une congrégation immense se tenait là, derrière lui. Il se retourna pour regarder la nef.

Des bancs vides, silencieux.

Et Charles songeait : s'ils étaient vraiment morts, s'il n'y avait pas de vie de l'au-delà, qu'aurais-je à me soucier qu'ils puissent me voir ? Ils ne savent pas, ils ne peuvent juger.

Il faisait ainsi un bond immense : *Ils ne savent pas, ils ne peuvent juger.*

Or, ce qu'il rejetait là avait hanté l'esprit de son époque, qui en avait été profondément troublée. Cette idée apparaît très clairement dans le quinzième poème de *In Memoriam* de Tennyson. Ecoutons :

Vraiment, désirons-nous encor
Trouver à nos côtés les morts ?
Comment cacher nos vilenies,
Tant de bassesses dans nos vies ?

Celui dont j'attends la louange,
Celui dont le blâme m'importe,
Verra-t-il clairement la fange ?
Perdrai-je l'amour qu'il me porte ?

Peurs qui faussent le sens. Je crois
L'amour dans la tombe plus fort.
Toute sagesse est dans la Mort;
Jusqu'au tréfonds les morts nous voient.

Dans la montée et dans la chute,
Regardez-nous ainsi que Dieu;
Plus grands que les nôtres, vos yeux
Pour nous contemplent notre lutte.

Toute sagesse est dans la Mort; jusqu'au tréfonds les morts nous voient. Dans toutes les profondeurs de son être Charles se rebellait contre ces deux propositions malsaines; contre ce désir macabre d'aller vers l'avenir en gardant les yeux fixés sur le passé; de s'hypnotiser sur des ancêtres morts, au lieu de songer à ces fils qui vont naître. C'était comme si sa croyance en la présence spectrale du passé l'avait lui-même condamné à passer sa vie dans un tombeau.

Charles pouvait ainsi paraître s'enfoncer dans l'athéisme; mais il n'en était rien. A ses yeux, cette pensée ne rabaissait nullement le Christ, elle le décrucifiait — sinon de façon totale, tout au moins partiellement. Charles revint lentement dans la nef, tournant le dos à d'indifférentes images sculptées, mais en regardant encore celle de Jésus. Il commença de nouveau d'aller et venir, les yeux fixés sur les dalles funéraires. Ce qu'il voyait à présent se dessiner c'était comme les contours d'un autre monde : une réalité nouvelle, une autre causalité, une nouvelle création. Une cascade de visions concrètes — si vous préférez, un autre chapitre de son hypothétique biographie — jaillissait dans son esprit. Rappelez-vous qu'au cours d'une aussi transcendantale vision, Mrs. Poulteney — le temps de trois battements du pendule de vermeil à l'horloge de marbre de son salon — était descendue, du souci de son salut éternel, à Lady Cotton. Et ne voulant rien dissimuler, il nous faut bien reconnaître qu'en cet instant Charles se mit à songer à son oncle. Ce ne serait pas lui qui reprocherait à Sir Robert un mariage rompu et une union indigne de la tradition familiale — Sir Robert s'en ferait lui-même reproche. Tout à l'improviste, une autre scène s'évoqua dans son esprit : Lady Bella face à face avec Sarah. Chose étrange à dire, il voyait fort bien alors qui saurait montrer le plus de dignité. Ernestina, quant à elle, se serait servie des mêmes armes que Lady Bella — et Sarah... Ces regards — comme ils soutiendraient les rebuffades et l'affront ! Comme ils sauraient silencieusement les comprendre, les laisser se défaire, comme quelques flocons de brume sur un horizon azuré !

Et habiller Sarah ! La conduire à Paris, à Florence, à Rome !

Introduire à ce point la comparaison avec saint Paul sur le chemin de Damas serait assurément d'un fâcheux effet. Mais Charles fit halte — hélas ! une fois de plus, tournant le dos à l'autel — et sur son visage il y avait une sorte de rayonnement. Peut-être était-ce tout simplement un effet de lumière de la lampe à gaz de l'entrée. Il n'avait pas traduit lui-même de façon particulièrement captivante les raisons nobles mais abstraites qui étaient venues assiéger son esprit. Mais vous comprendrez, j'espère, que cette vision de Sarah à son bras, dans la Galerie des Offices, dans toute sa banalité, était significative de la plus pure essence d'une liberté, cruelle mais indispensable, si nous voulons — oui, aujourd'hui encore — pouvoir survivre.

Il se retourna alors pour regagner son banc et accomplir un acte fort irrationnel, puisqu'il s'agenouilla et pria, assez brièvement il est vrai. Puis il revint au bas de la nef, baissa la lumière jusqu'à ne laisser qu'une ombre de flamme bleuâtre, et quitta l'église.

49

> Je garde à mon service une fille et un valet, toujours prêts à tromper et mentir...
>
> TENNYSON, *Maud (1855).*

CHARLES découvrit le presbytère et sonna. Une servante s'avança; mais la silhouette du jeune prêtre aux longs favoris se profila derrière elle dans l'ombre du corridor. La servante se retira tandis que son maître reprenait possession de la lourde clef :

« Je vous remercie, monsieur. Chaque matin à huit heures je célèbre une messe de communion. Devez-vous demeurer longtemps à Exeter ?

— Non, hélas ! Je suis simplement de passage.

— J'espérais pouvoir vous revoir. Puis-je vous aider en quoi que ce soit ? »

Et le pauvre gringalet désignait du doigt une porte derrière laquelle devait se trouver son bureau. Charles avait déjà remarqué une certaine ostentation dans la décoration de l'église, et il comprenait qu'il était ainsi invité à la confession. Nul besoin de pouvoirs magiques pour percevoir que, derrière ce mur, se trouvaient un prie-dieu et une statue de la Vierge; car c'était bien là un de ces jeunes prêtres, nés trop tard pour avoir fait partie du schisme des Tractariens, et qui, du fait de l'option High Church du docteur Phillpotts, pouvait se permettre de flirter en toute impunité avec le rituel et les ornements — une sorte de dandysme ecclésiastique assez largement répandu. Un moment Charles le jaugea du regard, et s'affermit dans sa nouvelle vision des choses : celle-ci ne pouvait être plus absurde que ce qui se trouvait devant ses yeux. Il s'excusa d'un geste, s'inclina, et sortit. Pour le reste de sa vie, il renonçait aux absolutions de l'Eglise établie.

Son chemin... vous estimerez sans doute qu'il aurait dû directement le ramener à l'Endicott's Family Hotel. Un homme de notre temps s'y serait rendu tout droit. Mais son maudit sens du devoir et des convenances se dressait devant lui comme un infranchissable mur. Sa première tâche devait être de se libérer des obligations passées; c'est après seulement qu'il pourrait lui être permis de se présenter et d'offrir sa main.

Il commençait à comprendre la déception de Sarah. Elle savait qu'il l'aimait. Et il savait qu'il s'était aveuglé lui-même sur la véritable profondeur de cet amour. La fausse version de la manière dont Varguennes l'avait trahie; ses autres manœuvres n'étaient que stratagèmes pour le conduire lui-même à y voir clair; toutes les paroles qu'elle avait prononcées, après l'avoir conduit à cet acte réel, n'étaient autres que des tests pour rechercher en lui l'éveil d'une nouvelle vision. Il avait failli misérablement; et elle s'était alors servie de ses propres stratagèmes pour lui prouver qu'elle-même était indigne. Quelle noblesse d'âme dans un tel sacrifice ! Pourquoi ne l'avait-il pas reprise dans ses bras, pour lui dire qu'elle était sienne, irrécusablement sienne !

Et si seulement — comme Charles aurait dû se dire, mais cette lucidité intérieure lui manquait — si seulement les Victoriens n'avaient pas éprouvé ce sentiment fatal (conséquence la plus regrettable sans doute de leur manie de penser par catégories) d'une séparation entre l'âme et le corps, qui les conduisait à découvrir dans l'âme une entité réelle, plus réelle que le corps — leur seul être réel — vraiment presque sans attaches avec le corps, mais planant très haut au-dessus de la bête — et toutefois, par suite de quelque inexplicable difformité naturelle, entraînée contre son gré dans le sillage de la bête, comme un innocent ballon captif que tire derrière lui un galopin vicieux.

Si l'on veut étudier le XXe siècle, effectuer ce voyage dans le passé, cette dualité dans l'esprit des hommes de la période victorienne est une des clefs dont nous devons nous garder de nous séparer. Il s'agit d'une véritable schizophrénie que l'on découvre le plus clairement et le plus notoirement chez les poètes dont j'ai cité si fréquemment des extraits — chez Tennyson, Clough, Arnold, Hardy — mais d'une façon à peine moins claire dans les extraordinaires sautes d'opinion, de la droite à la gauche et inversement, chez des hommes comme Stuart Mill dans sa jeunesse et comme Gladstone; dans les névroses diverses et maladies psychosomatiques chez des intellectuels qui pouvaient d'autre part être aussi dissemblables que Charles Kingsley et Darwin; dans la malédiction publique à laquelle se heurtèrent d'abord les préraphaélites qui tentaient ou donnaient l'impression de tenter l'union de l'art et de l'existence; dans un perpétuel affrontement entre la liberté et la contrainte, entre l'excès et la modération, entre la recherche des biens et les convictions, entre les appels de l'élite cultivée en faveur de l'instruction pour tous et sa terreur devant le suffrage universel; et qui se manifeste encore si clairement dans une certaine manie du commentaire et des modifications, si bien que nous en apprendrons beaucoup plus sur la véritable personnalité de Stuart Mill ou de Hardy en remarquant les lacunes et les dissimulations dans leurs autobiographies qu'en suivant à la lettre les indications du texte — et beaucoup plus encore dans les correspondances qui échappèrent à la destruction, dans des notes personnelles et de menus déchets qui subsistent sous le camouflage des réalités. Jamais la confusion volontaire n'atteignit de telles proportions, jamais un public crédule ne se laissa aussi aisément abuser, jusqu'à confondre le masque social avec le visage réel; et il me semble que bien garder tout ceci en mémoire est encore le meilleur moyen de ne pas s'égarer au milieu de cette époque où docteur Jekyll ne cessait pas d'être Mr. Hyde. Sous les gothiques ornements, au goût de l'époque de Stevenson, se dissimulaient les réalités profondes de ce temps.

La dualité d'esprit des Victoriens, Charles à tout le moins en était pourvu. Déjà, tout en remontant Fore Street afin d'arriver au Ship, il se répétait les paroles que pourraient prononcer l'innocent ballon captif quand le vicieux galopin se trouverait à nouveau en présence de Sarah; les arguments passionnés mais honorables qui pourraient la conduire à une touchante gratitude et à l'aveu qu'elle ne pouvait se passer de lui. Il voyait cela si clairement que je me sens tenté, en cet instant même, de le dépeindre. Mais voici la réalité, sous les traits de Sam, qui se présente à la porte de la vieille auberge.

« Le service a été h-agréable, Mr. Charles ?

— Je... Je m'étais égaré, Sam; et je me suis fait tremper diablement. »

Les regards de Sam n'avaient nul besoin du malencontreux adverbe.

« Tu vas être un brave type, et me faire chauffer un bain. Je dînerai dans ma chambre.

— Bien, Mr. Charles. »

Environ un quart d'heure plus tard, vous auriez pu voir Charles, nu comme un ver, en train de se livrer à une occupation tout à fait inhabituelle : le blanchissage. Il avait placé ses dessous tachés de sang sur le bord du grand bassin pour le bain, rempli à son intention, et diligemment les frottait à l'aide d'un morceau de savon. Il n'était pas très fier de lui et ne parvint pas à un parfait résultat. Quand Sam revint, quelques instants plus tard, avec le plateau du dîner, les sous-vêtements gisaient épars, comme s'ils avaient été négligemment rejetés depuis le bassin. Sam les rassembla sans faire de remarques; et, pour une fois, Charles se félicita d'une négligence qui lui était habituelle.

Après avoir achevé son dîner, Charles ouvrit son écritoire.

Ma chérie,

Une partie de moi-même est infiniment heureuse de pouvoir vous donner ce nom, tandis qu'une autre s'étonne de pouvoir s'adresser ainsi à un être qu'elle a tant de peine encore à pouvoir comprendre. J'ai l'impression de connaître profondément tout un aspect de vous-même, alors qu'il en est un autre dont je suis aussi ignorant que la première fois où je vous ai vue. Je ne dis pas cela pour excuser ma conduite de ce soir mais pour l'expliquer. Elle me paraît inexcusable; et je crois pourtant que, d'une certaine façon, je ne puis la considérer comme inopportune, car elle m'a conduit à un examen de conscience qui avait été retardé trop longtemps. Je n'exposerai pas cela de façon détaillée, mais sachez, ma douce et mystérieuse Sarah, que j'ai maintenant résolu que tout ce qui nous unit devrait nous unir à jamais. Je ne suis que trop conscient que, dans ma situation présente, je n'ai aucun droit de chercher à vous revoir, laissant de côté celui de vous connaître tout à fait. La première chose que je dois faire est donc de mettre un terme à mon précédent engagement.

Une sorte de prémonition d'avoir fait une folie en contractant cet engagement était depuis longtemps présente à ma pensée — avant même que vous soyez entrée dans mon existence. Je vous prie donc à ce propos de n'éprouver aucune impression de culpabilité. La faute en est à mon propre aveuglement sur moi-même et sur ma véritable nature. Si j'avais été dix ans plus jeune, si je n'avais pas vu, dans cette époque et dans la société à laquelle j'appartiens, tant de choses qui me sont antipathiques, j'aurais sans doute pu connaître le bonheur avec Miss Freeman. Mon erreur avait été d'oublier que j'avais trente-deux ans et non pas vingt-deux.

Ainsi partirai-je demain matin pour Lyme, et dans un fort pénible dessein. Vous comprendrez qu'en ce moment même le souci de mettre un terme à tout cela tienne une place si importante dans mes pensées. Mais quand j'aurai ainsi accompli ce qu'il est de mon devoir de faire, c'est vers vous qu'iront toutes mes pensées, je veux dire vers *notre* avenir. Je ne sais pas par quel étrange destin j'ai été conduit vers vous, mais, avec l'aide de Dieu, rien ne devrait plus nous séparer, à moins que vous-même n'en décidiez autrement. Laissez-moi dire simplement, ma chère énigme, qu'il vous faudra rassembler des preuves et des arguments beaucoup plus convaincants que ceux dont vous avez déjà fait état. Votre cœur doit savoir que je suis vôtre et que je voudrais pouvoir vous nommer mienne.

Ai-je besoin de vous assurer, ma très chère Sarah, que mes intentions sont absolument honorables. Il y a des milliers de choses que je voudrais pouvoir vous demander, des milliers d'attentions que j'aimerais avoir pour vous, des milliers de joies que je voudrais pouvoir vous offrir; mais sans que votre délicatesse puisse, en quoi que ce soit, en être froissée.

Celui qui ne connaîtra pas de paix ou de bonheur avant de vous avoir à nouveau dans ses bras,

C. S.

P.S. — En relisant ce que je viens d'écrire, j'ai l'impression d'un formalisme bien éloigné de ce que je voudrais dire du fond du cœur. Veuillez me pardonner. Vous m'êtes à la fois si proche et encore étrangère — je ne sais comment exprimer ce que j'éprouve réellement.

Tendrement vôtre, C.

Plusieurs brouillons avaient été nécessaires avant d'en arriver au texte définitif de cette épître aux formes un peu enveloppées. L'heure était tardive et Charles dut renoncer à un envoi immédiat. A force d'avoir pleuré, elle avait dû finir par s'endormir, et elle devrait souffrir encore une nuit sombre, mais elle se réveillerait dans la joie. Il relut la lettre plusieurs fois. Il retrouvait là certaines redondances d'un style dont il avait usé, un ou deux jours seulement auparavant, dans des lettres écrites de Londres et adressées à Ernestina; mais ces autres lettres, il avait terriblement peiné à les écrire, et il l'avait fait par pur souci des conventions; et c'est pourquoi, cette fois, il avait ajouté ce post-scriptum... Comme il l'avait déclaré à Sarah, il se sentait encore comme étranger à lui-même — mais c'était à présent avec une sorte de joie et d'horreur qu'il regardait son visage dans le miroir. Aussi bien dans le présent que pour l'avenir, il avait l'impression de découvrir en lui-même un très grand courage — renforcé par le sentiment d'avoir décidé là quelque chose d'extraordinaire, sans précédent. Et son vœu allait s'accomplir : il était sur le point de voyager à nouveau — et du fait qu'il ne serait pas seul, mais aurait avec lui cette compagne, ce serait doublement délicieux. Il s'efforçait d'imaginer ces Sarah qui lui étaient encore inconnues : Sarah en train de rire, Sarah qui chante, Sarah qui danse. C'était difficile à imaginer, et cependant la chose n'était pas impossible — il se souvenait de ce sourire lorsqu'ils avaient été tout près d'être découverts par Sam et Mary. Un sourire qui avait été rempli de clairvoyance, un sourire vers l'avenir. Et cette fois où il l'avait relevée, alors qu'elle était à genoux devant lui... avec quel infini plaisir il pourrait retrouver ce geste au cours de leur vie commune !

Si c'était là le genre de pierres ou d'épines qui étaient susceptibles de le menacer, ce pourrait être fort supportable. Il songea bien un moment à une autre petite épine : Sam. Mais Sam, comme tous les domestiques, pouvait être renvoyé.

Et on pouvait l'appeler. Appelé, le lendemain il le fut, et à une heure étonnamment matinale. Il trouva Charles, en robe de chambre, tenant dans ses mains une lettre cachetée et un paquet.

« Sam, tu vas me porter ces deux choses à l'adresse indiquée sur l'enveloppe. Tu attendras dix minutes, au cas où il y aurait une réponse. Il n'y en aura probablement pas; mais attends néanmoins tout ce temps, et s'il n'y a rien, tu reviens me trouver ici. Et retiens une voiture rapide... Nous partons pour Lyme. Mais pas de bagages, ajouta-t-il, nous revenons ce soir.

— Ce soir, Mr. Charles... Mais je pensais qu'on allait...

— Tu avais sans doute tort de penser. Fais comme je te dis. »

Sam prit aussitôt le visage de l'obéissant valet et sortit. Tandis qu'il descendait l'escalier avec lenteur, il lui apparaissait clairement que sa position devenait intolérable. Comment pouvait-il engager une bataille sans disposer d'informations; et avec des rumeurs aussi contradictoires concernant les intentions des forces ennemies. Il regarda l'enveloppe qu'il tenait à la main. La destination en était évidente : *Miss Woodruff, Endicott's Family Hotel.* Et une seule journée à passer à Lyme ! Et les valises qui attendraient ici ! Il retourna le petit paquet, éprouva entre ses doigts l'enveloppe. Elle paraissait épaisse : au moins trois pages. Il jeta autour de lui un coup d'œil rapide, puis examina le sceau. Sam maudissait l'homme qui inventa la cire.

Et le voilà de retour devant Charles, qui s'est vêtu à présent.

« Eh bien ?

— Pas de réponse, Mr. Charles. »

Charles ne réussit pas tout à fait à contrôler l'expression de son visage. Il se détourna.

« Et la voiture ?

— Prête. Elle attend, Mr. Charles.

— C'est parfait. Je vais descendre immédiatement. »

Sam s'éclipsa. La porte s'était à peine refermée que Charles leva les mains jusqu'à son front, puis les écarta, comme un acteur devant son public, acceptant les applaudissements, un sourire de gratitude sur les lèvres. Car, après avoir relu sa lettre pour la centième fois la nuit précédente, il avait ajouté un second post-scriptum. Il s'agissait de cette même broche que nous avions pu voir précédemment entre les mains d'Ernestina. Charles demandait à Sarah de bien vouloir l'accepter, et cette acceptation signifierait pour lui que ses excuses pour la façon dont il s'était conduit n'étaient pas repoussées. Le deuxième post-scriptum se terminait ainsi : « Le porteur attendra, le temps pour vous de prendre connaissance de cette lettre — au cas où vous refuseriez le contenu du paquet joint... mais j'espère et je ne crois pas que vous pourriez être aussi cruelle. »

Le malheureux était cependant demeuré dans un bien cruel tourment pendant toute l'absence de Sam.

Et voici Sam à nouveau, parlant à voix basse et de façon volubile, en relevant fréquemment des regards cruellement soucieux. La scène se situe dans l'ombre d'un massif de lilas, qui se dresse près de la porte de la cuisine, dans le jardin de tante Tranter, et qui forme une sorte d'écran devant le jardin lui-même. Le soleil de l'après-midi glisse parmi les branchages et les premières floraisons blanches. L'interlocutrice est Mary, avec des joues rougies et des mains qui presque constamment reviennent se poser devant sa bouche.

« C'est pas possible ! C'est pas possible !

— C'est l'affaire de son oncle. Ça lui a tourné la boule.

— Et la jeune maîtresse... Oh ! Sam, qu'est-ce qu'elle va faire à présent ? »

Et tous les deux ensemble levèrent des yeux effrayés, comme s'ils avaient cru entendre un cri de douleur ou voir un corps tomber par la fenêtre, dans les branchages en surplomb.

« Et nous, Mary, qu'est-ce qu'on va faire ?

— Oh ! Sam, ça s'rait pas bien.

— Moi, je t'aime, Mary.

— Oh ! Sam...

— Ça, c'est pas ça d'être mauvais : moi, plutôt qu' te perdre, j'aime mieux mourir.

— Oh ! Qu'est-ce qu'on va faire ?

— Pleure pas, ma chérie, pleure pas. Ces gens du d'ssus, j'en ai plein l' dos... Ça vaut encore moins qu' nous. »

Il s'empara de ses deux mains.

« Si sa Seigneurie pense qu' c'est tel maître, tel valet, il se met l' doigt dans l'œil. Entre toi et lui, j'hésite pas. »

Il se raidit comme un soldat avant la charge.

« Moi, j' le lui donnerai mon congé.

— Sam !
— Laisse. J' porterai du charbon. N'importe quoi !
— Mais ton argent ! Tu pourrais pas l'avoir, alors...
— Pour ça, j'aurai plus rien à lui d'mander. »

Mary semblait accablée par tant d'amertume. Mais il lui sourit en tendant les mains vers elle.

« Mais j' te garantis, y aura quelqu'un d'autre pour le donner, si toi et moi on sait jouer l' jeu ! »

50

> Du fait que la sélection naturelle provoque, au cours de l'évolution, l'apparition de nouvelles espèces, il me semble qu'il doit en résulter inévitablement que d'autres espèces se raréfieront de plus en plus jusqu'à finalement disparaître. Les formes qui doivent entrer en lutte avec celles qui connaissent ces modifications et ces perfectionnements sont celles qui naturellement souffriront le plus.
>
> DARWIN, *De l'Origine des espèces (1859).*

ILS étaient arrivés à Lyme un peu avant deux heures. Charles demeura quelques minutes dans la chambre qu'il avait réservée.

De nouveau, il y marchait de long en large, mais à présent dans un état de nervosité angoissée, rassemblant tout son courage pour pouvoir affronter la nouvelle entrevue. De nouveau, il se sentait submergé par cette espèce de terreur existentielle. Peut-être était-ce du fait qu'il redoutait cela qu'il avait pris soin d'envoyer cette lettre à Sarah, brûlant ainsi ses vaisseaux. Il se répétait en lui-même des phrases qu'il avait imaginées par milliers au cours du trajet en voiture depuis Exeter; mais elles tourbillonnaient dans sa pensée comme des feuilles d'automne. Il inspira fortement, puis saisit son chapeau et sortit.

Mary eut un large sourire en l'apercevant et ouvrit la porte toute grande. Il observait sur elle l'effet de son air solennel.

« Bonsoir. Miss Ernestina est-elle visible ? »

Mais avant qu'elle ait eu le temps de répondre, Ernestina apparut elle-même à l'autre extrémité du hall. Elle eut un demi-sourire.

« Non, mon chaperon déjeune en ville. Mais vous pouvez entrer. »

Elle disparut à l'intérieur du petit salon. Charles remit son chapeau à Mary. Ajusta les revers de son habit, souhaita d'être mort et traversa le hall pour s'avancer vers le pilori. Ernestina, éclairée par un rayon de soleil, près d'une fenêtre donnant sur le jardin, se retourna gaiement.

« J'ai reçu une lettre de papa ce... Charles ! Charles ? Qu'est-ce qu'il y a qui ne va pas ? »

Et elle s'avança vers lui. Il ne parvenait pas à détacher ses yeux du tapis. Elle s'arrêta. Son regard effrayé recontra le sien, grave, embarrassé.

« Charles ?

– Je vous en prie, asseyez-vous.

— Mais qu'est-il arrivé ?

— Voilà... C'est pour cela que je suis venu.

— Mais pourquoi me regardez-vous ainsi ?

— Parce que je ne sais pas comment commencer à vous dire ce que je dois vous dire. »

Sans cesser de le regarder, elle chercha de la main derrière elle et s'assit sur une chaise près de la fenêtre. Il gardait encore le silence. Elle saisit une lettre sur la table, à côté d'elle.

« Papa... »

Mais son coup d'œil rapide suspendit la phrase.

« On ne pouvait pas être plus aimable qu'il l'a été... Mais je ne lui ai pas dit la vérité.

— La vérité... Quelle vérité ?

— Qu'après des heures de très profonde et de la plus pénible réflexion, j'en suis arrivé à cette conclusion que je ne suis pas digne de vous. »

Son visage avait pâli. Il crut un moment qu'elle allait défaillir et s'avança pour la soutenir; mais elle porta lentement la main à son bras gauche, pour bien s'assurer qu'elle ne rêvait pas.

« Charles... vous plaisantez.

— Quelle honte, si j'osais !... Je ne plaisante pas.

— Vous n'êtes pas *digne* de moi ?

— Totalement indigne...

— Et vous... oh ! mais c'est vraiment un cauchemar. »

Elle releva vers lui un regard incrédule et sourit timidement.

« Vous oubliez votre télégramme. C'est une plaisanterie.

— Vous me connaissez bien mal si vous croyez que j'aurais le cœur de plaisanter sur un tel sujet.

— Mais... Mais... ce télégramme !

— A été envoyé avant que ma décision soit prise. »

Ce fut seulement à cet instant, alors qu'il baissait les yeux, qu'elle commença de le croire. Il avait prévu que ce serait là le moment crucial. Elle pourrait s'évanouir, s'effondrer en larmes... qui pouvait savoir — mais il haïssait causer de la souffrance, et il ne serait pas trop tard pour se rétracter, pour tout lui dire, pour se livrer à sa merci. Mais bien que les yeux d'Ernestina se fermèrent un long moment et qu'elle parut prise d'une sorte de frisson, elle ne s'évanouit pas. N'était-elle pas la fille de Mr. Freeman ? Elle aurait peut-être voulu s'évanouir, mais une trahison aussi grossière de...

« Voulez-vous bien m'expliquer alors ce que vous entendez par là. »

Il éprouva un soulagement momentané. Elle était blessée, mais la blessure n'était pas mortelle.

« Cela ne peut se dire en une phrase. »

Elle fixait ses propres mains avec une sorte de cérémonieuse amertume.

« Alors faites-en plusieurs. Je me garderai de vous interrompre.

— J'ai toujours eu et je continue d'avoir pour vous beaucoup de respect et d'affection; je n'ai jamais douté que, pour l'homme qui aurait le bonheur d'être aimé de vous, vous seriez une admirable épouse. Mais j'ai toujours su d'autre part, à ma honte, qu'il y avait dans mon aspiration à obtenir votre main une certaine chose qui demeurait méprisable. Je veux parler de votre grande fortune et du fait que vous êtes fille unique. J'ai toujours très profondément regretté, Ernestina, de n'avoir pas de but réel dans mon existence, quelque chose qui me permette de m'accomplir. Non, je vous en prie, écoutez-moi jusqu'au bout. Quand j'ai compris, l'hiver dernier, qu'une offre de mariage pourrait être favorablement accueillie par vous, j'ai été tenté par Satan; j'ai vu là l'occasion, par un brillant mariage, de reprendre confiance en moi-même. Mais ne croyez pas qu'il y avait simplement là l'effet d'un froid calcul. Je vous appréciais beaucoup et je croyais sincèrement que ce sentiment pouvait devenir un véritable amour. »

Lentement elle avait redressé la tête. Elle le regardait mais paraissait à peine le voir.

« Je ne puis pas croire que c'est vous que j'entends me parler ainsi. C'est quelque imposteur, quelque être cruel et sans cœur.

— Je sais que tout ceci doit vous causer un choc douloureux.

— Un choc ! »

Elle avait pris un air outragé.

« Quand je vous vois si froid, si compassé... pour me dire que vous ne m'avez jamais aimée ! »

Elle avait élevé la voix, et il s'approcha d'une des

baies qui étaient demeurée ouverte et la referma. Debout, non loin de ce front incliné, il parlait aussi doucement qu'il lui était possible, en évitant de se rapprocher.

« Je ne cherche pas d'excuses. Je cherche simplement à expliquer que mon crime n'était pas calculé. S'il l'avait été, comment pourrais-je faire ce que je suis en train de faire à présent ? Mon seul désir serait de pouvoir vous faire comprendre que c'est en face de moi-même que je suis un trompeur... Vous pouvez m'accuser de faiblesse, d'égoïsme — de tout ce que vous voudrez... mais pas d'être un homme sans cœur. »

Elle respira avec un léger frisson.

« Et comment en êtes-vous venu à cette grande découverte ?

— Si odieux que cela puisse paraître, je ne cacherai pas que j'ai ressenti comme une déception en voyant que votre père ne rompait pas lui-même notre engagement. »

Elle lui jeta un terrible regard.

« Je m'efforce d'être tout à fait franc. Non seulement il s'est montré particulièrement généreux envers moi dans les circonstances nouvelles, mais il m'a proposé de devenir un jour son associé dans ses affaires. »

Il sentit à nouveau l'éclat de son regard.

« J'en étais sûre. J'en étais sûre. C'est parce que mon père est dans le commerce, n'est-ce pas ? »

Il se rapprocha de la fenêtre.

« J'avais parfaitement accepté cela. En tout cas, ç'aurait été faire preuve d'un snobisme grossier que d'avoir honte du métier de votre père.

— Ce n'est pas de le nier qui vous fera paraître moins coupable.

— Si vous pensez que j'ai dû envisager sa dernière proposition avec une certaine horreur, vous avez sans doute raison. Mais ce n'était certainement pas à cause de la proposition en elle-même mais du fait du sentiment de ma profonde inaptitude à accomplir ce qui m'était demandé. A présent, permettez-moi de terminer mon... explication.

— Elle me brise le cœur. »

Il se retourna du côté de la fenêtre.

« Essayons de ne pas nous écarter de ce respect que nous avons toujours témoigné l'un pour l'autre. Ne croyez pas qu'en tout cela je ne me sois soucié que de moi-même. Je n'étais pas moins tourmenté par cette injustice que je commettais à votre égard — et à l'égard de votre père — en vous épousant sans pouvoir vous apporter tout l'amour que vous méritiez. Si seulement vous et moi avions pu être différents de ce que nous sommes, de sorte qu'il nous suffît d'un mot, d'un regard, pour savoir si l'amour de l'un est payé de retour...

— Vous voulez dire qu'il pouvait suffire... souffla-t-elle.

— Ma chère Ernestina — c'est comme la foi chrétienne : on peut prétendre l'avoir, et un jour cette prétention s'avère vaine. Si vous regardez bien tout au fond de vous-même, je suis convaincu que vous aviez déjà conçu quelques doutes. Et il est certain que vous les aviez repoussés, que vous disiez : il est... »

Elle appliqua ses mains contre ses oreilles, puis lentement fit glisser ses doigts sur toute la surface de son visage. Il y eut un silence, puis :

« Puis-je parler à mon tour ?

— Assurément.

— Je sais que pour vous je n'ai jamais été autre chose qu'un bel article d'ornement... pour salon. Je sais que je suis innocente. Je sais que je suis une enfant gâtée. Je sais que je ne suis pas quelqu'un d'extraordinaire. Je ne suis pas une Hélène de Troie ou une Cléopâtre. Je sais que je dis des choses qui ont parfois le don de vous agacer, que je vous ennuie avec mes arrangements domestiques, que je vous blesse quand je me moque de vos fossiles. Je ne suis peut-être qu'une enfant, mais avec l'aide de votre amour, de votre protection... de votre enseignement... je pensais pouvoir devenir meilleure. J'aurais appris à vous plaire, j'aurais appris à vous forcer à m'aimer pour ce que vous auriez pu faire de moi. Vous l'ignoriez sans doute; vous ne pouviez pas savoir cela, mais c'est ce qui fit que j'ai d'abord été attirée par vous. Vous savez bien qu'aux yeux de centaines d'autres je représentais une attirante perspective. Et ce n'étaient pas tous des êtres insignifiants ou des coureurs de dot. Ce n'est pas parce que j'étais tellement innocente qu'il devait m'être impossible de faire des comparaisons que je vous ai choisi, mais parce que vous me paraissiez plus généreux, plus sage, plus expérimenté. Je me souviens — je puis aller chercher mon journal intime si vous ne voulez pas me croire — que, peu après que nous ayons été fiancés, j'écrivais que vous manquiez de confiance en vous. J'avais senti cela. Vous pensiez que vous n'étiez guère plus qu'un raté, qu'on ne faisait aucun cas de vous, je ne sais pas... mais c'est là vraiment ce que j'aurais voulu pouvoir vous offrir dans ma corbeille de noces : la confiance en vous. »

Il y eut un long silence. Elle demeurait la tête baissée. Il lui parla d'une voix plus basse.

« Vous me faites penser encore à tout ce que je vais perdre. Hélas ! Je me connais trop bien moi-même. Ce qui n'a jamais été, personne ne peut le faire revivre.

— Est-ce là tout ce que signifie pour vous ce que je viens de dire ?

— Cela signifie beaucoup, oui vraiment, beaucoup pour moi. »

Il se tut, bien qu'il fût évident qu'elle attendait qu'il en dise plus. Il ne s'était pas attendu de sa part à tant de réserve. Il était touché de ce qu'elle venait de dire et avait honte de lui-même. Et il demeurait silencieux du fait qu'il ne pouvait exprimer aucun de ces deux sentiments. Et cette voix demeurait comme couverte et pleine de douceur.

« En pensant à ce que je viens de vous dire, ne pourriez-vous pas tout au moins... »

Mais elle ne parvint pas à trouver les mots.

« Reconsidérer ma décision ? »

Elle avait dû découvrir, dans le ton de ses paroles, une intention qu'il n'avait pas voulu y mettre, car elle leva soudain vers lui un regard d'appel passionné. Ses yeux étaient humides de larmes contenues, son mince visage pâli luttait pitoyablement pour garder une apparence de calme. Comme il l'avait blessée au plus profond ! Il sentait cela en lui-même, comme la pointe aiguë d'un couteau.

« Charles, je vous demande, je vous demande d'attendre un peu. C'est vrai, je suis ignorante, je ne sais pas ce que vous attendez de moi... Si vous vouliez me dire en quoi je me suis trompée... Comment vous voudriez que je sois... Je ferais tout, n'importe quoi, parce que je pourrais tout abandonner pour que vous soyez heureux.

— Vous ne devez pas dire cela.

— Il le faut... Je ne puis m'en empêcher... Hier seulement, ce télégramme : j'ai pleuré, je l'ai embrassé des centaines de fois. Ne croyez pas que je suis toujours moqueuse, que je ne suis pas capable d'avoir des sentiments profonds. Je voudrais... »

Mais soudain la voix lui manqua, tandis qu'une âcre et mordante intuition lui traversait l'esprit. Elle dirigea vers lui un regard aigu.

« Vous mentez. Il s'est passé quelque chose depuis que vous l'avez envoyé. »

Il s'avança vers le foyer, où il demeura le dos tourné. Elle commença de sangloter, et cela lui parut insupportable. A la fin il se retourna vers elle, pensant qu'elle baissait le front, mais elle pleurait ouvertement, sans le quitter du regard; et quand elle vit qu'il la regardait, elle fit un mouvement, comme un enfant terrifié, éperdu, les mains levées vers lui; parut se redresser, fit un pas et tomba sur les genoux.

Charles se sentit alors saisi d'un profond dégoût; non pas pour elle, mais pour cette situation : pour ses demi-vérités, sa dissimulation de l'essentiel. Peut-être ne saurait-on mieux comparer ce qu'il éprouvait qu'à ce qu'éprouve un chirurgien en face d'une blessure ou d'une situation opératoire particulièrement sérieuse : une sauvage détermination... car, qu'y avait-il à tenter — sinon d'aller jusqu'au bout de l'opération ? Dire la vérité. Il attendit que les sanglots cessent un instant.

« Je désirais vous épargner. Mais c'est vrai. Quelque chose s'est produit. »

Très lentement elle se releva et mit ses deux mains contre son visage sans un seul instant le quitter des yeux.

« Qui ?

— Vous ne la connaissez pas. Son nom importe peu.

— Et elle... vous... »

Il détourna les yeux.

« Je la connaissais depuis de nombreuses années. Je pensais que nous n'étions plus attachés l'un à l'autre. J'ai découvert, à Londres... qu'il n'en était rien.

— Vous l'aimez ?

— L'aimer ? Je ne sais pas... quoi que ce soit qui fait que l'on ne peut pas offrir librement son cœur à une autre.

— Pourquoi ne m'avoir pas parlé de cela dès le début ? »

Il y eut une longue pause. Ce regard était insupportable, qui paraissait lire clairement à travers tous ses mensonges. Il murmura :

« Je voulais vous épargner cette peine de savoir.

— Ou vous épargner la honte d'avouer. Vous... vous êtes un monstre ! »

Elle retomba sur sa chaise, le fixant de ses yeux agrandis. Puis elle enfouit son visage dans ses mains. Il la regardait pleurer, sans détacher son regard d'un agneau de porcelaine posé sur le linteau de la cheminée; et jamais, jusqu'au jour de sa mort, il ne pourrait revoir un agneau de porcelaine sans éprouver à l'égard de lui-même un sursaut de dégoût. Elle reprit enfin la parole, et avec une détermination si farouche qu'il se sentit faiblir.

« Si je ne me détruis pas moi-même, la honte s'en chargera.

— Je ne vaux pas un instant de regret. Vous rencontrerez d'autres hommes... que la vie n'aura pas brisé. Des hommes honorables, qui sauront... »

Il s'arrêta, puis dans un éclat soudain :

« Par ce que vous avez de plus sacré au monde, promettez-moi de ne plus jamais parler ainsi. »

Elle le fixa farouchement.

« Pensez-vous qu'il me faudrait vous pardonner ? »

Il secoua la tête sans répondre.

« Mes parents, mes amis... que devrai-je leur dire ? Que Mr. Charles Smithson a décidé qu'après tout sa maîtresse a plus d'importance pour lui que son honneur, que sa promesse, sa... »

Il y eut un bruit de papier froissé. Il n'avait pas besoin de regarder pour savoir qu'elle tentait de calmer sa colère sur la lettre de son père.

« Je croyais qu'elle avait disparu de ma vie à tout jamais... Un extraordinaire concours de circonstances... »

Un silence, comme si elle envisageait de lui jeter du

vitriol au visage. Sa voix devint soudain froide et chargée de venimeuse rancune.

« Vous avez rompu votre promesse. Il y a des lois [1] qui protègent les personnes de mon sexe.

— C'est votre droit strict d'intenter une action de ce genre. Je ne pourrais que plaider coupable.

— Le monde devra savoir qui vous êtes. Voilà mon seul souci.

— Le monde le saura quoi qu'il arrive. »

Elle se sentait encore comme écrasée, submergée par l'énormité de ce qu'il avait pu faire. Elle continuait de secouer la tête. Il attira une chaise et s'assit en face d'elle, trop loin pour être à portée d'un geste et assez proche pour pouvoir en appeler à ce qu'il y avait de meilleur en elle.

« Pouvez-vous supposer un seul instant que je ne suis pas moi-même durement puni ? Que cette décision ne m'a pas coûté plus que n'importe quelle décision que j'ai pu avoir à prendre dans ma vie ? Que cette heure n'est pas la plus terrible que j'aie connue ? Que jusqu'à mon dernier jour, je n'en garderai pas le plus profond remords ? Il se peut... oui, je suis sans doute un trompeur pour vous. Mais vous savez bien que je ne suis pas tout à fait méprisable et sans cœur. Si cela était, je ne serais pas ici. Vous auriez reçu une lettre. Je serais parti à l'étranger...

— J'aurais préféré cela. »

Il regarda longtemps la tête inclinée, puis se redressa. Il se regarda dans un miroir, vit cet homme dans le miroir. Charles dans un autre univers — voilà ce qu'il était vraiment. Celui qui se trouvait dans cette pièce n'était pas autre chose que ce qu'elle venait de dire — un imposteur; c'est ce qu'il avait toujours été au cours de ses rapports avec Ernestina —

1. Une loi anglaise protégeait spécialement les jeunes filles, victimes du *breach of promise* — violation de la promesse de mariage.

un imposteur, un autre, qui observe des rites. Il se lança en fin de compte dans une de ces allocutions qu'il avait préparées.

« Que vous éprouviez de la colère et du ressentiment, je ne puis pas m'attendre à autre chose. Tout ce que je demande, c'est que, lorsque la force de ces... sentiments naturels aura diminué, vous vous rappeliez que vous ne pouvez pas juger ma conduite plus sévèrement que je ne la juge moi-même... et que ma seule excuse est que je me suis trouvé incapable de décevoir plus longtemps quelqu'un que je respecte et que j'admire... »

Cela sonnait faux. C'était faux. Et Charles était profondément conscient et mal à l'aise du mépris visible qu'il lui inspirait.

« J'essaie en ce moment de me représenter cette femme. Je suppose qu'elle doit avoir un titre — des prétentions à la naissance... Ah ! si je m'étais fiée seulement à ce que disait mon pauvre cher père !

— Que voulez-vous dire ?

— Il sait bien ce que vaut la noblesse. Il a une excellente expression pour ceux qui en font partie : les belles manières qui ne paient pas.

— Je n'appartiens pas à la noblesse.

— Vous êtes comme votre oncle. Vous vous comportez comme si votre rang devait vous permettre de piétiner tout ce que nous autres, pauvres ordinaires créatures, nous nous permettons de croire. Et elle est pareille à vous. Il faut qu'une femme soit vile pour exiger d'un homme qu'il rompe un engagement solennel. Il me semble que je devine... »

Elle parut cracher son mépris.

« Je devine qu'elle est mariée.

— Pensez ce qu'il vous plaira.

— Où est-elle à présent ? A Londres ? »

Il regarda fixement Ernestina un moment, puis

tourna les talons et se dirigea vers la porte. Elle se dressa.

« Mon père saura. Tous les deux, il vous traînera dans la boue. Vous serez méprisés, détestés par tous ceux qui vous connaissent. On vous chassera d'Angleterre. Vous serez... »

Il s'était arrêté à la porte. Il l'ouvrait à présent. Et cela — ou l'impossibilité de penser à une note d'infamie qui soit à sa mesure — fit qu'elle n'en dit pas plus. Elle avait un visage torturé, comme si tout ce qu'elle voulait ajouter encore refusait de passer sa gorge; puis une autre partie d'elle-même reprenait encore le nom de Charles, comme s'il s'agissait d'un cauchemar; et tout aussitôt elle aurait voulu qu'on lui dise qu'elle était en train de s'éveiller.

Il ne bougeait pas. Elle défaillit, et soudain glissa sur le sol, près de la chaise. D'un premier geste instinctif, Charles courut à elle. Mais quelque chose dans cette chute, la façon un peu trop précise dont les genoux avaient plié et le corps glissé de côté sur le tapis, l'arrêta.

Il fixa un moment les yeux sur cette forme allongée et reconnut l'évanouissement de convention. Il murmura :

« Je vais écrire immédiatement à votre père. »

Elle ne parut pas avoir entendu, gisant, les yeux clos, la main pathétiquement allongée en arrière sur le tapis. Il courut au cordon d'appel, près du manteau de la cheminée, et le tira vivement, puis revint à grands pas à la porte ouverte. Dès qu'il entendit le pas de Mary, il quitta la pièce. La servante, venue de la cuisine, montait en courant les marches. Charles montra du doigt le salon.

« Elle vient d'avoir un choc. Ne la quittez pas surtout. Je vais chercher le docteur Grogan. »

Pendant un instant, Mary parut elle-même tout près de s'évanouir. Elle demeurait la main posée sur la rampe d'escalier, regardant Charles avec des yeux agrandis.

« Comprenez-vous ? Ne la quittez en aucun cas. »

Elle baissait la tête, puis elle s'inclina, toujours sans bouger.

« Elle est simplement évanouie. Il faut desserrer ses vêtements. »

Lui jetant à nouveau un regard horrifié, la jeune servante entra dans la pièce. Charles attendit encore quelques secondes. Il entendit un faible gémissement, puis la voix de Mary.

« Oh ! miss, miss, c'est Mary... Le docteur va venir. Ne vous inquiétez pas, miss. Je reste près de vous. »

Et Charles, pour un court instant, rentra dans la pièce. Il vit Mary, qui avait à demi relevé Ernestina en la berçant sur ses genoux. Le visage de la maîtresse reposait contre la poitrine de la jeune servante. Mary releva les yeux sur Charles. Ces yeux étincelants paraissaient lui interdire de regarder ou de demeurer plus longtemps. Il accepta leur verdict impartial.

51

> Pendant fort longtemps, ai-je dit, les tenaces habitudes de subordination et de déférence venues de l'époque féodale continuèrent de s'imposer parmi la classe ouvrière. Désormais l'esprit moderne a presque entièrement fait disparaître ces habitudes... De plus en plus et dans le pays tout entier, un certain nombre d'hommes, et quelques groupes d'hommes, ont commencé d'affirmer et de faire passer dans la pratique le droit reconnu à tout Anglais de faire ce qui lui plaît : le droit d'aller où il veut, de rencontrer qui lui plaît, d'entrer partout où il l'entend, de conspuer et menacer qui il veut, de démolir ce qui ne lui plaît pas. Tout cela, dis-je, tend à l'anarchie.
>
> MATTHEW ARNOLD,
> *Culture et anarchie (1869).*

FORT heureusement, le docteur Grogan n'était pas encore parti en tournée. Charles refusa l'invitation d'entrer faite par la servante et demeura sur le seuil jusqu'à ce que le docteur arrivât d'un pas pressé et, sur un geste de Charles, s'avançât à l'extérieur, afin que leur conversation ne puisse pas être entendue.

« Je viens de rompre mes fiançailles. Elle est très touchée et angoissée. Je vous en prie, ne demandez pas d'explications, mais allez de suite à Broad Street. »

Par-dessus ses lunettes, le docteur regarda Charles d'un air stupéfait, puis rentra sans un mot à l'intérieur. Quelques secondes plus tard, il reparaissait, muni de son chapeau et de sa trousse médicale. Ils partirent ensemble aussitôt.

« Ce n'est pas vrai ! »

Charles inclina la tête, et le petit docteur parut un moment trop violemment surpris pour pouvoir en dire plus. Ils parcoururent ainsi une trentaine de pas.

« Elle n'est pas ce que vous pensiez, Grogan. Je suis certain de cela.

— Vous me démontez, Smithson.

— Je ne cherche pas d'excuses.

— Elle sait ?

— Qu'une autre existe. C'est tout. »

Ils tournèrent le coin de la rue pour s'engager dans Broad Street.

« Je vous demande de ne pas dévoiler son nom. »

Le docteur lui jeta un terrible regard de biais.

« Dans l'intérêt de Miss Woodruff, non pas du mien. »

Le docteur fit halte brusquement.

« A présent... Dois-je comprendre ?

— Allez maintenant, je vous en prie. Je vais attendre à l'hôtel. »

Mais Grogan continuait à le regarder, comme s'il n'arrivait pas à croire qu'il ne fût pas en train de faire un mauvais rêve. Charles demeura un instant immobile, puis, faisant signe au docteur de poursuivre sa route, il se mit à traverser la chaussée pour entrer au White Lion.

« Par le Ciel, Smithson... »

Charles se retourna un instant, soutint le furieux regard de l'Irlandais et, sans ajouter un mot, poursuivit sa route. Le docteur fit de même, mais après avoir suivi Charles du regard jusqu'à ce que sa haute silhouette eût disparu sous l'auvent dominant le porche.

Charles regagna son appartement juste à temps pour apercevoir le docteur introduit dans la maison de tante Tranter. Avec lui, il y pénétra en pensée. Il se faisait l'effet d'un Judas, d'un Ephialtes, d'un traître de la pire espèce que le monde ait connu. Mais ses remords de conscience furent abrégés par un léger coup frappé contre la porte. Sam apparut.

« Que diable me veux-tu ? Je n'ai pas sonné. »

Sam ouvrit la bouche, mais il n'en sortit aucun son. Charles se sentit incapable de supporter plus longtemps ce regard.

« Mais puisque te voilà, va donc me chercher un verre de brandy. »

Mais ce n'était que reculer pour mieux sauter. Le brandy apporté, il commença de boire et, une fois de plus, se retrouva en face du regard de son valet.

« Ça n'est pas vrai, Mr. Charles ?

— Tu étais là-bas ?

— Oui, Mr. Charles. »

Charles s'approcha de la grande fenêtre dominant Broad Street.

« Si. C'est vrai. Je n'épouserai pas Miss Freeman. Va maintenant. Et tâche de garder ta langue.

— Mais... Mr. Charles, ma Mary et moi ?

— Plus tard. Plus tard. Nous verrons cela en son temps. »

Il termina son brandy, s'approcha de la table-bureau et prit une feuille de papier. Quelques secondes passèrent. Sam ne bougeait pas. Ou tout au moins, ses pieds semblaient rivés au sol, tandis qu'il respirait bruyamment.

« N'as-tu pas entendu ce que je viens de dire ? »

Une lueur bizarre passa dans le regard de Sam.

« Si, monsieur. Seulement, sauf vot' respect, j'ai h-à considérer ma propre situation. »

De son bureau, Charles se retourna.

« Et qu'est-ce que cela signifie ?

— H-allez-vous demeurer à Londres... h-à partir de maintenant, monsieur ?

— Je vais très probablement partir pour l'étranger.

— En ce cas, j'ai à vous h-aviser, monsieur, que je n'accompagnerai pas. »

Charles se dressa d'un bond.

« Comment oses-tu me parler avec cette impertinence ? Sors d'ici à l'instant ! »

La crête haute, Sam sortait à présent les ergots.

« Pas h-avant de m'avoir h-entendu. Je ne retourne pas à Exeter. Je quitte h-aujourd'hui votre h-emploi...

— Sam !... »

Il éclatait de colère.

« Comme j'aurais dû le faire plus tôt.

— Va-t'en donc au diable ! »

Sam eut alors grand-peine à se contenir. Pour moins que rien (comme il le contait plus tard à Mary) il aurait accommodé l'œil du maître au beurre noir; mais il maîtrisa cette fougue cockney en se rappelant à temps que le gentleman d'un gentleman doit savoir se servir d'armes plus raffinées. Il se dirigea donc vers la porte, l'ouvrit, puis, dirigeant vers Charles un regard glacé et d'une parfaite dignité :

« A votre disposition, monsieur, au cas où vous voudriez m'envoyer un de vos h-amis. »

Et la porte claqua sans douceur. Charles, en deux enjambées, la rouvrit toute grande. Sam se retirait dans le corridor.

« Comment oses-tu ! Arrive ici ! »

Sam se retourna, très calme.

« Si Monsieur désire quelque chose, il h-appellera un domestique de l' 'Otel. »

Et sur cette flèche du Parthe, qui laissa Charles

pantois, il tourna le coin de l'escalier de descente. Sa grimace de satisfaction, en écoutant Charles faire de nouveau claquer violemment la porte, ne dura pas très longtemps. Voilà, il était parti — et bien parti. Et, en vérité, il se sentait un peu comme le marin abandonné sur une île déserte, et qui voit son bateau disparaître à l'horizon. Pis encore, il savait au fond de lui-même qu'il méritait son châtiment. La mutinerie, je le crains, n'était pas son seul crime.

Charles calma sa fureur en s'en prenant au verre de brandy vide qu'il projeta sur la grille du foyer. C'était là un premier avant-goût des pierres et des épines, et il ne l'appréciait nullement. Il fut pris d'une envie folle de s'élancer hors du White Lion. Il irait se jeter aux pieds d'Ernestina; il s'accuserait d'avoir perdu la raison, d'avoir douté de lui-même, d'avoir voulu mettre son amour à l'épreuve... du poing fermé, il frappait dans sa paume ouverte. Qu'avait-il fait ? Qu'était-il en train de faire ? Qu'allait-il devenir ? S'il devait souffrir l'abandon et le mépris même de ses serviteurs !

Il demeurait debout, la tête entre ses mains. Puis il regarda sa montre. Il pourrait encore voir Sarah le soir même; et la vision de ce visage plein de douceur l'accueillant avec des larmes de joie quand il la prendrait dans ses bras... c'était assez. Il revint à son bureau et commença d'écrire la lettre destinée au père d'Ernestina. Il n'avait pas encore terminé, qu'on lui annonça l'arrivée du docteur Grogan.

52

> Pour mon amour, faire un cercueil
> De cet or aux reflets jaunis,
> Dormira son dernier sommeil
> Sur la berge au grand saule vert.
> Chant Folklorique du Somerset,
> *Sous le saule vert.*

LA pauvre tante Tranter était fort à plaindre dans tout ce remue-ménage. Elle revint de son déjeuner en ville, espérant revoir Charles; et au lieu de cela elle retrouva une maison complètement bouleversée. Mary fut la première à l'accueillir dans le hall, pâle et l'air égaré.

« Mon enfant ! Mais qu'est-il arrivé ? »

Mary ne put que secouer douloureusement la tête. Une porte s'ouvrit à l'étage supérieur, et la bonne dame, empoignant sa jupe, se mit à grimper les marches aussi lestement qu'une personne deux fois moins âgée. Sur le palier elle trouva le docteur Grogan qui mit aussitôt un doigt sur ses lèvres. Ce ne fut que lorsqu'ils se trouvèrent dans le fatal petit salon et qu'il se fût assuré que Mrs. Tranter se trouvait bien assise qu'il lui apprit ce qui se passait réellement.

« C'est impossible ! Impossible !

— Ma bien chère dame, c'était mille fois improbable... mais voilà, c'est arrivé.

— Mais ce Charles... si affectueux, si plein d'attentions... et hier encore, ce télégramme. »

Et elle regarda autour d'elle, comme si elle ne reconnaissait plus cette pièce, ni le visage tranquillement incliné du docteur.

« Sa conduite est inqualifiable, et moi-même je n'arrive pas à la comprendre.

— Mais quelles raisons a-t-il données ?

— Elle n'a rien voulu dire. Maintenant, ne vous alarmez pas. Il faut qu'elle dorme, et ce que je lui ai donné la fera dormir. Demain, elle pourra vous expliquer.

— Ah ! Toutes les explications du monde... »

Elle commença de pleurer.

« Voilà. Voilà. C'est bien, ma chère dame. Rien ne soulage mieux que les larmes.

— La pauvre chérie ! Son petit cœur brisé : elle en mourra.

— Je ne pense pas. Quant à moi, je n'ai jamais vu là des cas mortels.

— Vous ne la connaissez pas comme moi... Et puis, oh ! qu'est-ce qu'Emily va penser ? Tout sera de ma faute. »

Emily était sa sœur : Mrs. Freeman.

« Je pense qu'il faudrait lui télégraphier de suite. Je vais m'occuper de cela.

— Oh ! Ciel... Et où la coucherons-nous ? »

Le docteur sourit, mais sans acrimonie, de la réflexion incongrue. Il avait eu l'occasion de s'occuper de cas similaires et savait parfaitement que les ordinaires soucis féminins étaient encore la meilleure prescription.

« Maintenant, ma chère Mrs. Tranter, écoutez-moi bien. Pendant quelque temps, il va falloir que votre nièce soit surveillée de nuit comme de jour. Si elle entend qu'on la traite comme une malade, traitez-la comme une malade. Si dès demain elle voulait quitter

Lyme, ne vous y opposez pas. Distrayez-la, prenez les choses plaisamment. Elle est jeune, en excellente santé. Je puis vous promettre que, dans six mois d'ici, vous la verrez gaie comme un pinson.

— Comment pouvez-vous être aussi cruel ? Elle ne s'en remettra jamais. Ce maudit... Mais comment ?... »

Une pensée soudaine lui vint et elle saisit le docteur par la manche.

« Il y a une autre femme ? »

Le docteur Grogan se pinça le nez.

« Ça, je ne peux pas dire...

— Ah ! c'est un monstre.

— Mais un monstre qui en fait lui-même l'aveu, en refusant un bien beau parti, que bien d'autres auraient croqué du meilleur cœur.

— Oui, oui. On devrait au moins se réjouir de cela. »

Mais son esprit était en proie à toutes les contradictions.

« Jamais je ne lui pardonnerai. »

Une autre idée lui vint.

« Avant qu'il ait quitté la ville, j'irai lui dire ce que j'en pense. »

Le docteur lui prit le bras.

« Cela, je vous l'interdis. C'est lui qui m'a appelé ici. Il attend à présent pour s'assurer que la pauvre enfant n'est pas en danger. Je le verrai. Soyez certaine que je ne vais pas lui cacher ce que je pense. L'animal va prendre quelque chose.

— Il mérite le fouet et le boulet aux pieds. C'est ainsi que les choses se passaient dans notre jeune temps; et c'est ce qu'on devrait faire. Pauvre, pauvre cher ange... »

Elle se leva.

« Il faut que j'aille près d'elle.

— Et moi je vais le voir, lui.

— Dites-lui de ma part qu'il a fait le malheur de la plus aimante, de la meilleure...

— Oui, oui... Et calmez-vous à présent. Et à votre place, je serais curieux de savoir pourquoi votre petite servante a l'air de prendre si mal la chose. Ne croirait-on pas que c'est à elle que l'on brise le cœur ! »

Mrs. Tranter raccompagna le docteur jusqu'au seuil, puis, séchant ses larmes, monta jusqu'à la chambre d'Ernestina. Les rideaux étaient tirés, mais, autour des panneaux, la clarté du jour filtrait. Mary était assise au chevet de la victime. Elle se leva à l'entrée de sa maîtresse. Ernestina, couchée sur le dos, avec la tête tournée de côté, était plongée dans un sommeil profond. Le visage était étonnamment calme et serein, le souffle paisible. Il y avait même sur ses lèvres comme l'ombre d'un sourire. L'ironie de cette tranquillité frappa encore douloureusement Mrs. Tranter. La pauvre chère enfant, quand elle s'éveillera... Des larmes coulèrent à nouveau. Elle se reprit, épongea ses yeux et, pour la première fois, regarda Mary. Et Mary avait vraiment l'air d'une âme plongée dans l'abîme de la douleur : l'air même qu'aurait dû avoir le visage de Tina, et qu'il n'avait pas. Et Mrs. Tranter se souvint de l'étonnement manifesté par le docteur avant son départ. Elle fit signe à la jeune servante de la suivre sur le palier. Elles s'entretinrent là à voix basse, non loin de la porte entrebâillée.

« Dis-moi, mon enfant, ce qui s'est passé.

— Mr. Charles, ma'ame, il m'a appelé; et Miss Tina, sans connaissance, qu'était étendue là, et il a couru pour le docteur, et Miss Tina qu'elle ouvrait les yeux et qu'elle pouvait pas dire rien; alors j'l'ai aidée à monter là. J' savais pas quoi faire, ma'ame, à cause que, pas plus tôt sur le lit, a commencé la crise de nerfs, ma'ame. J'avais si peur d' la voir rire en criant,

criant, et qu' ça n'arrêtait pas. Et l' docteur Grogan il est venu, et il l'a calmée... Oh ! Ma'ame...

— Voilà, voilà, Mary... Tu as été une brave fille. Et elle n'a rien dit ?

— Seul'ment en arrivant à l'étage, Ma'ame, et elle a demandé après Mr. Charles, et qu' je lui ai dit qu'il cherchait le docteur. C'est là qu' la crise a commencé, Ma'ame...

— Chut ! Chut ! »

Car Mary avait commencé d'élever la voix, et elle aussi semblait tout près de la crise nerveuse. De toute façon, Mrs. Tranter éprouvait un urgent besoin de dispenser des consolations; aussi prit-elle Mary dans ses bras en lui caressant le front. Bien qu'elle ait fait ainsi bon marché de toutes les règles de bienséance réglant les rapports entre une maîtresse et sa servante, je me plais à croire que le majordome céleste ne lui aurait pas pour autant claqué sa porte au visage. Le corps de la jeune fille se crispait de sanglots contenus que, devant cette autre affligée, elle s'efforçait de maîtriser. A la fin, elle s'apaisa.

« Et maintenant, qu'est-ce qu'il y a ?

— C'est Sam, Ma'ame. Il est en bas. Il a eu des mots avec Mr. Charles; et alors il l'a laissé, Ma'ame, et il aura pas de recommandation de Mr. Charles pour aller ailleurs. »

Elle réprima encore un sanglot.

« J'sais c'que nous deux on va d'venir !

— Des mots ? Et quand donc cela, mon enfant ?

— Juste avant qu'il vienne, Ma'ame. A propos de Miss Tina, Ma'ame.

— Mais comment cela ?

— Sam, il savait qu' ça devait arriver. Parce que Mr. Charles... il était mauvais, mauvais, Ma'ame. Oh ! on voulait vous dire, Ma'ame, mais on n'osait pas... »

Il y eut un léger bruit dans la pièce. Mrs. Tranter se hâta d'entrer et regarda. Mais le visage était toujours calme, profondément endormi. Elle revint vers la jeune servante, toujours éplorée.

« Il faut que je veille sur elle, Mary. Nous parlerons plus tard. »

Le front de la jeune fille se baissa plus bas encore.

« Ce Sam, tu l'aimes vraiment ?

— Oh ! oui, Ma'ame.

— Et lui, il t'aime ?

— C'est pourquoi il voulait pas aller avec son maître,Ma'ame.

— Dis-lui d'attendre. Je vais lui parler. Et nous allons lui trouver un emploi. »

Le visage alourdi de larmes de Mary se releva.

« J' voulais jamais vous quitter, Ma'ame.

— Et tu ne me quitteras pas, mon enfant... jusqu'au jour de ton mariage. »

Mrs. Tranter s'inclina un peu pour l'embrasser sur le front. Puis elle alla s'asseoir au chevet d'Ernestina, tandis que Mary descendait l'escalier. Dès qu'elle eut atteint la cuisine, et sous le regard méprisant et réprobateur de la cuisinière, elle courut au-dehors, vers le buisson ombreux des lilas, et se précipita dans les bras tendrement anxieux de Sam.

53

> Car nous voyons bien où cela nous a conduit... cette insistante recherche de la perfection dans une partie de notre nature et non dans sa totalité; une distinction établie entre l'obéissance et l'action d'une part, et la moralité, distinction à laquelle nous nous sommes si fortement attachés; faisant de la rigueur de la conscience morale notre tout premier objectif, et rejetant dans les perspectives de l'au-delà ou d'un autre univers le soin d'être un être en tout point accompli, d'atteindre le plein et harmonieux développement de notre humanité.
>
> MATTHEW ARNOLD,
> *Culture et anarchie (1869).*

« COMMENT est-elle ? Mieux ?

— Je l'ai fait dormir. »

Le docteur traversa la pièce et demeura debout, les mains derrière le dos, regardant au-delà de Broad Street, du côté de la mer.

« Elle... Elle n'a rien dit ? »

Le docteur secoua la tête sans se retourner, garda un moment le silence, puis reprit brusquement et avec éclat :

« J'attends vos explications, monsieur. »

Et Charles les lui fournit, simplement, sans dissimuler ses torts. De ce qu'avait fait Sarah, il ne parla guère. Le seul point sur lequel il tenta de se trouver une excuse fut à propos de la façon dont lui-même avait été déçu par l'opinion de Grogan; et il l'assura de sa profonde conviction que vouloir confier Sarah à un asile aurait été une pénible et grossière injustice. Le docteur écoutait en silence, farouchement tendu. Quand Charles eut terminé, il revint à nouveau à la fenêtre.

« J'aimerais bien que vous puissiez vous souvenir de la sorte de châtiment que Dante entendait réserver aux Antinomiens. C'est quelque chose de ce genre qu'il me faudrait prescrire à votre intention.

— Il me semble que mon châtiment actuel pourrait déjà suffire.

— Non, par ma foi. J'entends me servir d'une autre toise. »

Charles marqua un temps.

« Ce n'est pas sans un profond examen de conscience que j'ai fini par me résoudre à ne pas suivre votre conseil.

— Smithson, un gentleman ne cesse pas d'être un gentleman quand il rejette un conseil. Mais il n'en est plus de même quand il s'abaisse à mentir.

— J'ai cru que la chose était nécessaire.

— Comme vous avez cru nécessaire de satisfaire votre concupiscence.

— Je ne peux pas accepter ce terme.

— Vous feriez mieux de l'accepter, car c'est celui dont le monde se servira pour qualifier votre conduite. »

Charles s'approcha de la table centrale et y appuya la main.

« Grogan, auriez-vous préféré me voir vivre une vie entière de faux-semblants ? Notre époque n'en voit-elle pas assez, de même qu'elle regorge de la plus mielleuse hypocrisie et de l'adulation de ce qu'il y a en nous-mêmes de plus falsifié ? Voudriez-vous me voir ajouter ma part à tout cela ?

— J'aurais voulu que vous y regardiez à deux fois avant d'embarquer une fille innocente dans votre odyssée de la connaissance de vos sentiments personnels.

— Oui. Mais une fois que cette connaissance a été acquise, comment échapperions-nous à ce qu'elle commande, aussi pénibles qu'en puissent être les conséquences ? »

Le docteur détourna son regard avec une grimace amère et embarrassée. Charles voyait qu'il était à la fois offusqué et nerveux, et qu'après sa première dénonciation de cette transgression monstrueuse de toutes les conventions de la bienséance provinciale, il ne savait pas trop quoi faire. Il y avait en fait un certain affrontement entre le docteur Grogan qui avait passé un quart de siècle à Lyme et le Grogan qui avait vécu et qui avait pu connaître le monde. Et il y avait autre chose : sa sympathie pour Charles et son opinion — assez proche de celle de Sir Robert — qu'Ernestina était une charmante petite personne, mais assez superficielle; et il y avait même un souvenir de son propre passé, enseveli depuis fort longtemps, et dont il nous suffira de dire que sa précédente allusion à la concupiscence se référait beaucoup plus à une expérience personnelle que le propos ne paraissait vouloir l'indiquer. Son accent demeurait encore réprobateur, mais, dans sa réponse à la question posée, il écarta le problème moral.

« Je suis docteur, Smithson; et en tant que tel, une loi me paraît primordiale : toute souffrance est mauvaise. Elle peut également être nécessaire, mais cela ne modifie en rien sa nature.

— Si le bien ne devait pas provenir de ce mal, je

ne vois pas trop d'où il pourrait sortir. Comment deviendrons-nous meilleurs si ce n'est à partir des ruines de ce que nous avons été ?

— Et en laissant sur la route les ruines de cette pauvre âme innocente ?

— Il vaut mieux qu'elle souffre un moment, et qu'elle soit libérée de moi, que... »

Il se tut.

« Ah ! vraiment ! En êtes-vous tellement sûr ? »

Charles ne répondait pas. Le docteur regarda vers le bas de la rue.

« C'est un crime que vous avez commis là, et votre châtiment sera de vous en souvenir toute votre vie. Gardez-vous donc de vous innocenter. La mort seule saura vous absoudre. »

Il enleva ses lunettes et se mit à les frotter avec un mouchoir de soie verte. Il y eut une longue pause, une très longue pause, et à son terme, sa voix s'était faite moins âpre.

« Vous allez épouser l'autre ? »

Charles eut l'impression de respirer plus librement. Dès l'entrée de Grogan dans la pièce, il avait compris qu'il ne lui servirait de rien de se répéter qu'il n'avait pas à se soucier de l'opinion d'un simple médecin de ville d'eau. Il y avait chez cet Irlandais un certain fond d'humanité pour lequel il éprouvait un très grand respect. En un sens, Grogan lui semblait être un porte-parole de tout ce qu'il respectait dans le monde. Il savait qu'il ne devait pas s'attendre à une rémission plénière de ses fautes, mais c'était assez de savoir qu'il ne devait pas être l'objet d'une véritable excommunication.

« C'est mon intention la plus sincère.

— Elle le sait ? Vous le lui avez dit ?

— Oui.

— Et naturellement, elle a accepté votre offre.

— J'ai toute raison de le penser. »

Il expliqua les conditions dans lesquelles, le matin même, il avait fait porter un message par Sam.

Le petit docteur se retourna pour lui faire face.

« Smithson, je sais que vous n'êtes pas un homme vicieux. Je sais que si vous n'aviez pas ajouté foi aux explications que vous a donné cette fille de son extraordinaire conduite, vous n'auriez pas agi comme vous l'avez fait. Mais je vous avertis qu'il doit subsister un doute. Et ce doute risque de jeter une ombre sur tout le crédit et la protection que vous estimez devoir lui accorder dans l'avenir. »

Charles se permit un pâle sourire.

« J'ai déjà envisagé cela, de même que les hypocrites sous-entendus dont, à propos des femmes, notre sexe est coutumier. Ne voudrions-nous pas les voir comme des articles exposés en vitrine : nous pourrions nous présenter, examiner, jauger, et désigner l'un d'eux comme ce qui fera notre affaire. Celles qui veulent bien se prêter à ce jeu, nous les déclarons respectables, pleines de décence et de modestie. Mais si l'un de ces charmants articles a l'impertinence de vouloir exprimer son propre point de vue...

— Elle a été plus loin que cela, il me semble. »

Charles retourna vivement la pointe.

« Elle a fait ce qui, je crois, se pratique assez couramment dans la haute société. Je me demande bien pourquoi, dans ce milieu, on trouve toujours des excuses à d'innombrables épouses qui déshonorent les liens du mariage, alors que... D'ailleurs, n'est-ce pas moi qui suis le plus à blâmer ? Elle m'a simplement envoyé son adresse. J'étais parfaitement libre de ne pas m'y rendre et de ne courir aucun risque. »

Le docteur le regarda un instant sans dire mot. Honnête, il lui fallait l'admettre. Il regarda de nouveau du côté de la rue. Après quelques instants, il reprit la parole, d'un ton et d'une manière beaucoup plus proches de ses anciennes attitudes.

« C'est peut-être l'effet de l'âge. Je sais que des manques de parole comme le vôtre sont en train de devenir une chose si banale qu'on a un peu l'air d'une vieille baderne quand on s'en montre choqué. Mais je vais vous dire ce qui me tracasse. Je partage votre dégoût pour l'hypocrisie, aussi bien en ce qui concerne ses formes légales que lorsqu'il s'agit de religion. Le recours à la loi, dans certains domaines, m'a toujours paru une idiotie, et pour une bonne part la religion ne vaut guère mieux. Ce n'est pas de ce point de vue que je vous attaque; je me soucie même fort peu de vous attaquer. Je veux simplement vous donner mon opinion. La voici. Vous croyez faire partie d'une élite de la science et de la raison. Non ? Bien sûr, vous allez me dire que vous n'avez pas tant de prétentions. Admettons. N'empêche que vous aspirez à faire partie de cette élite... Je ne saurais vous en blâmer : moi-même je n'ai pas désiré autre chose pendant toute ma vie. Mais rappelez-vous bien ceci, Smithson : au cours de toute l'histoire de l'humanité, il y a toujours eu des gens qui ont prétendu faire partie d'une élite; et cette prétention n'a jamais eu qu'une seule justification... »

Le docteur replaça ses lunettes, avant de se retourner vers Charles.

« La voici. Ces élus, quels que soient les motifs et les raisons qu'ils invoquent à l'appui de leur cause, doivent avoir introduit dans ce triste monde une moralité meilleure et plus raffinée. S'ils se montrent incapables de satisfaire à ce test, ils ne sauraient être autre chose que des despotes, des sultans, ne cherchant rien de plus que les satisfactions du pouvoir ou de leur plaisir. En somme de simples victimes de leurs désirs les plus vils. Je pense que vous comprenez ce que j'entends par là, et la façon dont, à partir de ce triste jour, tout cela peut s'appliquer à vous-même. Si vous pouvez, à partir de là, devenir plus généreux et meilleur, la rédemption vous attend; mais si vous laissez l'égoïsme prendre le dessus, vous serez doublement damné. »

Charles avait baissé les yeux devant l'insistante exigence de ce regard.

« C'est bien à peu près cela que me répète ma conscience — avec sans doute moins de convaincante rigueur.

— Eh bien, amen. *Jacta alea esto.* »

Il reprit, sur la table, son chapeau et sa trousse et s'avança jusqu'à la porte. Mais il hésita, puis il tendit la main.

« Je vous souhaite bonne chance, sur cette route, par-delà le Rubicon. »

Charles s'empara de cette main tendue, comme si elle venait l'arracher à la noyade. Il essaya de dire quelques mots, mais ne put y parvenir. Un moment les doigts de Grogan pressèrent un peu plus fort, puis il se retourna et ouvrit la porte. Il jeta un coup d'œil en arrière, avec un éclair de malice.

« Et si dans une heure vous étiez encore là, vous me reverriez, muni du plus grand fouet que j'aurai pu découvrir. »

Charles se raidit; mais l'éclair était encore là. Charles, en réprimant un pauvre sourire, fit un signe d'assentiment. La porte se referma.

Il était seul, muni de cette ordonnance.

54

Le vent tourne et sur moi souffle
du Nord,
Lui qui venait l'instant d'avant d'un
chaud Midi...

A. H. CLOUGH, *Poème (1841).*

POUR rendre pleine justice à Charles, il faut dire qu'avant de quitter le White Lion il ne manqua pas de s'enquérir de ce qu'il était advenu de Sam. Mais le valet n'était pas plus dans la salle d'auberge que du côté des écuries. Charles, en fait, se doutait bien de l'endroit où il aurait pu le trouver. Il ne pouvait l'y envoyer chercher et dut quitter Lyme sans le revoir. Dans la cour, il pénétra dans le compartiment fermé de son landau et vivement tira les stores de la portière. Deux funèbres milles passèrent avant qu'il les rouvrît, laissant les rayons rasants du soleil — il était à présent cinq heures — éclairer des capitonnages aux teintes fanées.

Les pensées de Charles n'en furent pas immédiatement rassérénées. Toutefois, à mesure qu'il s'éloignait de Lyme, il avait l'impression que ses épaules s'allégeaient peu à peu d'un lourd fardeau. Il venait de subir les affres d'une défaite, mais il se retrouvait vivant. Le solennel avertissement de Grogan qu'il lui faudrait prouver pendant le reste de sa vie que ce qu'il venait de faire était juste — il y souscrivait. Néanmoins, au milieu des verdoyantes prairies et des haies en fleurs de la campagne du Devon un jour de mai, il était difficile de ne pas voir l'avenir sous d'attrayantes couleurs : une vie nouvelle allait s'ouvrir devant lui, de rudes épreuves, mais il en sortirait plus fort. Sa culpabilité lui paraissait presque bénéfique; l'expiation allait donner à sa vie le but qui jusqu'alors lui avait manqué.

Le souvenir d'une image de l'ancienne Egypte lui vint à l'esprit — une sculpture qu'il avait eu l'occasion de voir au British Museum : le Pharaon debout près de son épouse, qui le tenait par la taille, en reposant son autre main sur l'avant-bras de l'époux. Charles avait toujours vu là le parfait emblème de l'harmonie conjugale, d'autant plus que les deux silhouettes avaient été sculptées dans un même bloc de pierre. Sarah et lui-même n'étaient pas encore sculptés selon la tendre harmonie de ce motif, mais ils étaient faits d'une même pierre.

Il laissa sa pensée s'abandonner aux préoccupations de l'avenir, à ses arrangements pratiques. Il faudrait que Sarah puisse s'installer confortablement à Londres, et ils partiraient à l'étranger aussitôt que ses propres affaires seraient en ordre : vendre sa résidence de Kensington, mettre en dépôt les objets auxquels il était attaché... puis l'Allemagne tout d'abord peut-être, ensuite le cap vers le Sud — l'hiver à Rome ou à Florence (si les conditions politiques n'étaient pas défavorables); ou peut-être l'Espagne. Grenade ! L'Alhambra ! Clair de lune, avec la rumeur lointaine des chants tziganes, les si tendres regards, lourds de reconnaissance... et dans une chambre, remplie d'odeurs de jasmins, ils demeureraient là, les yeux grands ouverts, dans les bras l'un de l'autre, infiniment seuls, exilés, et cependant unis dans la solitude, inséparables dans cet exil.

La nuit était tombée. Charles passa la tête par la portière et aperçut, dans le lointain, les lumières d'Exeter. Il cria au cocher de le conduire en premier lieu à Endicott's Family Hotel. Puis il s'accota de nouveau, s'abandonnant à la douceur d'imaginer la scène qui allait suivre. Il fallait naturellement en exclure tout élément charnel : il n'en devait pas moins au souvenir d'Ernestina aussi bien qu'à Sarah. Mais il lui semblait voir encore — ses deux mains gardées dans la sienne — un tableau silencieux et si tendre...

Ils arrivaient. Priant le cocher d'attendre, Charles entra dans l'hôtel et frappa à la porte de Mrs. Endicott.

« Oh ! C'est vous, monsieur.

— Miss Woodruff m'attend. Ce n'est pas la peine de m'accompagner. »

Il se retournait déjà du côté de l'escalier.

« La jeune dame est partie, monsieur.

— Partie ? Vous voulez dire sortie.

— Non, monsieur, j'entends bien, partie. »

Il la regardait pâlissant.

« Elle a pris le train de Londres ce matin, monsieur.

— Mais je... Vous êtes sûre ?

— Sûre comme je vous vois là, monsieur. Je l'ai entendue moi-même dire au cocher du fiacre de la conduire à la gare. Et il a demandé pour quel train et elle a répondu, pour le train de Londres; aussi vrai que je viens de vous le dire, monsieur. »

La vieille dame replette s'avança.

« J'ai été moi-même surprise, alors que sa chambre était payée pour trois jours encore.

— N'a-t-elle pas laissé une adresse ?

— Pas un mot, monsieur. Et pas un mot pour me dire où elle allait se rendre. »

La note favorable, méritée par une personne qui ne réclamait pas la restitution du prix de trois journées, était à l'évidence compensée par ce très mauvais point.

« Elle n'a laissé aucun message à mon intention ?

— Je pensais, monsieur, qu'elle s'était envolée pour vous rejoindre. J'avais pris, du moins, la liberté de le croire. »

Il était impossible de demeurer plus longtemps.

« Voici ma carte. Si vous avez des nouvelles, quelles qu'elles soient — sans faute, faites-le-moi savoir. Voici de l'argent pour ce service et pour les frais de poste. »

Mrs. Endicott eut un large sourire.

« Oh ! Merci, monsieur. Je n'y manquerai pas. »

Il sortit, mais rentra tout aussitôt.

« Ce matin... un domestique ne s'est-il pas présenté avec une lettre et un paquet pour Miss Woodruff ? »

Mrs. Endicott paraissait confondue.

« Peu après huit heures. »

La propriétaire avait l'air de plus en plus confondue. Elle appela Betsy Anne, à qui, dès son apparition, elle fit subir un interrogatoire serré... jusqu'à ce que Charles brusquement disparaisse.

Il se laissa tomber sur le siège capitonné de sa voiture et ferma les yeux. Il demeurait plongé dans une sorte d'aboulie. Pourquoi avait-il eu tant de scrupules ? Pourquoi n'était-il pas revenu ici tout droit, dès que... Mais Sam ! Sam ! Un voleur ! Un espion ! Avait-il été tenté par le prix qui pourrait lui être payé par Mr. Freeman ? Ou sa rancune à cause de ces malheureuses trois cents livres pouvait-elle expliquer son crime ? Comme la scène qui s'était passée à Lyme s'éclairait désormais !... Sam avait bien compris qu'il allait être découvert dès qu'ils seraient de retour à Exeter. Il avait donc dû lire cette lettre... Charles, dans l'obscurité, sentit la rougeur lui monter aux joues. Il lui casserait la figure si jamais il pouvait le revoir. Pendant quelques instants, il pensa même à s'arrêter au plus proche commissariat de police et à déposer plainte... l'accuser — à tout le moins de vol. Mais il se rendit compte aussitôt de la futilité de cette démarche. Et qu'apporterait-elle à ce qui était l'essentiel pour lui : retrouver Sarah !

Il ne percevait qu'une lueur dans cette sombre nuit qui l'envahissait : elle était partie pour Londres. Mais si elle avait eu l'intention, comme Grogan l'avait un moment suggéré, de venir frapper à sa porte, n'aurait-elle pas plutôt dû partir pour Lyme, où elle devait bien penser qu'il se trouvait ? Et n'était-il pas arrivé lui-même à la conclusion qu'elle n'avait que des intentions honorables ? Ne devait-elle pas croire qu'il avait renoncé à elle ? Qu'elle l'avait perdu pour toujours ? La lueur vacillante s'éteignait.

Il lui arriva, cette nuit-là, de faire quelque chose qu'il n'avait pas fait depuis un grand nombre d'années. Il se mit à genoux devant son lit et pria — et l'objet de sa prière était qu'il lui soit donné de la retrouver... Ah ! il la retrouverait, dût-il y consacrer tous les jours qui lui restaient encore à vivre !

lointain [illegible]
[illegible]
[illegible]
[illegible]

Il ne faisait [illegible]
[illegible] Mais
[illegible]
[illegible]
[illegible]
[illegible]
[illegible]
[illegible]
[illegible]
[illegible]

Il [illegible]
[illegible]
[illegible]
[illegible]
[illegible]
tous les jours [illegible] encore [illegible]

55

« Et toi, qu'est-ce que tu es ! s'écria Tweedledee, en frappant triomphalement dans ses mains, s'il cessait de rêver à toi, où serais-tu donc ?
— Où je suis à présent, bien sûr, dit Alice.
— Pas toi ! répliqua Tweedledee d'un ton méprisant. Tu serais nulle part. Tu n'es qu'une de ces choses qui passent dans son rêve !
« Si ce Seigneur-là s'éveillait, ajouta Tweedledum, tu t'éteindrais — pfut ! Comme une chandelle !
— Mais pas du tout ! s'écria Alice, indignée.

LEWIS CAROLL,
A travers le miroir (1872).

CHARLES se présenta à la gare ridiculement en avance le lendemain matin, et, après avoir accompli ces tâches indignes d'un gentleman de veiller au chargement des bagages dans le fourgon et de choisir le premier compartiment de première classe inoccupé, il s'assit, attendant impatiemment le départ du train. De temps à autre, des passagers jetaient un coup d'œil et se retiraient devant le regard de Gorgone — compartiment réservé aux non-contagieux — que les Anglais savent si bien utiliser quand ils le désirent. Un coup de sifflet résonna, et Charles pensait déjà avoir gagné la solitude qu'il appelait de tous ses vœux quand, au dernier moment, un visage barbu apparut à la portière. Le regard glacé rencontra le non moins froid coup d'œil de l'homme pressé de ne pas manquer le départ.

L'arrivant de la dernière minute murmura un « Excusez-moi, monsieur », et se dirigea vers l'autre bout du compartiment. Il s'assit. La quarantaine environ, le chapeau haut de forme posé d'aplomb, les mains sur les genoux, reprenant souffle. Peut-être n'était-ce pas tout à fait un gentleman : il avait un certain air sûr de lui, assez agressif... quelque majordome ambitieux (mais les majordomes ne voyagent pas en première classe) ou un de ces prédicateurs laïques à la mode — un intrépide défenseur du trône et de l'autel, un pratiquant d'opérations chirurgicales intimes, un convertisseur par manipulation des terreurs de la damnation éternelle. Décidément un peu sympathique personnage, pensait Charles, un homme typique de l'époque, de ce fait à décourager sans ménagement au cas où il aurait l'idée d'entamer une conversation.

Comme il arrive parfois quand on regarde les gens à la dérobée, en se posant des questions à leur propos, Charles se fit prendre sur le fait et se fit remettre à sa place. Un cinglant coup d'œil de biais lui rappela clairement qu'il ferait mieux de s'inquiéter de ses propres affaires. Il se retourna hâtivement du côté de la portière et se consola en se disant que l'intrus désirait apparemment autant que lui-même demeurer en compagnie de ses pensées.

Le mouvement régulier ne tarda pas à plonger Charles dans une douce et rêveuse somnolence. Londres était une très grande ville, mais il faudrait bientôt qu'elle songe à y trouver un emploi. Lui-même avait le temps, les ressources, la volonté : une semaine, deux semaines passeraient, mais il la verrait devant lui à nouveau. Peut-être allait-il trouver une autre adresse dans sa boîte aux lettres. La cadence rythmée des roues le répétait : elle-ne-peut-pas-être-aussi-cruelle... Le train glissait à travers des vallons verdoyants et rougeâtres en direction de Cullompton. Charles aperçut une église, sans savoir où il se trouvait, et bientôt après ferma les yeux. La nuit précédente, il n'avait pas beaucoup dormi.

Pendant quelques instants, le compagnon de voyage parut ne pas prendre garde au sommeil de Charles. Mais, cependant que le front s'inclinait de plus en plus bas — Charles avait pris la précaution de quitter son chapeau — l'homme à la barbe de prophète, certain désormais que sa curiosité ne risquait pas d'être surprise, commença de le regarder de plus en plus fixement.

C'était un regard assez particulier : classement, appréciation, réflexion — assez désapprobateur, comme s'il savait fort bien de quelle espèce d'homme il pouvait s'agir — de même que Charles avait pensé savoir quel homme il avait devant lui — et qu'il n'ait pas très bonne opinion de cette espèce ou de ce qu'il pouvait en connaître. Il est vrai qu'à présent, sûr qu'on ne l'observait pas, il avait l'air moins froid et autoritaire; mais les traits avaient encore un air assez déplaisant de confiance en soi, ou du moins dans sa façon de juger les autres, ou de voir ce qu'il pouvait attendre d'eux, ce qu'il lui serait possible d'en tirer.

Un semblable regard, qui ne durerait qu'une minute, pourrait s'expliquer. Les voyages en chemin de fer sont fort ennuyeux, et il peut être amusant, n'est-ce pas, d'épier un inconnu. Mais ce regard, devenu positivement dévorant dans son intensité, se prolongea beaucoup plus qu'une minute. Il se prolongea bien au-delà de Taunton, bien qu'il y ait eu une interruption à cet arrêt, tandis qu'aux rumeurs venues du quai les yeux de Charles se rouvraient un instant. Mais dès que celui-ci fut retombé dans le sommeil, ce regard se fixa de nouveau sur lui, avec une intensité, une sorte d'acharnement de vampire.

Si vous vous trouviez un jour dans le rayon d'un semblable regard et que vous ayez pu le surprendre, l'observateur, dans un siècle où la réserve n'est pas la qualité première, n'ayant pas attendu que vous soyez endormi, vous ne manqueriez pas d'éprouver l'impression déplaisante d'une indécente approche — un désir de vous connaître plus intimement que vous n'entendez être connu par une conscience étrangère. Selon ma propre expérience, ce regard particulier, avec le curieux mélange d'inquisition et de domination, de sollicitation et d'ironie, est le coup d'œil caractéristique d'une unique profession.

A quoi peux-tu me servir ?

Et maintenant que vais-je pouvoir faire de toi ?

C'est là, à ce qu'il m'a toujours semblé, c'est précisément là le regard que l'on doit prêter à une omnipotente divinité — pour autant que l'on ait pu rêver à un aussi absurde concept. Et non pas un regard divin selon les conceptions habituelles, mais un regard — tel que les théoriciens du *Nouveau roman* n'ont pas manqué de le définir — d'une très basse et douteuse qualité morale. C'est bien cela que je puis découvrir sur ce visage d'homme barbu qui regarde Charles, et qui ne m'est que trop familier. Et je ne continuerai pas à dissimuler plus longtemps.

Or, la question que, tout en dévisageant Charles, je suis en train de me poser, est un peu différente des deux questions formulées ci-dessus. Elle serait plutôt : « Que diable pourrai-je bien encore faire avec toi ? » J'ai déjà, à plusieurs reprises, pensé à mettre un terme à la carrière de Charles, à le laisser pour l'éternité rouler dans la direction de Londres. Mais les règles conventionnelles du roman victorien ne permettent, ou ne permettaient aucunement de laisser une histoire ouverte et de jeter par-dessus bord le dénouement; et n'ai-je pas d'autre part prêché en faveur du libre arbitre dont les personnages doivent disposer. En somme, le problème est simple : ce que Charles désire, est-il clair ? Cela n'est pas douteux. Mais ce que désire sa protagoniste est loin d'être aussi clair. Et je ne suis pas du tout certain de bien savoir où elle en est à ce moment même. Naturellement, si l'un et l'autre appartenaient à la vie réelle au lieu d'être de purs produits de mon imagination, l'issue de ce dilemme serait fort claire : le désir de l'un vient affronter le désir de l'autre : il triomphe ou il échoue. C'est bien ainsi que les choses se passent dans la réalité. La fiction prétend d'ordinaire suivre la réalité. L'auteur fait entrer dans l'arène des désirs opposés, et décrit l'affrontement — mais, en fait, il en fixe lui-même les conditions, et laisse emporter le désir en faveur duquel il aura lui-même pris parti. Et nous jugeons l'auteur d'une fiction, à la fois sur l'habileté avec laquelle il aura su fixer les conditions du combat (autrement dit sur son aptitude à nous persuader que ces conditions ne sont nullement fixées par lui) et sur le type de protagoniste en faveur duquel il aura pris parti : le meilleur, le plus tragique, le plus mauvais, le plus drôle, et ainsi de suite.

Mais le principal argument qui peut être présenté en faveur d'une fixation des conditions de l'affrontement est le fait qu'il nous est ainsi possible d'indiquer au lecteur ce que nous pensons réellement du monde qui nous entoure; si nous sommes pessimistes, optimistes, ou tout ce qu'il nous plaira. J'ai eu la prétention de revenir à la réalité de l'année 1867; mais il est bien évident qu'un siècle a passé sur la réalité de cette période. Il serait vain de faire preuve, à ce propos, d'optimisme ou de pessimisme ou de quelque chose du même genre, car nous savons tous parfaitement ce qui s'est produit depuis lors.

Je continue donc d'observer Charles, sans découvrir

cette fois aucune raison de fixer les conditions de la lutte qu'il doit maintenant engager. Et je demeure confronté à une alternative. Je puis laisser l'affrontement se poursuivre, en ne faisant rien autre qu'en retracer les épisodes; ou il faudrait que je me range sous la bannière des deux partis. Je regarde ce visage, aux traits aristocratiques un peu surannés, mais pas tout à fait indifférent ou futile. Et tandis que nous approchons de Londres, il me semble apercevoir une solution; c'est-à-dire que je perçois la fausseté du dilemme. La seule façon pour moi de ne pas prendre parti dans cet affrontement serait d'en présenter deux versions différentes. Mais j'ai encore devant moi un problème : il m'est impossible de présenter deux versions d'une façon simultanée; et par ailleurs, celle qui sera présentée en second lieu fera toujours figure, tant est forte la tyrannie du dernier chapitre, de version finale — ou *réelle*.

Je sors ma bourse de la poche de ma redingote, j'en tire une pièce d'un florin et la pose sur l'ongle du pouce de la main droite; je la projette, tournoyante en l'air, et la rattrape de la main gauche.

Et voilà. Et soudain, je m'aperçois que Charles vient d'ouvrir les yeux et me regarde. Il y a dans ces yeux quelque chose qui va plus loin maintenant que la désapprobation : il me prend pour un joueur, ou pour un homme mentalement dérangé. Je lui retourne son coup d'œil désapprobateur et remet le florin dans ma bourse. Il reprend son chapeau, essuie de la manche sur son poil quelque invisible tache — comme s'il s'agissait de ma présence — et le remet sur sa tête.

Nous passons sous l'un des grands tabliers de fer qui supporte le toit de la gare de Paddington. Nous arrivons. Il descend sur le quai, fait signe à un porteur. Quelques instants plus tard, après avoir donné ses instructions, il se dirige vers la sortie. L'homme au visage barbu s'est perdu dans la foule.

56

Oh ! Christ, rien qu'un instant,
Ces âmes que nous aimions,
Les revoir devant nous, le temps
De dire où et ce qu'elles sont.

TENNYSON, *Maud (1855)*.

Bureau d'enquêtes privées, sous le patronage de l'aristrocratie et sous l'unique direction de Mr. Pollaky. Rapports avec les services officiels de la police en Grande-Bretagne et à l'étranger. ENQUÊTES DÉLICATES ET CONFIDENTIELLES, POURSUIVIES DANS LE PLUS GRAND SECRET EN ANGLETERRE, SUR LE CONTINENT ET DANS LES COLONIES. RECHERCHES DE PREUVES, EN VUE DE DIVORCES LÉGAUX, etc.

Relevé d'une annonce de la période victorienne.

UNE *semaine, deux semaines passeraient, mais il la verrait devant lui à nouveau*... La troisième semaine commença, et elle n'était toujours pas devant lui. Ce n'était pas la faute de Charles. Il avait cherché, ici, là, et en tous lieux.

Pour parvenir à cette présence ubiquitaire, il avait engagé quatre détectives. Je ne suis pas certain qu'ils fussent tous sous l'unique direction de Mr. Pollaky, mais ils ne ménageaient pas leur peine. Il le fallait, car ils représentaient alors une profession toute nouvelle, n'ayant guère que onze années d'existence, et fort généralement méprisée. En 1866, un gentleman qui se débarrassait d'un homme de ce métier en lui plongeant un poignard dans la gorge n'était nullement déconsidéré. Et le *Punch* lançait cet avertissement : « Si des gens veulent se déguiser en étrangleurs, ils en subiront les conséquences. »

Les détectives de Charles avaient commencé par mener leur enquête auprès des agences de placement pour préceptrices, mais sans succès; puis ils avaient visité tous les bureaux de cours d'enseignement privé. Charles lui-même, dans une voiture de louage, avait passé des heures à parcourir de pauvres mais honorables districts de Londres, dévisageant au passage chaque silhouette féminine. Dans l'un de ces districts, Sarah devait avoir élu domicile : à Peckham, à Pentonville, ou à Putney; ou dans une douzaine d'autres districts similaires, dans ces rues nouvelles bien tenues, dans ces rangées de maisons sans dépendance qu'il examinait tour à tour. Concurremment avec les hommes qu'il avait appointés, il enquêtait auprès des bruissantes agences de placement féminines. Une certaine hostilité à l'encontre de l'homme en général y était déjà évidente; car tout le poids des préjugés masculins retombaient sur ces institutions qui allaient devenir de véritables pépinières du mouvement d'émancipation. Ces expériences, bien qu'infructueuses du point de vue qui lui importait, n'étaient pas, il me semble, tout à fait sans profit pour Charles. Il commençait peu à peu à mieux comprendre un des traits caractéristiques de Sarah : le sentiment que son sexe était l'objet d'injustes préventions sociales auxquelles il était nécessaire de remédier.

Il s'éveilla un matin dans un état de profonde dépression. L'horrible éventualité de la prostitution, sort auquel elle avait une fois fait allusion, devenait dans son esprit presque une certitude. Ce soir-là, il se rendit, dans un état de panique, dans les mêmes quartiers de Haymarket qu'il avait précédemment parcourus. Je ne sais trop ce que pouvait imaginer son cocher; mais il devait estimer sans aucun doute que son client était bien le plus difficile à satisfaire qu'il puisse exister au monde. Pendant deux heures, ils parcoururent ensemble toutes ces rues. Ils ne s'arrêtèrent qu'une seule fois. Le cocher aperçut, sous un bec de gaz, une prostituée aux cheveux roux; mais presque aussitôt deux petits coups vinrent lui indiquer qu'il devait reprendre sa marche.

Mais, dans le même temps, Charles n'allait pas tarder à éprouver lourdement les conséquences pénibles de son choix de la liberté. La réponse de Mr. Freeman à la lettre qu'il avait finalement achevée s'était fait attendre pendant une dizaine de jours. Mais il lui fallut alors signer décharge à la réception d'une lettre des hommes de loi de Mr. Freeman qui, d'une façon inquiétante, devait être délivrée en mains propres.

Monsieur,

Affaire Miss Ernestina Freeman :

A la requête de Mr. Ernest Freeman, père de la susnommée, Miss Ernestina Freeman, nous vous prions de vous présenter à nos bureaux, ce vendredi prochain, à quinze heures. Le défaut de présence sera considéré par notre client comme justifiant la poursuite de la procédure.

Aubrey & Baggott.

Charles transmit cette lettre à ses propres solicitors. Ceux-ci étaient, depuis le XVIIIe siècle, chargés de père en fils de gérer les intérêts de la famille Smithson. Et, à présent, le jeune Montague, qui se trouvait dans son bureau vis-à-vis de Charles venu confesser entièrement ses torts, était à peine son aîné. Les deux hommes avaient été ensemble au collège de Winchester, et sans être des amis intimes, ils avaient l'un de l'autre une connaissance et une estime réciproques.

« Qu'est-ce que cela peut signifier, Harry ?

— Cela signifie, Charles, que tu as une veine de pendu. Ils prennent des gants.

— Pourquoi alors veulent-ils me voir ?

— Ils n'entendent tout de même pas te laisser courir à ta fantaisie. Ce serait trop beau. Je crois deviner qu'on va te demander quelque chose comme la *confesso delicti*.

— Un aveu de culpabilité ?

— Exactement. Je crains qu'il faille s'attendre à quelque document odieux. Mais je ne puis que conseiller la signature. Tu n'as pas le choix. »

Ce vendredi après-midi, Charles et Montague furent introduits dans la sombre salle d'attente de l'une des écoles de droit (*Inns of Court*). Charles avait le sentiment d'assister aux préparatifs d'un duel. Montague devait être son premier témoin. Ils firent antichambre jusqu'à trois heures et quart, mais ils supportèrent avec une ironie un peu nerveuse cette peine préliminaire qui avait été prévue par Montague.

Enfin ils furent introduits. Un homme court et rougeaud se leva derrière un imposant bureau. Un peu en arrière se tenait Mr. Freeman. Il n'eut un regard que pour Charles, et quel regard de glace ! Il n'était plus question d'humour. Charles s'inclina, mais sans être payé de retour. Les deux hommes de loi se serrèrent froidement la main. Une cinquième personne était présente. Un homme grand, mince et chauve, aux regards aigus et noirs, à la vue duquel Montague tressaillit imperceptiblement.

« Vous connaissez M. le premier magistrat Murphy ?

— De réputation seulement. »

A l'époque victorienne, un magistrat à la Cour pouvait jouer un rôle d'assistant-conseil, et le juge Murphy, homme le plus redouté de son temps, avait la renommée d'un véritable exécuteur.

D'un doigt impératif, Mr. Aubrey désigna leurs sièges aux deux visiteurs, et s'assit lui-même. Mr. Freeman, implacablement, demeura debout. Mr. Aubrey feuilletait des papiers; ce qui laissait à Charles le temps, dont il se serait volontiers passé, de s'accoutumer à l'atmosphère intimidante de ces lieux. Les lourds in-folios, les rangées de volumes reliés en peau, aux coins verts renforcés, les funèbres dossiers d'archives, placés dans les rayons supérieurs, tout autour de la pièce, comme les urnes d'un colombarium surpeuplé.

Le vieux solicitor releva un front sévère.

« Je suppose, Mr. Montague, que les faits concernant cette abominable rupture d'engagement ne sont pas contestés. Je ne sais pas quelles explications votre client a pu vous donner de sa conduite. Mais il a lui-même fourni des preuves suffisantes de sa culpabilité dans cette lettre adressée à Mr. Freeman; bien que je remarque qu'avec l'impudence habituelle dont font preuve...

— Mr. Aubrey, un abus de langage dans ces circonstances... »

Le juge Murphy avait bondi.

« Vous préférez entendre le langage dont je me servirai, Mr. Montague, en audience publique ? »

Montague ne dit mot et baissa les yeux. Le vieil Aubrey le regarda d'un air profondément désapprobateur.

« Montague, j'ai eu l'avantage de connaître votre grand-père. Il me semble qu'il aurait réfléchi un peu avant de prendre la défense d'un client comme le vôtre; mais passons... Je considère que cette lettre... »

Et il la présentait à deux doigts, comme avec des pincettes.

« Je considère que cette lettre honteuse ajoute à la plus grossière injustice une impertinence insultante : à la fois du fait d'impudents efforts pour s'innocenter, et d'autre part d'une absence totale de référence à une liaison coupable et sordide, qui constitue, comme ne l'ignore pas l'auteur de la lettre, l'aspect le plus infamant de son crime. »

Il fixait Charles d'un regard torve.

« Sans doute pensiez-vous, monsieur, que Mr. Freeman n'était pas pleinement informé de vos amours. Vous vous trompez. Nous connaissons le nom de cette fille, avec laquelle vous avez pu aussi bassement vous commettre. Nous avons un témoin des faits qu'il me répugne même de nommer. »

Charles avait rougi violemment sous le regard transperçant de Mr. Freeman. Il ne pouvait que baisser la tête, et maudire Sam.

Montague prit la parole.

« Ce n'est pas pour défendre sa conduite que mon client s'est présenté ici.

— Ainsi vous plaideriez coupable ?

— Vous connaissez trop bien notre profession pour ignorer que je ne puis pas répondre à une question de ce genre. »

Le juge Murphy intervint à nouveau.

« Si une action était intentée contre vous, vous ne vous défendriez pas ?

— Je m'excuse, monsieur. Mais je tiens à réserver mon appréciation sur ce point. »

Un sourire plein d'astuce détendit les lèvres du juge.

« Nous n'en sommes pas encore au verdict, Mr. Montague.

— Pouvons-nous poursuivre, Mr. Aubrey ? »

Mr. Aubrey jeta un coup d'œil du côté du juge qui, d'un air sombre, fit un signe d'assentiment.

« Dans un cas comme celui-ci, Mr. Montague, il ne me paraît pas nécessaire d'insister sur l'évidence des faits. »

A nouveau, il feuilleta des papiers.

« Je serai donc bref. Le conseil que j'ai donné à Mr. Freeman était clair. Au cours de ma longue expérience d'une très longue carrière, c'est bien là le pire exemple d'une conduite déshonorante dont j'ai pu avoir à traiter. Non seulement votre client mérite pleinement le rude verdict que devrait inévitablement lui valoir sa conduite; mais je crois fermement que, dans un but d'avertissement exemplaire à l'égard de tout autre, il nous faut insister sur le caractère infamant de cette conduite. »

Il fit alors une longue pause, pour laisser aux paroles le temps de toucher en profondeur. Charles aurait voulu pouvoir maîtriser cet afflux de sang à ses joues. Du moins les regards de Mr. Freeman s'étaient maintenant abaissés. Mais le juge Murphy savait comment se comporter en face d'un témoin rougissant. Il prit aussitôt ce masque, que le jeune solicitor ne put s'empêcher d'admirer, où se composaient par parties égales le sadisme et l'ironie.

Mr. Aubrey, changeant de ton, poursuivit d'un air attristé.

« Toutefois, pour des raisons que je n'ai pas à exposer ici, Mr. Freeman a choisi de faire preuve d'une clémence que le cas ne pouvait en aucune façon requérir. Pour l'instant il ne se propose donc pas de poursuivre — sous certaines conditions. »

Charles prit son souffle et jeta un regard du côté de Montague.

« Je suis certain d'exprimer l'opinion de mon client en déclarant qu'il en est reconnaissant envers l'autre partie.

— J'ai préparé, avec l'aide de conseils appréciés... »

Mr. Aubrey eut un bref hochement de tête en direction du juge qui s'inclina légèrement, sans quitter du regard le malheureux Charles.

« ... une reconnaissance de culpabilité. Je dois vous avertir que la décision de Mr. Freeman est très strictement subordonnée et dépendante de la signature que votre client devra apposer en notre présence, et à la vue de tous témoins, sur le présent document. »

Il le tendit à Montague, qui releva la tête après l'avoir parcouru rapidement.

« Je désirerais pouvoir m'entretenir cinq minutes en particulier avec mon client.

— Je suis vraiment très surpris qu'un entretien vous paraisse nécessaire... »

Il faisait mine de passer outre, mais Montague tint ferme.

« Très bien, très bien. Si vous l'entendez ainsi. »

Charles et Harry Montague se retrouvèrent donc dans la sinistre antichambre. Montague lut le document, puis le tendit brusquement à Charles.

« Le voilà, le remède. Il va falloir l'avaler, mon vieux. »

Et tandis que Montague regardait par la fenêtre, Charles lut la reconnaissance de culpabilité.

Je soussigné Charles Algernon Henry Smithson déclare librement et dans le seul désir du respect de la vérité, pleinement reconnaître :

1. Avoir solennellement fait promesse de mariage à Miss Ernestina Freeman;

2. Avoir rompu cet engagement sans pouvoir arguer du moindre motif à l'encontre de la partie innocente, ladite Miss Ernestina Freeman;

3. Avoir été pleinement et totalement informé de sa position sociale, de son caractère, du montant de la dot et des espérances futures avant la demande en mariage, et n'avoir eu connaissance par la suite d'au-

cun fait nouveau permettant de contredire ou d'infirmer ce que j'avais pu apprendre de Miss Ernestina Freeman;

4. En conséquence, je reconnais avoir rompu ce contrat sans aucune raison valable, sans aucune autre justification que celle de mon infidélité et de mon propre égoïsme;

5. Je reconnais avoir eu une liaison clandestine, avec une certaine Sarah Emily Woodruff, résidant à Lyme Regis et à Exeter, et m'être efforcé de dissimuler cette liaison;

6. Je reconnais que ma conduite a été déshonorante en cette affaire et que, de ce fait, j'ai perdu à jamais le droit d'être considéré comme un gentleman.

Je reconnais en outre à la partie adverse le droit d'exercer des poursuites à mon encontre, sans limite de temps ou conditions d'aucune sorte.

Je reconnais en outre le droit de la partie adverse de faire du présent document tel usage qui lui paraîtra bon.

Je reconnais en outre que ma signature a été apposée de mon plein gré, eu égard aux circonstances ci-exposées, en pleine connaissance des conséquences de ma conduite, sans avoir eu à subir de menaces ou pressions d'aucune sorte, sans autres considérations que celles ci-dessus mentionnées; je déclare renoncer en conséquence à toute contestation présente ou future, ou déni de validité d'aucun des termes ci-dessus exposés.

« Pas de commentaires ?

— J'imagine qu'ils ont dû avoir quelque peine à tomber d'accord sur certains termes de la rédaction. A mon avis, aucun homme de loi n'accepterait d'un cœur léger l'insertion de la sixième clause. Si l'affaire allait en justice, nous pourrions prétendre qu'il est positivement invraisemblable qu'un gentleman, quelle qu'ait pu être sa conduite, se déclare indigne du nom de gentleman, à moins d'y avoir été contraint par la force. Un avocat ne manquerait pas d'en tirer avantage, et la clause joue certainement en notre faveur. Je suis surpris qu'Aubrey et Murphy aient consenti à l'inclure. A mon avis c'est la clause du paternel. Il cherche avant tout à t'humilier.

— C'est infâme. »

Il parut sur le point de mettre en pièces le document.

Doucement Montague le lui prit des mains.

« La vérité n'a pas beaucoup de rapports avec la légalité. C'est une chose que tu devrais savoir désormais, Charles.

— Et ce « tel usage qui lui paraîtra bon »... que crois-tu vraiment que cela puisse signifier ?

— Cela pourrait vouloir dire qu'ils entendent faire paraître ce document dans le *Times*. Il me semble avoir vu quelque chose dans ce genre il y a quelques années. Mais je crois deviner que ce vieux Freeman cherche à mettre cela sous le boisseau. S'il voulait te mettre au pilori, il poursuivrait en justice.

— Il faudrait donc signer ?

— Je pourrais, si tu veux, demander quelques modifications — faire quelques réserves de forme permettant d'arguer, devant un tribunal, de circonstances atténuantes. Mais je te le déconseille fortement. Dans ce cas, la dureté même de la forme jouerait beaucoup plus en notre faveur. Payer le prix qu'ils demandent est pour nous le plus rentable. S'il en était besoin, nous pourrions ainsi nous prévaloir du fait que la note était rudement salée. »

Charles inclina la tête et ils se levèrent.

« Il y a une chose que je voudrais savoir, Harry, et que je ne puis pas lui demander : comment va Ernestina ?

— Je tâcherai de dire un mot au vieil Aubrey quand ce sera terminé. Ce n'est pas un mauvais bougre. Devant le paternel, il faut bien qu'il ait l'air d'en remettre. »

Ils rentrèrent donc, et le document fut signé. D'abord par Charles, puis par chacun des présents. Tous demeuraient debout. Il y eut un silence embarrassé. Enfin Mr. Freeman éleva la voix.

« Et à présent, que je n'entende plus jamais parler de vous, fripouille. Je voudrais être plus jeune. Je...

— Mon cher monsieur Freeman... »

La voix perçante du vieil Aubrey imposa silence à son client. Charles hésita, puis esquissa une inclinaison de tête en direction des deux hommes de loi, et sortit, suivi de Montague.

A l'extérieur, Montague lui demanda de l'attendre dans la voiture. Une ou deux minutes plus tard, Charles le voyait revenir.

« Elle va aussi bien que l'on pouvait l'espérer. Ce sont ses propres paroles. Il m'a également laissé entendre quelles seraient les intentions de Freeman au cas où tu t'aviserais de jouer à nouveau au jeu du mariage. Il irait mettre sous le nez du futur beau-père le petit document en question. Il veut te condamner au célibat à vie.

— Je n'en attendais pas moins.

— Le vieil Aubrey m'a appris d'autre part à qui tu devais ta liberté sur parole.

— A elle ? Cela aussi je le pensais.

— Le père aurait bien voulu sa livre de chair. Mais dans la maison, c'est apparemment la jeune personne qui tient les rênes. »

La voiture roula une centaine de mètres, puis Charles ajouta :

« Me voilà marqué, déshonoré pour le reste de mon existence.

— Mon vieux Charles, si, dans un monde de puritains, tu veux suivre les lois de Mahomet, comment peux-tu espérer qu'on te traite autrement ? Je suis aussi sensible que n'importe qui à la ligne d'une jolie jambe; mais ne viens pas me dire que c'est trop cher payé ! »

La voiture poursuivait sa route. Charles promenait un regard morne sur la rue ensoleillée.

« J'aimerais mieux être mort.

— Viens donc chez Verrey démolir une ou deux langoustes. Et avant ton avis de décès, tu me parleras un peu de ta mystérieuse Miss Woodruff. »

Charles connut plusieurs jours de dépression à la suite de cette humiliante entrevue. Il souhaitait désespérément partir à l'étranger, ne jamais remettre les pieds en Angleterre. Son club — les gens qu'il connaissait, il ne pouvait plus les regarder en face. Il donna des instructions très strictes : il ne devait être là pour personne. Il se consacra entièrement à la recherche de Sarah. Un jour, une certaine Miss Woodbury, récemment engagée parmi le personnel d'une institution de jeunes filles, de Stoke Newington fut découverte par son agence de recherches. Elle paraissait répondre au signalement qu'il avait fourni, et la chevelure était auburn. Un après-midi, il passa une heure angoissée à attendre la sortie des classes. Miss Woodbury apparut enfin, conduisant une longue file de jeunes demoiselles. Elle n'avait qu'une très lointaine ressemblance avec Sarah.

Le mois de juin arriva, avec des journées remarquablement belles. Mais vers la fin du mois, Charles, perdant espoir, abandonna ses recherches. Son agence demeurait optimiste, mais elle devait songer à ses bénéfices. Les recherches furent méthodiquement poursuivies à Exeter, comme elles l'avaient été à Londres. Un homme fut même envoyé, avec mission de mener une enquête discrète à Lyme et à Charmouth; mais tout cela en vain. Un soir, Charles invita Montague à dîner dans sa résidence de Kensington; et s'en remit franchement et pitoyablement à sa décision. Que devait-il faire ? Montague, sans hésitation, fut affirmatif : il fallait qu'il parte à l'étranger.

« Mais que voulait-elle de moi ? Se donner ainsi... et m'écarter, comme si je n'avais jamais rien été pour elle !

— Pardonne-moi de te dire cela, mais il y a de fortes présomptions pour que cette hypothèse soit la bonne. Il est bien possible que ce docteur ait eu raison. Es-tu sûr que ses motifs n'ont pas été ceux d'une vindicative destruction ? Détruire ce que tu devais espérer... te conduire où tu en es, Charles ?

— Je ne peux pas le croire.

— Mais à première vue, c'est là ce que tu dois croire.

— Il y avait en elle, au-delà de ses inventions, de ses tromperies, une candeur... et l'honnêteté. Elle n'a pas d'argent, pas de famille. Elle est morte peut-être.

— Voyons, je peux envoyer un de mes clercs vérifier les listes d'enregistrement des décès. »

Charles prit presque pour une insulte ce raisonnable conseil. Mais dès le lendemain il le suivit; et aucune morte, du nom de Sarah Woodruff, n'avait été enregistrée.

Une semaine encore il laissa traîner les choses. Puis un soir, brusquement, il décida de partir.

[illegible]

— Mais que n'avait elle su tenir [illegible]

[illegible]

— Mais [illegible]

[illegible]

[illegible] Elle n'a [illegible]

[illegible]

57

Chacun pour soi, la vieille règle
Nous l'avions apprise à l'école —
Au diable va : sauve qui peut !
A. H. CLOUGH, *Poème (1849)*.

ET qu'on me permette à présent de faire un saut de vingt mois : jusqu'à une fraîche journée, au début de février de l'année 1869. Gladstone en ce temps est enfin installé au n° 10 de Downing Street; l'Angleterre a connu sa dernière exécution publique; la *Soumission des femmes* de Stuart Mill est sur le point de paraître et Girton College va s'ouvrir. La Tamise a, comme à l'ordinaire, son infâme aspect gris boueux. Mais le ciel sur ces eaux est ridiculement bleu, et, en levant les yeux, on pourrait se croire à Florence.

En abaissant le regard le long des quais de Chelsea, on aperçoit des traces de neige. Il y a pourtant, ne serait-ce que dans cette clarté solaire, comme un soupçon de printemps. *I am ver...* Je suis sûr que cette jeune femme que j'aurais aimé voir poussant devant elle un landau d'enfant (chose impossible puisqu'on ne commença de les utiliser qu'une dizaine d'années plus tard) n'avait jamais entendu parler de Catulle, ou de toute façon n'aurait pas fait grand cas de ces soupirs élégiaques à propos de malheureuses amours. Mais le printemps ne la laissait pas indifférente. N'avait-elle pas laissé, dans le « chez-soi » qu'elle venait de quitter (à un mille dans la direction de l'ouest), le fruit d'un autre printemps, et si bien emmailloté, enveloppé et couvert, qu'on aurait pu penser qu'il s'agissait du premier bourgeon d'une pousse nouvelle. Il paraissait également clair, quel que soit le soin apporté à la tenue vestimentaire, qu'elle devait, comme tous les bons jardiniers, avoir une préférence pour les plantations suivies. Il y a, dans cette lente démarche des futures mères, un léger soupçon — oh ! le plus léger du monde — d'une orgueilleuse assurance.

La jeune femme, oisive et subtilement fière, se penche un instant sur le parapet pour regarder l'énorme flux grisâtre. Les joues roses et les yeux aux cils longs comme des barbes d'épis, les yeux à peine moins azurés que le ciel et tout aussi brillants — cette pure transparence ne saurait être un produit londonien. Néanmoins, il paraît évident à la voir se retourner pour regarder les rangées de maisons de brique rouge, neuves ou anciennes, qui, le long du fleuve, bordent la perspective du quai, qu'à l'égard de Londres elle n'éprouve pas le moindre ressentiment. Et ce visage qui contemple les riches résidences est dépourvu de toute envie, et naïvement heureux que d'aussi belles choses puissent exister au monde.

Un cab, venant de la direction du centre de Londres, se rapproche. Les yeux gris-bleu le regardent, d'une façon qui laisserait croire qu'un aussi banal spectacle de la vie quotidienne à Londres lui paraît encore étrangement fascinant. Le cab s'arrête en face de l'entrée d'une imposante résidence. Une femme apparaît, descend sur le trottoir, extrait une pièce de sa bourse.

La jeune personne, sur le quai, a ouvert une bouche stupéfaite. Un instant elle a pâli, puis les joues s'empourprent. Le cocher porte deux doigts au bord de son chapeau, tandis que sa cliente se dirige rapidement vers la grande entrée de la résidence. La jeune personne s'avance sur le trottoir, se dissimulant à demi derrière un tronc d'arbre. La femme ouvre la grande porte et disparaît à l'intérieur.

« C'était elle, Sam. Je l'ai vue, comme je...

— C'est pas croyable ! »

Mais il le croyait. En lui-même, un sixième ou un septième sens s'y attendait presque. Lors de son retour à Londres, il était passé voir Mrs. Rodgers, la vieille cuisinière, qui lui avait fait un récit détaillé des sombres semaines que Charles avait, en fin de compte, passées à Kensington. Ce temps était fort loin à présent. Il n'avait pas manqué de faire chorus avec la cuisinière dans l'expression d'une bruyante désapprobation que devait inspirer la conduite de celui qui avait été leur maître. Mais au fond de lui-même quelque chose avait tressailli. Forger les liens d'une entente est une chose; rompre des liens similaires en est une autre.

Sam et Mary se regardaient — à cette sombre stupéfaction, il opposait un regard de doute — dans une très petite pièce de séjour, toutefois convenablement meublée. De la grille de la cheminée, le feu jetait des lueurs claires. Et tandis que l'un et l'autre se posaient des questions, une fillette de quatorze ans, l'air renfrogné, entra, portant l'enfant, en partie démailloté — très probablement le bel et dernier fruit en provenance de la grange de Carslake. Sam prit immédiatement le petit paquet dans ses bras, et le berça et provoqua ses cris, ce qui invariablement se produisait chaque fois qu'il rentrait du travail. Mary s'empara en hâte du précieux fardeau et fit la moue à ce père stupide, tandis que, près de la porte, le pauvre torchon grimaçait en les regardant. Il est facile à présent de distinguer que Mary, depuis quelques mois, porte un autre enfant.

« Eh bien, ma douce — je sors un moment pour boire un verre. Tu fais chauffer la soupe, 'Arriett ?

— Oui, m'sieu. Une demi-heure, c'est prêt.

— Tu s'ras bien brave !... Ma douceur ! »

Et comme si rien autre ne lui importait, Sam embrassa les joues de Mary et chatouilla le bébé dans le cou.

Il avait un peu moins le visage de l'homme heureux cinq minutes plus tard, attablé dans un pub poussiéreux du voisinage, en face de son gin à l'eau. Pour être heureux, il avait à l'évidence les meilleures raisons du monde. Il n'avait pas encore sa propre boutique, mais il en avait presque l'équivalent. Le premier enfant était une fille, mais il avait l'espoir qu'il serait bientôt remédié à cette légère déception.

A Lyme, Sam avait joué brillamment son jeu. Au départ, avec l'aide de Mary, il n'avait pas été très difficile d'attendrir tante Tranter. Il avait remis son sort entre ses mains. En refusant bravement de suivre Charles, n'avait-il pas gâché toutes ses chances ? Et justement Mr. Charles lui avait promis un prêt de quatre cents livres (n'hésitons jamais à surenchérir !) pour lui permettre d'entrer dans le commerce ! Quel commerce ?

« En très, oh ! très petit, Ma'ame, la même branche que Mr. Freeman ! »

Et sa carte Sarah, avec quelle habileté il avait su la jouer ! Les premiers jours, rien n'aurait pu le faire trahir les coupables secrets de son maître; ses lèvres demeuraient scellées. Mais Mrs. Tranter était si bonne. Le colonel Locke de Jericho House recherchait un domestique, et Sam ne demeura que fort peu de temps sans emploi; de même ne demeurât-il pas longtemps dans le célibat; et tous les frais de la cérémonie permettant de mettre les choses en ordre étaient à la charge de la maîtresse de l'épousée. Il était clair qu'il était contraint de faire quelque chose en témoignage de sa gratitude.

Comme toutes les vieilles dames solitaires, tante Tranter était toujours en quête de quelqu'un à qui elle puisse venir en aide; on ne lui laissa donc pas oublier que Sam avait pour la mercerie une vocation innée. C'est ainsi qu'un jour où Mrs. Tranter se trouvait à Londres, en visite auprès de sa sœur, elle essaya d'en toucher quelques mots à son beau-frère. A celui-ci, qui avait eu un premier geste dubitatif de dissuasion, on rappela à quel point ce jeune serviteur avait eu une conduite honorable; et mieux encore que Mrs. Tranter, le beau-frère savait quel bon usage on avait pu faire des renseignements fournis par Sam, et qui éventuellement pourraient encore servir.

« Très bien, Anne, je verrai si l'on peut faire quelque chose. Il se peut qu'il y ait une vacance. »

C'est ainsi que Sam put faire son entrée — oh ! une entrée des plus modestes — dans le grand magasin. Mais il ne lui en fallait pas plus. Une certaine vivacité naturelle lui permit de suppléer aux déficiences de l'éducation. L'habitude de servir le mettait en excellente position dans ses rapports avec la clientèle. Il prenait le plus grand soin de sa tenue vestimentaire. Et un jour il devait accomplir quelque chose de beaucoup plus remarquable.

Ce devait être une splendide matinée d'avril, environ six mois après leur mariage et leur installation à Londres, et juste neuf mois avant cette soirée où, dans le lieu où il venait habituellement se rafraîchir, il se sentait inhabituellement tracassé. Mr. Freeman avait saisi cette occasion de venir à pied jusqu'aux magasins depuis sa résidence de Hyde Park. Il passa le long des rangées de vitrines et entra à l'intérieur, suscitant aussitôt les courbettes et l'affairement général parmi tout le personnel du rez-de-chaussée. Les clients étaient peu nombreux à cette heure encore matinale. Il distribua quelques coups de chapeau de son air habituel de grand seigneur, puis, à l'étonnement général, tourna presque aussitôt les talons et ressortit. Le grand directeur du rez-de-chaussée, nerveusement lui emboîta le pas. Il vit le grand patron tomber en arrêt devant une vitrine. Le directeur sentit le cœur lui manquer, mais il se glissa discrètement derrière Mr. Freeman.

« C'est une expérience, Mr. Freeman. Je vais faire enlever cela. »

Trois personnes s'étaient arrêtées derrière eux. Mr. Freeman leur jeta un coup d'œil rapide, puis prenant le directeur par le bras, l'entraîna un peu plus loin.

« A présent, regardez, Mr. Simpson. »

Ils demeurèrent là cinq bonnes minutes. Sans cesse des gens qui passaient indifférents devant d'autres vitrines s'arrêtaient pour regarder celle-ci. Certains, comme Mr. Freeman l'avait fait lui-même, l'ayant aperçue sans y prêter attention, revenaient sur leurs pas pour l'examiner.

Je crains que la description n'en paraisse fort insignifiante, mais il faudrait avoir vu les autres vitrines, comblées d'un monotone amoncellement d'articles, munis chacun de son étiquette, pour apprécier ce qui la distinguait; et souvenons-nous qu'au contraire de notre époque où nous voyons les hommes les plus doués se consacrer au service de la déesse Publicité, les Victoriens demeuraient absurdement persuadés qu'un bon produit doit se présenter sans parure. Un simple tissu drapé, de pourpre sombre, formait le fond de présentation et en avant, suspendus à des fils minces, un étonnant arrangement de cols pour Messieurs, de toutes les formes, toutes les tailles et tous les styles. Mais l'ingénieuse surprise de la présentation était que l'on voyait ainsi des mots se former. Et tous ensemble ils semblaient positivement crier : « FREEMAN'S FOR CHOICE. »

« Voilà, Mr. Simpson. Voilà notre meilleure vitrine publicitaire de toute l'année !

— Exactement, Mr. Freeman. Audacieux. Ça vous tire l'œil.

— *Freeman's for choice.* C'est justement ce que nous offrons ici. Sinon, pourquoi aurions-nous des rayons aussi bien garnis ? *Freeman's for choice.* Excellent ! Je veux voir désormais cette petite phrase-là figurer dans toutes nos réclames et circulaires. »

Il revint vers l'entrée, et le directeur sourit.

« C'est à vous-même que nous devons cela pour une bonne part, Mr. Freeman. Ce jeune homme — Mr. Farrow — qui est entré ici sur votre recommandation... »

Mr. Freeman s'arrêta.

« Farrow — prénommé Sam ?

— Oui, je crois, monsieur.

— Amenez-le-moi.

— Il est venu à cinq heures, monsieur. Spécialement pour nous préparer cela. »

C'est ainsi que Sam eut enfin l'occasion de se trouver fort confus en face de son grand homme.

« Excellent ouvrage, Farrow. »

Sam s'inclina profondément.

« Je l'ai fait, monsieur, avec le plus extrême plaisir.

— Quel est le salaire de Farrow, Mr. Simpson ?

— Vingt-cinq shillings, monsieur.

— Vingt-sept shillings et six pence. »

Et il s'éloigna, avant que Sam ait eu le temps d'exprimer sa gratitude. Mais il devait y avoir mieux encore, car, lorsque Sam vint toucher sa paie à la fin de la semaine, une enveloppe lui fut remise. Elle contenait trois souverains, et une carte sur laquelle était inscrit : « Prime pour zèle et qualités d'invention. »

Maintenant, et seulement neuf mois plus tard, son salaire s'élevait au grisant total de trente-deux shillings et six pence; et du fait qu'il était désormais considéré comme un des plus indispensables décorateurs de vitrines, Sam avait bien l'impression que s'il demandait une augmentation il l'obtiendrait sans coup férir.

Sam alla vers le comptoir et exceptionnellement commanda un supplément de gin et revint à sa place. Son point faible — un défaut dont ne souffrent plus guère ses descendants modernes dans la branche publicitaire — était d'être doté d'une conscience... ou peut-être s'agissait-il simplement du sentiment d'avoir bénéficié d'un bonheur et d'une chance exceptionnels. Le mythe de Faust a toujours occupé une grande place dans les pensées de l'homme civilisé — et peu importait que la civilisation de Sam ne lui ait même pas appris qui ce Faust pouvait bien être; il avait néanmoins entendu parler de pactes avec le diable et de ce qui pouvait s'ensuivre. Tout semble aller tout seul pendant quelque temps; puis, un jour, le diable apparaît et réclame son dû. La Fortune est un rude maître : elle excite l'imagination en lui laissant prévoir sa perte, et d'autant plus vivement qu'au départ elle s'était montrée plus aimable.

Ce qui tourmentait Sam d'autre part, c'était qu'il n'avait jamais avoué à Mary ce qu'il avait fait. C'était bien le seul secret qu'il y eut entre eux deux, et en tout il faisait confiance à son jugement. De temps à autre, il se sentait repris par son ancienne marotte : être dans sa propre boutique son seul maître : n'avait-il pas à présent fait la preuve de ses dispositions naturelles ? Et Mary, avec un bon sens paysan toujours soucieux du meilleur terrain à mettre en culture, savait renvoyer elle-même aimablement — ou parfois un peu moins aimablement — au vieux rêve de la boutique dans Oxford Street.

Même si cela ne se traduisait guère dans leurs façons de parler et leur accent, leur position dans le monde ne cessait de s'améliorer, et ils ne l'ignoraient pas. Pour Mary c'était mieux qu'un rêve. Avoir épousé un garçon qui gagnait plus de trente shillings par semaine — alors que son propre père, le charretier, n'était jamais parvenu à dépasser les dix shillings ! Habiter un appartement dont le loyer coûtait plus de dix-neuf livres par an !

Et, merveille des merveilles, avoir été recemment à même de faire subir un interrogatoire à onze personnes de condition inférieure, en vue d'occuper chez elle un emploi similaire à celui qu'elle occupait elle-même moins de deux ans auparavant ! Mais pourquoi onze ? Mary, je le crains, estimait que jouer à la maîtresse c'était, pour une bonne part, savoir se montrer difficile et ne pas s'en laisser conter — en quoi elle se rapprochait moins de la conception de tante Tranter que de celle de sa nièce. Mais elle était soucieuse d'autre part de suivre une procédure que connaissent fort bien les jeunes épouses pourvues d'un mari beau garçon. Ses critères pour le choix d'une bonne se référaient beaucoup moins à la compétence ou à l'intelligence du sujet qu'à une inaptitude totale de la séduction. Elle avait déclaré à Sam qu'elle avait engagé Harriet, pour un salaire de six livres par an, surtout parce qu'elle lui avait fait pitié. Et en cela, il y avait du vrai.

En rentrant chez lui pour s'attabler devant son ragoût de mouton, ce soir de la double ration de gin, Sam embrassa longuement son épouse, en passant son bras autour de la taille arrondie; puis il regarda la broche qu'elle portait sur son corsage, qu'elle portait toujours à la maison et prenait grand soin de déposer quand elle sortait, par crainte que, pour s'en emparer, quelque voleur ne lui fasse un mauvais parti.

« L' corail et la perle, y s' portent t'y bien, d' c' temps ? »

Elle sourit, relevant un peu la broche pour la faire briller.

« Sont toujours contents d' te voir, Sam. »

Et ils demeuraient là, contemplant ce symbole de leur chance et de leur fortune, pour elle si bien méritée, et pour lui, qu'il faudrait sans doute payer quelque jour.

58

J'ai cherché, cherché... Hélas ! de
son âme
Je ne vis désormais
Le soupçon d'une flamme.
Partie, elle est partie — à jamais !

HARDY, *Dans une bourgade au bord de la mer, en 1869.*

MAIS qu'était-il advenu de Charles ? Je plaindrais le détective qui aurait entrepris de le prendre en filature au cours de ces vingt mois. Presque toutes les grandes villes d'Europe eurent l'honneur de sa visite — mais visite en général fort courte. On le vit aux pieds des Pyramides, aussi bien qu'en Terre sainte. Il découvrit sites et paysages par milliers, car il parcourut également la Grèce et la Sicile, mais sans y prêter beaucoup d'attention. Ce n'étaient à ses yeux que les minces décors qui le séparaient du vide : une sorte de suprême vacance, de loisir totalement dépourvu de signification. Chaque fois qu'il s'attardait quelques jours dans le même lieu, il ne tardait pas de se sentir envahi par une léthargie et une mélancolie intolérables. Il ne pouvait pas plus se passer de voyager que l'opiomane ne peut se passer de sa drogue; et généralement il voyageait seul, parfois accompagné de quelque guide ou drogman autochtone. Il lui arrivait très rarement de s'intégrer à quelque groupe de voyageurs et d'être contraint pendant quelques jours de supporter leur compagnie; car c'étaient en général des touristes anglais ou allemands. Il fuyait les Anglais comme la peste : des compatriotes, pleins de cordialité et de bonnes intentions, se heurtaient invariablement à la même réserve glaciale lorsqu'ils tentaient de l'approcher.

La paléontologie, qui s'était trouvée mêlée de trop près à ses sentiments intimes au cours de ce fatal printemps, avait cessé de l'intéresser. Avant d'abandonner sa résidence de Kensington, il avait fait don au British Museum des pièces les plus remarquables de sa collection. Le reste avait été distribué à des étudiants. Le mobilier avait été mis au garde-meuble. Montague avait reçu pour instructions de faire renouveler le bail de sa résidence de Belgravia House lorsqu'il arriverait à expiration : lui-même n'y habiterait jamais.

Il lisait beaucoup, et entreprit de rédiger un journal de voyage; mais il s'agissait d'un simple compte rendu, comportant des notations de lieux ou d'incidents, et qui ne révélait rien de son état d'esprit : une façon de passer les heures dans les caravansérails et les *alberghi* désertes. Ses seules tentatives pour exprimer ce qu'il pouvait ressentir prirent une forme poétique, car il avait découvert chez Tennyson un certain type de grandeur comparable, dans son domaine propre, à celle de Darwin. Certes, cette qualité avait des caractéristiques différentes de celles que son époque reconnaissait chez le poète lauréat. *Maud*, un poème qui était alors dénigré par tous, considéré comme indigne du maître, devint l'œuvre préférée de Charles. Il le lut en entier une douzaine de fois, et sans cesse il en répétait en lui-même certains passages. C'était le seul ouvrage dont il n'aurait voulu à aucun prix se séparer. Ses propres vers lui paraissaient bien faibles par comparaison et il eût préféré mourir plutôt que de les montrer à qui que ce soit. Citons cependant ce bref spécimen, afin de mieux préciser quel était son état d'esprit au cours de ce temps d'exil :

O monts rugueux, et mers cruelles traversées;
O milliers de cités aux langues étrangères :
Paysages heureux de tant d'heures passées —
Pour moi marais maudits où mon âme s'altère !

Je passe en demandant en tous lieux à la vie
Ce qui m'a conduit là, ce qui m'entraîne ailleurs ?
Une honte de vivre en moi ensevelie
Ou d'une loi d'airain les absurdes douleurs ?

Et pour ne pas vous laisser sur une trop désagréable impression, j'aimerais citer un autre poème, d'une tout autre qualité — un poème que Charles connaissait par cœur, et à propos duquel je serais volontiers tombé d'accord avec lui pour découvrir là un des plus nobles joyaux de la poésie à cette époque victorienne :

Ainsi portés sur les eaux de la vie,
Résonnant des échos de falaises à pic,
Dispersés sur les mers sans rivages,
Ilots battus de montantes marées,
Par millions les Mortels solitaires
Connaissent leurs limites infinies.

Mais quand la lune éclaire leurs abîmes
Et que bercés des souffles du printemps
Sur les vallons, par les nuits étoilées,
Chantent divinement les rossignols;
Que ces accents, de rivage en rivage,
Montent à travers des passes sonores —

Oh! un désir, presque désespéré,
S'éveille alors au plus profond de leurs abîmes :
Car ils sont sûrs d'avoir un jour
Fait partie d'un continent unique...
Et la plaine liquide à présent nous entoure —
Oh ! qu'un jour nous puissions rapprocher nos [rivages !

Qui ordonne que la coulée de leurs espoirs
Soit, à peine brûlante, aussitôt refroidie ?
Pourquoi la vanité de ce désir sans fond ?
Un Dieu — quel Dieu ? — les aura séparés,
En roulant entre leurs rivages futurs
L'amertume insondable et la mer étrangère.

Néanmoins, malgré cette tristesse qui l'avait envahi si profondément, Charles ne fut jamais hanté par des idées de suicide. Quand, au cours d'une sorte de vision intérieure, il s'était représenté lui-même comme libéré des servitudes de son époque, de sa descendance, de sa classe, de son pays, il n'avait pas compris à quel point cette libération s'incarnait en la personne de Sarah et dans l'heureuse certitude d'un exil qu'elle partagerait. Il ne croyait plus guère en la possibilité de cette libération; il sentait bien qu'il n'avait fait que changer de filets ou de prison. Il lui restait toutefois, dans cet isolement, quelque chose à quoi il pouvait s'accrocher : il se sentait hors de la loi commune, différent des autres hommes, à la suite d'une décision que bien peu auraient été capables de prendre; et peu importait finalement qu'elle ait été sage ou folle. De temps à autre, la vue d'un couple de nouveaux mariés venait lui rappeler Ernestina. Il se posait alors des questions : ceux-ci, devait-il les envier ou les plaindre ? Il découvrait alors qu'il n'avait pas beaucoup de regrets. Son destin, quelque amer qu'il fût, lui paraissait plus noble que celui qu'il avait refusé.

Ces voyages, à travers l'Europe et le long des côtes méditerranéennes, se prolongèrent une quinzaine de mois, au cours desquels pas une seule fois il ne revint en Angleterre. Il n'entretenait de correspondance avec aucun de ses anciens amis ou connaissances. Les lettres qu'il écrivait étaient presque toujours adressées à Montague et n'avaient trait qu'à des questions pratiques : instructions pour envois d'argent, indications de lieux de séjour, etc. Montague avait été chargé de faire insérer de temps à autre de petites annonces dans les journaux de Londres : « Sarah Emily Woodruff ou une personne connaissant son présent domicile pourrait-elle... » Mais il n'obtenait jamais de réponse.

Sir Robert, qui avait été informé par lettre de la rupture d'engagement, en éprouva d'abord un choc assez rude. Mais, sous la lénifiante influence de la perspective imminente de son propre bonheur, il avait bientôt écarté ce souci. Eh, que diable ! Charles était jeune : il n'aurait aucune peine à trouver quelque chose d'autre — et beaucoup mieux encore; et il avait tout au moins épargné à Sir Robert ce souci d'une alliance avec la famille Freeman. Avant de quitter l'Angleterre, le neveu se rendit une fois à Winsyatt afin de présenter ses respects à Mrs. Bella Tomkins. La dame ne lui plut guère et il en fut peiné pour son oncle. Il refusa l'offre renouvelée du Petit Manoir et ne souffla mot de Sarah. Il avait promis de revenir pour assister au mariage; mais sous le prétexte d'une crise de malaria, cette promesse fut aisément rompue. Il n'y eut pas de jumeaux ainsi qu'il l'avait imaginé; mais au cours du treizième mois de son exil, un fils et héritier fit bel et bien son apparition. Il avait alors suffisamment pris son parti d'une persistante malchance pour n'en être pas trop affecté; et après l'envoi de la lettre de félicitations, il se promit simplement de ne jamais remettre les pieds à Winsyatt.

Le célibat ne s'accompagnait pas toujours dans son cas d'un vœu de chasteté — et ne savait-on pas, dans les meilleurs hôtels d'Europe, que les Anglais se déplacent à l'étranger principalement pour se permettre des écarts de conduite — et les occasions ne manquaient pas. Mais ces écarts demeuraient froids. Il se livrait, ou se délivrait de l'acte sexuel avec une sorte de cynisme muet, un peu comme il prenait son repas ou allait rendre visite à quelque ancien temple grec. Il s'agissait simplement d'hygiène. L'amour n'existait plus dans le monde. Parfois, dans quelque cathédrale, ou dans une galerie d'art, il imaginait que Sarah se trouvait à ses côtés. Après ces instants, on aurait pu le voir faire un effort pour se redresser en reprenant profondément son souffle. Ce n'était pas seulement qu'il se refusait à s'abandonner à une vaine nostalgie; mais il était de moins en moins assuré de bien savoir distinguer la Sarah réelle de la Sarah qu'il avait créée au cours de tous ces rêves : l'Eve personnifiée, tout mystère et impénétrable amour, et l'autre, la préceptrice dans une bourgade du bord de la mer, tissant obscurément les trames de son esprit dérangé. Il s'imaginait même la rencontrant à nouveau pour ne retrouver en elle que les déceptions de sa propre folie. Il ne fit pas interrompre l'insertion des annonces, mais il commençait de penser qu'il était peut-être préférable qu'il n'y ait jamais de réponse.

L'ennui était son plus grand ennemi; et c'est l'ennui — pour plus de précisions le fait d'avoir compris un soir, à Paris, qu'il n'avait plus aucun désir de continuer à voyager en Italie, en Espagne, ou en un lieu quelconque de l'Europe — qui lui fit prendre finalement la décision de revenir en pays de connaissance.

Je ne veux pas dire par là, comme vous l'avez sans doute pensé, qu'il voulait retourner en Angleterre. Jamais plus, en Angleterre, Charles ne pourrait se sentir chez lui; bien qu'en quittant Paris il y soit parti alors pour un séjour d'une semaine. Auparavant, en se rendant de Livourne à Paris, il avait eu l'occasion de voyager en compagnie de deux Américains : un monsieur assez âgé et son neveu. Ils lui parlèrent de leur ville de Philadelphie. Etait-ce le plaisir de converser en une langue qui ne lui fût pas tout à fait étrangère, mais Charles sympathisa avec eux. Le plaisir candide qu'ils témoignaient à la vue des sites pittoresques — il leur fit visiter Avignon et admira avec eux Vézelay — était assurément absurde; mais il était totalement dépourvu d'affectation. Ils ne ressemblaient en aucune façon à ces Yankees stupides que les Anglais de l'époque victorienne imaginaient volontiers comme peuplant les territoires de l'Amérique. Leur infériorité était strictement limitée à leur innocente ignorance de l'histoire et des coutumes de l'Europe.

Le plus âgé de ces Philadelphiens était en fait un es prit cultivé, au jugement fin et sûr. Un soir après-dîner, une longue discussion s'engagea entre lui et Charles à propos des mérites respectifs de l'ancienne métropole et de sa colonie rebelle, tandis que le neveu jouait le rôle d'un auditoire attentif; et les critiques de l'Américain, exprimées avec une parfaite politesse, ne manquèrent pas d'éveiller chez son interlocuteur de très compréhensifs échos. Charles découvrait, sous cet accent américain, des conceptions très proches des siennes; et il devinait même — assez faiblement et avec l'unique secours des perspectives darwiniennes — que les espèces du continent américain pourraient bien quelque jour définitivement supplanter des filiations plus anciennes. Je ne veux pas dire par là qu'il pensait à émigrer dans ce pays, comme le faisaient alors chaque année des dizaines de milliers d'Anglais de milieux moins fortunés. La terre promise de Canaan que ceux-ci apercevaient sur l'autre rive de l'Atlantique (encouragés par quelques-unes des plus honteuses tromperies de toute l'histoire de la propagande publicitaire) n'était pas le Canaan dont il rêvait. Il pensait à un pays peuplé de gentlemen plus simples et plus raisonnables — un peu comme cet habitant de Philadelphie et son neveu si plaisamment attentif — et vivant dans une société moins complexe. Et l'oncle avait exprimé cela en peu de mots : « Dans notre pays, en général, on dit ce qu'on pense. L'impression que j'ai éprouvée en me trouvant à Londres — pardonnez-moi, Mr. Smithson — c'était : si vous ne dites pas exactement le contraire de votre pensée, vous êtes en bien fâcheuse posture. »

Mais d'autre part, au cours d'un dîner à Londres, en compagnie de Montague, Charles demanda à celui-ci ce qu'il pensait de cette idée d'un séjour en Amérique. Dans son appréciation de l'Amérique, Montague ne fit pas preuve tout d'abord de beaucoup de chaleur.

« J'imagine que des gens agréables à fréquenter, il ne s'en trouve pas beaucoup par kilomètre carré dans ce pays-là. Comment voudrais-tu qu'une terre d'accueil pour toute la gueusaille européenne puisse former en même temps une société de haute civilisation ? Il me semble pourtant que certaines des villes les plus anciennes doivent être, à leur façon, assez plaisantes et sympathiques. »

Il prit une gorgée de porto.

« Mais j'y songe, à propos, n'est-ce pas par là-bas qu'elle pourrait se trouver. C'est à cela que tu as dû penser, je suppose. Je me suis laissé dire que ces organisations de départs à prix réduits sont littéralement prises d'assaut par de jeunes personnes qui s'embarquent en quête d'un mari. »

Il ajouta hâtivement :

« Bien que, pour elle, naturellement, il devait y avoir une autre raison.

— Je n'y avais pas songé. A vrai dire, ces derniers

mois, je n'ai pas beaucoup songé à elle. J'ai cessé d'espérer.

— Alors pars pour l'Amérique; et n'oublie pas d'y découvrir quelques charmantes Pocahontas sur le sein desquelles tu pourras noyer ton chagrin. On m'a toujours dit qu'un gentleman d'Angleterre ne cessait jamais d'avoir à portée de la main un choix de charmantes jeunes personnes — *pour la dot comme pour la figure*[1] s'il lui arrive de trouver du goût à la chose. »

Charles sourit. Etait-ce à la pensée de ces jeunes personnes, attirantes à double titre, ou du fait que Montague ignorait encore que sa place était déjà retenue, nous vous laisserons le soin de l'imaginer.

1. En français dans le texte.

59

Si fatigué de moi, las de me de-
  mander
Ce que je suis, ce que demain je de-
  vrais être,
Je me tiens à la proue du vaisseau
  qui m'entraîne
En avant et toujours sur la mer
  étoilée.

MATTHEW ARNOLD,
Dépendance personnelle (1854).

DÈS son départ de Liverpool, la mer fut assez mauvaise. Plusieurs fois, il dut avoir recours à la cuvette des gros temps, et lorsqu'il se trouvait mieux il passait le plus clair de son temps à se demander pour quelle raison il avait bien pu s'embarquer à destination de cette primitive autre partie du monde. Peut-être n'avait-il pas si mal fait. Il avait commencé par imaginer Boston sous la forme d'un misérable groupement de maisons de bois; et l'apparition réelle, par une matinée ensoleillée, d'avenantes résidences de brique rouge et des fins clochers de bois peints en blanc, dominés par l'opulence dorée du dôme, vint agréablement le rassurer. Et Boston par la suite ne devait pas démentir cette première impression. De même que lui avaient plu les deux

Philadelphiens, il fut touché par le mélange de grâce et de candeur de la société de Boston. Il ne fut pas vraiment accueilli à bras ouverts, mais, dans la semaine de son arrivée, les deux ou trois recommandations dont il s'était muni avaient fait boule de neige, et il se trouvait invité dans diverses résidences. On l'invita à parcourir l'Athenaeum. Il serra cordialement la main d'un sénateur, et mieux encore, la patte ridée d'un autre personnage, non moins célèbre bien que moins impérieusement loquace, le vieux Nathaniel Lodge, qui avait entendu jadis le canon tonner sur Bunker Hill, depuis sa chambre d'enfant dans Beacon Street. Un autre, plus célèbre encore — ceux qui auraient pu avoir accès au cercle Lowell de Cambridge n'auraient pas alors accordé grand intérêt à ses bavardages — et qui était lui-même sur le point de prendre une décision tout à l'opposé des prédispositions et des motifs de Charles, comme un navire sur un ancrage, battu par des courants contraires et se préparant à sa sinueuse et loxodromique traversée jusqu'au riche et limoneux rivage de Rye — mais ne vais-je pas moi-même me mettre à singer le maître — Charles ne le rencontra pas.

Bien qu'il se fût rendu à Faneuil Hall, afin de présenter dûment son hommage au berceau de la liberté, il eut également à affronter une certaine hostilité, car l'attitude ambiguë qu'avait adoptée la Grande-Bretagne au cours de la récente guerre de Sécession n'était pas encore oubliée; et d'autre part, le stéréotype de John Bull n'était pas moins bien fixé en ce lieu que pouvait l'être ailleurs l'image de l'Oncle Sam. Mais il n'était pas moins évident que Charles ne correspondait en rien aux caractéristiques de ce cliché. Il proclamait qu'il discernait parfaitement le caractère de justice de la guerre de l'Indépendance; et il admirait Boston en tant que centre de la civilisation américaine, du mouvement anti-esclavagiste, et pour maintes autres raisons. Il accueillait avec un flegme souriant les questions qu'on lui posait à propos des Habits rouges[1] et des *teas-parties*[2], et prenait grand soin de ne pas avoir l'air de prendre les choses de haut. Deux faits, il me semble, l'enchantèrent particulièrement. D'abord l'aspect agréablement nouveau de la nature : d'autres plantes, d'autres arbres, d'autres oiseaux, et également de merveilleux fossiles inconnus, qu'il eut le plaisir de découvrir en traversant la rivière qui porte son nom pour aller visiter Harvard; et d'autre part, il trouva sympathiques les Américains eux-mêmes. Certes, il ne manqua pas de remarquer en premier lieu une certaine déficience dans la perception des plus fines nuances de l'ironie, et il éprouva quelques surprises un peu gênantes à s'apercevoir que des remarques formulées avec des intentions ironiques étaient, avec le plus grand sérieux, prises au pied de la lettre. Mais il y avait d'étonnantes compensations... une franchise, une liberté dans les échanges, une curiosité pleine de charme dont s'accompagnait la plus large hospitalité. Une certaine naïveté peut-être, mais qui donnait l'impression de rencontrer la fraîcheur naturelle du teint après le visage fardé de la culture européenne. Ce visage nouveau ne tarda pas à prendre des apparences très distinctement féminines. On pouvait parler beaucoup plus librement avec de jeunes Américaines qu'avec des Européennes de la même période : sur cet autre rivage de l'Atlantique, le mouvement d'émancipation féminine avait déjà une vingtaine d'années d'existence; et Charles trouvait fort attachante leur liberté d'expression.

1. « Habits rouges. » Nom donné aux soldats anglais, au temps de la guerre d'Indépendance.

2. *Teas-parties.* Allusion à un incident préliminaire à la guerre d'Indépendance : en 1773, pour protester contre une taxe sur le thé qu'ils estimaient abusive, des habitants de Boston, déguisés en Indiens, prirent à l'abordage un bateau anglais chargé de cette marchandise et jetèrent la cargaison à la mer.

L'attrait était réciproque, car la société de Boston tout au moins concédait encore à Londres une certaine supériorité en tout ce qui touchait à la mode et aux goûts spécifiquement féminins. Charles aurait pu bientôt et fort aisément se trouver sur le chemin d'un autre engagement, si le souvenir de cet horrible document que Mr. Freeman lui avait fait signer ne l'avait pas suivi tout au long de ces voyages. Il le voyait se dresser comme une barrière devant tous les visages de jeunes filles innocentes qu'il pouvait apercevoir. Un seul visage aurait pu l'exorciser et lui apporter le pardon.

D'autre part, un grand nombre de ces jeunes Américaines évoquaient à ses yeux le souvenir de Sarah : il retrouvait en elles quelque chose de sa provocante franchise. Elles ravivaient dans son esprit l'image ancienne qui y était demeurée : quelle femme remarquable elle avait été, et ici elle se serait trouvée dans son élément. En fait, il songeait de plus en plus à la suggestion de Montague : il était fort possible qu'elle se trouve effectivement ici. Il avait passé les quinze mois précédents à parcourir des pays où les différences de costumes et de coutumes nationales ne pouvaient guère lui rappeler directement Sarah. Les femmes qu'il rencontrait ici étaient très largement de souche anglo-saxonne et irlandaise. Très souvent, dans les premiers jours, il s'était arrêté à la vue d'une certaine nuance de cheveux auburn, d'une certaine démarche, d'une silhouette.

Un jour, en traversant le gazon des Commons pour se rendre à l'Athenaeum, il aperçut devant lui une jeune fille qui prenait une allée transversale. A grandes enjambées à travers le gazon il alla vers elle : il était sûr. Mais ce n'était pas Sarah; et il dut bredouiller de vagues excuses. Il poursuivit son chemin, fortement éprouvé, tant au cours de ces brèves secondes il avait été secoué d'une émotion intense. Le lendemain il fit paraître une annonce dans un journal de Boston. Partout où il se rendit par la suite, il fit insérer une annonce.

La première neige fit son apparition et Charles prit la direction du Sud. Il visita Manhattan qui lui plut moins que Boston. Il partit ensuite passer une fort agréable quinzaine chez les amis dont il avait fait connaissance en France, et dans leur ville natale. Il n'aurait pas manqué de trouver fort injuste la célèbre plaisanterie d'une date plus récente : « Premier prix : une semaine à Philadelphie; deuxième prix : deux semaines à Philadelphie. » De là il poussa plus au sud : il visita ainsi Baltimore, puis Washington. Ensuite Richmond et Raleigh, avec le plaisir renouvelé des paysages et du climat nouveau. Climat agréable du point de vue météorologique, et beaucoup moins sur le plan politique : nous sommes alors en décembre 1868, et les perspectives sont, en ces lieux, rien moins que réjouissantes. Charles trouvait devant lui des villes dévastées et des populations dévorées d'amertume, victimes de la reconstruction, sous la désastreuse présidence d'Andrew Johnson, sur le point de céder la place à Ulysse S. Grant, une présidence plus catastrophique encore. En Virginie, il eut l'impression qu'il allait lui falloir revenir aux manières anglaises; bien que, par une ironie du sort qu'il ne remarqua guère, les ancêtres des gentlemen avec lesquels il s'entretenait, dans cet Etat ou dans les Carolines, étaient à peu près les seuls représentants des classes supérieures de la colonie à avoir, en 1775, pris le parti de la révolution. Il entendit même parler des projets désespérés d'une autre sécession en vue d'une nouvelle allégeance à la couronne d'Angleterre. Mais il passa à travers cette agitation et ces troubles avec beaucoup de tact diplomatique et sans aucunement se compromettre, ne comprenant pas toujours parfaitement ce qui était en question, mais frappé par l'étrange immensité et par l'énergie frustrée et farouche de cette nation divisée.

Ses impressions n'étaient peut-être pas tellement différentes de celles que peut éprouver un Anglais arrivant de nos jours aux Etats-Unis : tant de choses choquantes, tant de bonnes choses et tant de disputes; et tant d'honnêteté, tant de brutalité et de violence; tant de soucis et d'efforts en vue de promouvoir une société nouvelle et meilleure. Il passa le mois de janvier dans Charleston en ruine; et là, pour la première fois, il se demanda s'il était un voyageur ou un émigré. Il remarqua qu'il commençait à adopter dans son langage certaines tournures de phrases et certaines inflexions typiquement américaines; il s'aperçut qu'il prenait lui-même parti, ou plus précisément que son esprit était divisé comme l'était l'Amérique elle-même; puisqu'il estimait à la fois que l'abolition de l'esclavage était une chose juste et qu'il partageait en même temps la colère des gens du Sud, qui ne savaient que trop bien ce qu'il fallait penser du souci que prenaient les politiciens du Nord de défendre l'émancipation des Noirs. Il éprouvait une certaine impression de se trouver chez soi dans ce pays de belles filles langoureuses et de colonels ou de capitaines ulcérés; mais il se souvenait alors de Boston : ses joues plus roses et ses âmes plus blanches... des âmes plus puritaines il est vrai. En fin de compte il s'y trouverait plus heureux; et comme pour en faire la preuve d'une façon paradoxale, il s'enfonça plus profondément dans le Sud.

Il avait cessé de s'ennuyer. Ce que cette expérience de l'Amérique — sans doute plus précisément celle de l'Amérique de cette époque — lui apportait, ou lui avait rendu, c'était une sorte de foi dans les vertus de la liberté : l'influence libératrice de ce qu'il voyait autour de lui, et quelles qu'en fussent dans l'immédiat les conséquences malheureuses, cette ferme résolution de parvenir à la réalisation d'un destin national était beaucoup plus forte que ses effets déprimants. Il commençait de percevoir que les manières, souvent risiblement provinciales, de ses hôtes étaient étroitement liées à leur absence d'hypocrisie. Il ne manquait pas même de découvrir des justifications à ce spectacle, qui n'était que trop évident, d'un mécontentement perpétuel, d'une tendance à procéder soi-même à l'application de la loi — ce qui aboutit souvent à transformer le juge en bourreau — bref d'une violence endémique, favorisée par une constitution remplie de l'ivresse de la liberté. Il régnait même sur tous ces territoires du Sud un climat d'anarchie; et pourtant cela même lui paraissait préférable à la règle de fer qui pesait sur son propre pays.

Mais il gardait pour lui-même ce genre de réflexions. Par une calme soirée de son séjour à Charleston, il eut l'occasion de se trouver sur un promontoire, face aux rivages de l'Europe dont trois mille lieues le séparaient. Il composa là un poème, un poème qui devait être, après tout, un peu moins médiocre que le précédent composé en Europe que vous avez eu l'occasion de lire.

Venaient-ils chercher là une autre certitude
Que celle d'une Albion aux cheveux grisonnants ?
Quelle question se pose à leur jeunesse rude
Que nul de nous n'osa poser en cet instant ?

Etranger parmi eux, néanmoins je partage
Des sentiments, des buts que nous sentons [communs;
Et je crois découvrir cette aube d'un autre âge :
Un homme neuf se lève aux bonheurs de demain.

Car ces frères sauront faire de ces espaces
Un Eden reconquis sur les déserts rocheux

De l'injustice haineuse et des conflits de races.
Qu'importe que leur mère ait moqué tous ces
[jeux
D'un enfant qui s'efforce avec des bras débiles.
Qu'importe les échecs passagers d'aujourd'hui
Pourvu que déchirant ces lourds rideaux ser-
[viles
Il découvre à nos yeux ce qui fuit devant lui.

En parcourant enfin de sa marche orgueilleuse
L'horizon indigo libéré des combats,
Il bénira la mer et les chances heureuses
Qui l'ont conduit un jour aux rives du rachat.

Ainsi, aux prises avec les points d'interrogation rhétoriques et cette rythmique brumeuse de l'alexandrin, et ce fort acceptable « horizon indigo libéré... », nous abandonnerons Charles le temps d'un paragraphe.

Il y avait près de trois mois que Mary avait rapporté ses nouvelles, et l'on arrivait à la fin avril. Mais dans cet intervalle, la dette de Sam à l'égard de la chance s'était encore accrue du fait que la naissance de ce fils qu'il désirait s'était heureusement produite. C'était un dimanche, plein de bourdonnements de cloches et de fleurissements de bourgeons verts et dorés, avec, au rez-de-chaussée, de légers heurts de vaisselle et des bruits de pas qui indiquaient que la jeune épouse, à présent rétablie, et son aide étaient en train de préparer le dîner; et tandis que la toute petite fille cherchait à se hausser jusqu'à ses genoux où reposait le petit frère de trois semaines, dont les yeux ronds, noirs et vifs, enchantaient déjà Sam (« Ça brille comme rasoirs — ah ! le petit singe »), quelque chose au fond de ce regard de nouveau-né vint troubler l'âme de Sam, qui n'avait pas tout à fait une pureté bostonienne.

Deux jours plus tard, Charles qui en ce temps était parvenu à la Nouvelle-Orléans rentrait à son hôtel après une promenade dans le Vieux Carré. A l'entrée, l'employé lui tendit un câblogramme. Il contenait ces mots :

ELLE EST RETROUVÉE. LONDRES. MONTAGUE.

Charles lut ces mots et fit demi-tour. Après un si long temps, et tant de chemin parcouru... il fixait sans rien voir la rue bruyante et animée. Sans éprouver aucun sentiment, aucune émotion correspondante, il se sentait les yeux brûlants de larmes sans cause. Il s'avança vers l'extérieur, franchit le porche de l'hôtel, et alluma un cigare. Quelques instants plus tard, il revenait vers le bureau de l'hôtel.

« Le prochain bateau pour l'Europe... pouvez-vous m'indiquer la date de départ ? »

60

Lalage est là : Oui...
Oh ! à présent, elle est venue !

HARDY, *Le rendez-vous.*

APRÈS avoir franchi le pont, il congédia le fiacre. C'était le dernier jour de mai, journée prodigue, avec les souffles tièdes, les façades des maisons encadrées d'arbres et de verdure, le bleu pâle du ciel où passent des troupeaux de nuages blancs. L'un d'eux, pendant une minute, projeta son ombre sur Chelsea, alors que, de l'autre côté du fleuve, les entrepôts brillaient sous le plein éclat du soleil.

Montague n'avait eu aucun renseignement précis. L'information lui était parvenue par la poste : une feuille de papier portant simplement le nom et l'adresse. Charles, debout près du bureau du solicitor, s'était rappelé cette adresse qu'autrefois lui avait envoyée Sarah; mais l'écriture de celle-ci était manifestement gauche et appliquée. Seul le laconisme était dans sa manière.

Observant les instructions câblées par Charles, Montague avait agi avec la plus grande circonspection. Il n'avait pas cherché à prendre contact avec Sarah — à tout prix éviter de donner l'alarme, de crainte de provoquer une nouvelle disparition. Un des clercs joua les détectives, avec, en poche, le même signalement qui avait été communiqué à l'agence spécialisée. Il rapporta qu'une jeune dame, répondant au signalement, résidait apparemment à l'adresse indiquée, et que la personne en question était connue sous le nom de Mrs. Roughwood. Cette naïve transposition de syllabes leva aussitôt tous les doutes qui pouvaient encore subsister quant à la véracité de l'information; et après le premier choc causé par l'appréhension de retrouver une Sarah mariée, dissipa également cette ombre. Ce stratagème, fréquemment utilisé à Londres par de jeunes personnes solitaires, prouvait tout le contraire de ce qu'il paraissait impliquer. Sarah demeurait libre.

« Je vois que cette lettre a été postée à Londres. N'as-tu pas une idée...

— Le fait qu'elle ait été adressée ici prouve qu'elle provient de quelqu'un qui avait eu connaissance de nos annonces. Mais c'est à toi qu'elle était personnellement adressée, ce qui indique que ce quelqu'un savait pour le compte de qui nous enquêtions, et ne paraissait pas intéressé par la récompense offerte; ce qui semblerait indiquer qu'il pourrait s'agir de la jeune personne elle-même.

— Mais pourquoi aurait-elle attendu aussi longtemps pour se dévoiler ? Et d'autre part, ce n'est absolument pas son écriture. »

Le silence de Montague révélait qu'il ne savait quoi penser.

« Le clerc que tu as envoyé n'a pas obtenu d'autres renseignements ?

— Il a respecté tes instructions, Charles. Je lui avais interdit de se livrer à une enquête. Par chance, il s'est trouvé à portée de voix quand un voisin, dans la rue, s'est approché d'elle pour lui souhaiter le bonjour. C'est ainsi que nous avons pu apprendre le nom qu'elle portait.

— Et la maison ?

— Une très respectable résidence familiale. Ce sont ses propres termes.

— Elle y est vraisemblablement préceptrice.

— Cela paraît fort probable. »

Charles était retourné à la fenêtre, ce qui valait mieux sans doute; car la façon dont Montague regardait ce dos tourné pouvait indiquer que ses réponses n'étaient pas d'une totale franchise. Il avait interdit au clerc de poser des questions, mais il ne s'était pas interdit à lui-même de questionner le clerc.

« Tu as l'intention de la voir ?

— Mon cher Harry, je n'ai pas traversé l'Atlantique... »

Charles s'excusa par un sourire de ce ton d'exaspération.

« Je sais bien ce que tu voulais dire, et je ne peux pas répondre. Pardonne-moi. Ce sujet me tient trop à cœur. A vrai dire, je ne sais pas très bien où j'en suis et ce que j'éprouve. Je crois qu'il en sera ainsi tant que je ne l'aurai pas revue. Tout ce que je sais c'est que je suis encore... hanté par ce souvenir. Qu'il faut que je lui parle; il faut... Comprends-tu !

— Il faut que tu interroges le Sphinx.

— Admettons. Si c'est ainsi que tu l'entends.

— Pour autant que tu veuilles bien te souvenir de ce qu'il est advenu de ceux qui n'ont pas su résoudre l'énigme.

— S'il n'y a d'autre alternative que le silence ou la mort — tu ferais mieux de préparer l'oraison funèbre.

— J'ai quelque idée que ce ne sera pas nécessaire. »

Ils avaient échangé un sourire.

Mais Charles ne souriait plus en s'approchant de la maison où habitait le Sphinx. Il ne connaissait pas du tout ce quartier. Il avait un peu l'impression qu'on pouvait le comparer à Greenwich — un endroit où des officiers de marine en retraite aimaient venir terminer leurs jours. Les eaux de la Tamise à l'époque victorienne étaient plus fétides qu'elles ne le sont aujourd'hui : chaque marée ramenait sur la rive l'écume des égouts. L'odeur dégagée fut en une certaine occasion tellement insupportable que les Lords renoncèrent à tenir séance, prétextant le risque de choléra; ainsi, une demeure située sur la rive du fleuve était loin d'avoir le même cachet qu'en notre siècle du triomphe de la désodorisation. Néanmoins, Charles pouvait voir que ces résidences avaient fort belle allure : et si les critères auxquels avaient eu recours ceux qui les habitaient pour le choix de leur environnement pouvaient paraître douteux, ce n'était certes pas la pauvreté qui les avait conduits en ce lieu.

Enfin, avec un tremblement intérieur, l'impression de se sentir pâlir, et un certain sentiment d'indignité — tout l'acquis nouveau de l'Amérique balayé soudain par d'invétérées attitudes anciennes, il se trouvait gêné comme un gentleman qui rendrait visite à quelque serviteur de la catégorie supérieure — il atteignit le fatal portail. Il était de fer forgé et s'ouvrait sur une allée qui aboutissait rapidement à une grande maison de briques; un luxuriant rideau de glycines, montant jusqu'au toit et dont s'épanouissaient les premières grappes de la floraison bleu pâle, dissimulait la plus grande partie de la façade. Il souleva le marteau de cuivre et le laissa retomber deux fois; attendit une vingtaine de secondes et frappa de nouveau. Cette fois la porte s'ouvrit. Devant lui se tenait une servante. Il distinguait derrière elle un grand vestibule — les peintures y étaient si nombreuses qu'il ressemblait à une galerie d'art.

« Je désirerais parler à une... Mrs. Roughwood. Elle demeure ici, je crois. »

La servante était une jeune personne, svelte, aux grands yeux pers, qui ne portait pas l'habituel bonnet de dentelles. En fait, s'il n'y avait pas eu le petit tablier, il n'aurait pas su en quels termes s'adresser à elle.

« Votre nom, s'il vous plaît. »

Il remarqua l'omission du « Monsieur ». Peut-être n'était-ce pas une servante. Elle n'en avait pas du tout l'accent. Il lui tendit sa carte.

« Dites-lui, je vous prie, que j'ai dû faire une longue route pour parvenir jusqu'ici. »

Avec un parfait sans-gêne, elle lut la carte. Ce n'était pas une servante. Elle paraissait hésiter. Mais un bruit se fit entendre vers l'extrémité sombre du vestibule. Un homme, de six ou sept années plus âgé que Charles, apparut à une entrée. La jeune fille se tourna vers lui avec soulagement.

« Ce monsieur désire voir Sarah ?

— Oui. »

Il avait un porte-plume à la main. Charles, enlevant son chapeau, s'adressa à lui depuis le seuil.

« Si vous voulez bien me permettre... Il s'agit d'une question personnelle. Je la connaissais avant qu'elle ne vînt à Londres. »

Il y eut quelque chose d'un peu déplaisant dans la façon intense mais brève dont l'homme scruta le visage de Charles. Une certaine ostentation dans la façon de se vêtir, un soupçon d'origine juive, quelque chose de Disraeli dans sa jeunesse... L'homme jeta un coup d'œil vers la jeune fille.

« Est-elle ?...

— Je crois qu'ils sont en train de parler. Voilà tout. »

« Ils » c'étaient apparemment les enfants, dont elle devait avoir la charge.

« Eh bien, ma chère, conduisez-le là-haut. Monsieur. »

Avec une brève inclinaison de tête, il disparut aussi soudainement qu'il s'était manifesté. Le laissant refermer lui-même la porte, la jeune personne fit signe à Charles de la suivre. Tout en commençant de monter les marches, il eut le temps de jeter un coup d'œil sur les très nombreux dessins et tableaux. Ses connaissances artistiques étaient suffisantes pour lui permettre de reconnaître l'école à laquelle ils appartenaient pour la plupart; et le style même de l'artiste particulièrement célèbre dont, sur plusieurs d'entre eux, il distinguait le monogramme. Les furieuses polémiques qu'avaient soulevées ces œuvres une vingtaine d'années auparavant s'étaient maintenant apaisées : des toiles qui avaient été jugées tout juste bonnes à jeter au feu s'arrachaient désormais au plus haut prix. Le gentleman au porte-plume devait être un amateur d'art, d'un art quelque peu suspect; mais, d'une façon non moins évidente, ce devait être un homme fort riche.

Charles suivit la mince silhouette de la jeune fille le long d'une première rangée de marches : d'autres tableaux encore et toujours cette même prédominance de l'école suspecte. Mais son anxiété était maintenant trop forte pour qu'il y prêtât attention. Tandis qu'ils s'engageaient dans une seconde montée d'escaliers, Charles se permit de poser une question.

« Mrs. Roughwood est employée ici comme préceptrice ? »

La jeune fille s'arrêta sur une marche, puis se retourna avec un regard de surprise amusée. Puis ses yeux s'abaissèrent.

« Ce n'est plus une préceptrice. »

Ses yeux se relevèrent sur lui un instant, puis elle reprit sa marche.

Ils atteignirent un second palier. Son guide impénétrable s'avança vers une porte.

« Voulez-vous m'attendre ici. »

Elle entra dans la pièce, laissant la porte entrebâillée. De l'extérieur, Charles apercevait une fenêtre ouverte, un panneau de tulle que gonflait légèrement la brise estivale, et, à travers des feuillages, l'éclat de la surface du fleuve. Un murmure de voix se faisait entendre. Il changea de position, essayant de mieux voir dans la pièce. Il distinguait deux hommes à présent, deux gentlemen. Ils se tenaient devant une peinture posée sur un chevalet, placé en oblique par rapport à la fenêtre, afin de bénéficier du meilleur éclairage. Le plus grand se pencha pour examiner quelque détail, découvrant ainsi le visage de celui qui se trouvait près de lui. Par hasard ses yeux fixés dans la direction de la porte rencontrèrent le regard de Charles. Il eut une très légère inclinaison de tête et regarda du côté de quelqu'un qui se trouvait dans la partie invisible de la pièce.

Charles demeurait abasourdi.

Car c'était là le visage d'un homme qu'il connaissait; un visage même qu'en une occasion il avait entendu discourir pendant une heure ou deux dans une conférence publique, et Ernestina était alors à ses côtés. C'était impossible, et pourtant... et cet homme aperçu en bas ! Ces dessins et ces tableaux ! Il détourna hâtivement la tête et regarda — non pas comme quelqu'un qui s'éveille d'un cauchemar mais comme s'il y entrait — du côté d'une grande fenêtre, à l'autre extrémité du palier, qui dominait les verdures d'un jardin. Mais il ne voyait rien; rien autre que la folie stupide de cette idée qu'une femme tombée ne saurait que tomber plus bas encore — car, n'était-il pas venu en ce lieu pour combattre les effets de cette loi de la pesanteur ? Il était aussi troublé que quelqu'un voyant soudain le monde à l'envers et des gens qui marchaient, la tête en bas.

Un bruit.

Il regarda autour de lui. Elle était là, contre la

porte qu'elle venait de refermer, la main sur la poignée de la porte, difficile à voir clairement dans ce brutal défaut de la clarté solaire.

Et ses vêtements ! Le changement était tel qu'il pensa un instant qu'il devait s'agir de quelqu'un d'autre. Dans son esprit, il la voyait toujours sous son apparence ancienne, comme une silhouette hantée du souvenir d'un sombre veuvage. Mais celle-ci, de toute évidence, était vêtue de l'uniforme de la femme moderne, rejetant tout le formalisme de la mode féminine de son époque. La jupe était d'un riche tissu bleu sombre, serrée à la taille par une ceinture rouge avec une agrafe dorée en forme d'étoile, qui enserrait également le corsage de soie aux rayures roses et blanches, aux longues manches flottantes, avec une délicate collerette de dentelle blanche qu'agrafait un petit camée. Un ruban rouge entourait les cheveux flottant librement sur les épaules. Devant cette apparition, d'une élégance bohème et pleine d'attrait, deux pensées vinrent aussitôt à l'esprit de Charles : au lieu de deux ans de plus, elle semblait avoir deux ans de moins; et, d'autre part, il avait l'impression, au lieu d'être revenu à Londres, de se trouver de nouveau, d'une façon incompréhensible, en Amérique; car de nombreuses femmes élégantes s'y habillaient pendant le jour d'une façon similaire. Après les tournures, les corsets et les crinolines, elles découvraient dans cette manière de se vêtir la voie du bon sens. Aux Etats-Unis, ce style aux fines et paradoxalement coquettes allusions à l'émancipation, Charles l'avait trouvé tout à fait charmant. A présent, et sous l'effet de maintes suspicions nouvelles, son teint se colorait d'une nuance assez proche de ce rose œillet des rayures du corsage.

Mais à l'encontre de ce premier choc — qu'était-elle à présent ? qu'était-elle devenue ? — il sentait monter en lui un reflux de soulagement. Ces yeux, cette bouche, cet air de défiance naturelle et profonde... c'était bien elle encore. C'était bien la remarquable créature de ses plus heureux souvenirs — mais épanouie, réalisée, sortie toute ailée de sa sombre chrysalide.

Pendant quelques très longs instants, aucune parole ne fut prononcée. Puis ses mains nerveusement se rejoignirent devant l'agrafe dorée de la ceinture.

« Pourquoi venez-vous ici, Mr. Smithson ? »

Elle n'avait donc pas envoyé l'adresse. Elle ne lui était pas reconnaissante de se trouver là. Il ne se souvenait pas que cette question était celle-là même qu'il lui avait posée quand il l'avait vue un jour apparaître devant lui à l'improviste; mais il sentait bien que les positions étaient à présent étrangement inversées. Le suppliant désormais c'était lui, et elle la réticente interlocutrice.

« Mon solicitor a été informé que vous habitiez ici Je ne sais pas par qui.

— Votre solicitor ?

— N'avez-vous pas su que j'avais rompu mon engagement avec Miss Freeman ? »

C'était elle à présent qui était soudain ébranlée. Ses regards sondèrent les siens un long moment, puis elle baissa les yeux. Elle n'avait pas su. Il s'avança d'un pas, pour poursuivre d'une voix plus basse.

« Il n'est pas un coin de cette ville où je n'aie cherché. Chaque mois je faisais insérer une annonce dans l'espoir... »

L'un et l'autre gardaient les yeux baissés sur le peu d'espace qui les séparaient : sur le riche tapis de Turquie qui couvrait toute la longueur du palier. Il essaya de prendre un ton de voix normal.

« Je vois que vous êtes... »

Il voulait dire complètement transformée, mais les mots lui manquaient.

« Je n'ai pas lieu de me plaindre, dit-elle.

— Ce monsieur qui est derrière la porte, n'est-ce pas ?... »

Elle fit un signe d'assentiment pour répondre à ce nom qu'elle pouvait lire dans son regard encore incrédule.

« Et cette maison appartient à... »

Elle sursauta légèrement devant la nuance accusatrice de ce ton. Les souvenirs de ragots autrefois entendus venaient à l'esprit de Charles. Non pas au sujet de l'homme qu'il avait aperçu dans cette pièce, mais de celui qui lui était apparu au rez-de-chaussée. Brusquement, Sarah s'avança vers l'escalier qui montait encore un peu plus haut dans l'immeuble. Charles ne bougeait pas. Elle dirigea vers lui un regard hésitant.

« Venez, s'il vous plaît... »

A sa suite il monta les marches, pour découvrir qu'elle était entrée dans une pièce, située face au nord, surplombant le grand jardin au-dessous. C'était un atelier d'artiste. Sur une table, près de l'entrée s'entassaient des dessins; une peinture à l'huile, à peine commencée, était installée sur un chevalet : l'esquisse d'une jeune femme baissant tristement les yeux, avec un soupçon de feuillage à l'arrière-plan; puis des rangées d'autres toiles tournées contre le mur; sur une autre surface murale, une rangée de portemanteaux d'où pendaient des vêtements féminins de teintes diverses, des châles, des écharpes; un grand vase de céramique; des tables couvertes d'un attirail divers : tubes, pinceaux, pots de couleurs. Un bas-relief, de petites sculptures, une urne avec une touffe de joncs. On avait peine à découvrir un emplacement qui ne soit pas encombré d'objets.

Sarah demeurait à la fenêtre, lui tournant le dos.

« Je suis sa secrétaire, son assistante.

— Vous lui servez de modèle ?

— Quelquefois.
— Je vois. »

Mais il ne voyait rien. Ou plutôt, du coin de l'œil, il apercevait un des croquis sur la table, près de la porte. C'était un nu féminin, nu jusqu'à la taille, et portant sur l'épaule une amphore. Le visage ne paraissait pas être celui de Sarah, mais, vu sous cet angle, il ne pouvait être sûr.

« Vous vivez ici depuis que vous avez quitté Exeter ?
— J'ai vécu ici cette dernière année. »

Si seulement il pouvait lui demander comment — comment ils s'étaient rencontrés, quels étaient leurs rapports véritables ? Il hésita; puis déposa son chapeau, sa canne et ses gants sur un siège près de la porte. Il voyait maintenant sa chevelure dans toute sa magnificence, retombant presque jusqu'à la taille. Elle paraissait plus petite que dans son souvenir, plus mince. Un pigeon tournoya et vint se poser devant elle, sur l'appui de la fenêtre, puis pris de peur, repartit. Plus bas, une porte s'ouvrit et se referma. Il y eut un léger bruit de voix d'hommes s'éloignant dans l'escalier. Cette pièce les séparait. Tout les séparait. Le silence devenait insupportable.

Il était venu pour l'arracher à la pauvreté, à quelque pénible emploi dans une maison maussade. Armé de pied en cap, tout prêt à pourfendre le dragon — et voilà que la dame se moquait des règles les mieux établies. Ni chaînes, ni sanglots, ni mains tendues et suppliantes. Il était comme l'hôte qui, par erreur, se présente à une soirée officielle en tenue de bal masqué.

« Il sait que vous n'êtes pas mariée ?
— Ici, je passe pour être veuve. »

La question suivante pouvait paraître manquer de tact, mais il en avait perdu toute notion.

« Il me semble que sa femme est morte.

— Elle est morte. Mais dans son cœur elle est demeurée vivante.

— Il ne s'est pas remarié ?

— Il vit dans cette maison, en compagnie de son frère. »

Puis elle ajouta également le nom d'une autre personne qui vivait également en ce lieu, comme pour laisser entendre que les craintes, à peine dissimulées de Charles, ne pouvaient qu'être sans fondement devant cette évidence d'un surcroît de population. Mais le nom qu'elle prononça était un de ceux qui devaient immanquablement faire sursauter et se raidir une personne respectable de ces années 1860. La réprobation que lui avait value son œuvre poétique avait été publiquement exprimée par John Morley — un de ces personnages spécifiquement faits pour être les porte-parole de l'opinion générale de leur époque, de simples cloches de résonance autrement dit. Charles avait gardé le souvenir d'une expression qualificative, résumant pour l'essentiel la teneur de cette condamnation : « Le lauréat libidineux d'une troupe de satyres. » Et le maître de maison lui-même ! Ne disait-on pas qu'il avait l'habitude de fumer l'opium ? Une vision orgiaque de quelque ménage à quatre — ou à cinq, si l'on comptait la jeune personne qui était venue lui ouvrir — lui venait à l'esprit. Mais il n'y avait rien d'orgiaque dans l'aspect et les attitudes de Sarah. On pouvait même dire que le fait d'alléguer la présence de ce poète comme une référence pouvait plaider en faveur de sa propre innocence; et, d'autre part, le célèbre conférencier et critique aperçu dans l'entrebâillement de la porte — un homme aux prises de position un peu excessives certes, mais très largement admiré et respecté — que serait-il donc venu faire dans un semblable repaire d'iniquité ?

J'insiste un peu trop peut-être sur le pire aspect —

le côté Morley, esclave de son époque — de l'esprit de Charles; la meilleure partie de lui-même, celle qui auparavant lui avait permis, par-delà les commérages calomnieux des gens de Lyme, de saisir la véritable nature de Sarah, conduisait un rude combat afin d'écarter ces soupçons.

Il commença de s'expliquer d'une voix tranquille; avec, au fond de lui-même, une autre voix qui maudissait cette raideur compassée, cette barrière qui lui interdisait de parler de ses journées, de ses nuits innombrables de solitude, avec la présence de ce fantôme du souvenir à ses côtés, autour de lui, devant lui... les larmes, et il sentait qu'il était impossible de parler des larmes. Il lui parla de ce qui s'était passé cette fameuse nuit, à Exeter; de sa décision; de la façon dont Sam l'avait grossièrement trahi.

Il avait espéré qu'elle se retournerait. Mais elle ne cessait pas de regarder vers la verdure en contrebas, sans qu'il lui soit possible d'apercevoir son visage. On entendait monter des bruits de jeux d'enfants. Il se tut, puis s'avança un peu plus près.

« Ce que je dis ne signifie-t-il rien pour vous ?

— Cela signifie beaucoup, tellement que je... »

Il murmura doucement :

« Puis-je vous demander de poursuivre ?

— Les mots me manquent. »

Et elle s'écarta, comme si elle ne pouvait le regarder à trop courte distance. Ce ne fut que lorsqu'elle se trouva près du chevalet qu'elle s'y risqua.

« Je ne sais pas quoi dire », murmura-t-elle.

Mais elle disait cela sans émotion, sans la moindre manifestation de cette gratitude que si désespérément il attendait, à vrai dire, avec la plus cruelle et déconcertante simplicité.

« Vous m'avez dit que vous m'aimiez. Vous m'avez donné la preuve la plus convaincante que puisse fournir une femme que ce qui existait entre nous était bien autre chose que l'attrait mutuel d'une ordinaire sympathie.

— Je ne nie pas cela. »

Charles la regarda avec un éclair de douloureux ressentiment qui lui fit baisser les yeux. Le silence envahit à nouveau la pièce, et Charles, à son tour, vint à la fenêtre.

« Mais vous avez trouvé de nouvelles et plus pressantes affections ?

— Je pensais ne jamais vous revoir.

— Vous ne répondez pas à ma question.

— Je m'interdisais de regretter l'impossible.

— Cela encore ne...

— Mr. Smithson, je ne suis pas sa maîtresse. Si vous le connaissiez, si vous pouviez savoir quelle est la tragédie de sa vie privée... vous ne pourriez pas un seul instant être aussi... »

Mais elle se tut. Il avait été trop loin; et il restait là, rougissant de s'être ainsi fait donner sur les doigts. Le silence retomba. Puis, tout uniment, elle reprit :

« J'ai trouvé de nouvelles affections, mais elles ne sont pas de la nature que vous avez suggérée.

— Comment me faut-il alors interpréter l'embarras trop évident que vous éprouvez à me revoir ? »

Elle ne répondait pas.

« Bien que je puisse facilement imaginer que ces... amis que vous avez à présent sont beaucoup plus divertissants et intéressants que je n'ai jamais prétendu l'être. »

Mais il se hâta d'ajouter :

« Vous me contraignez à m'exprimer d'une façon détestable et que je réprouve. »

Elle continuait à se taire. Il se tourna vers elle avec un pauvre sourire amer.

« Je vois ce qu'il en est. C'est moi, à présent, qui suis devenu le misanthrope. »

Cette honnête franchise lui réussit mieux. Elle lui jeta un coup d'œil rapide, avec une certaine nuance d'inquiétude. Elle eut une hésitation, puis enfin se décida à parler.

« Pour vous, je n'ai pas voulu cela. J'ai fait ce qui me paraissait le mieux. J'ai abusé de votre confiance, de votre générosité... oui, je me suis même, à dessein, jetée dans vos bras, imposée à vous, en sachant parfaitement que vous aviez d'autres obligations. A cette époque, une sorte de folie était en moi. Je ne l'ai vu clairement que ce jour, à Exeter. Le pire que vous ayez alors pu penser de moi n'était rien autre que la vérité. »

Elle fit une pause, mais il attendait.

« Depuis lors, il m'a été donné de voir des artistes détruire certaines de leurs œuvres qui, aux yeux d'un amateur, pouvaient paraître excellentes. Un jour, j'en ai fait la remarque, et l'on m'a répondu qu'un artiste ne saurait prétendre être un artiste s'il n'est pas lui-même son juge le plus sévère. Je crois que cela est vrai. Je crois que j'ai eu raison de détruire ce qui avait commencé entre nous. Il y avait à la base une tromperie, une...

— La faute n'en était pas à moi.

— Non, ce n'était pas votre faute. »

Elle s'arrêta, puis poursuivit d'un ton moins âpre.

« Mr. Smithson, dernièrement, je remarquais une phrase de Mr. Ruskin. Il parlait de l'inconsistance d'une certaine conception, en indiquant que l'élément naturel y avait été altéré par l'artificiel, le pur par l'impur. Je crois que c'est ce qui s'est produit deux années auparavant. »

Elle ajouta d'une voix basse :

« Et je ne sais que trop bien quelle part j'ai prise à cela. »

Il éprouvait à nouveau cette étrange impression de se trouver, sur le plan intellectuel, en face d'une égale. Il voyait aussi cette discordance qui avait toujours existé entre eux : le formalisme de son propre langage — déplorablement frappant dans cette lettre d'amour qui ne lui était jamais parvenue — et, quant à elle, cette directe franchise. Deux langages, trahissant d'un côté une réserve stupide, un certain vide — mais n'est-ce pas ce qu'elle qualifiait justement d'inconsistance dans la conception — et de l'autre, une certaine substance, la pureté de la pensée et du jugement : la différence, par exemple, entre la simple expression de l'essentiel et une page décorée par Noël Humphreys, tout en volutes, contours élaborés, style rococo d'horreur du vide. C'était cette inconsistance qui, entre eux, s'interposait; bien que charitablement — ou n'était-ce pas pour se débarrasser de lui — elle s'efforçait de le cacher.

« Puis-je pousser plus loin la métaphore ? Ce que vous appelez la part naturelle et pure de la conception, ne peut-on la retrouver, n'y a-t-il pas pour elle de possibilité de rachat ?

— Je crains que non. »

Mais, en disant cela, elle évitait son regard.

« Je me trouvais à quatre milliers de milles d'ici quand m'est parvenue la nouvelle que vous aviez été retrouvée. C'était il y a un mois. Depuis, il ne s'est pas passé une heure sans que je pense à cette rencontre, à cette explication. Vous... vous ne pouvez pas me répondre en vous référant à des observations sur l'art, si pertinentes soient-elles.

— Elles pouvaient tout aussi bien s'appliquer à la vie.

— Ainsi, ce que vous voulez dire, c'est que vous ne m'avez jamais aimé.

— Je n'ai pas dit cela. »

Elle avait tourné le dos. Il s'approcha derrière elle à nouveau.

« Mais c'est cela qu'il faut dire. Vous devez dire :

« J'ai été totalement mauvaise. Je n'ai jamais vu en « lui qu'un instrument dont je pouvais me servir, « quelque chose que je pouvais détruire. Car s'il « m'aime encore à présent, je n'en ai pas souci, peu « m'importe qu'il n'ait trouvé aucune femme au « cours de ses voyages qu'il estime m'être comparable, qu'il ne soit plus qu'un infirme, un fantôme, « une ombre, tant qu'il demeure séparé de moi... »

Elle avait baissé la tête, il poursuivit d'une voix plus basse :

« Voilà ce que vous devez dire : « Peu m'importe « que son seul crime soit d'être resté quelques heures « dans l'indécision, et qu'il ait dû expier cela par le « sacrifice de sa réputation, de sa... », non pas que ce soit cela qui importe... tout ce que je possède, je le sacrifierais cent fois encore si je pouvais seulement savoir... ma très chère Sarah, je... »

Il en est arrivé périlleusement près des larmes. Il avance une main hésitante vers son épaule, la touche; mais à peine l'a-t-il touchée que l'impression d'un imperceptible raidissement fait retomber cette main.

« Il y a quelqu'un d'autre.

— Oui. Il y a quelqu'un d'autre. »

Il lance à ce visage détourné un regard d'horreur outragée. Prend une longue aspiration avant de marcher vers la porte.

« Je vous prie, j'ai autre chose à dire.

— Vous avez dit la seule chose qui importe.

— L'autre n'est pas ce que vous pensez. »

L'intonation est si nouvelle, si tendue, qu'elle arrête son geste pour saisir le chapeau. Il se retourne pour regarder vers elle. Il voit un être hésitant, partagé. Une ancienne Sarah, accusatrice, et une autre qui lui fait signe de l'écouter. Il reste, les regards fixés vers le sol.

« Il y a quelqu'un d'autre dans le sens où vous l'entendez. C'est... un artiste que j'ai rencontré ici. Il désire m'épouser. Je l'admire, je le respecte, autant comme homme que comme artiste, mais jamais je ne l'épouserai. Si, en ce moment, j'étais contrainte de choisir entre vous et Mr...., entre lui et vous, ce n'est pas vous qui sortiriez d'ici le moins heureux. Je vous prie de croire cela. »

Elle s'était avancée dans sa direction, les yeux fixés sur les siens, si directs, si convaincants. Il baissa les yeux à nouveau.

« Votre unique rival, à lui comme à vous, c'est moi-même. Je ne veux pas me marier parce que... D'abord, à cause de mon passé qui m'a accoutumée à la solitude. J'avais cru haïr cette solitude. Et maintenant je vis dans un monde où l'isolement est plus aisé à supporter, et je m'aperçois qu'elle m'est chère. Je ne veux pas partager ma vie. Je veux être ce que je suis, non pas ce qu'un mari, quelle que soit sa bonté, son indulgence, doit s'attendre à me voir devenir dans le mariage.

— Et votre seconde raison ?

— Ma seconde raison, c'est ma vie présente. Je n'avais jamais espéré avoir une vie heureuse. Pourtant, dans ma situation actuelle, je me trouve heureuse. J'ai un travail varié et qui me convient, assez plaisant pour me faire assister à la conversation quotidienne d'hommes de génie. Ces hommes ont leurs défauts ou leurs vices. Mais ce ne sont pas ceux que le monde s'efforce d'imaginer. Les personnes que j'ai pu rencontrer ici m'ont permis d'entrevoir une communauté poursuivant des buts honorables, de nobles desseins, alors que j'ignorais même que de telles choses existent en ce monde. »

Elle se retourna du côté du chevalet.

« Mr. Smithson, je suis heureuse, je suis enfin arrivée, du moins je le crois, à ce à quoi j'étais destinée. Je dis cela très humblement. Je n'ai pas moi-même de génie. Je ne possède rien autre que cette aptitude d'aider le génie en de petites choses et de très humble façon. Vous pouvez penser que j'ai eu beaucoup de chance. Personne ne le sait mieux que moi-même. Mais il me semble qu'à l'égard même de cette chance j'ai contracté une dette. Je ne dois pas la chercher ailleurs. Je dois y voir une chose précaire, mais dont je ne puis me laisser déposséder. »

Elle s'interrompit à nouveau, puis se tourna pour lui faire face.

« Pensez de moi ce que vous voudrez, mais je ne puis désirer que ma vie soit autre qu'elle n'est en ce moment. Et pas même lorsque m'implore un homme que j'estime, qui a su me toucher plus que je ne l'ai laissé paraître, alors que je suis très loin de mériter tant de généreuse et fidèle affection. »

Elle abaissa ses yeux.

« Et auquel je demande de me comprendre. »

En différents points, Charles aurait voulu interrompre la présentation de ce credo. Ces allégations lui paraissaient pure hérésie, et pourtant, au plus profond de lui-même, il sentait grandir son admiration pour l'hérétique. Elle était différente de toute autre; plus que jamais différente. Il voyait que Londres, sa vie nouvelle, l'avait transformée d'une façon subtile; avait raffiné son vocabulaire et son accent, articulé l'appréhension intuitive, approfondi la clarté de la vision; ses conceptions de l'existence et du rôle qu'elle était appelée à y jouer avaient trouvé leur ancrage dans des eaux plus sûres et moins agitées que précédemment. A première vue, l'élégance de la toilette l'avait induit en erreur. Mais il commençait de voir que ce n'était là qu'un des facteurs de sa nouvelle connaissance et de sa nouvelle maîtrise d'elle-même : elle n'avait plus besoin de porter un uniforme. Il voyait cela, et pourtant se refusait à le voir. Il revint légèrement vers le centre de la pièce.

« Mais les buts pour lesquels la femme existe

parmi la création, vous ne pouvez les rejeter. Et pour quoi ? Je n'ai rien contre Mr.... (il montrait du geste la toile sur le chevalet)... et son cercle. Mais vous ne pouvez prétendre les servir envers et contre la loi de la nature. »

Il poussa plus loin son avantage.

« Moi aussi j'ai changé. J'ai appris à me mieux connaître, à voir ce qu'il y avait de faux en moi-même. Je ne pose aucune condition. Tout ce qu'est maintenant Miss Sarah Woodruff, Mrs. Charles Smithson pourra aussi bien le rester. Je ne vous interdirais pas ce monde nouveau ou le plaisir qu'il est susceptible de vous procurer. Je n'offre rien de plus que l'élargissement de votre bonheur présent. »

Elle alla à la fenêtre, et il avança vers le chevalet, ne la quittant pas des yeux. Elle se tourna à demi.

« Vous ne comprenez pas. Ce n'est pas votre faute. Vous êtes très bon. Mais on ne peut pas me comprendre.

— Vous oubliez que vous m'avez déjà dit cela. Il me semble que c'est là une question d'orgueil.

— Je voulais dire que moi-même je ne puis parvenir à me comprendre. Et il m'est impossible de vous dire pourquoi, mais il me semble que mon bonheur dépend du fait que je ne suis pas comprise. »

Charles, comme malgré lui, ne put s'empêcher de sourire.

« Mais c'est absurde. Vous refusez de prendre en considération ce que je vous propose parce que cela pourrait vous conduire à vous comprendre vous-même.

— Je refuse cette proposition, comme j'ai refusé cet autre gentleman, parce que vous ne pouvez pas comprendre que pour moi ce n'est pas une absurdité. »

Elle lui tourna le dos à nouveau, et il commença de percevoir comme un pâle reflet d'espérance, car, tant dis qu'elle tourmentait nerveusement quelque objet posé devant elle sur l'entablement blanc, il découvrait là l'indice d'une sorte d'embarras d'enfant obstiné.

« Cela, vous ne pouvez refuser de le voir. Vous pourrez demeurer entourée de tout votre mystère. Pour moi, il demeurera sacro-saint.

— Ce n'est pas vous que je crains. C'est l'amour que vous me portez. Je sais trop bien qu'en ce cas rien ne peut demeurer sacro-saint. »

Il éprouvait les sentiments d'un homme qui se voit dépouillé d'une fortune par l'effet d'une expression banale dans un texte juridique — victime de la suprématie irrationnelle de la loi sur le plus raisonnable des objectifs. Mais jamais elle ne consentirait à plier devant la raison; au sentiment, elle serait peut-être plus accessible. Il hésita et s'approcha un peu plus près d'elle.

« Vous n'avez jamais pensé à moi au cours de cette absence ? »

Elle le regarda : un regard presque dur, comme si elle avait prévu cette nouvelle forme d'offensive, et s'en trouvait presque satisfaite. Après quelques instants, elle se retourna et regarda vers la ligne de faîte des toits qui fermait l'horizon au-delà du jardin.

« Au début, j'ai beaucoup pensé à vous. J'y pensais beaucoup encore, quelque six mois plus tard, quand je vis pour la première fois une des annonces que vous faisiez insérer...

— Alors ?... »

Mais elle poursuivit implacablement :

« Et qui me contraignit à changer de nom et d'appartement. Je me renseignai, et j'appris alors, mais alors seulement, que vous n'aviez pas épousé Miss Freeman. »

Il demeura à la fois glacé et incrédule pendant cinq longues secondes; alors elle glissa vers lui un regard. Il crut y percevoir une sorte d'exultation, comme si elle avait gardé en réserve cette carte maîtresse, et pire, avait attendu pour l'abattre qu'il ait lui-même dévoilé tout ce qu'il pouvait avoir en main. Elle s'écarta d'un pas tranquille, et cette tranquillité, cette apparente indifférence était plus horrible que le mouvement lui-même. Il la suivait du regard. Et peut-être commençait-il enfin à saisir quel pouvait être son mystère. Quelque terrible perversion avait commencé dans le destin des sexes de l'humanité. Lui-même n'était qu'un pauvre fantassin, un simple pion dans une immense bataille; et comme dans toutes les batailles, il ne pouvait plus être question d'amour, mais de possession et de territoires. Il voyait plus loin. Ce n'était pas l'homme qu'elle haïssait en lui, et elle ne le méprisait pas personnellement plus que les autres hommes, mais ses manœuvres faisaient simplement partie de sa stratégie protectrice : des instruments au service d'un dessein plus vaste. Il voyait plus loin encore : il voyait que son prétendu bonheur actuel n'était qu'un autre mensonge. Au plus profond de son être, elle souffrait encore de la même façon qu'autrefois; et c'était là le mystère qu'elle était effrayée en fin de compte qu'il parvienne à découvrir.

Il y eut un silence.

« Ainsi vous n'avez pas seulement détruit ma vie, vous avez trouvé plaisir à le faire.

— Je savais que d'une rencontre comme celle-ci ne pouvait venir que de la détresse.

— Je pense que vous mentez. Je pense que vous vous êtes réjouie de me savoir malheureux. Et n'est-ce pas vous qui avez adressé cette lettre à mon solicitor ? »

Elle le regarda avec un geste rapide de dénégation mais il lui opposa un masque glacé.

« Vous oubliez que j'ai pu apprendre, à mon dam quelle actrice accomplie vous pouvez être afin de parvenir à un but fixé. Je découvre à présent comment j'ai été conduit ici afin d'y recevoir le coup de grâce. C'est une nouvelle victime que vous avez devant vous. Vous pouvez étancher une dernière fois la haine insatiable et monstrueuse que vous portez à tout mon sexe... et maintenant vous pouvez me dire de partir.

— Vous vous méprenez. »

Mais elle avait dit cela beaucoup trop calmement, comme si elle demeurait insensible à toutes ses accusations; ou même comme si, perversement, elle en savourait le goût au plus profond d'elle-même. Amèrement il secoua la tête.

« Non, c'est bien cela. Non seulement vous avez enfoncé le poignard dans ma poitrine, mais vous avez pris plaisir à le retourner. »

Elle se tenait maintenant devant lui, comme malgré elle et comme pétrifiée, comme le criminel attendant sa sentence avec un regard de défi. Il la prononça.

« Un jour viendra où il vous faudra rendre compte de ce mal que vous m'avez fait. Et s'il existe au ciel une justice, votre châtiment sera plus long que l'éternité. »

Paroles mélodramatiques, mais les mots importent moins parfois que la profondeur des sentiments qu'ils révèlent — et, pour Charles, ils montaient d'un désespoir qui emportait tout son être. Ce n'étaient pas pour lui paroles de mélodrame, mais l'expression de sa tragédie. Pendant un long moment elle continua de le regarder, et dans ses yeux passait un reflet de la terrible malédiction que Charles éprouvait dans son âme. Avec une tranchante brusquerie, elle baissa la tête.

Il hésita une dernière seconde. Son visage était comme l'obstacle croulant d'un barrage prêt de s'effondrer, si dense était le poids d'anathèmes forçant contre sa masse. Mais aussi brusquement qu'elle s'était reconnue coupable, il serra les mâchoires, tourna sur ses talons et marcha vers la porte.

D'une main saisissant sa jupe, elle se précipita derrière lui. Le bruit le fit se retourner. Un instant elle resta immobile, comme perdue. Mais avant qu'il ait eu le temps de poursuivre, elle l'avait dépassé vers la porte. Sa sortie était bloquée.

« Je ne puis pas vous laisser partir sur cette pensée. »

Son sein se soulevait, comme si le souffle lui manquait; ses yeux ne le quittaient pas, comme si elle comptait sur leur seule force pour pouvoir l'arrêter. Mais quand, de la main, il eut un geste de colère, elle parla.

« Il y a, dans cette maison, une personne qui me connaît, qui me comprend mieux que qui que ce soit en ce monde. Elle désire vous voir. Ne refusez pas cela, je vous prie. Elle expliquera... ma vraie nature, beaucoup mieux que je ne puis le faire moi-même. Elle expliquera que ma conduite, à votre égard, est moins blâmable que vous ne le supposez. »

Ses yeux flamboyaient devant ce regard, comme s'il allait laisser le barrage se rompre. Il fit un difficile et visible effort pour se dominer; calmer ce feu, reprendre le masque glacé; et il y parvint.

« Je suis stupéfait que vous puissiez croire qu'une personne étrangère puisse, à mes yeux, excuser votre conduite. Et maintenant...

— Elle attend, elle sait que vous êtes là.

— Peu m'importe — quand il s'agirait de la Reine en personne ! Je ne veux pas la voir.

— Je ne serai pas présente. »

Ses joues étaient devenues très rouges, presque aussi rouges que celles de Charles. Pour la première et la dernière fois dans sa vie, il fut tenté, à l'rencontre d'une personne du sexe faible, d'utiliser des moyens physiques.

« Écartez-vous ! »

Mais elle secoua la tête. Les mots ne pouvaient plus servir désormais : une simple question de volonté. Elle demeurait là, tendue, presque tragique; et pourtant, un reflet étrange flottait dans cet obsédant regard, un souffle, comme venu d'un autre monde, flottait imperceptiblement dans cet espace qui les séparait. Elle l'observait, comme si elle savait qu'il était enfin forcé, aux abois; un peu effrayée, incertaine de ses réactions, et sans hostilité pourtant; comme s'il n'y avait rien autre, sous ces apparences, que de la curiosité; l'observation du résultat d'une expérience. Charles se sentit chanceler. Il baissa les yeux. Derrière sa fureur demeurait cette certitude de l'aimer encore, de savoir qu'elle était l'être dont il ne pourrait jamais oublier la perte. Les yeux fixés sur la boucle brillante de sa ceinture, il éleva la voix.

« Que dois-je comprendre par là ?

— Ce que quelqu'un de moins honorable aurait pu déjà deviner depuis quelque temps. »

Il sondait le fond de ses regards. N'y avait-il pas là le soupçon d'un sourire. Non, c'était une erreur, une impossibilité. Ces impénétrables regards s'attachèrent à lui un moment encore; puis abandonnant la porte, elle traversa la pièce pour atteindre un cordon d'appel placé sur le côté de la cheminée. Le passage était libre; mais il la regardait sans esquisser le moindre mouvement. « Ce que quelqu'un de moins honorable... » A quelle monstruosité nouvelle fallait-il encore s'attendre ? Une autre femme qui la connaissait et la comprenait mieux que... cette haine de l'homme... cette maison habitée par... Il n'osait pas formuler cela en lui-même. Elle tira la poignée de cuivre et revint à lui de nouveau.

« Elle va venir de suite. »

Sarah ouvrit la porte, lui jeta un coup d'œil de biais.

« Je vous prie d'écouter ce qu'elle a à vous dire... et de lui accorder tout le respect qui est dû à sa situation et à son âge. »

Elle sortit. Mais ces derniers mots apportaient une indication essentielle. Il devinait qui il allait être appelé à rencontrer. C'était la sœur de son maître, la poétesse (je ne veux pas dissimuler leurs noms plus longtemps) Miss Christina Rossetti [1]. Evidemment ! N'avait-il pas toujours découvert dans ses poèmes, quand il en avait lu, assez rarement il faut dire, un certain mysticisme plein d'obscurités ? Une obscurité passionnée, l'impression d'une intériorité complexe et trop spécifiquement féminine : à dire vrai, une assez absurde confusion entre les limites de l'amour humain et celles de l'amour divin.

Il marcha vers la porte et l'ouvrit. Sarah était devant une autre porte, vers l'extrémité du palier, sur le point d'entrer. Elle jeta un regard autour d'elle et il ouvrit la bouche pour lui adresser la parole. Mais il entendit un léger bruit un peu plus bas. Quelqu'un montait l'escalier. Sarah mit un doigt sur ses lèvres et disparut dans la pièce.

Charles hésita, puis revint dans l'atelier et alla vers la fenêtre. Il voyait bien à présent à qui il fallait s'en prendre de cette philosophie de l'existence qu'avait exprimée Sarah — à celle que le *Punch* avait désignée un jour du nom de « sanglotante abbesse », cette hystérique vieille fille de la communauté préraphaélite. Comme il aurait voulu n'avoir jamais pris cette décision du retour ! S'il s'était au moins un peu mieux renseigné avant d'aller se fourrer dans cette situation

1. Sœur de Dante Gabriel Rossetti — peintre et poète, fondateur du groupe préraphaélite. Celui-ci, après la venue de la fortune et la mort tragique de sa femme « Lizzie », installa une demeure luxueuse et ornée d'objets d'art qu'il partagea avec G. Meredith et Swinburne. C'est sans doute à ce dernier que Sarah avait fait allusion un peu plus haut.

déplorable ! Mais il y était pris. Et soudain, il se sentit fermement déterminé, et non sans une sombre satisfaction, à ne pas se laisser prendre dans les rets de la fameuse poétesse. Il ne devait pas être beaucoup plus à ses yeux que quelque grain de sable parmi des millions d'autres, un quelconque brin d'herbe dans ce jardin exotique de...

Il entendit un bruit. Il se retourna, et certes avec un visage glacialement fermé. Mais ce n'était pas Miss Rossetti, simplement la jeune fille qui l'avait introduit et qui, au creux de ses bras pliés, soutenait un petit enfant. Elle allait sans doute à la nursery et, voyant la porte de l'atelier entrouverte, avait dû entrer pour y jeter un coup d'œil. Elle paraissait surprise de le trouver seul.

« Mrs. Roughwood est sortie ?

— Elle m'a laissé entendre... qu'une dame désirerait me dire quelques mots en particulier. Elle a sonné pour cela. »

La jeune fille eut une inclinaison de tête.

« Je vois. »

Mais au lieu de se retirer, comme Charles s'y attendait, elle s'avança plus avant dans la pièce et installa le bébé sur un tapis proche du chevalet. Elle chercha dans la poche de son tablier et en sortit une poupée de chiffon; elle s'agenouilla un court instant, comme pour s'assurer que le bébé était à l'aise et satisfait d'être là. Puis, sans dire mot, elle se redressa et se dirigea d'un pas léger vers la porte. Charles se demandait s'il devait paraître surpris ou offusqué.

« Je crois que cette dame doit venir à l'instant. »

La jeune fille se retourna. Elle avait un petit sourire sur les lèvres; et elle regarda du côté de l'enfant déposé sur le tapis.

« Elle est venue. »

Pendant au moins dix secondes après que la porte se fut refermée, Charles demeura ébahi. C'était une petite fille avec des cheveux noirs et de petits bras potelés : autre chose qu'un bébé déjà, et pas tout à fait un enfant. Elle parut soudain s'apercevoir que Charles n'était pas un objet inanimé. Elle lui présenta la poupée avec un petit cri inarticulé. Il apercevait, dans le petit visage régulier, le regard sérieux des prunelles grises, avec cette expression de doute, de ne pas bien savoir à qui elle avait affaire... Un instant plus tard, il était agenouillé devant elle, sur le tapis. Il l'aidait à se mettre debout sur les petites jambes incertaines, tout en scrutant les traits du petit visage, comme quelque archéologue qui vient de déterrer sa première inscription gravée en caractères inconnus. Ce genre d'examen déplaisait manifestement à la petite fille. Peut-être avait-il serré un peu trop fort la menotte fragile. En toute hâte, il chercha sa montre, comme il se rappelait l'avoir fait dans une autre situation délicate quelque peu similaire. Il obtint le même excellent résultat; et en peu de temps il fut à même de prendre l'enfant sans qu'elle proteste et de la porter jusqu'à un fauteuil près de la fenêtre. Elle demeurait assise sur son genou, toute son attention dirigée vers le joujou brillant; et lui, toute son attention était accaparée par ce visage, ces menottes, tout ce qui pouvait faire partie de ce petit être.

Mais elle revenait également sur toutes les paroles qui avaient été prononcées dans cette pièce. Le langage est comme un lé de soie vive : tout peut dépendre de l'angle sous lequel il est présenté.

Il entendit la porte s'ouvrir doucement. Mais il ne se retourna pas. Une main vint se poser sur le dossier de bois du fauteuil sur lequel il était assis. Il ne dit mot, et celle à qui appartenait cette main ne disait mot; l'enfant, absorbée par la montre, demeurait également silencieuse. Dans quelque maison du voisinage, un amateur — une dame qui devait essayer de passer le temps sans avoir un sens très clair de la mesure, car seule la distance rachetait la faiblesse de l'exécution — commença de jouer du piano : les notes d'une mazurka de Chopin s'égouttaient des murs, des branches et des rayons lumineux. Seul le mouvement des notes de la cadence incertaine marquait la progression du temps. Il n'y avait rien autre : une histoire arrêtée vive, un instantané durable.

Mais la petite fille se lassa, et tendit les mains vers sa mère. Celle-ci la prit, la berça, s'éloigna de quelques pas. Charles demeura un long moment, les yeux fixés vers la fenêtre. Puis il se leva, alla à la rencontre de Sarah et de son fardeau. Ses yeux étaient graves encore, mais elle eut un léger sourire. On le tançait à présent. Mais il eût volontiers parcouru quatre millions de milles pour pouvoir être tancé de cette façon.

L'enfant, voyant sa poupée sur le sol, tendit la main vers elle. Sarah se baissa pour la ramasser et la lui rendre. Pendant un moment elle observa l'enfant penchée sur son épaule et tout absorbée par sor jouet; puis, se tournant du côté de Charles, ses re gards se baissèrent. Elle ne pouvait le regarder dans les yeux.

« Comment s'appelle-t-elle ?

— Lalage. »

Elle accentua le nom comme un dactyle, avec le *g* dur. Elle ne pouvait pas encore relever les yeux.

« Mr. Rossetti s'est approché de moi, un jour, dans la rue. Je ne le connaissais pas, mais il m'avait observée. Il me demanda si je voulais bien poser pour un croquis. Elle n'était pas encore née. Il s'est montré très bon à mon égard quand il a appris ce qu'il en était. C'est lui qui a proposé le nom, et il est son parrain. »

Elle murmura :

« Je sais bien que c'est étrange. »

Etranges certes étaient les impressions de Charles

— étrangeté accrue encore par cette dernière et curieuse façon de solliciter son avis sur, en de telles circonstances, un bien petit détail; comme si, dans l'instant où son navire venait de heurter un récif, on lui demandait son opinion sur la matière qui conviendrait pour les garnitures intérieures de la cabine. Pourtant, gauchement, il s'entendit répondre :

« Cela vient du grec : *lalageo*, je babille comme un ruisseau. »

Sarah abaissa la tête, comme si elle lui était reconnaissante de ce renseignement étymologique. Et Charles la regardait, l'esprit tout plein encore du craquement des mâts, des cris et du tumulte du naufrage. Jamais il ne le lui pardonnerait.

Il l'entendit murmurer :

« Cela ne vous plaît pas ?

— Je... »

Il ravala les mots qui lui venaient aux lèvres.

« Si. C'est un joli nom. »

Et elle abaissa la tête à nouveau. Mais il était incapable de se mouvoir, incapable d'écarter la terrible interrogation qui voilait son regard; comme un homme fixe ce pan de mur qui, s'il était passé un instant plus tard, l'aurait écrasé dans sa chute; et fixe le hasard, un élément que l'homme néglige de façon si habituelle pour le rejeter dans les anciens fourre-tout du mythe — et qui s'incarne dans cette silhouette, cette double silhouette devant lui. Les yeux de Sarah demeurent baissés, masqués par les sombres cils. Mais il distingue, il a senti que sur eux il y a des larmes. Involontairement, il fait deux ou trois pas dans sa direction. Puis, à nouveau, il s'arrête. Il ne peut pas, il ne peut pas... les mots, d'une voix basse, jaillissent.

« Mais pourquoi ? Pourquoi ? Qu'arriverait-il si jamais je... »

Elle baisse la tête plus bas encore. Il perçoit a peine sa réponse.

« Il fallait qu'il en soit ainsi. »

Et il comprend : tout devait être remis entre les mains de Dieu : dans le pardon qui devait être accordé à leurs péchés. Il regarde encore pourtant vers ce visage qu'elle dissimule.

« Et toutes ces paroles cruelles prononcées... et qui m'ont contraint à répondre ?

— Elles devaient être dites. »

Elle releva enfin les yeux vers lui. Ses yeux étaient pleins de larmes, et le regard insupportable dans son dépouillement. Une ou deux fois dans notre vie il nous arrivera de rencontrer et de répondre à un tel regard : regard où le monde se défait, où le passé se fond; regard où, dans l'étanchement simple de la soif la plus profonde, nous percevons que le fondement de l'éternité ne saurait être autre chose que l'amour, là, en cet instant, en ces mains qui se rejoignent, en cet aveugle silence où deux fronts s'inclinent, l'un au-dessous de l'autre; où Charles, après un raccourci d'éternité, se rend, avec une question encore, qui n'est plus guère qu'un murmure.

« Parviendrai-je jamais à comprendre vos paraboles ? »

Ce front, contre sa poitrine, le nie avec une véhémence muette. Un long moment. Les lèvres pressées contre la chevelure auburn. Dans la maison lointaine, la dame inexperte, sans doute saisie de remords (luttant peut-être avec le fantôme torturé du malheureux Chopin) vient de cesser de jouer. Et Lalage, comme si le bienheureux silence l'avait conduite à réfléchir sur l'art de la musique, et l'ayant fort bien compris, frappe les joues de son père à grands coups de la poupée de chiffon, pour lui rappeler — il est grand temps — que des milliers de violons peuvent s'endormir rapidement si la batterie ne les réveille.

[illegible]

[illegible]

[illegible]

61

L'évolution n'est autre chose que le processus par lequel le hasard (les mutations occasionnelles provoquées par l'effet des radiations naturelles sur les spires d'acide nucléique) coopère avec les lois de la nature pour créer des formes vivantes plus évoluées et mieux aptes à survivre.

MARTIN GARDNER,
L'Univers ambidextre (1967).

La mise en action de ce que l'on connaît, voilà la vraie piété.

MATTHEW ARNOLD, *Carnets (1868).*

UNE règle bien établie et qui a fait ses preuves est qu'un romancier doit bien se garder d'introduire, vers la fin de son ouvrage, quelque personnage nouveau qui ne soit pas d'importance mineure. J'espère que l'on me pardonnera celui de Lalage. Mais la présence d'une personne, apparemment d'une importance capitale, qui, au cours de la dernière scène, est demeurée appuyée sur le parapet du quai, de l'autre côté de la rue, en face du n° 16 Cheyne Walk, résidence de Mr. Dante Gabriel Rossetti (qui, notons-le en passant, ne fumait pas l'opium mais prenait du chloral et en mourut) pourra paraître, à première vue, comme une grossière transgression de cette règle. Je n'avais nullement l'intention de l'introduire; mais comme il s'agit de ce type de personnage qui ne saurait souffrir de demeurer en dehors du cercle des projecteurs, de l'homme qui voyage toujours en première classe ou pas du tout, pour qui il ne saurait exister un autre pronom que celui de la première personne, qui en somme a toujours un premier rôle à jouer, et puisque je me refuse de m'arroger le droit de modifier la nature (même en ses pires aspects), il a lui-même pris soin de se manifester, ou comme il le déclarerait, est intervenu *en sa réalité propre*. Je n'entends pas laborieusement suggérer que, sans qu'il y paraisse, il a toujours été impliqué, et ne saurait donc être considéré comme un personnage nouveau. Mais soyez assuré qu'il demeure, en dépit des apparences, un personnage très mineur — d'importance aussi minime, en fait, que la particule d'un rayon gamma.

Dans sa propre réalité... les traits ne sont pas particulièrement plaisants. La barbe, jadis fournie et patriarcale, a été taillée et présente une certaine apparence d'affectation, de recherche d'une touche française. Il y a, dans la façon de se vêtir, dans le gilet d'été aux broderies apparentes, dans les trois bagues de la main, le Panatela au bout du porte-cigare d'ambre, la canne à pommeau de malachite, un certain air affecté et criard. Il semble qu'il ait abandonné le prêche pour la direction de quelque grand opéra, et que cela lui ait beaucoup mieux réussi. On trouve en lui, en somme, plus d'un trait de l'imprésario qui a connu le succès.

Et maintenant, tout en s'appuyant négligemment contre le parapet, il pince légèrement l'extrémité de son nez entre deux phalanges de l'index et de l'annulaire. On a l'impression qu'il s'amuse fort et a quelque peine à le dissimuler. Il regarde à nouveau du côté de la maison de Mr. Rossetti, et presque comme si elle lui appartenait, comme s'il s'agissait là d'un nouveau théâtre dont il vient de faire l'acquisition et qu'il ne doute pas de pouvoir remplir. Sur ce point il n'a pas changé : il a évidemment l'impression que le monde lui appartient et qu'il doit pouvoir s'en servir à sa guise.

Mais voilà qu'il se redresse. Cette flânerie dans Chelsea a été un plaisant interlude, mais quelque plus importante affaire doit l'attendre. Il sort sa montre — une Bréguet — et parmi un grand nombre de clefs qu'il porte accrochées à une autre chaîne d'or, il en choisit une de petite dimension. Il fait une légère correction de l'heure indiquée. Il semble — bien que la chose paraisse bizarre pour un instrument sorti des mains du meilleur des horlogers — que cette montre devait avancer d'un bon quart d'heure. C'est d'autant plus étrange qu'aucune pendule n'est visible qui aurait pu lui permettre de découvrir cette erreur. Mais on peut deviner la raison de ce geste. Il est tout simplement en train de se préparer une excuse pour un retard à son prochain rendez-vous. Ne voit-on pas des grands de ce monde qui ne sauraient souffrir qu'on les prenne en défaut, fût-ce sur un point de la plus minime importance ! D'un geste impérieux de la canne, il fait signe à un landau qui attendait à une centaine de pas. La voiture arrive au trot devant lui, en bordure du trottoir. Le valet de pied s'élance pour ouvrir la porte. L'imprésario monte, s'assied, se laisse aller confortablement contre le dossier de cuir rouge, refuse le plaid à monogramme que le valet lui présente pour couvrir ses jambes. Le valet de pied ferme la portière avec soin, s'incline et va rejoindre l'autre domestique sur le siège. A voix haute les instructions sont transmises, le cocher touche le bord du chapeau à cocarde avec le manche de son fouet.

D'un trot rapide l'équipage s'éloigne.

« Non, c'est bien cela. Non seulement vous avez enfoncé le poignard dans ma poitrine, mais vous avez pris plaisir à le retourner. »

Elle se tenait maintenant devant Charles, comme malgré elle et comme pétrifiée, comme le criminel attendant sa sentence avec un regard de défi. Il la prononça.

« Un jour viendra où il vous faudra rendre compte de ce mal que vous m'avez fait. Et s'il existe au ciel une justice, votre châtiment sera plus long que l'éternité. »

Il hésita une dernière seconde. Son visage était comme l'obstacle croulant d'un barrage prêt de s'effondrer, si dense était le poids d'anathèmes forçant contre sa masse. Mais, aussi brusquement qu'elle s'était reconnue coupable, il serra les mâchoires, tourna sur ses talons et marcha vers la porte.

« Mr. Smithson ! »

Il fait encore un ou deux pas; jette par-dessus son épaule un coup d'œil vers elle; et, avec la violente détermination de sa conscience de l'impardonnable, fixe devant lui le bas de la porte. Il entend le léger froissement de sa robe. Elle est là, juste derrière lui.

« N'est-ce pas là la preuve de ce que je disais voici un instant, qu'il eût mieux valu ne jamais nous revoir ?

— Votre logique présume que j'aie pu connaître votre vraie nature. Je l'ignorais.

— En êtes-vous sûr ?

— Votre maîtresse, à Lyme, me paraissait un monstre de bigoterie égoïste. Je m'aperçois que c'était une sainte à côté de sa compagne.

— Ce n'aurait pas été de l'égoïsme si je vous avais dit que vous pouviez m'épouser, tout en sachant bien que j'étais incapable de vous aimer comme devrait le faire une épouse ? »

Charles lui jeta un regard glacial.

« Il fut un temps où vous parliez de moi comme de votre dernière ressource, l'unique espoir qu'il y eût encore dans votre vie. La situation est maintenant inverse. Vous n'avez plus de temps à me consacrer. Parfait ! Mais ne tentez pas de vous défendre. L'injure est déjà suffisante; n'y ajoutez pas la malice. »

Dès le début il avait senti cela qui pesait sur sa pensée : son plus fort, mais aussi le plus méprisable de ses arguments. Et tandis qu'il l'exprimait, il n'arrivait pas à dissimuler son tremblement, l'impression qu'il était à bout, que du moins il ne pouvait plus supporter cet outrage plus longtemps. Il jeta vers elle un dernier regard torturé et rassembla ses forces pour ouvrir la porte.

« Mr. Smithson ! »

A nouveau. Et à présent, il sentait cette main sur son bras. Une fois de plus il s'arrêta, maudissant cette main, sa faiblesse à se laisser paralyser par elle. C'était comme si elle tentait de lui dire quelque chose que des mots ne pouvaient exprimer. Rien de plus peut-être qu'un geste de regret, ou d'excuse. Si c'était cela pourtant, cette main serait certes retombée à l'instant même de le toucher; et pourtant ce n'était pas seulement psychiquement mais matériellement qu'elle le retenait. Très lentement il retourna la tête pour la regarder. Et il éprouva un choc à percevoir qu'il y avait dans ses yeux, sinon sur ses lèvres, comme l'esquisse d'un sourire, un reflet de ce sourire qu'il avait autrefois perçu, si étrangement, quand ils avaient été sur le point d'être surpris par Sam et Mary. Etait-ce de l'ironie ? Une façon d'insinuer qu'il ne fallait pas prendre la vie tellement au sérieux ? Un méchant plaisir à le voir aussi misérable ? Mais là encore, cette main aurait dû retomber, alors qu'il sondait ces yeux de son regard de détresse, totalement dépourvu d'humour. Et pourtant, il éprouvait encore cette pression sur son bras; comme si elle essayait de dire : regardez, ne voyez-vous pas, une solution existe ?

Il comprit cela. Il regarda cette main, et à nouveau ce visage. Lentement, comme en réponse, le rouge montait à ces joues, et le sourire s'effaçait de ces yeux. Sa main retomba contre elle. Et ils demeuraient ainsi, se regardant, comme si, leurs vêtements soudainement tombés, ils se trouvaient nus l'un en face de l'autre; mais pour lui cette nudité paraissait moins sensuelle que clinique, avec le cancer révélé dans son hideuse réalité. Dans ses regards, il cherchait à découvrir quelles pouvaient être ses intentions réelles, et il ne découvrait qu'un esprit disposé à tout sacrifier à sa réalité propre — prêt à abandonner la vérité des sentiments, voire même toute féminine modestie, en vue de préserver sa propre intégrité. Et là, il fut un moment tenté de se plier à cet éventuel sacrifice. Il percevait maintenant en elle-même cette crainte et la connaissance claire de cette fausseté de lui proposer l'impossible; et accepter son offre d'une amitié platonique — qui même si elle pouvait un jour devenir plus intime ne serait jamais consacrée — serait ce qui la blesserait le plus.

Mais il n'eut pas plus tôt vu cela qu'il vit aussi quelle pouvait être la réalité d'un arrangement de cette sorte : il ne pouvait devenir ainsi que le ridicule point de mire de ce milieu corrompu, le soupirant guindé, l'animal favori et apprivoisé. Il voyait en quoi résidait sur elle sa supériorité : ce n'était pas une supériorité de naissance ou d'éducation, ni celle de son sexe ou de son intelligence, mais celle d'une aptitude à donner qui était en même temps une totale inaptitude au compromis. Elle n'était capable de donner qu'en vue d'une possession; et afin qu'elle puisse l'avoir à elle — soit parce qu'il était ce qu'il était, soit parce que le besoin de possession était si profond en elle qu'il devrait être constamment renouvelé, qu'il ne pourrait pas se satisfaire d'une unique conquête, soit... mais il ne pourrait et ne voudrait jamais savoir... que l'avoir à elle ne lui suffisait pas.

Et il vit finalement qu'elle savait qu'il allait refuser. Dès le début, elle l'avait manœuvré. Elle le ferait donc jusqu'à la fin.

Il lui jeta un dernier regard, tout brûlant de son refus, et quitta la pièce. Elle ne fit pas d'autre tentative pour le retenir. Il fixait les yeux droit devant lui, comme si les tableaux des murs entre lesquels il passait étaient autant de spectateurs muets. Il était le dernier homme d'honneur sur le chemin de l'échafaud. Il était plein d'un horrible besoin de pleurer; mais rien dans cette maison ne pourrait lui arracher une larme. Ah ! être à bout de larmes. Comme il atteignait le vestibule d'entrée, la jeune fille qui l'avait accompagné à l'étage sortit d'une pièce, tenant un petit enfant dans ses bras. Elle ouvrait la bouche pour parler. L'air égaré et glacial de Charles lui imposa silence. Il franchit le seuil.

Et arrivé au portail, il découvrit, l'avenir confondu au présent, qu'il ne pouvait plus savoir où aller. Comme s'il venait à peine de naître, avec tous ses souvenirs et ses facultés d'adulte, mais avec toute la faiblesse d'un petit enfant. Tout était à recommencer, tout de nouveau à reprendre. Il traversa la rue, en ligne oblique, sans rien voir, sans une seule fois se retourner, et atteignit le quai. Il était désert. Seul, dans le lointain, le bruit du trot et des roues d'un landau, qui venait de disparaître à la vue au moment où il atteignait le parapet.

Sans savoir pourquoi, il fixait les eaux grises du fleuve, maintenant toutes proches à marée haute. Cela signifiait qu'il devait repartir pour l'Amérique; cela signifiait la fin de trente-quatre ans de luttes, d'efforts en vue d'un accomplissement — en vain, totalement en vain; cela signifiait, de cela il était sûr, qu'il était voué au célibat, aussi profondément qu'elle pouvait l'être elle-même; cela signifiait... et toutes les choses que cela pouvait signifier, aussi bien pour le passé que pour le futur, s'étaient mises à fondre sur lui en une noire avalanche. Il finit par se retourner et regarder du côté de la maison qu'il avait quittée. Il lui semblait voir, à une fenêtre de l'étage supérieur, retomber un rideau de tulle blanc.

Mais il s'agissait en fait d'une impression, un léger balancement sous le souffle de la brise de mai. Car Sarah était demeurée dans l'atelier, regardant vers le jardin au-dessous d'elle, regardant un enfant et une jeune femme, la mère de l'enfant sans doute, qui demeure assise dans l'herbe, occupée à tresser une guirlande de pâquerettes.

Y a-t-il des larmes dans ses yeux ? Elle est trop loin pour que je puisse l'affirmer : guère plus — du fait que les vitres de la fenêtre absorbent la luminosité du ciel d'été — qu'une ombre derrière un panneau éclairé.

Sans doute pouvez-vous penser que le fait de n'avoir pas accepté l'offre implicite de cette main qui le retenait était bien la plus stupide et la dernière sottise de Charles. Que ce geste apportait la preuve qu'il y avait, dans l'attitude de Sarah, à tout le moins une certaine incertitude, une certaine faiblesse. Vous pouvez penser encore qu'elle avait raison; que cette bataille livrée pour préserver son territoire contre les incursions d'un éternel envahisseur était une réaction légitime; mais ce que vous ne devez pas croire c'est qu'il puisse y avoir là un dénouement moins plausible de leur histoire.

Car j'en suis revenu, bien que d'une façon détournée, à mon premier principe : qu'il ne saurait y avoir d'intervention divine au-delà de ce qu'il nous est possible d'apercevoir, et cela selon les termes du premier épigraphe de ce chapitre; ainsi seule la vie, telle que nous la découvrons, avec toutes les possibilités que nous a procuré le hasard, a fait de nous ce que nous sommes, la vie telle qu'elle a été définie par Marx : *les actions des hommes* (et des femmes) *à la poursuite de leurs propres fins.* Le principe de base qui guidera ces actions, celui qui, il me semble, a toujours conduit les actes de Sarah, je l'ai défini par la citation du second épigraphe. Il est hors de doute qu'un existentialiste moderne aurait utilisé au lieu du terme « pitié » celui « d'humanité » ou « d'authenticité »; mais sous cette réserve, il serait pleinement d'accord avec ce qu'Arnold entend signifier.

Le fleuve de la vie, avec ses lois mystérieuses, ses choix mystérieux, s'écoule, laissant derrière lui un quai déserté, et le long de ce quai désert, Charles commence de marcher avec lenteur : un homme qui suit l'invisible affût d'un canon sur lequel repose son propre cadavre.

Va-t-il vers une mort imminente qu'il se sera lui-même donnée ? Non. Je ne le crois pas, car il a enfin découvert un atome de confiance en lui-même, une certitude personnelle authentique, à partir de laquelle il pourra construire; bien qu'il le nierait encore amèrement, bien qu'il y ait des larmes dans ses yeux pour témoigner de son refus.

Il commence de comprendre que la vie, où pourtant Sarah pourrait si aisément jouer le rôle du Sphinx, n'est pas un symbole, n'est pas une énigme impossible à résoudre, n'est pas la hantise d'un unique visage, n'est pas l'abandon définitif après le risque du coup de dé perdant; mais qu'en dépit du vide, de l'inaptitude, du désespoir au cœur insensible de la ville, elle doit être supportée. Et qu'il faut repartir encore, porté par « l'amertume insondable et la mer étrangère ».

IMP. BUSSIÈRE À SAINT-AMAND (9-88)
D.L. 4e TRIM. 1981. No 5932-4 (5612)

Du même auteur

AUX MÊMES ÉDITIONS

L'Obsédé (L'Amateur)
roman, 1964
coll. « Points Roman », 1983

Sarah et le lieutenant français
roman, 1972

AUX ÉDITIONS ALBIN MICHEL

Le Mage
roman, 1977

La Tour d'ébène
nouvelles, 1978

Daniel Martin
roman, 1981

Collection Points

SÉRIE ROMAN

DERNIERS TITRES PARUS

R293. La Connaissance de la douleur, *par Carlo Emilio Gadda*
R294. Complot à Genève, *par Eric Ambler*
R295. Serena, *par Giovanni Arpino*
R296. L'Enfant de sable, *par Tahar Ben Jelloun*
R297. Le Premier Regard, *par Marie Susini*
R298. Regardez-moi, *par Anita Brookner*
R299. La Vie fantôme, *par Danièle Sallenave*
R300. L'Enchanteur, *par Vladimir Nabokov*
R301. L'Ile atlantique, *par Tony Duvert*
R302. Le Grand Cahier, *par Agota Kristof*
R303. Le Manège espagnol, *par Michel del Castillo*
R304. Le Berceau du chat, *par Kurt Vonnegut*
R305. Une histoire américaine, *par Jacques Godbout*
R306. Les Fontaines du grand abîme, *par Luc Estang*
R307. Le Mauvais Lieu, *par Julien Green*
R308. Aventures dans le commerce des peaux en Alaska *par John Hawkes*
R309. La Vie et demie, *par Sony Labou Tansi*
R310. Jeune Fille en silence, *par Raphaële Billetdoux*
R311. La Maison près du marais, *par Herbert Lieberman*
R312. Godelureaux, *par Éric Ollivier*
R313. La Chambre ouverte, *par France Huser*
R314. L'Œuvre de Dieu, la part du Diable, *par John Irving*
R315. Les Silences ou la vie d'une femme, *par Marie Chaix*
R316. Les Vacances du fantôme, *par Didier van Cauwelaert*
R317. Le Levantin, *par Eric Ambler*
R318. Béno s'en va-t-en guerre, *par Jean-Luc Benoziglio*
R319. Miss Lonelyhearts, *par Nathanaël West*
R320. Cosmicomics, *par Italo Calvino*
R321. Un été à Jérusalem, *par Chochana Boukhobza*
R322. Liaisons étrangères, *par Alison Lurie*
R323. L'Amazone, *par Michel Braudeau*
R324. Le Mystère de la crypte ensorcelée, *par Eduardo Mendoza*
R325. Le Cri, *par Chochana Boukhobza*
R326. Femmes devant un paysage fluvial, *par Heinrich Böll*
R327. La Grotte, *par Georges Buis*
R328. Bar des flots noirs, *par Olivier Rolin*
R329. Le Stade de Wimbledon, *par Daniele Del Giudice*
R330. Le Bruit du temps, *par Ossip E. Mandelstam*